AF278027

El silencio y la cólera

Pierre Lemaitre (París, 1951) estudió Psicología, creó una empresa de formación pedagógica y ha impartido clases de literatura. Autor tardío, en 2006 ganó el Premio a la Primera Novela Policiaca en el festival de Cognac con *Irène*, primera entrega de una serie protagonizada por el comandante Camille Verhoeven que también incluye *Alex* (2011, CWA Dagger 2013, entre muchos galardones), *Rosy & John* (2011) y *Camille* (2012, CWA Dagger 2015, entre otros honores). Su carrera literaria dio un vuelco con la aparición de *Nos vemos allá arriba* (Premio Goncourt 2013, entre una retahíla de distinciones, y llevada al cine con éxito), primer volumen de su aclamada trilogía sobre el periodo de entreguerras titulada Los Hijos del Desastre, que sigue con *Los colores del incendio* (2018), estrenada en cines en 2022, y *El espejo de nuestras penas* (2020). Completan su obra, traducida a más de cuarenta idiomas, las novelas *Vestido de novia* (2014), *Tres días y una vida* (2016), *Recursos inhumanos* (2017), *La gran serpiente* (2022), *El ancho mundo* (2023) y *El silencio y la cólera* (2024), así como el ensayo *Diccionario apasionado de la novela negra* (2022). Su último libro es *Un futuro prometedor* (2025).

PIERRE LEMAITRE

El silencio y la cólera

Los años gloriosos

Traducción de
José Antonio Soriano Marco

DEBOLS!LLO

Papel certificado por el Forest Stewardship Council®

Penguin
Random House
Grupo Editorial

Título original: *Le Silence et la Colère*

Primera edición en Debolsillo: febrero de 2026

© 2023, Calmann-Lévy
© del anexo: Françoise GIROUD / ELLE France,
con la amable autorización de los propietarios de los derechos del autor y ELLE
© 2024, 2026, Penguin Random House Grupo Editorial, S.A.U.
Travessera de Gràcia, 47-49. 08021 Barcelona
© 2024, José Antonio Soriano Marco, por la traducción
Diseño de la cubierta: Penguin Random House Grupo Editorial / Marta Pardina
Imagen de la cubierta: © José David Morales

Printed in Spain – Impreso en España

ISBN: 978-84-663-7797-3
Depósito legal: B-21.574-2025

Impreso en Black Print CPI Ibérica
Sant Andreu de la Barca (Barcelona)

P 3 7 7 9 7 B

Para Perrine Margaine,
con todo mi afecto

Para Pascaline

En la obra, cada uno hace
más o menos lo que debe.

BEAUMARCHAIS,
prefacio a
Las bodas de Fígaro

Febrero de 1952

PRIMERA PARTE

1

Todos tenían sus razones

Desde principios de febrero, la perspectiva de la «peregrinación» ocupaba las mentes de todos los Pelletier: los padres deseaban mantener la tradición y los hijos, como todos los años, intentaban saltársela. Aquel ceremonial conmemoraba, cada primer domingo de marzo, la fundación en Beirut de lo que Louis Pelletier insistía en llamar «la jabonería familiar», aunque fuera solamente suya en realidad. Se trataba de ir en procesión hasta la rue de Marseille, frente a los depósitos de la aduana, hacer la visita a la fábrica y, tras una escala en el Café des Colonnes para tomar el aperitivo, regresar a la avenue des Français a la hora de comer.

—Sólo falta la corona de flores y el toque de silencio —solía decir François.

Su padre le tenía mucho apego a aquella celebración que, según él, encarnaba el «espíritu Pelletier» (a saber qué era eso exactamente), y organizarla lo mantenía ocupado durante meses. A veces Angèle, su esposa, se preguntaba qué preparación podía requerir un acto que no había sufrido ningún cambio en treinta años.

—Nunca lo entenderás —le respondía.

Pero ella lo entendía perfectamente: aquella conmemoración reflejaba la ardiente aspiración de su marido al papel de patriarca. Louis siempre había intentado instaurar «tradiciones familiares» a partir de hechos banales, pero la verdad era que nunca había dado con la tecla. Cuando los chicos aún vivían con ellos, sus propuestas de celebrar un consejo familiar semestral, un viaje anual a las ruinas de Baalbek e incluso una modesta visita dominical al Gaumont Palace habían pinchado en hueso, así que se aferraba al aniversario de la jabonería con la energía que suele dar la desesperación, hasta el punto de estar dispuesto a pagarles el viaje a sus tres hijos, que ahora vivían en París.

La muerte de Étienne, el benjamín, cuatro años antes, había teñido de tristeza las reuniones familiares y amenazado el sacrosanto peregrinaje, pero el señor Pelletier había querido ver en esa tragedia un motivo más para mantenerla («en memoria de Étienne»), pese a que, la verdad sea dicha, al hijo difunto siempre le había importado un pito. Pero tratándose de la peregrinación no había argumento que valiera.

Angèle ni de lejos le daba la misma importancia, pero apoyaba a su marido porque las oportunidades de reunir a toda la familia no abundaban. «Dadle ese gusto a vuestro padre...», les escribía todos los años, y los tres sabían que más bien hablaba de sí misma.

Así que, atrapados entre la obstinación de su padre y la discreta insistencia de su madre, los tres, Jean, François y Hélène, se las ingeniaban para encontrar todo tipo de pretextos, pero sólo por costumbre. Llegado febrero, lo que los agobiaba no era tanto la pejiguera anual de viajar a Beirut como la penosa obligación de ceder, a su edad, a las exigencias de sus padres.

En cualquier caso, ese año en particular todos tenían sus razones para intentar, una vez más, sustraerse a esa obligación.

Hélène, miedo de una traición, y Jean, de una bancarrota.

En cuanto a François, era un muerto en vida desde la desaparición de Nine, que se había marchado el martes por la mañana (su jefe la había enviado a Normandía para concretar los detalles de un pedido y hacer un presupuesto) y debería haber vuelto el viernes.

Sin embargo, nadie la había visto esa noche en el tren.

No había enviado ningún mensaje.

Y en su hotel aseguraban que había dejado el establecimiento a media tarde con su maleta.

Desde entonces, no había noticias de ella.

Él había estado esperándola en el andén hasta la llegada del último tren procedente de Ruan y se había acostado a medianoche, muerto de preocupación.

Si le hubieran preguntado qué era lo más importante en su vida, pese a su pasión por *Le Journal du Soir*, en el que trabajaba como reportero, no habría vacilado: habría respondido «Nine». Se habían enamorado a primera vista y arrojado a los brazos del otro en la segunda cita. El cuerpo de ella era todo lo que él había deseado sin saberlo, y ya no le quedaba ni un milímetro por descubrir. Durante cuatro años, su olor y su calor; su piel y sus labios; su raso, su vellón y su terciopelo se habían convertido en el país que habitaba. Y Nine, a menudo silenciosa, se colgaba de su cuello y también daba la impresión de haber llegado a alguna parte y no querer marcharse, aunque rehusara imaginar siquiera una vida en común.

¿Debería haber insistido en acompañarla?

Se había enfadado ante la mera sugerencia de que él pediría un permiso para ir con ella.

—¡No estoy a tu cargo! ¡No eres mi padre!

No soportaba que intentara ayudarla. «La típica reacción de los huérfanos», se había dicho François: «no les gusta depender de nadie».

Le había anunciado aquel viaje llena de emoción: había que visitar una biblioteca, hacer un inventario, concretar el pedido, evaluar el trabajo y elaborar un presupuesto.

—¡Es la primera vez que me envía sola para un encargo tan importante!

Nine era una preciosa morena de veintiséis años con una boquita de piñón y unos ojos increíblemente negros y brillantes. Trabajaba en el «taller de Léon Florentin, encuadernación artística y restauración de libros antiguos», una actividad solitaria y silenciosa que le iba como anillo al dedo y para la cual mostraba una gran habilidad. Al entrevistarla para el puesto de aprendiz, al señor Florentin le había llamado la atención su leve acento. ¿Era húngara? ¿Holandesa? ¿Nórdica? En realidad, se trataba de un trastorno del habla: Nine sufría una sordera del noventa por ciento desde la adolescencia. Lo poco que oía le llegaba «como a través de un colchón», según le había explicado a François.

Había vuelto a hablar poco a poco, pese al hándicap de que no podía oírse a sí misma, pero temiendo gritar sin darse cuenta había cogido la costumbre de hablar muy bajo. La gente tenía que forzar el oído para comprender lo que decía, a lo que se sumaba la incomodidad de ser observados con insistencia sin entender que les estaba leyendo los labios. Ella, por su parte, huía de las situaciones en las que había muchas personas por miedo a sentirse perdida, a no enterarse, a hacer el ridículo. No había querido aprender el lenguaje de signos ni probado ningún aparato: era su vida, decía; y, como resultado, la vida era una acrobacia permanente y opresiva que, aunque fuera muy de tanto en tanto, le provocaba unos ataques de rabia terribles.

La relación entre ambos había estado marcada por la negativa de Nine a dejarse ayudar y la impotencia de François, quien, por otro lado, después de cuatro años seguía sabiendo muy poco sobre ella (su infancia humilde en Courbevoie, el prematuro fallecimiento de su madre y, tiempo después, el de su padre, profesor y medievalista mediocre muerto a causa del alcoholismo). Entre los dos existía una inmensa pasión plagada de discusiones. Ella era muy susceptible: siempre estaba en el disparadero, y él a veces carecía de tacto. Era complicado.

¿Dónde estaría? Él no sabía el nombre del cliente de Normandía y el señor Florentin se había tomado unos días libres para viajar a algún lugar de Auvernia y no había dejado ningún número de teléfono.

Entretanto, François estaba en la reunión matutina del consejo de redacción de *Le Journal du Soir* con los jefes de sección.

Su contribución consistía en fingir que seguía la discusión y mirar al jefe, Adrien Denissov, aunque sin escucharlo. Denissov era el único que permanecía de pie, como si no le bastara con ser el más alto (le sacaba dos cabezas a todo el mundo). Distaba de tener un físico de joven galán, pero era un hombre asombrosamente seductor y, aunque casado y padre de familia, se le atribuían muchas conquistas.

Aquellas reuniones eran el marco de todo tipo de escaramuzas, batallas y justas (a causa de un titular, una foto, un tema o un acento) que Denissov zanjaba una vez que los protagonistas se habían dicho de todo. El gran clásico de esas sesiones era el duelo entre Stan Malevitz, redactor jefe de sucesos, y Arthur Baron, responsable de política interior y exterior: sus monumentales broncas ocupaban algunas de las mejores páginas de la leyenda del diario, y sus mejores réplicas iban de boca en boca por todo el periódico en cuanto acababa la reunión.

Ese día, sin embargo, no habría pelotera porque Malevitz no estaba: a sus cincuenta y siete años, había sufrido una apendicitis, lo cual era motivo de chacota para todos.

—¡Ya le vale, a su edad!

—Mira que si vuelve con acné...

—¿Alguien le ha mandado piruletas?

François sonrió educadamente. Desde que, hacía cuatro años, había cubierto el célebre «caso Mary Lampson»: el asesinato de una actriz en un cine de barrio, todos lo consideraban el mejor cronista de sucesos del periódico y, como tal, tenía el privilegio de sustituir a Malevitz, pero le habría parecido indecoroso participar en el cachondeo generalizado del que era víctima su jefe.

Oyó aplausos y salió de su ensimismamiento.

—¡Sí, bravo! —exclamó a su vez.

Denissov acababa de someter a la consideración de su equipo la última página de la edición del día, formada por entero por grandes fotografías con un escueto pie: una idea suya y una absoluta novedad en la prensa parisina muy bien acogida por los lectores. El ritual consistía en tomarse el tiempo necesario para estudiar la página, y evaluarla mentalmente y luego, salvo que alguien pusiera algún pero, se aceptaba por aclamación. No había ninguna regla para elegir las imágenes: podía ser una que no hubiera cabido en algún artículo; divertida, sorprendente o tranquilizadora... aquella página tenía que ser el reflejo mismo de la actualidad palpitante y diversa.

Arriba a la izquierda, un recuadro mostraba un coche hecho trizas: los accidentes de tráfico estaban en boga. François reconoció la imagen: la había tomado su hermana Hélène, que trabajaba eventualmente para el *Journal*. Cuatro años antes, Denissov había visto algunas de sus fotos de Indochina, había encontrado que «apuntaba maneras» y desde entonces recurría a ella con frecuencia. François se guardó mucho de señalar que aquella foto no se había tomado en la carretera, como parecían demostrar el ángulo y la presencia de un hombre de gabardina, sino en el garaje en el que había acabado el vehículo. Denissov lo sabía perfectamente: era un pecadillo venial que todo el mundo comprendería. «Es por una buena causa», solía decir, y la causa era *Le Journal du Soir*.

En esos momentos el equipo pasaba revista a los principales temas de la edición del día.

En cuanto a François, seguía pensando en Nine y en su inquietante desaparición, y su angustia crecía por momentos. Ya había temido perderla mil veces antes, dejar que se perdiera, e intentaba razonar consigo mismo: «Déjala en paz, joder.»

Eso era justo lo que le decía su hermana, que estaba muy unida a Nine, y él sabía que no tenía mucho sentido preocuparse así porque alguien hubiera perdido un tren, pero su angustia no era un mero capricho: ya había comprobado lo... frágil que era Nine. Podía tener reacciones intempestivas, dejarse llevar por errores de apreciación... Procuraba no verla como una persona con dificultades, pero no podía evitarlo. Los extravíos de Nine le daban miedo.

Sin embargo, trató de concentrarse en lo que se decía; Denissov tenía el aspecto de los grandes días: esa manera bien suya de morder el labio inferior y menear la cabeza... Era bastante vanidoso.

—Señores, la próxima semana nos interesaremos... ¡en las mujeres!

—¡Eeeh!

Era un grito liberador, sobre todo porque no había ninguna mujer en el consejo de redacción.

—Desgraciadamente —continuó Denissov—, no lo haremos desde el punto de vista más favorable...

—¡Ooooh!

Teatral, como siempre, mostró en alto una página en la que de inmediato se leía el titular:

¿Son sucias las francesas?

Daba igual que sólo hubiera hombres: era una pregunta al menos incómoda. Tras un instante de reflexión, la encontraron violenta; salvo François, a quien le parecía directamente insultante.

La página estaba ilustrada con un dibujo vagamente humorístico de una mujer que se maquillaba sonriente delante de un espejo. Iba en sujetador, y daba un poco de reparo establecer una relación con el título.

Denissov estaba feliz: la reacción de sus jefes de sección confirmaba su intuición. Bajó los brazos, se puso unas grandes gafas de pasta y leyó en voz alta la entradilla del artículo:

A la francesas no sólo se las considera
unánimemente elegantes, sino también finas.
¿Oculta esa fama una realidad
mucho menos lisonjera?

Dejó la hoja sobre el escritorio y esbozó una amplia sonrisa.

—Es un estudio sobre la higiene de las mujeres: cinco artículos en cinco días.

Todos estaban estupefactos.

—¿Quién ha escrito eso? —preguntó François.

—Forestier.

El nombre no le sonaba a ninguno.

—No quería arriesgarme a perder un tema así —explicó Denissov—, de modo que recurrí a una *freelance*. Si la serie tiene éxito, la contrataré.

—Pero ¿no se sentirán insultadas nuestras lectoras?

Denissov se echó a reír.

—¡Pues claro que no! Cada cual pensará que hablamos de su vecina o su compañera de trabajo, y si se da por aludida se cuidará mucho de confesarlo. No hay peligro: tendremos a todo el mundo a nuestro favor...

Pocas veces lo contradecían, entre otras cosas porque solía tener buenas ideas, pero aquélla distaba de provocar entusiasmo. En todo caso, parecía especialmente contento.

—Señores: ¡al tajo! —exclamó. Era la frase con la que solía levantar la sesión.

François se puso de pie y de pronto entró en pánico: en tan sólo una semana partiría hacia Beirut para participar en la «peregrinación», y acababa de asaltarlo una idea: ¿qué haría si, en el ínterin, Nine no había aparecido?

Como cronista de sucesos, sabía mejor que nadie que, si no había señales de ella en esos ocho días, la situación tendría un cariz totalmente distinto: la policía habría tomado ya cartas en el asunto, los periódicos estarían buscando y publicando noticias... y esa perspectiva le dio escalofríos.

Sería cruel, pensó, que la desaparición de Nine fuera el primer motivo fundado para evitarse el fastidio de Beirut.

Hélène, por su parte, no estaba preocupada: sabía que Nine era rara, por no decir imprevisible, y estaba segura de que el misterio no tardaría en aclararse. Simplemente confiaba en que... No, cuanto más lo pensaba, más le costaba imaginarla enamorándose de otro hombre que no fuera su hermano, aunque cualquiera sabía...

En esos momentos recorría los pasillos de La Samaritaine en busca de un regalo para Colette, la hija de su hermano Jean, a la que adoraba. Pronto cumpliría tres años y aún no hablaba muy bien (¿no estaba tardando demasiado?), pero tenía una mirada penetrante y atenta que indicaba una mente despierta, aunque sin manifestación exterior, algo sorprendente para una niña de su edad. La relación con su madre nunca había sido muy armoniosa; ¿podría explicar eso la actitud de rechazo que mostraba a veces: brazos cruzados, mirada al frente, labios fruncidos?

Nine, que también la quería mucho, opinaba que no era feliz.

A veces, a Hélène la imagen de la pequeña le removía algo en las entrañas. A los veintitrés años, la mayoría de sus amigas ya eran madres o tenían intención de serlo. Ella no quería ni planteárselo: todavía no. Para empezar, se necesitaba un hombre. Y no es que le faltaran candidatos, porque era bonita como pocas y rubia a más no poder, con un rostro delicado, los pómulos altos y una boca sensual que era un rasgo de familia. Y por si fuera poco, tenía pechos y trasero: todo lo que les gustaba a los hombres, que solían silbarle por la calle. En el metro, a menudo tenía que hacer contorsiones para evitar a los manilargos.

De todas formas no, aún no, y menos con el hombre que estaba en su vida en esos momentos.

Pensando en él, Hélène negó con la cabeza y decidió centrarse en la pequeña Colette.

Lo de ser su madrina había sido idea de su cuñada, que quería hacer las cosas «como es debido», lo que para su mentalidad significaba: «como todo el mundo», con peladillas, aunque nadie se las comiera, misa, aunque nadie fuera nunca, y una crismera de plata grabada que ahora se ennegrecía en el aparador Enrique II, del que sólo salía algún que otro domingo, por ejemplo, cuando Geneviève conseguía reunir a los tres hermanos. Decididamente, entre los Pelletier las reuniones familiares eran una obsesión...

Hélène optó por una carraca amarilla que estaba al alcance de su bolsillo y pidió que se la envolvieran para regalo. No nadaba en la abundancia. Colaboraba con *Le Journal du Soir* y colocaba sus fotos en otros periódicos y revistas, pero le pagaban una miseria, así que siempre estaba en la cuerda floja: cada fin de mes era un nuevo desafío.

Vivía en la rue de la Grange-aux-Belles, del décimo distrito, en un pisito de dos habitaciones reducido al comedor desde que había transformado el dormitorio en laboratorio de revelado al que tenía que llevar el agua en cubos desde la caja de cerillas que hacía las veces de cocina. Dormía en el sofá, el baño estaba en el rellano... vaya, lo habitual en París, pero a Hélène le encantaba.

Compartía aquel pequeño espacio con *Joseph*, un gato atigrado que había pertenecido a su hermano Étienne. Patilargo, de mirada misteriosa, tenía la oreja derecha partida por la mitad, seguramente debido a una pelea en su vida anterior (había tenido tres: la primera en Beirut, la segunda en Saigón y ahora era parisino). Vivía en las alturas: la biblioteca, el armario, todo le iba bien. En casa de Hélène, se pasaba la mayoría del tiempo ovillado junto a un Buda de barro que la joven se había traído de Indochina, y desde allí posaba una mirada grave y penetrante sobre el mundo. Le encantaba saltar sobre los hombros de la gente sin previo aviso: era bastante payaso.

Hélène estaba contenta, cada vez más segura de su talento y convencida de que el futuro se abría ante ella y de que sus precarias condiciones de vida eran el precio a pagar por su independencia.

Guardó el regalo en su bolso y suspiró. Como si tener que partir hacia Beirut en diez días no fuera bastante, en el ínterin debería soportar una comida dominical en casa de Geneviève y Jean (al que, de vez en cuando, aún llamaban «Gordito» porque siempre le habían sobrado unos cuantos kilos). Por lo general declinaba la invitación, pero en esa ocasión la había aceptado, lo que había sorprendido incluso a su hermano.

—¡Ah! ¿Tú también vendrás?

No era extraño que pasara a ver a su ahijada (a Geneviève le encantaba esa expresión), pero esta vez no iría por Colette: simplemente no había encontrado mejor ocasión para hablar con François.

Urgía aclarar las cosas.

El lunes sería demasiado tarde.

Así que: «Nos vemos el domingo», le había dicho al Gordito, pero cuanto más se acercaba el día más vueltas le daba a lo que debía decir.

Cerró los ojos.

¿Cómo iba a explicárselo, por Dios? Llevaba tres semanas planeando la conversación y disponía de un arsenal impresionante de frases, muchas de las cuales rayaban en el insulto porque no podía permitir que François se quedara tan campante ante un asunto que sin duda acabaría envenenando la relación entre ambos.

Su hermano tenía muchas dotes; en el *Journal*, siempre era quien encontraba los titulares más contundentes, aquel a quien se pedía consejo discretamente cuando se buscaba un enfoque para un artículo, pero hacía mucho tiempo que estaba insatisfecho. No se había hecho periodista para escribir gacetillas sobre crímenes pasionales, asesinatos cutres y atracos a joyerías; soñaba con grandes reportajes, investigaciones de interés social... y Denissov, poco dispuesto a introducir cambios en un equipo que funcionaba bien, hacía oídos sordos.

Se sentía mal sólo de pensar en la desafortunada cadena de coincidencias que los había llevado hasta donde estaban: eso era lo que tenía que explicarle a su hermano, pero ¿sería suficiente?

Quince días antes, Denissov le había mencionado a la señorita Blanche, una secretaria que pasaba por ser una de las más sexys de la redacción.

—¡Más le valdría lavarse! —había soltado Hélène, y Denissov se había parado en seco, asombrado—. ¡Pues sí! —había añadido ella—: podría cepillarse los dientes y bañarse un poco más a menudo, pero bueno...

Se limitaba a confirmar algo que afectaba a muchas mujeres: la higiene no era su principal preocupación.

—¿Estás segura? —le preguntó Denissov.

—¡Segurísima!

Tenía amigas que no se cambiaban de ropa interior más que una vez a la semana y no lavaban la faja en un mes.

Al instante, lo que a sus ojos era tan sólo una triste realidad, se convirtió, para Denissov, en la perspectiva de un reportaje extraordinario. En menos de un cuarto de hora ya le había garantizado los fondos para contratar a cinco chicas que, durante una semana, realizarían una encuesta a veinte mujeres cada una. Cien en total.

—Pero que no levanten sospechas, ¿eh? Habrá que decirles que se trata de un cuestionario sobre productos de higiene o algo así, ya se te ocurrirá algo. Y que haya de todo: obreras, amas de casa, maestras, profesionales... ¡todo el mundo tiene que sentirse reflejado!

Le dio una semana para levantar la encuesta y luego una semana más para escribir una serie de cinco artículos y, antes de que ella pudiera siquiera pensarlo, ya la había convertido en redactora, cosa que ella nunca había querido ser, y para colmo de la clase de artículos de tema social con los que su hermano soñaba en vano.

—Deberías usar un seudónimo —le había sugerido el zorro de Denissov.

Oficialmente, eso permitiría diferenciar a la fotógrafa de la periodista, pero era una estratagema un poco burda que no engañaría a François.

Y cuando se enterara de lo suyo con Denissov aún sería peor. A nadie le escandalizaba que muchas chicas debieran su éxito a sus encantos, así eran las cosas, pero ella se sentía incómoda porque, en su caso, aquello era cierto y falso al mismo tiempo. Cierto porque Denissov jamás le habría propuesto hacer ese reportaje si la conversación no hubiera tenido lugar en la habitación del hotel donde se veían regularmente, y falso porque Denissov, que vivía para y por el *Journal*, jamás le habría hecho aquel encargo si no la creyera capaz de llevarlo a buen puerto. Pero ¡a ver cómo se le explica eso a François!

Ahora lamentaba haber esperado a la comida en casa del Gordito para sacar el tema. Era para ahorcarla: parecía que sólo pensara en sí misma. ¿Cómo se le había ocurrido siquiera plantear semejante conversación en presencia del pobre Gordito, tan angustiado últimamente?

¿Podría ser que su negocio marchara peor de lo que él mismo afirmaba?

Tres años antes, había abierto una tienda llamada Dixie que vendía, a precios muy asequibles, ropa para el hogar presentada en cestas o cajones de madera, como en el mercado. A las clientas les encantaba rebuscar para encontrar el juego de seis servilletas o el par de unos guantes de baño. La regla comercial aconseja comprar lo más barato que se pueda para vender lo más caro posible, pero Jean había tomado otro camino: comprar barato para... vender barato, pero en mayor cantidad. El éxito había sido fulminante, así que se le había ocurrido alquilar un local más grande y ofrecer también ropa de mujer.

Su esposa Geneviève, que siempre había pensado que las servilletas y las toallas tenían poca clase (por no hablar de aquellos cajones de madera: ¡los encontraba tan vulgares!), había imaginado de inmediato una boutique de moda con modistas y costureras, y el primer desfile en algún palacio parisino... Cuando comprendió que se trataba de ropa de confección por poco le da un ataque. Y cuando supo que ofrecerían prendas «hechas en serie», entonces sí se cerró en banda. Desde luego, aquel marido suyo no tenía arreglo: todas sus ideas los hundían en la banalidad y el mal gusto.

—¿Y quién va a comprar estas porquerías? —preguntó cuando Jean apareció con las primeras muestras.

—Mmm... ¿las clientas?

—Pero, hombre de Dios, no comprendes nada, ¡no conoces a las mujeres!

—No son caras —le hizo notar Jean.

—¡Sólo faltaría!

Geneviève sostenía un vestido estampado con las puntas de los dedos, como si fuera un pañal de bebé que estuviera a punto de meter en la tina de lavar.

Jean volvió a plegar los artículos, pero siguió con su plan, basado en la premisa de que a las mujeres les gusta cambiar: ofrecería vestidos, faldas, blusas, jerséis... de mediana calidad, sí, pero a tan buen precio que las clientas podrían renovar su vestuario a menudo. En el fondo, una prenda que dura diez años está pasada de moda nueve. Por otra parte, bastaba mirar alrededor para darse cuenta de que por todas partes había bebés a los que era necesario vestir, que se manchaban, que crecían deprisa... La práctica de vestir a los pequeños con la ropa que iban dejando los mayores tenía sus límites, y distaba de satisfacer a las mamás que querían llevar a sus hijos «bien arreglados» como los que aparecían en los anuncios de las revistas. Para Jean, la sección de señoras debía complementarse con otra dedicada a los pequeños: una joven madre deseosa de comprarse, por poco dinero, un vestido que pudiera cambiar por otro la siguiente temporada, adoraría un establecimiento donde pudiera hacer lo mismo para sus hijos sin salirse de un presupuesto limitado.

En junio Geneviève había quedado impresionada ante el local que Jean había escogido para su segunda tienda: un edificio magníficamente situado en una esquina de la place de la République.

¡Mil doscientos metros cuadrados!

—¡Qué sucio está! —se había limitado a exclamar ella. Pero él había comprendido que iba por el buen camino.

De todas formas, Geneviève, que había estado muy activa mientras montaban la primera tienda, con la segunda se había dedicado a saborear las mieles de la pereza conyugal y no había movido un dedo para ayudarlo. La tarea necesaria para acondicionar semejante superficie resultaba ingente, y Jean perdía peso a pasos agigantados, parte por el esfuerzo, parte por la angustia ante los inacabables pendientes.

—¡Tú puedes permitírtelo! —se había justificado ella, pero él era víctima de neuralgias devastadoras que lo clavaban a la cama mañanas enteras. Para levantarse, tenía que hacer esfuerzos sobrehumanos, y muchos días trabajar era un calvario.

¿No había ido demasiado deprisa?, se preguntaba varias veces al día. Pensar en los préstamos que había tenido que pedir para llevar a buen fin aquel proyecto le daba taquicardias. No pegaba ojo. ¿Había pecado de exceso de confianza? Llevaba en el bolsillo una libretita de la que nunca se separaba, y en la que apuntaba febrilmente los incesantes gastos. El total resultaba bastante desmoralizador.

Con lo bien que había empezado todo...

Le costaba situar el momento en que las cosas habían comenzado a torcerse. El sistema de venta que había imaginado requería alquilar un almacén, y él había encontrado uno en Montreuil, pero tenía mil metros cuadrados y, para llevarlo, se necesitaban al menos seis mozos a los que hubo que añadir un par de administrativos. Dios mío... aquel pequeño ejército había empezado a cobrar hacía un mes, pero la tienda no abriría antes de finales de marzo, puede que incluso a principios de abril.

La libretita temblaba entre sus manos ante aquel panorama.

El tren en el que regresaba a París acababa de dejar atrás Charleville bajo un cielo encapotado. En el compartimento sólo lo acompañaba un joven con gafitas redondas y traje estrecho que tenía toda la pinta de volver de un seminario o regresar a él. Jean escribió «15»: el número de trabajadoras que debería contratar la semana siguiente para preparar la apertura, organizar las secciones, etiquetar los artículos... Y «2»: los operarios que asegurarían el reabastecimiento permanente.

Estaba agotado, pero sabía que ni siquiera el soporífero traqueteo del tren serviría de nada: la columna de cifras y las miradas furtivas del seminarista lo mantenían despierto.

Hacía mucho que no conseguía dormir.

La noche anterior había sido particularmente espantosa.

Por la tarde, en un restaurante cercano al hotel, una pareja sentada dos mesas más allá no había parado de soltar risitas y besarse en la boca entre plato y plato. Jean ya no se acordaba del hombre, pero lo que era de la chica... Al sentarse, su vestido no había acompañado su movimiento, y el blanco muslo, el borde de la media e incluso parte de la liga habían quedado a la vista. Le había costado Dios y ayuda fingir indiferencia. Para colmo, cuando se arrimaba a su acompañante (y no paraba de cogerlo del cuello entre risas y atraerlo hacia ella), se marcaba la ligera curva de su vientre y, sobre todo, sus pechos abundantes y pesados, que el hombre se complacía en acariciar disimuladamente, lo que la obligaba a ahogar la risa en la servilleta. El camarero, un individuo alto y flaco como un fideo, rubio y de bigote amarillento, hacía como si no viera nada (en cuanto se alejaba, el hombre, creyéndose a cubierto, volvía a pasar las manos por los muslos de la chica y por sus pechos, a veces incluso por debajo del jersey), pero iba a apostarse discretamente en la puerta de la cocina, desde donde tenía una vista privilegiada. En un momento dado, se percató de que Jean lo observaba y, lejos de azorarse, intentó establecer con él una complicidad silenciosa dirigiéndole guiños y miradas pícaras.

Jean, confuso, puso todo su empeño en concentrarse en su plato, pero estaba literalmente fascinado por el espectáculo que ofrecía la pareja.

En cuanto se tomó el café, abandonó el restaurante y pudo ver por fin la cara de la chica, a la que el hombre seguía sobando: una morena de pelo corto que le recordó a la lesbiana que aparecía en la cubierta de una novela que había causado escándalo y que él no se había atrevido a comprar.

Para colmo de males, la parejita se alojaba en el mismo hotel: los vio llegar mientras fumaba en el balcón. La chica ya no reía tan alto como en el restaurante. Subieron a una habitación cercana y él pudo oírlos durante casi toda la noche. Cuando la cosa se calmaba, se quedaba traspuesto un instante, pero casi enseguida volvían a despertarlo los jadeos, gruñidos y gritidos de la chica. Se imaginaba sus pechos bamboleándose. Nadie consideró oportuno intervenir: era un hotel barato y estaba casi vacío.

Jean, momentáneamente distraído por aquel recuerdo, volvió a posar la vista en la columna de cantidades.

La mañana anterior, la negociación con el propietario de una manufactura para la confección de faldas y blusas no había salido bien, pero los plazos eran demasiado ajustados para buscar a otro proveedor, así que una vez más había tenido que resignarse a reducir sus beneficios. Todo le había costado más de lo que pensaba: las obras en el local, los sueldos del personal y los contratos con los proveedores.

Por no hablar de Geneviève, que, desde que había tenido a Colette, se había entregado al dispendio.

Para empezar, había exigido que se mudaran.

—¿No esperarás que me quede en este cuchitril con una niña tan difícil como la nuestra? —le había soltado.

A Jean no le parecía que su hija fuera especialmente complicada...

Geneviève pintaba a una Colette que le costaba reconocer: no había día que, al volver a casa, no tuviera que oír una retahíla de quejas. Aquello había empezado ya las primeras semanas (lo recordaba muy bien), pero no le había hecho mucho caso. «Un parto es una dura prueba: es normal que Geneviève esté irritable», se decía. «Necesita dormir.» Su mujer había metido el moisés en un armario cuyas puertas mantenía medio cerradas.

—¡Mira que es escandalosa: no me deja pegar ojo! —rezongaba, aunque, como siempre, él la veía dormirse prácticamente en cuanto se metía en la cama y jamás despertaba antes de que fuera de día.

Y la alimentación había sido tan difícil como el sueño.

—No puedo más —le había dicho al médico al acabar la segunda semana—. ¡Me hace un daño horroroso!

Al instante, habían pasado a la leche artificial.

—La cosa es que no veo mastitis ni obstrucción —opinaba el buen doctor Paul—, ni canales bloqueados, ni aftas... No entiendo a qué se deben semejantes dolores...

Todo aquello era muy duro para Jean, que se había encariñado mucho con la pequeña Colette. Si lloraba cuando su madre aún estaba despierta, y él se levantaba, Geneviève se apresuraba a decirle:

—¡Haces mal! ¡Se acostumbrará, y luego ya verás!

Al contrario que su esposa, no tenía ningún problema en cambiarla, ponerle polvos de talco y vestirla (ella siempre decía que se le revolvía el estómago), y la encontraba la mar de despierta. A cambio, Colette lo recibía siempre con gritos de alegría.

—¡Mira que es inquieta! ¡No para! —gruñía su madre.

El caso era que las «dificultades» que planteaba Colette le daban alas a su madre para hacer toda clase de exigencias.

Jean había tenido que batallar mucho para convencerla de renunciar a un piso con aseo y retrete. Al final, habían encontrado una vivienda de tres habitaciones en la rue du Paradis, que aun así superaba en un tercio lo que Jean tenía pensado gastar.

—¡Realmente es lo mínimo! ¡Cómo se nota que no te ocupas a menudo de tu hija!

De todas formas, nada de lo que él hacía le parecía bien a su mujer. Estaba convencido de que, tal como había hecho desde la tercera semana de casados, cinco años atrás, ella simplemente aprovechaba cualquier pretexto para justificar la total ausencia de relaciones íntimas. Nada había funcionado jamás entre ellos, y esa falta de entendimiento se había extendido enseguida al terreno sexual. Cierto que nunca habían dejado de compartir la cama, pero Geneviève la ocupaba casi del todo, obligándolo a hacer contorsiones para no rozarla, so pena de acusarlo de intento de violación.

—¡Tengo derecho a mi intimidad! —había sido su respuesta a los primeros avances de su marido, tímidos de por sí.

Luego había alegado que «copular» (palabra que empleaba siempre, poniendo cara de asco) ofendía su virtud y finalmente había dado con el argumento decisivo. Siempre que se quejaba de algo, añadía: «¡Como si tener un marido impotente no fuera bastante!»

Hay que reconocerle que limitaba esas quejas a su vida doméstica, así que su marido era el único que se preguntaba cómo se las había arreglado para quedarse embarazada. Él calculaba que la concepción de Colette se remontaba a septiembre de 1948, cuando Geneviève había regresado al Líbano para asistir al entierro de su madre: seguramente había aprovechado esa breve estancia en Beirut para reencontrarse con alguno de sus múltiples amores de juventud, de los que había tenido varios, según se había enterado él después de la boda. Su segundo embarazo, que tocaba a su término (Geneviève esperaba un bebé para principios de mayo), era aún más misterioso: la concepción debía de datar del verano anterior, época que a él no le decía nada en particular.

Sería un error creer que todo aquello lo dejaba indiferente. No era así, ni mucho menos: lo hacía sufrir terriblemente, pero, en su opinión, y pese a no ser creyente, Geneviève había entrado en su vida para hacerlo expiar sus pecados.

Los gastos de la nueva vivienda (que se sumaban a las deudas, los préstamos y los abusos de todo tipo), sólo engrosaron la lista de las penitencias cuya inflexible impositora era, a su modo de ver, Geneviève. Pronto tuvo la confirmación, porque la mudanza propició un descubrimiento que sería determinante en el destino de la pareja: el Salón de las Artes Domésticas de 1951. Los adelantos de la industria del hogar, que prometían un alivio increíble a las mujeres, habían subyugado a Geneviève.

El nuevo cochecito de la marca Darvey, con amortiguadores, caja extraíble, manillares con suspensión y un precio de veinticinco mil francos, era indispensable.

Jean, enfrentado a ese nuevo capricho, había intentado oponerse, por supuesto, pero ella siempre tenía razones superiores que sabía hacer valer:

—¡Tú no sabes lo que es empujar un cochecito todo el día!

Otro tanto podía decirse de la Unidad Lavelle a Gas, que lavaba mediante una «turbulencia suave»: ochenta mil francos.

—¡Esto sí que parece práctico! —aseguró golpeando el chasis del aparato con la palma de la mano como si estuviera ante un caballo de carreras—. ¡A ti ni fu ni fa, claro! Como no te pasas la vida lavando pañales...

Y del Tendedero Universal Pratic, que permitía secar la ropa a la altura del techo izándolo con unos cordeles: siete mil francos.

Tampoco dio su brazo a torcer respecto a la necesidad de comprar un calentador a gas ciudad de catorce mil francos y una ducha de mano de trece mil.

Para colmo, parecía tener un sexto sentido para elegir los productos más problemáticos: el Tendedero Universal jamás se pudo instalar porque los cordeles que permitían izarlo hasta el techo se enredaban. Sólo llegaba (torcido) a la altura de la cabeza, así que, para pasar, había que agacharse como para entrar en una tienda de campaña. Al cabo de un mes, Jean se lo encontró en la acera, junto a los cubos de la basura. El calentador, aunque muy ruidoso, consiguió proporcionar agua bastante tibia, pero la unidad Lavelle no resultó tan útil como se preveía porque rara vez dejaba la ropa de una pieza. Además, era imposible poner a funcionar los dos aparatos a gas a la vez: producían tal condensación que no tardaron en hacer necesaria la adquisición de un aireador antivaho de siete mil francos que tampoco funcionó durante mucho tiempo porque Geneviève dejó de usar la lavadora cuando se enteró de que en el edificio de al lado había una obrera que redondeaba su salario haciendo la colada de otras.

Jean acababa de pagar el préstamo a doce meses que les había permitido comprar los aparatos cuando el Salón de las Artes Domésticas de 1952 abrió sus puertas a una Geneviève totalmente decidida a «coger lo mejor», como decía ella.

—Lo que no es caro no vale la pena —aseguraba—. ¡No somos lo bastante ricos para comprar barato!

Él se había enfadado, claro, pero ella había empezado a quejarse por los pasillos del Salón de aquel marido suyo «incapaz de proporcionar el mínimo de comodidades a su mujer», etcétera. Se marcharon con un frigorífico con compresor electromagnético, un aspirador Jumbo de 115 voltios, una cocina (esta vez eléctrica, pero que no instalarían de momento porque, cuando se la entregaron, descubrieron que el edificio no disponía de la potencia necesaria), una nevera portátil Igloo («¡A ti, que en verano nos asemos te la refanfinfla! ¡No paras en casa!»), una maravillosa mesa auxiliar Adap'Table, que permitía comer en la cama (y que Geneviève usaba a menudo), y un nuevo crédito de ochenta y cinco mil francos a devolver en doce meses.

Ese nuevo agobio había acabado de hundir moralmente al pobre Jean Pelletier, ya hundido de por sí.

De pronto, sentado en el compartimento del Charleville-París, se sintió abrumado por la conjunción de su calamitosa negociación comercial, la situación desastrosa de su economía doméstica y el acondicionamiento de la tienda de la République, cuyo presupuesto excedía lo previsto una y otra vez.

Sintió que se ahogaba y el joven seminarista venció su timidez y lo miró francamente asustado.

Necesitaba aire de inmediato. Se levantó de un salto, se tambaleó hasta la puerta, que corrió con dificultad, salió al pasillo y se agarró desesperadamente a la barra de la ventanilla para reprimir una fuerte arcada. Al otro lado del cristal, el paisaje, igual de siniestro que antes, desfilaba como en una mala película que imitara a la vida. Cuando se volvió, vio al joven, que lo observaba desde el compartimento. Los dos se apresuraron a desviar la vista.

Avanzó por el pasillo y abrió la pesada puerta que daba acceso a la plataforma. El estrépito de las ruedas sobre los raíles le saltó encima como un animal furioso. Se paró en seco. De espaldas a él, una mujer fumaba contemplando el paisaje. No se volvió, pero su cara se reflejaba en el cristal de la ventanilla: era la chica de la tarde anterior en el restaurante, la que se había pasado buena parte de la noche jadeando y gimiendo. Era ella.

A su vez, la joven vio la imagen de Jean en el cristal y la escrutó unos instantes con los ojos entrecerrados, tratando de recordar de qué le sonaba aquella cara.

Cuando quiso darse cuenta de lo que hacía, Jean ya se había arrojado sobre ella y, agarrándola del pelo, le había estrellado la cabeza contra el cristal con todas sus fuerzas, una, dos veces. El cuerpo de la chica no tardó en dejar de ofrecer resistencia.

Sin soltarle el pelo, Jean la arrastró hasta la plataforma, pasó por encima del cuerpo y abrió la puerta que daba al exterior. El viento helado le azotó el rostro. Se volvió y, cogiendo a la chica por debajo de las axilas, la colocó ante la escalerilla de acceso al coche y la hizo caer al vacío. Volvió a cerrar. En el suelo no parecía haber sangre, sólo anchos regueros rojizos en el cristal de la ventanilla. Sacó el pañuelo, escupió varias veces en él e intentó limpiarlos lo mejor que pudo. Retrocedió un metro para comprobar el resultado. Era un cristal sucio, con churretones, pero sólo si no se sabía que era sangre... Iba a abrir de nuevo la puerta para arrojar el pañuelo fuera, pero, presa de un súbito cansancio y unas enormes ganas de dormir, se lo metió en un bolsillo de la chaqueta, volvió al compartimento y se sentó otra vez en su sitio, totalmente agotado. Las manos le temblaban un poco. Echó la cabeza atrás y fingió adormilarse.

Por una asociación de ideas, el tren lo llevó hasta el avión a Beirut, que cogerían una semana después. Allí había sido donde, unos años antes, había matado a la primera chica, golpeándola con el mango de un pico. No le gustaba volver a Beirut: sólo le traía malos recuerdos. Lo haría de muy mala gana.

En definitiva, a la única de los cuatro que le hacía ilusión asistir a la «peregrinación» de los Pelletier era a Geneviève.

Su familia también vivía en Beirut, pero no le apetecía volver a ver a sus hermanas, a las que odiaba, ni a su padre, al que le reprochaba que no hubiera tenido el sentido común de impedir su boda con Jean. No, si se alegraba de ir era porque el viaje en primera clase, pagado por el señor Pelletier, le producía escalofríos de millonaria que la excitaban a más no poder.

Estaba arrellanada en un sillón abatible que, como les había explicado el vendedor del Salón, permitía «recostarse, descansar y volver a la posición inicial con una simple pulsación sobre uno de los reposabrazos». Apoltronada, tejía la ropita del bebé, actividad en la que se mostraba bastante torpe: se saltaba hileras y puntos, y el resultado era invariablemente desolador. La pobre Colette siempre iba hecha un adefesio.

Miró a su hija, que estaba intentando subirse a una silla. Era una personita tan hermosa como sólo los médicos de aquella época sabían producir: mofletuda y regordeta a más no poder, criada con harina de trigo enriquecida con jarabe de maíz y azúcar; pero, como ya hemos dicho, poco sonriente, seria. Con todo lo que le había pasado, lo raro era que siguiera viva: ¡la de veces que se había caído de la trona o cortado tras apoderarse de un cuchillo de cocina! Una vez incluso había cogido la caja de Persil (perborato y silicato) y había engullido varios puñados de polvos. Jean había tenido que llevarla a urgencias a la carrera. Que un cuchillo de cocina o un detergente pudieran dejarse al alcance de una criatura de dos años lo preocupaba.

—¡Tienes razón, esta cría es un demonio! —respondía Geneviève.

Mientras ella se entregaba a su labor, Colette había acabado de trepar a una silla y se disponía a subirse a las dos guías telefónicas apiladas en el asiento: era muy temeraria.

—¡Tú puedes, cariño! —la animó su madre cuando levantó la vista.

Geneviève estaba haciendo un gorrito, y se esmeraba mucho. Era un gorrito azul: quería un niño. La llegada de Colette había sido una tremenda decepción, de modo que tenía puestas sus esperanzas en su actual embarazo, ya muy avanzado.

—El vientre puntiagudo suele indicar que es niño —le decía a la señora Faure, que iba a cocinar dos veces por semana—. ¡Ya va siendo hora de que haya un hombre en esta casa! —añadía.

Estaba convencida de que era el pilar de su matrimonio: de que, sin ella, «todo se iría por el desagüe». «Por mucho que diga y se queje», se decía a menudo, «el Gordito tiene suerte de que aceptara casarme con él porque, sin mí, sabe Dios cómo habría acabado». Le gustaba pensar que salvaba a su marido *in extremis* de las situaciones catastróficas en las que nunca dejaba de meterse. La prueba era, según ella, aquel asunto de la tienda de la place de la République por el que, el pasado verano, su cuñada Hélène la había citado en el parque.

Era un día de principios de agosto, pero había llovido buena parte de la mañana.

Al verla llegar, Geneviève se había lanzado sobre Colette a una velocidad inaudita para sacarla del charco de barro en el que chapoteaba desde hacía un cuarto de hora.

—¿Se ha caído al agua? —le preguntó su cuñada.

Geneviève, toda sonrisas, tenía a Colette en las rodillas y le limpiaba las manos y la cara con su pañuelo.

—Sí, pobrecita mía... ¡Te distraes sólo un segundo y mira qué faena! ¿Eh, marranota? ¿A que es una faena? ¡Bu, bu, bu!

—Pero es tan rica... —opinó Hélène.

—¡Una ricura! —exclamó Geneviève frotando su nariz contra la de su hija—: ¿A que eres una ricura? ¿A que sí?

A Hélène le pasó por la cabeza una de esas ideas que resuenan en la mente y enseguida quedan en silencio, pero dejando un eco amenazador. Tenía que ver con Colette y su madre, pero no consiguió recordarla.

Esa inquietud repentina dio paso a otra, más concreta, que la había llevado allí: François y ella veían a su hermano mayor tremendamente angustiado.

—El Gordito ha adelgazado mucho —dijo—. Es preocupante... ¿Tan mal va su proyecto de la nueva tienda? ¿No sería mejor que lo dejara en paz?

Geneviève recobró el aplomo al instante: su malevolencia la hacía tener una percepción muy clara de los problemas de los demás.

—De Jean, no me extraña —respondió—: tanto en el trabajo como en la vida, siempre come más con los ojos que con la boca, salvo a la mesa...

Hélène miró a la niña, que se había puesto perdida.

—Habría que cambiarla, ¿has traído una muda?

—No: de eso se encarga la señora Faure, pero se le ha vuelto a olvidar.

Hélène no acababa de entender qué tenía que ver la anciana vecina que les cocinaba con las mudas de Colette y las salidas al parque, pero la organización doméstica de Geneviève se basaba en criterios esotéricos y fluctuantes.

La pequeña estaba empapada.

—Hay que llevarla a casa antes de que coja frío —sugirió.

—Es fuerte como un roble —respondió su cuñada, que no obstante metió a la niña en el cochecito y bajó la capota bruscamente.

Antes de que Geneviève se marchara con Colette, Hélène se inclinó de nuevo sobre la niña, que le cogió el dedo índice y se lo llevó a la boca.

—De Jean ya me ocupo yo —dijo Geneviève mirando al frente.

Pensaba en sus intereses. Después de todo, también se trataba de su vida y de su futuro, y la perspectiva de una quiebra la contrariaba enormemente.

—Necesitas a alguien... —le dijo esa misma noche a su marido.

A él le pasó por la cabeza que, efectivamente, necesitaba otra mujer, pero no dijo nada: se había acostumbrado a guardarse para sí sus comentarios. De acuerdo, necesitaba a alguien, pero quién se animaría a...

—Un gerente —especificó Geneviève—: alguien que supervise las obras y luego asuma la dirección de la tienda.

«Ah», pensó Jean ante esa aclaración, «entonces será aún más complicado encontrar a alguien».

—Creo que conozco a la persona adecuada —afirmó Geneviève.

Pero se negó a decir nada más. Dejó a su marido al cuidado de Colette y se puso su traje chaqueta de vestir.

—¿Cuánto se le paga al gerente de una tienda?

Jean abrió unos ojos como platos: no tenía la menor idea.

—No lo sé. Yo diría... ¿treinta mil francos? ¿treinta y cinco mil?

Geneviève asintió y cerró de un portazo.

Al volver, anunció:

—Hecho.

—¿«Hecho» qué?

—Ya tienes gerente. Puede empezar en septiembre: supervisará las obras de acondicionamiento y luego, en primavera, contratará a las dependientas y los mozos de almacén. Le he dicho que la tienda tenía que abrir como muy tarde a finales de marzo.

Jean estaba desconcertado.

—Pero... ¿quién? ¿Quién?

—El señor Guénot.

—¿Guénot?

Jean se atragantó; casi le da un síncope. Tuvo que sentarse.

En 1948, mediante una carta anónima, Geneviève había denunciado a Georges Guénot ante el Comité de Confiscación de Beneficios Ilícitos por haber comprado a precio de remate los stocks de numerosos comerciantes judíos del Sentier que se habían visto obligados a huir durante la Ocupación. Como resultado, el Comité le había confiscado todos sus bienes, incluida una cantidad industrial de tejidos que, a continuación, Jean, por sugerencia de su mujer, había comprado por un tercio de su valor antes de que se subastaran: así habían lanzado la primera tienda Dixie.

—¿Has ido a ver al señor Guénot?

¡Era inconcebible! El día en que Guénot había comprendido de dónde había salido la denuncia que lo había llevado a la ruina había estado a punto de matarla.

—Exactamente —respondió Geneviève quitándose el sombrero.

—Pero ¿por qué él?

—Conoce el negocio como nadie...

—¿Y... ha aceptado?

Eso era lo más sorprendente.

Geneviève esbozó una sonrisa astuta.

—Está en la ruina, y nosotros le ofrecemos una gran oportunidad.

Omitía el detalle de que la primera respuesta de Guénot había sido:

—Aaah, o sea que se avergüenzan de haberme estafado, ¿no es cierto?

Geneviève se había limitado a cruzar las manos sobre el bolso.

—¡Ni mucho menos! Pero necesitamos a un ladrón experimentado y enseguida he pensado en usted.

—¿Y cuánto habrá que...? —preguntó Jean angustiado.

—Catorce mil francos al mes: desde que quebró, vegeta en una pequeña empresa sin futuro. No estaba en condiciones de rechazarnos.

Geneviève tenía razón.

En su campo, Georges Guénot era una especie de prototipo: tenía una intuición prodigiosa para explotar al personal a la que se sumaba un cinismo fuera de serie. Se contaba que una vez, en la «pequeña empresa sin futuro» adonde Geneviève había ido a cazarlo furtivamente, una obrera se había seccionado un dedo de forma accidental y él le había exigido que «limpiara ese desorden», refiriéndose a la mesa llena de sangre, antes de llamar a un médico.

En algo más de seis meses al mando de la tienda de la place de la République ya había timado a representantes de todos los gremios, metido en cintura a todos los jefes de obra y obreros, y se disponía a iniciar la contratación de personal, lo que también prometía buenos momentos.

Su fichaje había aliviado la presión sobre Jean, que pudo dedicarse a lo que sabía hacer: buscar proveedores y negociar contratos. Viajaba por toda Francia visitando talleres a los que proponía importantes pedidos de productos baratos sobre cuya calidad el cliente final no se mostraría muy exigente.

¿Qué hora debía de ser? Geneviève miró el despertador.

«¡Dios mío, las cuatro!» Arrugó la nariz. «Debería cambiar a Colette: se lo ha hecho encima poco después de mediodía...»

Se inclinó sobre la labor para volver a contar los puntos. Podría parecer que no le prestaba atención a su hija, pero no era así ni mucho menos porque, cuando ésta, subida a los dos listines apilados en el asiento, alcanzó el alféizar de la ventana abierta de par en par, se puso de pie agarrándose a la falleba con ambas manos y empezó a oscilar peligrosamente, su madre alzó la vista y, cruzándose de brazos, le dijo con una amplia sonrisa:

—Bueno, ¿y ahora qué?

Hacía buena tarde, pero, de todas formas, era febrero y un aire helado entraba en la habitación: se notaba en los deditos blancos de Colette, que aferraban la falleba. De hecho, hacía rato que Geneviève se había echado un chal grueso sobre los hombros.

La niña se balanceaba de un pie a otro.

De pronto empezó a chillar.

¿Vio el vacío a sus pies?

¿Miró el patio, cuatro pisos más abajo?

—Bueno, cariño, ¿te decides? —dijo plácidamente Geneviève, con las regordetas manos cruzadas sobre la labor, que descansaba en sus rodillas. Sonreía y hacía pequeños gestos con la cabeza para animar a la niña, que se desgañitaba, a tomar una decisión—. Dudas, ¿eh? Claro, lo comprendo, es una gran responsabilidad.

En ese momento Colette soltó la falleba.

Geneviève se inclinó hacia delante.

Los pies de la niña se alzaron del suelo, como si hubiera resbalado en una placa de hielo.

Cayó de golpe hacia el interior. Su frente golpeó las guías y luego el suelo.

Sus chillidos, interrumpidos durante la caída, recomenzaron de inmediato.

Geneviève cerró los ojos. «¡Qué delicada es esta niña!», pensó y, como los gritos se intensificaban, se apretó los oídos con las palmas de las manos.

Por eso no oyó entrar a Jean.

Cuando abrió los ojos, su marido estaba allí, en el umbral de la puerta, con la maleta en la mano.

—Pero bueno, ¿qué pasa?

La pequeña, llorando a lágrima viva, se aferraba a una pata de la silla como la superviviente de un naufragio. Sobre su cabeza, la ventana abierta de par en par.

Sorprendida, Geneviève se había levantado de un salto mientras Jean intentaba comprender la situación.

—¡Yo qué sé! —respondió, se acercó pesadamente a las guías, volvió a ponerlas en su sitio y cerró la ventana—. ¡Llevamos así desde mediodía! ¡Haz el favor de ocuparte tú! —gritó, y volvió hacia el sillón con pasitos lentos y cansados—. ¡Yo no puedo más!

2

De momento nadie lo sabe

Los jefes de sección se quedaron un buen rato en el pasillo discutiendo sobre el contenido y la suerte de la serie sobre la limpieza de las francesas; ¿de veras responderían los lectores como esperaba el director? François fingió estar haciéndose la misma pregunta, pero se escabulló en cuanto pudo. Con el rabillo del ojo vio el gran reloj: las once y media. No había mensajes de Nine ni del señor Florentin sobre su mesa. Echó un vistazo a los despachos de agencia, comprobó los artículos encargados e hizo un rápido cálculo: le daba tiempo a pasar por casa de Nine, en la rue Jean-Goujon.

Sabía perfectamente que ir al piso de Nine en su ausencia parecía la reacción de un hombre engañado o que teme serlo, pero, la verdad, no creía que tuviera un amante, o más bien lo atenazaba un miedo de una naturaleza superior: el del naufragio de Nine. Ya había tenido que intervenir en dos ocasiones para sacarla de apuros y estaba francamente asustado.

La portera había salido, así que subió y cogió la llave oculta sobre el dintel de la puerta. No era raro que Nine se olvidara su llave, así que tenía ese duplicado para casos de emergencia. Él la había visto varias veces poniéndose de puntillas y estirando mucho los brazos para alcanzarlo, y la verdad es que invariablemente se sentía excitadísimo.

El piso estaba siempre limpio y bien ordenado. Tenía dos habitaciones, pero muy pocos muebles: apenas una cama, una cómoda y un ropero, una mesa de madera y un antiguo armario empotrado, un poco más hondo de lo normal, que contenía un infiernillo y hacía las veces de minúscula cocina. Desde que se conocían, era él quien subía la bombona de gas.

Lo recorrió con la vista en un santiamén, luego abrió el ropero y el aroma de Nine brotó de sus vestidos, blusas y jerséis, incluso de sus minúsculos zapatos.

¿A qué había ido allí exactamente? ¿Qué esperaba encontrar?

En el estante superior había un sombrerero y varias cajas de zapatos. Abrió una y encontró unos botines, pero al abrir la segunda tuvo que reprimir un juramento. Se sentó en la cama y examinó el contenido: relojes de mujer, mecheros, dos pulseras, una aguja de corbata, varias estilográficas de lujo... La verdad es que estaba anonadado.

Ya eran las doce y media. En vez de ponerlo todo en su sitio se levantó, buscó una bolsa (encontró una de esparto debajo del fregadero, junto a unas botellas de refrescos y aperitivos) y vació la caja dentro. Luego salió, volvió a dejar la llave en el dintel y pasó rápidamente por delante de la portería. Una vez en la acera, creyó oír que lo llamaban, pero ya era tarde: había echado a correr hacia la parada de taxis.

Al llegar a la Gare de Saint-Lazare se precipitó sobre los listines y marcó el número de André Lecœur. En su impaciencia, daba golpecitos en la pared con el índice. «Descuelga, André, descuelga.» André descolgó.

Era el corresponsal de *Le Journal du Soir* en Normandía, un viejo periodista con el que había coincidido un par de veces.

Tendría unos sesenta años, lo que era sorprendente porque, con lo que fumaba, no debería haber pasado de los cuarenta: tres paquetes de Gitanes Maïs sin filtro, unos cigarrillos anchos como tubos de estufa que se apagaban si uno no aspiraba fuerte y seguido, y los suyos nunca se apagaban. Su voz, al otro lado del hilo, sonaba ronca y cascada.

—Ah, es por esa chica.

François cerró los ojos. «Dios mío, Nine está allí.»

—Sí, sí, está en la comisaría... —siguió diciendo Lecœur—. ¿La conoces? ¿Cómo dices que se llama?

—¿No ha dado su nombre? —preguntó él sorprendido. Le pasaban mil cosas por la cabeza.

Lecœur se echó a reír.

—Pues no: aquí es la señorita misterio: no llevaba documentación encima ni ha abierto la boca desde que la encontraron. El comisario ha hecho un llamamiento público para tratar de averiguar su identidad; en fin, ¿cómo dices que se llama?

François tiró del cable del teléfono, extendió el brazo para alcanzar la guía horaria de trenes y la hojeó rápidamente.

—¿Conoces bien al comisario?

—Sí, y es un mal bicho.

Fue siguiendo una columna con el índice y luego una línea.

—Cojo el tren de las catorce treinta en Saint-Lazare. Nos vemos delante de la comisaría sobre las diecisiete treinta, ¿podrás estar?

—Sí, pero, muchacho...

—¡Gracias, André, hasta luego! —dijo él, y colgó.

Mientras corría a agarrarse a la barandilla del cabús, que cogía velocidad, vio detrás de la ventanilla a un viejo revisor que, sentado en un transportín, lo miraba con la pachorra de quien ha visto lo mismo montones de veces. No hizo el menor movimiento para ayudarlo: siguió liándose un cigarrillo, aunque sin apartar los ojos de él, y seguramente preguntándose si aquel loco conseguiría su objetivo, si desistiría y se quedaría en el andén o si caería entre las ruedas.

Esa mirada llenó a François de cólera. Dio un salto furioso, aferró la barra de hierro y, raspándose las puntas de los zapatos, consiguió auparse a la escalerilla de madera y abrir la puerta del coche.

—Vaya prisa que llevas —le dijo escuetamente el viejo revisor—; para matarse es lo ideal.

Él jadeaba.

—Sin ayuda, seguro que es bastante peligroso.

—Ah, o sea que, según tú, mi trabajo consiste en ayudar a subir a los viajeros sin billete, ¿no? ¿Tienes billete?

François se estaba sacudiendo el polvo del pantalón mientras procuraba recuperar el aliento.

—Escuche...

—Eso es: te escucho —repuso el revisor con la vista fija en la bolsa de esparto que él llevaba colgada del hombro. Con las prisas, no había podido cambiarla por otra, y la verdad es que era bastante femenina; inesperada tratándose de un varón que ha salido de viaje.

François se sintió incómodo: llevaba consigo todo un botín de objetos cuya procedencia no podía justificar.

—Anda, chico, ve a sentarte, enseguida pasaré a verte.

Él procuró disimular su alivio, entró en el coche y enseguida encontró sitio. Dejó la bolsa de esparto debajo de su asiento y, contemplando el paisaje de la periferia, que empezaba a desfilar al otro lado de la ventanilla, se preguntó cómo iba a deshacerse de aquel tesoro tan comprometedor.

Le vino a la memoria un incidente que se remontaba al mes de diciembre. Nine y él habían ido al cine y, al salir, ella había insistido en visitar las Galerías Lafayette. Curiosearon aquí y allí, y en un momento dado se detuvieron delante de un exhibidor de plumas estilográficas. Entonces, de pronto, sin darse cuenta de que él estaba observándola, Nine se metió una en el bolso. Lo hizo súbitamente, con movimientos de experta. Él no dijo nada, en parte porque estaba seguro de que los pillarían y sólo quería salir del establecimiento. Después, ya no se le ocurrió qué decir: aquello había sido inaudito; no sólo el robo, sino verla tan tranquila, tan normal.

—¿Te encuentras bien? —le preguntó ella durante el camino de vuelta.

Esa noche no pegó ojo pensando en que a lo mejor había visto mal. Sin poder aguantar más, se levantó y, cuidándose de no despertar a Nine, registró su bolso. Allí estaba la pluma dorada; no era nada bonita y apenas pesaba en la mano: era un objeto de escaso valor. ¿Qué necesidad tenía Nine de robar algo que habría podido comprar fácilmente? Sin dudarlo, se guardó la pluma en un bolsillo de la chaqueta y a la mañana siguiente la arrojó a una alcantarilla. ¿Habría comprendido Nine, al no encontrar la pluma, que había sido cosa de él? Si ése fue el caso, aquel objeto sin importancia siguió siendo un secreto entre ellos, porque nunca hablaron de lo ocurrido y él prefirió pensar (sin creérselo del todo) que el robo se había debido a un impulso repentino, irresistible y aislado. Ahora que había descubierto la caja con los tesoros de Nine, la anécdota adquiría otro significado: debía de ser una manía o un vicio que podía llevarla a la cárcel. De hecho, en ese momento iba a buscarla a la comisaría de Ruan.

Angustiado, se secó el sudor de la frente.

Después, sin pensar, se levantó, bajó la ventanilla con las dos manos, cogió la bolsa de esparto y la lanzó fuera; luego cayó en la cuenta de lo que había hecho, cerró la ventanilla y se volvió para mirar a los escasos pasajeros. Había sido un acto completamente irreflexivo, ¿y si alguien lo había visto? ¿El revisor, por ejemplo? Pero nadie parecía haber prestado atención.

Bajó en Ruan y cogió un taxi para ir a la comisaría. Apenas eran las cinco y diez, pero André Lecœur ya estaba allí, fumando en la terraza de un café. Lo tranquilizó ver a aquel hombre corpulento y melancólico: daba la sensación de que la ciudad le pertenecía.

—La detuvieron ayer a última hora de la tarde en las Galerías Ruanesas: un dependiente afirmó que la había visto metiéndose una polvera de oro en el bolso y un inspector se apostó en la puerta a esperar a que saliera. Yo conozco al famoso inspector: impresiona por su voz y su bigotazo, pero está gordo y sería incapaz de perseguir a nadie. Era el peor candidato para esa detención, como quedó demostrado. Con sólo verlo, la chica se echó a correr como alma que lleva el diablo. Por fortuna, el gordo gritó: «¡Al ladrón!», y otro joven la alcanzó, pero a esas alturas ella ya había arrojado el bolso por encima del pretil del puente. La llevaron a comisaría, pero había poco que hacer cuando el cuerpo del delito estaba en el fondo del Sena. De todas formas, ella se negó a hablar, ni siquiera quiso identificarse. De hecho, no ha dicho esta boca es mía desde la detención, pero es tan encantadora y parece tan perdida que, en el fondo, nadie se lo toma mal. Han tenido que iniciar un procedimiento para ver si alguien la conoce. No saben de ti, claro... —Lecœur sacó la libreta y la estilográfica, las dejó encima de la mesa y encendió un Gitanes con la colilla del anterior—. El comisario dice que olía a alcohol.

François se había pasado el viaje dándole vueltas a lo que debía decirle a Lecœur (que no era famoso por su discreción), pero aún no lo tenía claro. Decirle la verdad suponía revelar secretos bien poco edificantes; sin embargo, mentir podría avivar la curiosidad, y eso sí que sería catastrófico. Se trataba de elegir entre dos posibilidades igualmente malas.

—Se llama Catherine Keller, pero la llaman Nine —dijo al fin.

Lecœur asintió, pero siguió sin abrir su libreta. De hecho, se quedó mirando pensativamente el cenicero.

—Es mi novia; es alcohólica, cleptómana... y sorda.

Lecœur continuó sin inmutarse. Un tranvía pasó traqueteando bajo el sol moribundo. El viejo periodista dejó pasar unos minutos mirando a lo lejos como quien espera a alguien.

—Mira —soltó de repente; el cigarrillo se le había apagado en la comisura de los labios—, desde el punto de vista jurídico, si el objeto supuestamente robado no aparece no hay delito: es la palabra del dependiente contra la de ella. Como tenga antecedentes, la cosa podría complicarse, pero de momento nadie lo sabe. Conozco a Boildieu, el dueño de las Galerías: hace veinte años estuvo tirándose a mi mujer y esas cosas crean vínculos. Déjame hablar con él: si el establecimiento retira la denuncia, estarán obligados a soltarla. Dame una hora.

Sin más dilación, se levantó y se dirigió a la comisaría, de la que volvió a salir poco después para cruzar de nuevo la calle y tenderle la mano a François.

—Bueno, hasta pronto, muchacho; buen viaje de vuelta. Saluda a Stan de mi parte.

François se levantó, bastante sorprendido, pero cuando se volvió hacia la comisaría vio a Nine de pie en la puerta, llorando.

3

¡Y tú ni enterarte, claro!

Geneviève consideraba muy fino asignar los asientos de la mesa incluso tratándose de una comida en familia. No iba tan lejos como para colocar un letrerito delante de cada plato, pero estaba encantada de dar instrucciones desde su sillón con las manos entrelazadas sobre el vientre y voz de moribunda.

—François, cariño, ¿puedo pedirte que te sientes a mi lado? Estarás enfrente de tu hermana y pondremos a Colette a su derecha. Y tú, querida —dijo volviéndose hacia Nine—, ponte ahí: no quiero separarte de tu amorcito. Y tú, Gordito, aquí.

Todos eran conscientes de que los sitios eran exactamente los mismos que la vez anterior.

En la época en que vivían en la Porte de la Villette, Geneviève le había echado el guante a la señora Faure, vecina y excelente cocinera que desde entonces les hacía la comida tres veces por semana (los otros días se comían las sobras). Era una mujer dulce y bondadosa, generosa... y lenta. También era viuda y bastante mayor, aunque fuerte. Sus pies, deformados por la artrosis, la obligaban a usar zapatillas dentro y fuera de casa, y sus dificultades respiratorias la hacían andar pesadamente, pero solía servir cuando había invitados.

Tras el cambio de domicilio, Geneviève le había pedido que fuera hasta la rue de Paradis.

—Sólo dos veces por semana —había insistido.

La señora Faure titubeó: pensaba en las interminables escaleras del metro, en el largo trayecto, en el tramo que sólo se podía recorrer a pie y en lo que sería hacerlo en zapatillas cuando lloviera, pero Geneviève se ofreció a doblarle el sueldo. Se trataba de un argumento muy potente para una anciana viuda a quien sus hijos, obreros o criadas, no podían socorrer, y que por tanto vivía de los subsidios concedidos a la gente de «escasos recursos», que, francamente, no eran gran cosa. ¿Cómo iba a negarse?

De modo que dos veces por semana cruzaba medio París con sus gastadas zapatillas para hacerles la comida a los Pelletier, y lo mismo cuando tenían invitados, lo que por suerte no ocurría a menudo: aparte de François y Hélène, nadie les conocía ni amigos ni relaciones.

Tras aquellas comidas en la Porte de la Villette, los hermanos y Nine volvieron a ver a la señora Faure arrastrar los pies por el comedor de la rue de Paradis cargada con unos platos tan pesados que a duras penas conseguía colocarlos en la mesa. Si ninguno se levantaba a ayudarla era porque la propia anciana les había suplicado discretamente que no lo hicieran: temía por su puesto.

—¿Qué nos ha preparado esta vez, señora Faure? —le preguntaba siempre Geneviève.

Por supuesto, ella misma había decidido el menú con más de dos semanas de antelación, pero le gustaba hacer creer que cada comida era una genial improvisación de su cocinera.

Geneviève había empezado a expresarse con una voz débil y un poco jadeante. A su lado, la señora Faure casi parecía vital: los embarazos le habían deparado al fin un papel a su medida. Había sentado a la pequeña Colette al lado de Hélène y adoptado la actitud dolorida de una madre a la que le han arrancado carne de su carne: comía con cara de pena y, de tanto en tanto, posaba en su hija una mirada enternecida y triste que debía reflejar la crueldad de aquella separación. A veces, sin embargo, bajaba un poco la guardia y se dejaba llevar por la conversación olvidándose de la presencia de Colette, pero cuando se percataba se llevaba las manos al vientre, soltaba unos gritidos y, una vez captada la atención general, se volvía hacia su hija sonriendo y le decía:

—Mamá está bien, tesoro; no te preocupes, bu, bu, bu...

Geneviève se consideraba indiscutiblemente superior a Hélène y Nine tan sólo por estar casada y esperar su segundo hijo. «Esas dos pueden creerse muy guapas», pensaba, «pero son un par de solteronas. Hélène ya tiene veintitrés años y sigue sola, y la sorda le lleva dos años por lo menos: como se descuide, se le pasará el arroz». Regocijada por esos pensamientos, cruzaba las regordetas manos sobre la mesa y sonreía afablemente, que es lo que se hace cuando se está en familia.

Ese mediodía la conversación no tardó en derivar hacia el viaje a Beirut: la comida era en parte para eso. Hasta entonces todos habían ido siempre en barco, pero, desde finales de aquel diciembre, Geneviève había estado insistiendo en que, para las fechas de la peregrinación, ella estaría de siete meses. A esa constatación seguía, cada vez, una lista creciente de males que podrían aquejarla en un viaje como ése, en un rango que iba de las probables náuseas, pasando por la imposibilidad de desembarcar en caso de imprevistos, hasta el riesgo de parir prematuramente en ausencia de un médico. Ese día, finalmente, ella misma les comunicó la solución que había encontrado:

—A mi hija y a mí no nos queda más que ir en avión; está a un tiro de piedra, ¿no?

La verdad era que se moría de ganas de llamar a las encantadoras azafatas para que le sirvieran una copa de champán: «Pero está un poco tibio, ¿podría traérmelo más frío? Y no tarde mucho, por favor, ¡que tengo una sed! Compréndalo, en mi estado...»

François intentó hacerle ver que las esperas en los aeropuertos solían ser muy largas; Hélène la advirtió de la duración de los vuelos y las cansinas escalas; su marido alegó los inconvenientes de llevar a una criatura de la edad de Colette, pero ninguna razón hizo mella en su determinación. Magnánima, cerró los ojos y murmuró con una voz apenas audible:

—No, tengo que hacer el esfuerzo de ir. ¡Es tan importante para vuestro padre! No se merece semejante disgusto.

Jean, nada sorprendido por la actitud de su mujer, bajó la cabeza como quien dobla el espinazo. Nadie podía hacerse una idea ni siquiera aproximada del infierno que vivía aquel pobre hombre.

Nunca había habido una mujer tan embarazada como Geneviève.

El embarazo prácticamente le impedía moverse. Había que estar pendientes de ella, además de ordenar en su lugar, quitar el polvo, lavar... Las tareas domésticas siempre le habían desagradado; nunca había hecho nada especialmente notable en la casa, pero ahora que estaba embarazada no hacía nada en absoluto. Resoplando, sujetándose los pechos con las dos manos, soltando gemidos quejumbrosos y arqueando la espalda de improviso debido a una punzada en los riñones, iba trabajosamente del sillón a la cama, adonde había que llevarle la labor, o «un vaso de agua, si no es molestia, señora Faure, ¡a no ser que haya gaseosa! ¿Iría a buscármela?» Todo era motivo de lamentaciones: los pechos, que se le hinchaban y le causaban dolores terribles; el piso, orientado al sur...

—¡Qué calvario! —exclamaba abanicándose con un ejemplar de *Modes & Travaux*.

No había tarde que no sufriera terribles antojos que lanzaban a Jean a la calle a cualquier hora para traer de las Halles un kilo de fresas o de melocotones.

—¡Gordito! ¡Necesito cacahuetes! ¡Ay, Dios mío, sin cacahuetes me moriré! Pero ¡muévete! ¿No ves que sufro?

—Y cuando Jean volvía—: ¡Vaya, gracias, hombre! Me has dejado soportando esto durante horas. ¿Adónde has ido a buscarlos, a África? ¿Has aprovechado para pasar por el burdel?

Porque también estaba eso: la crítica a los supuestos devaneos de su marido, al que atribuía un temperamento priápico. Geneviève no tenía ningún problema en subrayar la impotencia de su consorte y proclamar, al mismo tiempo, que era la clase de hombre que «salta sobre todo lo que se mueve»: no veía contradicción en ello.

Nine apenas había intervenido en la conversación sobre el viaje a Beirut. «¡Está más sorda que una tapia!», pensó Geneviève. «Y si oyera, habría que preguntarse si comprende lo que se le dice.»

Cierto que Nine no hablaba apenas durante aquellas comidas, pero le encantaban. «No todos los días tiene una la ocasión de divertirse tanto», decía. Aquella familia la hacía reír. «Eso me consuela de no tener una.» Algo tenía que ver la severidad con la que juzgaba a los suyos, sobre todo a su padre: «En casa siempre decimos que murió de un infarto, pero en realidad era un borracho. Enseñaba literatura medieval, escribió libracos que nadie ha leído nunca y jamás fue popular entre sus alumnos. Varios taberneros dijeron sentir mucho su muerte, claro: ¡como que para ellos era una fuente regular de ingresos!»

De todas formas, ese domingo estaba aún más callada que de costumbre tras su reciente tropiezo en Ruan.

Lo ocurrido la había afectado mucho.

—¿Te encuentras bien? —le había preguntado Hélène percibiendo su desazón.

Nine había respondido que estaba perfectamente, pero era evidente que estaba nerviosa: si François no hubiera conseguido liberarla probablemente habría acabado en la cárcel. Había estado cerca. Concentrada en su plato, revivía las horas de abatimiento en la celda de la comisaría, con toda aquella gente acudiendo a verla («Qué chica tan guapa y tan curiosa) y a preguntarle cosas («Pero, a ver, ¿cómo se llama usted?»). Encerrada en sí misma, había empezado a pensar que su vida acabaría allí: no volvería a abrir la boca y jamás averiguarían quién era, moriría allí después de una huelga de hambre, arrojarían su cuerpo a la fosa común y harían grabar SIN IDEN-TIFICAR en una tabla de madera, como en las tumbas de los soldados desconocidos.

François acababa de posarle la mano en el brazo.

—¿Estás bien?

Ella alzó la cabeza y se esforzó en sonreír. Estaba molesta con él. Era injusto, pero no podía evitarlo: no sólo se había enterado de debilidades suyas que la avergonzaban, sino que le debía gratitud por un favor que no le había pedido. Incluso le costaba hablar con él. Le entraban ganas de dejarlo.

Agotado el tema del viaje a Beirut y el sacrificio de Geneviève, la conversación se había centrado en Jean y sus negocios.

—¿Cómo va todo, Gordito? —quiso saber François, que siempre formulaba esa pregunta con cautela porque a su hermano rara vez le salía bien algo.

Jean, ansioso por presentarse bajo una luz favorable, respiró hondo: al fin y al cabo, estaba a punto de abrir una magnífica superficie comercial en pleno centro de París. Pero cuando intentó hablar la suma de sus preocupaciones lo dejó sin palabras.

En cambio, Geneviève no dudó en intervenir.

—Es muy simple —dijo—: ¡nunca está en la tienda nueva! Antes, para buscar proveedores, sólo iba al Norte. ¡Ahora se recorre toda Francia! —No se sabía si lo deploraba o le producía admiración—. ¡París, Lyon, Marsella! ¡No para!

Jean sintió que la charla podía dar un giro a su favor.

—¡Soy como el tren París, Lyon, Marsella, yo solo! —exclamó con un punto de guasa, evocando el famoso servicio ferroviario que unía las tres ciudades, pero nadie sonrió siquiera—. ¡Ayer mismo estaba en Charleville!

—Qué curioso —repuso François rebuscando en un bolsillo de su chaqueta, colgada del respaldo de su silla, y sacando la última edición del *Journal*, que hojeó bajo las miradas de intriga de los demás—. ¡Sí, aquí está! —exclamó al fin mostrándoles el titular de una página interior:

Una viajera arrojada en marcha
del tren Charleville-París
La joven, en coma profundo,
está entre la vida y la muerte

—¡Qué barbaridad...! —exclamó Geneviève, y se volvió hacia su marido—. ¿Tú sabías eso?

A Jean no le dio tiempo a responder.

—¿Ibas en el mismo tren, Gordito? —preguntó Hélène.

El interpelado alzó los brazos.

—¡No lo sé! ¿Có... cómo voy a...?

François releyó el artículo para comprobarlo.

—Aquí dice que era el tren de las once cuarenta de Charleville.

—¡Sí, era el mismo! —confirmó Geneviève dándole un codazo a su marido—. ¡El tuyo! —Era un grito de júbilo. Cualquiera habría pensado que había ganado una rifa—. ¡Y tú ni enterarte, claro!

—Pues...

—Nadie vio nada —añadió François dejando el periódico sobre la mesa—. El tren no se detuvo, continuó su recorrido. Encontraron a la chica tendida en el balasto dos horas después.

—¡Qué barbaridad! —volvió a decir Geneviève.

Jean se había quedado con el tenedor en alto y la mirada perdida. Una asociación de ideas acababa de llevarlo del periódico al pañuelo que, por dejadez, se había metido en el bolsillo. De repente, la presencia de ese trozo de tela manchado de sangre en una chaqueta que estaba colgada en su armario le pareció monstruosa y amenazadora, tanto que le entraron ganas de levantarse, correr a buscarlo y esconderlo o destruirlo.

—¡Gordito! —gritaba su mujer—. ¡Tu plato! —La señora Faure le tendía un buen pedazo de tarta Selva Negra que él cogió tan torpemente que casi se le cayó—. ¡Qué manazas eres, hijo! —comentó Geneviève.

Era uno de esos momentos en que la conversación, sinuosa y vacilante, busca un nuevo camino, y Jean lo aprovechó para extender la mano, coger el periódico que François había dejado en la mesa y, saltándose el primer párrafo, leer en silencio el artículo...

... *su bolso, encontrado en el compartimento que ocupaba desde la salida de Charleville, permitió averiguar su identidad: Antoinette Rouet, 25 años, costurera, con domicilio en el bulevar Richard Lenoir, 34, París. Tenía previsto casarse en menos de tres semanas y sus allegados confirman que era «la mujer más feliz del mundo», por lo que la hipótesis del suicidio queda totalmente descartada. «Es probable que se haya tratado de un intento de asesinato», afirman fuentes policiales. De hecho, las graves heridas en la cabeza de la víctima podrían explicar las manchas sospechosas encontradas en la ventanilla de una plataforma y descubiertas por suerte justo antes del envío*

del convoy al muelle de limpieza. Los investigadores con-
fían en que la joven se recupere del coma y pueda prestar
declaración. Se ha lanzado un llamamiento: todos los
viajeros de ese tren que dispongan de algún dato, por
insignificante que sea, que pudiera ayudar al descubri-
miento de la verdad deben ponerse en contacto con la co-
misaría lo an...

Tuvo que interrumpir la lectura porque su mujer le había arrancado el periódico de las manos: en la mesa no se lee.

—¡Vaya! —estaba diciendo Geneviève—. Pero ¿cómo que «sucias»? ¿Qué quiere decir eso?

—No he leído los artículos —respondió François—: el primero no saldrá hasta el lunes. Pero sólo se publican cosas muy documentadas, y la conclusión es inapelable: las francesas son desaseadas.

Geneviève se cruzó de brazos desconfiada.

—¡Y las alemanas más limpias, supongo!

—No sé si en la serie se hablará de las alemanas...

—¿Qué serie? —preguntó Jean, todavía sacudido por la noticia del Charleville-París.

—Unos artículos sobre la higiene de las francesas —le explicó François—. Saldrá uno cada día durante una semana. El director ha mantenido en secreto el contenido; creo que prevé un escándalo y hasta puede que esté intentando provocarlo.

—Espero que haya una segunda parte sobre la higiene de los hombres. —Todas las cabezas se volvieron hacia Nine. Su voz era tan delicada como ella misma, pero sabía hacerse oír. Sonrió y continuó—: Teniendo en cuenta que ellas son quienes lavan la ropa, dudo que mujeres sucias puedan tener maridos limpios...

El comentario acabó de indignar a Geneviève: se sentía herida en lo más hondo de su patriotismo.

—¡Entonces en este país no hay más que guarros! ¡Lo que hay que oír!

François se limitaba a escuchar mientras en su fuero interno celebraba la intuición de su jefe: el tema apasionaba, dividía, escandalizaba. Objetivo cumplido.

Geneviève, previsiblemente, volvió a la carga:

—¡Manchar el nombre de Francia, eso es lo que hacéis! Me gustaría echarme a la cara a ese periodista...

—Soy yo.

Tardaron unos segundos en comprender que era Hélène quien lo había dicho. Se le había escapado y la cosa ya no tenía remedio: se había lanzado a la piscina. Siguió hablando con la vista fija en François.

—Cuando se le ocurrió la idea, Denissov pensó en una mujer para escribir los artículos: supuso que sería menos violento que si lo hacía un hombre.

Esa verdad a medias formaba parte del arsenal dialéctico que había preparado para la ocasión.

—Pero... ¿por qué tú?

La voz de François sonó opaca y temblorosa.

—No quería encargarle el trabajo a una chica del periódico: temía filtraciones. Prefirió recurrir a una *freelance*.

Se hizo un largo silencio.

—¡Eres una cabrona! —gritó François pegando un puñetazo en la mesa.

Nine intentó sujetarlo, pero él se soltó con brusquedad.

—No te he robado nada —le respondió Hélène con mucha calma.

—¿Ah, no? Entonces, ¿por qué usas otro nombre? ¿Porque es más bonito?

—¡Lo decidió Denissov, no tienes más que preguntarle!

François se había levantado de la silla, Jean no sabía qué partido tomar, Geneviève estaba disfrutando: le encantaban las peleas.

—¡No hace falta! ¿Quieres que te diga por qué? ¡Porque piensa que dos Pelletier en la misma redacción son multitud, por eso! —Nine nunca había visto a François tan furioso ni tan desesperado. Hélène seguía sentada—. ¡Fui yo quien te metió en el *Journal*!

—¡Pero sigo en él porque hago un buen trabajo!

Colette, asustada por los gritos, había empezado a llorar.

—¡Hazla callar, Jean; no me entero de nada! —rugió Geneviève, que no quería perder ripio de la discusión.

—No le quito nada a nadie, François... —aseguró Hélène.

—¿No, eh? ¿Estás segura?

—¡Segurísima! ¡Cada cual tiene el puesto que merece!

Hélène se mordió el labio: la frase se le había escapado. ¿Por qué había dicho semejante cosa?

—¿Hace mucho que te acuestas con él? —preguntó François.

Hélène no esperaba que aquel tema surgiera tan pronto. No se le ocurrió ninguna respuesta. Hubo un nuevo silencio.

Todo el mundo comprendió que François no se equivocaba.

Hélène se levantó por fin y arrojó la servilleta sobre la mesa.

—El día en que crea que tengo que consultarte antes de acostarme con alguien, te lo diré.

Nine fue la única que se despidió de Hélène, que respondió a su beso con cara seria y desapareció.

Geneviève, que se lo había pasado en grande con la pelea, encontró intempestiva aquella forma de terminar la comida. Tras la partida de Hélène, dejaron pasar un tiempo prudencial y luego se levantaron, se besaron distraídamente y, con la mente puesta en otra cosa, se dijeron un par de frases amables. No quedó más que la mesa llena de sobras que la señora Faure empezó a recoger con movimientos lentos y cansados.

Antes de coger a Colette para consolarla, Jean se había metido el periódico en el bolsillo de la chaqueta. Su mente, tozuda, había vuelto al maldito pañuelo.

François hizo el trayecto de vuelta a casa como si estuviera KO.

Caminaba como un autómata con la palabra «traición» resonando en su cabeza: no podía evitarlo. La traición de Hélène, la de Denissov, ¿quién más estaba al tanto? ¡Iba a ser el hazmerreír de todo el equipo!

—Voy a dejar el *Journal*.

Se sentía tan decepcionado que tenía ganas de llorar.

—Cariño... —dijo Nine procurando alzar la voz—, espera a ver.

—¿A ver qué?

Nine comprendió que no había nada que hacer.

Esa noche se acurrucó contra él, pero François estaba rígido como una estaca. Cuando ella se durmió por fin, él se levantó y se puso a fumar en la ventana mirando el vacío.

En esos momentos, su hermano Jean también estaba en la ventana de su salón.

El pañuelo había desaparecido.

¿Lo había perdido? ¿O tal vez...?

4

¿Qué hizo con ese bebé?

—Es un señor de la policía...

La secretaria estaba azorada.

—Mi nombre es Armand Palmari —dijo el hombre ofreciendo la mano—, soy de la Oficina de Protección de los Menores y la Natalidad.

En Châteauneuf, departamento del Yonne, todo el mundo sabía que aquella oficina, pese a su nombre, se dedicaba en realidad a perseguir los abortos clandestinos. El director del laboratorio Delaveau se quedó mudo: unos días antes el doctor Marelle había mencionado a aquel inspector durante su partida de ajedrez.

—No tardará en pasar a verte... —le había pronosticado.

El puesto del inspector de Natalidad había estado vacante casi dos años, por lo que el nombramiento de Palmari, dos meses antes, había sorprendido a todo el mundo. Hacía ya mucho tiempo que la lucha contra el aborto había quedado relegada al final de la lista de las prioridades políticas: el aumento espectacular del número de nacimientos parecía haber enterrado el tema. Se hablaba mucho más de las comadronas que de las feticidas, pero lo cierto era que la ley no había cambiado.

—Y el tal Palmari está aquí para recordárnoslo a todos...
—había añadido el bueno de Marelle colocando su torre en d4.

El inspector era un cincuentón alto y sonriente de frente despejada, cara ancha, labios finos y pelo liso peinado hacia atrás. Cuando te miraba, a menudo abría los ojos como platos, como asombrado por lo que le decías.

—Vengo a visitar a sus conejas...

La sonrisa que pretendía subrayar la broma resultaba más bien inquietante.

—Por supuesto —farfulló el director del laboratorio.

Los dos hombres avanzaron por los pasillos hasta plantarse delante de las jaulas.

—Sólo le quedan cuatro, ha utilizado seis —dijo Palmari.

El director intentó remontar el hilo lógico que llevaba a esa constatación, pero no le dio tiempo.

—He comprobado las facturas de su proveedor, la granja Poussard —explicó el inspector mientras introducía el dedo por la malla de una jaula para acariciarle las orejas al animal—. Me gustaría examinar su registro de las pruebas de embarazo, sólo para comparar.

El director del laboratorio se echó a temblar porque la excusa de la comparación apenas disimulaba el verdadero objetivo de la visita.

Las conejas se utilizaban para realizar el test de Friedman, basado en la presencia de la hormona del embarazo HCG y consistente en inyectarles una dosis de orina de la paciente en un ovario: si ovulaban durante los tres días siguientes, había embarazo. No era difícil comprender la maniobra del inspector: se interesaría por las cuatro mujeres cuyas pruebas habían sido positivas y, entre ellas, por las que no habían dado a luz.

—No tema —dijo ante la expresión inquieta de su interlocutor—, ¡no sospecho de usted!

Sonreía y miraba a su alrededor: el laboratorio Delaveau era exactamente el que él habría querido montar de haber sido farmacéutico.

Mientras se dirigían al despacho de la contable, el director recordaba las palabras de Marelle: «Un compañero de promoción que vive en Lyon me ha dicho que el tal Palmari hizo maravillas tanto en el gobierno de Vichy como tras la Liberación. Parece que considera que la lucha contra el aborto está un poco abandonada, así que la ha convertido en su cruzada personal; de hecho, en Lyon lo llamaban «el Cruzado». Parece que es muy innovador y hasta perverso en su área.» El director lo tenía claro: era la primera vez que un inspector acudía a contar las conejas y a pedir nombres y direcciones de las clientas que se habían sometido a una prueba de embarazo. Era tremendamente retorcido.

—Eso es todo —dijo Palmari estrechándole la mano de forma calurosa—. Gracias una vez más.

En la acera, consultó su lista: en Châteauneuf existían otros tres laboratorios, pero se había negado a que su colaborador Jean Cosson se encargara de ellos: llevaba poco tiempo allí y quería aprovechar aquellas visitas para ver la cara que ponían los responsables de las empresas.

El doctor Marelle se equivocaba al decir que Palmari era perverso; más bien era un nostálgico. Hay que ponerse en su lugar: comisario en la prefectura de policía antes de la guerra, había comandado una brigada de doce agentes que se ocupaba exclusivamente de combatir el aborto. De la mano de la Alianza Nacional para el Crecimiento de la Población Francesa, había investigado, detenido, interrogado y propiciado la inculpación de decenas de médicos, comadronas, enfermeras y cómplices de todo tipo. Eran los buenos tiempos en los que se podían prolongar las detenciones más allá del plazo legal, desviar las llamadas a los médicos de cabecera y responder a las pacientes haciéndose pasar por su enfermera, explotar el inagotable filón de las delaciones entre vecinos, valerse de las desavenencias familiares, las rivalidades profesionales y los celos e investigar a todo el mundo, de la matrona a la herborista. En esa época se lo consideraba un tirador de élite.

Comparado con ese floreciente periodo, el régimen de Vichy, en el que había depositado grandes esperanzas, había resultado decepcionante. La preocupación por la baja natalidad había dejado paso a la obsesión por la vigilancia, la represión del estraperlo, la caza del resistente y el comunista, la persecución del judío... Palmari había tenido que redoblar esfuerzos porque contaba con mucha menos ayuda. De entonces databa su sensación, sin duda exagerada, de ser una especie de guerrero solitario. Pero se crecía en la adversidad: cuantos más obstáculos encontraba, más hábil y vindicativo se mostraba.

Había conseguido casarse con una señorita de buena familia de nombre Augustine, primogénita de los De Breuille, pese a que ella no quería saber nada de él, ni tampoco sus padres, consternados ante la mera posibilidad de una unión tan desigual. A saber por qué un día Augustine había cedido a sus avances: esa debilidad siempre sería un misterio. El caso es que se había quedado embarazada y se había visto obligada a ceder por segunda vez: en esta ocasión para casarse con él. Así pues, los esfuerzos de Palmari se habían visto recompensados en sentido literal: durante veinte años, la familia De Breuille había tenido que rascarse el bolsillo para que su hija, casada con un funcionario subalterno, llevara una vida digna de su apellido. Él, por su parte, se había limitado a dejar preñada a su mujer cuatro veces (tenían cuatro hijas y él se permitía pensar muchas veces que las mujeres eran una maldición en su vida). Su suegro había querido influir para hacerlo subprefecto, pero él era poli hasta la médula, no hubo manera de hacerlo entrar en razón. Los De Breuille habían sufrido mucho por culpa de aquel yerno tan difícil y vulgar.

En 1945 la depuración había sido severa con todo el mundo. El señor De Breuille, que había confraternizado entusiásticamente con el ocupante, vio sus fábricas nacionalizadas y sus bienes embargados, y la familia se hundió en la mediocridad que siempre había temido. En cuanto a Palmari, en 1944, tachado de «servil lacayo del gobierno de Vichy y de las autoridades alemanas», había sido suspendido por un periodo de diez años, pero entre las reducciones de pena, las prescripciones y las atenuaciones había terminado reintegrándose al cuerpo con la categoría de inspector. Ese regreso, aunque fuera a un puesto subalterno, suponía toda una lección de resiliencia para su familia política.

Destinado inicialmente en Lyon, acababa de aterrizar en Châteauneuf con un único colaborador, Jean Cosson, un cincuentón pálido como un muerto y más tonto que un zapato. Los Palmari vivían en un piso protegido, Augustine se había convertido en un ectoplasma, pero a su marido lo traía sin cuidado: lo preocupaba mucho más la virginidad de sus hijas. La mayor, Guilaine, estaba casada y esperaba su segundo retoño, pero las otras tres seguían viviendo en casa. Como observador experimentado de la concupiscencia de los hombres y la debilidad de las mujeres, Palmari las vigilaba con atención e inquietud.

Profesionalmente, había tenido la suerte de estar a las órdenes del comisario de división Peyrot, ferviente católico y miembro histórico de la Alianza Nacional, que le dejaba las manos libres. En aquella ciudad, le había asegurado, vivían en la más absoluta impunidad abortistas de la peor laya. «Asesinos», había precisado. Él se había limitado a asentir, aunque nunca había compartido ese punto de vista: su motivación no era moral ni religiosa; era católico, pero sus razones para luchar contra el aborto no eran doctrinales. «Lo que me interesa no es la moral, sino la ley», solía decir. Defendía una legislación que afectaba al cuerpo de la mujer y autorizaba a hurgar en su intimidad, pero ese hecho nunca había traspasado la barrera de su conciencia.

Al acabar la jornada, tenía los nombres de dos pacientes que habían dado positivo en el test de la coneja y a las que no se había visto en la maternidad.

—¡Ésta! —le había dicho a Cosson poniendo el dedo en la corta lista.

Georgette Bellamy. Veintidós años.

Ahora, Georgette estaba delante, temblando como una hoja. «Es bastante fea», pensó Palmari. «Facciones irregulares y manos rojizas: la clase de chica que tiene hijos muy joven», se dijo.

—¿Vive usted en el 108 de la rue Gérald-Aubert? —le preguntó sin levantar la cabeza de sus papeles.

—Sí.

—Hija de Josette Étamble y Fernand Bellamy.

—Sí.

—¿Soltera?

—Sí.

—El médico que la trata es...

—El doctor Marelle.

—¿Tiene usted el certificado de educación primaria?

—Pues... no.

—Es usted empleada doméstica, ¿verdad? —Palmari alzó la cabeza—. ¿Tiene novio? No le estoy pidiendo su nombre, ¿eh? —añadió enseguida con una risa de buen chico—. Sólo quiero saber si lo tiene.

—S... sí.

—Y nunca ha estado embarazada... —Para animarla, el inspector negaba con la cabeza. Georgette lo imitó—. Se lo pregunto porque aquí nos ocupamos de la natalidad, ¿comprende? Preguntamos a la gente por su salud y ese tipo de cosas... —La chica había retrocedido imperceptiblemente en la silla—. No tema. Simplemente responda a mis preguntas y se irá a casa, ¿de acuerdo? —Cabía preguntarse si la chica entendía lo que le decían, pero el inspector estaba muy habituado a aquel tipo de situaciones, así que continuó con la actitud de alguien que quiere resolver una cuestión puramente formal—: Dígame, por saberlo... ¿con cuántos años tuvo su primera regla? Es para el cuestionario...

Georgette Bellamy abrió unos ojos como platos. Trataba de recordar.

—Cator... quince, creo. No estoy segura...

Palmari apuntó la cifra.

—Catorce o quince, no tiene importancia —dijo en tono tranquilizador—, es meramente indicativo.

Hecho. Podía sonreírle de nuevo. Georgette acababa de meterse en la ratonera: ya no tenía más que empujarla hasta el fondo.

—Sus periodos siempre han sido regulares... —Era una afirmación. La chica respondió con un rápido movimiento de la cabeza—. ¿Veintiocho días?

—Mmm... sí...

Palmari dejó la pluma en la mesa como estuviera sinceramente preocupado por la respuesta.

—¿Periodos dolorosos?

—A veces...

—Sí, claro...

A continuación el inspector abordó con tranquilidad las características de las menstruaciones de Georgette: habló de cantidad, color, fluidez... La chica respondía como podía: se trataba de un cuestionario médico, no veía de qué manera podía eludirlo.

—Y su última regla, ¿cuándo ha sido?

Georgette se sonrojó.

—¿Cuándo? —insistió Palmari.

—Ahora mismo... —respondió Georgette con una vocecilla apenas audible.

—¿Tiene la regla ahora, en estos momentos?

El inspector parecía muy contento, como si ella acabara de darle una buena noticia.

Georgette se limitó a parpadear nerviosamente.

—Recapitulemos. En estos momentos está con la regla. Asegura usted que la tiene regularmente, así que la anterior debió de venirle sobre el 20 de enero, ¿no es así? —Georgette estaba aturdida; todo se mezclaba en su cabeza: lo que había dicho, lo que quería decir, lo que no quería decir... Palmari no le dejaba tiempo para contar—. Pero hace una semana estaba usted embarazada... Tengo aquí delante el test del laboratorio del centro. —Le tendió una hoja que ella miró de lejos: le daba miedo cogerla—. Cuando no viene la regla, se hace un test. Luego, se espera una o dos semanas a que vuelva. Así que, en su caso, la anterior se remonta digamos que a mediados de diciembre, ¿no es eso?

—No sé... ¡me confunde usted!

—¡De acuerdo! —Palmari puso la pluma en la mesa con un golpe seco y ella dio un respingo—. ¡Cuénteme qué ocurrió!

—No lo sé...

—Pues le convendría saberlo porque, francamente, hay algo que no cuadra, que no cuadra en absoluto. —Se inclinó hacia la chica, que se había echado a llorar—. Vamos, Georgette, conteste: ¿qué hizo con ese bebé? —Había apoyado las manos en los brazos del sillón, como si estuviera a punto de levantarse, y repetía—: Vamos, vamos...

La chica no tenía pañuelo, se restregaba la nariz con el antebrazo, se sorbía los mocos y lloraba sin parar.

—¿Sabe lo que puede costarle eso? —preguntó el inspector con cara de pena.

Georgette se tapó los oídos con las manos: no quería seguir oyéndolo.

Él sonrió ante su ingenuidad y continuó:

—Se acabaron las bromas. Ahora, escúcheme. Usted ha abortado, y eso es ilegal incluso si lo ha hecho sola: se castiga con pena de cárcel. ¿Queda claro?

Ella lo miraba aterrorizada, incapaz de responder.

—Puedo inculparla: esta noche dormirá en la comisaría, mañana comparecerá ante el juez y pasado estará en la cárcel.

Georgette había visto grabados que representaban a mujeres arrojadas a mazmorras sobre paja húmeda extendiendo desesperadamente las manos hacia carceleros implacables. Estaba a punto de desmayarse.

—Pero voy a soltarla...

Ella abrió la boca por completo.

—Me será más útil donde está ahora. —Él sabía que limpiaba en tres consultas médicas y dos laboratorios—. Observará con atención a las pacientes, hablará con las enfermeras y las secretarias, buscará en las papeleras y los cubos de la basura...

—Es que...

—Yo le explicaré en qué debe fijarse y vendrá aquí regularmente para contarme lo que haya visto. Si no me trae nada, la mandaré a chirona.

Vio que la chica quería preguntar algo y dejó que encontrara las palabras.

—¿Durante cuánto tiempo? —preguntó ella con un hilo de voz.

Palmari estaba satisfecho: no se negaba a colaborar con la policía, simplemente quería saber hasta cuándo tendría que hacerlo.

—Durante tres años: es el plazo de prescripción —respondió, y ante la cara de desconcierto de la chica, que no conocía esa palabra, añadió—: Dentro de tres años no se la podrá condenar por haber abortado, se hará borrón y cuenta nueva. Hasta entonces, trabajará para mí.

Cuando Georgette Bellamy abandonó el despacho exhausta, aturdida y angustiada, Palmari cerró las carpetas, las guardó cuidadosamente en un cajón, se puso el abrigo y apagó la luz.

Sabía que para montar una red en una ciudad del tamaño de Châteauneuf se necesitaba tiempo, al menos uno o dos años... pero todo era empezar.

5

¿Qué habrías hecho tú en mi lugar?

—Maldita apendicitis. Supongo que todo el mundo se cachondea de mí... —dijo Malevitz alzando un puño—. No se te ocurra decir nada... —Fingió apartarse a regañadientes para dejar entrar a François, pero en realidad se alegraba de su visita—. Pasado mañana vuelvo al *Journal* —anunció sin preámbulos.

—¿No espera hasta la próxima semana? Pensaba que...

Malevitz bajó la voz para que su mujer no lo oyera.

—Si supieras cuánto me aburro...

Justo en ese momento entró la señora Malevitz, una mujer atractiva que le sacaba media cabeza a su marido, y saludó con un beso a François.

—Si supieras cuánto se aburre...

No se lo tomaba personalmente: se había casado con un periodista como otras se casan con un marino; un ser de otro mundo.

Malevitz era un individuo regordete con una cabellera blanca y caótica y una falsa apariencia de indolente. Por dentro, era puro nervio; se adivinaba por sus uñas, mordidas hasta las cutículas. «Era un cardo borriquero», habrían dicho de él de haber sido un personaje de novela. Bromeaba sin sonreír, tras lo cual fingía un ataque de tos que acababa con una sonora carcajada acompañada de palmadas en los muslos; prefería las bromas de mal gusto a cualquier otra. Era imposible pronunciar el nombre de Baron, su adversario por excelencia, sin oírlo mascullar enseguida: «Ese grano en el c...» Lo digo tan sólo por dar una idea de su personalidad, aunque en el fondo era un hombre bastante enigmático. En el periodismo, era conocido desde los años treinta, pero nadie habría sido capaz de reconstruir su carrera con detalle. Mostraba una pasión absoluta por su oficio y rendía auténtico culto a su sección: «Los sucesos son la irrupción de la tragedia en la vida de Fulano de Tal», solía decir. Era bastante de parafrasear.

François se sentó en un sillón. Su jefe había adelgazado, lo que tampoco le iba mal.

Los dos hombres se apreciaban. Malevitz había iniciado a François en el oficio, le había enseñado buena parte de lo que sabía y, además, estaba prendado de Nine...

—Piénsatelo, pequeña —le decía a la chica cuando se encontraba con ellos—: ¡En cuanto dejes a este manta me caso contigo! ¡Y, cuando me muera, heredas mi bici de los Seis Días!

Presumía de haber participado en la célebre carrera en su juventud y seguía teniendo muchos amigos en el ambiente ciclista.

—Esta chica es una joya —le decía a François—, ¡no sé qué hace con un muermo como tú!

François y su jefe tenían en común su aventura en la crónica de sucesos, pero también su veneración por *Le Journal du Soir*, que, en opinión de ambos, encarnaba lo mejor de aquel oficio: la excitación de los cierres, la búsqueda de exclusivas, la rivalidad entre las secciones, la emoción de descubrir un tema y, sobre todo, la sensación de hacer un trabajo útil, de animar la vida del país. Por supuesto, esas palabras altisonantes no se pronunciaban en la redacción, pero lo cierto era que, tras la Liberación, Denissov había dado un nuevo impulso a la prensa emancipándola de la tutela de los partidos políticos y haciendo depender sus decisiones editoriales tan sólo del número de lectores y los recursos que aportaba la publicidad. Nada les gustaba tanto a jefe y subordinado como la atmósfera sin igual de aquel periódico, mezcla de olor a tinta de imprenta, sudor, papel, humo de cigarrillo, sándwiches de jamón, sonoras broncas, vino tinto, plomo fundido, tecleo de máquina de escribir, carreras por los pasillos...

François había llevado la edición del día, y la mirada de Malevitz saltó enseguida a la columna de la derecha.

La milagrosa superviviente
del Charleville-París
*La joven arrojada del tren ha recobrado
el conocimiento. Los investigadores están
impacientes por interrogarla*

Malevitz no era dado a hacer cumplidos, pero sus gestos y su silencio hablaban por él. Dejó el periódico en la mesita y su mujer, que les había llevado el café, se apoderó de él para lanzarse sobre el siguiente artículo de la serie «¿Son sucias las francesas?», cuyo título era:

Falta de higiene
Buenas razones y... malos pretextos

—Menuda se ha liado con este tema —dijo Stan—, el jefe estará contento...

Efectivamente, las reacciones no se habían hecho esperar. El Ministerio de Salud Pública, que al principio había aplaudido aquel revulsivo, se había desdicho rápidamente después de que un diputado de la oposición preguntara en tribuna si correspondía a los periódicos, y no al ministerio, hacer ese trabajo de información y educación. Porque los artículos de Hélène, si bien apelaban a la «responsabilidad individual», señalaban también otras causas de cuño social y, por tanto, políticas, empezando por la vetustez de la vivienda en Francia, «donde la mitad de los inquilinos no tiene agua corriente, el setenta y cinco por ciento de la población carece de ducha y sólo el veintisiete por ciento dispone de un inodoro dentro de la casa». El primer artículo concluía: «Todo el mundo encuentra normal que nuestros estudiantes reciban lecciones de moral de su profesor, las autoridades competentes harían bien en añadir lecciones de higiene, de las que también podrían sacar provecho los adultos.»

Lo que en un primer momento había parecido una mera curiosidad ahora empezaba a incomodar a todo el mundo.

Interpelado al respecto, a Denissov le había bastado con subrayar el retraso que existía en ese terreno:

—Con relación a la higiene, el Larousse médico habla de «cuidar la apariencia» y admite que «la ducha o el baño pueden ser semanales»... Después de eso, ¿qué se le puede reprochar a la gente?

La edición se había vendido formidablemente bien.

Stan Malevitz estaba a punto de dar su opinión cuando François anunció:

—Denissov me envía a hacer un reportaje...

—Así que ya está...

¡Lo que había en esa simple frase! Era el resultado de un silencioso tira y afloja que venía de muy atrás: el uno quería irse y el otro se las arreglaba para retenerlo.

Malevitz respiró hondo, lo que equivalía a una pregunta.

—A Chevrigny —respondió François—. Está en el departamento del Yonne, cerca de Châteauneuf.

Malevitz miraba a través de la ventana. Vivía en pleno corazón del Montmartre que lo había visto nacer, en una casita con una glicinia centenaria que trepaba por la fachada y serpenteaba entre las ventanas de las habitaciones y un seto de fotinias que separaba el jardín delantero de la calle.

—Chevrigny... ¿cerca de Châteauneuf, dices?

En los últimos años había visto pasar muchas cosas, pero no comprendía por qué aquel tema era de una actualidad tan rabiosa como para mandar a un periodista al lugar de los hechos.

El día anterior Denissov había reaccionado igual.

Después de la comida familiar y la pelea con Hélène, François, recordémoslo, estaba hecho una furia.

Al día siguiente, exhausto y vengativo, no había abierto la boca durante todo el consejo de redacción, al que había llegado lívido. Miraba a Denissov con un rencor apenas disimulado. Aquel hombre se acostaba con su hermana a sus espaldas (estaba tan furioso que no se daba cuenta de la ridiculez de esa idea) y le había encargado que, con un pseudónimo... Ni siquiera podía completar la frase. «Esta vez, me salgo con la mía le pese a quien le pese», se repetía.

—¿Un mal día? —le había preguntado Baron, tan burlón como siempre cuando del equipo de Malevitz se trataba.

François no había respondido y los demás habían fingido no darse cuenta de nada. Denissov, a quien no se le escapaba una, debía de estar escamado, pero no lo dejó ver.

—¡Chevrigny!

François casi lo había gritado. Todo el mundo lo miró sorprendido.

Denissov, interrumpido cuando iba a levantar la sesión, frunció el ceño con desconfianza e hizo un gesto sobrio: «Adelante, te escucho»...

—En 1936...—empezó a decir François con voz ahogada.

Llevaba mucho tiempo madurando aquel tema, pero nunca lo había propuesto: temía que pasara a engrosar la lista de los muchos que Denissov le había rechazado.

—Ah, pero ¿en 1936 ocurrió algo? —preguntó Baron sarcástico.

Su tono guasón acabó de decidir a François.

—En 1936 el Estado realizó un estudio para la construcción de una presa en el río Serre, en un valle del Yonne, así como de una central hidroeléctrica que alimentaría toda la región. Las obras se iniciaron antes de la guerra y nunca se han interrumpido.

—Tu historia es terriblemente técnica...

Quería decir: muy poco atractiva para los lectores.

François prosiguió, pero se volvió hacia Baron.

—En el valle que van a sepultar bajo millones de metros cúbicos de agua, se encuentra Chevrigny, un pueblo de un millar de habitantes con un ayuntamiento, una escuela, una iglesia, una ermita histórica, granjas y una serrería que da de comer a una decena de familias. Esa gente lucha sola contra la administración, la prefectura, Electricidad Francesa y el gobierno desde hace quince años.

—¿Y?

—A finales de marzo abren el grifo. —Como buen reportero, François hizo una breve pausa para que todo el mundo imaginara la situación—. El valle quedará totalmente cubierto por el agua —continuó—, pero la mitad de los habitantes siguen negándose a marcharse. Se calcula que la altura del embalse igualará la del campanario de la iglesia apenas cinco días después de iniciada la operación, pero el párroco asegura que no se irá, y para qué hablar del aristócrata que lleva años tratando de restaurar la ermita románica: jura que mientras viva...

»En fin, ya os hacéis una idea. Los lugareños han saboteado la construcción y han llegado a enfrentarse con los obreros.

De hecho, la prefectura ha recibido un número sorprendente de solicitudes de permisos de caza...

François se interrumpió: a esas alturas, todo el mundo veía claramente el potencial emocional de la situación, la posibilidad de hacer toda una serie contando dramas personales...

—¿Por qué nunca habíamos oído hablar de este asunto? —preguntó Baron más sorprendido que irónico.

—Los despachos nos han pasado inadvertidos —respondió François sin mirarlo—. Como es en provincias, nos la refanfinfla.

Silencio.

—Es una idea —admitió Denissov—. Le daremos vueltas. Por ahora ¡al tajo!

François fue el único que se quedó en su sitio.

Por un momento Denissov fingió no darse cuenta, luego lo miró fijamente con aire pensativo.

—De acuerdo —dijo al fin—: adelante con Chevrigny.

François se quedó sin respiración.

Era una victoria tan rápida que casi resultaba cruel, humillante. No la debía a su competencia, ni a la confianza del jefe en él: era el precio de una traición.

—No —dijo—. Lo he pensado mejor y prefiero dimitir.

Se había puesto de pie. Denissov se cruzó de brazos.

—¿Qué habrías hecho tú en mi lugar?

¿Habría renunciado a la serie sobre la limpieza de las mujeres por miedo a perder a uno de sus mejores elementos?

¿Habría encargado a un hombre una serie de artículos sobre la higiene de las francesas?

La verdad, su respuesta a esas preguntas habría sido la misma que el jefe.

—Esperamos a que vuelva Stan y te marchas a la presa —continuó Denissov para impedir que dijera alguna tontería—. Luego, dependiendo de lo que traigas, vemos si seguimos o si nos parece que ya has dicho lo esencial.

François no sabía si estaba contento por haber ganado la partida o triste por deber su triunfo a...

—Bien —se limitó a decir.

Al igual que Malevitz.

—Sólo estaré fuera quince días —se apresuró a añadir François.

—¿Me tomas por idiota?

Malevitz sabía que su protegido acababa de meter el dedo en un engranaje que terminaría tragándoselo entero. Tras la presa, iría a cubrir otro asunto en algún otro sitio: era el final, y ya podía estar contento de haberlo retenido durante tanto tiempo.

—Tu hermanita está haciendo un buen trabajo, tendrás que espabilar...

Esa frase resumía sus temores: significaba que todo el mundo sabía que tras la firma «Forestier» estaba Hélène, lo que daría pie a las comparaciones y a una inevitable rivalidad entre los dos.

Denissov tenía el don de crear competencia interna, en eso rara vez fracasaba.

—¿Cuándo te marchas? —preguntó Malevitz.

—En cuanto usted vuelva.

—Bueno, pues buen viaje.

Lo había dicho en un tono apesadumbrado.

Se estrecharon la mano.

François estaba apenado, pero también sentía alivio: apreciaba a Malevitz y eso no iba a cambiar pero, en la vida, pensaba, hay momentos en que uno debe ser capaz de decir «yo primero».

Hizo jornadas dobles. En sustitución de Stan, supervisaba los artículos y la selección de fotos, permanecía atento a todo lo que cayera dentro de su área de competencia, defendía el espacio concedido a su sección durante los consejos de redacción... Y preparaba su futuro reportaje. Si no hubiera sido por el viaje a Beirut, se habría marchado a Chevrigny.

Reunió mapas, fotos de la región y del pueblo propiamente dicho, artículos de la prensa regional, los dosieres del ministerio sobre la construcción de la presa, una lista de los contactos con lo que debía contar sobre el terreno, etcétera.

—En Chevrigny ya no hay hoteles —le dijo la secretaria encargada de las reservas—. Te he encontrado uno en Châteauneuf, que es lo más cercano.

Châteauneuf tenía unos treinta mil habitantes. Había estado de paso, pero no tenía el menor recuerdo.

Nine no quiso acompañarlo.

—Tengo mi propio trabajo —le dijo.

El incidente de Ruan había roto algo entre ellos.

La tarde en que había ido a verla para decirle que al fin le habían encargado un reportaje, parecía alegre, pero olía a alcohol. Él recordó que había visto en su casa unas cuantas botellas de pastís. ¿Cuántas? ¿Tres? ¿Cuatro? ¿En casa de una chica que nunca recibía a nadie?

—¿Has venido aquí cuando yo no estaba? —quiso saber Nine.

La desaparición de los objetos robados tenía que ser cosa de él.

—Estaba buscándote...

—Así que viniste. ¿Registraste mi casa?

Era muy injusto: ella había robado todas aquellas cosas y ahora el que estaba bajo sospecha era él.

Aunque se armara de valor para abordar un tema tan espinoso, no serviría de nada: ella se cerraría en banda. Se había puesto a mirar el suelo esperando que se marchara, así que él se levantó y se fue.

● ● ●

—¿A ti te cuenta algo? Porque lo que es a mí...

Pese a su confianza con Nine, Hélène sabía tan poco como él.

Aunque era bastante tarde, se había decidido a visitar a su hermana.

No se habían visto desde el domingo de la pelea, pero el encargo del reportaje en Chevrigny había disminuido la tirantez, aparte de que una riña entre hermanos no puede durar para siempre.

Hasta el instante en que había llamado a la puerta no se había preguntado qué haría si se daba de bruces con Denissov.

—¡Soy yo! ¡François! —se había anunciado alzando la voz más de lo necesario.

Hélène había abierto sonriendo: «Mira que eres bobo.»

En cuanto se había sentado en el borde de la cama, el gato había saltado sobre sus rodillas.

—Hola, *Joseph*...

La presencia del gato que había pertenecido a Étienne solía recordarles al hermano desaparecido cuatro años antes en los miasmas de Indochina, pero rara vez llegaban a hablar de él. François, porque tenía mala conciencia: su hermano había pagado con la vida haber denunciado un *affaire* político-financiero y él no había conseguido que se le hiciera justicia; Hélène, porque sabía que su hermano había sido vengado, pero nunca tenía el valor de contarle a François cómo...

Así que, entre el silencio sobre Étienne y la tensión por su rivalidad profesional, los dos hermanos temían verse a solas, y para ambos fue un alivio que él se presentara para hablar de Nine.

Le contó brevemente lo ocurrido en Ruan.

—Si no es por Lecœur, no sé cómo habría acabado la cosa... La verdad, me sorprendió que se haya mostrado dispuesto a ir a ver al dueño de la tienda y al comisario.

Hélène había ido a trabajar una vez a Normandía, así que conocía un poco a Lecœur.

—Debe de haberlo hecho por su hija. —François miró con extrañeza a su hermana—. Creo que era drogadicta, o al menos depresiva. Se arrojó bajo las ruedas de un coche hace unos diez años.

François volvió a ver al viejo periodista en la terraza del café, tendiéndole la mano con el Gitanes Maïs en los labios y alejándose sin decir nada. No era la primera vez que comprobaba que Hélène lo sabía todo de todo el mundo.

Tras un breve silencio, volvió al tema de Nine.

—Parece infeliz... —dijo—. ¿Crees que es por la sordera?

Hélène se encogió de hombros.

—Eso creo. Incluso conmigo es muy reservada, ¿sabes?

François captó el mensaje: «No te contaré nada íntimo sobre ella.»

Hélène había servido dos copas de vino blanco, pero él se abstuvo de abordar el tema del alcohol.

—Me habla de su jefe, el señor Florentin —continuó Hélène tras reflexionar unos instantes—, de su trabajo, de sus lecturas... Me ha contado un par de trivialidades sobre su infancia en Courbevoie; bastante humilde, me pareció entender, pero casi nada sobre su padre, que era historiador del Renacimiento. Ni siquiera sé si tiene hermanos; le pregunté, pero no recuerdo qué me contestó.

François se limitaba a dar sorbitos al vino. Aunque Nine no lo había dejado aún, sabía que la ruptura no estaba lejos.

Hélène notó lo confuso que estaba y le cogió la mano.

—En fin, no quiero darte más la lata... —dijo él levantándose.

—Intentaré hablar con ella...

François hizo un gesto con la cabeza: si puedes... Se despidieron con un beso.

Cuando se quedó sola, Hélène se acabó la copa, la enjuagó y, mientras se cepillaba los dientes mirándose en el espejo, se reafirmó en su decisión. Sabía que, pese a todo, su presencia en el *Journal* sería una fuente de fricciones con su hermano, lo que muy probablemente terminaría dañando la relación entre ellos. Sus artículos sobre la higiene de las francesas habían llamado la atención de numerosos colegas, sobre todo mujeres: acababan de ofrecerle un puesto en el mensual *Femme heureuse*, que sólo llevaba seis meses en el mercado, pero ya había encontrado su público gracias a una sabia mezcla de secciones prácticas, reportajes sobre las aspiraciones femeninas y artículos varios. Para ella suponía la posibilidad de tocar los temas más diversos, quizá incluso viajar y tener un sueldo fijo y casi suficiente. Se alejaría de Denissov.

Había decidido aceptar la propuesta a su regreso de Beirut.

François también cavilaba: Hélène se había referido al padre de Nine como «historiador del Renacimiento», cuando él lo creía medievalista. «Tanto da», se dijo. Haber ido a ver a su hermana no había servido de nada. Sí, le había prometido que hablaría con Nine, pero no averiguaría nada nuevo: en su aparente fragilidad, Nine era un muro contra el que podías romperte la cabeza sin conseguir derribarlo.

Jean estaba tan meditabundo como sus dos hermanos.

Tras pasarse un buen rato llorando, Colette se había vuelto a dormir hacía sólo un momento, y ya eran casi las doce: los dientes, según él, tenía las mejillas muy rojas.

—¡Haz callar a esa berreona, o no respondo de mí! —le había dicho Geneviève, y luego se había puesto tapones en los oídos y se había dormido al instante con los brazos estirados a lo largo del cuerpo y los puños apretados. No movería un músculo hasta la mañana siguiente: daba miedo verla así.

Él siguió caminando de aquí para allá con Colette en los brazos, ¿qué otra cosa podía hacer? No quería que se despertara. Pero, además, tenía otra preocupación: la «milagrosa superviviente del Charleville-París» había salido del coma.

¿Qué recordaría?

Pensaba en los posibles testigos, aunque dudaba de que se acordaran de su cara: él mismo, por ejemplo, casi no recordaba el rostro de la chica del tren (eso le sucedía siempre: inmediatamente después de actuar, lo ocurrido empezaba a alejarse hasta quedar relegado a un pasado que tal vez ni siquiera fuera el suyo).

¿Y el pañuelo?

¿Lo había perdido?

¿O sería cosa de Geneviève?

6

¿De dónde venís, de Borniol?

—Estás advertido, Jean: ¡pase lo que pase, me voy! —Era curioso oír decir eso a Geneviève mientras hacía justo lo contrario: sentada en un ancho sillón de la sala de embarque con la mirada al frente y los brazos cruzados, parecía que no fuera a moverse de allí ni a tiros. Pero ella debía sus mayores éxitos a su incoherencia.

—¡Ya te ocuparás de tu hija, tu hermano, tu hermana y la sorda; yo me voy! ¡No quiero perdérmelo!

—¿Perderte qué? —preguntó Jean superado por la situación.

Aquel viaje era una de las raras oportunidades que tenía Geneviève de satisfacer al mismo tiempo su gusto por el lujo y su afición a mandar, y no estaba dispuesta a renunciar a ella.

La empleada de Air France se acercó para recordarles que el embarque estaba a punto de finalizar. Era una de aquellas jóvenes azafatas calificadas de «amas de casa volantes», y cumplía a la perfección los criterios de reclutamiento de la compañía: era alta, delgada y guapa. Y estaba terriblemente incómoda en esos momentos, ante aquella clienta tozuda cuyas verdaderas intenciones se le escapaban.

—Lo siento, señora, pero el avión tiene que despegar...

Se sentía confusa, no sabía qué hacer. Por un lado, el aparato tenía que partir: Le Bourget no era un aeropuerto de provincias; había tráfico, normas, pasillos aéreos, horarios. Por otro, esos pasajeros habían pagado billetes de primera: había que ofrecerles champán y una comida de lujo con cubiertos de plata, y sobre todo había que tratarlos con paciencia. Y para colmo, aquélla no era una clienta fácil...

—¿Ah, sí? —dijo Geneviève—. ¿El avión tiene que despegar? ¡Entonces descarguen mis maletas! ¡No querrán robarme el equipaje, encima!

Jean, con Colette en brazos, no paraba de lanzar miradas angustiadas a las grandes puertas de cristal. De pronto vio aparecer al fin a François y Hélène, maleta en mano y vestidos de negro riguroso.

—¡Vaya, ya era hora!

La cara de la joven empleada de Air France se iluminó.

—¿Son ustedes los pasajeros que...? —le preguntó a François.

—¿Y quién quiere que sean, Hansel y Gretel? —exclamó Geneviève en el colmo de la exasperación.

Colette tendía los brazos hacia Hélène; Geneviève se levantó con esfuerzo; François, con la mente en otra cosa, intercambió un breve abrazo con su hermano.

—¿Dónde está Nine? —preguntó Jean, que nunca perdía ocasión de meter la pata.

—No puede venir —respondió François avergonzado—, ya te explicaré...

La ausencia de Nine entristeció a Jean: ella tenía la virtud de tranquilizarlo.

Mientras digería la decepción iba siguiendo a su mujer, cuya figura, vista de espaldas, recordaba a un mozo de cuerda un poco paticorto. «Es por el embarazo», se dijo, y enseguida se puso a pensar, sin querer, en cómo podría haberse quedado preñada. Sólo podía hacer vagas hipótesis porque había pasado semanas enteras en provincias dejándola a su aire... Nunca había creído en una Geneviève lujuriosa, ni siquiera fuera del matrimonio; según su experiencia, no era tanto una ninfómana como una mantis religiosa: no le costaba imaginársela buscando un macho por motivos puramente utilitarios. Hacía mucho que había dejado de preguntarse por qué, si su mujer necesitaba un hombre de forma excepcional, nunca se le ocurría recurrir a él.

La azafata se apresuró hacia la puerta de embarque decidida a abreviar las formalidades, pero el grupo vio ralentizado su avance hacia el DC4 por una Geneviève que se sujetaba el vientre haciendo muecas, se paraba cada dos por tres para resoplar ruidosamente y reanudaba la marcha entre suspiros de mártir. Comprendiendo que iba a tener que soportar a aquella pasajera durante todo el trayecto, la joven azafata palideció. Geneviève le dedicó una sonrisa mustia.

Hélène se acercó e hizo amago de ayudar a su cuñada.

—¿De dónde venís, de Borniol? —le espetó ésta.

La alusión a la famosa empresa de pompas fúnebres no era precisamente delicada, pero nadie se molestó.

—¿Ha muerto alguien? —preguntó Jean.

—Nadie que tú conozcas —se limitó a decir Hélène cogiendo a Colette de los brazos de su padre.

En ese momento Geneviève se dio cuenta de la ausencia de Nine.

—Oye, François, ¿y tu chica...?

—No puede venir...

El rostro demacrado y tenso de su cuñado le encantó. Allí había tomate: una infidelidad, una separación quizá, diversión para las próximas semanas. La perspectiva la revitalizó de inmediato. Al pasar ante el mostrador situado junto a la puerta de embarque, Geneviève se detuvo en seco y se volvió hacia la joven azafata.

—Hay una pasajera de menos, señorita. ¡No subiremos al avión hasta que nos hayan devuelto el importe de su billete!

El funeral había tenido lugar esa misma mañana a la diez. Si el número de asistentes a la misa, celebrada en Santa Bernardita, había sorprendido a François (el taxista les había aconsejado que se apearan cuando aún estaban en la rue Gabrielle, y él, Nine y Hélène habían tenido que hacer el último tramo a pie rodeados por una densa multitud enlutada), fue al salir de la iglesia cuando pudo calibrar la repercusión del deceso: puede que hubiera quinientas o seiscientas personas.

En todo caso, había algo que lo distinguía de la gran mayoría de aquellas personas: él había visto a Malevitz la tarde antes de su muerte, y sentía la correspondiente estupefacción.

Cuatro días antes, Denissov había llamado a toda la redacción:

—Stan Malevitz ha muerto esta noche mientras dormía. Ha sido un derrame cerebral.

François no pudo contener las lágrimas.

La edición fue una de las más difíciles de cerrar. Reinaba el silencio... todo el mundo estaba conmocionado.

François no dejaba de pensar en lo mucho que había aprendido de su jefe directo. Incluso los frecuentes desacuerdos habían sido parte de su aprendizaje. Su deuda con él era inmensa.

Por la noche, Nine no podía dejar de llorar. Stan era la única persona capaz de mantener con ella una conversación a media voz en un rincón y conseguir hacerla reír.

François había ido a ver a la viuda para ponerse a sus órdenes y ésta lo había invitado a pasar parte de la velada con sus hijos y amigos más íntimos. Comprender que podía considerarse uno de estos últimos le daba una pena terrible.

Malevitz tenía muchas relaciones en la profesión y también en el mundo del ciclismo, donde había desarrollado una carrera breve y mediocre que, no obstante, le había deparado muchas amistades. Lo que François no sabía era que su difunto jefe había sido también un importante miembro de la Resistencia. Nunca hablaba de la guerra, pero una buena parte de los asistentes estaban allí por ese motivo, ocupando un lugar juntos en la iglesia entre ramos de flores y coronas de todo tipo. Había oficiales y simples soldados: camaradas. François, Nine y Hélène se había unido al numeroso grupo de los profesionales de la prensa, a cuya cabeza se encontraban Denissov y Arthur Baron, cuyo rostro descompuesto revelaba su aprecio real por el hombre al que se solía considerar su adversario.

Al salir de la iglesia, iniciaron la subida de la rue Caulaincourt, y François hizo un trecho del camino con un puñado de antiguos compañeros de ciclismo de Malevitz.

—Es la primera vez que Stan llegará en cabeza a lo alto de una cuesta —dijo alguien.

Se oyeron carcajadas sofocadas de inmediato.

—Sobre todo, después de un reventón —añadió otra voz.

Estallaron carcajadas, parecidas a las del propio Stan Malevitz, que ninguno de los presentes encontró inapropiadas. Se repitieron de grupo en grupo y, al llegar a la place Constantin-Pecqueur, más de uno lloraba de risa. Todos los que habían conocido a Stan se lo imaginaban tronchándose él también e ignorando las convenciones.

Lo enterraron al pie de la colina de Montmartre, en el pequeño cementerio de Saint-Vincent. No todo el mundo pudo entrar. François se acercó a Denissov y Baron, que fumaban un cigarrillo tras otro. El director del *Journal* lo cogió del brazo y se lo llevó aparte.

—Quiero que ocupes el puesto de Stan. —Le tendió la ancha mano—. Felicidades.

François, estupefacto, no la cogía. Miraba a Denissov esbozando con la cabeza un «no» que no conseguía pronunciar. No... ¡no podía ser! ¡No era en absoluto lo que él quería! ¡Y cuando acababa de conseguir su primer gran reportaje...! La mano de Denissov seguía tendida.

—Conservarás toda tu antigüedad en el nuevo puesto.

La boca de François se abrió contra su voluntad. Su sueldo acababa de duplicarse. Estrechó la mano de Denissov.

Pero siguió inmóvil, aturdido, mientras su jefe volvía junto al pequeño grupo del *Journal* que debatía sobre la necrológica de Stan Malevitz, prevista para la edición del día siguiente.

Llegó la hora de marcharse. François, Nine y Hélène se dirigieron hacia la parada de taxis con paso vivo. La pena por la muerte de Stan cedió el sitio a la tristeza de la separación porque Nine había decidido no acompañarlos a Beirut.

Se quedó inmóvil en la acera con los aterciopelados labios cerrados tozudamente. ¿Se besarían?

—Es una carta dirigida a tus padres —dijo tendiéndole un sobre—, para disculparme...

La proximidad del cementerio, la decisión de Nine, cargada de consecuencias, aquella brusca separación... todo contribuía a que él tuviera la sensación de que no volvería a verla. Se sonó la nariz.

—Vais a perder el avión —dijo Nine con un hilo de voz.

El taxi esperaba con la puerta abierta. François fue el primero en subir.

Entonces Hélène rodeó a Nine con los brazos. También ella lloraba, pero no tenía el mismo temor que su hermano: Nine era amiga y seguiría siéndolo. Estaba abrumada por las emociones porque, antes de correr a la misa fúnebre, había ido al médico.

—Nine —susurró angustiada—, estoy embarazada... Me ayudarás, ¿verdad?

Cuando Nine quiso responder, Hélène ya estaba en el taxi, que arrancó al instante.

La azafata no tuvo un respiro hasta que Geneviève empezó a soltar sus sonoros y majestuosos ronquidos. Cuando no estaba tumbada en su cama como una estatua yacente, tenía un sueño tempestuoso. Jean le cogió la mano para intentar despertarla, pero no hubo manera. Algunos pasajeros se quejaron.

—¿Qué? —protestó Geneviève cuando la azafata se atrevió a espabilarla—. ¡Quizá prefieran que dé a luz ahora mismo!

No volvió a conciliar el sueño, pero las continuas atenciones que hubo que dispensarle a partir de ese momento hicieron que la azafata lo lamentara.

François pensaba en Nine. ¿Qué sería de él sin ella? Y lo que era peor, ¿qué sería de ella sin él? Al mismo tiempo, sentía que quizá esa actitud paternalista y sobreprotectora era el motivo de que ahora se viera solo.

Miró a su hermana, que dormitaba en el asiento de al lado, y eso le recordó la propuesta que no había sido capaz de rechazar: iba a acceder a un puesto y una responsabilidad excepcionales para su edad que, sin embargo, no lo atraían en absoluto.

Eso mismo pensaba Hélène en ese momento. Colette dormía en sus brazos y ella fingía dormir: no le apetecía hablar con su hermano.

—François tomará el relevo de Stan —le había susurrado Denissov cuando salían del cementerio de Saint-Vincent—. No podrá ir a Chevrigny, pero es un gran tema: quiero que te encargues tú.

Ella no había respondido. Todo se aceleraba y complicaba. Volvió a ver el rostro empolvado y los labios de color carmín de la redactora jefe de *Femme heureuse*, cuya propuesta se proponía aceptar en cuanto regresara de Beirut. Denissov la había cogido desprevenida.

Y lo que era peor, lo había hecho cuando iba a anunciarle que estaba embarazada.

En ese momento había vuelto la cabeza hacia François, que estaba encendiendo un cigarrillo en la puerta del cementerio. La cerilla temblaba entre sus dedos.

Un instante después Denissov ya se alejaba y ella acababa de aceptar.

¿Había adivinado Denissov que pensaba dejar el *Journal*? ¿Había llegado a sus oídos la oferta de *Femme heureuse*?

El poder de aquel hombre la ponía muy nerviosa.

Pero si no había conseguido anunciarle que estaba embarazada era porque ella misma no acababa de creérselo, de aceptarlo como una realidad incuestionable. Estaba embarazada, ¿a quién podía acudir?

Hélène pensaba en el anuncio de aquel embarazo que la angustiaba; François, en su probable ruptura con Nine; en cuanto a Jean, estaba en ascuas.

Todas las mañanas corría a la Gare de l'Est para seguir los avances del caso de la «milagrosa superviviente del Charleville-París» en las páginas de *L'Est Éclair*. El llamamiento a posibles testigos había hecho aparecer al camarero rubio y escuálido del restaurante. Vergonzosamente discreto respecto a su propia lascivia, había mencionado a un cliente «muy inquieto por la presencia de aquella joven pareja», pero había sido incapaz de describirlo más allá de generalidades poco útiles para los investigadores. No obstante, el periódico confirmaba que Antoinette Rouet había salido del coma y se disponía a aportar su propio testimonio, que evidentemente tendría otro alcance.

Por fin había encontrado su pañuelo, antes ensangrentado y ahora limpio, planchado y plegado cuidadosamente dentro de la maleta que Geneviève, cosa rarísima, se había ofrecido a hacerle.

7

Sólo es para ayudar un poco

Cuando vio a Geneviève acercándose por el vestíbulo del aeropuerto con pesados pasos y grandes jadeos, Louis Pelletier comprendió que tendría que cambiar sus planes si no quería que el trayecto a la jabonería, a la mañana siguiente, se convirtiera en una odisea. En consecuencia, propuso que, «excepcionalmente», fueran en coche.

—En realidad, casi mejor, porque tenemos que comer temprano —añadió—. ¡Tengo una sorpresa!

Ante ese anuncio, sus tres hijos se echaron a temblar: tenían motivos para temer las iniciativas de su padre. Asediaron a su madre para intentar sonsacarle qué ocurrencia había engendrado el cerebro paterno en esta ocasión, pero fue inútil: Angèle, mujer con un gran sentido del deber, habría considerado esa indiscreción una deslealtad. No obstante, François leyó en su rostro una inquietud que no presagiaba nada bueno: su madre no parecía emocionada ante la idea de su marido. Hélène incluso la encontró francamente ansiosa. En cuanto a Jean, que cuando llegaba a Beirut contaba cada segundo que lo separaba del momento de volverse a ir, no vio nada en absoluto.

Geneviève, a menudo a contracorriente, disfrutaba por adelantado: le encantaban las sorpresas y veneraba a su suegro.

—Me muero de impaciencia —dijo muerta de curiosidad.

Estaba encantada con aquel viaje: como sus suegros podían «disfrutar por fin» de su nieta Colette, ella se ocupaba de la pequeña aún menos que de costumbre. Cuando pasaba ante la trona en la que Angèle le daba de comer, se inclinaba sobre su hija con una sonrisa enternecida y le acariciaba la mejilla. Si Angèle la cambiaba, se apoyaba en el marco de la puerta con las dos manos sobre el vientre y decía:

—Gracias, mamá, es un alivio que te encargues tú; estoy tan cansada...

Dedicaba su tiempo libre a ir de compras o a visitar a sus viejas amigas de la escuela católica. Sólo estaba espantosamente embarazada cuando se trataba de ir a ver a su propia familia: siempre terminaba disculpándose debido a contracciones repentinas que, unas horas después, cesaban como por arte de magia. Volvería a París sin haber visto ni a su padre ni a sus hermanas. «Qué lástima», diría. «Pero no importa, ya les escribiré», cosa que tampoco haría.

El domingo por la mañana, el señor Pelletier buscó dos taxis a los que pidió que circularan muy lentamente hasta la jabonería. Los taxistas supusieron que el motivo de esa precaución era la presencia de una embarazada; en realidad, Louis no quería que ir en coche hiciera perder a la peregrinación ni un ápice de su solemnidad. En su mente no se trataba de un simple paseo hasta la sede de su empresa, sino de la variante local de una coronación. El caso es que circularon a la velocidad de un cortejo fúnebre, hasta las bicicletas iban más deprisa.

Una vez *in situ*, mientras la familia visitaba las dependencias guiada por el padre (lo que todos habían hecho veinte veces en veinte años con admirable abnegación), Geneviève, a quien le habían colocado una silla cerca de la entrada para que descansara, miraba alternativamente las tinas de jabón y a su marido. No era difícil percibir en su mirada una mezcla de resentimiento y desprecio: el fracaso de Jean a la cabeza del negocio familiar era el pecado original del que su matrimonio nunca se había repuesto. En buena lógica, los vapores de la sosa, el olor de los aceites y el perfume de los jabones que inundaban permanentemente la fábrica (y que casi hacían vomitar a Jean) deberían haberla molestado, pero sucedía todo lo contrario: parecían galvanizarla.

—¡Es el olor del éxito! —exclamó ante su marido, que había tenido la mala idea de acercarse a preguntarle cómo se encontraba.

Como comerían temprano, la tradicional visita al Café des Colonnes fue más corta. De todas formas, François aprovechó para preguntarle a su hermana si había conseguido sacarle algo a su madre sobre la dichosa sorpresa. No había habido manera.

La familia estaba reunida al completo por primera vez desde hacía un año. En ocasiones así, cada cual mide el tiempo a su manera: toma nota de la forma en que los demás envejecen, se tranquiliza o se inquieta. Es un momento triste y feliz: todos se miran y se reconocen, pero todo ha cambiado.

Lamentaban la ausencia de Nine. Angèle y Louis habían abierto con inquietud la carta que François les había entregado de su parte.

—¡Qué pena! —exclamó el señor Pelletier tras leerla—. ¿No podía habérselas arreglado su jefe de otro modo? ¡A los grandes pedidos se anticipa uno, por el amor de Dios!

Nine había escogido una excusa que le permitía adoptar la actitud del empresario experimentado, pero no resultaba creíble, ni siquiera para él mismo.

La noche anterior le había confiado sus temores a su esposa:

—¿Tú crees que...?

Angèle no había respondido: la perspectiva de una ruptura les encogía el corazón; a ella, porque imaginar el dolor de su hijo la entristecía por adelantado y porque aquella chica, cuyos sufrimientos creía intuir, siempre la conmovía. En cuanto a él, aunque nunca lo habría confesado, no podía evitar compararla con aquella Geneviève histriónica que sin duda hacía desgraciado a su hijo mayor. Su antipatía hacia su nuera se remontaba a los primeros días de su relación con Jean, aunque sólo se había permitido sacar el tema en la intimidad del dormitorio conyugal, donde Angèle, muda, tenía que apretar los labios y luchar consigo misma para no reconocer que compartía su aversión y sufría por el pobre Gordito que, siendo tan joven, ya había tenido que soportar tantas penalidades.

Louis le dio unos golpecitos a su copa con el cuchillo.

François suspiró discretamente e intercambió una mirada de resignación con su hermana.

Era costumbre que su padre propusiera un brindis cuyo contenido meditaba durante semanas para acabar, inexorablemente, metiendo la pata.

—Alzo mi copa... —Su mirada se posó con ternura en Colette, quien, desde su trona, miraba el mundo con cara seria, y a continuación sobre Geneviève, que se hinchó como un pavo—... ¡por la nueva generación de los Pelletier!

Se humedeció los labios con el vino espumoso y volvió a sentarse.

Esa referencia a la «nueva generación» de la familia ilustraba a la perfección el arte que Louis poseía para el traspié. La magia de las pifias consiste en que son, a un tiempo, eficaces, fulgurantes y pródigas en daños colaterales.

Hélène de inmediato sintió reactivarse el pánico ante su embarazo de seis semanas y su decisión de abortar: se preguntaba adónde ir, qué hacer, si sufriría. Temblaba por adelantado. No había podido evitar confiarle su situación a Nine, pero ésta se había quedado en París y ella estaba sola ante aquel hecho tozudo que le costaba entender.

Geneviève, por su parte, cruzó los dedos bajo la servilleta al oír hablar a su suegro de la «nueva generación» y pensó «Espero que sea chico» mientras, al otro lado de la mesa, Colette la miraba fríamente, apretando en el puñito el cuchillo para la mantequilla que Hélène le había dado para jugar.

En cuanto a François, volvió, por enésima vez, a preguntarse qué papel habría tenido en su ruptura con Nine la esterilidad de ésta. Al principio de su relación, «habían ido con cuidado», lo que en su caso significaba seguir el método Ogino, básicamente porque no había otro. Ese sistema, que limitaba las relaciones sexuales a los días alejados de la ovulación, estaba muy en boga, pero tenía muchos bemoles (como probaba el caso de Hélène). Sin embargo, Nine no se había quedado encinta ni siquiera habiéndoselo saltado varias veces, así que, poco a poco, sin hablarlo, habían abandonado cualquier precaución y admitido la esterilidad de Nine, quien, además, siempre había dicho que no quería tener hijos (¿sería sincera?).

Angèle, por último, pensó en su nieta Colette. Había soñado con tener muchos nietos, y Colette era la primera y vivía lejos, así que la colmaba de mimos. Al principio la habían divertido las espectaculares efusiones de Geneviève con su hijita, pero había cambiado de opinión: una sorda inquietud la torturaba desde que había descubierto varios hematomas en la piel de la niña. Se lo había comentado a Jean, que le había contestado riendo:

—¡Si supieras lo revoltosa que es, mamá!

No obstante, por más que observaba a su nieta, no veía nada que justificara los calificativos de «escandalosa», «alborotadora» e «inquieta» que tanto usaba Geneviève (y Jean, que por norma era de la misma opinión que su esposa).

En fin, como puede verse, el brindis del patriarca no había dejado indiferente a nadie.

De todas formas, en cuestión de pifias éste no había dicho aún la última palabra, y cuando su mujer se levantó para ir a buscar el ragú de judías blancas no se le ocurrió nada mejor que estirar la mano para coger el periódico y exclamar:

—¡Qué interesante la serie del *Journal* sobre la higiene de las francesas! —Se había suscrito para seguir los progresos de François y Hélène (sin saber que, a veces, también seguía los de Jean, pero ésa es otra historia) y recibía los ejemplares con tres días de retraso, así que abrió el ejemplar del jueves anterior—. ¡De menudas cosas se entera uno! —Se caló las gafas—. ¿El cuarenta por ciento de las mujeres sólo se lava el pelo una vez al mes? ¿La mitad no se asea a diario?

—Por favor, Louis... —murmuró su esposa, aunque todo el mundo sabía que era inútil intentar detenerlo: era como un muelle y, si se soltaba, no dejaba de estirarse hasta el final.

Seguía inclinado sobre el periódico.

—¡Mirad! ¡La mitad de las mujeres no se cambia de bragas más que una vez por semana!

Parecía que acabara de descubrirlo.

—¡Ya basta! —Angèle estaba roja y enfadada—. ¡Te recuerdo que estamos comiendo, Louis, así que deja eso ahora mismo!

Él se sintió avergonzado.

—Sí, sí, por supuesto... —dijo lanzando el periódico a un sillón—. En fin, lo que quería decir es que tenéis unos periodistas fantásticos, simplemente —aseguró para romper el incómodo silencio que se había producido—. ¡Mira que se aprenden cosas con la tal Forestier! ¿Cómo es, por cierto?

Se dirigía a François.

—Muy maja.

—Bueno —terció Hélène alzando la voz—, como él no lo dirá, lo haré yo: ¡a François acaban de nombrarlo redactor jefe de la sección de sucesos!

El aludido se quedó sin saber qué actitud adoptar: su hermana lo había cogido por sorpresa. Louis se levantó mientras su mujer se llevaba las manos a la boca y repetía, con los ojos brillantes:

—Dios mío, Dios mío...

Hélène, sonriente, alzó su copa y el Gordito se bebió la suya de un trago sin esperar al brindis.

—¡Bravo, François, eres grande!

La torpeza de Louis estaba olvidada.

—Supongo que tendrás un sueldo mucho mejor... —dijo Geneviève, y Angèle, que intuía por dónde iba su nuera, se adelantó a responder:

—Estoy segura de que a Jean también le irá de maravilla con su proyecto de los grandes almacenes.

—Ya veremos —respondió Geneviève en tono enigmático.

Era imposible saber si quería que su marido triunfara o si le vendría mejor que fracasara.

Con los Pelletier, siempre era así: las emociones, los secretos y las confesiones se mezclaban; con los pensamientos de unos y otros se habría podido escribir una novela sobre la vida familiar.

François miró con agradecimiento a su hermana. Antes de salir hacia la «peregrinación», había llamado a su puerta.

—Esto es lo que había preparado sobre Chevrigny —le había dicho tendiéndole una carpeta—. Te hará ganar un poco de tiempo.

—¡François! —dijo ella, y se abrazaron.

—Si tienes que quedarte un tiempo allí —añadió el hermano—, yo puedo cuidar de *Joseph*...

—Pensaba pedírselo a Nine...

François asintió: «De acuerdo.»

De nuevo sola, ella hojeó el dosier. ¿Cómo se las iba a arreglar con aquel asunto de la presa y la central hidroeléctrica? ¿No se arrepentiría de haber renunciado a la oferta de *Femme heureuse*? Mecánicamente, había posado la mano en su vientre y, sintiéndose desamparada, se había echado a llorar.

—¿Sabéis que nuestro pequeño Lulu ha pasado a los octavos de final? —decía en esos momentos el señor Pelletier. Su alborozo y el brillo de sus ojos pusieron a sus hijos en alerta. Lulu era Lucien Rozier, un joven trabajador de la jabonería y boxeador amateur. Se había clasificado para el Trofeo, un campeonato que volvía locos a los beirutíes—. Ha llegado el momento de la sorpresa —continuó el patriarca—: cuando acabemos de comer os llevaremos...

—¡Tú los llevarás! —se apresuró a corregirlo Angèle con sequedad.

—De acuerdo. ¡Os llevaré a la Sidon a presenciar el combate contra Charles Berjaoui!

Lo que en Beirut llamaban «la Sidon» era, en realidad, la arena Asclepíades de Sidón, llamada así en honor de un atleta que había ganado una carrera olímpica el 24 a.C. antes de caer en el olvido.

La confianza de Louis en sus propias iniciativas tenía algo de insondable: no había dudado ni por un instante que la perspectiva de asistir a un combate de boxeo después de comer entusiasmaría a toda la familia. De hecho, se bebió la copa de un trago y se sentó tranquilamente, como un hombre seguro de haber conseguido el efecto deseado.

La noticia había dejado atónitos a todos.

La primera en reaccionar fue Geneviève.

—¡Qué idea tan maravillosa! ¡Gracias, papá!

Louis abrió la boca, desconcertado, y Angèle se levantó y dejó la servilleta sobre la mesa con una firmeza que sólo podía significar: «Ahora, apáñatelas.»

—Mi querida Geneviève —dijo Louis buscando las palabras—, no había previsto... Mmm... En tu estado, no creo que un combate de boxeo...

—¿Qué pasa con mi estado?

—Bueno —farfulló Louis—, son emociones... Después de todo es boxeo...

—¡Sí, no es macramé; ya lo sé, papá!

François ahogó una carcajada en su servilleta.

Louis buscó otro argumento.

—De hecho —dijo alzando la voz, seguro de haber encontrado uno decisivo—, no sé si dejarían entrar a una mujer... Estooo... A una mujer embarazada.

—¡Eso ya lo veremos!

El combate amenazaba con celebrarse en la misma entrada de la arena.

Angèle dejó la tarta de chocolate en el centro de la mesa mientras fulminaba a su marido con los ojos. Se lo había advertido: «Louis, no creo que sea una buena idea...», pero con el boxeo le pasaba lo mismo que con la jabonería: como a él le apasionaba, no le cabía en la cabeza que a alguien pudiera traerle sin cuidado. «Sí, mujer, ya lo verás, ¡además, es Lulu!»

—¡Además, es Lulu! —dijo Geneviève.

En la mesa, todo el mundo lo conocía.

Lo habían contratado como mozo de almacén cuatro años antes (aunque había ascendido rápidamente a operario) y desde el primer momento su auténtica pasión por el boxeo se había hecho evidente para todos: lo devoraba. Sabían que frecuentaba la sala de entrenamiento desde los doce años, que las paredes de la habitación que compartía con dos de sus hermanos (eran ocho en total) estaban cubiertas de fotos de boxeadores recortadas de revistas, que sentía una adoración especial por Marcel Cerdan, con el que se identificaba (Cerdan se había criado en Casablanca, él en Beirut, y ambos eran pesos wélter). Todos en la fábrica recordaban su delirante entusiasmo cuando, en 1948, Cerdan se había proclamado campeón del mundo.

En cuanto salía de la jabonería, corría al gimnasio, donde hacía de sparring para cualquiera que se lo propusiera. Louis se pasaba de vez en cuando para verlo golpear el saco de arena o la pera de cuero y saltar a la comba. Había asistido a casi todos sus combates. El palmarés de Lulu no era nada del otro jueves (veintiún combates, once victorias, cinco derrotas y cinco nulos).

—¡Pero fijaos en la curva! —decía Louis—: once victorias en los quince últimos combates. ¡Es una progresión increíble!

Sus cualidades pugilísticas no podían compararse con las del Bombardero Marroquí, fallecido súbitamente tres años antes en un accidente de avión, pero aparte de su entusiasmo tenía varias virtudes boxísticas. Para empezar, era un camorrista: siempre le había gustado pelear, desde la escuela. No era raro que el lunes por la mañana llegara a la jabonería con esparadrapos en la cara o un ojo a la funerala.

—¡Por Dios, Lucien! —lo regañaba Louis—. ¿Por qué te metes en peleas?

—Con todos mis respetos, señor Pelletier —respondía él, todo sonrisas—, ¿no querrá que lo haga cuando tenga su edad?

Para Lucien, zurrarse con alguien al salir de un baile o un café era una diversión de juventud, como jugar al futbolín o aprender el bebop.

Entre sus cualidades naturales estaba la longitud de sus brazos, que eran al menos tres o cuatro centímetros más largos de lo habitual para su estatura. En un deporte en el que la victoria puede depender de un error de dos centímetros, era algo a tener en cuenta. Además, era zurdo, y es bien sabido que los boxeadores diestros rara vez se sienten cómodos frente a los zurdos, sobre todo cuando, como él, también tienen una derecha poderosa.

La gran pregunta era si la longitud de sus brazos y el poder de su derecha eclipsarían sus defectos. Porque había que reconocer que se desplazaba con bastante rigidez: incluso cuando no se enfrentaba con un bailarín, a veces se veía obligado a girar sobre sí mismo para volver a ponerse de cara a su adversario. Tampoco era demasiado rápido. Su entrenador se desesperaba al verlo hacer las combinaciones mucho más lento que la media de los boxeadores.

—¡Al contrario! —replicaba Louis durante el aperitivo en el Café des Colonnes—. ¡Es una cualidad! Cuando Lucien saca la derecha, es muy meticuloso y, por tanto, muy eficaz.

Era cierto que el joven boxeador podía resultar convincente. Tenía buen ojo y, por lo general, hacía un buen diagnóstico de su adversario y detectaba sus puntos débiles, aunque no siempre sabía aprovecharlos.

Su entrenador era toda una estrella: Hamid Mokkadem, un peso pesado campeón del Líbano en los años treinta que había aterrizado en Beirut dos meses antes tras una brillante carrera en Egipto. Se rumoreaba que había debido su consagración a un amaño, pero, aparte de que nadie lo había demostrado, casi nadie recordaba ese detalle. A su llegada, había despertado el entusiasmo de los boxeadores del club, Lucien incluido. Era lo que suele llamarse un «jefe nato»; de haberlo querido, lo habrían aceptado en el ejército.

Mokkadem había aceptado a regañadientes que Lucien se inscribiera en el Trofeo: no le apetecía que su nombre se asociara con la derrota humillante que pronosticaba para él en una competición como ésa. Sus esperanzas estaban puestas en otro de sus pupilos, Salim Nakhlé, un joven púgil rabioso y rápido, favorito de muchos aficionados, en el que se había fijado de inmediato.

Sin embargo, el destino quiso que el sorteo colocara a sus dos púgiles frente a frente en la primera fase, y que Nakhlé, aturdido por un gancho de derecha en el tercer round, hubiera empezado a tambalearse peligrosamente. El árbitro había tenido que detener el combate entre los silbidos del público, estupefacto ante el resultado. Nadie entendía que un boxeador de apariencia infantil y alegre, sin malicia, que parecía jugar al boxeo en un patio de recreo, hubiera conseguido tal proeza. Pero la fisonomía de Lucien no hacía justicia a su temperamento: su apariencia tranquila, afable y servicial escondía en realidad el carácter de un camorrista callejero. Sin ir más lejos, Hélène y François, que lo conocían desde su ingreso en la fábrica, se quedaron sorprendidos cuando se enteraron de su afición por el boxeo: les costaba creer que alguien aparentemente tan calmado y bonachón se entusiasmara de ese modo por un deporte tan brutal.

—Yo me quedo en casa cuidando a Colette. Para mí, es un deporte de salvajes —declaró Angèle.

—¡Pero si es una disciplina milenaria! —respondió Louis ofendido.

—¡Aun así, consiste en darse golpes!

—Bueno, en parte sí, ¡pero lo importante es esquivarlos!

—¿Ah, sí? Entonces, si los dos boxeadores se pasan todo el rato esquivando los puñetazos, ¿tú disfrutas como espectador?

Louis alzó los ojos al cielo ante tanta mala fe.

—Lo que intento decir es que nadie está obligado a ir —añadió Angèle.

Los hijos protestaron: François quería complacer a su padre, Geneviève no habría estado más entusiasmada si se hubiera tratado del campeonato del mundo.

—El Trofeo es muy importante, ¿sabes? —le explicó Louis a Hélène mientras se preparaban para salir—: es el paso previo a la profesionalización para muchos amateurs.

Exageraba: sólo había sido así en un caso, el de Ferdinand Palazzi, y su carrera había acabado dos años más tarde con un espectacular nocaut. Palazzi había vuelto al taller mecánico del que había salido, donde le encargaban cosas sencillas como cambiar el aceite y recoger las herramientas: nunca se había recuperado del todo de aquel combate, incluso tenía dificultades para hablar. Para Louis, sin embargo, lo importante era que hubiera un precedente.

—¡Lulu noqueó a Youssef Ghorayeb en treintadosavos y a Michel Badawi en la siguiente fase! ¡Ja, ja, a la lona, Badawi!

Nadie había oído hablar jamás de esos púgiles, pero todos supusieron que se trataba de victorias históricas.

Los gritos de los espectadores se oían desde el aparcamiento de la arena. Hélène se asustó: ir le había parecido divertido durante la comida, pero ahora la intimidaba. Pensó en dar media vuelta.

—Llegamos a tiempo —dijo Louis satisfecho—: debe de faltar un cuarto de hora largo para el combate de Lulu.

Había mucha gente en las escaleras y el vestíbulo, tuvieron que abrirse paso a codazos.

Para que se comprenda mejor lo que representaba aquella competición precisemos que se trataba del Trofeo Libanés Sleiman Saab de Boxeo Amateur (aunque todo el mundo lo llamaba el Trofeo a secas). Todos los combates daban derecho a una pequeña remuneración («para aumentar la motivación», explicaba Louis), pero el vencedor se llevaba cuatrocientos mil francos y el segundo doscientos cincuenta mil, cantidades considerables para competidores de origen mayoritariamente humilde. Ni que decir que en las apuestas clandestinas se movía aún más dinero; se decía que incluso cantidades millonarias, aunque muchos lo dudaban.

—Ni se te ocurra apostar, Louis, te lo advierto —le había dicho la matriarca a su marido—. Que vayas a ver cómo se sacuden esos chicos, vale, pero lo que es...

Louis había alzado las manos al cielo, reconociendo su derrota desde el primer round.

—Ya, lo del anuncio... —había añadido Angèle en tono de reproche.

François no se había atrevido a preguntarle a su madre de qué se trataba; lo comprendió en el vestíbulo de la arena, ante el gran cartel que mostraba a Lucien Rozier de frente, con los guantes puestos y fingiendo pelear con el espectador. Encima, se leía:

¡JABONES DEL LEVANTE,
LIMPIEZA NOQUEANTE!

Se echó a reír.

—¡Ah! ¿El anuncio? —le dijo su padre con una mueca—. Sólo es para ayudar un poco, ¿sabes?

Alrededor del ring, instalado en el centro de la sala bajo focos cuya intensa luz blanca horadaba una densa nube de humo de cigarrillo, había trescientas o cuatrocientas sillas, pero la mayoría de la gente, siete u ocho centenares de personas, permanecía de pie, vociferaba, se insultaba y les gritaba a los dos chicos en pantalón corto y camiseta de tirantes que evolucionaban sobre la lona.

Louis había reservado asientos en la primera fila, pero, por supuesto, estaban ocupados.

—¡No importa! —le gritó Hélène entre el guirigay—. ¡Prefiero verlo de lejos!

Louis se volvió hacia sus hijos, que le hicieron un gesto: «No pasa nada», así que se conformó con pedir una silla para Geneviève, que quería estar lo más cerca posible del ring. Tenía la cara enrojecida y no apartaba los ojos de los dos boxeadores en liza.

—¡Demonios! —gruñó Louis al oír el anuncio del árbitro—. ¡Sí que ha ido rápido! ¡Lucien es el siguiente!

Uno de ellos conectó un gancho en el rostro del otro, que se tambaleó.

Hélène se inclinó hacia François.

—¿Cuánto dura un combate?

—Son cinco asaltos de tres minutos, pero se puede hacer muy largo, ya lo verás...

Louis dudaba si ir a los vestuarios para animar a Lulu, pero sonó una campanilla destemplada que provocó el griterío del público. Los entrenadores y ayudantes invadían el ring mientras el árbitro se inclinaba hacia los jueces y el presentador, tras coger un micrófono que descendió del techo, anunciaba el nombre del vencedor entre ovaciones y abucheos.

—Y ahora, señoras y caballeros, la siguiente pelea de los octavos de final del...

Todos se volvieron para ver entrar a un joven bajo y ancho como una barrica, extraordinariamente peludo, de rostro atezado y grueso mostacho. Avanzaba moviendo los hombros y ejecutando pequeños molinetes nerviosos con los puños enguantados, y parecía querer desafiar a la sala entera. El griterío ahogó la voz del presentador:

—¡Ber-jaoui! ¡Ber-jaoui! ¡Ber-jaoui!

—Es Berjaoui —explicó Louis.

Unos pasos detrás podía verse a Lucien Rozier, tan sonriente como si fuera a una cena de cumpleaños: casi te preguntabas qué hacía allí, si no se habrían equivocado de persona. Era musculoso, pero lo primero que se veía era su rostro infantil. Tenía la piel muy blanca y el pelo rubio; era más alto que la media y también más delgado. El pantalón corto le llegaba hasta las prominentes rodillas. Al pasar al lado de los Pelletier, se detuvo y les sonrió. Faltó poco para que se acercara a abrazarlos a todos, pero la multitud lo apremiaba, el manager lo empujaba, el árbitro le hacía grandes aspavientos... siguió su camino, pero antes alzó el guante izquierdo: «¡Hasta ahora!»

Subió al ring y, en ese momento, hasta sus seguidores más leales dudaron: sí, lo habían visto ganarle a Michel Badawi, pero de eso hacía ya dos semanas, la sorpresa se había diluido.

Berjaoui exhibía unos pectorales impresionantes ante los cuales el pecho de Lulu parecía de tísico. A Hélène se le encogió el corazón: se acordó de que el padre del chico había muerto hacía unos años conduciendo una máquina en una obra y que él se había convertido en el principal sustento de la familia. ¿Por eso querría convertirse en boxeador profesional? Esa idea hacía que se sintiera terriblemente incómoda.

Por su parte, Louis observaba a Mokkadem, «el campeón Hamid», como lo había apodado *L'Orient* en su primer artículo, y que se había convertido en el entrenador de Lucien. Era la antítesis del manager solícito, estrechamente unido a su boxeador, concentrado y atento; más bien parecía que estuviera sustituyendo a alguien. Atribuía las victorias del chico a esas sorpresas en las que el boxeo es pródigo, había encontrado injusto que eliminara a su protegido y saltaba a la vista que ocuparse de un boxeador al que consideraba un inepto y que, sin embargo, iba superando las eliminatorias, se le hacía muy cuesta arriba.

La campana no acababa de sonar y el público empezaba a impacientarse. Los hermanos Pelletier siguieron mecánicamente a su padre, que se colocó junto a su nuera. Geneviève sonreía con las manos sobre el vientre sin apartar un segundo los ojos del ring. Por fin el árbitro llamó al centro a los púgiles, que se saludaron haciendo chocar los guantes y volvieron a sus esquinas. Los entrenadores les quitaron las batas. En ese momento, un hombre con una tonsura de monje le dio una palmada en el hombro a Louis: era Damien Debbas, redactor jefe de *Le Messager du Levant*, periódico que, pese a gozar del favor de los lectores, siempre tenía dificultades económicas.

—Ha llegado el gran día, ¿eh?

Louis iba a responder, pero sonó la campana, desencadenando un griterío.

Sin embargo, el combate no arrancó de verdad hasta mediado el primer asalto, cuando Berjaoui alcanzó a Lucien en la boca del estómago. El chico dio un paso atrás y se dobló por la cintura mientras el árbitro alejaba a Berjaoui para que no se aprovechara de la ventaja. Lucien se irguió y volvió al frente, aunque su entrenador, en lugar de gritarle que se protegiera mejor (Lulu bajaba la guardia dejándoles paso libre a los golpes de su adversario), hizo un gesto de irritación para urgirlo a continuar el combate, lo que no era necesario en absoluto porque el chico no dejaba de avanzar. Su problema no era la agresividad, ni siquiera la precisión, sólo que parecía que aporreara la puerta de una caja fuerte: sus golpes no hacían mella en Berjaoui, quien, en cambio, estaba consiguiendo darle puñetazos potentes y certeros. No es habitual ver a un boxeador atacar a menudo con la derecha durante el primer asalto: es un golpe que te deja al descubierto y te pone en peligro, pero Berjaoui lo hacía, como si estuviera seguro de no correr ningún riesgo. La estrategia de Lucien, consistente en avanzar sobre él para impedirle practicar su boxeo, no era del todo ineficaz, pero los momentos en que Berjaoui daba en el blanco seguían siendo devastadores y él tenía que limitarse a sacudir la cabeza y volver a la carga.

Ninguno de los contendientes era especialmente rápido ni imaginativo, pero el espectáculo que ofrecían era muy curioso: uno de ellos avanzaba sin cesar hacia los golpes del otro, que sin embargo retrocedía. Incluso François y Hélène, que no entendían de boxeo, veían el doloroso desequilibrio entre la feroz voluntad de Lulu y sus cualidades técnicas.

El primer round invitaba a concluir que Berjaoui era más fuerte y más experimentado, por lo que tenía el triunfo a su alcance; sólo la voluntad de Lucien hacía dudar al público y a los jueces. En todo caso, su oponente regresó a su esquina con cara de estarse preguntando cómo iba a conseguir su objetivo.

En cuanto a Lucien, parecía muy maltrecho.

Había recibido dos derechazos bastante violentos y un gancho que lo había hecho tambalearse, mientras que en su haber no había ningún golpe realmente significativo. Se sentó en su esquina para recuperar el aliento mientras su entrenador le pasaba la esponja por el pecho sin dejar de mirar a Berjaoui: parecía lamentar no estar en el lado contrario del ring. En un momento dado se inclinó hacia su boxeador, pero en vez de animarlo le pegó una bronca en toda regla.

Ante un combate tan atípico, el público no tardó en manifestar su descontento. Hélène notó que Lucien tenía el rictus de un náufrago; no quedaba ni rastro de la sonrisa adolescente que iluminaba su rostro a la llegada. No era la única que tenía dudas. El chico se encontraba en tal mal estado que el árbitro interrogó discretamente a los jueces con la mirada: ¿era necesario continuar? Esa pregunta torturaba también a Hélène y François, pero no a Louis, que exclamó:

—¿Habéis visto? Es todo un fajador, ¿no es cierto?

En cuanto a Geneviève, no había parado de gritar: «¡Vamos, Lulu!» durante todo el asalto. El boxeo le chiflaba.

—Dios mío... —murmuró François cuando sonó la campana y los dos púgiles volvieron al centro del ring.

Berjaoui recibió a Lucien con un gancho al hígado que le cortó la respiración. Durante una fracción de segundo, el muchacho pareció haber perdido de vista a su adversario, pero cuando lo encontró hizo lo que había hecho desde el principio: avanzar hacia él.

Hélène le apretaba el brazo a su hermano. A ratos miraba al suelo, pero no podía evitar volver a alzar la vista hacia aquel espectáculo trágico que superaba el entendimiento. De pronto oyó gritar a una voz familiar:

—¡Vamos, Lulu! ¡Mátalo!

Era Geneviève, que se había puesto de pie y alzaba los rabiosos puños al cielo.

Jean quiso intervenir, pero la visión de Lucien recibiendo un directo en plena cara lo disuadió. Un chorro de saliva y sudor voló por los aires.

Y la sangre empezó a manar.

¿Le había partido el labio? ¿La ceja? Era difícil decirlo, y el árbitro, mejor situado que nadie, dejaba continuar la pelea. Louis sabía que Lucien sangraba con facilidad: era un hándicap porque la sangre, aparte de escandalosa, perjudicaba su boxeo. Pero hasta un espectador sin experiencia habría comprendido que, tras el inicio del segundo asalto, era imposible parar el combate, la multitud no lo habría aceptado. Salvo que lo noquearan, Lucien estaba condenado a seguir sufriendo un buen rato.

François sentía a su lado una auténtica bola de energía.

Era su hermano Jean, quien, tenso y lívido, miraba fijamente el rostro de Lucien. Aquella sangre parecía horrorizarlo. Acompañaba con un respingo cada uno de los golpes, cada vez más numerosos, que recibía el chico. Quizá volvía a ver la cabeza de la viajera del Charleville-París rebotando en el cristal de la ventanilla; en todo caso, el terror que se reflejaba en su rostro asustó a François.

—¿Estás bien? —le preguntó.

Jean abrió la boca, pero tenía los ojos clavados en el ring, donde Berjaoui avanzaba como un bulldozer lanzando golpes sin cesar con la energía algo caótica de quien está acabando una larga y penosa tarea y no ve el momento de marcharse a casa. Sus directos ya no seguían la trayectoria precisa del anterior asalto, sus ganchos trazaban una curva demasiado abierta, pero la potencia no había disminuido. Lucien retrocedía hacia las cuerdas y el árbitro lo seguía con pasitos cortos, preparado para detener la pelea. El público estaba electrizado, gritaba esperando el golpe definitivo que dejara KO a Rozier. Mokkadem se había cruzado de brazos. Lucien recibió un directo en el mentón y su cabeza salió proyectada hacia atrás; un gancho mal dirigido lo alcanzó en el hombro y lo hizo tambalearse. Berjaoui sentía que podía acabar ya, de modo que sus movimientos se volvieron imprecisos e incluso bajó la guardia. Su adversario estaba contra las cuerdas y él no dejaba de golpearlo una y otra vez. El árbitro pareció decidirse y avanzó hacia los dos hombres para detener el combate, pero tuvo que dar un paso a un lado para evitar el cuerpo de Berjaoui, que se derrumbó a sus pies.

Aturdido y en la lona, sacudía la cabeza intentando desesperadamente recobrarse.

El público estaba petrificado.

Lucien había engañado a todo el mundo, incluido su contrincante. Había inducido a Berjaoui, seguro de la victoria, a golpear sin preocuparse por mantener la guardia y, bajo la lluvia de golpes, había esperado el momento oportuno para lanzar su devastadora izquierda.

Y había mandado a su adversario a la lona, a oír la cuenta del árbitro.

Hay boxeadores que se creen más listos de lo que son, a Lucien le pasaba justo lo contrario, y eso lo salvaba. Se le notaba que temía no ser lo bastante bueno y sus contrincantes, confiados, intentaban aprovecharlo.

Era una lección que Berjaoui podría meditar; pero más tarde, porque en esos momentos, incorporado sobre un codo, intentaba volver en sí.

—Siete, ocho... —contaba el árbitro.

Lucien, con los brazos en jarras, miraba a Louis y sus hijos con una sonrisa triunfal.

Hamid Mokkadem, volviendo de golpe al bando del vencedor, gritó de júbilo cuando el árbitro le alzó la mano.

El público se deshacía en aplausos: la multitud, feliz, tenía un héroe inesperado.

Se llevaron a Berjaoui mientras el público seguía aplaudiendo a Lucien y las animadoras en minifalda subían al ring. Entretanto, el presentador repetía sin cesar el resultado que todo el mundo conocía.

Los Pelletier estaban bastante divididos. De un lado estaban Louis y Geneviève, rebosantes de entusiasmo, de otro, François y Hélène, impacientes por marcharse, y en medio, Jean, tan atontado como si él mismo, y no Berjaoui, hubiera recibido el golpe definitivo.

No hubo nada que hacer porque Louis se empeñó en que fueran todos a felicitar a Lucien.

—Papá, no estoy segura... —intentó objetar Hélène.

—Pero, cariño, ¡si Lulu os adora! Le daría mucha pena que no vinierais...

Geneviève estaba de acuerdo.

—¡Sí, sí, tenemos que felicitar al muchacho! —Y, volviéndose hacia su marido, añadió—: ¡Es un ganador!

Había muchísima gente en los vestuarios. Louis se las vio y se las deseó para conducir a la pequeña comitiva hasta el cuarto en el que Lucien, sentado en la camilla mientras un ayudante le quitaba el vendaje de una mano, miraba embelesado a su entrenador, que estaba haciendo una autocomplaciente declaración ante los periodistas. Con la otra mano, se apretaba una bolsa de hielo contra la cara.

Hamid se interrumpió para saludar a Louis porque sabía que era el dueño de la jabonería en la que trabajaba su pupilo, pero también porque éste iba acompañado de una joven atractiva. En aquel escenario brumoso y saturado de olor a sudor, linimento de alcanfor y árnica, bajo la cruda luz de los fluorescentes, Hélène, perdida y asustada, atraía las miradas de los hombres. Ella, por su parte, observaba el rostro de Lucien, sus ojos y sus labios hinchados. Estaba irreconocible, salvo por aquella sonrisa radiante e ingenua que le daba un toque desgarrador al espectáculo de sus heridas.

Louis, no menos impresionado por el alcance de los daños, procuró quitarle hierro al asunto presentándole a sus hijos, pero enseguida se dio cuenta de que era absurdo.

—¡Pero ya los conoces!

—¡Claro que sí! —respondió Lucien—. Han sido muy amables viniendo a verme pelear.

Su voz brotaba acompañada de un silbido porque tenía las mejillas hinchadas.

—¡Sólo habría faltado!

Entonces Geneviève se abrió paso, autoritaria y soberana, se plantó delante del chico.

—Lulu, has estado... ¡episcopal!

Él se quedó estupefacto ante el insólito cumplido, que incluso los que tenían mucho más vocabulario encontraron hermético.

El masajista, que se había acercado, le susurró a Lucien que el tiempo apremiaba. Dicho de otro modo, que quería irse a casa. Había llegado el momento de marcharse.

Los hermanos y Geneviève se dirigieron hacia la puerta y Louis le dio una palmada en el hombro a su empleado, quien acto seguido se quitó la camiseta y se tumbó en la mesa mientras el masajista se frotaba las manos con alcanfor.

—No he dudado ni un momento de su triunfo —dijo Louis mientras salían de la arena.

Al parecer, no todos habían presenciado la misma pelea.

De nuevo en casa, Louis parecía menos contento. Se sentó en el salón y permaneció callado y pensativo largo rato, fingiendo resolver el crucigrama de *L'Orient*. En realidad, intentaba reconstruir el calendario de los últimos años. «Vamos a ver», se decía, «¿cuándo fue el entierro?». Angèle lo sabía, pero prefirió no preguntárselo. Después se acordó de que hacía buen día, calor, de las ganas que tenía de quitarse la corbata y desabrocharse el cuello de la camisa. «¡Eso es!», cayó en la cuenta, «¡era septiembre: el mismo mes en que la cuba de sosa se perforó, menudo follón!».

«Septiembre de 1948», apuntó en el margen de una página.

La muerte de la señora Cholet, la madre de Geneviève.

Él había ido a buscar a su nuera al aeropuerto y la había encontrado hecha un mar de lágrimas en el vestíbulo. Todo el mundo se volvía y él no veía el momento de que llegaran las maletas y pudieran subir al taxi. Geneviève, desbordada por la pena, no había podido ni preguntarle por Angèle: en cuanto abría la boca estallaba en sollozos.

Quién sabe qué había ocurrido al día siguiente entre sus hermanas y ella, pero Geneviève había vuelto del cementerio de lo más serena. Se habían acabado las lágrimas, las lamentaciones y los gemidos: estaba como nueva. Su madre no sólo había muerto, sino que parecía haber desaparecido de su memoria. En lugar de quedarse en casa, se había ido de compras y había pasado bastante tiempo en la jabonería, que siempre le había encantado. Él la recordaba sentada a un escritorio devorando baklavas y *maamouls* de pistacho, dátiles y pacanas. Bromeaba con todo el mundo. Obreros y proveedores se preguntaban si habían oído bien: ¿no había viajado desde París para enterrar a su madre?

Louis apuntó «Colette».

La pequeña había nacido el 18 de junio de 1949.

Luego contó: nueve meses. Clavados.

Plegó el periódico y miró a Geneviève, que, sentada a la mesa del salón, se acariciaba el vientre mientras hojeaba revistas de moda. «Desde luego», se dijo, «al pobre Jean lo persigue la mala suerte».

Lo que le había llamado la atención era el lunar que había visto en la axila de Lucien cuando se había quitado la camiseta.

Era idéntico al de la pequeña Colette, y en idéntico sitio.

8

Por fin algo interesante

Para Palmari, su ayudante Cosson era un misterio. No parecía que pensara: no tenía opinión sobre nada. Podía ser que le vinieran ideas a la mente: entornaba los ojos, abría los labios... veías que se esforzaba en expresarse, pero no podías esperar mucho más de él.

No obstante, lo que había considerado un hándicap al principio resultó ser una enorme ventaja: Cosson podía pasarse horas revisando archivos o registros sin manifestar el menor cansancio, y con un sistematismo que sólo se encuentra en seres primitivos. A veces intentaba mostrar una inteligencia de la que carecía, sobre todo en sus escritos, que Palmari no se cansaba de leer. Incapaz de redactar un informe detallado como los que elaboran todos los policías del mundo desde hace siglos, Cosson entregaba textos a medio camino entre el telegrama y el atestado cuya factura, bastante poco habitual, era quizá un reflejo de su estructura mental. Sobre el laboratorio Delaveau, por ejemplo, había escrito:

Primero, 6 conejas (la granja Poussard, proveedora) (hacia enero o así, pero más bien a principios). De modo que:

6 conejas (servidoras del alba) = 6 bollos en el horno (pero no es seguro). Falta contar.

Desconcertado en un principio, Palmari había acabado apreciando el extraño estilo de su colaborador y su peculiar comprensión de las relaciones causales, su sobriedad y su precisión, sus curiosos efectos realistas y sus epítetos homéricos.

Otra ventaja de Cosson era que daba miedo. Si no sabías que su mutismo se debía estrictamente a su imbecilidad, la falta de empatía con que realizaba determinadas tareas te dejaba helado. Así ocurría con las detenciones (Palmari lo había descubierto por casualidad): ni la policía de Vichy había llegado a esos extremos de frialdad, de distancia, de indiferencia al dolor que hace posibles la estupidez en estado puro.

Justo por eso lo había mandado a buscar a Georgette Bellamy en vez de ir él mismo.

Y, cuando la vio llegar literalmente aterrorizada, supo que tenía la mitad del trabajo hecho. Sólo hacía diez días que la había reclutado, pero la experiencia le indicaba que a los informadores siempre hay que apretarlos para que den resultados.

—No hay que olvidar que un confidente es un organismo vivo —le había explicado a Cosson—, y privado de tensión arterial un cuerpo ya no es capaz de nada.

Su ayudante lo había mirado fijamente. Era otro de los pros de su estupidez: nunca te contradecía.

Palmari se disponía a interpretar el papel del inspector impaciente ante Georgette, aunque en realidad no lo estaba en absoluto.

—Lo he pensado mejor —le dijo— y creo que no me será usted de ninguna utilidad: es mejor que la detenga y la lleve ante el juez.

Lo sentía en el alma, se veía la tristeza en su mirada.

—¿Cómo? —balbuceó Georgette.

—Lo que oye. Puesto que no me sirve usted de nada...

La chica, que seguía con el abrigo puesto, empezó a sudar y retorcerse las enrojecidas manos. No conseguía ni siquiera levantar la mirada.

—¿Ha venido a verme? —continuó Palmari—. No, ¿verdad? ¿Me ha dado alguna información? Tampoco. Entonces, ¿qué quiere que haga?

Qué pena, qué pérdida de tiempo... Palmari estaba consternado.

—He hecho lo que usted me dijo: observar, escuchar con atención, pero...

—¿No pasa nada en la consulta del doctor Le Clinche? —preguntó el inspector inclinándose hacia delante. Luego sonrió para animar a su informadora.

—Siempre está cazando, no se lo ve mucho...

—Vaya por Dios... ¿y en la de Vanacker?

—Está muy enfermo, apenas recibe pacientes...

—¿Y Marelle? Él no es cazador ni está enfermo...

Georgette bajó de nuevo la cabeza.

—El doctor Marelle le cae bien, ¿no? ¿No será él quien la...?

—¡Claro que no!

Al instante, la chica lamentó haber sido tan espontánea delante de un señor de la policía...

Palmari se quedó intrigado ante su reacción. Se prometió volver a sacar el tema más tarde, lo urgente era aumentar la presión.

—Mire, Georgette —dijo volviendo a la carga—, si no me cuenta nada no puedo ayudarla: no me queda más remedio que mandarla al calabozo. De veras que lo siento, pero en fin... —Cogió un impreso, le quitó el capuchón a la pluma y empezó a escribir mientras decía en voz alta—: «Prisión preventiva... señorita Georgette...»

—El labo...

Palmari tardó un segundo en comprender que podía hallarse por fin ante algo interesante.

El laboratorio Bauche era uno de los más importantes de Châteauneuf. Él mismo lo había visitado y, por las dudas, habría procurado espantar a todo el mundo. Georgette había oído rumores de que los viernes por la tarde solían desaparecer espéculos y sondas que no volvían a aparecer hasta el lunes por la mañana. Era un clásico: en muchos laboratorios y hospitales con frecuencia había un camillero o una enfermera que alquilaba a las aborteras el material necesario para sus actividades, y los fines de semana eran ideales porque permitían a las pacientes no faltar al trabajo: les ponían la sonda el viernes y, con un poco de suerte, el lunes volvían a estar en la oficina o el taller.

—Si usted averiguara quién hace desaparecer esos instrumentos, yo podría intentar defenderla ante el juez, ¿comprende? Si no, tendré que lavarme las manos.

Georgette estaba horrorizada: aceptar espiar para la policía era una cosa, pero pasar a la acción y denunciar a compañeros no sólo le daba miedo, sino que le repugnaba. Palmari lo comprendió y echó mano de otro truco de su abundante repertorio: la aparente generosidad. Muchas veces daba resultado.

—Dígame un nombre y su sentencia será seis meses más corta: ya sólo me deberá dos años y medio —dijo sonriendo como si fuera casi un santo.

Georgette Bellamy salió del despacho con paso vacilante y él se quedó pensando que difícilmente conseguiría algo de aquella chica: no era lo bastante lista para rebuscar donde convenía. El buen soplón es aquel cuyas aptitudes para la traición, la mentira y el doble juego, ocultas con anterioridad, se revelan y perfeccionan sobre la marcha.

Afortunadamente, la red que necesitaba crecía día a día. Con la docilidad de una bestia de carga, su ayudante había puesto a su servicio a informadores que se movían en ambientes muy diversos: carteros, hosteleros, funcionarios de ayuntamientos intimidados por el mutismo de Cosson, que todos atribuían a una estrategia. Si hubiera sido menos imbécil, no habría obtenido tan buenos resultados.

El inspector Palmari no dejaba de felicitarse por ello.

9

Ahora mismo, ya

Durante su estancia en casa de sus padres, Hélène le había dado muchas vueltas al retraso de su regla (no se hacía a la idea de que estuviera «embarazada»: eso no era lo que sentía). Ya habían pasado siete semanas... Tenía la vaga esperanza de hablar con su madre, pero pronto comprendió que no sería capaz: nunca la había visto tan contenta como tras el nacimiento de Colette.

—Mamá está muy impaciente por convertirse en la reina del gallinero —le había dicho François, y ella no se sentía con fuerzas para enfrentarse a la mirada de su madre ni de soportar un sermón sobre el tema del aborto.

Era una actitud práctica, pero injusta: su madre pertenecía a una generación oprimida por la vergüenza y el sentimiento de culpa respecto al sexo (las cosas no habían cambiado mucho en ese aspecto), pero nunca se había mostrado moralista ni mojigata. La verdad era que Hélène no se atrevía a hablar sobre el aborto con una mujer que seguía conmocionada por la pérdida de su hijo menor. Hacía ya cuatro años de la muerte de Étienne, y su madre no había vuelto a ser la misma desde entonces.

Poco después de regresar a París, Hélène había recibido una carta de su madre: «Te he visto desanimada, cariño; espero que lo que te preocupa no sea grave...»

«¿Qué hago?», se decía, lo que equivalía a preguntarse: «¿Cómo lo hago?»

Le habían venido a la memoria todo tipo de comentarios... El aborto era un mundo subterráneo cuya existencia todo el mundo conocía, pero del que nadie hablaba abiertamente, un mundo de vergüenza y dolor, de angustia y riesgos por el que se movían mujeres indefensas, aborteras y médicos que las buenas conciencias consideraban «enemigos de la nación». Implicaba citas clandestinas, dinero bajo mano, mujeres aterrorizadas tendidas en mesas de cocina o, peor aún, mujeres que, sin dinero y sin los conocimientos necesarios se hundían agujas de tejer o perchas para la ropa y acababan en urgencias, donde no era infrecuente que les gritaran mientras intentaban detener septicemias a las que no todas sobrevivían. Las urgencias se consideraban la panacea porque allí se podía conseguir un raspado, pero para ello había que sangrar y, quitando a las más listas, que conseguían meterse en la vagina una bolsa de hemoglobina que perforaban en la entrada de urgencias para fingir una hemorragia, las demás se veían obligadas a usar sistemas menos sofisticados. No había muchas más opciones que introducirse algo y esperar a sangrar o tener una infección. Algunos médicos, de forma deliberada, no hacían nada para aliviar los dolores durante los raspados. «¡La próxima vez se lo pensará dos veces!», se jactaban. Si el aborto era cosa de mujeres, su represión estaba en manos principalmente masculinas.

Como si correr el riesgo de quedar estéril no bastara, la mujer se enfrentaba, además, a multas y penas de cárcel. El legislador de 1939, que había intensificado la represión, no tardó en verse superado por el de 1942, un auténtico campeón que elevó el aborto a la categoría de crimen contra la seguridad del Estado: la pena de muerte ya no estaba excluida para quienes practicaran abortos, como pudieron comprobar Marie-Louise Giraud y Désiré Pioge, ambos guillotinados en 1943. Durante esos años negros, a nuestro imaginativo legislador, espoleado por la Alianza Nacional contra la Despoblación, una asociación de natalistas exaltados, se le ocurrió la idea sancionar... ¡sin pruebas! El hecho de haber intentado abortar, incluso si no se encontraba ninguna huella del delito, te convertía en delincuente. En materia de derecho era difícil llegar más lejos.

Teniendo en cuenta que la forma más eficaz de reprimir el aborto era amedrentando a quienes lo practicaban, los médicos y las comadronas se arriesgaban a penas de prisión firmes, multas considerables y a la suspensión, cuando no a la prohibición definitiva, de ejercer. Sorprendentemente, no fue durante el régimen de Vichy cuando la represión de esa «plaga social» fue más intensa, sino tras la Liberación: en 1946 se contabilizaron mil comparecientes más que en 1943...

La situación ya no era ésa en 1952, mientras Hélène se angustiaba, pero la mayoría de las mujeres embarazadas que deseaban ejercer su derecho a elegir se encontraban igual de indefensas. Buscaban «una dirección»: «Conozco a alguien que sabe una dirección», oían decir; «¿No tendrás una dirección?», preguntaban con voz trémula; y esos diálogos en voz baja evocaban todo tipo de imágenes aterradoras, de historias trágicas. Conseguir una dirección era buscar una puerta a la libertad, pero también al dolor y la humillación, y no pocas veces a la comisaría o el depósito de cadáveres. Sin una dirección tenías que apañártelas sola. ¿Quién no había oído hablar de cierto remedio, de determinado sistema? Se hablaba de inyecciones vaginales de vinagre e incluso de extracto de Saturno, que también servía para tratar a los caballos. Hélène se estremecía con sólo pensarlo. La aguja de tejer tenía mala fama debido a las perforaciones involuntarias y las septicemias, y ella esperaba tener hijos un día, volver a intentarlo más adelante. ¿No había mencionado alguien el agua jabonosa? También había cosas que se podían beber, como el aceite de ricino... En todo caso, lo único que estaba a su alcance le parecía directamente ridículo: introducirse perejil fresco en la vagina para provocar la llegada de la regla. ¿No sería una pura tomadura de pelo, el equivalente femenino de la caza del gamusino? ¿A quién pedirle consejo?

Tenía montones de compañeras en los periódicos en los que colaboraba, pero ninguna en la que confiara lo bastante como para sacar el tema. Además, la mayoría no veían el momento de quedarse embarazadas, si no lo estaban ya, o acababan de parir y no hablaban más que de bebés, pañales y papillas, ¡como para decirles que estabas buscando una dirección, una solución para librarte de todo eso! ¡Cómo echaba de menos a Étienne! Él habría sabido qué hacer: tenía soluciones para todo. Al menos, no habría estado tan sola.

Se palpaba el vientre y los pechos, pero no notaba nada, lo cual resultaba desconcertante. Su «embarazo» sólo era un estado de ánimo agobiante, miedo mezclado con una sensación de urgencia, una avasalladora necesidad de expulsar algo cuyo peso sentía, pero cuya existencia no percibía. Todas las mujeres tenían mil anécdotas sobre sus náuseas y sus vómitos; ella, cero. Tanto era así que a veces dudaba que estuviera encinta. ¿Y si se habían equivocado? Entonces veía un rayo de luz, empezaba a respirar mejor, el mundo volvía a ser lo que había sido... pero luego volvía a contar los días y todo se desmoronaba, la angustia volvía a atenazarle la garganta...

La soledad le pesaba tanto que, en un ataque de rabia, había llamado a Adrien Denissov desde Beirut.

No sabía cómo anunciarle aquello, ni cuál sería su reacción, pero al menos él tendría direcciones, eso seguro. Y dinero... ¿No era normal que pagara? ¿Y si le contestaba que se las apañara sola? ¿Quién era el responsable cuando las cosas se hacían entre dos? ¿Le correspondía sólo a ella contar los días, tomarse la temperatura, hacer cálculos? Lo cierto era que los hombres rara vez se preocupaban de eso: se fiaban de su compañera, era su forma de no implicarse.

Denissov no estaba. No le dejó ningún mensaje.

Casi mejor. En el fondo, depender de él le repugnaba. Independientemente del dinero, ¿qué deuda contraería si Denissov «se ocupaba de todo»? ¿En qué situación de dependencia se colocaría?

La había decepcionado mucho que Nine no acompañara a François: habría podido hablar con ella, pedirle consejo. Poco antes de partir, cuando estaban a punto de abordar el taxi camino del aeropuerto, se había confiado a ella en un estado cercano al pánico; ¿la ayudaría ahora que estaba de regreso?

El avión de vuelta aterrizó en París el lunes a mediodía.

A las dos Hélène entraba en el taller del señor Florentin, en la rue du Petit-Musc.

Siempre la había impresionado el peculiar ambiente de aquel sitio que olía a cola, tinta y papel, el recogimiento casi monacal que reinaba allí. Léon Florentin, poco locuaz de por sí, trabajaba con una joven sorda con la que hablaba cordialmente, pero rara vez.

Nine, como si no estuviera sorprendida de verla, se quitó la bata y la acompañó a un café. En cuanto se sentaron frente a frente, Hélène se dio cuenta de que no había dudado ni por un momento que su amiga se implicaría en su problema.

—He encontrado a una mujer que lo hace en la rue de l'Ouest. La hermana de una amiga estuvo allí hace dos meses y todo salió bien.

Hélène estaba tensa, le temblaban las manos.

—¿Cómo lo hace?

—Con una sonda, dice que no es doloroso.

¿Una sonda? ¿Y cómo se aguantaba en su sitio una vez colocada? Le daba miedo hacer el ridículo preguntándolo.

—¿Cuánto cuesta?

—Veinticinco mil francos.

Hélène abrió la boca, pero no consiguió decir nada.

—¿Cuánto te falta?

—Sólo tengo cinco mil...

Nine miró hacia la calle.

—Nos las arreglaremos. ¿Cuándo te vas a Chevrigny?

—El miércoles.

Era muy poco tiempo.

—¿Y vuelves...?

Hélène hizo un gesto vago: no tenía ni idea.

—Iremos mañana —dijo Nine—. Le preguntaremos si puede hacerlo en el momento.

—Ya... —Ahora que Nine la ayudaba, se dejaba llevar. No le quedaba energía para resistirse, así que haría lo que fuera. Era consciente de que ese estado de ánimo podía ponerla en las manos equivocadas, llevarla a aceptar soluciones azarosas—. ¿A ti te ha pasado? —le preguntó a su amiga.

Nine negó con la cabeza, pero su expresión era difícil de interpretar.

Durante la tarde Hélène recobró la sensatez: se disponía a gastarse todo lo que tenía, a tomar dinero prestado de Nine, a ir a casa de una mujer que lo hacía no se sabía cómo... ¿en qué se iba a meter?

También François había temido el regreso a París porque probablemente tendría que afrontar la ruptura con Nine.

Aquél habría podido ser un gran día, puesto que iba a ponerse al frente de la sección de sucesos, pero, aparte de que no estaba muy animado, deberle el puesto a la muerte de Stan Malevitz hacía que se sintiera incómodo. Por suerte, no era el punto de vista de la redacción, en la que nadie discutía su ascenso: todos lo consideraban el candidato más idóneo.

Iba a reunirse con su equipo por primera vez cuando la centralita le comunicó que la señorita Keller preguntaba por él.

Bajó la escalera a toda prisa, con el corazón saliéndosele del pecho, hizo un alto antes de llegar a la recepción, respiró hondo y se presentó en el vestíbulo con un semblante tranquilo. Cuando se volvió hacia él, la cara de Nine le pareció tensa, concentrada, inquieta.

—¿Fue todo bien en casa de tus padres? —le preguntó ella tras besarlo castamente.

—Para ellos, sí, creo... Te dan las gracias por la carta y...

—Necesito veinte mil francos.

Nuestras vidas se lo deben todo a instantes como ése, en los que nuestra razón no interviene y lo que decimos es una moneda lanzada al aire. La pregunta que temía Nine era: «¿Para qué?»

—¿Para cuándo? —preguntó François.

—Ahora mismo, ya.

¿En qué nuevo avispero se había metido? ¿Qué había robado esta vez para deber semejante suma?

Se quedaron callados. Los dos sabían que él no disponía de esa cantidad. Nine lo miraba con aquella intensidad tan suya.

—Veinte mil francos... —murmuró François, y consultó su reloj. A esas horas Nine debería haber estado en el trabajo. ¿La habían despedido? ¿Había robado algo del taller? Veinte mil francos era un dineral—. Los conseguiré. —Intentó sonreír—. Dime adónde te los llevo.

—A casa, es lo más sencillo, ¿no?

François le comunicó a su equipo que la reunión se retrasaría, volvió a bajar y cogió el primer taxi.

Había visitado el local de la place de la République poco después de que Jean hubiera pagado la fianza, pero no había vuelto a ir: la vetustez, la suciedad, el enorme trabajo que habría que hacer para transformar todo aquel espacio en unos grandes almacenes lo habían asustado, algo a lo que había contribuido Geneviève, que los acompañaba y avanzaba de puntillas como si estuviera cerca de un pantano infestado de sapos y culebras, soltando grititos y lamentándose sólo para desanimar.

Paradójicamente, ahora que el local estaba acondicionado, pintado... domesticado, y que reinaba en él una actividad tranquilizadora, tuvo aún más miedo por su hermano: era inmenso, había muchísimo personal... ¿No había picado demasiado alto? Y el gerente, el tal Guénot, al que acababa de conocer, tenía una pinta...

—Ah, ¿eres tú? —exclamó Jean yendo a su encuentro. —En su voz había un deje de pánico debido a la sorpresa, a lo inesperado de aquella visita—. ¿Ocurre algo?

—No, no, va todo bien, no te preocupes. Bueno, esto es increíblemente... No pudo encontrar la palabra.

—Sí, ¿verdad? —repuso Jean, que también parecía impresionado.

—Gordito... —François cogió a su hermano del hombro y se lo llevó aparte—. Necesito veinte mil francos... de inmediato. ¿Puedes prestármelos?

Una ola de intenso calor envolvió a Jean. La frente y la zona del bigote se le perlaron de gotitas de sudor, pasó un índice febril entre su cuello y el de la camisa...

—¿Cómo que veinte mil francos? ¿Para qué?

—No tengo tiempo para explicártelo, pero realmente los necesito, y no conozco a nadie más que pueda ayudarme.

La primera imagen que le vino a la cabeza a Jean fue la cara de Geneviève cuando se enterara. La vio hecha una furia, gritándole, decidida a hacerle la vida imposible... y aun así respondió:

—De acuerdo. —Miró el gran reloj de pared que le servía a Georges Guénot para vigilar al personal—. Acompáñame...

—De pronto estaba excitado, electrizado: la perspectiva de

enfrentarse a su mujer por un motivo oscuro, inexplicable, sobre el que él mismo no sabía nada, le parecía la mejor de todas, la más indiscutible—. El banco está aquí al lado —añadió arrastrando a François.

Caminaron en silencio, concentrados, preguntándose uno y otro por la finalidad de aquel dinero.

François no se esperaba que fuera tan fácil. Conocía a su hermano y simplemente rezaba para que su entusiasmo no se esfumara antes de llegar a la ventanilla del banco.

Hacía bien porque, en el instante en que el cajero le tendió el impreso de retirada, apareció en la mente de Jean la imagen de un pañuelo limpio y perfectamente planchado que representaba el poder que Geneviève tenía sobre él.

Y los turbios secretos que conocía.

Dudó: aunque en un primer momento la perspectiva de enfurecer a su mujer lo había enardecido, ahora se imaginaba las devastadoras represalias de las que era capaz.

El *Journal* de la tarde anterior titulaba:

La milagrosa superviviente
del Charleville-París
La joven intenta proporcionar
un retrato robot del asesino a los investigadores

Geneviève, a la que aquel suceso excitaba tanto como en su momento la había excitado el caso Mary Lampson, había estudiado el artículo con una lentitud exasperante, salpicando su lectura de comentarios compasivos:

—«Confusión mental... parálisis parcial...» Qué desgracia, Señor... «Pérdidas de equilibrio...» ¡Figúrate, cuando vaya al lavabo! Y escucha esto: «Dificultad para memorizar y comprender...» Menudo retrato va a hacer, ¿eh, Gordito?

Jean había sido incapaz de articular palabra. ¿Recordaría la víctima que lo había visto en el restaurante?

Ante el recuerdo de Geneviève cerrando el periódico con tranquilidad, Jean flaqueó. Se volvió hacia su hermano, que se había quedado junto a la puerta, y vivió el dilema más cruel de su existencia: «Mi hermano o mi vida.» Había odiado a François en muchas ocasiones: François el superdotado, el aventurero...

—Sí, veinte mil francos —le confirmó al empleado, y firmó el impreso.

El grueso fajo de billetes embutido en un sobre que parecía de papel de embalar era tremendamente prosaico. Jean sintió pavor.

—¿Cuándo me lo devolverás?

De pronto el reembolso le pareció la solución perfecta: François le devolvía el dinero al cabo de unos días, él volvía a ingresarlo en el banco y allí no había pasado nada aunque Geneviève acabara enterándose...

—No voy a mentirte, Jean: no tengo la menor idea.

El dinero había cambiado de manos.

Caminaron juntos por la acera unos instantes. François pensaba en algo que decir.

—Voy a intentar reactivar el caso Mary Lampson...

Creía hacer bien; no imaginaba ni remotamente que esa información conmocionaría a su hermano...

En efecto, ambos, acompañados por Geneviève, habían ido juntos a ver *El fuego del deseo* cuatro años antes y el azar había querido que eligieran la misma sesión que la joven actriz que tenía la costumbre de ir a observar de incógnito los estrenos de sus películas para observar las reacciones del «público real».

Durante aquella salida, Geneviève se había mostrado especialmente odiosa con Jean, injusta y venenosa, como animada por un auténtico deseo de humillarlo delante de su hermano. Si hubieran estado en casa, Jean la habría matado, pero no lo estaban, así que las malévolas acusaciones de su mujer lo habían sumido en un estado rayano en la demencia. Mientras la película empezaba, se había cruzado con la joven actriz a la salida de los lavabos y le había estrellado la cabeza contra la taza de porcelana y la pared, tras lo cual, frenético y angustiado, había vuelto a la sala, donde nadie, ni siquiera Geneviève, había notado su ausencia.

A Jean le había costado olvidarse de inmediato de aquel crimen (al contrario que de los otros) simplemente porque figuraba entre los sesenta y cuatro testigos interrogados con mayor interés por la policía. Sin embargo, el asunto había ido cayendo poco a poco en el pozo de los misterios sin resolver. Creía haberse librado de él, ¡y ahora iba a volver a la superficie!

—¡¿Qué?! —gritó—. ¿Que vas a intentar reactivar...?

François atribuyó aquel sobresalto a la sorpresa y, sin duda, a la emoción del momento.

—El juez Lenoir no llegó al fondo del asunto. Me pregunto si... pero ya hablaremos de eso más adelante, ahora tengo que dejarte... —Se miraron un instante e intercambiaron un rápido apretón de manos—. Gracias, Gordito, es...

Jean quiso responder: «No es nada», pero no lo consiguió.

François deslizó la mano por el dintel, pero la copia de la llave no estaba: ya no tenía acceso a casa de Nine.

La esperanza de que ella lo hubiera invitado, no a ir, sino a volver, ¿era pura fantasía?

Llamó con los nudillos. Nine abrió y él le tendió el sobre, que ella dejó sin más encima de la mesa. De buena gana se habría marchado.

—¿Quieres tomar algo?

Sin esperar respuesta, Nine sirvió dos copas de vino blanco. Bebieron en silencio.

Los objetos robados (que él, a su vez le había robado), el incidente de Ruan, su negativa a acompañarlo a Beirut, aquella petición de dinero con urgencia... habían acumulado tantos secretos, tantos silencios, tantos malentendidos que no sabían por dónde empezar.

Intercambiaron frases banales, evitando las preguntas, y la conversación se tornó tan fútil que renunciaron a prolongarla. François apuró la copa.

—Gracias —dijo Nine, y le dio un beso rápido.

Él la abrazó, ella lo dejó hacer y se quedaron así un instante, pegados el uno al otro, apurados, tristes e impotentes.

—En cuanto a devolvértelo... —murmuró Nine apoyando la cabeza en el hombro de él.

—¿Es grave?

Ella se apartó.

—No es lo que piensas —repuso.

¿Qué sabía ella lo que pensaba él?

La cuestión era que se negaba a contarle la verdad; sólo quería la confianza de Nine y ella rehusaba concedérsela. Tenía ganas de castigarla, de herirla por el daño que ella le hacía. Lo mejor era irse.

Pero Nine lo retuvo. Deslizó las manos por sus hombros, alzó la cara y lo besó... Hicieron el amor así, de pie, como tanto les gustaba, pero resultó mecánico, casi distante: ni el uno ni el otro estaban realmente allí. Nine tuvo un orgasmo enseguida, pero se apagó muy deprisa. François se abstuvo. Volvieron a vestirse en silencio. Él estaba enfadado consigo mismo: por mucho que se justificara, lo cierto era que Nine le había pagado por su ayuda.

Ella, por su parte, sonreía tranquilamente: no parecía incómoda con lo ocurrido.

Él salió y cerró la puerta a su espalda.

Estaba en el tercer peldaño cuando Nine abrió de nuevo.

—Te quiero —le dijo.

Y volvió a cerrar.

10

Más adelante, ahora no

Tras una noche agitada, Hélène estaba exhausta. Era martes.

Había quedado con Nine en que aprovecharía que iba a su casa para llevarle a *Joseph*.

En cuanto llegó, el gato abandonó su cesta y saltó a lo alto del armario como si estuviera en casa.

Nine, que se había tomado el día libre en el taller, parecía animada, decidida. Resultaba tranquilizador. Sacó de su bolso un fajo de billetes y ambas contaron lo que habían reunido: veinticinco mil francos. Era un montón de dinero, parecía el botín de un robo.

Luego cogieron un taxi, pero nadie les abrió en el piso de la rue de l'Ouest.

—Thérèse ya no vive aquí. —La vecina sólo había entreabierto la puerta, desconfiada como un banquero. Las miró de arriba abajo y añadió—: ¡Tendréis que ir a otra parte, perdidas, más que perdidas!

Y cerró de un portazo.

Hélène creyó que iba a desmayarse; se agarró al pasamanos, desesperada.

—Vamos —le susurró Nine.

Hicieron el camino de vuelta sin decir palabra. Luego se sentaron a una mesa con sendas tazas de café humeante y Nine propuso:

—Podemos intentarlo nosotras mismas.

Hélène se puso pálida.

—¡Pero ¿cómo?!

Le faltaba la respiración.

—Espera, no te asustes —dijo Nine—. No vamos a hacer lo primero que se nos ocurra, pero cuanto más tiempo pase más difícil será. Siete semanas aún no es mucho, hay remedios...

—¿Cuáles?

—El agua oxigenada con ácido bórico.

Hélène frunció el ceño: era un preparado antiséptico muy corriente que servía para limpiar las heridas, para aliviar las otitis y otras cosas parecidas.

—¿Y eso funciona?

—Lo cierto es que no siempre, pero al menos no supone ningún riesgo.

A Hélène le costaba creer que inyectarse agua oxigenada en el útero fuera totalmente inofensivo. Además, había que saber hacerlo. Nine se adelantó a su pregunta.

—Puedo intentarlo. —La Nine que tenía delante parecía otra persona: de pronto, aquella chica sorda que se limitaba a mirarte intensamente era toda voluntad—. Creo que puedo conseguirlo.

Así que Hélène volvió esa tarde a su casa.

Seguramente para desdramatizar, Nine blandió un espéculo riendo.

—¿Qué me dices?

Era un instrumento frío y brillante, pero su carácter técnico tranquilizaba porque sugería precisión.

—¿De dónde lo has sacado?

—Sería largo de explicar...

Nine esterilizó una pera para irrigaciones a la que acopló una especie de cánula semirrígida que había desinfectado con alcohol.

Sin saber qué hacer mientras esperaba, Hélène se había tumbado en la cama.

Nine se acercó, se sentó a su lado y le acarició la mejilla.

—No hemos hablado de ello... —dijo con mucho tiento—. Pero ahora...

Hélène imaginó lo que iba a decirle; lo sorprendente era que no lo hubiera hecho antes.

—Le habrás dado muchas vueltas, por supuesto —siguió diciendo Nine—, pero ¿estás segura de que no quieres tenerlo?

Hélène habría preferido que su amiga se callara de una vez.

—A veces decidimos impulsivamente y luego... No quiero que después lo lamentes.

—¡Por favor, no me lo hagas aún más difícil! —replicó.

Al instante quiso rectificar, pero Nine hizo un gesto para indicar que lo comprendía. Guardaron silencio un momento.

—Lo he pensado mucho, no creas... pero sé que no lo quiero en estos momentos; no en estas condiciones, no con... Más adelante, ahora no. —Y, como Nine la dejaba hablar sin interrumpirla ni apartar la suave y cálida mano de su mejilla, Hélène, sorprendida de expresarlo de ese modo, añadió—: Me da mucha pena, pero quiero decidir por mí misma; no aceptar... lo que no he elegido.

Nine se levantó y siguió con sus preparativos mientras Hélène, sin decir nada, se tendía boca arriba, doblaba las piernas, separaba las rodillas. Muy pronto, la vergüenza de exhibirse de aquel modo dio paso al miedo de cometer un error grave, de entrar en una espiral que la condujera a un sanatorio.

Joseph bajó del armario para acurrucarse junto a ella y ronronear; en determinadas circunstancias, a aquel gato le gustaba mostrarse tranquilizador.

Nine, meticulosa y concentrada, le introdujo el espéculo y procedió a separar con tanto cuidado, con tal lentitud, que a Hélène empezó a hacérsele largo. Vio una luz, ¿estaba usando Nine una linterna?

Luego sintió la cánula avanzar muy lentamente.

—Ya falta poco —dijo Nine con voz tranquila.

Hélène conocía poco esa parte de su cuerpo; estaba muy tensa y miraba el techo fijamente con los puños apretados y la garganta seca.

De pronto, un dolor atroz la electrizó y Nine se quedó paralizada: fue el único momento en que Hélène vio miedo en sus ojos, en el que ambas tuvieron la tentación de renunciar. Pero ninguna tuvo el valor de proponerlo, así que Nine siguió adelante.

Lo que Hélène sintió a continuación era molesto y desagradable, pero, pese a sus temores, no dolía. Ella había cerrado los ojos y estaba rígida como una tabla.

—¡Creo que ya estamos! —le susurró Nine sonriendo—. ¿Lista?

Hélène se limitó a asentir nerviosamente.

Nine empezó a inyectarle la solución de agua oxigenada.

Para dar tiempo a que el líquido hiciera su trabajo, le había puesto un grueso almohadón bajo las nalgas: Hélène tendría que permanecer en esa posición unas dos horas, tras lo cual podría acuclillarse sobre la palangana de hierro esmaltado... Luego, sólo habría que esperar. *Joseph* fue a acurrucarse en sus brazos.

A esas alturas, Hélène ya no temía parecer ingenua.

—¿Qué va a pasar? —preguntó.

Nine se había tumbado a su lado y le había cogido la mano, que acariciaba distraídamente, un gesto que Hélène encontraba casi maternal.

—Creo que en el momento de la expulsión duele, pero no dura mucho. Si tienes fiebre, habrá que consultar a un médico, quizá hacer un raspado, pero al menos estarás liberada.

Nine parecía saber muchísimo más que ella, pensó Hélène.

—Yo bebería algo... —Nine apartó la cortina que ocultaba el hueco de debajo del fregadero—. ¿Vino blanco?

—Sí.

Nine tuvo que sostenerle la cabeza para ayudarla a beber. Se echaron a reír.

Cuando la luz del día fue apagándose, no encendieron ninguna lámpara; siguieron tumbadas la una junto a la otra, mirándose y hablando en voz baja como dos colegialas que temieran la irrupción de sus mayores. Nine no había mostrado la menor curiosidad respecto al hombre que había conducido a Hélène hasta donde estaban. Quizá, pensó ella, tras la agria discusión con François en casa de Geneviève y Jean, el nombre de Denissov se había abierto paso hasta sus oídos y eso le había bastado para entenderlo todo.

Hélène le había prometido a François, antes del viaje a Beirut, que hablaría con Nine. Tuvo la tentación de hacerlo en ese instante de intensa intimidad, pero, teniendo en cuenta todo lo que Nine estaba haciendo por ella, sentía que no era de recibo ponerse a preguntarle por su cleptomanía y su tendencia a empinar el codo.

Al final, renunció simplemente porque era más fácil, porque estaba cansada y por otras mil razones que no le costó encontrar. Entretanto Nine se dedicaba a darle sorbos a su vino mientras acariciaba distraídamente a *Joseph*.

—¿De verdad no habías hecho esto nunca? —le preguntó.

—Nunca.

—Pues podrías ganarte la vida estupendamente...

—Creo que lo dejaré correr: la encuadernación me da más satisfacciones.

El oficio de encuadernador era bastante misterioso para Hélène. Apreciaba el resultado, claro, pero se le escapaba el placer que podía encerrar el proceso. Nine se puso a hablarle de cueros, telas y papeles, de cubiertas y sobrecubiertas, de guardas, cintas de cabezada y tarlatanas. Hélène no pudo contener la risa y terminó contagiándola.

—Creo que mi jefe tiene ganas de dejarlo...

—¿Y esperas tomar el relevo?

—No sé si me lo propondrá: es un trabajo para hombres.

Hélène sabía a qué se refería: con el periodismo pasaba lo mismo. E incluso consiguiendo el trabajo, quedaba el asunto del sueldo.

Nine volvió la cara y vio que el dinero que había conseguido François seguía allí, encima de la cómoda.

—Quédatelo —dijo—. Nunca se sabe.

La posibilidad de fracasar flotó en el aire.

—Procuraré devolvértelo pronto —prometió Hélène.

Nine se apresuró a tranquilizarla con un gesto: aquello no parecía preocuparla mucho. ¿Sería rica?, se preguntó Hélène. Ni su trabajo ni su piso, ni siquiera su ropa parecían indicarlo. Tal vez tuviera ahorros: reunir veinte mil francos ahorrando durante un largo tiempo parecía difícil, pero en ningún caso imposible, pensó mientras esperaba a que su amiga respondiera a sus preguntas silenciosas, pero la otra se limitó a seguir bebiendo a sorbitos. ¿Era la segunda copa o la tercera?

Al final, se acabó la botella: debía de haber pasado más nervios de lo que parecía.

Después se durmieron la una al lado de la otra. Durante el resto de la noche, Hélène tuvo que hacer uso de la palangana tres veces.

Por la mañana, encontró una nota encima de la mesa: «¡Si me necesitas, llámame al taller! Besos.»

«Si me necesitas...» ¿Se refería Nine a la posibilidad de que su intento fracasara? Si era el caso, tendrían que volver a empezar desde el principio...

Abrazó a *Joseph* y luego lo dejó que volviera subirse al armario.

Al llegar a su piso, seguía preguntándose obsesivamente cuánto tiempo habría que esperar para saber si había resultado.

Incapaz de comer nada, se lavó y acabó de preparar la maleta. Empezaba a sentir picores, ¿era buena o mala señal?

11

Necesitaba volver atrás

El asesinato de Mary Lampson, cuatro años antes, tenía todo lo necesario para apasionar a la opinión pública: la fama y la belleza de la víctima, embarazada de dos meses; las rocambolescas circunstancias de su muerte; la actitud ambigua del marido, Marcel Servières, y su mala fama; la juventud e incompetencia del juez Lenoir, al que la prensa había manejado como a un pelele... Todos los ingredientes estaban ahí, incluido el más estimulante, el más excitante, a saber: que el asesino no había sido descubierto.

Tras la remoción del juez Lenoir, el caso se había estancado: iba en camino de convertirse en uno de los crímenes no resueltos más escandalosos de la época. Decir que las pesquisas, salpicadas de irregularidades, habían pasado por alto líneas enteras de investigación, era quedarse corto: el juez se había centrado en los espectadores presentes en la sala de cine el día de autos y en el marido, dominado, según él, por unos celos asesinos.

Para François, el entorno de la víctima no se había explorado lo suficiente, y sólo se había examinado con lupa el año anterior al crimen. Él había decidido indagar de forma más sistemática y remontarse más atrás. El día anterior, tras entrevistar al abogado de los padres, había publicado un artículo:

Caso Mary Lampson
«¡La justicia debe reabrir el sumario!»,
opina el abogado de la familia de la actriz
salvajemente asesinada hace casi cuatro años

«¡La instrucción ha sido un auténtico desastre!», clama Archimbaud, el abogado de la familia de Mary Lampson. Según él, apartando del caso al juez Lenoir el poder judicial simplemente se lavó las manos y decidió renunciar a la resolución de un crimen espantoso cuyo culpable sigue en libertad.

Casi cuatro años después del vil asesinato en el cine Le Régent, el abogado no es el único que se hace preguntas. Contaminación del escenario del crimen, reconstrucciones poco rigurosas, encarnizamiento incomprensible con un sospechoso, vulneración sistemática de secreto de sumario, interrogatorios sesgados... La lista de los errores de la justicia en este caso es impresionante. «No hemos cesado de pedir que se retome la instrucción», añade el abogado, «pero nos repiten que, hoy en día, no hay ningún elemento nuevo que lo justifique. ¿De veras se necesitan "nuevos elementos" para que la justicia haga su trabajo?».

Aquel texto había desencadenado un clamor instantáneo del que el resto de la prensa no había tardado en hacerse eco.

El elemento al que François daba más valor era la nota manuscrita hallada en el bolso de la víctima, que decía: «Cariño, no hagas nada sin hablarlo conmigo. Decidámoslo juntos, ¿quieres? Te amo, M.»

Esa escueta misiva hacía suponer que la joven dudaba si tener el niño, lo que daba una imagen muy turbadora de la admirada estrella de cine.

El marido había jurado y perjurado que no estaba al tanto de ese embarazo ni era el autor de la nota. Los análisis grafológicos no habían sido concluyentes. Esa línea de investigación seguía en punto muerto.

¿Era realmente sólido el matrimonio de Mary y el guapo Marcel Servières?

¿Continuaban juntos tan sólo porque un divorcio habría sido mal recibido por la opinión pública?

Para François, quedaba la posibilidad de que la joven actriz tuviera un amante, y éste, motivos para asesinarla.

Para comprobarlo necesitaba volver atrás, comprender los antecedentes, indagar en un periodo más largo de la vida de Mary Lampson. Buscar al amante... si existía.

En el *Journal*, todos los días se felicitaban de contar con ese archivo al que Denissov nunca había escatimado el dinero, aunque en realidad intimidaba a todo el mundo.

El malestar que se apoderaba de ti al llegar al «antro» (así era como lo llamaban) tenía mucho que ver con la personalidad de Oscar Drouhet, quien ya se encargaba de él cuando pertenecía al semanario colaboracionista en cuyas dependencias se había instalado el *Journal* tras la Liberación. Algunos expedientes se remontaban a los primeros años treinta, y no era absurdo pensar que podían contener información desconocida incluso para la Dirección Central de Inteligencia.

Drouhet era un buen ejemplo del tipo de trabajadores que habían servido con celo al ocupante y al que, por puro pragmatismo, la Liberación había dejado en paz. Era un personaje de una banalidad inquietante, y François no podía evitar preguntarse por el contenido de los dosieres que había reunido durante los años negros y los que habría hecho desaparecer ante la inminencia de la caída del gobierno colaboracionista. Tenía aspecto de notario y era hipermnésico: lo que entraba en su cerebro se colocaba de forma automática y permanente en el sitio que le correspondía y ya no desaparecía nunca, así que podía decirse que el archivo de *Le Journal du Soir* no era más que la materialización de su mente atesoradora, clasificadora y archivadora.

François le pidió que indagara en la vida de la joven actriz remontándose lo más atrás que pudiera.

Su misión era elaborar una lista de todos aquellos individuos cuyo nombre empezara por «M» y que pudieran haber sido amantes de Mary Lampson. Mientras lo decía, François se acordó de aquella tonta contradicción sobre el padre de Nine: Hélène se había referido a él como historiador especializado en el Renacimiento, mientras que él lo creía medievalista.

—¿Podría proporcionarme también información sobre la carrera de un profesor de historia? —Escribió «Henri Keller» en un papel—. Era especialista en la Edad Media o el Renacimiento y profesor en Courbevoie, creo. Murió hace unos diez años.

Por la mirada de Drouhet, François comprendió que estaba familiarizado con ese tipo de pesquisas: investigar a la gente era una tarea en la que siempre había sobresalido.

12

No parece que pase gran cosa...

—¡Lambert!

Aquel joven torpe que acababa de presentarse tendiéndole una mano ancha y carnosa, pero sorprendentemente suave, parecía ocupar un cuerpo prestado. Las gafas redondas con montura metálica le añadían un toque anacrónico a su expresión ingenua, pero los ojos, de un azul claro frecuente en ciertos miopes, eran vivos e inteligentes. Como tantas mujeres, Hélène solía observar, cada vez que conocía a un hombre, si llevaba alianza: no llevaba.

—Soy el... —continuó el tal Lambert, pero enseguida se interrumpió, y ella se preguntó si dudaba en decirle quién era o si él mismo no lo sabía con certeza.

—Hélène —respondió ella presentándose a su vez.

Él se abalanzó sobre su equipaje y ella se abrazó al maletín que contenía su equipo de fotografía. Menos mal, porque el otro tropezó al dar el primer paso y la maleta golpeó una carretilla. Si no se abrió, fue porque la correa estaba abrochada. Él se sonrojó y ella esbozó una sonrisa indulgente, aunque forzada. Llegaba a Chevrigny rendida, angustiada, temiendo haberse equivocado al ir allí y se topaba con aquel corresponsal imberbe que no conseguía meter su maleta en el maletero del Simca, renunciaba a ello y acababa lanzándola al asiento trasero mientras decía:

—Después de todo, no vamos lejos...

Le entraron ganas de volverse en el primer tren. Durante el viaje a Châteauneuf, el picor se había convertido en ardor.

Se había encerrado en el exiguo lavabo y se había palpado, contorsionándose. ¿Significaba esa desagradable sensación que el agua oxigenada y el ácido bórico estaban actuando? ¿Iba a tener que afrontar ese proceso en el aseo del tren? Tenía pérdidas amarillentas. Consiguió orinar, pero la sensación de ardor se acentuó. Dios... ¿qué estaba pasando?

—¿Se encuentra bien? —le preguntó Lambert.

—¿Perdón? —De pronto, Hélène volvió a aquel coche y a aquel joven sentado al volante que la observaba. Debía de parecer una loca—. ¡Sí, sí, disculpe! ¿Puedo abrir la ventanilla?

Lambert la miró con una intensidad un poco molesta y ella apartó la vista.

—Dejaremos su equipaje en el hotel —dijo el joven encendiendo un cigarrillo—. Perdone, ¿quiere uno?

—No, yo... Vayamos directos a Chevrigny, lo del hotel puede esperar.

El otro se apresuró a dar media vuelta.

—¿Le importaría apagar el cigarrillo? —añadió ella.

Él lo arrojó por la ventanilla. Su pasajera estaba blanca como la tiza. Era guapa, pero colaborar con ella no sería fácil.

—Para salir en la edición de la tarde, habrá que dejar los artículos y las fotos en la estación de Châteauneuf antes de que pase el tren de las siete y veinte. Puedo ocuparme yo, si quiere.

Hélène se limitó a asentir con la cabeza.

Era él quien había escrito los pocos artículos sobre la presa que habían aparecido el *Journal*. Ella los había leído: tenían vida y ritmo, contenían buenos retratos...

—Deberíamos tutearnos —propuso—. Si no... —Miraba los bosques por la ventanilla— no acabaremos nunca.

Lambert estaba absorto en sus pensamientos.

Aquella chica debía de tener veintidós o veintitrés años y no llevaba ni alianza ni anillo de compromiso.

Se preguntó si escondía algo.

Serpentearon por un valle boscoso de pendientes suaves a lo largo del Serre, un río vivo y agitado. Luego, el paisaje cambió. Hélène tardó un rato en comprender que otra vía, blanca como la tiza, había aparecido a su lado y poco a poco iba ensanchándose, adquiriendo importancia. Su objetivo parecía ser arrojarlos a la cuneta.

—Es la pista que construyeron para traer materiales —explicó Lambert en tono admirativo—. Lo esencial, el hormigón, pasaba por el teleférico, pero había bastantes cosas que debían circular por abajo, así que hicieron esa pista.

Llegaron a Chevrigny. A la derecha, el letrero con el nombre del pueblo; a la izquierda, el ancho portón abierto de un taller del que salía un ruido de hojas de sierra sobre troncos y un olor a madera y serrín, tranquilizador como el de un establo. Luego una curva y, de pronto, allí estaba, delante de ellos. Bastante lejos aún, pero enorme, imponente, maciza...

La presa.

Un muro.

Los tres o cuatro kilómetros que les faltaban para llegar no cambiaban nada: allí estaba, tapando el horizonte bruscamente, cerrando el valle, anulando el paisaje. Se sintió prisionera.

—¿Quieres parar aquí primero?

Lambert indicaba el Café de la Place, el ayuntamiento...

—No —murmuró ella sin apartar la vista de aquella gran obra de ingeniería hacia la que el coche seguía avanzando.

Crecía aún más a medida que se acercaban. Aparcaron a unos doscientos metros y Hélène se apeó literalmente hipnotizada.

Ochenta metros de alto.

Doscientos cincuenta de largo.

Con una curvatura que se adelantaba hacia ella: un vientre enorme que parecía haber engullido algo monstruoso.

Se detuvo al pie de esa masa enorme que parecía cernirse sobre ella. Casi podía sentir cómo vibraba.

Algo iba a pasar.

Aquel muro podía derrumbarse de forma súbita.

¿Y si aquel gigante de hormigón no era un muro, sino un escudo? ¿Qué fuerza oscura, agazapada al otro lado, detenía con todo su grosor y su peso?

Si acababa cediendo, ¿qué poder de destrucción se abatiría sobre ellos, sobre el pueblo, sobre el valle?

Su poder residía en la ilusión de que te protegía al tiempo que hacía soplar un viento de pánico.

Así que daba igual que fuera amiga o enemiga: estabas claramente amenazado de muerte.

Un día, aquel muro sería una presa.

Ahora era un mensaje.

Tenías que irte de allí. A toda costa.

Percibió aquel mensaje en toda su brutalidad. En realidad, no iba dirigido a ella, pero de pronto aquel muro representaba todo aquello que le cerraba el camino.

Mientras Lambert hablaba con un hombre en mono, Hélène enfocó la cámara hacia lo alto eligiendo espontáneamente el ángulo más aplastante, el contrapicado máximo.

Se volvió hacia el pueblo y vio sus irrisorios tejados rojos.

Todo estaba dicho.

Había captado lo irremediable.

Nadie podía esperar sobrevivir a la presencia de aquel muro.

—Impresionante, ¿eh?

Era Lambert. Ella se limitó a asentir. Volvieron a subir al coche y regresaron al pueblo. Vio un tractor que tiraba de un remolque; gente que se dirigía al ayuntamiento; un perro que merodeaba y, más allá, dos chiquillos en pantalón corto que jugaban a las canicas... Parecía un pueblo normal y corriente, pero no tardó en descubrir el escaparate de una tienda de quesos pintado de blanco, el de una droguería y una carnicería, también condenadas; aquí, postigos cerrados, allí, una valla, y la calle principal con la calzada sucia por el reguero de cemento que dejaban los camiones a su paso. Enormes postes de acero seguían erizando el paisaje; por los cables que los unían se habían deslizado hasta hacía poco las vagonetas cargadas de hormigón que pasaban sobre el pueblo chirriando incansablemente y dibujaban curvas flojas que se elevaban hasta perderse en las alturas cerca de la presa.

Atardecía, pero un poco más arriba, a media altura de la ladera opuesta, se distinguía un edificio con su campanario: la ermita de San Teobaldo. Hélène recordó que un aristócrata cuyo nombre había olvidado había pasado años tratando de restaurarla con su propio dinero y que, cuando se enteró de que el edificio también estaba condenado a desaparecer bajo las aguas, había empezado una huelga de hambre que sólo interrumpió antes de que fuera necesario hospitalizarlo.

Lambert aparcó en la plaza y ella sacó su libreta.

—¿Queda mucha gente? —preguntó mientras se apeaban.

—Yo diría que unos doscientos o trescientos vecinos: menos de un tercio de la población. Les construyeron un pueblo nuevo allá arriba. —Señaló—. Se llama Chevrigny-le-Haut. Los lumbreras que lo planearon creían que todo el mundo se mudaría allí sin rechistar, vaya panda de gilipollas...

—¿A quiénes te refieres?

Lambert se encogió de hombros.

—A Electricidad Francesa, al ministerio, la prefectura, la Comisión Interministerial... Aquí hay gilipollas de sobra.

Hélène miraba en la dirección que él le había señalado vagamente.

—El nuevo pueblo está al otro lado, desde aquí no se ve nada —aclaró—, y estando allí tampoco.

Hélène lo miró perpleja.

—Para entender lo que te digo tienes que verlo con tus propios ojos.

—Y los que se han marchado, ¿adónde han ido?

Habían echado a andar por la calle principal.

—Los jóvenes no se lo pensaron dos veces: hacía mucho tiempo que soñaban con dejar las granjas para meterse en Correos o en la Agencia Tributaria. Para ellos, la presa fue un regalo, no se hicieron de rogar. Se fueron a la ciudad y se compraron un coche con el que vienen de vez en cuando a ver a sus padres, que esperan a que los inunden.

—¿Y los no tan jóvenes?

—Circulan rumores... Sé que los Duhourcin compraron un hotel en la zona de Niza: tenían muchas tierras de cultivo en el valle, debían de valer un dineral. Otros, menos afortunados, quién sabe...

Olía a vaca, a establo. El pueblo vivía bastante bien del ganado y de la explotación del bosque.

—Y los que siguen aquí, ¿por qué no se han ido?

—Cada cual tiene sus motivos. Si los juntas, forman una enorme maraña. Lo único que todos comparten es la espera.

Estaban delante del Café de la Place. Entraron. A la derecha había una puerta condenada que solía comunicar con una tienda de ultramarinos. Se acercaron a la barra. Al otro lado, un individuo flaco tocado con boina le pasaba la bayeta. Los cinco o seis parroquianos que jugaban a las cartas se volvieron hacia ellos.

—Yo me tomaría una cerveza, ¿y tú?

—Limonada —respondió Hélène—. ¿Cuándo prevén inundar el valle?

—Se habla de finales de este mes, lo decidirá el ingeniero.

—¿Qué ingeniero?

—Aún lo están esperando, como a Godot —respondió Lambert. El dueño del café levantó la vista de la barra—. ¿Eh, Honoré? ¿A que aún lo estáis esperando?

Había levantado la voz. Se oyó movimiento en la mesa de los jugadores.

—Más le valdría quedarse donde está... —gruñó Honoré sirviendo la limonada.

—¡Pero si prefiere un tiro de escopeta, que venga cuando quiera! —dijo alguien en la mesa de los jugadores.

Se oyeron risas.

—¡Cállate, anda! —respondió el dueño.

Al fondo había una sala grande menos iluminada. En el suelo de madera podían verse las marcas de las patas de un billar desmontado hacía poco, y en las paredes, las de dos soportes para tacos. Sólo quedaba la pizarra para apuntar el tanteo, gentileza del pastís Dubonnet, con el rastro de la última pasada del borrador, apresurada o rabiosa.

—Hace mucho que se espera al famoso ingeniero —dijo Lambert tras beber un trago de cerveza—. El prefecto llevaba meses dando largas: parece que el asunto incomodaba a los de arriba, así que el ministerio exigió a Electricidad Francesa que mandara a alguien para zanjar el asunto.

Hélène había sacado la cámara.

—¿Puedo? —le preguntó al dueño.

A aquella sonrisa era imposible negarle nada.

—¿Y qué va a hacer ese ingeniero?

Hélène tomó varias fotos de la sala vacía y luego de la barra, pero evitó a los jugadores de cartas para no incomodarlos.

—Organizar la marcha de todo el mundo y abrir el grifo. Y, si eso no funciona, lo hará en el orden inverso.

Desde la calle llegaba un rumor de voces femeninas y el tintineo de la puerta de la tienda de ultramarinos de al lado. De pronto, el paso de un tractor hizo vibrar los cristales.

A Hélène le habría gustado ir al baño: el ardor seguía aumentando.

—¿Cuánto tiempo te quedarás? —le preguntó Lambert.

—Dependerá de lo que haya que ver. Aquí no parece que pase gran cosa...

Un Renault Frégate verde se detuvo ante el café.

Todas las miradas se dirigieron hacia la puerta, en la que acababa de aparecer un hombre.

Instintivamente, Hélène cogió la cámara.

El recién llegado la miró tranquilo: tenía una mirada notablemente intensa. Hélène posó una mano en la barra.

Era un individuo de unos cincuenta años, bastante corpulento y muy atildado, con un bigote entrecano, un abrigo largo y recto y un sombrero hongo que dejó sobre la barra. Todo el mundo se había callado.

—Un Cinzano, por favor —dijo.

En su voz había una especie de contención que se adivinaba por una leve, pero inquietante vibración.

Paseó los ojos por la sala.

El silencio empezaba a ser incómodo. El hombre se llevó el vaso a los labios, pero volvió a dejarlo antes de beber, como asaltado por una idea súbita o una pregunta repentina que parecía preocuparlo.

Señaló la gran sala con un gesto de la barbilla.

—Oiga, señor Campois, ¿cuántas sillas tendría para una reunión mañana por la tarde?

13

Algo le quedará

Al salir del café, el ingeniero volvió a encender la pipa con los ojos puestos en la calle principal, prácticamente vacía, y la mirada de los parroquianos, que se habían acercado a las ventanas, clavada en la espalda.

Se metió las manos en los bolsillos del abrigo y se dirigió hacia una caseta coronada por un letrero: PRESA DE CHEVRIGNY, OFICINA DE INFORMACIÓN, una construcción provisional similar a las que se utilizaban en los solares en construcción para uso de los jefes de obra o los arquitectos.

Se veía bastante deteriorada.

Destouches se detuvo a unos metros y sonrió levemente al leer los insultos pintados en verde y rojo y tapados a toda prisa. Los minúsculos agujeros cerca de la ventana se parecían bastante a orificios de posta.

—Me alojaré en el pueblo —le había respondido Destouches a la secretaria encargada de los viajes del personal superior de Electricidad Francesa.

—Pero, señor Destouches, allí no queda nada... El hotel... ¿cómo se llamaba...?

La chica buscó en sus papeles.

—... del Serre —había completado él—. Sí, lo sé, lleva dos años cerrado.

Sacó una llave plana y abrió la chirriante puerta.

Su silueta se recortó en la amarillenta luz de la oficina.

—¿Qué demonios hace? —preguntó un parroquiano.

—Habrá ido a buscar documentos...

—Seguramente...

Nadie le quitaba ojo a aquella caseta, que nadie había visitado en meses. Desde que el jefe de obra se había ido de Chevrigny, casi la habían olvidado.

El ingeniero desapareció en su interior, pero dejó la puerta abierta. No tardó en reaparecer, esta vez en mangas de camisa y con una escoba en las manos.

—Va a limpiar —dijo Honoré Campois, que se había reunido con los jugadores de malilla ante las ventanas del café.

Era sorprendente: aquello no se parecía en nada a lo que habían imaginado.

Lo observaron apoyar la escoba en una pared y luego entrar y salir hasta amontonar bajo la única ventana cajas de cartón, cajones, mobiliario metálico, un auténtico mercadillo. Luego volvió a coger la escoba y empezó a empujar nubes de polvo hacia la calle. Finalmente salió otra vez. Seguía teniendo la pipa entre los labios y miraba la calle con los pulgares bajo los anchos tirantes. A saber qué pensaba.

Hélène se acercó.

—¿Puedo hablar con usted?

Destouches la miró fijamente.

—Nada de entrevistas.

—Pero...

Se disponía a insistir cuando el ingeniero añadió:

—Llegado el momento, yo la llamaré.

Luego entró en la caseta y cerró la puerta.

Hélène estaba molesta, pero sobre todo intrigada.

—¿Nos vamos? —preguntó Lambert, que se había acercado por detrás.

—No, nos quedamos.

—No hay nada que ver...

Hélène volvió a meter la cámara en su mochila.

—Tal vez sí... Venga, vamos.

Lo precedió hasta el café.

—¿Se puede cenar algo?

—¡Uy, hace mucho que no damos comidas! —respondió Campois—. Lo siento

—Si me lo hubieras preguntado, yo mismo te lo podría haber dicho... —le susurró Lambert, que sonrió amablemente a Campois, salió y se dirigió a la tienda de al lado.

Era la típica tienda de ultramarinos de un pueblo de principios de siglo, con su mostrador de madera, sus bolsas de lentejas, sus tarros de caramelos multicolores, sus utensilios de cocina colgados del techo, su balanza Testut y sus cajas de hojalata de caldo Kub o de chocolate Banania. La propietaria, la señora Grindorge, era una mujer bajita y gruesa de ojos vivos.

—Quiero unas galletas de chocolate —pidió Hélène.

La tendera asintió y se dio la vuelta para buscarlas. Lambert debía de estar acostumbrado a cosas más sustanciosas pero, sobre todo, no comprendía el sentido de la maniobra, que Hélène no parecía tener prisa en explicarle.

—Para mí, galletas BN y quesitos La Vaca que Ríe —dijo.

A continuación Hélène le pidió que moviera el Simca y aparcara entre el café y la oficina de información, cuya puerta seguía cerrada.

Hicieron un pícnic en el coche.

—Podríamos haber subido a Châteauneuf, conozco un resta...

—Lo sé, Lambert, lo sé... Puede que no sirva de nada, pero en esta profesión, si no te fías de tu intuición ¿qué te queda?

El argumento no pareció convencer a Lambert, que iba abriendo quesitos y aplastándolos sobre las galletas con el pulgar.

—¿Y qué te dice tu intuición?

Hélène no apartaba los ojos de la ventana de la caseta, ante la que la silueta del ingeniero pasaba de vez en cuando.

—Me tomaría un café... —dijo al fin.

Lambert renunció a comprender.

—¡Que sean dos! —respondió, y la siguió al café.

Al atardecer siempre había algo de animación: era el momento en que los obreros y los agricultores se encontraban para echar una partida de cartas antes de cenar y los bebedores iniciaban su larga velada. Allí se iba para tener noticias o para darlas: todos los rumores pasaban por el café y se comentaban ruidosamente vaciando copas de Clacquesin o de Byrrh y jarras de cerveza Picon. Las conversaciones se suspendieron un instante al entrar Hélène y Lambert, pero luego se reanudaron poco a poco. Ellos se sentaron a una mesa.

La llegada del ingeniero estaba en la mente de todos.

—Para empezar, ¿ingeniero de qué? —preguntó alguien.

—¡Pues de presas, no te jode!

—¿Ingeniero de presas? ¡Eso no existe! —dijo otro riendo.

—La cuestión es que trabaja en Electricidad Francesa.

Inevitablemente, el nombre de la empresa provocaba murmullos y exclamaciones de todo tipo, lo mismo entre los que ya habían decidido renunciar e irse que entre los que aún luchaban por quedarse.

—Y ese ingeniero, ¿qué va a hacer?

—¡Por mí, que haga lo que quiera, pero si viene a tocarme las narices se llevará una patada en el culo!

—Pues vas a poder dársela enseguida...

Se volvieron hacia la puerta: el ingeniero acababa de entrar. Las risas cesaron de inmediato.

Igual que a mediodía, en su primera aparición, Destouches dejó el sombrero en la barra, pero en lugar de pedir una bebida se inclinó hacia Honoré Campois.

—¿Se puede cenar?

—Es que... ya no damos comidas, ¿sabe?

Destouches parecía contrariado.

—Algo le quedará, ¿no?

Campois tragó saliva. La mirada fija del ingeniero lo atravesaba.

—Tendría que preguntarle a la jefa...

Era difícil saber si estaba cediendo o dándose a la fuga.

—Mientras tanto, póngame un Cinzano.

El ambiente era tan tenso que sólo se oían susurros y el ruido de las cartas que se ponían sobre la mesa. Hélène habría querido robar unas cuantas fotos, pero habría sido el peor momento.

Campois volvió al fin.

—Queda una ración de gratinado de carne y puré, es todo lo que puedo...

—¡Perfecto! —lo atajó Destouches—. Me lo lleva a la mesa, ¿verdad?

No esperó respuesta. Cogió el vaso y cruzó la sala seguido por todas las miradas.

Al pasar junto a Hélène, le hizo un gesto vago con la cabeza, luego eligió una mesa y se sentó de espaldas a la pared, mirando hacia la entrada y la barra.

Campois se acercó con un mantel a cuadros y él apartó las manos para no estorbarlo.

—¿Me pone un cuartillo de vino?

—Tengo...

—¿Hay Chassenet?

Era el vino de la zona, hecho con una variedad de uva que apenas se vendía más allá de Châteauneuf, un tinto sin demasiado cuerpo al que, sin embargo, la gente estaba habituada. Nadie imaginaba que su reputación hubiera cruzado el límite del departamento. Campois asintió.

De nuevo tras la barra miró a Hélène, incómodo por haberle concedido a Destouches lo que le había negado a ella. Al instante, la periodista le hizo un gesto: «No se apure, no pasa nada.»

El ingeniero se había metido una punta de la servilleta bajo el cuello de la camisa y había empezado a comer tranquilamente. El aroma del plato llenaba la sala.

—No babees —le susurró Hélène a Lambert.

Él respondió con una de aquellas sonrisas leves y aparentemente ingenuas que le iluminaban la cara. Hélène se sorprendió pensando en el Pedro Bezújov de *Guerra y paz*, con quien le encontraba un curioso parecido.

Las conversaciones se reanudaron con timidez al principio, pero luego triunfó la costumbre. Eso sí, como nadie se atrevía a abordar los temas conflictivos en presencia del ingeniero, se cuidaban mucho de lo que decían.

Destouches plegó la servilleta y se dispuso a tomarse el café, que había pedido al mismo tiempo que la cuenta. Entonces, la entrada de otro individuo volvió a producir tensión entre los parroquianos. Era un hombre de unos cincuenta años de ancho pecho, con una tripa que le pasaba por encima del cinturón, una corona de pelo blanco, nariz prominente, ojos inyectados en sangre y unas manos como palas de lavar.

—Es Gaston Buzier —le susurró Lambert a Hélène—, el dueño del aserradero. Su padre fue alcalde durante veinticinco años, pero él nunca consiguió que lo eligieran: es el fracaso de su vida. Se ha autoproclamado líder de los que se niegan a irse, pero eso sólo se lo cree él.

El recién llegado también se había fijado en el hombre trajeado que cenaba solo, del que evidentemente había oído hablar: en el pueblo no había otro tema de conversación.

—¿Vuelves a dar comidas, Honoré? —Tenía una voz potente y el tono del hombre acostumbrado a mandar. Campois le sirvió su pastís sin dejar de apretar las mandíbulas—. ¡Igual hay que ser forastero para que te sirvan aquí! Desde luego...

Destouches había sacado una gruesa cartera y contaba los billetes que se disponía a dejar sobre la mesa. ¿Habría oído el comentario?

Entretanto Buzier, con la espalda apoyada en la barra, miraba la sala. Parecía dispuesto a pelear con el ingeniero y con el mundo entero.

Destouches se levantó, se acercó y sorteó a Buzier para tenderle la mano al dueño.

—Gracias, señor Campois. Felicite a su mujer de mi parte: su gratinado es un manjar. —Avanzó hacia la puerta y, al llegar, se volvió—. En cuanto a usted, señor Buzier... espero verlo aquí mañana por la tarde, ¿de acuerdo? No falte...

Destouches se quitó el abrigo y lo colgó de la percha fijada a la puerta. El aroma de su tabaco disimulaba el olor a polvo y humedad.

Se lavó cuidadosamente las manos, arrastró una silla hasta la ventana y, tras apagar la luz, tomó asiento en ella. A través del cristal sucio observó el café hasta tarde, vio salir a personas solas y a grupos, oyó el murmullo indistinto de las conversaciones que se acababan en la calle, la fuerte voz de Gaston Buzier, algunas risas... Advirtió las numerosas ojeadas a su oficina, a su ventana.

Sólo cuando Honoré Campois obligó al fin a salir a los últimos clientes, apagó las luces y cerró la puerta con llave, se levantó y fue a cepillarse los dientes.

Luego sacó de la maleta una estera de paja de arroz que extendió en el suelo. Se desnudó y se tumbó en ella con la mirada fija en el techo grisáceo, volviéndose de vez en cuando hacia la ventana, teñida de azul por la luz de la luna.

Estuvo así largas horas. Su rostro, serio de por sí, se ensombreció.

El sueño acabó venciéndolo, pero al amanecer estaba en pie, observando con la pipa en la boca y las manos en los bolsillos del abrigo la calle principal de Chevrigny.

—No será fácil, Jean... —le había dicho el director.

La mirada fija de Destouches, cuya intensidad podía resultar incómoda, impresionaba incluso a sus superiores.

—Si fuera fácil, este asunto llevaría tiempo resuelto —había respondido él.

La compañía había solicitado un voluntario pese a que el director estaba convencido de que nadie se presentaría sin echar mano de la artillería pesada: los estímulos económicos, las primas y vacaciones excepcionales, las promesas de ascenso... No fue necesario.

—Iré yo —había dicho Destouches.

—No sé si eres consciente...

—Sé perfectamente de qué se trata.

Sus labios esbozaron la sonrisa que algunos de sus compañeros temían.

La misma que habrían podido ver en su cara esa mañana mientras veía, a través de la ventana, cómo Honoré Campois encendía las luces del café y empezaba a ir y venir en el interior.

Destouches pensó que le esperaba un día largo.

Le vendría bien un café.

Salió, cerró la caseta con llave, cruzó la calle y golpeó con los nudillos la luna de la puerta.

14

Siempre que se las vigile

En la escuela, Gisèle y Lucienne se habían odiado espontáneamente. Esas cosas deben de tener una explicación; son cuestión de química, quizá, o de magnetismo, quién sabe. El caso es que, cuando los azares de la vida volvieron a unirlas, aunque ambas hubieran cumplido ya los treinta, fueran madres y tuvieran vidas bastante parecidas, la antigua antipatía volvió a brotar de forma automática. Lucienne era una mujer con un aspecto más bien brutal, mandíbula equina y ojos vivos, severos, prontos a juzgar a los demás; a su lado, Gisèle parecía poca cosa: figura normalita, cara triste, ojos grises y pechos abundantes que intentaba en vano encerrar en los sostenes.

Habían vuelto a verse fugazmente años atrás, en la boda de otra compañera, y Gisèle había recordado enseguida aquel lado hipócrita y malévolo de Lucienne que siempre había detestado. Intercambiaron una sonrisa incómoda, se dieron un apretón de manos casi violento y hablaron de trivialidades a lo largo de una velada en que estuvieron sentadas juntas porque no conocían a nadie más.

En esa ocasión, a Lucienne le había llamado la atención el marido de Gisèle: era alto, moreno, vehemente, ruidoso...

Realmente no estaba nada mal. Intuyó que era un pendón, y se preguntó qué hacía con una chica tan insignificante como Gisèle. Debían de gustarle las tetas grandes. Intentó recordar cuánto tiempo había transcurrido entre su boda y el nacimiento de su primer hijo, pero el cálculo mental no era lo suyo.

—De todas formas, ya estaba embarazada, seguro —le había dicho a su propio marido cuando ya iban de vuelta a casa—. Si no, no se explica...

También había sido mala suerte que acabaran trabajando juntas en Dixie.

La consoló que Gisèle hubiera pasado de la condición de mujer con un marido atractivo a la de esposa abandonada. Era una noticia reconfortante para ella y quería saber todos los detalles.

—¡Es indignante! ¿Dices que se fue con otra mujer? ¿La conoces? ¿Es más joven?

El recuerdo de aquella traición había empezado a apagarse en la mente de Gisèle (no había sido feliz con aquel hombre), pero cuando alguien removía las brasas volvía a dolerle. Sacó el pañuelo.

No es que Lucienne se regodeara en la desgracia ajena, sólo que no soportaba que los demás fueran más felices que ella. «A su edad, lo tiene difícil», pensó, y finalmente le sonrió a su antigua compañera: se sentía más tranquila después de comprobar su mala fortuna. Intentaron hablar de otra cosa, pero ver aparecer al jefe, el señor Guénot, en el vestuario de señoras resultó un alivio.

Era obvio que Guénot se sentía como en casa en cualquier lugar de su empresa.

—¡Vamos, señoras, no se entretengan! —les dijo.

Aunque el tiempo que empleaban en ponerse el uniforme se les descontara del sueldo, no le gustaba ver a sus trabajadoras «remoloneando» en el vestuario.

—Es un necio... —murmuró Gisèle.

Al oírla, Lucienne recordó que aquella forma de hablar, un poco pretenciosa, de su antigua compañera la irritaba ya antaño.

—Un cerdo, quiero decir... —se corrigió Gisèle.

Temían por su empleo, así que se apresuraron.

—¿Hace mucho que trabajas aquí? —preguntó Gisèle.

—Cuatro días, ¡pero me han obligado a ir a Montreuil!

Se lo advertían cuando las contrataban.

—A veces tendrá que ir a ayudar al almacén —le había dicho Guénot.

Lucienne había aceptado, por supuesto, ¿qué iba a hacer, si necesitaba el trabajo? Pero vivía en la otra punta de París, de modo que había tenido que organizarse a toda prisa con sus suegros para que se quedaran a los niños varios días seguidos...

—Yo llevo aquí una semana y ya estoy hasta la coronilla de ese imbécil...

Cerraron la puerta del vestuario y se dirigieron a la sala en la que trabajaban.

Como aún no estaba abierta al público, la enorme superficie recordaba a un submarino y, francamente, el ambiente tampoco era ideal.

Eran quince trabajadoras contratadas para un mes.

—Después, sólo las mejores se quedarán como vendedoras... —les había dicho el señor Guénot sin entrar en más detalles.

Todas necesitaban trabajar, y aquella espada de Damocles condicionaba sus relaciones: se sentían vigiladas, espiadas, y se preguntaban si formarían parte del grupo de las afortunadas.

Era una estrategia muy astuta por parte del gerente de Dixie: aquella amenaza las disuadía de quejarse por las condiciones de trabajo. Sólo les pagaban el setenta y cinco por ciento del salario mínimo y siempre había algo que hacer a última hora, con lo que solían trabajar unas horas extra que jamás les compensarían. Como estaba prohibido sentarse, fumar, comer o beber, también les descontaban las pausas. Había que fichar hasta para ir al lavabo. Cuando Jean, propietario de Dixie, le había expresado a Guénot sus dudas sobre esa norma, su gerente le había respondido:

—Lo hacemos porque son principalmente mujeres, ¿sabe? Por motivos que sin duda comprenderá, emplean mucho más tiempo que los hombres para ir al baño y la productividad se resiente...

Mientras lo decía, sonreía de un modo curioso. Hasta Jean, con lo despistado que era, se había dado cuenta.

El señor Georges (insistía mucho en que las empleadas lo llamaran así) tenía unos cuarenta años. El pelo entrecano, que suele dar cierto encanto a algunos hombres, a él lo envejecía. Problemas oculares hacían que su mirada fuera vaga, brumosa, y lo obligaban a darse toquecitos en los ojos con un pañuelo, que llevaba hecho un rebujo en el hueco de la mano. Estaba más bien fofo (era el tipo de hombre que coge peso con la edad) y, aunque tenía una estatura imponente, toda su persona emanaba una especie de pequeñez, una prudencia mezquina, inquieta y recelosa.

—¡Buenos días! —dijo Lucienne en dirección al grupo.

Las otras trabajadoras, taciturnas y concentradas en su tarea, respondieron con monosílabos.

Esa mañana el señor Georges les había encargado preparar canastillas de bebé. La idea se le había ocurrido a Jean.

—Serán juegos muy económicos (en Dixie, «económico» era la palabra clave) consistentes en una camisita de lana, una blusa de tela fina, un babero, unos patucos, una ranita y dos pañales modernos. ¡Todo a un precio irrisorio!

—¡Pero no ganaremos nada! —había dicho Geneviève escandalizada.

—No te apures —le había contestado su marido.

Jean opinaba que, para lanzar la tienda, había que vender casi a precio de coste. Una vez que tuvieran clientela empezarían a aumentar los precios poco a poco, de un modo casi imperceptible, hasta alcanzar el pequeño margen de beneficio que él había planeado para cada producto y que, teniendo en cuenta que venderían grandes cantidades, se convertiría en un beneficio nada desdeñable.

Se trataba de una estrategia difícil de explicar; de hecho, había tenido que emplearse a fondo para que Geneviève y Georges Guénot la respetaran.

—Al menos es temporal —había dicho su mujer exasperada por aquel sistema.

Para preparar las canastillas de bebé, que se venderían en bolsas de papel con la marca Dixie, las trabajadoras se pasaron el día acarreando decenas de cajas y extrayendo de ésta la camisita, de aquélla la ranita... Había que fijarse en las tallas y los colores: azul para los juegos destinados a los niños y rosa para los de las niñas. El señor Georges permanecía a tres metros de sus empleadas con las manos a la espalda. Podía estar así horas y de pronto sacar una libreta del bolsillo y apuntar alguna cosa que a cada trabajadora se le antojaba una condena al paro.

Durante la entrevista de trabajo había tomado nota de las respuestas de las candidatas con extraordinaria aplicación, como si estuviera escribiendo un dictado para el graduado escolar, lo que creaba silencios bastante incómodos.

—¿Está usted sindicada? —preguntaba, y se las quedaba mirando en silencio con una lágrima en la comisura del ojo. Todas comprendían enseguida que algo así estaría mal visto—. Esto es un negocio familiar, ¿sabe? —Hacía pausas entre las frases para subrayar su importancia—. Si surge algún problema, lo arreglaremos entre nosotros. —Silencio—. ¿De acuerdo? La puerta de mi despacho siempre estará abierta...

En la práctica, cuando se abría para una empleada, la puerta de su despacho se cerraba de nuevo con bastante rapidez.

En Dixie había trabajadoras solteras y recién casadas, y también otras de más edad que habían vuelto a trabajar porque sus hijos se habían hecho mayores. El señor Georges llamaba a las primeras más a menudo que a las segundas. Nunca se sabía exactamente qué pasaba; las chicas eran discretas, se limitaban a suspirar, como si dijeran: «¡Qué tipo tan penoso!»

Con las mujeres no era intrépido ni un conquistador; usaba el equívoco y la alusión. Hacía recomendaciones sobre las fajas y los sujetadores que se transparentaban bajo las blusas con la excusa de que la clientela, esencialmente femenina, estaría muy atenta a ese tipo de detalles. Quería asegurarse de que los mozos de almacén no las «molestaban». La blusa a cuadros del uniforme había sido idea suya. Sólo había tres tallas, y era él quien decidía, optando siempre por la más pequeña, la que apretaba un poco, insoportable durante jornadas enteras en que había que desplazarse continuamente. Al menos una vez al día les preguntaba con voz melosa si no les «apretaba demasiado en la cintura».

Gisèle, que era bastante diligente y trabajaba más deprisa, procuraba no exagerar: no quería que sus compañeras la miraran mal. Apartó la vista de la caja llena de ranitas que tenía entre las manos y contempló la enorme tienda. No acababa de creerse que fueran a abrir en poco más de tres semanas: no paraban de llegar expositores, cestas y góndolas, y había cajas y más cajas por todas partes. Quedaba tanto por hacer...

Eso mismo pensaba Jean. Cuando no estaba de viaje, pasaba hasta dos veces al día, y estaba aterrado por el desorden que parecía reinar.

Esa mañana había aparecido en compañía de Geneviève, quien tenía «sumo interés» en ver si todo avanzaba bien. Temía su reacción.

—Es el dueño —murmuró Lucienne—, viene con la parienta...

No era así como Gisèle se imaginaba al propietario de unos grandes almacenes del centro de París: parecía un tendero de tres al cuarto, el dueño de una droguería.

Geneviève se había sentado cerca de la larga mesa en la que se preparaban las canastillas. Con las piernas bien abiertas y las manos cruzadas sobre el vientre, se complacía en ofrecer al personal el espectáculo de su triunfal preñez. Aunque despreciaba aquella empresa en privado (es decir, delante de su marido), se sentía encantada viendo a las empleadas ajetreadas desplegando una actividad casi febril: aquella imagen se correspondía con su idea de la jerarquía social.

Mientras seleccionaba las prendas, Gisèle observaba a Jean sorprendida por su inseguridad: se retorcía las manos, que debían de sudarle, y parecía que contemplara los daños irreversibles provocados por una repentina crecida.

—Esto no estará listo para fin de mes... —estaba diciéndole en voz baja a Georges Guénot.

—¡Claro que sí! Pasará como con las exposiciones, que casi nunca están a punto hasta unos minutos antes del cóctel de *vernissage*.

La comparación con el mundo del arte y unos actos sociales a los que ni Jean ni Geneviève habían sido invitados jamás tenía como objetivo recordarles lo prosaico de la situación, y reflejaba de un modo bastante fiel la constante tensión que caracterizaba sus relaciones.

El recuerdo de la denuncia anónima de Geneviève seguía condicionándolas, y, a medida que se alejaba el peligro de sufrir las consecuencias de sus tejemanejes durante la Ocupación, Guénot iba levantando cabeza. Se veía en su forma de dirigir la tienda.

A Jean, a la vista de los enormes gastos, le preocupaba que Guénot estuviera urdiendo una venganza consistente en llevarlo a la bancarrota, y Geneviève, intuyendo el mismo peligro, había empujado a su marido a tomar medidas.

—Debería vigilarlo un perito contable. Sin duda es un hombre muy eficaz, pero de los que se largan con la caja...

Así se había establecido una especie de equilibrio de fuerzas: Geneviève vigilaba a Jean, que hacía vigilar a Guénot, que vigilaba a las empleadas.

El perito contable había realizado una auditoría repentina y abiertamente inquisitorial y, para tranquilidad de Jean, todo estaba en orden. Entonces se le ocurrió que debían de ofrecerle al gerente una participación de un uno y medio por ciento de los beneficios...

—Tienes razón —había admitido Geneviève—: eso hará que ponga más empeño.

... y otra del dos por ciento de la empresa. Ante esta última posibilidad, Geneviève se había mostrado reticente y Jean, por algún oscuro motivo, había luchado para convencerla.

—Si posee un parte de Dixie, aunque sea ínfima, ya no podrá ir contra nosotros, ¿comprendes?

Ella había aceptado a regañadientes.

—Son muy trabajadoras... —dijo lo bastante fuerte para que las empleadas la oyeran.

—¿Perdón? —preguntó Jean, que no sabía de qué estaba hablando.

—¡Digo que son muy trabajadoras! —repitió Geneviève irritada.

—Siempre que se las vigile —respondió el señor Guénot alzando aún más la voz.

Los tres se dirigieron al despacho del gerente.

—El dueño parece bastante apocado... —comentó Lucienne cuando se alejaron de su vista.

Gisèle era de la misma opinión: el tal Pelletier no parecía tener demasiada confianza en sí mismo.

—¿Nos quedaremos con todas las empleadas? —le preguntó Jean a su gerente.

—Aún no lo sé —respondió Guénot—. Quiero estar seguro de que no vaya a haber alguna agitadora en el equipo, así que estoy observándolas de cerca.

—¡Muy bien hecho! —exclamó Geneviève, que odiaba los movimientos sociales.

Guénot no sólo las «observaba»: si después de unos días estaba satisfecho con el desempeño de alguna trabajadora, se apresuraba a llamar a sus anteriores patrones y pedirles referencias.

15

Si dijera lo contrario mentiría

Hélène no sentía el menor alivio: las pérdidas y el ardor por dentro y por fuera no le daban tregua. Fue a la farmacia.

—¿Ardor? ¿Dónde?

—¡No es para mí! Esto... en el muslo.

La farmacéutica asintió con la cabeza: «De acuerdo.»

—Esto vale para cualquier parte del cuerpo... —dijo tendiéndole un tubo.

Se tumbó en la cama con las piernas abiertas y echó mano del espejo que los huéspedes debían de usar para afeitarse por la mañana. Tenía toda la zona de la vagina roja e hinchada, pero nada de lo que había sentido hacía pensar en que se hubiera librado de su problema. Había hecho todo aquello para nada, con el único resultado de una inflamación o una infección. Renunció a llamar a Nine: no se merecía ningún reproche.

Volvió a sentirse espantosamente sola.

En vez de llamar a Lambert (era majo, pero le irritaba que bailara todo el rato de un pie a otro y parecía que no sabía qué hacer con las manos), cogió un taxi para bajar a Chevrigny. Quizá simplemente le apetecía estar sola.

El taxista tenía un fuerte acento español. Para él, la presa había sido un regalo del cielo.

—Antes, si no eras granjero apenas había trabajo para ti, pero desde que empezó la construcción... —Durante los años precedentes, se había contratado a centenares de trabajadores extranjeros—. ¡Ahora tengo más familia aquí que en España! —añadió el hombre encantado y sorprendido a la vez.

Descendieron la cresta hacia el valle y torcieron a la izquierda en dirección a la presa.

El taxista redujo la velocidad para satisfacer la curiosidad de su pasajera y también por una especie de respeto hacia aquel sitio que le había brindado la oportunidad de su vida.

Seguía habiendo bastante movimiento en la zona: camiones y excavadoras cruzaban la inmensa explanada al pie de la construcción, pero sólo quedaba una de las grúas, decapitada y rodeada de cables como un animal atrapado en una gigantesca red. Las máquinas de carga pesada seguían llenando los vagones del teleférico con la tierra que se había retirado, pero, un poco más lejos, las enormes piezas de los cabrestantes desmembrados que yacían en el suelo hacían pensar en chatarra destinada al vertedero. Aunque la actividad continuaba, el conjunto ofrecía el aspecto desolado y caótico de los lugares que se abandonan y, bajo el cielo nublado, adquiría los tonos grises de un arenal o una cantera de mármol.

Más que ver la presa (apenas divisaba un trozo), Hélène sintió su presencia antes de que el taxi empezara a descender hacia el valle. Chevrigny asomaba entre la intermitentemente espesura: la iglesia, el ayuntamiento, la escuela, todo ello en las inmediaciones de la plaza central donde el día anterior había visto un monumento a los caídos que le había hecho pensar en su padre. Allí fue donde la dejó el taxi, unos niños jugaban.

A la derecha de la puerta del ayuntamiento, en un tablón de anuncios, había una comunicación reciente con los membretes de Electricidad Francesa y del Ministerio de Industria. Invitaba a la reunión informativa que se celebraría en el Café de la Place y lo firmaba: J. DESTOUCHES, INGENIERO.

Hélène llamó a la puerta, pero nadie respondió, así que se decidió a entrar. De un despacho situado a su derecha le llegaba el sonido de una máquina de escribir y, dentro, vio a un hombre de chaleco que hablaba entre dientes concentrado en el teclado y que, al descubrir su presencia a unos metros de él, pegó un respingo.

—¡Qué susto me ha dado! —balbuceó el tipo volviendo la cara—: Escribir a máquina no es lo mío, la verdad... Usted es...

Hélène le enseñó el carnet de prensa.

—Me llamo Hélène Pelletier.

—¡Ah, una periodista!

Obviamente era una decepción para él. Tenía uno de esos rostros sin personalidad en los que todas las sensaciones, todas las emociones, se depositan instantáneamente y, dada su notable agilidad mental, su semblante cambiaba sin cesar, ofreciendo un calidoscopio de expresiones consecutivas que ilustraban sus palabras.

—¿Puedo robarle unos minutos? —le preguntó Hélène.

—Depende...

Para negarse a algo, la mayoría de las veces hay que mentir, y él no sabía hacer ni lo uno ni lo otro. Hélène había sacado la cámara, pero en vez de levantarla la sostenía al lado del cuerpo, como si fuera un objeto inútil que estuviera a punto de arrojar a la papelera. Esa actitud relajada tranquilizaba a la gente y facilitaba el contacto inicial.

—Estoy haciendo un reportaje sobre la presa para *Le Journal du Soir*.

El tipo mostró cierto nerviosismo.

—Sólo quiero reflejar la realidad... El *Journal* no le debe nada a ni a Electricidad Francesa, ni al ministerio ni a la prefectura; a nadie.

El hombre pareció tranquilizarse un poco.

—¿Me permite? —le dijo Hélène, y rápidamente sacó un par de fotos que no servirían para nada: era película malgastada, pero el secretario lo había aceptado y, ahora, ella estaría en condiciones de volver a utilizar la cámara en cualquier momento de la conversación sin tener que pedirle permiso—. ¿Es la presa? —preguntó viendo el mapa de la comarca y, sin esperar respuesta, avanzó hacia éste, no porque lo encontrara interesante (tenía una copia en su carpeta), sino para acercarse a su interlocutor, al que ahora casi podía tocar: había roto la distancia que los separaba—. ¿Es usted el secretario del ayuntamiento? —dijo tendiéndole la mano.

El hombre se la estrechó.

—Sí. Me llamo Antoine Cristin.—Parecía cansado—. Era recaudador adjunto, pero últimamente hago de secretario y también de cartero. El reparto va bastante atrasado, pero me parece que a nadie le importa gran cosa.

Por las notas de François, Hélène sabía que el alcalde, un tal Jean Ramuel, incapaz de apaciguar las disensiones entre los vecinos, había dimitido hacía bastantes meses. Luego, el intento de celebrar nuevas elecciones se había frustrado porque algunos votantes habían llegado a las manos, lo que perturbó la votación sembrando dudas sobre el recuento y obligando a la prefectura a hacerse cargo de la administración del municipio.

—Se sentirá usted muy solo...

—No será por mucho tiempo.

Hélène le hizo otra foto.

—¿Cuánto, según usted?

—Quizá nos enteremos esta noche...

—¿Conoce al ingeniero?

—No —mintió Cristin, que se sonrojó de inmediato—. Es decir... pasó a verme, claro...

Hélène lo alineó en el bando de los... A todo esto, ¿cómo llamaban a quienes se oponían?

—Ellos se consideran «resistentes», eso hace que se sientan más importantes.

—¿Y los otros?

—Se llaman a sí mismos «negociadores». —Cristin sonrió—. Sin embargo, para sus respectivos adversarios los resistentes son «los reaccionarios» y los negociadores, «los colaboracionistas».

—Disculpe —dijo Hélène—, ¿huele a café?

Cristin se levantó a toda prisa.

—Perdone, ¿quiere un poco?

Volvió con una cafetera de hierro esmaltado y llenó dos tazas disparejas de un brebaje inmundo que Hélène, no obstante, probó con una gran sonrisa. A veces el oficio de periodista era duro.

Chevrigny vegetaba a la espera de dos acontecimientos que Cristin consideraba inevitables e inminentes: la desaparición administrativa del pueblo y su posterior inundación. El Serre anegaría las calles y las casas, obligando a los últimos habitantes a abandonar la zona.

—En el momento en que se decida se cerrarán la escuela, la oficina de Correos y el ayuntamiento... Entonces todo habrá acabado.

—¿Y qué hará usted?

—Me trasladarán al ayuntamiento de Châteauneuf.

Durante cerca de quince años, la ciudad vecina había crecido sin cesar hasta casi doblar su tamaño. Mientras que en Chevrigny habían ido desapareciendo las clases, los comercios y los puestos en la administración, en Châteauneuf habían tenido que crearse nuevos. «La desgracia de unos...», se dijo Hélène.

Cuando le preguntó a Cristin cómo iba a acabar todo eso en su opinión, éste bajó la mirada, invadido por un fatalismo que lo llenaba de dolor.

—Quiero mucho a este pueblo, ¿sabe? Llevo catorce años trabajando aquí, así que también a mí se me parte el corazón... Pero hay que ser realista. Mire... —Cogió una gruesa carpeta de la que sacó un folio impreso—. La batalla estaba perdida desde el principio. —El documento databa de 1946—. Lea esto —dijo señalándole un párrafo:

Desgraciadamente, Francia dispone de muy pocos lugares que permitan la construcción de embalses con suficiente capacidad. Esa circunstancia nos ha obligado a aceptar el proyecto de Chevrigny aunque haya que inundar la localidad, lo cual sentimos mucho.

Era una carta del ministro de Industria al prefecto del Departamento.

—El progreso no hay quien lo pare —continuó Cristin—: sólo puedes esperar que quien pague el pato sea tu vecino y no tú.

Hélène aprovechó ese momento para tomar otra foto. Luego le preguntó:

—Y entonces, ¿qué esperan los que resisten? ¿Qué quieren?

—Unos esperan que Electricidad Francesa, con la soga al cuello, aumente las indemnizaciones para librarse de ellos, aunque cabe preguntarse si no ocurrirá lo contrario: que les ofrezcan aún menos por las últimas parcelas; otros siguen soñando con que el hada madrina republicana los salvará, como si fuera posible abandonar una presa así de grande o trasladarla al valle de al lado; en cuanto a los demás, continúan aquí simplemente porque ésta es su casa: no se irán hasta que el agua les llegue a los tobillos... si la policía no los desaloja antes.

Tras leer el dosier que le había proporcionado François, Hélène se había preguntado qué sería del aserradero Buzier, el último negocio de Chevrigny que seguía abierto. Volvió a ver a su enorme y barrigudo dueño recostado en la barra, contemplando la sala del café la noche anterior.

—Gaston Buzier no quiere ceder en nada —le explicó Cristin—. Sus trabajadores están con él, pero no saben adónde los va a arrastrar.

Al salir del ayuntamiento, Hélène se encontró con una de esas mujeres campesinas sin edad de rostro impenetrable, labios apretados y mirada viva e inquisitiva a las que es más habitual descubrir detrás de unos visillos entreabiertos. Estaba leyendo el comunicado del tablón de anuncios, pero interrumpió un momento su labor para mirarla un instante, luego pareció reparar en la cámara y, acabado el examen, se volvió de nuevo hacia el tablero.

—¿Irá? —le preguntó Hélène.

La mujer debía de estar esperando que le hablara porque, sin inmutarse ni volver siquiera la cabeza, masculló:

—Ya sabemos lo que van a decir...

—¿Y qué van a decir?

—¿Es de París?

—Soy periodista.

—Creía que sólo cogían a hombres...

—Así es: a las mujeres no nos dejan ni cruzar la puerta, pero yo entré por la ventana.

Su interlocutora entrecerró los ojos: su examen no había acabado.

—Nos dirán que tenemos que irnos.

Hélène decidió hacer trampa.

—¿Me permite? —preguntó alzando la cámara y señalando el anuncio. Apenas un cuarto de giro a la derecha y podría captar el rostro de la mujer, en el límite del encuadre, sin que ella se diera cuenta. Apuntó, pero al instante se dio cuenta de que la mujer lo sabía: que había adivinado sus intenciones y no se opondría, pero que su intención de fotografiarla sin pedirle permiso le daba vergüenza ajena, de modo que bajó el aparato—. Me gustaría fotografiarla, si no le importa —dijo.

La mujer se pasó la mano por los cabellos grises y luego por el pecho, para alisarse la blusa. Se oyó el clic del obturador. Hélène volvió a bajar la cámara y le tendió la mano.

—Me llamo Hélène.

—Mucho gusto.

No parecía dispuesta a presentarse a su vez.

—¿Y usted?

—Raymonde.

Lo había dicho como si fuera evidente: allí todo el mundo debía de conocerse. Hélène bajó la cabeza e hizo el gesto de rebobinar el rollo.

—Y usted, ¿se irá?

—¿Qué haría yo en otro sitio?

Hélène sonrió y siguió la mirada de Raymonde, que se había posado en la caseta de información, al otro lado de la calle. Pero no miraba la pequeña construcción, sino al ingeniero, que la estaba cerrando con llave.

El otro se volvió un instante hacia ella y luego echó a andar con paso tranquilo, pero decidido, llevando una carpeta bajo el brazo.

—Ha dormido ahí dentro... —comentó Raymonde mientras ella fotografiaba la caseta.

—¿Hay una habitación?

—¡Qué va! Un despacho y para de contar. Anoche extendió en el suelo una especie de estera: ese fulano debe de venir de las colonias, tiene toda la pinta.

El ingeniero ya no estaba a la vista. Hélène cruzó la calle seguida de Raymonde. Pegó la frente a la ventana de la caseta y miró el interior.

—Lo vimos llegar ayer con una maletita —dijo Raymonde—. Esta mañana se ha levantado al amanecer, se ha tomado un café en lo de Honoré, le ha preguntado dónde podía lavarse y luego, aunque no lo crea, se ha dirigido al patio trasero del café, se ha desnudado de la cintura para arriba y se ha lavado con agua fría, como un americano; incluso se ha lavado los atributos.

Seguramente Raymonde se acordaba de algún cowboy que había visto en el cine. En cuanto al lavatorio del ingeniero, Hélène sonrió diciéndose que era imposible que alguien se lavara los «atributos» habiéndose desnudado solamente de la cintura para arriba, pero, además, si fuera el caso, el pueblo entero lo sabría ya, por más que lo hubiera hecho en el patio trasero de un café.

Las dos mujeres echaron a andar.

—¿Qué va a decir de nosotros su periódico?

—Lo que yo escriba.

Raymonde resopló irritada.

—Vale, entonces, ¿qué piensa escribir?

—Aún no lo sé. Quizá que el ingeniero enseña sus atributos en el patio del Café de la Place...

La mujer se paró en seco. No sonreía, pero tenía un gesto que debía de ser equivalente. Hélène comprendió que habría sufrido. Siguieron andando en silencio.

—Soy viuda —le dijo Raymonde.

—Yo estoy embarazada —respondió Hélène, que se puso roja al instante y se mordió los labios.

No sabía por qué se había confesado con aquella mujer a la que no conocía de nada. Acortó el paso sin darse cuenta, temblando, con el corazón en un puño, al borde de las lágrimas.

—El ingeniero se ha pasado la mañana visitando uno a uno a todos los que aún no han vendido sus tierras —le dijo Raymonde.

Hélène estaba consternada: ¿había oído aquella mujer lo que ella le había dicho? Primero le había contado su secreto a Nine y ahora a una extraña. «Me estoy volviendo loca.» Lanzaba al mar botellas con mensajes.

—Ha ido a mi casa casi en primer lugar —continuó Raymonde—. Tiene los nombres de todos en una libreta y, cuando sale de cada casa, después de decirte: «Si no firma ahora, lo perderá todo», los marca con una equis.

Ese «lo perderá todo» resonó en la mente de las dos mujeres largos instantes.

—¿Les ofrece dinero?

—Poco, y un cuchitril allá arriba.

Habían llegado ante una casita con un pequeño huerto: unos cuantos bancales de verduras marcados con tiralíneas.

—¿Y usted los ha rechazado?

Raymonde se la quedó mirando.

—¿Ha estado allí? No, ¿verdad? Pues vaya a echar un vistazo y ya me dirá. En fin, me ha gustado mucho hablar con usted, pero tengo que hacerme la sopa —le dijo, y se metió en su casa.

Hélène no había estado «allá arriba». Era la primera vez que sentía que Lambert no estuviera con ella; no tanto él como su Simca. ¿Cómo iba a subir? Y aun consiguiéndolo, ¿cómo volvería?

—¡Te he estado buscando por todas partes!

Lambert había frenado en seco a su altura y abierto la portezuela, jadeando de puro nerviosismo.

Hélène frunció el ceño, sorprendida.

—¿Habíamos quedado en vernos?

—No, pero creía que...

Hélène lo miró tranquilamente a la espera de una explicación que no llegó.

—¿Qué creías? ¿Que iba a esperar en el hotel a que te dignaras a aparecer para traerme hasta aquí? —Era una crueldad innecesaria, pero estaba tensa y volvía a picarle allí abajo. Le entraron ganas de gritar: habría dado diez años de vida por poder rascarse hasta hacerse sangre. Empezaba a odiarse, a detestar aquel cuerpo rebelde y tozudo que le amargaba la vida—. ¡Además, me pones de los nervios! —le gritó.

Dio tres pasos, subió al coche, cerró de un portazo y se cruzó de brazos. Acabó de odiarse cuando se vio adoptando la ridícula actitud de una niña mimada, irascible y caprichosa: era insoportable.

Lambert no dejaba de mirarla con una cara que encogía el corazón y ella se sentía culpable. Se echó a reír de los nervios.

Lambert rió a su vez.

—Lo siento... —dijo, pero era evidente que lo hacía sólo por las dudas: no entendía por qué tenía que disculparse.

Hélène dejó de reír. Tenía ganas de llorar, incluso se le escaparon unas lágrimas.

Estar sentada le había aliviado un poco la comezón, pero aun así tuvo que cruzar las piernas. Hurgó en el bolso en busca del pañuelo y se sonó ruidosamente. «Debo de parecer una loca», pensó: «Primero le grito, después me río y finalmente empiezo a llorar.»

—¿Estás enferma?

Como ella no le respondió, se sacó el paquete de tabaco del bolsillo, pero renunció a fumar y bajó la cabeza, absorto en alguna idea misteriosa.

—Sí, un poco —dijo al fin Hélène—, pero ya se me pasará...

Se sentía avergonzada.

—En Chevrigny ya no hay médico, pero el doctor Marelle se instaló en Châteauneuf. Puedo...

—¡No hace falta, gracias!

Lambert alzó la mano: «Vale, vale.»

—¿Quieres ver Chevrigny-le-Haut? —le preguntó.

Hélène se esforzó en sonreír. «De acuerdo.»

Chevrigny tenía tan sólo unos miles de habitantes, pero el término municipal era muy extenso: había sitio de sobra, así que habían podido construir allí mismo el nuevo pueblo. Los límites no habían cambiado. Una vez inundado el viejo Chevrigny, Chevrigny-le-Haut tomaría su lugar desde el punto de vista administrativo.

Pero los promotores del proyecto habían cometido un error garrafal al imaginar que la gente se establecería allí sin más. Chevrigny-le-Haut era un pueblo fantasma, una mera fantasía normativa, una utopía gubernamental.

Un puñado de edificios construidos con bloques de hormigón prefabricados se alzaban dispersos en una inmensa explanada alisada por los buldóceres y atravesada por dos pistas que se cruzaban en ángulo recto, destinadas a convertirse en sendas calles. Pero allí no había nadie.

El diseño de aquel núcleo urbano no se había encomendado a arquitectos, no se había pensado ni meditado: eran edificaciones sin un proyecto que las respaldara, calles que no iban a ningún lado; todo un pueblo construido por jefes de obra.

—¿La construcción lleva mucho tiempo parada?

Lambert encendió un cigarrillo.

—Trabajan a rachas: un día suben hormigoneras y autobuses con obreros y empiezan una edificación que después se queda sin tejado... —Sonrió—. Debe de responder a una lógica que se me escapa...

Hélène no sabía cómo enfrentarse a aquel sitio: ¿qué había que ver, que mostrar?

El nuevo ayuntamiento, perfectamente cuadrado, estaba listo, con las contraventanas de celosía colocadas, cerradas y aseguradas con candados; en cambio, sólo existían los cimientos de la iglesia.

Hélène contó once casas terminadas, separadas de la calle por una franja probablemente destinada a convertirse en una serie de jardines. La impresión dominante no era de abandono: la hierba aún no había invadido las calles, las armazones metálicas no estaban oxidadas, tan pronto descubrías la pala pivotante de una niveladora cubierta con una lona como unos contenedores llenos de escombros... No, todo aquello hacía pensar en una obra detenida durante un largo puente.

Buscaba ángulos para sus tomas, pero volvía sobre sus pasos una y otra vez.

—Me parece que las autoridades están igual que tú —comentó Lambert—. Tampoco saben desde qué perspectiva abordar el problema.

Hélène se volvió para mirarlo. Sus labios esbozaban la sonrisa burlona del hombre para quien la vida es un constante motivo de regocijo. No pudo evitar sonreír a su vez.

Se sentó junto a él en un bloque de hormigón.

—El pueblo no se termina porque la gente no quiere venir —dijo—, pero la gente no viene porque el pueblo está a medias, ¿no es eso?

—Más o menos. De hecho, cuando el gobierno propuso una ubicación nueva, el municipio dijo que nanay: para Ramuel, el alcalde, primero había que llevar las negociaciones individuales a buen término, antes siquiera de ponerse a hablar de la construcción del nuevo pueblo.

—Y fue pasando el tiempo...

—Claro: Ramuel esperaba dilatar el plazo, pero el gobierno acabó hartándose y cortó por lo sano. Decidió construir aquí, y éste es el resultado. —Aquel sitio no estaba ni hecho ni por hacer—. Cuando parece que hay unas cuantas familias dispuestas a mudarse, se reanudan las obras con mucho entusiasmo, y cuando éstas renuncian a mudarse aquí, los obreros se vuelven a la presa...

—¿Y quién ha aceptado venir?

—Ése es el gran misterio: no se sabe con certeza cuántos vecinos han vendido su casa o su parcela, ni cuántos de ellos han aceptado trasladarse al nuevo pueblo. Es un juego de engaños con el que todo el mundo intenta ganar tiempo. Aún estamos en la prórroga, pero todo se decidirá en la tanda de penaltis. Cuando abran las compuertas, la gente tendrá que marcharse. Sólo entonces se sabrá adónde ha decidido ir cada cual.

Hélène guardó la cámara. Tenía bastante clara la situación.

—Te dejo un momento...

—¡Claro!

Ella se alejó, dobló la esquina de una casa y se acercó a un grupo de palés cargados con cañerías. Tras levantarse la falda, se inclinó hacia delante para ver qué le provocaba aquella tremenda comezón. Luego deslizó el índice por aquí y por allí, aguantándose las ganas de rascarse con furia. Toda la zona le ardía, pero lo peor sin duda estaba por dentro. Se palpó el vientre. Cuando empezó a orinar, contuvo un grito, pero se le escurrieron las lágrimas. ¿Debía ir al hospital? Siempre la misma pregunta desesperante: ¿qué debía hacer?

Cuando volvió, había tres colillas a los pies de Lambert, que se había puesto el maletín de ella en el regazo y sujetaba el asa con las dos manos. Parecía una de esas chicas que le guardan el bolso a la amiga a la que han sacado a bailar. La idea la hizo sonreír de nuevo.

Tomó unas cuantas fotos más, pero pronto se desanimó: no veía manera de reproducir aquella desolación.

—¿Puedes llevarme al hotel, por favor?

Durante el trayecto a Châteauneuf, Lambert le preguntó:

—¿Por qué no te has casado?

—Tú también estás soltero.

—Es distinto para un hombre.

—Ya me había dado cuenta —dijo, pero Lambert no reaccionó—. Casada o no —añadió—, no estoy en el mercado.

«Decididamente, no es nada práctica», pensó él.

• • •

No podía escribir el artículo antes de la reunión entre los vecinos y el ingeniero, por la tarde. Allí se dirían muchas cosas. Llamó a la redacción del *Journal*, se puso Denissov.

—¿Cómo va todo?

Hablaba con voz clara, relajada, así que estaba solo en su despacho. Era ahora o nunca, pero no acababa de decidirse.

—No sé si esto va a dar mucho de sí. —Conocía el significado del silencio que siguió: Denissov odiaba el fracaso—. ¡Pero creo que he dado con el enfoque!

Se estaba disculpando, con la de cosas que tenía que decirle...

—Bien, ¿y con Lambert qué tal?

—Conoce el terreno...

—Voy a tener que dejarte...

¿Por qué no conseguía decirle ni una palabra? Quizá porque Denissov era un hombre, y ella había admitido que su problema era un problema de mujer: ése era el motivo de que muchas aceptaran un embarazo que no deseaban.

—De acuerdo —dijo.

Le costó más que por la mañana aplicarse el ungüento que había comprado porque las lágrimas le nublaban la vista. Además, no tenía fe en aquel medicamento.

Para suavizar los roces y absorber las pérdidas, que continuaban, se colocó en las bragas una combinación de algodón enrollada e impregnada de pomada.

Se puso delante del espejo para comprobar que no se notaba y, al verse tan demacrada tomó una decisión: si al día siguiente seguía igual, iría al hospital. Esperaba que, en vez de un médico como tal (éstos rara vez te ayudaban) la atendiera un interno que, si no podía hacer nada, al menos se mostrara más humano y quizá hasta le diera una dirección.

Sonó el teléfono, era recepción; Lambert la esperaba.

Cogió la cámara, los objetivos y película y bajó a reunirse con él. Luego lo siguió a pie al restaurante, que estaba a un paso. Lambert le estrechó la mano al dueño y fue a darle un beso a la dueña; no tuvo que pedir el vino: la botella ya estaba en la mesa; conocían sus gustos. Él sonreía con su sonrisa franca, todavía medio adolescente, y ella comprendió que, desde que se conocían, no había dejado de tratarlo mal. Ni siquiera sabía cómo se apellidaba.

—Ropiquet d'Orval —repuso él.

—¿En serio te apellidas así? —le preguntó Hélène entre risas.

Él no se molestó, pero encendió un cigarrillo para disimular su apuro.

Era tres años mayor que ella.

—No puede ser... —Hélène se hacía cruces: parecía tres más joven—. Adivinar la edad de los hombres no es lo mío —dijo para justificarse—. Aparte de mis hermanos, no he conocido más que a viejos. —Al instante se dio cuenta de la barbaridad que acababa de decir: nada mejor para parecer una golfa. De hecho, Lambert se quedó boquiabierto, dejó caer el cigarrillo y se agachó a toda prisa para recogerlo... Ella aprovechó para añadir—: Bueno, ya sabes lo que quiero decir...

Lambert desvió la mirada: hasta entonces ninguna chica le había confesado en tan pocas palabras que, siendo soltera, se acostaba con hombres, que había estado con varios y que todos eran bastante mayores que ella.

—Entonces te apellidas Robiquet de... ¿cómo era?

—D'Orval. Pero es Ropiquet, no Robiquet; bastante ridículo es ya...

—¿Y de dónde eres?

—De aquí.

Hélène se sintió avergonzada. Menuda periodista era... ¿Cómo no había adivinado algo tan evidente? Aún no habían pedido los primeros y ya había metido la pata dos veces.

Lambert no era exactamente de allí, sino de Orval.

—Que, como habrás deducido, también es el apellido de mi difunta madre; una santa, que en paz descanse.

Había pasado parte de su infancia en París, donde su padre trabajaba como corredor de seguros, y se había mudado con su madre a Châteauneuf tras la separación de sus padres.

El vino, el ambiente cálido del restaurante y el agradable murmullo de las conversaciones iban alejando el fantasma de la confusión y el cansancio. Hélène se sentía más tranquila.

—No te lo he preguntado —dijo—. Imagino que no te haría mucha gracia verme aparecer por aquí... para ocupar tu lugar.

—Si dijera lo contrario mentiría, pero ahora... En fin, creo que mandar a una reportera-fotógrafa fue una buena idea: sobre esta gente hay mucho que escribir, pero también que mostrar.

De todas formas, el sueño de Lambert no era el reportaje social.

—A mí lo que me gusta es la información deportiva: el fútbol, las carreras de coches, el boxeo, el tenis. Y también viajar. Esto de no firmar el reportaje sobre la presa de Chevrigny... creo que lo superaré.

—¿Y cómo te las vas a arreglar para entrar en deportes?

—Bueno, voy a cubrir los treintadosavos de final de la liga regional: Châteauneuf contra Vaumont, en el campo municipal de Courlerai... Voy por el buen camino, ¿no?

Hélène rió.

—¡Mierda! —gritó Lambert de repente—. ¡Son las ocho, tenemos que irnos o vamos a perdernos el primer round!

16

¡A América!

No se habían perdido nada. Ya había unas cincuenta personas apretadas en la sala, pero seguía llegando gente que saludaba con cara seria: no estaba el horno para bollos.

Hélène constató que aquel pueblo, a esas alturas, no era más que un colectivo humano envejecido y agotado por años de agonía, desgarrado por luchas sordas, intereses opuestos y la evidencia de que el fin se acercaba, aunque no se lo creyeran del todo. El humo de los cigarrillos ocultaba el techo tras una nube azul grisácea. Algunos hombres se habían sentado con su copa en la mano, como en un baile de boda. Las niñas permanecían en su sitio bajo la severa mirada de sus padres, como en la iglesia, mientras que los chicos corrían en todas direcciones.

Todo el mundo sabía ya de la presencia de Hélène, pero igualmente la observaban de arriba abajo y la admiraban o despreciaban según la idea que cada cual tenía de los periodistas y, más puntualmente, de las mujeres que se dedicaban al periodismo. Vio a Raymonde sentada en la primera fila con los brazos cruzados, dispuesta a pelearse con quien hiciera falta, y no muy lejos a Cristin, el secretario del ayuntamiento.

Siguió paseando la mirada entre la concurrencia y acabó posándola en un chico que permanecía de pie al fondo de la sala.

—Es Petit Louis —le susurró Lambert. Se trataba de un individuo de edad indefinida, ojos achinados, cara aplastada e iluminada por una sonrisa carente de malicia. Llevaba la cabeza, grande y redonda, coronada por una enorme gorra que parecía sostenida por sus grandes orejas de soplillo. Miraba a la gente embobado, con la actitud del niño que espera, tan contento como impaciente, el comienzo de la película—. Nadie sabe qué entiende y qué no —añadió—, incluido él mismo, seguramente.

Las sillas estaban alineadas frente a la pared del fondo. El ingeniero Destouches estaba en un rincón, con la espalda apoyada indolentemente en un muro y actitud distante, como si fuera un espectador cualquiera. Sus ojos saltaban de rostro en rostro; pasaban de un grupo a una pareja, fijándose en todos. Se adivinaba que su mente clasificaba, ordenaba, seleccionaba; y esa observación silenciosa y metódica producía tal incomodidad que, poco a poco, las voces se apagaron y se hizo un silencio culpable, como el que reina en las aulas en el momento del castigo colectivo.

Hélène comprendió que, si no se ponía a hacer fotos de inmediato, más tarde le resultaría difícil, así que la gente vio tres fogonazos de flash y muchos se preguntaron si aquello era aceptable.

El ingeniero avanzó hacia el frente.

—Me llamo Destouches, algunos de ustedes ya me conocen. —Hablaba con una voz suave, articulando clara y pausadamente, con la intención evidente de hacerse entender—. El ministerio y Electricidad Francesa me han encomendado organizar la partida de todos los vecinos antes de la puesta en funcionamiento de la presa.

El guirigay que siguió permitió comprobar que los dos bandos opuestos se habían colocado uno a la derecha y el otro a la izquierda, dispuestos a enfrentarse. Destouches no hizo el menor movimiento; con las manos a la espalda, se limitó a mirar la sala con expresión severa. Poco a poco volvió a hacerse el silencio.

—No hay tiempo que perder, así que voy a ir al grano. La partida ha terminado: estoy aquí para recoger las cartas y apagar la luz. Dentro de unos días, el pueblo dejará de existir administrativamente, se cerrarán los edificios públicos y, poco después, las aguas cubrirán el valle. Para entonces, todo el mundo deberá haber abandonado la zona.

Los reunidos frente a él estaban petrificados.

Aunque Destouches no había dicho nada nuevo, nadie les había hablado con tanta brutalidad.

—Las instancias a las que represento son muy conscientes del sacrificio que les piden... —Alzó la mano para atajar cualquier intento de interrumpirlo—. Pero las ofertas que se les han hecho han tenido en cuenta sus circunstancias. —Para mantener el control de la situación, alternaba el palo y la zanahoria. Seguía con la mano extendida hacia la sala: era una barrera ante la ola de palabras que estaba deseando inundarla, y que Destouches contenía a duras penas—. No les queda mucho tiempo, una semana o poco más. Estoy aquí para arreglar con ustedes lo que aún se puede arreglar: mi puerta está abierta. Pero se lo digo con toda claridad: a quienes no hayan cedido sus terrenos cuando se abran las compuertas no les quedará más que lamentarse. Se les concederá una suma fijada por la administración y no se admitirá ningún recurso.

Bajó la mano. La barahúnda fue inmediata.

La gente se interpelaba de una parte a otra de la sala. Algunos hombres gritaban mientras sus mujeres los agarraban de la muñeca.

Uno de ellos se levantó. Tenía unos sesenta años y, aunque vestía como un campesino, destacaba por su porte, su gran cabeza coronada por una larga cabellera blanca y sus ojos verdísimos. A todas luces, además, era un hombre muy seguro de sí mismo. Todo el mundo se calló para escucharlo.

—¡Señor ingeniero, parece usted olvidar que, hoy mismo, el diputado de la circunscripción y el senador del Departamento han elevado una petición al presidente de la República, y que esa iniciativa tiene efectos sus-pen-si-vos!

Había recalcado cada sílaba de la última palabra para subrayar su importancia. A juzgar por las miradas, la frase era oscura para muchos de los presentes, aunque, para los «resistentes», iba en la buena dirección.

Destouches mantenía su actitud de maestro de escuela.

—Lo sé, señor Besson d'Argoulet, pero esa iniciativa no servirá de nada: la situación no es reversible. En el mejor de los casos, el presidente querrá mostrarse comprensivo y les concederá un aplazamiento: ganarán una semana, tras la cual volverán a encontrarse exactamente en la misma posición que hoy, pero con una semana de retraso.

—¡Por el amor de Dios! —gritó un hombre desde el fondo de la sala—. ¡Tiene razón! ¡Sabéis perfectamente que, en diez años, lo hemos intentado todo! ¿De qué sirve ahora rechazar lo que aún nos ofrecen?

Lambert se inclinaba hacia Hélène y le susurraba los nombres de los intervinientes. Aquél era el antiguo alcalde, Jean Ramuel, un individuo con físico de leñador. Había vendido sus tierras y sus viveros y hacía semanas que se le veía llenando cajas para vaciar su gran casa, situada detrás de la escuela.

Numerosos vecinos aprobaron ruidosamente sus palabras.

—¡Más te valdría callarte! —gritó otra voz—. ¡Vendiste el pueblo a Electricidad Francesa! ¡Vergüenza debería darte!

Se oyeron silbidos y abucheos.

—Y nosotros, en la serrería, ¿qué hacemos?

Era la voz enérgica, autoritaria, de Gaston Buzier.

—¡Les ofrecieron trabajo a todos tus empleados! —le gritó el antiguo alcalde.

Hubo una salva de aplausos en un lado y de gritos en el otro.

—¿Trabajar en la presa? —replicó Buzier—. ¡Jamás!

Hablaba con vehemencia señalando el techo con un dedo, como si tomara por testigo a una autoridad celestial: parecía un cruce de predicador y amotinado.

—Usted ha obligado a sus trabajadores a rechazar todas las ofertas de empleo.

Era la tranquila voz del ingeniero.

—¡Yo no he obligado a nadie! ¡Las han rechazado porque su trabajo está aquí!

A su alrededor, varios hombres en mono asentían con la cabeza.

—No, las han rechazado porque creen que usted está de su parte —replicó Destouches.

—¡A usted se la trae floja! ¡Usted tiene trabajo!

Cuando se encolerizaba, Buzier se ponía rojo como la grana. Destouches no parecía en absoluto impresionado.

—Sí, y mi trabajo es informarlo, aunque no quiera oírme, de que aquí ya no hay futuro para ninguno de ustedes.

—¡Eso ya lo veremos!

Tras la fase de acaloramiento, durante la cual había reinado el caos, la reunión tomaba un nuevo derrotero con el choque de aquellas dos voluntades, de aquellos dos hombres de temperamento tan distinto que se desafiaban con la mirada.

—Vamos, Gaston... —dijo el antiguo alcalde volviendo a levantarse—. ¡Es una batalla perdida de antemano!

—¡Porque tú la perdiste! —gritó alguien.

—¡Tú siempre has encontrado esto normal! —dijo otra voz.

—¡Intenté resistir! —protestó Ramuel—. Pero al final nuestro pueblo va a desaparecer para...

—¡Para que la gente de Châteauneuf pueda poner lavadoras, ésa es la verdad! —lo interrumpió uno de los pocos jóvenes que quedaban en el pueblo con un gran ademán del brazo que hizo redoblar el tumulto.

Entonces, en mitad de la sala se puso en pie un hombre que lo tenía todo redondo: la barriga, el cráneo (perfectamente esférico y brillante, casi lustroso, y rodeado de una corona de pelo ralo) e incluso el abombado bigote.

—Es el doctor Marelle —susurró Lambert.

—Amigos, amigos... nadie puede esperar que el gobierno abandone la presa para contentarnos: no es razonable. —Sorprendentemente nadie lo interrumpió, sólo se oían gruñidos y voces bajas y roncas que refunfuñaban—. Se lo ruego, quienes no hayan firmado háganlo sin dilación, no sea que lo pierdan todo. Si no, ¿qué será de ustedes?

—¿Y a usted qué más le da, eh, doctor? ¡Vendió su consulta por un pastón y se largó!

—Ése es Émile Blaise, el panadero —dijo Lambert—. Es un hombre de armas tomar: siempre anda por ahí buscando bronca.

A diferencia de las anteriores intervenciones, aquella provocó el rechazo general. La indignación llenó la sala y todo el mundo se volvió hacia el panadero, que buscó ayuda con la mirada. Si hubiera podido desaparecer bajo el suelo lo habría hecho.

Por su parte, el médico se limitó a levantar una mano para pedir que nadie se moviera y evitar que la cosa fuera a mayores. La brutalidad del comentario y el rechazo colectivo habían hecho bajar la presión general, las voces se calmaron. Todo el mundo empezó a volverse a un lado y a otro para ver quién tomaría la palabra y en qué dirección continuaría ahora el debate, pero Hélène, que había ido fotografiando a los intervinientes uno tras otro, se volvió hacia Destouches, que había retrocedido unos pasos. Su abrigo descansaba en el respaldo de una silla, no lejos de él. Se lo puso tranquilamente y volvió a acercarse a la primera fila.

—Peléense todo lo que quieran. Ya les he dicho lo que va a pasar inevitablemente. Ya saben dónde encontrarme.

Se metió las manos en los bolsillos, sacó la pipa y se tomó su tiempo para encenderla mientras volvía a hacerse el silencio.

Luego cruzó la sala. Las patas de las sillas empezaron a arañar el suelo. La gente se levantaba: ya nadie tenía ganas de discutir.

Al pasar junto a Hélène, Destouches se detuvo un instante.

—Venga a verme mañana.

Era una orden.

La contrapartida que exigía por haberla dejado trabajar.

La barra estaba tomada: mientras las mujeres y los niños se disponían a volver a casa, los hombres pedían bebidas. El abanico de edades llamó la atención de Hélène: los había de doce para abajo y de cincuenta para arriba, los intermedios se habían ido ya, a excepción del joven que había hablado poco antes y quizá Petit Louis.

Se acercó a este último y le enseñó la cámara. «¿Puedo?» Él asintió con entusiasmo y, tras encasquetarse aún más la enorme gorra y limpiarse las manos en la pechera, posó con una sonrisa de felicidad.

El médico pasó junto a ellos y Hélène se precipitó hacia él.

—¿Puedo hablar con usted? Trabajo para *Le Journal du Soir*.

—¿Viene de París?

Parecía sorprendido.

—Somos un periódico nacional: podemos hacer que los vecinos de Chevrigny se sientan menos solos, que vean que otros se interesan por ellos.

El doctor Marelle esbozó una sonrisa triste.

—Venga a verme mañana antes de que salga a hacer las visitas, sobre las once y media.

En la calle se había formado un corro alrededor de Petit Louis. Los reunidos se daban discretos codazos de complicidad, como si esperaran algo.

—Petit Louis —dijo el panadero—, con todo ese dinero que vas a cobrar ¿ya sabes adónde irás?

La cara del chico se iluminó.

—¡A América! —repuso con júbilo.

La respuesta arrancó risas a todo el mundo. Algunos la repitieron, otros aplaudieron. Un hombre le puso la mano en el hombro.

—Tú eres el más feliz de todos, ¿eh?

El chico sonrió y el grupo empezó a dispersarse.

Un Renault 4 cv frenó en seco junto a la acera y un sacerdote con la cara descompuesta se precipitó hacia la puerta del café haciendo revolotear la sotana.

—¡Pero si ya ha acabado, padre! Todo el mundo se va...

—¿Ya?

Era un cura de unos treinta años, quizá, de rostro agradable pero pálido y ojos febriles. Hélène creyó oír a su alrededor algunas risas ahogadas.

—Vaya... —dijo. Todo el mundo lo observaba—. ¿Os habéis sabido defender al menos? —No estaba claro a quién se lo preguntaba: no miraba a nadie en concreto—. Porque no debéis dejar que os manipulen, ¿eh? En fin, me voy a casa... —Al volverse, quedó frente a Petit Louis, que se apresuró a santiguarse repetida y temerosamente, pero él no le hizo caso: volvió al coche farfullando frases incomprensibles y apuradas—. No debéis, no... —creyó entender Hélène—. Que no os manipulen...

—Es el padre Lacroix —dijo Lambert—. Está a cargo de la parroquia desde la muerte del viejo cura. La puntualidad no es lo suyo. Cuando nació, debió de retrasarse veinte minutos y ya no los ha recuperado.

—Al menos el cura está con nosotros... —dijo alguien.

—El cura sí —murmuró Lambert—. En cuanto a Dios, no estoy tan seguro...

Hélène oyó una voz conocida.

Era Raymonde, tan brusca como siempre.

—Venga, Louis, vámonos a casa —dijo.

Él hundió los puños en los bolsillos y la siguió dócilmente, aunque cabizbajo.

Al pasar, Raymonde le dirigió una mirada extraña a Hélène, que recordó lo que le había confesado. ¿Cómo había podido contarle algo así a una mujer a la que nunca había visto?

Incómoda, dio media vuelta y, al alzar los ojos hacia el alto muro de hormigón, tuvo la impresión de que éste flotaba sobre las cimas de los árboles a la luz del crepúsculo.

Parecía haber aprovechado que nadie miraba para avanzar unos metros.

17

Significaba una nueva vida

La vida de Jean había sido una sucesión de reveses y decepciones de todo tipo: no estaba acostumbrado a que nada le saliera bien. Sin embargo, la apertura de los grandes almacenes de la place de la République prometía. Bajo la férula del señor Georges, el personal trabajaba satisfactoriamente y las entregas se efectuaban conforme al calendario previsto: podrían abrir a final de mes.

Si aquel sistema de venta atraería a la clientela era una incógnita, pero ésa era una de las pocas cosas en las que tenía confianza.

¡Ay, si su vida se hubiera reducido a esa feliz perspectiva! Por desgracia no era así, ni mucho menos.

De hecho, una vez más se verificaba la máxima según la cual, cuando llegan las desgracias, no lo hacen como exploradores solitarios, sino en auténticos batallones: tenía tantos motivos de preocupación que la aplastante carga que representaba el embarazo de Geneviève parecía casi secundaria.

Siguiendo esa costumbre generalizada de confundir al mensajero con el mensaje, Jean veía en la prensa al principal culpable de la peligrosa situación en la que se encontraba. En concreto, estaba muy enfadado con François.

Primero porque, pidiéndole prestados veinte mil francos, se había aprovechado de su debilidad y lo había expuesto a la ira de Geneviève, y por un motivo vergonzoso, estaba seguro, porque si François no había podido explicarle el destino de ese dinero, sólo podía deberse a que era inconfesable.

Pero su hermano no era jugador, al menos no como para contraer semejante deuda...

¡Tenía que tratarse de un aborto!

¡Por eso Nine no los había acompañado en el viaje a Beirut, cosa que él había encontrado verdaderamente extraña!

Jean compartía la furiosa aversión al aborto de su mujer (sus arranques de moralidad eran muy selectivos).

¡Y justo cuando acababa de ayudarlo en un asunto sin lugar a dudas turbio, François iba y lo apuñalaba por la espalda publicando un artículo en el que pedía a gritos la reapertura del caso Lampson!

De acuerdo, ignoraba su implicación en el asesinato, pero ¿qué necesidad tenía de desenterrar un asunto que iba tan bien encaminado hacia el carpetazo? ¡Iba a poner en canción a los jueces y la policía, eso era lo que iba a hacer!

François había escrito:

Todos los crímenes son odiosos, pero algunos conmocionan más que otros. El asesinato de la joven actriz, atroz a más no poder, sumió a sus admiradores en la consternación. Todos los años, decenas de hombres y mujeres acuden a su tumba para depositar flores y se asombran de que el juez Mallard, a cargo del sumario, no reabra una instrucción tan repleta de irregularidades. Estamos seguros de que en este nuevo aniversario luctuoso, para el que falta menos de un mes, los admiradores dolidos y todos aquellos que siguen confiando en la justicia de su país, apoyarán la

petición de los abogados de los padres, que no pueden re-
signarse a ignorar eternamente el nombre del asesino de
su hija.

—¡Bravo! ¡Tu hermano tiene razón! —había exclamado
Geneviève.

¡Y eso que estaba al corriente de todo! Presa de la angustia, Jean se lo había contado con medias palabras la misma
tarde del asesinato y, cosa extraña, ella le había mostrado una
pizca de aprecio por primera vez desde que estaban casados.
Desde entonces no habían vuelto a hablar del asunto abiertamente (era otro punto oscuro en su relación), pero, con el lavado
y la devolución del pañuelo ensangrentado del Charleville-
París, parecía haberle sugerido que aceptaba que matara de
vez en cuando a alguna chica, tal como otras mujeres, oscura-
mente halagadas, soportaban con fatalismo que su marido fuera algo pendón.

—Están muy lejos de atrapar al Lobo Feroz, ¿eh, Gordito mío? —le había dicho.

Oyéndola, parecía que él se hubiera limitado a robar una
pera del huerto del vecino: siempre se había preguntado por
qué aquel caso criminal electrizaba a su mujer de un modo
tan extraño, cuando tenían mil motivos para mantenerse lo
más lejos posible.

—¡Pues porque estábamos presentes, ¿por qué va a ser?!
¡Compartimos la experiencia con esa joven! —Aprobaba que
François abogara por la reapertura del sumario—. ¡Hay que entender a la familia! Lo insoportable no es que no descubran
al… bueno, ya sabes. No, lo terrible es que la justicia no haga
nada, ¿comprendes?

Jean lo comprendía, claro.

Sólo que la familia de Mary Lampson no era la única que
reclamaba justicia, sino también la de Antoinette Rouet.
Y por ese lado la cosa tampoco pintaba bien.

La milagrosa superviviente
del Charleville-París
Alain Poitaud, 22 años:
«¡Creo que viajé en compañía del asesino!»

¡El seminarista!

Jean arrojó el periódico a una papelera del metro y se echó a temblar de tal manera que tuvo que sentarse en un banco del andén. Un revisor, preocupado, abandonó su puesto para interesarse por él.

—No es nada —balbuceó Jean—: el calor...

Era 7 de marzo y aún hacía bastante frío.

El revisor se ofreció a llamar a su jefe, a un médico, una ambulancia... Jean se levantó como pudo y salió de la estación tambaleándose. Camino a la place de la République, intentaba poner orden en sus ideas.

Tras muchas vacilaciones, el seminarista (en realidad era empleado de una funeraria en Charleville, pero Jean seguía llamándolo «el seminarista») había conseguido superar «una timidez enfermiza» y se había presentado en comisaría.

Intentaba recordar las facciones del chico, pero no había manera. ¿Qué podría decir él? ¡Ni siquiera habían hablado!

Entró en un bar para tomarse un Vichy y vio su rostro reflejado en el espejo de detrás de la barra: se veía francamente pálido. Se puso furioso; si hubiera tenido delante a François... a Geneviève... o a quien fuera... Esa idea lo anonadó: aquel incontrolable impulso asesino era la causa de... Sintió que se hallaba en una espiral terrible y, por primera vez en su vida, tuvo la certeza de que aquello no acabaría nunca. Le vino a la mente la carita de Colette y por poco se echó a llorar pensando en el día en que tuviera que dejarla, en el dolor que le causaría. ¿Quién la protegería entonces?

Sabía cuánto irritaba a Geneviève la pobre Colette, y no sólo debido a su segundo embarazo. Aquello no era tan grave en sí, pero, sin la presencia de un padre atento y conciliador, ¿no acabaría yendo a peor?

Pensar en su pequeña Colette le encogía el corazón.

Recordó los temores que su madre había expresado por escrito en su última carta: «Cuida mucho de nuestra pequeña Colette, mi querido Jean. A mí no me parece tan inquieta como decís, y no vi que se cayera ni una sola vez mientras estuvo en casa.» Apretó los puños imaginando lo que podría pasarle a su hija el día en el que él faltara, y ése fue el revulsivo. Se irguió dispuesto, si no a luchar (nunca había sido capaz de hacerlo), al menos a resistirse a esa corriente que lo arrastraba.

Completó el trayecto hasta los grandes almacenes y, cuando llegó a la place de la République, quedó impactado por el enorme letrero instalado esa misma mañana en el tejado del edificio: el nombre «DIXIE» como si lo hubiesen recortado en una tela a cuadros que evocaba la cocina, el mundo doméstico de la clientela a la que se dirigía. Se veía de lejos, como un estandarte, y, pese a las muchas dificultades en que estaba metido, sintió que le mostraba un camino, una dirección, que le daba a su vida una legitimidad que no tendría que compartir con Geneviève, que nunca había creído en su proyecto, ni con el gerente, que no tenía la menor altura de miras, ni con su familia. Con nadie.

Dixie era él: aquel letrero significaba una nueva vida.

Con un sentido de la oportunidad que sólo hallamos en las novelas, el sol hizo una súbita aparición sobre el tejado del edificio y proyectó sobre el letrero una luz fugaz, pero reconfortante.

Los ojos de Jean se llenaron de lágrimas.

18

Se trataba de otra cosa

François rumiaba la parca declaración de amor que le había hecho Nine cuando se había marchado de su casa. Se le había entregado sin pasión. Su «última vez», rápida y triste, parecía un regalo de despedida.

François no relacionaba aquel nuevo dolor con los celos, pero no tardó mucho en decidirse a hacerlo. Porque el celoso piensa enseguida que su dolor le da derecho a todo. Se volvió estúpido. «Porque, vamos a ver», se decía, «¿para qué puede necesitar una mujer veinte mil francos, ¡casi dos meses de sueldo!, y tan repentinamente: "Ahora mismo, ya"?» La hipótesis de la devolución de una cantidad robada tenía cierto sentido, pero él ya se había decantado por los celos y pensaba en un rival, un hombre que, de pronto, había necesitado dinero y al que Nine debía de amar... ¡hasta el punto de pedírselo a él!

Sin embargo esa explicación no era lo bastante dolorosa, así que se aventuró por un terreno aún más escabroso: Nine estaba embarazada y, como «el otro» no quería al niño, había recurrido a él. Qué idiota había sido...

A partir de ahí, empezó a atormentarse con una secuencia de ideas que partían del amor de Nine por otro hombre.

Seguro que se encontraban en un lugar siniestro, macabro, para hacer quién sabe qué cosas (¿qué iban a hacer?, ¡pues lo mismo que Nine y él!, pero en fin). Sentía que se ahogaba. ¿Le habría pedido ella a su amante que...? Y luego había llegado el embarazo y la búsqueda de una abortera. Se sentía tan dolido que ni siquiera cayó en la cuenta de que estaba poniéndose en la misma situación que otros muchos hombres cuyas tristes historias habían alimentado las páginas de sucesos, y cuyas desgracias había comentado él sin ahorrar titulares llamativos ni entradillas morbosas.

Iría a su casa cuando ella no estuviera, forzaría la puerta, lo registraría todo, buscaría indicios, abriría la cama, inspeccionaría las sábanas... Fue hasta su edificio. De todas las ventanas de la calle, que debían de llevar rato a oscuras, la única iluminada era la suya. ¿Sorprendería dos siluetas abrazadas en el rectángulo de luz? «¡Está ahí con ese individuo!» Curiosamente, se sintió aliviado: ¡cuando quisiera, podría entrar y sorprenderla! Pero la ventana seguía vacía e inmóvil, no pasaba nada. Entonces llegó un hombre y él, al otro lado de la calle, se apretó aún más contra una puerta cochera. Era un individuo de unos treinta años. Se lo había imaginado más alto. Debía de haberla seducido con su elegancia: tenía buena presencia. Entró en el edificio y, minutos después, se iluminó una ventana, pero dos pisos más abajo. El hombre la abrió y encendió un cigarrillo, pensativo.

François se marchó.

Se sentía ridículo, pero, desde luego, no se daba por vencido.

Si Nine quería deshacerse de ese niño, tendría que ir a algún sitio, pero él no podía faltar al trabajo el día entero. ¿Debía contratar a un detective?

En ese momento cayó en la cuenta de que Nine tenía una vida muy solitaria, casi recoleta. No se le ocurría nadie de quien pudiera obtener información, y tampoco tenían muchos amigos comunes. Era culpa suya: siempre quería tenerla para él solo. Y ahí estaba el resultado: ella se había hartado. Qué imbécil había sido.

Pasaron tres días con sus noches, durante las cuales apenas durmió: su imaginación topaba sin cesar con Nine desnuda entre las sábanas con un hombre encima o debajo. Era insoportable.

El jueves encontró en su escritorio una nota de Oscar Drouhet, el archivero, que le pedía que fuera a verlo: debía de haber averiguado algo sobre Mary Lampson. Salió disparado.

No se trataba de la vida de la joven actriz, sino de la de Nine.

—No he encontrado información sobre ningún historiador especialista en la Edad Media o el Renacimiento apellidado Keller —dijo Oscar tranquilamente.

—No me sorprende —respondió él con ironía—. Era un insignificante profesor de historia en un oscuro instituto de Courbevoie. ¿Quién se va a acordar de alguien así?

—Allí tampoco hay ningún Keller, ni en los municipios circundantes.

François se quedó parado.

—No puede ser.

—Tampoco era profesor de universidad. Hay varios Keller, sí, y algunos, docentes especializados en esos periodos, pero ninguno que responda a ambos criterios.

—¿Está seguro? Por lo que sé, murió hacia...

—Me he remontado hasta la Gran Guerra...

—¿Ningún Keller?

—Ninguno que concuerde con el perfil que me dio usted. En los últimos cuarenta años, no hay ninguna publicación de un historiador apellidado Keller. La enseñanza secundaria o universitaria no es un ámbito en el que se recurra al seudónimo, pero por las dudas he llamado a varios especialistas en los dos periodos: si existió, nadie lo recuerda.

François volvió a subir a la redacción bastante desconcertado.

Los interrogantes sobre Nine habían cambiado de golpe, casi era un alivio.

Si le había mentido a todo el mundo sobre su familia y sus orígenes, puede que no tuviera un amante, sino una segunda vida, y, si ése era el caso, era allí donde había que buscar explicaciones a su apremiante necesidad de veinte mil francos «ahora mismo, ya». Desde luego, François parecía no estar pensando correctamente: Nine podía tener una segunda vida y, al mismo tiempo, un amante; de hecho, ése suele ser el motivo de que alguien se invente una vida oficiosa al margen de la otra, pero él era, ante todo, periodista, y su intuición lo guiaba hacia una historia en la que quizá no había un amante, sino «otra cosa»

Pero ¿cómo tiraba del hilo?

Sólo veía una manera.

Ir a ver a Léon Florentin.

19

Dígame, ¿qué ha pasado?

Palmari estaba convencido de que los «peces gordos», como llamaba él a los aborteros habituales, se capturaban de lejos. Y en esta vida también se necesita suerte, le recordaba a veces a su ayudante (y Cosson lo miraba fijamente con mirada insondable, abisal). La tarea del inspector consistía en echar toda clase de redes, pero, por mucho cuidado que pusiera al hacerlo, siempre era más o menos el azar el que decidía recompensarlo o no.

Y eso solía ocurrir en los servicios de urgencias.

Aparte del Hospital General de Châteauneuf, tenía dentro de su radio de acción los de Villeneuve, Fontaines-sur-Serre e incluso Bordavent. Salvo en el último, demasiado alejado, se presentaba por sorpresa sobre las seis de la mañana para consultar el registro de urgencias. A ello contribuían su insomnio y su mujer, que tampoco podía dormir. No era extraño que estuvieran los dos en pie a las cuatro de la madrugada, y resultaba bastante penoso. Augustine (de soltera De Breuille), espantosamente delgada, se apostaba en la ventana y fumaba innumerables cigarrillos mientras observaba a los obreros que salían de casa hacia las fábricas o volvían después del turno de noche, la recogida de la basura, las charlas matutinas de las porteras y la carrera hacia la escuela de los niños de la barriada obrera en la que su destino la había condenado a vivir sin esperanza de que las cosas cambiaran algún día.

Esa actitud exasperaba a su marido, que se tomaba el café viendo dormir a sus hijas mayores, Marie y Lucette, se fumaba el primer cigarrillo contemplando a Marguerite, su benjamina, que también estaba sopa, y luego prefería salir de casa (¿qué mejor, a esa hora, que darse una vuelta por urgencias?) porque soportar a aquella mujer fosilizada se le hacía imposible.

El caso es que, esa mañana, el azar se llamaba Antoinette Lepron.

Inscrita en el registro diario por raspado uterino.

El interno, que seguía de servicio, estaba exhausto: había sido una noche agitada. No había visto jamás al inspector Palmari, pero ya había oído hablar de él...

El susodicho, por su parte, daba golpecitos con el índice sobre la línea del registro.

—Dígame, ¿qué ha pasado con la señora Lepron? —Palmari parecía en vilo: si aquella mujer hubiera sido su propia hija, no habría mostrado más preocupación—. ¿O debo decir señorita?

—Es una señora, y ha sufrido un aborto precoz.

—¿Natural?

—Eso parece, ¿qué quiere que le diga?

—No sé, el médico es usted.

—Entonces, si digo «aborto precoz», puede considerarlo como tal.

Palmari acompañaba cada respuesta con un asentimiento de cabeza.

—Estará muy afectada, imagino...

—Nunca es divertido —respondió el interno, cauteloso.

—Lo sé, lo sé... precisamente por eso me gustaría mostrarle mi simpatía. ¿Qué habitación ocupa?

—Está cansada...

No era una negativa: habría sido poner trabas a una investigación policial y, por tanto, obstrucción a la justicia...

—Dos minutos —prometió Palmari—, unas palabras, y vuelvo a bajar.

Así era como el inspector entraba en las habitaciones para interrogar de buena mañana a las pacientes, interesarse por su embarazo frustrado, remontarse hasta la fecha de la concepción, hacerles contar en detalle las circunstancias exactas del aborto precoz que las había llevado allí, tirarlas de la lengua sobre su deseo de ser madres y su relación con su marido, sugerir la existencia de un amante, recordarles que ya les habían hecho otro raspado, amenazarlas con un examen médico, mencionar la pena en la que incurrirían en caso de mentir a la autoridad, dejar claro a qué se arriesgaban los cómplices: marido, madre, vecinas, hermanas, exigir el nombre de... Los dos minutos se transformaban en un largo y exhaustivo interrogatorio a unas pobres mujeres aterrorizadas que acababan de padecer un raspado, que apenas habían dormido en las últimas horas y a menudo lloraban porque habían perdido al bebé que esperaban, lo que Palmari solía atribuir a la simulación.

Eso sí: nunca se olvidaba de expresar su pesar y sus condolencias, a veces seguidas de la promesa de una citación del juez...

Y, de paso, le recordaba la ley al personal con el que se cruzaba, y exigía que le enviaran el informe de la intervención, a lo que el médico evidentemente se negaba, apelando al secreto profesional. Pero todo ello creaba un clima de inquietud: nadie se sentía seguro frente a él, y cuando una mujer llegaba para hacerse un raspado, todo el servicio se ponía en guardia y se vigilaba entre sí.

Al volver de sus expediciones de intimidación, Palmari le decía a su ayudante:

—Nunca se podrá contabilizar la cantidad de abortos evitados gracias al miedo que generamos, es una pena.

Y Cosson no respondía; siempre esperaba la continuación, incluso cuando no la había.

20

Si no me equivoco, va a necesitarlo

Fue una noche corta: Hélène tardó bastante en escribir su primer artículo, crucial en la serie sobre la presa. Tenía que encontrar el tono, decidir un posicionamiento, elegir un ángulo.

—Tendrás media página —le había dicho Denissov, pero sin darle ninguna indicación sobre lo que esperaba.

La muerte de un pueblo francés
Chevrigny, desgarrado entre «resistentes»
y «negociadores», quedará cubierto
por las aguas en cuestión de días

Chevrigny, un pueblo del departamento del Yonne que el siglo pasado llegó a tener 3.500 habitantes, vive sus últimas horas y una agitada agonía. La presa hidroeléctrica proyectada hace más de veinte años ya está terminada, y dentro de poco el hermoso valle, sus frondosas laderas, su ayuntamiento, su escuela, su iglesia y su capilla del siglo XII quedarán sumergidos bajo cerca de cien millones de metros cúbicos de agua procedente del río Serre. «No queda más que marcharse», dice con fatalismo Jean Ramuel, el antiguo alcalde. «¡No cederemos!», responde con vehemencia Gaston Buzier, propietario de la serrería. Ambos tienen sus tropas, y el pueblo, dividido desde hace tiempo por el proyecto del Ministerio de Industria, está hoy desgarrado entre «resistentes» y «negociadores». Los primeros, indignados porque su sacrificio sólo servirá para que la gente de la ciudad más próxima «ponga lavadoras», juran que tendrán que desalojarlos «a tiros». Los segundos admiten que la situación es irreversible y abogan por una partida tranquila tras aceptar las indemnizaciones del gobierno.

Y en el centro del debate encontramos a Jean Destouches, el ingeniero enviado recientemente por las autoridades para, según sus propias palabras, «poner fin al barullo y abrir los grifos». Sus maneras, «francas» para los unos, son calificadas como «brutales» por los otros. Es evidente que, con la elección de semejante emisario, las autoridades han apostado fuerte.

Raymonde, una viuda de 56 años, vive en el pueblo desde...

Las fotos que proponía Hélène (Raymonde ante el anuncio del ayuntamiento; su hijo, Petit Louis, sonriéndole a todo el mundo; el ingeniero Destouches, muy tieso, fumando en pipa; la presa, un mastodonte de hormigón más alto que las murallas de Jericó...) podían ser descartadas por la redacción: era lo más habitual.

Hacía frío cuando al fin, alrededor de las siete, le entregó al empleado de la estación la pequeña saca que saldría veinte minutos después hacia París. Había dedicado la mitad de la noche a escribir el artículo y la otra mitad a alarmarse ante lo que, en ausencia de cualquier otra manifestación, temía que fuera una infección vaginal que requiriera tratamiento urgente.

Como el ingeniero no la había citado a una hora concreta, decidió bajar de buena mañana a Chevrigny.

El taxi la dejó en la plaza del pueblo. Raymonde salía de la tienda de ultramarinos y las siluetas de los primeros parroquianos se adivinaban tras las ventanas del café, donde Honoré Campois secaba vasos mirando hacia la calle... El conjunto producía una sensación extraña. La actividad de la escasa población que seguía allí parecía normal: era para preguntarse si los ausentes no se habían dejado llevar por un pánico injustificado.

Hélène llamó tímidamente a la puerta de la oficina de información, que abrió de inmediato el ingeniero con la pipa ya en la boca (aunque apagada) y vestido de punta en blanco (sólo le faltaba el sombrero hongo). Le produjo la misma impresión que la tarde anterior: seguro de sí mismo, autoritario, antipático.

—De *Le Journal du Soir*, ¿verdad? —dijo indicándole que entrara.

No era un sitio muy grande, pero estaba muy bien ordenado. Había dos escritorios, varias sillas, diversos mapas de la región con chinchetas de colores, una máquina de escribir, un teléfono, libros de registro, carpetas... No había nada que hiciera pensar que el ingeniero había pasado la noche en aquella oficina.

—¿Por qué no se ha alojado en un hotel? —le preguntó Hélène.

—Habría tenido que ser en Châteauneuf, y quería estar aquí. No voy a quedarme mucho tiempo, señorita Forestier.

—Pelletier, me llamo Hélène Pelletier.

Parecía sorprendido, casi indignado. Cogió una carpeta y la abrió.

—Aquí pone Forestier.

—No tiene más que corregirlo.

El ingeniero cogió una pluma, tachó el apellido, escribió el correcto con letra pulcra, aplicó el secante con mano firme y volvió a cerrar la carpeta.

—Señorita, si la he dejado trabajar es porque...

—Porque no tiene derecho a impedírmelo.

Destouches la miró un instante, evaluó las dificultades que podía causarle y decidió hacer como si no lo hubiera interrumpido.

—La he dejado trabajar porque necesito su ayuda.

Ella se sorprendió.

—La prensa local no les ha hecho ningún favor a los vecinos de este pueblo: al tomar partido por ellos, ha terminado por emponzoñar la situación. Espero que la prensa nacional sea más inteligente; ¿puedo confiar en ello?

—La prensa nacional simplemente hará su trabajo: describir la situación con la mayor objetividad posible.

—¡Perfecto! No pido otra cosa: lo objetivo es que esto es irreversible.

—En ese caso habrá que valorar los daños que producirá en la vida de la gente.

—Se ha hecho todo lo posible para que esos daños...

—...no penalicen a Electricidad Francesa.

—...se vean compensados con ofertas decentes y, por tanto, aceptables.

Durante aquel tenso diálogo, Hélène había pasado a la ofensiva levantándose, paseándose por el exiguo despacho y tomando fotos de todo lo que podía, incluidos los mapas de las paredes.

Destouches abrió un cajón y sacó una petaca.

—¿Le molesta? —preguntó mostrándole la pipa.

—No lo sé, la verdad es que nadie se había puesto a fumar delante de mí a estas horas de la mañana.

Destouches cerró los ojos un instante, dejó la pipa en la mesa, entrelazó las manos y buscó su mirada.

—Dentro de unos días daré la orden de inundar el valle.

—¿Cuándo exactamente?

—Se lo diré cuando llegue el momento.

—Pero el presidente...

—¡Olvídelo! El presidente de la República no hará nada. Me han dado garantías de que simplemente hará una declaración en la que expresará su simpatía y pasará a otra cosa.

—Hay bastantes obstáculos: la serrería, la ermita de San Teobaldo, algunos vecinos... ¿Cómo piensa vencerlos?

—Estando a disposición de todo el mundo. He ido a todas las casas en las que aún vive alguien, he reiterado las propuestas de la administración y he advertido a los «resistentes» de que no obtendrán ni un céntimo más de los que se les ha ofrecido ya. —Guardó silencio unos instantes y luego continuó en voz baja—. A cambio, me han puesto a parir en todas partes, ¡y suerte que no me dan miedo los perros ni las escopetas de caza porque algunos parecían dispuestos a dispararme!

No pedía simpatía: describía hechos.

Hélène le preguntó por su trayectoria profesional e intentó averiguar algo sobre su vida personal, pero Destouches no era un hombre que diera información así como así. Tras responder de forma lacónica a sus preguntas, se levantó.

—No me gustaría haberla hecho venir para nada: vuelva el lunes temprano y le daré más tela que cortar...

Hélène se dio cuenta de que lo poco que podría escribir sería lo que él deseara ver publicado. Se despidió y salió a la calle. Disponía de algún tiempo antes de su cita en Châteauneuf con el doctor Marelle. Desde la calle principal podía oír los gritos de los niños: era la hora del recreo.

La parte de la escuela que correspondía a las niñas se había cerrado ya, y los pocos chiquillos y chiquillas que quedaban en el pueblo jugaban en el patio destinado a los niños.

—Once exactamente —aclaró Rosalie Bourdon cerrándose el abrigo con las dos manos. Llevaba al cuello un silbato con el que pretendía controlar los juegos. Las niñas, que llevaban batitas grises, se habían reunido en un rincón para protegerse del frío, mientras que los niños se dedicaban a pelear en el otro extremo.

—No es normal juntarlos, pero qué se le va a hacer... La maestra de las niñas se fue el mes pasado, así que no quedó más remedio. —Era una cincuentona bastante robusta, pero pálida y ojerosa. Hélène no recordaba haberla visto en la reunión de la tarde anterior—. Cuando cerremos, los niños cuyos padres decidan no abandonar la región irán a Châteauneuf, al igual que yo. —Era obvio que estaba en el grupo de los fatalistas. Llevaba veintiséis años como maestra en Chevrigny, de modo que había atestiguado todo el proceso, desde la llegada de los topógrafos a mediados de los años treinta—. En esa época —contó tras posar para una foto—, el proyecto estaba a cargo de la Compañía Hidroeléctrica de Borgoña. Empezaron comprando parcelas cuyos propietarios estaban encantados de deshacerse de ellas por un precio tan bueno. Nadie se esperaba esto, ¿comprende? No podíamos figurarnos que aquello adquiriría estas dimensiones. Hablaban de una «retención de aguas» y nosotros no entendíamos a qué se referían: nos imaginábamos una charca.

Sus palabras tenían un tono de despecho e ira contenida.

Hélène la escuchaba atentamente, tomando notas. Al parecer, durante la guerra habían conseguido adquirir unas cuantas parcelas más, pero fue también tras la Liberación, momento en que la energía hidroeléctrica se convirtió en una prioridad nacional, cuando el proyecto de Chevrigny pasó a ser una prioridad para el gobierno.

—A partir de ese momento se formaron dos bandos y empezaron los pleitos. Mientras unos soñaban con la prosperidad que traerían las obras, otros se oponían hasta el punto de incendiar los barracones de los obreros. Ya desde entonces empezaron a presentarse recursos ante los tribunales.

—Y usted, ¿qué pensaba?

La maestra alzó la cabeza.

—¡Yo estaba de luto por mi hijo, que murió en la obra!

Hélène se sintió avergonzada.

—Lo siento mucho, disculpe...

—¿Cómo iba usted a saberlo? —dijo Rosalie sacando un paquete de cigarrillos del bolsillo de su bata.

Las manos le temblaban ligeramente.

Hélène esperó a que se calmara. Desde donde estaba podía ver el interior del aula: la pizarra con la fecha escrita en grandes letras perfectamente regulares, el mapa mural de Francia con los distintos departamentos...

—Necesitaban mucha mano de obra, así que pagaban bien. Mi Roger tenía un título de Formación Profesional como ajustador, de modo que lo cogieron de inmediato. Figúrese, ¡un obrero con esa cualificación!

—¿Y qué ocurrió?

—Se cayó de una grúa. Dijeron que había sido culpa suya, que no había tomado precauciones. En doce años hubo al menos cinco obreros más que, como él, «no tomaron precauciones».

—¿Y los parientes fueron a juicio?

—No. —Rosalie bajó la cabeza, arrojó el cigarrillo al suelo y lo apagó con el pie—. Dijeron que ellos no eran responsables, pero que, aun así, pagarían... Cuando ha habido un accidente, siempre han hecho eso: ellos nunca son responsables, pero pagan. Con el dinero que me dieron le monté un negocio a mi hija: una floristería en Châteauneuf.

Cuánto pesar, cuánta mala conciencia, cuánta ira había en esa confesión...

—¿Podemos repetir la foto? —preguntó Hélène de repente.

Sin esperar respuesta, dio un paso atrás y disparó sin preocuparse siquiera en ajustar el foco. Enseguida se dio cuenta de la importancia de aquella foto que conservaría colgada en la pared durante años: un retrato en el que Rosalie parecía una heroína de Steinbeck.

—Y el pueblo sigue dividido hasta hoy —comentó.

—Sí, incluso aquí —respondió Rosalie señalando el patio—: los chicos imitan a los adultos y se pelean durante el recreo. ¡Como para dar clase! En fin. Discúlpeme, pero tenemos que dejarlo, ya es la hora...

Rosalie caminó hasta la puerta del aula y tocó la campanilla. Los niños corrieron hacia ella y formaron dos filas posando una mano en el hombro del compañero de delante para guardar distancias.

A un lado, las seis chicas; al otro, los cinco chicos.

Incluso desde el exterior, la casa del doctor Marelle olía a col y patatas hervidas. Hélène no recordaba la cara de la esposa del médico, aunque estaba segura de que se encontraba junto a él la tarde anterior, cuando lo había abordado al acabar la reunión en el Café de la Place.

Cuando entró, la sorprendió ver en la sala de espera a Petit Louis, que volvió hacia ella su gran cabeza redonda y sonrió. No sabía si la había reconocido o recibía a todo el mundo de la misma manera; el caso es que, en cuanto cerró la puerta a sus espaldas, el chico volvió a concentrarse en una revista que tenía en las manos y que hojeaba a su manera, pasando varias páginas a la vez y deteniéndose ante ciertas fotografías destinadas al público femenino: chicas en traje sastre o en sujetador. ¿Qué edad tendría? ¿Qué podría significar el sexo para él? Esa idea la llevó a Raymonde, cuyo grueso rostro volvió a aparecérsele: el rostro de una mujer hosca con la que, sin embargo, había podido hablar.

—Buenos días, Louis...

Cuando el chico volvió a alzar la mirada, había en ella tanta ingenuidad, tanto candor y, sobre todo, tanta confianza que Hélène no pudo evitar emocionarse. Era un abandono instantáneo y total al primero que llegaba, sin temor ni reserva, y aquella vulnerabilidad le encogió el corazón.

—Yo me llamo Hélène...

—¡Célène! —gritó el chico tendiéndole la mano con una rapidez que la sobresaltó.

Petit Louis soltó una carcajada (tenía una risa sonora y jubilosa) y repitió el gesto, ella fingió sorprenderse de nuevo. Reprodujeron el juego varias veces.

—Hélène...

—Célène.

—Vale, Célène.

El chico la observó de arriba abajo detenidamente, sin el menor asomo de vergüenza, y finalmente la miró a los ojos. Ella sintió algo extraño, como si no supiera quién se había perdido en la mirada de quién.

En ese momento se abrió la puerta del consultorio y ambos volvieron la cabeza a la vez. El paciente enfiló hacia la salida y el médico se acercó a Hélène.

—Estoy a su disposición.

Hélène compartía la creencia popular que atribuye a la gente con nariz grande un carácter generoso y bonachón, del mismo modo que a quienes tienen los labios muy delgados se les supone una personalidad mezquina o hipócrita. Nada más arbitrario, por supuesto, pero lo cierto era que al doctor Marelle, todo redondeces, solían llamarlo «el buen doctor Marelle». El apelativo tenía connotaciones paternalistas, pero es que, en muchos aspectos, Chevrigny seguía siendo un pueblo del Antiguo Régimen.

Llevaba un pantalón gastado que le hacía bolsas en las rodillas y un chaleco con botones grandes que había conocido tiempos mejores. A Hélène no la sorprendió: ya se había fijado en la destartalada sala de espera y en su barato y traqueteado mobiliario.

—Louis estaba antes... —dijo.

—No, no ha venido a visitarse —respondió el médico invitándola a entrar—, sólo viene a hojear las revistas femeninas, éste es el único sitio en el que puede verlas. —Sobre una mesita podía verse una pila desordenada de revistas de todo tipo—. Cada vez que le da por ahí, sube hasta aquí desde el pueblo. Nueve kilómetros a paso ligero, ¡y con esas cuestas! Este chico es inagotable. Por suerte, a estas alturas del año hay tractores que van y vienen entre Châteauneuf y Chevrigny, y siempre encuentra alguno que lo coge. Es un bendito, no le haría daño a una mosca. Siempre va vestido de pana, haga frío o calor; Raymonde nunca ha conseguido que se ponga otra cosa. En realidad, hay muchas cosas a las que Raymonde ha renunciado con él. —El médico se había metido las manos en los bolsillos como un campesino—. Cuando no está metido en la iglesia, está aquí. A veces, abro la puerta y me lo encuentro ahí sentado. No sabe leer, simplemente mira las fotos, charla con la gente... Si tuviera una pizca de memoria, sería el hombre mejor informado de la región. Se está aquí horas y, de pronto, sabe Dios por qué, se levanta y, sin mediar palabra, se vuelve al pueblo.

El médico rodeó el escritorio y, tras señalar con la mano la silla destinada a los pacientes, tomó asiento en su sillón.

—¿Puedo? —le preguntó Hélène mostrándole la cámara.

Por un instante Marelle pareció dudar, luego hizo un gesto cansino: «Adelante.»

—No haré muchas, se lo prometo —dijo Hélène levantándose.

El médico apoyó los codos en la mesa y esperó con paciencia a que la joven encontrara el ángulo adecuado. No sonreía, se limitaba a mirarla fijamente con una expresión entre irónica y benévola.

—Aquí, Petit Louis es feliz —siguió diciendo—. Sí, ha tenido algún que otro problema: chicos de Châteauneuf que salían del baile un poco animados y le han gastado una broma pesada, pero a pesar de todo es feliz. ¿Sabe por qué? Porque no comprende nada. —De pronto se oyeron unos golpecitos secos en la puerta—. ¡Oh! Lo había olvidado... —Se levantó y alzó la voz—: ¡Entre, Georgette!

Una chica de unos veinte años empujó tímidamente la puerta y, al ver a Hélène, se quedó parada. Llevaba una bata, un pañuelo alrededor de la cabeza y una caja llena de productos de limpieza en las manos. Parecía avergonzada.

—La dejamos —dijo el médico; se volvió hacia Hélène y agregó en susurros—: ¿le importa que sigamos hablando en la sala de espera? Le pediré a Petit Louis que se vaya a casa... —No fue necesario: el chico ya no estaba—. A Georgette no le gusta limpiar delante de mí —explicó Marelle con una sonrisita—. Dice que eso la cohíbe... —Se sentaron uno al lado del otro y el médico, quizá porque se disponía a charlar con una mujer joven, pareció percatarse de pronto del lamentable estado de la sala de espera—. Perdone, cuando me fui de Chevrigny cogí la consulta de un colega y no he cambiado el mobiliario.

—¿La administración le compró la suya?

—Sí, y la verdad es que no puedo quejarme: me pagaron un precio justo. Habría podido abrir una nueva, pero preferí quedarme con ésta, supongo que por mi edad. —Mencionaba el tema de la edad en el tono peculiar del hombre que espera que lo desmientan, que le digan que no es viejo—. Además, en siete u ocho años me jubilo: no iba a meterme en gastos ahora, para tan poco tiempo...

Hélène dejó la cámara en el suelo y sacó su libreta.

—Muchos no han tomado la misma decisión...

—Ejercí más de treinta años en ese pueblo, donde tengo bastante buena reputación. No pretendía servir de ejemplo, pero esperaba que mi marcha animara a otros. Y ya lo ha visto: no ha sido así ni de lejos.

El doctor Marelle soltó otra risita parecida a una tos.

—Acabarán yéndose todos...

—Por supuesto, ¡no se van a atar a su valla y dejarse ahogar! Sólo espero que todo transcurra tranquilamente. Ese ingeniero parece decidido, el tipo de hombre capaz de desalojar a la gente *manu militari*. La llegada al pueblo de los antidisturbios sería una catástrofe: volvería a exaltar los ánimos...

—Esta tarde iré a la serrería...

—Buzier es un borrico, ya lo verá.

La entrevista con el médico del pueblo era interesante para su artículo, pero Hélène tenía otro motivo para estar allí, y no sabía cómo sacar el tema. Alargó la conversación entre otras cosas porque la chica de la limpieza seguía ocupando la consulta.

—Chevrigny-le-Haut —dijo Marelle—. No sé cuántas casas hay a estas alturas...

—Once.

—Entonces, once familias acabarán yendo allí y, una vez abierta la veda, puede que las demás las sigan. Otra cosa es dónde vivirán en el ínterin...

La puerta se abrió. La aparición de Georgette señalaba el final de la entrevista. El médico se levantó.

—¿Puedo robarle unos minutos más? —se aventuró a preguntar Hélène.

Marelle se la quedó mirando.

—Gracias, Georgette —dijo volviendo la cabeza—, que tengas un buen día. —Le hizo una seña a Hélène para que lo siguiera—. ¿De qué se trata?

—Perdóneme por abusar de su paciencia, pero es que aquí no conozco a nadie... a ningún otro médico, quiero decir... —El doctor Marelle la dejaba hablar, pero la miraba con otros ojos: la periodista había cedido el sitio a la paciente—. Tengo una inflamación... bueno, eso creo...

La actitud de Hélène reflejaba suficiente incomodidad como para que Marelle comprendiera que se trataba de un problema íntimo.

—Muy bien, echaremos un vistazo —dijo—. Desnúdese y tiéndase.

El médico se dirigió hacia una pequeña pila, se lavó las manos y volvió junto a ella. Hélène tuvo que vencer la tentación de abandonar la camilla en la que se había tumbado porque la situación le resultaba incómoda: una cosa era consultar a un médico y otra muy distinta hablar largo y tendido con un hombre y terminar el encuentro enseñándole las partes privadas. Marelle se había calado las gafas y había iniciado el examen.

—¿Lleva muchos días así?

—Tres...

Hélène se había puesto tensa y miraba fijamente la ventana. Tenía ganas de llorar.

—¿No ha hecho nada en particular? Quiero decir... —Marelle le introdujo un espéculo para continuar el examen y ella soltó un gritito, más de sorpresa que de dolor, que le permitió no responder—. Sí, la pared está irritada... Bien, es una vaginitis. No es nada grave, la curaremos. —Se había enderezado y le palpaba el vientre. Tras examinarle los pechos, se inclinó hacia ella sonriendo—. Tranquila: es un pequeño contratiempo que no pone en peligro su embarazo. Puede vestirse. —Se dirigió de nuevo hacia el lavabo—. ¿De cuánto está exactamente?

—No quiero tenerlo.

Hélène se había subido las bragas y bajado la falda, pero seguía sentada en la camilla como si esperara que el viejo médico le propusiera volver a tenderse para solucionar su problema...

Pero Marelle seguía lavándose las manos. Se sentó a su escritorio y cogió un talonario.

—No tarde en tratarse... —Estaba inclinado sobre la receta—. Yo recomiendo raíz de malvavisco. Es un remedio de nuestras abuelas, pero funciona. Póngase cataplasmas internas. No es nada complicado, el farmacéutico se lo explicará.

—No puedo tenerlo —repitió Hélène en voz más alta y tono insistente.

El médico alzó la cabeza y la miró fijamente con una sonrisa lastimera.

—Lo comprendo, señorita, pero eso es algo en lo que no puedo ayudarla.

—¡Ya! Se lo impiden sus principios, supongo...

Él médico soltó otra risita seca: el sarcasmo no lo había herido.

—No es una cuestión de principios. Simplemente se trata de una intervención que les cuesta la carrera a los médicos que la practican. Por eso mismo no la he llevado a cabo jamás, y no pienso correr ese riesgo a estas alturas. Tenga. —Le tendió la receta que acababa de firmar y, cuando Hélène hizo el gesto de buscar la cartera, añadió—: Deje. Guárdese el dinero; si no me equivoco, va a necesitarlo. —La acompañó hasta la puerta y le estrechó la mano—. Eso sí: no se ponga en manos de cualquiera, se lo ruego.

Luego cerró la puerta suavemente sin darle la oportunidad de replicar.

Ella se quedó muy alterada. Se subió a un taxi y a la salida de Châteauneuf vio a Petit Louis caminando cabizbajo, aunque con paso firme, por el borde de la carretera.

—Pare —le pidió al taxista, y abrió la portezuela.

Louis la miró sorprendido y desconcertado: no parecía reconocerla. Un segundo después, sin embargo, se le iluminó la cara.

—¡Célène!

—Voy a Chevrigny —le explicó ella, pero el chico no pareció comprender su ofrecimiento, así que añadió—: ¿Has ido en taxi alguna vez?

Petit Louis sonrió por toda respuesta. Subió al coche y enseguida se puso a palpar los asientos y a subir y bajar la ventanilla como si hubiera llegado de un siglo anterior y acabara de descubrir el automóvil.

—¿Te gusta?

—¡Taxi!

—Sí, taxi...

Después se hundió en el asiento y se dedicó a mirar el paisaje como si lo viera por primera vez. A Hélène le dieron ganas de abrazarlo, pero se limitó a llorar con la cara vuelta hacia la ventanilla opuesta.

La desaparición de Chevrigny
«Mi hijo murió en la presa»,
cuenta Rosalie Bourdon, la maestra que se prepara
para cerrar la escuela del pueblo

21

No era el mejor momento para eso

«No vamos bien encarrilados.» Y el viaje de Beirut a Khaldé reafirmaba a Louis Pelletier en esa constatación. «Pero el tren ya ha cogido velocidad: no se puede saltar en marcha.»

Le hubiera gustado hacer precisamente eso: saltar del asiento trasero de la petardeante moto que Lulu pilotaba con insólita temeridad, pero su empleado iba hecho una furia y él no podía reprochárselo. Sólo tenían que recorrer quince kilómetros, pero se le estaban haciendo eternos.

Contra todo pronóstico, el joven había superado los cuartos de final del Trofeo. Cierto que una lesión en el codo había perjudicado a su adversario, y que sólo había conseguido ganar a los puntos, pero Louis prefería no pensar en aquello.

En realidad, la cascada de acontecimientos favorables que había permitido a Lucien llegar a esa etapa de la competición lo desconcertaba: era lo bastante aficionado al boxeo para no engañarse respecto a la auténtica valía de su protegido, pero era innegable que había ganado todas las peleas hasta el momento, pese a los pronósticos del público e incluso de los comentaristas y entendidos en general. Los apostadores se sentían confusos y excitados: no sabían si aquella feliz racha continuaría o si la realidad acabaría por imponerse.

Ese mismo interrogante había despertado la codicia del campeón Hamid, el entrenador de Lulu, que nunca había creído en sus posibilidades, pero veía cómo aumentaban las bolsas de los combates.

—No podré seguir llevándote en las condiciones actuales —le había dicho a Lucien la tarde del domingo, tras la victoria sobre Mansour Trad—. Cualquiera que hubiera llegado a esta fase de la competición me entregaría la mitad de sus ganancias, tú vas a tener que hacer lo mismo.

Todavía no había digerido el modo expeditivo en que Lulu había eliminado a su favorito ya en la primera fase y, sin embargo, pretendía que ese nuevo reparto de las ganancias tuviera efectos retroactivos... ¡desde el comienzo del torneo! La propuesta había sacado de sus casillas al joven: había ganado cuarenta mil francos y Hamid le reclamaba veinte mil. Si ganaba la semifinal, tendría que cederle la mitad de sus cien mil francos... ¡Ni hablar!

—Deberías pensarlo con calma —le había dicho Louis—: quizá sea abusivo lo que te pide, pero no puedes continuar en la competición tú solo.

El chico se había cerrado en banda. Hamid había renunciado.

La perspectiva de que ahora Lucien Rozier se presentara en el cuadrilátero sin entrenador sobreexcitaba a los apostadores. Y deprimía a Louis, porque Lulu había acabado su último combate como vencedor, pero totalmente exhausto. Hamid se había llevado a su masajista, Lucien estaba solo. Además, sangraba con facilidad y había perdido mucha sangre, estaba tan hinchado que apenas podía abrir los ojos, y eso tampoco tranquilizaba a Louis durante el viaje en moto: ¿veía la carretera con claridad o pilotaba por instinto?

Lucien era un chico inteligente y conocía bien el boxeo. Pero, curiosamente, aunque todo lo invitaba a tirar la toalla

—su estado físico, la dimisión de su entrenador, la pérdida de su masajista, la calidad de los boxeadores clasificados para el resto de la competición—, él seguía en sus trece.

—¡No se preocupe, señor Pelletier: todo irá bien! He recibido unos cuantos golpes, pero le aseguro que estoy entero.

Louis siguió suplicándole sin conseguir que entrara en razón.

Sólo comprendió la verdadera causa de ese empecinamiento cuando fue a visitar a un cliente al norte de la ciudad y, por pura casualidad, se topó con Lulu, de palique con Leela Chakir, una jovencita india de unos dieciocho o diecinueve años.

—Diecinueve —aseguró Angèle, que nunca se equivocaba en ese tipo de cosas y que también estaba preocupada por aquella situación insólita.

Leela había estudiado en la misma escuela que los chicos Pelletier, aunque varios años después, y su padre era tesorero de la cooperativa escolar cuando Louis la presidía. Era un hombre ansioso, meticuloso, escrupuloso hasta la neurosis y extremadamente preocupado por el futuro de sus dos hijas, de las que esperaba que triunfaran en todo, cosa que, por otra parte, hacían. Un idilio entre la joven Leela, destinada a estudiar en la universidad con vistas a una buena boda, y Lucien Rozier, empleado de la Jabonería del Levante y boxeador amateur, resultaba, cuando menos, sorprendente.

—Si piensa pedir su mano, va listo —comentó Angèle.

Louis no respondió. Entendía que, si ésas eran las intenciones del chico, éste hiciera lo imposible para llegar hasta el final de una competición que no sólo le proporcionaría una suma considerable, sino que lo aureolaría con una victoria. No obstante, era una gran ingenuidad: nadie podía imaginar al señor Chakir orgulloso de tener como yerno a un boxeador, ganador o no del Trofeo. En cuanto al dinero, las ambiciones del padre eran muy superiores a lo que el chico suponía. Aquella relación estaba condenada al fracaso. Sin duda, Lulu iba a recibir muchos golpes, pero el definitivo se lo propinaría el propio señor Chakir.

Ante la obstinación de su protegido, Louis comprendió que nada lo detendría hasta que lo dejaran ko, y que lo mejor era ayudarlo y estar presente para amortiguar todo lo que pudiera su caída.

Ésa era la razón de que ambos avanzaran a tirones en una moto del año catapum en dirección a Khaldé.

Cuando se construyó el aeropuerto, la casa de Jef Lombard (una construcción sin pretensiones en la que era muy agradable vivir) había quedado fuera del perímetro de desalojo, pero esa buena fortuna, resultado de quién sabe qué oscuros criterios técnicos, resultó un mero espejismo: al cabo, los cuatrimotores de Air France, la Pan American y el resto de las compañías aéreas que operaban en Beirut sobrevolaban la zona treinta y siete veces al día.

—¿Está seguro de que es la persona adecuada? —había preguntado Lulu.

A Louis no le cabía duda: no encontrarían a nadie mejor que aquel antiguo boxeador de primer nivel convertido en entrenador y hasta masajista en caso de necesidad.

—¡Es el hombre indicado!

—Pero ¿no es ciego?

—Sí, un poco, pero tiene muchísima experiencia... —respondió Louis.

No se atrevía a reconocer que había llamado a todas las puertas y que nadie se había mostrado dispuesto a acompañar a Lulu al matadero y enemistarse con Hamid a la vez a cambio de unas ganancias modestas y sobre todo inciertas.

Cuando Louis lo llamó desde la cerca, Jef Lombard estaba dando de comer a sus conejos y gallinas. Se veía encogido y avejentado, caminaba pesadamente.

Lo escuchó con los ojos blancos clavados en el cielo y les abrió la puerta.

—No recibo muchas visitas...

Aunque había pasado casi toda su vida en el Líbano, conservaba una pizca de acento belga.

Louis y Lulu se quedaron mirando las conejeras mientras él esperaba. Se notaba que era un hombre paciente.

—Está usted bien aquí... —se aventuró a decir Louis.

—La verdad es que sí, y si además te gusta la aeronáutica es el sitio ideal.

Había que tenido que alzar la voz: un avión pasaba sobre sus cabezas.

—¡¿No se ha planteado irse?! —gritó Louis.

—¡Uy, ya lo creo! Pero cuando encuentro otro sitio, siempre me faltan cien mil francos. Debe de ser mi cifra fetiche. Pero no se queden ahí, ¡pasen, pasen!

Se sentaron a la mesa del comedor. Lombard puso tres vasos encima del hule y les sirvió café sin derramar una gota. Otro avión sobrevoló la casa.

—Hemos venido a hablar del Trofeo de este año...

Lombard confesó que estaba muy alejado del boxeo: ya no seguía la competición ni siquiera por la radio. De todas formas, Louis le hizo la propuesta que llevaba preparada.

—Pero ¿no tienen entrenador?

—Lucien, aquí presente, y el entrenador han tenido algunas dificultades.

—¿De quién estamos hablando?

—Debe saber que este muchacho ganó los dieciseisavos frente a... —empezó a decir Louis, y enseguida se lanzó a relatarle una versión idílica de la trayectoria de Lulu en el Trofeo.

—Vaya, enhorabuena, muchacho... —murmuró Lombard mirando al techo y frotándose las manos, gruesas y deformadas por la artrosis—. Gracias por pensar en mí. Me siento muy halagado, pero, verán, hace mucho que colgué los guantes: sería un entrenador a la antigua, y eso no es lo que necesitan.

A Louis le llamó la atención que aludiera a su desfase, y no a su ceguera, como la razón de su negativa. De todas formas, era una decepción.

—Comprendo —repuso mientras Lulu suspiraba de alivio—. Pero, ya que estamos aquí, ¿no podría examinar al chico y darle al menos algún consejo?

—¡Claro! —respondió Lombard encantado de poder corroborar por sí mismo las dotes de Lulu, después de aquella presentación casi hagiográfica.

Louis tomó del brazo a su protegido y lo hizo levantarse de la silla.

—Quítate la camisa —le pidió.

—No será necesario... —interrumpió Lombard, que ya había empezado a palparle los bíceps y los pectorales, los hombros y las rodillas.

Enseguida dedicó largos minutos a examinar sus muñecas, palmas y dedos, y luego pasó a la cara, que repasó cuidadosamente.

—Sangras con facilidad... —afirmó—. ¿Cuándo te lesionaste?

—¿Cómo dice?

—¿Cuándo te lastimaste la rodilla izquierda?

—Tenía catorce años.

—Mmm... Esos brazos tan largos deben de ayudarte lo suyo, ¿eh? Sobre todo porque no eres muy rápido... pero cuando consigues conectar un golpe...

Lulu lo miraba con los ojos muy abiertos.

Acabado el examen, Lombard le hizo una seña de que volviera a sentarse. Él hizo lo propio, se cruzó de brazos y reflexionó unos momentos.

—No voy a mentirte, muchacho —dijo al fin—: no creo que consigas nunca ser profesional.

Louis observó la reacción de su protegido: Jef Lombard era la primera persona que se atrevía a decirle esa dura verdad.

—Es bueno saberlo, señor Lombard —respondió Lulu—. Se lo agradezco, pero a mí sólo me interesa ganar el Trofeo; luego...

Louis soltó una risita de alivio.

—Me alegra que te lo tomes tan bien, muchacho —dijo el antiguo boxeador—. Respecto del Trofeo, creo que tus posibilidades de ganar son muy escasas: hasta ahora has vencido gracias a tu valentía... y a tu buena suerte. Yo en tu lugar me preguntaría si es sensato seguir adelante.

Lulu se levantó como impulsado por un muelle.

—Eso lo tengo claro, señor Lombard: ¡tendrían que pegarme un tiro para impedirme que siga hasta el final!

—¡Veo que no te falta decisión! —exclamó el otro—. Eso me gusta, sí, señor. No se puede negar que tienes coraje; y es una suerte, porque lo vas a necesitar.

A esas alturas, Lulu ya no estaba seguro de si se sentía aliviado, o más bien decepcionado, de que Jef Lombard rechazara ayudarlos.

—Bueno, señor Lombard —dijo Louis levantándose también—, gracias por su tiempo...

—Ha sido un placer.

Salieron, pero en vez de despedirse enseguida los tres se quedaron pensativos delante de la puerta. Los hociquitos blancos de los conejos asomaban por las mallas de las conejeras.

—En fin, ahora ya puedo contárselo —dijo Louis—: Lucien se ha peleado con su entrenador.

—Prefiero no saber el motivo —respondió Lombard—, pero, fuera el que fuese, no era el mejor momento para eso.

—Claro que no —repuso Lulu con sinceridad.

Louis se puso tenso, como si aún conservara la esperanza de que Jef Lombard decidiera ayudarlos.

—¿Quién era el entrenador? —preguntó éste.

El rostro de Louis se iluminó.

—Hamid Mokkadem —repuso.

Se produjo un silencio.

—¿Les apetece otro café? —preguntó Lombard con voz ronca.

—Claro —respondió Louis encantado.

Volvieron a entrar y se sentaron alrededor de la mesa.

Lucien tardó unos momentos en comprender que Jef Lombard había sido el infortunado adversario de Hamid Mokkadem en aquel combate supuestamente amañado por el campeonato del Líbano.

22

Yo ya no entiendo nada

Hélène estaba furiosa con el doctor Marelle por su cobardía. «No se ponga en manos de cualquiera...» ¡Vaya narices! En vez de sugerir a las mujeres que no se fiaran de según quién, ¿por qué no las ayudaba?

Se sentía tan desamparada que había estado a punto de contárselo todo a Lambert y preguntarle si conocía a alguien. Había renunciado enseguida a la idea, pero lo cierto es que le había pasado por la mente, lo que significaba que el chico ya no le parecía tan calamitoso como al principio. De hecho, algunas cosas que había dicho hacían pensar que tenía cabeza y sentido común.

Pese a ello, optó por ir sola a la serrería; prefería tener su propia perspectiva de las cosas.

Cogió un taxi y al llegar a la entrada del pueblo, se encontró a Petit Louis plantado a la orilla de la carretera. Por su expresión al verla (todo en él reflejaba entusiasmo y agitación) tuvo la certeza de que estaba esperándola. «Si no hubiera pasado por aquí», pensó, «¿cuánto tiempo se habría quedado en este lugar, escrutando el camino?».

De nuevo le abrió la puerta y lo invitó a sentarse a su lado para recorrer los últimos centenares de metros.

—¡Taxi, taxi!

Gaston Buzier salió a su encuentro y se sorprendió al ver que iba acompañada de Petit Louis.

El chico se quitó la enorme gorra (algo que ella no lo había visto hacer hasta entonces) y empezó a darle vueltas entre las manos, apurado e incómodo, hasta que Buzier le dijo:

—Buenos días, Petit Louis, ¿cómo va eso?

Entonces Louis volvió a ponerse la gorra, corrió al taller y comenzó a jugar con el serrín, lanzándolo al aire como si fuera nieve y riendo a carcajadas.

—Intentamos que trabajara aquí —le explicó Buzier a Hélène—. En fin... ocuparlo. Me lo había pedido Raymonde, pero las herramientas y los materiales son muy peligrosos aquí, y además se asustaba de todo. Raymonde lo comprendió perfectamente y, de todas formas, tampoco se hacía muchas ilusiones.

Puede que entre Gaston Buzier y Raymonde hubiera algo más que una relación de buenos vecinos. En todo caso, Lambert le había contado que el primero había enviudado quince años atrás y no había vuelto a casarse.

Buzier no la invitó a entrar en su casa, una mansión de gran señor situada al fondo del patio que hacía pensar en el feudalismo industrial del siglo anterior, así que hablaron allí mismo, mirando de vez en cuando a Petit Louis, que hacía montones con el serrín.

En el gran hangar, las máquinas dormitaban, las sierras circulares mostraban sus relucientes colmillos, los tablones sin desbastar se amontonaban geométricamente en los palés colocados cerca de la verja.

Aunque estaban solos, cuando salió el tema de la presa, Gaston Buzier se expresó con la misma vehemencia que la tarde de la reunión en el café:

—¡El destino de siete trabajadores no es moco de pavo! —dijo—. ¡Pero a esa gente se la trae floja!

—Les ofrecieron empleos, ¿no es cierto? —preguntó Hélène.

—Los llamaban «empleos», pero, cuando su presa esté en servicio, ¿qué harán con los trabajadores? La mayoría de mis empleados nacieron en el valle, y muchos llevan diez o quince años trabajando en la serrería, así que no saben hacer mucho más, pero, suponiendo que de verdad los hubieran contratado, al acabar se desharían de ellos ¡y a otra cosa! Y para entonces la serrería ya no estaría aquí.

Bastaba alzar la vista hacia las laderas para dimensionar la enorme extensión boscosa, de un verde oscurísimo, que trepaba por las colinas.

—¿Todo eso es suyo? —preguntó Hélène.

Buzier siguió su mirada.

—En parte, en buena parte.

—¿Y lo perderá todo?

—No. Si se salen con la suya, tendrán que pagarme los terrenos al precio fijado por la administración. Eso no es lo que me importa, sino mis trabajadores.

Hélène señaló la casa y sonrió.

—Y menuda mudanza...

—No será mañana, ni pasado...

—Pues según el ingeniero...

—El ingeniero puede decir misa, no sabe de lo que somos capaces...

—¿«Somos»? ¿A quiénes se refiere?

—Yo me entiendo...

Hélène hizo unas cuantas fotos.

—¿Aún tiene pedidos?

Buzier gruñó.

—¡Tendríamos trabajo para cien años! Lo que nos sobra son pedidos.

Hélène se despidió y se dirigió al centro del pueblo seguida de Petit Louis, que iba cubierto de un serrín oloroso. Como no dejaba de mirarla, cada dos por tres daba un tropezón y un polvillo parecido al que flota en el aire cuando llega el tiempo de la siega revoloteaba alrededor de ellos. De milagro no fue a dar con sus huesos en el suelo.

—Mira hacia delante, Louis —le pidió finalmente Hélène.

—¡Célène! —repuso él.

La decepcionó un poco no encontrarse con Petit Louis en la entrada del pueblo.

—Sobre todo, no faltes a la misa del domingo por la mañana: me huelo algo gordo —le había dicho Lambert, así que se dirigía a la iglesia.

El joven padre Lacroix se había adherido a la causa de los refractarios desde el primer momento en que había llegado para hacerse cargo de la parroquia, y no dudaba en utilizar su sermón dominical para manifestar su rechazo no tanto de la desaparición del pueblo como de la destrucción de la iglesia del pueblo, que consideraba un sacrilegio sin matices.

—Echar a la gente, aún —le había comentado Lambert—, pero desahuciar al Espíritu Santo es inadmisible para Lacroix.

—Eres un descreído —comentó Hélène sonriendo.

—No tiene ningún mérito: pasé toda mi niñez en colegios religiosos. Nada mejor para perderles el respeto a los santos.

En esa época, la iglesia todavía era el centro de la vida social, y la de Chevrigny no tardó en estar de bote en bote.

—Cuanto más miedo tienen, más religiosos son —susurró Lambert—; ¿a que resulta conmovedor?

Hélène le respondió con un codazo en las costillas y mordiéndose los labios para no reír.

La misa parecía un espectáculo cuyo ensayo general hubiera sido la reunión del jueves anterior en el café, con el clan de los negociadores en un lado del pasillo central y el de los resistentes en el otro, siendo los primeros, por definición, cada vez menos numerosos, puesto que la mayoría se marchaban del pueblo en cuanto la administración los indemnizaba. Por otro lado era sorprendente que algunos, pese a estar de acuerdo en marcharse, siguieran yendo a la iglesia. Lambert debió de leerle el pensamiento.

—Son los nostálgicos —dijo—. Han aceptado irse, digamos, desde el punto de vista intelectual, pero en su interior rehúsan hacerlo. Se debaten entre sus convicciones y sus deseos, ¿qué mejor sitio para ellos que la iglesia?

Nuevo codazo y risas ahogadas.

De pronto Hélène tuvo una sensación incómoda: ¿no estarían las bromas convirtiéndose en... flirteo? Era una idea preocupante, en primer lugar porque Lambert era un compañero del *Journal*, y ella la amante del director: su reputación pendía de un hilo; pero sobre todo porque estaba embarazada y quería abortar. ¿Qué clase de mujer era?

—Mira, el doctor Marelle. Se ha ido a Châteauneuf, pero sigue viniendo a misa aquí. ¿Qué te decía yo? Otro nostálgico...

Esta vez, Hélène se abstuvo de cualquier reacción.

La iglesia estaba al completo y los fieles empezaban a impacientarse cuando el padre Lacroix, jadeante, se situó al fin delante del altar.

La casualidad había colocado a Hélène no muy lejos del médico y su esposa, una mujer ostensiblemente devota cuyas angulosas facciones contrastaban con las bonachonas redondeces de su marido. Él la había saludado con una discreta inclinación de cabeza y una sonrisa apurada, y luego había apartado la vista. Alguien invisible tocaba un órgano cuyas embarulladas notas volaban hacia la bóveda de la iglesia y desaparecían en el campanario.

Hélène reconoció, varias filas delante, la gran cabeza cana del señor Besson d'Argoulet, al que había ido a ver el día anterior y se había encontrado encaramado en un andamio.

—¡Es impresionante, ¿verdad?! —le había gritado desde arriba.

—Sí...

Mientras lo veía bajar resollando de las alturas, comprendió la triste equivocación que aquella ermita propiciaba.

De lejos, desde el pueblo o la carretera, ofrecía la bella silueta de una de esas construcciones románicas con campanario cuadrado que nos invitan a adivinar, entre el follaje, las rojas tejas y el ábside redondeado. De cerca, era inevitable descubrir que aquella hermosa estampa... era todo lo que había que ver. La mayor parte del edificio estaba en ruinas. La fachada oeste había desaparecido por completo, de la nave no quedaban más que dos lienzos de pared apuntalados, sólo se conservaban una parte del coro, algunas ventanas altas y unas cuantas gárgolas.

—¿Qué le parece mi campanario? —le preguntó Besson d'Argoulet en cuanto llegó al suelo.

El campanario era la única parte restaurada: precisamente la que se veía desde lo hondo del valle. Ella sabía poco sobre restauración, pero le pareció curioso que hubieran empezado por ahí.

Besson d'Argoulet era el dueño de aquella ermita en ruinas, y a Hélène volvió a parecerle buen mozo a sus sesenta años. Era alto, robusto, vigoroso, aunque, la verdad, lo que más llamaba la atención era el sorprendente tamaño de su cabeza que, aliada con su melena blanca y unos ojos de un verde muy claro, impresionaba hasta dar miedo cuando se inclinaba hacia ti. Ella dio un paso atrás instintivamente y le tendió la mano con el brazo extendido por completo.

—Hélène Pe...

—Sé quién es.

Le dio el apretón de manos firme y seguro que su aspecto hacía prever y enseguida volvió la cara al cielo para admirar su campanario, que se alzaba en medio de los escombros y daba la impresión de haber sobrevivido milagrosamente a un corrimiento de tierras.

«A saber por qué se enamoró perdidamente de esa ermita abandonada», le había dicho Lambert. «Se ha gastado en ella todo lo que tenía, nunca ha recibido ninguna ayuda.»

Aunque costaba imaginar qué aspecto podría acabar teniendo el conjunto, Besson d'Argoulet hablaba como si el resultado ya estuviera a la vista. Señalaba el lugar que ocuparían la tribuna, la ménsula, el cimborrio y el sagrario, y salpicaba sus explicaciones con comentarios históricos y arquitectónicos sobre la peculiaridad de las dovelas y la atipicidad del deambulatorio.

—¡Y mire esta cripta!

Había usado una barra de mina para levantar una especie de lápida que cubría unos pocos peldaños desgastados. Bajaron apoyando las manos en las paredes hasta llegar a una cripta.

—¡Le apuesto lo que quiera a que la tumba de san Teobaldo está aquí! —Lo único que veía Hélène era tierra; ni siquiera se podían hacer fotos—. Tendremos que excavar, pero está aquí, ¡seguro! —Volvieron a subir—. ¿Se ha dado cuenta? —dijo señalando con el índice un punto en el cielo—. ¡La cripta...! —Para él era evidente, pero Hélène no caía—. ¡Justo a mediodía del campanario! —añadió finalmente.

Tras aquel encuentro, a Hélène le había quedado claro que, si aquel hombre inasequible a la duda se había consagrado a la reconstrucción de esa ermita reducida a escombros, ochenta millones de metros cúbicos de agua no iban a intimidarlo. Tenía una idea fija, y no habría quien lo parara.

—Aseguran que el agua cubrirá todo esto...

Besson d'Argoulet soltó una sonora carcajada.

—¡San Teobaldo lleva aquí cuatro siglos, y seguirá en su sitio cuando todos esos pelagatos no sean más que un mal recuerdo!

Mientras hablaba, le señalaba a Hélène diversos puntos «de interés» entre las ruinas y ella se esforzaba sin éxito en captar algo de interés para los lectores del periódico.

Optó por una foto del aristócrata delante de su Renault Juvaquatre.

—El presidente de la República no se ha dignado a mover un dedo, pero da igual —dijo—, aún pueden pasar muchas cosas.

—La apertura de la presa es inminente... —se atrevió a recordarle Hélène.

—¡No los asiste el derecho! —Besson se partía, se atragantaba de la risa—. ¡Hemos descubierto un error de forma en el decreto ministerial! Mis abogados son concluyentes, ¡no tendrán más remedio que empezar de cero! ¡Con el litigio que voy a iniciar, tienen por delante veinte años de batallas legales, ja, ja, ja!

A todas luces era uno de esos hombres tan seguros de que tienen razón que eso puede conducirlos al martirio. Nada haría mella en él jamás, ni el sentido común, ni el miedo ni los obstáculos: estaba dispuesto a morir por una causa que quizá era el único en defender. En misa, mostraba una devoción extraordinaria.

Aunque, sin lugar a dudas, el más fervoroso de todos era Petit Louis.

Eso le dio la clave a Hélène para comprender por qué no la había esperado a la entrada del pueblo: el domingo debía de ser sagrado para él, y la misa, el acontecimiento de la semana. Lo cierto era que, dada la situación de la parroquia, el padre Lacroix le había encargado a Petit Louis una serie de tareas que éste desempeñaba con gran desorden, pero también con inagotable ardor. Por ejemplo, se encargaba de tocar las campanas para llamar a los fieles, aunque, como prácticamente no tenía noción del tiempo, para pararlo había que agarrarlo de los pies en el momento en que la cuerda lo dejaba un instante en el suelo. Seguía la misa con un fervor quizá demasiado evidente y vociferaba los cánticos sin preocuparse ni de la melodía ni del ritmo, entre cada genuflexión lanzaba miradas apasionadas a las vidrieras y encadenaba señales de la cruz a una velocidad pasmosa, pero a nadie le molestaba: Petit Louis era parte de la ceremonia.

No obstante, la gran campanada de ese día, tanto más sonora porque nadie se la esperaba, la dio el cura.

Todo empezó con una serie de contorsiones y piruetas verbales a las que nadie dio demasiada importancia; al fin y al cabo, el padre Lacroix no se distinguía por su claridad. Habló de la reconciliación y la concordia, incluso de una «necesaria eufonía» que dejó perplejo a más de uno. Luego su discurso empezó a deslizarse, primero hacia el deber y después hacia el pecado, el castigo y la expiación. Lambert, bien entrenado en la sospecha por su educación católica, le susurró a Hélène:

—¿Adónde quiere ir a parar este pájaro de mal agüero? —Y luego, cuando Lacroix anunció que la lectura sería del libro del Génesis 7:17-23, volvió a inclinarse hacia ella para decirle—: En fin, es en los saltos mortales ecuménicos donde se revela el verdadero temple de las almas...

—«Y fue el diluvio cuarenta días sobre la tierra...» —estaba leyendo el cura—. «Y subieron las aguas y crecieron en gran manera sobre la tierra; y flotaba el arca sobre la superficie de las aguas. Y las aguas subieron mucho sobre la tierra; y todos los montes altos que había debajo de todos los cielos, fueron cubiertos.» —Tenía una voz débil, poco apta para los raptos líricos, así que, para compensar, leía con lentitud poniendo acentos tónicos en todas las sílabas que se ponían a su alcance—. «Quince codos más alto subieron las aguas, después de que fueran cubiertos los montes. Y murió toda carne que se mueve sobre la tierra, así de aves como de ganado y de bestias, y de todo reptil que se arrastra sobre la tierra, y todo hombre. Todo lo que tenía aliento de espíritu de vida en sus narices, todo lo que había en la tierra, murió. Así fue destruido todo ser que vivía sobre la faz de la tierra, desde el hombre hasta la bestia, los reptiles, y las aves del cielo...»

Cerró el misal.

La ventaja de haber elegido ese texto era que satisfacía a todo el mundo: los que aceptaban la presa entendían que los amenazados eran quienes se oponían a ella y viceversa. Una vez más, Dios reunía a los suyos, así que Hélène no acababa de comprender por qué Lambert se había puesto en guardia.

Todo se aclaró en cuanto el padre Lacroix inició su homilía:

—Hermanos, releyendo estos versículos dedicados al Diluvio he visto por fin la luz y comprendido los designios del Señor. La prueba a que nos somete no es más que el justo castigo por nuestros pecados. —En su rincón, Petit Louis asentía enérgicamente después de cada frase—. Y ese castigo, debemos aceptarlo, está justificado, puesto que Dios considera necesario infligírnoslo.

Acto seguido, instó a su grey a acatar la voluntad divina (que parecía confundirse con la de Electricidad Francesa), lo que sumió a todo el mundo en el estupor y la desorientación, hasta el punto de que algunos necesitaron tiempo para tomar conciencia de aquel sorprendente cambio de chaqueta.

—Bueno, bueno... —murmuraba Lambert.

Hacia el final del oficio, el momento de la colecta permitió a los resistentes mostrar su ira; la cesta que circulaba de mano en mano acabó casi vacía.

Cuando llegó a su altura, el doctor Marelle rebuscó nerviosamente en sus bolsillos y luego se volvió, interrogativo, hacia su mujer, tan impotente y apurada como él. Hélène vio la escena, se acercó y le tendió dos billetes de veinte francos al médico, que los aceptó con una sonrisa de agradecimiento y murmuró: «Mil gracias, se los devolveré», pero Hélène ya estaba volviendo a su sitio.

Mientras tanto, en el atrio de la iglesia reinaba la consternación.

—Apañados estamos... —decía una mujer.

—Yo ya no entiendo nada... —confesaba otra mientras los hombres cruzaban la calle en dirección al Café de la Place gruñendo y refunfuñando.

El nuevo posicionamiento del párroco era el tema de todas las conversaciones. Incluso los «negociadores» se sentían incómodos ante aquella repentina adhesión que casi desacreditaba su causa.

Lambert se quedó sorprendido al descubrir, entre los últimos que abandonaban la iglesia, al ingeniero, cuya presencia no había detectado durante la misa. Se volvió hacia Hélène para comentárselo, pero ella había ido a la sacristía a buscar a Petit Louis, que tenía que guardar los accesorios litúrgicos (el acetre y el hisopo, cáliz y el copón, la campanilla...) en el armario correspondiente, junto con los ornamentos que el sacerdote le había encomendado porque ya iba con retraso para la misa en Courlerai.

Raymonde, sentada en una silla con los brazos cruzados, seguía a su hijo con la mirada.

—No tengo más remedio que vigilarlo —explicó mientras Hélène la fotografiaba—: estas cosas le gustan tanto que una vez encontré el incensario debajo de su almohada...

Al percatarse de la presencia de Hélène, Petit Louis soltó un rugido de felicidad y le tendió la mano con un gesto brusco del que la chica fingió asustarse. Louis rió a carcajadas.

—¿Lo conoce? —preguntó Raymonde extrañada.

—Somos amigos, ¿verdad, Louis?

—¡Vi, vi, vi! —confirmó el chico poniendo los ojos en blanco.

Hélène vio por primera vez algo parecido a una sonrisa en el rostro de Raymonde.

—Me lo encontré ayer en la consulta del doctor Marelle.

—Ah...

Raymonde seguía sonriendo: sabía perfectamente a qué iba su hijo allí.

—Se vino conmigo en el taxi de vuelta...

—¡Ah! ¿Fue con usted? ¡Pues no para de hablar de eso! Ahora quiere ser taxista... —Sonrió, al igual que Hélène—. No es capaz de aguantarse en la bici, conque conducir... Pero le encantó: veinte minutos en taxi le bastan para ser feliz seis meses... Gracias. —Miró a Hélène a los ojos—. Si necesita algo... —Y, como Hélène no decía nada, añadió—: Si entre mujeres no nos ayudamos, apaga y vámonos.

Los tres juntos abandonaron la iglesia ya desierta y se separaron en la plaza, donde Lambert esperaba fumando un cigarrillo tras otro.

23

Y mire que le he insistido, pero nada

François no tenía muchas opciones para vigilar el taller del señor Florentin, donde trabajaba Nine, sin arriesgarse a que ésta lo viera: o se escondía detrás de la columna Morris o se instalaba en el Café des Tilleuls. Escogió el café. Ya al principio de su carrera Malevitz lo había advertido de que los periodistas de sucesos no sólo tenían muchas cosas en común con los policías, sino con los alcohólicos. Mientras esperaba a que dieran las seis, cuando cerraba el taller, hojeó *Le Journal du Soir* y releyó su artículo, pese a que nunca quedaba contento con lo que había escrito una vez que lo veía impreso.

En cualquier caso, era evidente que sus entrevistas con el abogado de la familia de Mary Lampson y con Marcel Servières, su viudo, habían surtido efecto.

Al día siguiente de la publicación nadie hablaba más que de aquella instrucción mal llevada y después abandonada. Algunos diputados necesitados de publicidad barajaron la posibilidad de llamar a comparecer al ministro de Justicia, pero éste los ganó por la mano publicando un comunicado en el que aseguraba que el caso no estaba en absoluto archivado; que, por el contrario, el juez Mallard, actual encargado del sumario, era muy activo, bla, bla, bla.

François sonrió al recordarlo: la gesticulación política le hacía mucha gracia.

En realidad, no era justo decir que el juez Mallard estaba ocioso. Él mismo lo había reconocido en el título del artículo:

El caso Mary Lampson, reactivado
**El juez Mallard vuelve a citar
a los principales testigos**

Se había enterado de esto último por su hermano, que lo había llamado a la redacción presa del pánico:

—Me han citado de nuevo, François, pero ¿por qué? Dios mío...

Ya en los albores del caso le había quedado claro lo mucho que aquel asunto afectaba al Gordito («¡Es tan sensible!», decía Geneviève. «Se altera por todo»). Lo había visto francamente descompuesto por la ansiedad después de la ronda de identificación (un testigo creía haber visto al asesino saliendo del aseo donde se había cometido el crimen y pensaba que podría reconocerlo). No había habido manera de tranquilizarlo.

—Para reabrir la investigación, el juez tendrá que empezar por algún lado, Jean —le dijo—. Tendrás que hacer lo mismo que los demás: repetir lo que le dijiste a su antecesor, eso es todo.

Por el silencio de su hermano, comprendió que no lo había tranquilizado en absoluto.

Si el juez Mallard retomaba el asunto volviendo a llamar a los testigos, él se había propuesto seguir otro camino.

Oscar, el archivero del *Journal*, le había buscado listas de los compañeros de clase de Mary en el colegio, el instituto y los estudios de teatro; de sus primeros trabajos conocidos; de la gente con la que podía haber entrado en contacto durante la guerra en la Cruz Roja, en los hospitales donde había servido y en las fuerzas aliadas o, más tarde, en los sets de los cortos y los largometrajes que había rodado... Eran cientos de nombres e, incluso tras eliminar los menos significativos, aún quedaba un número considerable (según fuera optimista o no, la cifra iba de los ochenta a los ciento cincuenta). Estaba claro que no podía localizar a todas esas personas: había que seguir reduciendo la lista.

En su opinión, el contexto de la nota hacía pensar que la firma «M.» correspondía a un nombre de pila, más que a un apellido. En la lista había veintiocho nombres que empezaban con esa letra y, si excluía a las mujeres (era consciente de que cada decisión podía alejarlo de la solución), quedaban doce, de los que suprimió a los que eran demasiado mayores (seis). Dos de ellos habían muerto, de modo que sólo quedaron dos: un oscuro actor llamado Maurice Baudoin... y el agente de Mary (y de su marido), Michel Bourdet.

En el que nadie había pensado.

Había coincidido con él más de una vez. Era un individuo de unos cuarenta años, bien parecido y seguro de sí mismo, flemático. Vestía a la británica: siempre de punta en blanco, con traje, corbata y pañuelos de bolsillo a juego. Imaginaba la reacción que un hombre maduro y experimentado como ése debía de haber producido en Mary a sus veintidós años: seguramente estaba en condiciones de influir en ella.

Lo había llamado para pedirle una cita, pero la conversación se había agriado rápidamente.

—No estoy seguro de que sus artículos le hagan algún bien a la memoria de Mary —había dicho Bourdet.

—¿No cree que ella misma querría que se encontrara a su asesino?

—Usted no escribe para encontrarlo, señor Pelletier, sino para vender periódicos.

—En el bolso de Mary había una nota firmada «M.».

—Va a tener que disculparme, señor Pelletier...

—¿Era usted el amante de Mary Lampson?

Bourdet hizo una larga pausa.

—Es usted francamente ridículo —dijo al fin, y colgó.

Ya eran las seis pasadas y François seguía frente a la barra, observando la calle con atención. Aunque la cogía de camino, le parecía poco probable que Nine entrara en el café al salir del taller. No obstante, se puso nervioso: los alcohólicos siempre podían tener la tentación de entrar en un bar.

Por fin vio pasar al señor Florentin y se encaminó sigilosamente hacia la puerta. Tras comprobar que Nine no seguía a su jefe, salió y, al llegar a su lado, dijo:

—Señor Florentin, discul...

El anciano pegó un respingo.

—Perdone, lo he asustado —se apresuró a decir François.

—¡Ah, es usted! —dijo el otro, todavía con la mano en el pecho—. Nine ya se ha ido, pero si se da prisa...

—Es con usted con quien quería hablar...

Aunque el Café des Tilleuls fuera el más cercano a su taller, el señor Florentin entró con la curiosidad de quien ha pasado por delante durante años sin animarse a visitarlo. Se sentaron al lado de una gran luna y, tras mirar los coches, los autobuses y a los viandantes con evidente interés, el anciano se volvió hacia François con un gesto que hacía pensar que esperaba aquel momento con impaciencia y lo aliviaba que hubiera llegado al fin.

—Me alegro de poder hablar con usted, François. —Oyéndolo parecía que él hubiera provocado el encuentro—. Estoy cansado, me gustaría dejar de trabajar, pero el taller es como un hijo para mí, ¿sabe? —Se echó a reír—. Y Nine es como una hija, ¿comprende? —François lo comprendía muy bien—. ¿Cree que aceptaría continuar con el taller? Por supuesto, yo la ayudaría al principio. El caso es que es tan reservada... Nunca sé lo que piensa realmente. ¿Cree usted que...?

—¿Quiere que hable con ella?

—¡No, no, por Dios! Soy yo quien tiene que hacerlo. Sólo dígame si cree que aceptará.

François no supo qué contestar: ¿quién conocía lo bastante a Nine para prever su respuesta?

Decidió tranquilizar al señor Florentin porque necesitaba su ayuda.

—Mire, por lo mucho que le gusta el oficio, yo creo que aceptaría. —La sonrisa del anciano lo animó a seguir—. Aunque Nine es una persona frágil...

—Se refiere a la bebida, ¿verdad? —repuso el viejo con voz casi inaudible—. Si eso hubiera provocado problemas en el taller, habría hablado con ella, pero no es así. Cualquiera puede tener una mala racha, y Nine siempre trabaja tan bien, tiene tanto talento...

Dio unos cuantos ejemplos de la habilidad de Nine, que sin duda lo impresionaba. Parecía un hombre que no tenía con quien hablar. «Con Nine está apañado», pensó François.

Le vinieron a la cabeza los veinte mil francos que había tenido que prestarle y, aunque no estaba ahí para eso, se le escapó una pregunta:

—¿Cree que Nine podría tener problemas de dinero?

—Ay, Dios, ¡¿le parece que no le pago lo suficiente?! —preguntó a su vez el señor Florentin, con la cara de alguien que de pronto toma conciencia de una enorme falta.

—¡No, no, en absoluto! —repuso François—. Era sólo que... —Se dio cuenta de que tenía que tranquilizar a toda costa al encuadernador; si no, no conseguiría su objetivo— su trabajo la apasiona tanto que acaba descuidando su propia vida, eso es lo que me preocupa.

—¿Ah, sí?

—Por ejemplo, hace varias semanas perdió la documentación y aún no ha hecho ninguna gestión para reponerla.

—Pues sí que es preocupante —convino el señor Florentin.

—Cualquier día va a tener un problema... y mire que le he insistido, pero nada: como si oyera llover. —De pronto se le ocurrió por dónde seguir—. Si Nine quisiera quedarse con su taller habría que hacer trámites y ella tendría que presentar su documentación...

Ese argumento decidió al señor Florentin.

—Hablaré con ella: le diré que es absolutamente necesario para la renovación de su contrato de trabajo. ¿Qué perdió?

—¡Todo, señor Florentin! ¡El bolso con todos sus documentos! Tiene que conseguir una copia de su certificado de nacimiento para poder renovar el carnet de identidad.

—Pues le diré que es urgente.

Para François, era perfecto: eso le daría la posibilidad de consultar ese documento... de algún modo.

—En cuanto al relevo en el taller —siguió el señor Florentin—, pensaba hablar con ella a final de mes. Si lo consultara con usted...

—Si es el caso, la animaré a que acepte, le doy mi palabra.

24

No vamos a hablar de eso aquí

Sin decirle el motivo, el ingeniero Destouches le había aconsejado a Hélène que estuviera en el pueblo «el lunes de buena mañana».

—¿«De buena mañana»? Eso quiere decir como muy tarde a las seis —le había dicho Lambert—. Y si es a las cinco y media, mejor.

Como seguía muy angustiada, no había logrado conciliar el sueño hasta el amanecer, pero hizo un esfuerzo para salir de la cama y bajar a encontrarse con Lambert, quien fumaba apoyado indolentemente en la portezuela del Simca.

—¿Qué tienes? —le preguntó nada más verla.

La verdad es que, esa mañana, ni ella misma se había reconocido al mirarse al espejo.

—Ya se me pasará... —masculló descontenta con todo.

Subió al coche y cerró con un portazo tan fuerte que Lambert abrió la boca para protestar, pero se lo pensó mejor: aquella chica era imprevisible, mejor aguantarse.

Hélène lo advirtió, pero no tenía ánimos para disculparse.

La frase de Raymonde le daba vueltas en la cabeza: «Si necesita algo...»

¿Eso era lo que pasaba en los pueblos, las mujeres se ayudaban unas a otras?

¿Tenía Raymonde esa costumbre?

¿Cómo pretendía hacerlo?

Centinela perpetuo, Petit Louis estaba apostado a la entrada del pueblo. ¿A qué hora iniciaba la guardia? ¿Al amanecer?

—¡Tu novio ya está ahí! —exclamó Lambert riendo.

Hélène hizo subir al chico al asiento trasero y empezó a rebuscar en su bolso («Tengo una cosa para ti, Petit Louis...»), pero tuvo que dejarlo al ver el insólito gentío reunido ante el ayuntamiento.

El cartelito había sido colocado la noche anterior.

Hélène se imaginaba perfectamente al ingeniero (allí ya nadie lo llamaba de otra manera) saliendo de la caseta para cruzar la plaza a grandes zancadas y clavar a martillazos la sentencia de muerte del pueblo en el tablero de anuncios de la administración.

La noticia había corrido como la pólvora. La gente afluía y se sucedía delante del cartelito, hacía comentarios, discutía... Todos estaban atónitos, la ira crecía en su interior. Así que era el fin.

EDICTO DE LA PREFECTURA

Conforme al código general...

Conforme a la decisión...

Hélène saltó al final del texto:

Artículo 1. Con fecha de hoy, el pueblo de Chevrigny deja de existir administrativamente.

Artículo 2. En el lugar llamado Les
Bastides, se crea un nuevo pueblo con el
nombre de Chevrigny-le-Haut...

Algunos se volvían hacia la presa. La lucha entre el pueblo y el muro había finalizado: Chevrigny estaba muerto.

—No esperaba leer mi esquela en vida —dijo una voz.

Era el panadero, Émile Blaise, que había criticado al doctor Marelle durante la reunión en el café en medio del rechazo general. Se había puesto las gafas para acercarse al anuncio y sus labios articulaban las palabras una a una.

—Bueno, en fin, ya está... —decía un campesino como si estuviera delante de un animal que hubiera que sacrificar.

Seguían llegando hombres en mono, mujeres en bata, la noticia se había extendido. Rosalie Bourdon había decidido cerrar la escuela. Colegiales en pantalón corto, súbitamente de vacaciones, se perseguían unos a otros. Uno de ellos recibió un pescozón, pero reemprendió la carrera al instante, como si tal cosa.

No tardaron en reunirse cincuenta vecinos a la vez irritados, vindicativos e indecisos. Incluso los que habían abogado por la aceptación se sentían superados: nadie había imaginado cómo sería realmente la desaparición del pueblo. Reinaba una sensación extraña: el cartelito decía que, oficialmente, el lugar en el que se encontraban había dejado de existir pero, adondequiera que se volviesen, lo que veían seguía siendo muy real: el ayuntamiento, los plátanos de la plaza, la escuela primaria... La brecha entre las decisiones administrativas y la vida de la gente a la que afectaban nunca había sido tan profunda.

Puede que no fuera el mejor momento, pero Hélène no pudo resistirse. Rebuscó de nuevo en su bolso y le tendió a Petit Louis un taxi en miniatura (un Citroën, para más señas) que había comprado en Châteauneuf.

—¡Taxi! —gritó él loco de contento.

—No debería haberse molestado... —le dijo Raymonde a Hélène.

Petit Louis, que no había comprendido una palabra de lo que ponía en el cartel ni, por tanto, por qué sus convecinos estaban tan agitados, se puso a dar la vuelta a la plaza a grandes zancadas, sosteniendo el taxi frente a él con los brazos extendidos.

—Pásese luego por casa, si quiere —propuso Raymonde.

—De acuerdo —respondió Hélène con un nudo en la garganta.

Lambert había sacado su libreta y procuraba tirar de la lengua a los vecinos. Hélène, por su parte, retrocedió para captar el instante. Nadie le prestó atención: la noticia ocupaba todas las mentes.

El tono de las conversaciones iba subiendo sin que nadie pareciera notarlo.

—Para empezar, ¿quién ha decidido que ya no existimos? —dijo Gaston Buzier.

—¡Eso! ¡Es el colmo! —convino el panadero.

—Blaise... —se aventuró a decir el antiguo alcalde, a quien nadie había visto llegar.

—¡Tú, a callar! —repuso Blaise pasando los brazos por encima de los hombros de Cristin e intentando agarrar a su antiguo jefe por el cuello.

Alguien gritó:

—¡Están serrando los letreros del pueblo!

Era un hombre en bicicleta. Hélène le hizo una foto cuando se volvió hacia ella jadeando.

—¡Me cago en...! —gritó Buzier, y al instante se puso en marcha dando grandes zancadas.

Varias personas lo siguieron, encantadas de dejar de lado un momento la incertidumbre y el estupor. Eran los trabajadores de la serrería; Émile Blaise, acompañado por un par de tenderos; Jean Ramuel y unos cuantos campesinos atraídos por la noticia; el secretario del ayuntamiento y la maestra de la escuela; Honoré Campois, que había dejado a su mujer al cargo del café (de todas formas desierto), y finalmente Raymonde y Petit Louis, excitado a más no poder por todo aquello.

Hélène y Lambert se apresuraron a ir tras ellos.

Desde lejos podía verse, a ambos lados de la carretera, a unos hombres con ropa de trabajo que estaban serrando los letreros de entrada y salida del pueblo, pero el grupo sólo aflojó el paso cuando divisó a Destouches, firmemente plantado en medio de la calzada con las manos en los bolsillos del abrigo y la pipa en la boca. Su tranquilidad impresionaba.

Buzier, queriendo mostrar autoridad, gritó:

—¡¿Quién ha ordenado retirar esos letreros?!

Los trabajadores, en cuyo mono se podía distinguir ya el logo de la prefectura, bajaron las herramientas.

El ingeniero esperó a que el grupo se detuviera frente a él para tener la certeza de que lo oían.

—Yo he dado la orden, señor Buzier. Anuncian un lugar que ya no existe y pueden inducir a error a quienes pasen por aquí.

—¡Ya veremos si pueden quitarlos! —gritó el panadero y, antes de que nadie pudiera detenerlo echó a correr hacia los que serraban los letreros. Buzier y los demás lo siguieron.

Los trabajadores les hicieron frente. Hélène sintió cómo Lambert pasaba a toda prisa a su lado. Intentaba interponerse, pero recibió un puñetazo en pleno rostro y lanzó un grito ahogado. Hélène hizo una foto y avanzó corriendo a su vez. Alcanzó a ver cómo Buzier, furioso, le soltaba un sopapo al primer trabajador que tuvo a su alcance. Blaise se lanzó sobre otro que blandía una sierra. Entonces, la pelea se generalizó. Imposible saber cómo acabaría aquello. Raymonde intentó coger de la chaqueta a un empleado de la serrería mientras le gritaba: «¡No te metas, Paulin!», pero fue inútil. Tres o cuatro vecinos blandían palas y horcas. Destouches se apartó unos pasos con cara de satisfacción. Hélène fotografiaba, Lambert peleaba, Petit Louis aplaudía con entusiasmo...

Un hombre cayó al suelo con la cara ensangrentada: era Honoré Campois. Inmediatamente cayeron otros dos. Destouches sacó la pipa, con una sonrisa en los labios.

La vista de la sangre tuvo un efecto inmediato en Petit Louis, que lanzó un grito casi animal. Eso detuvo la pelea. La cara del chico expresaba un terror indescriptible. Había ido corriendo a refugiarse en los brazos de su madre.

Los trabajadores de la prefectura, que se habían limitado a responder a una agresión, no estaban dispuestos a jugarse el tipo en una lucha que no era la suya. Recogieron sus herramientas y se replegaron hacia su furgoneta farfullando algún que otro insulto.

Hélène se acercó a Petit Louis, que gemía hundiendo la cabeza en el pecho de su madre. Le cogió la mano y sus quejidos cesaron de inmediato. Lanzó una ojeada cautelosa y pareció calmarse un poco, aunque toda su persona expresaba prudencia y miedo.

Los chevriñienses estaban aliviados de que aquello hubiera terminado, pero la rabia atenazaba sus gargantas y la desesperación comprimía sus pechos jadeantes. Los tres heridos se habían sentado en el suelo y se limpiaban la sangre con el pañuelo; otros intentaban recuperar el aliento agachados y con las manos apoyadas en las rodillas; Hélène seguía disparando la cámara; a Lambert le sangraba el labio... Levantaron a los heridos y los metieron en un coche para llevarlos al pueblo.

Aquel lamentable asunto ya había provocado otros muchos enfrentamientos: había habido obreros descalabrados y vecinos hospitalizados, se habían dado incontables puntos de sutura, pero aquella pelea era otra cosa. Tardía, repentina, fruto de un impulso colectivo, aumentaba la sensación de impotencia. La violencia social respondía a la violencia política, pero la lucha era desigual. La suerte estaba echada y nadie estaba dispuesto a morir por una causa perdida.

Sin embargo, ocurrió una de esas cosas que parecen triviales, intrascendentes, pero que, curiosamente, cambian el curso de los acontecimientos. Mientras la furgoneta de la prefectura se alejaba, Gaston Buzier gritó tan fuerte como pudo:

—¡Hemos vencido a esos cerdos!

Alguien lo secundó:

—¡Joder, ya lo creo que los hemos vencido!

Un murmullo se extendió por el grupo: el resultado de aquel lamentable altercado era una victoria, modesta, desde luego, pero significativa para ellos, que ya habían sufrido tantos reveses.

Esa engañosa sensación tuvo consecuencias poco después.

—Idiotas... —masculló Destouches.

Se encontraban delante del café, adonde habían llevado a los tres heridos: Campois, un agricultor cuarentón que estaba como un palillo y un joven peón agrícola al que la barbilla aún le temblaba por la emoción.

Hélène notó que el ingeniero se sentía responsable de la situación y decidió no perderlo de vista. Observó con sorpresa que la gente se apartaba para dejarlo entrar. No ocurrió lo mismo con ella, que tuvo que colarse como pudo detrás de Rosalie Bourdon, quien había ofrecido su ayuda porque había sido socorrista durante la guerra. Una vez dentro, miró por la ventana cómo Lambert, todavía apretándose el labio tumefacto con un pañuelo, iba y venía libreta en mano entre los vecinos que se cruzaban, se llamaban o se apelotonaban delante del aviso de la prefectura.

Destouches se dirigió hacia la ventana para fumar en pipa y allí se encontró con Hélène. Había hecho avisar al doctor Marelle.

—No merece la pena —repuso Rosalie, que había empezado a limpiarle la herida al peón—, es poca cosa.

Destouches hizo un gesto de irritación.

—¡Sí, sí, que venga el médico! —insistió el ingeniero. Y se volvió hacia Hélène—: ¡Mire adónde hemos llegado! —le dijo—. ¡No vaya a echar más leña al fuego!

Al instante, Destouches pareció lamentar su brusquedad, pero Hélène no se sentía ofendida: esa reacción estaba justificada hasta cierto punto porque el modo en que la prensa informara de lo sucedido tendría su peso en la evolución de los acontecimientos. Destouches no le había hecho ningún comentario sobre su primer artículo. Debía de haberle parecido ponderado, pero la situación empezaba a tornarse explosiva.

Poco después llegó el doctor Marelle, que se dirigió al café con la calma del hombre que no se altera en las situaciones de urgencia.

—Gracias por venir tan rápido... —dijo el ingeniero cuando se abrió la puerta—. Ha habido un poco de...

Pero Marelle no le prestó atención. Se dirigió adonde estaban los heridos, que, a juzgar por la expresión del médico, no tenían nada grave: nada que no hubiera visto en las peleas a las que estaba habituado a la salida de los bailes los fines de semana.

—Señor ingeniero —Antoine Cristin, el secretario del ayuntamiento, se dirigía a Destouches con el respeto de un subordinado que se dirige a su jefe—, lo requieren en la prefectura.

El ingeniero cogió el abrigo y el sombrero y salió del local sin decir nada. Hélène fue tras él.

Delante del ayuntamiento había una pequeña multitud que ya no miraba el cartelito, sino las dos camionetas que estaban detrás de la verja y la media docena de funcionarios de bata gris que iban de aquí para allá.

—¡Abran paso!

Destouches y Cristin consiguieron que les abrieran y cerraron la verja tras ellos.

Hélène hizo unas cuantas fotos de la gente. Al grupo que media hora antes había ido a armar gresca a la entrada del pueblo, se había unido una cuarentena larga de vecinos, hombres y mujeres, jóvenes y viejos: los anónimos de Chevrigny.

—¿Qué hacen? —preguntó alguien.

—Yo he visto cajas...

—¿Están de mudanza o qué?

—No parecen transportistas...

—¿Qué están haciendo?

Era una anciana con el pelo recogido en un moño. La gente se ponía de puntillas para intentar ver algo.

El ingeniero estaba en la escalinata y les lanzaba miradas severas a los funcionarios, que efectivamente estaban sacando cajas del edificio y cargándolas en las furgonetas.

—¿Qué es todo eso? —preguntó un peón agrícola con las manos aferradas a los barrotes.

Las cajas iban pasando una tras otra.

—Son los archivos del pueblo —respondió Destouches con voz clara. Seguía inmóvil en lo alto de la escalinata con las manos en los bolsillos del abrigo—. Ya lo saben: administrativamente, Chevrigny ya no existe. Estos funcionarios están aquí para trasladar los archivos municipales a la prefectura. Los llevarán a Chevrigny-le-Haut cuando se abra el nuevo ayuntamiento.

Al pie de la escalinata, un hombre calvo embutido en un traje a cuadros hacía el recuento e iba diciendo en voz alta la signatura de archivado:

—Registro civil 1878-1884, AN647; Catastro 1938... Deliberaciones y decretos... CDF 64-038...

Aquellos documentos, que muy pocos habían consultado jamás y que desfilaban ante el grupo apelotonado al otro lado de la verja, iban haciendo desaparecer en el hondo precipicio de la burocracia la huella de las cesiones de tierras, de las bodas, los nacimientos y las herencias, el recuerdo de los conflictos de medianería, los litigios de construcción, las segregaciones y divisiones catastrales: la historia del pueblo.

No habría pasado nada si poco antes el altercado no se hubiera saldado con una sensación de victoria.

Y si la verja del ayuntamiento hubiera estado en mejores condiciones.

Porque, de pronto, cuando ya habían empezado a alzarse voces («¡Vergüenza debería daros!», «¡Cerdos!»), un obrero comenzó a sacudir la verja e hizo ceder, sin pretenderlo, la puerta principal. La avalancha fue inmediata: al grito de: «¡Dejad esas cajas, son nuestras!», el gentío invadió el ayuntamiento.

Mientras Raymonde agarraba del brazo a Petit Louis («¡Tú te quedas aquí conmigo!»), Buzier, Ramuel y otros treinta chevriñienses se lanzaron a sacar cajas de las furgonetas para volver a subirlas y les arrebataron a los funcionarios las que se disponían a bajar. El calvo del traje a cuadros se puso a chillar como un cerdo en el matadero, pero recibió un empujón y dejó caer al suelo el libro de registro, que enseguida empezó a ser pisoteado. En vista de la situación, Destouches ordenó la retirada en medio de voces y alaridos.

Los funcionarios de la prefectura subieron a toda prisa a las furgonetas y los motores rugieron entre gritos de victoria y puños al aire.

Buzier recogió del suelo el libro de registro y lo lanzó sobre la segunda furgoneta que se alejaba.

Ese gesto despectivo se interpretó como la culminación de una nueva victoria por KO sobre las autoridades administrativas.

Otro triunfo.

Lambert sonreía mientras tomaba notas.

—Comparado con esto, el saco de Roma de 1527 fue un juego de niños... —comentó—. ¿Vamos al café? —le preguntó a Hélène.

—Luego nos vemos —repuso ella, y se fue en la otra dirección con el ceño fruncido y la expresión de quien tiene prisa por aclarar algo.

Llamó a la puerta de Raymonde.

Las dos mujeres se quedaron mirándose unos instantes.

—¿Estás segura, hija?

Hélène asintió con una firmeza que no dejaba lugar a dudas.

—Vamos, entra, no vamos a hablar de eso aquí...

Veinte minutos después, ansiosa y aliviada a la vez, Hélène salía de casa de Raymonde para reunirse con Lambert en el café cuando vio pasar el coche del doctor Marelle, que volvía a Châteauneuf, pero frenó unos metros más adelante.

El médico se apeó y avanzó hacia ella inquieto y con un gesto que ella interpretó como de preocupación.

Al llegar a su altura, contempló un instante la puerta de Raymonde, pero enseguida volvió la mirada hacia ella.

—Raymonde sabe lo que hace, pero no es... —dijo clavándole los ojos. Ella comprendió que no estaba preocupado, sino colérico—. La espero en mi consulta el miércoles por la mañana —agregó en un tono seco—. Vaya temprano, sobre las seis y media. Le pondré una sonda.

Y, sin esperar respuesta, volvió a subir al coche y arrancó.

Al modo de ver del ingeniero, la porción de gratinado de carne que había negociado la tarde de su llegada al pueblo había creado un derecho a su favor. Al día siguiente, había atravesado la sala del café sin detenerse siquiera en la barra, ocupado «su» mesa y mirado tranquilamente a Honoré Campois mientras le ponía el mantel y le anunciaba el plato del día. «Perfecto», le dijo Destouches con un entusiasmo contenido: parecía que aquello era justo lo que le apetecía y que sólo la educación le impedía expresarlo de forma más explícita. Al irse, nunca olvidaba pedirle a Campois que felicitara a «la jefa» por su buena mano para la cocina.

Esa noche lo esperaban con impaciencia.

En el Café de la Place reinaba el buen humor. Los parroquianos comentaban las hazañas del día anterior y el asombroso cambio de chaqueta del padre Lacroix, cuya homilía dominical seguía en todas las mentes y propiciaba toda clase de conjeturas.

Sólo Hélène parecía intranquila, no sólo por el encontronazo con el doctor Marelle la noche anterior, sino por la sorpresa que se había llevado al leer *Le Journal du Soir*, que había llegado en el último tren del día. Su artículo estaba en la página dos:

La desaparición de Chevrigny
«Dios nos manda aceptar.»
Evocando el Diluvio, el padre Lacroix de Chevrigny
insta a los fieles a someterse a la voluntad divina
y provoca la cólera y la tristeza de los contrarios
al proyecto de la presa.

Pero en la columna de la derecha había aparecido un editorial de Adrien Denissov:

El pueblo y el país

Desde hace unos días, la inminente desaparición del pueblo de Chevrigny apasiona a los lectores de Le Journal du Soir. *Los artículos de nuestra corresponsal les hacen* vivir la cólera de los unos y el fatalismo de los otros, y sería difícil no sentirse conmovidos y emocionados ante la situación de los sencillos habitantes de un valle del Yonne condenado a desaparecer. Emocionados, sí, porque todos sabemos lo difícil que resulta abandonar el lugar donde uno se ha criado, donde trabaja, se ha casado... todos lo comprendemos.

Pero una frase pronunciada por un chevriñiense durante una reciente reunión pública invita a una reflexión más amplia, a una necesaria puesta en perspectiva. «La desaparición de nuestro pueblo», decía esa persona, «sólo servirá para que la gente de la ciudad pueda poner lavadoras». Si hemos de dar crédito a sus palabras, la construcción de la presa y el sacrificio del pueblo no tendrían otro fin que el confort de los habitantes de la ciudad, lo que es cierto y, al mismo tiempo, falso.

Falso, porque los beneficios de la energía producida sin duda harán progresar a las ciudades, pero también a las zonas rurales, muchas de las cuales todavía carecen de comodidades. La modernidad exige que la energía esté disponible para la mejora de las condiciones de vida de todos.

La vitalidad y el progreso de una nación se miden hoy por su consumo eléctrico, y la presa de Chevrigny permitirá producir la energía necesaria para la evolución de gran parte de la región.

Chevrigny no es, como podría deducirse con excesiva facilidad, una víctima del egoísmo de los ciudadanos ni de la furia ciega de la administración: su sacrificio sirve a una causa noble llamada «bien común».

¿Hacen los detractores de la presa cálculos sospechosos y estigmatizan el proyecto con el único objetivo de obtener un aumento de las indemnizaciones gubernamentales?

Nos negamos a creerlo: preferimos pensar que les apena abandonar un lugar que aman.

La emoción de nuestros lectores y, de forma más general, la compasión de los franceses son un homenaje a su necesario sacrificio. Los habitantes de Chevrigny pasarán a la historia por haber permitido que la modernidad nos beneficie a todos.

Algunas voces lamentan que el proyecto no fuera sometido a referéndum, como entre nuestros vecinos suizos. La buena intención democrática de esas críticas es evidente; no obstante, recordemos que se someten a referéndum proyectos cuya conveniencia cabe discutir, lo que no era en absoluto el caso de la presa de Chevrigny. Congratulémonos de que las autoridades hayan sabido poner por delante el interés general.

Que Denissov no hubiera creído necesario informarla de la publicación de ese editorial le había parecido, mucho más que una descortesía, una auténtica cacicada.

Se lo comentó a Lambert, pero la impresión de éste, que también había leído el texto con atención, era muy distinta:

—Si te lo hubiera advertido, ¿habría cambiado algo?

—¡Al menos estaría informada!

Ese argumento caía por su propio peso. «¿Y?», parecía preguntarle Lambert con la mirada.

En realidad, el problema era que se sentía...

—¡... desautorizada!

—Sentir compasión por la gente no es incompatible con mantenerse firme en una decisión —repuso Lambert.

—¡Si realmente sintieran compasión, no le habrían encomendado esa «firmeza» a alguien como Destouches!

Lambert se batió prudentemente en retirada.

—De todas formas, aquí nadie leerá ese editorial —aseguró. Y, ante el asombro de Hélène, añadió—: Irán a tu artículo directamente. ¿Quién va a interesarse por un editorial sin fotografía titulado «El pueblo y el país»? ¡Eso es demasiado abstracto!

Tenía razón.

Se habían sentado al fondo del café, y Lambert parecía estar disfrutando.

—Ya sabemos el menú de esta noche —murmuró—: asado de cura.

Hélène le dio un codazo, pero se arrepintió de inmediato. Todavía se sentía indignada. De todas formas, tenía que aceptar que ni uno sólo de los parroquianos le había hecho comentario alguno sobre el texto de Denissov y, en cambio, varios se le habían acercado a felicitarla por su artículo. Otros, por su parte, se limitaban a ver las fotos y a sorprenderse al ver la fachada del ayuntamiento, a Rosalie Bourdon e incluso a Petit Louis. El ejemplar del *Journal* iba de mano en mano.

—¡Yo, la verdad, nunca entiendo lo que dice el cura! —comentó alguien.

—Dijo que la presa la ha construido Dios.

Estallaron las risas.

—Y que nos lo merecíamos.

—Puede que haya recibido una llamada del ministro.

—En todo caso, ya sabemos por quién vota Dios.

—Eso ya lo sabíamos antes...

Ése fue el momento que Destouches eligió para entrar.

Honoré Campois, que llevaba un esparadrapo en la ceja como si fuera una medalla, lo recibió con una sonrisa burlona de la que el otro hizo caso omiso. Al contrario que los días anteriores, en que la sala contenía la respiración a su llegada, las conversaciones siguieron siendo animadas; de hecho, faltó poco para que los presentes lo recibieran con una ovación guasona: la bebida ya había hecho su trabajo. La opinión unánime era que la batalla contra la presa había dado un vuelco tan inesperado como prometedor; las tornas habían cambiado.

Campois cruzó la sala para montar la mesa del ingeniero.

—Hoy hay conejo a la mostaza —le dijo en un tono más firme de lo habitual.

—Estupendo...

La docilidad de Destouches lo hizo sentir culpable. Se dirigió a la mesa de Hélène y Lambert.

—Sólo me queda una ración de conejo —les dijo—, pero puedo hacerles sándwiches de paté de campaña.

Entretanto, el ambiente había cambiado un poco. Las bromas estaban permitidas con los del pueblo, pero, después de todo, el ingeniero era un señor que merecía un respeto. Sólo Gaston Buzier y Émile Blaise seguían en sus trece. Al llegar Destouches, este último se disponía a marcharse a trabajar a la panadería, pero no resistió la tentación de ver cómo transcurría la velada.

Poco después, al notar que la actitud de los otros se volvía más tímida, Buzier se decidió a hablarle.

—¡Vaya, señor ingeniero! —dijo alzando la voz—. ¡Hoy no nos las damos tanto, ¿eh?!

Destouches acababa de empezar a comerse el conejo a la mostaza y se limitó a alzar los ojos hacia el dueño de la serrería sin responder. No estaba claro si había oído la pulla.

—¡Chevrigny aún tiene recursos y no ha dicho la última palabra!

Enardecidas por el silencio del ingeniero, otras voces lo aprobaron. Se oyó un:

—¡Están lejos de haber ganado!

E incluso un:

—¡Ya veremos quién revienta el primero!

Impertérrito, Destouches siguió cenando. Pero el tono seguía subiendo.

Honoré Campois intentó aplacar a sus clientes, pero la espiral había comenzado, las risas se redoblaron, ruidosas, y, protegido por el grupo, todo quisqui se sintió con derecho a atacar al ingeniero, que era el único representante del adversario.

—Esto no se lo esperaba, ¿eh, ingeniero de los cojones?

—¡No sé qué nos impide ponerlo de patitas en la calle!

Hélène, que no había prestado mucha atención al inicio, se quedó parada ante aquel ambiente repentinamente agresivo que podía acabar en un enfrentamiento. Campois, preocupado, también empezaba a alzar la voz:

—¡Tranquilizaos, muchachos!

—Ahora no podrá dar un paso sin encontrarnos en su camino, ingeniero —decía en esos momentos Buzier.

La aprobación fue general, incluso hubo algunos aplausos.

Destouches dejó los cubiertos en la mesa, se levantó, se limpió los labios con la servilleta y volvió a ponerla sobre la mesa. Luego avanzó hacia la barra con paso tranquilo. Cuando pagó la cuenta, estaba justo al lado de Buzier.

—Felicite a la jefa: el conejo estaba delicioso —dijo, y antes de salir del café, se volvió—. A usted se le darían bien los linchamientos, señor Buzier. —Sacó la pipa y la llenó, luego la encendió sin dejar de mirar al dueño de la serrería—. Debe de estar en su naturaleza... —agregó pensativo, y abrió la puerta—. Buenas noches...

No se sabía a quién se las daba.

Altercados en Chevrigny
«¡Nadie nos robará nuestra memoria!»
La población se opuso violentamente
al traslado de los archivos municipales

25

Acabará consiguiéndolo, está claro...

A veces Jean, a pesar de su sobrepeso (que Geneviève no dejaba de recordarle aunque ella nunca hubiera sido precisamente delgada), se veía a sí mismo como un funambulista amateur: conseguía avanzar, pero sabía que su precario equilibrio estaba a merced de un paso en falso, de una súbita ráfaga de viento, de un cansancio repentino.

La noche previa a su comparecencia ante el juez Mallard, una voz le susurraba que, si el asunto fuera realmente grave, no habrían mandado a un policía en bicicleta a llevarle la citación. Sin embargo, una historia que revivía cuatro años después era como una bala rebotada: imposible decir qué dirección tomaría...

Geneviève, y no él, había abierto el sobre con el documento judicial.

—¡Ah, no! —había protestado de inmediato—. ¡De ninguna manera!

—¿Qué dice, por Dios?

—Te recuerdo que este jueves tienes que ir a Charleville. ¡Puede que a ti se te haya olvidado, pero a mí no!

Por supuesto que no había olvidado ni los retrasos del proveedor ni la insistencia de Guénot en que hablara personalmente con él para solucionar la situación, pero no quería ir; según el *Journal* todo el mundo estaba pendiente del caso de «La milagrosa superviviente del Charleville-París» y temía meterse en la boca del lobo. Prefería mil veces presentarse ante el juez.

—¡Guénot tiene razón! ¡Gordito, a veces parece que quieras ir a cualquier sitio menos adonde se te necesita! —le reprochó su mujer.

Aunque representaba una amenaza, la citación ante el juez proporcionaba a Jean la oportunidad de posponer ese incómodo viaje, pero Geneviève no lo veía igual.

En menos que canta un gallo le había puesto a Colette en los brazos y se había encasquetado en la gran cabeza un sombrero de lo más ridículo. La señora Geneviève Pelletier, de soltera Cholet, estaba de nuevo en pie de guerra y camino del Palacio de Justicia.

De todas las armas con que contaba, la más efectiva resultó ser su embarazo: a base de sujetarse la barriga haciendo muecas y responder a las negativas de ujieres y secretarios con jadeos repentinos y miradas clavadas en el techo, pasó con rapidez de departamento en departamento porque cada cual prefería que pariera en el despacho de al lado en lugar de en el suyo. El mismo juez Mallard, llamado de urgencia por su azorada secretaria, tuvo que interrumpir una reunión: una señora amenazaba con dar a luz en su sala de espera.

El juez era un hombre bastante próximo a la jubilación que había sido designado precisamente por su experiencia para retomar un sumario que el gran público, y por tanto la prensa, los diputados y el ministerio, seguían con mucha atención. Físicamente era un cruce de nuncio apostólico y profesor de provincias. Grueso y rubicundo, tenía la actitud obsequiosa y dúctil de un prelado y la mirada indulgente de un maestro de escuela; atravesada, eso sí, por chispazos de ironía y regocijo. Le gustaba sonreír, e incluso daba la impresión de ser algo guasón. Muchos abogados, y sobre todo muchos reos, habían pagado cara la confianza que provocaba esa actitud y esa apariencia, porque Mallard era, sobre todo, extraordinariamente lúcido, y capaz de un rigor que rayaba en la intransigencia.

—Perdónenme, señores —se disculpó ante el decano del Colegio de Abogados y el colega que lo acompañaba—, recibo a una parturienta y vuelvo con ustedes.

Y se presentó sonriente ante Geneviève, casi tumbada en el banco de madera mientras un joven ujier, sentado a su cabecera, le sujetaba la mano.

—¿Qué puedo hacer por usted, mi estimada señora?

—Es por mi marido... —respondió Geneviève con una voz casi inaudible bajo los jadeos.

El juez interrogó al ujier con la mirada.

—El marido de la señora está citado el jueves por el caso Lampson, y...

Geneviève, que no estaba dispuesta a que aquel mequetrefe casi impúber le robara la primicia de su petición, se incorporó trabajosamente.

—Yo se lo explico, señor juez... Un viaje profesional...

—¿Quizá prefiere venir otro día? —la atajó el magistrado en un tono amable que no sólo la desconcertaba, sino que directamente la hacía sentir frustrada—. ¿Qué tal el miércoles? —El juez notó la decepción en el rostro de su interlocutora y comprendió que había dado en el clavo—. Perfecto. —Se dirigió al ujier—. Encárguese usted de eso, joven. —Luego se volvió hacia Geneviève con una gran sonrisa en los labios y añadió—: Siento no poder asistir a su parto, me espera el decano del Colegio de Abogados.

—¡Ese juez es un fantoche, eso es lo que es! —Geneviève arrojó la nueva citación a la mesa con un gesto rabioso—. En fin, ¡al menos no te impedirá ir a trabajar!

Así que Jean se presentó en el Palacio de Justicia el miércoles a las ocho de la mañana en punto. El juez Mallard lo esperaba con cierta expectación, dado el espectáculo que su cónyuge había montado días antes.

—¿Cómo está su encantadora esposa, todavía embarazada?

Era muy campechano. Jean se olió el peligro al instante, en parte gracias al extraordinario parecido del juez con el señor Chaffrier, profesor de latín en el Liceo Francolibanés de Beirut, que siempre lo había menospreciado y lo llamaba directamente «Gordito».

Además, vio sobre el escritorio del juez un ejemplar del *Journal* abierto por un artículo sobre «la milagrosa superviviente del Charleville-París».

Procuró atenerse a su anterior declaración (no recordaba haber visto nada de particular aquel día), doblemente justificada por la lejanía del suceso.

—Dígame lo que sea que recuerde —le pidió el juez.

Aferrado a su desconfianza, Jean narró que, tras apagarse las luces de la sala, se había dedicado a ver la película hasta que unos gritos procedentes de los lavabos habían interrumpido la sesión.

—Después, cundió el pánico y todo el mundo corrió hacia la salida, empezando por mi mujer...

La mención de la señora Pelletier hizo sonreír a Mallard.

—Al menos, espero que ese día no estuviera embarazada...

Tenía delante el certificado de penales limpio de Jean, su declaración de 1948, que acababa de confirmar, y la cara de pan de aquel individuo que a todas luces se había casado con un súcubo. Ahora, ¿tener una mujer así podía empujar al crimen? Parecía totalmente posible.

—¿Y cómo van las cosas con su señora esposa?

En el cerebro de Jean volvieron a sonar las alarmas de la desconfianza.

—Pues últimamente está bastante cansada...

—No me refería a eso. ¿Cómo va su matrimonio, señor Pelletier?

Sólo sus impulsos criminales le permitían a Jean sentirse algo más que un marido asustado, cornudo y grotesco; sin embargo, fue este último papel lo que lo puso al abrigo de la primera andanada.

—Mi mujer tiene mucho carácter, ¡pero no me quejo! —aseguró con los ojos llorosos—. Yo no soy muy decidido, así que...

—Entiendo —repuso Mallard en un tono que hizo comprender a Jean que no podía sentirse tranquilo aún—. Mire, señor Pelletier —continuó, apoyando los antebrazos en el escritorio e inclinándose hacia él—, no voy a ocultarle que la instrucción de mi colega, el juez Lenoir, dejó en la sombra algunas cuestiones que me preocupan. —Se dirigía a Jean como si se tratase de un colega, en vez de un testigo que bien podría acabar siendo un sospechoso—. Por ejemplo, a usted lo interrogaron dos veces; incluso se lo incluyó en una rueda de reconocimiento y, a pesar de eso, ¡nadie le tomó las huellas dactilares!

—¿Y por qué iban a hacerlo? —preguntó Jean luchando contra el pánico.

—¡Tiene usted razón, señor Pelletier: no había necesidad! Por eso no estoy molesto con mi antecesor. Pero habría sido lo adecuado, ¿entiende? Esa precaución nos habría ahorrado el embrollo de hoy.

—¿A qué se refiere?

El juez dio un profundo suspiro, como si el peso de su tarea estuviera a punto de aplastarlo.

—Qué instrucción, Dios mío... Figúrese, señor Pelletier: ¡tenemos una huella que no pertenece a nadie! Bueno, sí, ¡de alguien será, ja, ja, ja! ¡Pero no sabemos de quién!

—¡¿Una huella?!

—Nada menos. Déjeme que le explique: al revisar las pruebas recogidas en la escena del crimen... que, por cierto, nadie impidió que se contaminara de todas las maneras posibles... encontramos la huella de un índice manchado con sangre de la víctima. Temiendo que pudiera provenir de algún policía o alguno de nuestros técnicos, ordené que se procediera a compararla con las de todos los que intervinieron en aquella ocasión, pero resultó que no pertenecía a ninguno de ellos, así que ordené que se comparara con las huellas de los testigos y... ¡ay! Descubrí que no se las habían tomado entonces y, por tanto, que habría que tomárselas ahora. Porque esa huella bien podría pertenecer al asesino, ¿no cree?

Desgraciadamente, Jean no podía estar más de acuerdo con el juez.

—Desde luego —repuso con un hilo de voz.

—Disculpe las molestias: es una mera formalidad. Pediré que lo lleven con el técnico correspondiente.

Jean asintió con la cabeza y el juez, muy sonriente, se reclinó en el sillón.

—¡Lo que es el progreso, señor Pelletier! No tenemos ni idea... ¡Figúrese que hoy en día hay técnicos forenses que pueden dibujar el retrato de un criminal a partir de la descripción de los testigos, y otros que pueden determinar, analizando la trayectoria de los golpes, por ejemplo, u otros muchos datos objetivos, su exacta complexión física: estatura, peso... ¡Con eso tendríamos un retrato increíblemente preciso! —El juez observó con atención a Jean, que se había quedado helado—. ¡Yo también me quedé de una pieza, señor Pelletier! Mire.

Se inclinó, estiró el brazo para coger el ejemplar del *Journal* que había visto Jean al llegar, lo desplegó y le mostró el retrato robot que aparecía en la portada bajo el titular:

La milagrosa superviviente del Charleville-París
Éste es, según el testigo crucial,
el retrato del asesino

¡Era su retrato!

Bueno, no exactamente; más bien la imagen a la que habían llegado los técnicos a partir del testimonio del seminarista empleado de pompas fúnebres: la mera yuxtaposición de una frente, unos ojos y una boca intentando componer un rostro, pero con un resultado que impresionaba. No es que fuera idéntico a la realidad, pero flirteaba con ella. Seguro que sólo funcionaba si uno tenía en mente a alguien en particular, si se centraba en un parecido... pero eso no bastaba, ni mucho menos, para tranquilizarlo.

—Conocer la estatura del asesino, su peso o la longitud de sus brazos —prosiguió el juez— podría ayudarnos, aunque sólo fuera para compararlo con los posibles sospechosos.

—Por supuesto —convino Jean—. Acabará consiguiéndolo, está claro...

El juez hizo gala de modestia:

—Ya veremos, ya veremos... De todas formas, gracias por su fe, señor Pelletier... —Se levantó para acompañar a la puerta a un Jean a quien le temblaban las piernas—. Su encantadora esposa mencionó un viaje de trabajo... ¿adónde va usted, si no es indiscreción?

Detrás de su corpulenta figura, Jean creía ver asomar los resplandores incendiarios de la portada del *Journal*, que seguía sobre el escritorio del juez.

—¡A Orleans! —exclamó.

—¡Nooo! ¿Sabe que yo soy de allí?

—Increíble... —repuso Jean en un murmullo.

Mientras cerraba la puerta, el juez Mallard concluyó una reflexión iniciada a la llegada del testigo. «Con una mujer así, ¿quién no se convertiría en un asesino? ¿Por qué no él?» En su opinión, el tal Jean Pelletier había reaccionado bastante bien a la presión que él solía aplicar a los posibles sospechosos bajo la apariencia de una actitud bonachona, pero decidió estar pendiente del resultado del análisis dactiloscópico. «Nunca se sabe», pensó mientras volvía a sentarse en su gran sillón.

Por su parte, Jean Pelletier había regresado mentalmente a Lamberghem, en el Norte, donde, cuatro años antes, había matado a la cartera golpeándola con el auricular de un teléfono.

Los investigadores no lo habían relacionado con el crimen porque nadie sabía que había estado allí. En cambio, en Charleville lo habían visto, y si la huella hallada en el cine Le Régent era suya...

Le costaba respirar.

Para su sorpresa, Geneviève no se apresuró a hacerle preguntas sobre la comparecencia. Quizá fuera cierto que, como ella misma le había dicho, todo lo relacionado con «ese fantoche del juez» le era «absolutamente indiferente».

En vez de eso, le tendió un ejemplar del *Journal*. Decididamente, aquel retrato robot lo perseguía.

—¡Fíjate! —le dijo mientras la hijita de ambos huía de ella a gatas—. No se parece en nada a ti, ¿a que no? ¡Podría ser cualquiera! —Era la primera vez que le dejaba ver con tanta claridad que sabía toda la verdad, y parecía ofendida con él por haber inspirado un retrato tan vago—. ¿Qué te ha pasado allí? —preguntó mientras señalaba su dedo índice manchado de tinta.

—Me han tomado las huellas... —repuso él temblando.

Geneviève se puso pálida y entrecerró los ojos.

—¿Las huellas? —Le temblaba un poco el labio—. ¿Con el tampón de tinta? ¡¿Será posible?! ¡Ve a limpiarte eso ahora mismo! Vas a manchar tu ropa y la de tu hija. ¡Sólo le faltaba eso para estar sucia de la mañana a la noche! Muchas gracias: ¡cómo se nota que no eres tú quien lava!

Esa escena acabó de agudizar la angustia y la frustración de Jean. Cuando, a media mañana, tomó el tren para Charleville, era un hombre profundamente perturbado.

Revelación en el caso Mary Lampson
El juez Mallard desentierra una huella
dactilar sin identificar
Manchada con la sangre de la víctima,
podría pertenecer al asesino

26

Actuaríamos discretamente

«¡Hace cuánto que no paso una noche normal!», pensó Hélène.

Estaba agotada y sabía que lo que la esperaba sería duro. Temblaba sólo de pensarlo. Sin duda necesitaría mucha energía.

—¿Te encuentras bien? —le preguntó Lambert.

—¿Te pagan por hacer esa pregunta?

Lambert iba a contestar, pero se limitó a abrir la puerta del Simca. No parecía ofendido, sino absorto en una intensa reflexión.

Ella entró en el coche y él encendió el motor antes de contestar:

—No me tomo nada de esto personalmente.

—¿Nada de esto? ¿De qué hablas?

—De tu actitud. —Se había vuelto hacia ella y tenía la mirada fija en ella con la expresión de alguien que busca algo que se le escapa—. Estoy seguro de que no eres así... quiero decir: desagradable, lunática; sé que no es tu forma de ser, sino un producto de las circunstancias, así que no me lo tomo personalmente.

Lambert conducía rápido. Pronto las casas quedaron atrás y aparecieron los árboles y luego el bosque. Hélène llevaba la ventanilla bajada y el aire le azotaba la cara, pero no se sentía en absoluto despejada. De hecho, no se le ocurrió nada que contestar.

—Los sacos de boxeo nunca nos tomamos nada personalmente —continuó Lambert después de un rato. Le guiñó un ojo y añadió mirando de nuevo hacia la carretera con cara de drama—: Si no, sería imposible vivir...

Hélène sonrió.

Ya estaban en Chevrigny. Para ser tan temprano, había bastante gente delante del ayuntamiento. Reconoció el ancho rostro de Gaston Buzier, el del panadero y los de otros hombres y mujeres con los que había coincidido en los últimos días en la reunión del café o en la misa del domingo.

Cuando se detuvieron delante del ayuntamiento, todo el mundo se volvió hacia el coche.

Estaban prácticamente todos los que habían acosado al ingeniero en el Café de la Place y, por supuesto, también Honoré Campois, pero también varios vecinos antes renuentes a asistir a esa clase de convocatorias. Sin duda, su presencia era el resultado de lo que Lambert llamaba la «Victoria de los Archivos». Más allá divisó a Raymonde y a Petit Louis; este último parecía encantado de ver a tanta gente junta.

Bajaron del coche y, cuando Hélène se acercaba a la verja, se hizo el silencio. El ingeniero acababa de aparecer en la escalinata acompañado por Cristin, enfundado en un chaleco tejido a mano.

—Señoras y caballeros, lamento tener que comunicarles...

Hélène hizo una buena foto: se veía la ancha espalda y la nuca de Buzier, los hombros caídos de una campesina y, entre ellos dos, recortado sobre la fachada de la casa consistorial, al ingeniero con la pipa en la boca.

—... que —continuó Destouches—, dado que el pueblo de Chevrigny ha dejado de existir oficialmente, los archivos municipales serán trasladados a la prefectura del Departamento.

La repetición de la escena del día anterior reavivó los ánimos. Una ola de indignación recorrió la multitud.

—¡Eso ya lo veremos! —gritó Buzier, más seguro de sí mismo que nunca. No soltó una carcajada de milagro.

Se oyó una especie de estertor colectivo que parecía un alivio, una cólera sorda, y la pequeña muchedumbre se puso en movimiento al instante.

El ingeniero no pestañeó. Hélène incluso lo vio abrir la comisura de los labios y dejar escapar una voluta de humo.

Rugieron unos motores y todo el mundo se detuvo y volvió la cabeza hacia la entrada de la plaza.

Las caras palidecieron.

Vieron aparecer un autocar y después otro, y otro, y otro.

Los siete vehículos se detuvieron delante de ellos.

Entonces, decenas de gendarmes armados empezaron a apearse, atravesaron la plaza al compás del silbato de mando y, tras abrirse paso a empujones entre los espectadores, entraron en el patio del ayuntamiento y formaron dos hileras que iban de la escalinata a las dos furgonetas de la prefectura que acababan de detenerse discretamente ante la verja y abrir sus puertas traseras.

Por envalentonados que estuvieran, los vecinos comprendieron que sus hazañas del día anterior no se repetirían. La amargura se extendió por sus filas. Con ese panorama, los aspavientos de Gaston Buzier y Émile Blaise resultaban ridículos e inútiles.

En un momento dado, el funcionario calvo del día anterior bajó de una de las furgonetas. El vuelco de la situación lo había transformado: su liso cráneo brillaba, una sonrisa victoriosa iluminaba su cara, los cuadros de su traje parecían más grandes, su libro de registro más voluminoso, su voz de heraldo más vibrante...

—Deliberaciones y decretos... CDF 62-665...

Pero, por desgracia, hay hombres que no tienen el destino de su parte. Era su caso.

Mientras saboreaba aquel indiscutible triunfo, una ola de estupor se abatió sobre la gente sobre la que se disponía a reinar como amo y señor. Todos los ojos se volvieron para ver a varios gendarmes abandonar sus puestos y regresar a los autocares. Como hipnotizados, los vecinos avanzaron hacia el centro de la plaza, indiferentes ya al traslado de los archivos.

Hélène vio cómo uno de los trabajadores de Buzier se acercaba y le susurraba algo al oído, y cómo él volvía la mirada hacia la presa frunciendo el ceño.

En cuestión de segundos, los vecinos empezaron a montar en sus carros, sus motocicletas o sus bicis para ir tras el convoy de la gendarmería, y el calvo, a cuadros, vio cómo el escenario de su coronación se vaciaba como un fregadero en el que un remolino irrisorio se lleva el agua. No quedaron más que unos cuantos viejos apoyados en sus bastones, un puñado de gendarmes frustrados por tener que quedarse de guardia en un sitio en el que ya no pasaría nada y las cajas que, de mano en mano, bajaban los peldaños del ayuntamiento para acabar en el polvoriento fondo de las furgonetas, primera etapa hacia un olvido que nadie lamentaría jamás.

Al pie de la presa, aparte de una zona acordonada, no parecía haber nada fuera de lo normal. Ese misterio se sumaba a la súbita retirada de los gendarmes. La sensación general era de incertidumbre y temor.

El ambiente volvió a calentarse, aunque nadie supiera claramente por qué.

Hélène hizo unas cuantas fotos de vecinos frente a los gendarmes mientras Lambert hacía preguntas a diestro y siniestro. Petit Louis, por su parte, parecía fascinado por los uniformes. Se acercaba y palpaba la tela, maravillado, mientras los hombres hacían lo imposible para mantenerse en su pose de *foot guard*. Raymonde tiraba del brazo a su hijo, pero, como los demás, tenía la cabeza en otra cosa.

Hélène distinguió a Destouches, al que ni siquiera había visto abandonar el ayuntamiento, en animada conversación con un capitán de la gendarmería que señalaba hacia un punto oscuro cerca del muro de la presa. Notó que masticaba su pipa nerviosamente.

¿Qué estaba pasando?

Fue Lambert quien le dio la noticia a la gente agrupada ante el cordón policial.

—¡Alguien ha intentado volar el transformador con dinamita!

La información dejó petrificado a todo el mundo.

Habían luchado, se habían liado a guantazos, incluso habían incendiado barracones, plataformas y maquinaria de obra, e intentado destrozar perforadoras, pero todo eso era el pasado: acciones de unos tiempos en los que aún creían que podían parar las obras. Ya no era así. Recurrir a los explosivos contra un transformador de quince mil voltios parecía, a esas alturas, menos una acción de resistencia que un acto de terrorismo.

—Al parecer se encontró, por pura casualidad, una serie de cargas de dinamita conectadas entre sí y listas para usarse. Luego descubrieron que procedían del propio polvorín de la presa, cuya puerta había sido forzada. —Lambert le hablaba con gran aplomo a ese auditorio dividido entre la admiración ante aquel acto y el miedo a las consecuencias—. Según el capitán, las cargas no eran... —Sus ojos se encontraron repentinamente con los de Hélène— no eran lo bastante potentes para volar el transformador. —Hélène le hizo una foto: de repente lo encontraba bastante guapo; no, guapo no... buscó la palabra apropiada, pero Lambert fue más rápido que ella—: Parece que unos obreros han reconocido sin asomo de duda al dinamitero: se trata del señor Besson d'Argoulet. —La imagen de la enorme cabeza del dueño de la ermita de San Teobaldo cruzó la mente de Hélène—. Se ha dado a la fuga —añadió Lambert—, pero la policía ya le sigue el rastro.

—Vamos, señoras y señores —empezaron a decir los gendarmes—. Váyanse a casa, aquí no hay nada que ver...

A esas alturas, lo que desconcertaba a los chevriñienses, más aún que la acción de sabotaje, era la identidad de su autor. Se sentían incómodos porque aquel hombre al que nunca habían aceptado como uno de los suyos había sido el único que se había atrevido a elevar la lucha por el pueblo al nivel de un conflicto armado. Todos comprendían que aquella risible tentativa era producto de la desesperación, pero, al ejemplificar la impotencia colectiva, daba una lección a todos aquellos que, entre los resistentes, se habían limitado a poner el grito en el cielo durante todos aquellos años.

En la explanada, grupos de gendarmes se disponían a peinar la ladera a pie mientras tres autocares regresaban al pueblo: la caza había empezado.

—Qué gilipollas... —le susurró Lambert a Hélène discretamente.

Ella no respondió: pensaba en que, durante su encuentro, Besson le había asegurado que «aún podían pasar muchas cosas».

—No llegará muy lejos... —continuó Lambert, abriéndole la puerta del coche—. Los gendarmes no lo han encontrado ni en su casa ni en la ermita. Seguro que se esconderá un par de días en algún granero y luego volverá a aparecer. Más le valdría entregarse cuanto antes.

—¿Qué pena puede caerle?

—Ni idea, pero agotar a decenas de gendarmes durante dos o tres días no mejorará su situación...

De vuelta en Chevrigny, comprobaron que la recogida de los archivos terminaba ante la indiferencia general.

Ya no podía hacerse otra cosa que reunirse en el café.

—¿Subimos a San Teobaldo? —preguntó Hélène.

En vez de dar órdenes, Hélène hacía una pregunta. Al parecer, entre ellos empezaba a establecerse una especie de equilibrio, pero Lambert no dio visos de concederle la menor importancia.

—De acuerdo —se limitó a decir.

Un autocar de la gendarmería con el que se cruzaron en la ladera y las múltiples huellas de neumáticos en el terraplén de la abadía les confirmaron que la zona ya había sido cuidadosamente peinada.

Hélène cogió su cámara y avanzó con paso decidido hacia lo que, en teoría, iba a convertirse en el coro, pero ya nunca lo sería.

Lambert la siguió en silencio con un cigarrillo entre los labios hasta una especie de lápida. Tiró el cigarrillo y, usando una barra de mina que estaba en el suelo, la levantó sin dificultad. Daba acceso a unos pocos peldaños desgastados.

—¿Señor Besson d'Argoulet? —llamó Hélène.

Hubo un largo silencio, pero luego apareció Besson, con la cabezota despeinada y los ojos más verdes que nunca, quitándose el polvo con la palma de la mano como si hubiera ido a buscar una botella de vino.

—¿Les he hecho correr un poco, al menos?

—Aún siguen corriendo... —dijo Hélène fotografiándolo mientras salía de su escondite—. ¿Está de acuerdo en... volver? —Había estado a punto de decir «en entregarse», pero habría sonado un poco rimbombante.

Besson d'Argoulet no respondió: miraba su campanario. Luego, se sonó ruidosamente.

—Sí, volvamos, ya no queda otra...

. . .

Hélène le pidió a Lambert que aparcara en una de las callecitas que desembocaban en la plaza del ayuntamiento y, dejando a los dos hombres en el coche, se dirigió a la casa consistorial. Destouches la vio llegar de lejos y dio una orden que ella no oyó, pero que adivinó cuando un gendarme se apartó para dejarla pasar y enseguida volvió a ocupar su puesto.

—Si el señor Besson d'Argoulet se entregara, ¿qué pasaría con él?

El ingeniero estaba en la escalinata, tres escalones por encima de ella. Bajó a su encuentro.

—¿Lo tiene? —No estaba sorprendido en absoluto; de hecho, no esperó a que respondiera—. Actuaríamos discretamente, por supuesto...

No era la voz que ella le conocía: ésta era más suave, casi apenada.

Acto seguido, lo vio parlamentar con el oficial de la gendarmería, que a todas luces acabó por aceptar sus condiciones. Los tres se dirigieron hacia la calle en que estaba estacionado el Simca. Un furgón se puso al lado, un gendarme abrió las puertas traseras y el héroe del día subió tranquilamente, aunque cabizbajo.

Hélène hizo la foto.

El sol ya estaba alto en un cielo por el que se deslizaba un rosario de nubes antracita.

—Yo me tomaría algo —dijo Lambert mirando la puerta del café.

Atentado en Chevrigny
El transformador de 15.000 voltios
se salva por poco de un intento de voladura

27

No me gusta esta clase
de conversaciones

Nuestro inconsciente nos escucha siempre, pero, por lo general, nosotros no lo escuchamos. Así, nuestras vidas se tejen a partir de momentos en los que tomamos decisiones sabiendo vagamente que son malas, y luego vienen las lamentaciones: «Debería haberme escuchado a mí mismo.»

Eso fue lo que pasó aquel miércoles. Vaya tonta: no debería haber cenado ese sándwich con Lambert...

Por la mañana había ido a la consulta del doctor Marelle, tal como había prometido.

Él la saludo secamente y luego le dijo sin más:

—Quítese la parte de abajo y tiéndase.

No le hizo el menor comentario, no le preguntó nada. No era el mismo hombre del día anterior: se notaba que quería acabar con una tarea desagradable que lamentaba haberse impuesto.

Precisamente ese verbo, «lamentar», había estado resonando en su cabeza toda la noche. Y también oía, repetida una y otra vez, la pregunta de Nine: «¿Estás segura?» El fracaso de aquel absurdo procedimiento, ¿no era una señal que había que tener en cuenta, una advertencia que había que escuchar? De madrugada había tomado una decisión: lo haría más adelante, no ahora, no así. Pero poco después estaba tendida en la camilla del doctor Marelle, muerta de miedo, y él no hacía nada para tranquilizarla. Temblaba e intentaba protegerse con las manos, cuando lo que había que hacer era justo lo contrario: abrir, dejarse de una vez. Vio al doctor Marelle acercar un taburete; luego, su cara redonda desapareció entre sus piernas.

—Relájese... —oyó que le decía.

Pero ¿qué estaba haciendo? Reconoció la sensación del espéculo y después sintió un dolor fuerte, pero breve.

—Ya está —dijo Marelle—. Puede vestirse. No hace falta que tenga ningún cuidado especial, pero será mejor que evite el ciclismo y las carreras de coches. —Era una broma, desde luego, pero no sonrió: le explicó muy serio cómo debería ir todo, qué sensaciones podía experimentar, qué tendría que hacer si... Un grueso pañal de algodón mantenía la sonda en su sitio—. Descanse —añadió—. Nada de excentricidades. Todo debería acabar en uno o dos días. Eso sí: no se olvide de devolverme la sonda. Es mejor que estas cosas no rueden por ahí.

—¿Cuánto le debo, doctor? —le preguntó ella cuando estuvo lista para irse.

—Nada.

Estaba de espaldas, limpiando y guardando el instrumental. La situación era muy violenta.

—Pero, doctor...

—Todo irá bien, señorita Pelletier. Dese prisa, por favor: tengo que abrir la consulta... —Se acercó y le sonrió torpemente, como queriéndose disculpar por su brusquedad—. No me gusta esta clase de conversaciones, ¿comprende? Bueno, váyase, y llámeme si... —siguió diciendo mientras la empujaba hacia la puerta.

En la calle, Hélène se cruzó con la mujer de la limpieza: aquella chica de facciones toscas y manos enrojecidas que parecía tan apurada. Se saludaron con un murmullo y un movimiento de cabeza.

Esa tarde, Lambert le propuso tomar un sándwich en el café de Honoré. En ese momento tendría que haber escuchado la vocecilla que le susurraba que quizá no fuera prudente.

Pero aceptó.

Llegaron a la misma hora en que el ingeniero acostumbraba a aparecer para saborear el plato del día y en que la gente que quedaba en el pueblo se reunía para alardear o despotricar, dependiendo de si la victoria había sido suya o de Electricidad Francesa. De hecho, el titular que Hélène había propuesto para el artículo del día siguiente era:

La desaparición de Chevrigny
Echan pestes, ríen, se lamentan...
Cada tarde, en el Café de la Place,
se desatan las pasiones

Tras su último texto, Denissov finalmente se había dignado a mandar un telegrama que ella leyó con el pañal entre los muslos, esperando que se disculpara de algún modo por aquel editorial.

Decía:

BRAVO STOP LECTORES ENCANTADOS CON TU SERIE
STOP NO AFLOJES STOP

Era el mensaje del director del periódico a su reportera, nada más. Sobre el editorial, ni pío.

Hélène se sentía sola, pero también aliviada: no cabía duda de que, para lo que había tenido que hacer, siempre era mejor contar con un médico.

Empezaba a recuperar la confianza, por eso no había dudado en ir al Café de la Place. Llegó con Lambert sobre las siete y media. Honoré Campois les llevó los sándwiches sin haberles enseñado la carta, tal como hacía con el ingeniero, sobre cuyo mantel a cuadros podía verse una generosa ración de ternera a la borgoñona.

En la barra, fiel a su costumbre, Buzier alborotaba.

El anuncio de la desaparición administrativa del pueblo había supuesto un golpe casi definitivo. Desde hacía dos días se veían camiones de mudanzas y se vaciaban viviendas. Se comentaba que «Alfred Retailleau ya estaba haciendo las maletas», que alguien había visto «cajas en el patio de los Vinchon»... Allí mismo, en el Café de la Place, Joseph Charrion, agricultor jubilado, había anunciado que se marchaba a finales de semana («Me voy a Nantes con mi hija, luego ya veremos...») sin que nadie le hiciera ningún comentario. La propia Hélène había fotografiado a varias personas cargando muebles o haciendo subir animales a remolques tirados por tractores...

Alrededor de las ocho, mientras oía perorar a Buzier, que pimplaba a un ritmo récord, sintió un dolor en el bajo vientre.

«Uno o dos días», había dicho el doctor Marelle. Lambert acababa de hincarle el diente al sándwich cuando una tremenda punzada le atravesó de parte a parte.

De pronto le entraron unas ganas insoportables de ir al baño. No podía disimular el dolor.

—¿Te encuentras mal? —le preguntó Lambert.

Y ella, en vez de contestar, echó a correr hacia el lavabo y cerró la puerta.

Allí se dio cuenta de que estaba perdiendo mucha sangre. Y el dolor no cesaba. No sabía qué hacer.

—¿Estás bien? —volvió a preguntar Lambert, preocupado, desde el otro lado de la puerta.

—¡Sí! —gritó Hélène, pero el pánico se había apoderado de ella.

Cuando abrió la puerta y se encontró con Lambert, ya tenía la falda empapada de sangre.

—No te muevas —le pidió él.

Ella se agarró al marco para no caerse y se esforzó para no gritar.

Lambert volvió casi al instante, la envolvió en su propio abrigo mientras le rodeaba los hombros con el brazo y le decía: «Ven, no tengas miedo, no pasa nada...» Atravesaron la sala mientras alguien soltaba entre risas: «Realmente, hay disparos de postas que se pierden...» Nadie les prestó atención.

Apenas salieron, Lambert se agachó, le pasó el brazo por debajo de las piernas y la alzó en vilo con una facilidad pasmosa. La llevó en andas hasta el coche y luego la dejó cuidadosamente en el asiento. Fue allí donde Hélène empezó a gritar.

Lambert arrancó y se dirigió a toda prisa a Châteauneuf conduciendo con una mano e intentando calmarla con la otra. Hélène le hundía las uñas en la carne. Ninguno de los dos se enteró de lo que tardaron, pero a ambos se les hizo eterno.

Al llegar a la consulta, Lambert corrió a tocar el timbre, volvió al coche, la puerta del acompañante se abrió: Hélène lloraba y gemía.

—Ya, ya —repetía él mientras la sacaba del coche y volvía a alzarla en volandas. Había sangre por todas partes.

—Entre —le dijo el doctor Marelle, luego señaló la camilla y añadió—: póngala allí.

A continuación le pidió que esperara en la sala.

Ella abrió los ojos y vio al médico atareado allá abajo, entre sus piernas.

—Vamos, vamos, ya está... —le decía, pero ella sentía como si se derramara a chorros.

¿Había oído bien? ¿Marelle había dicho «ya está»?

De pronto se quedó sin fuerzas y empezó a llorar muy suavemente.

—Ahora tiene que descansar —dijo el médico—. Ya está: todo ha ido bien.

La dejó sola un buen rato con la luz apagada. Sólo veía el halo amarillo de la lámpara de la sala de espera, de donde le llegaban los cuchicheos de una conversación: Marelle y Lambert, sin duda. El médico debía de estar asegurándose de que el otro fuera discreto...

Se quedó dormida y despertó al sentir una mano en el brazo.

—Todo irá bien.

No parecía una pregunta, sino una orden.

Fuera, Lambert fumaba. Era difícil saber qué pensaba, qué había detrás de aquella fachada jovial.

—¿Nos vamos? —preguntó cuando ella apareció en la sala de espera.

Oyéndolo, parecía que acabaran de pasar una agradable velada con amigos, incluso le estrechó la mano al médico.

La falda ensangrentada y la ropa interior iban en una bolsa y ella arrebujada en una manta. Mientras ella dormía en la consulta, él había limpiado el asiento del pasajero, que afortunadamente era de polipiel: ya no había rastro de la sangre. También había enrollado y lanzado al asiento trasero su abrigo, probablemente inservible.

Cerró la portezuela.

Minutos más tarde, aparcaban ante el hotel.

Ella, que se caía de sueño, se recostó en él y apoyó la cabeza en su hombro. Permanecieron así largos instantes.

—Es... —empezó a decir, pero no fue capaz de añadir otra sílaba.

Tranquila —dijo Lambert con suavidad—. A mi hermana menor le pasó lo mismo. Este coche ya es poco menos que una ambulancia.

Por las noches no había nadie en la recepción del hotel. Él la ayudó a subir a su habitación y a acostarse. Ella se derrumbó en la cama, pero no le soltó la mano, así que él arrastró una silla con el pie para acercarla a la cabecera y se sentó a su lado. Cuando volvió a mirarla, ya estaba dormida.

Así pasaron la noche.

SEGUNDA PARTE

28

Si es una cuestión de principios...

No sólo su hija Lucette se había puesto pachucha, sino también su mujer, y luego él mismo. «En esta familia somos como las fichas de dominó», pensaba Palmari: «el primero que cae empuja a los demás».

Como la señora Palmari había crecido rodeada de sirvientas no había aprendido nunca los rudimentos de la cocina. El resultado era que comían de pena: sopas sin sustancia, carne demasiado hecha, verdura hervida... y nada de queso, por el precio. Era un milagro que todos tuvieran más o menos buena salud (salvo Augustine, que estaba en el pellejo), por suerte para las niñas, porque encontrar un marido estando delicadas... Bueno, el caso es que el día anterior habían cenado albóndigas (más bien lo que Augustine llamaba «albóndigas»). Normalmente eso no le sienta mal a nadie, pero durante la noche Lucette había ido a vomitar: la habían oído desde el dormitorio; poco después Augustine había empezado a ventosearse en la cama («Perdón, Armand», le decía una y otra vez) y finalmente él había tenido que salir corriendo al excusado. Fue un asco de noche.

—¿Su señora cocina bien, Cosson? —le preguntó a su ayudante, que frunció los labios, lo que podía significar tanto «sí» como «no», pero él se lo quedó mirando hasta que finalmente dijo:

—Es de Dijon.

Palmari cerró los ojos: «Vale.»

—¡Bueno, vaya a buscarme a Georgette Bellamy!

Necesitaba desfogarse con alguien y Cosson no le servía para eso: no se enteraba de nada, así que él siempre acababa sintiéndose frustrado.

—Si me voy, ¿qué le digo a mi jefe? —había preguntado la chica azorada.

Por toda respuesta, Cosson la había mirado fijamente.

—¡Si no limpio, perderé el trabajo! —insistió ella.

Ante la impasibilidad del policía, Georgette había agachado la cabeza.

Aquella chica empezaba a tocarle las narices, pero Palmari sabía que la amabilidad y la compasión eran mucho más efectivas que los arrebatos.

—El juez insiste en que la lleve ante él; ya no sé qué hacer para defenderla... —Georgette estaba demasiado angustiada para preguntarse qué milagro había convertido a aquel inspector en su principal defensor ante un juez al que nunca había visto—. ¡Y mire que he hablado en su favor! Pero no deja de recordarme que tenemos un acuerdo que usted no respeta y me insiste en que la presente ante él de una vez para que la mande a prisión.

Esa amenaza siempre aterrorizaba a Georgette, que le tenía más miedo a la cárcel que al cáncer. Pensó en algo que decir, pero no había visto en ninguna parte nada de lo que le pedían: estaba perdida. Lo que le vino a la cabeza en ese momento fue la parisina, aquella chica tan guapa.

—¿A qué hora la vio el doctor Marelle, dice usted?

—El viernes antes de la comida. Es la hora en la que me toca limpiar.

Palmari había oído hablar de aquella joven: la periodista de París que cubría lo de Chevrigny.

—Marelle fue médico en Chevrigny durante casi toda su carrera —dijo—, me parece normal que ella quisiera saber su opinión sobre el conflicto.

Por primera vez, Georgette puso cara de satisfacción.

—Y entonces, ¿por qué volvió el miércoles antes de las siete, que es cuando empiezan las visitas?

Palmari sostuvo la pluma en el aire unos momentos: en la policía, era el equivalente del perro de muestra.

—¿Antes de las siete?

—¡Como lo oye!

—¿Qué edad tiene?

—Veintidós o veintitrés, no más.

—Iría a terminar la entrevista...

—Entonces, ¿por qué la primera vez llevaba la cámara de fotos y dos días después no?

En la mente del inspector, todo empezaba a cuadrar: puede que aquella atolondrada hubiera dado por fin con algo interesante.

—Mire —dijo a su pesar—, que una periodista vaya dos veces a un sitio no tiene nada de particular. No creo que el juez se conforme con tan poco... —Georgette volvía a estar aterrorizada, miraba al suelo—. Si no me trae algo más consistente durante la semana, no podré hacer gran cosa por usted delante del juez. No obstante, le contaré que ha mostrado buena voluntad, eso podría reducir su pena cuatro o cinco años. De todas formas, intente traerme algo mejor para que pueda interceder por usted. El juez está muy enfadado, ¿sabe?

Cosson la puso en la calle, que se apañara ella sola para volver a la consulta del médico. Entretanto, Palmari releía sus notas: su intuición y su experiencia le decían que aquel asunto pintaba bien.

La chica de París que va a abortar en provincias, con los paletos... «Hasta puede que haya elegido el reportaje de Chevrigny con toda la idea», se decía. Eso significaba que tenía una dirección. «¿El bueno del doctor Marelle?» La mera posibilidad lo hizo olvidarse de la noche en blanco, las albóndigas en mal estado, los borborigmos de Lucette y la flatulencia de Augustine.

—¡Cosson!

La cara lisa e inexpresiva de su ayudante asomó por la puerta.

—¿Podría informarse discretamente sobre esa periodista de París que cubre el asunto de la presa?

Cosson inclinó la cabeza. Era imposible saber qué había comprendido... si es que había comprendido algo.

Tenía que encontrar a alguna otra persona sin falta.

Trabajar con semejante idiota resultaba humillante.

A la mañana siguiente despertó sola en su habitación. Se sentía exhausta, y sobre todo avergonzada por haber dado aquel espectáculo. Lambert se había mostrado amable y resolutivo, pero ella no podía evitar guardarle rencor: lamentaba haber contraído una deuda con él y haberle abierto de par en par una ventana a su intimidad. Le habría gustado no volver a verlo. Se lavó, pidió un taxi y fue a llamar a la puerta de Raymonde.

—Entra... —le dijo ésta, y volvió a cerrar la puerta rápidamente. Después se la quedó mirando como si pudiera leerle la mente.

—Cambiaste de opinión...

Era una constatación, y Hélène creyó percibir en ella un deje de alivio.

—Sí —respondió con voz débil.

¿Podía decir: «Preferí recurrir al doctor Marelle»?

—Cada uno hace lo que quiere —dijo Raymonde.

—¡Taxi!

La aparición de Petit Louis con el taxi a escala en la mano fue una distracción oportuna.

—¿Quieres un café? —preguntó Raymonde.

—Sí, gracias —respondió ella.

Petit Louis se encasquetó la gorra, pero en lugar de salir fue a acurrucarse en el gran sillón de mimbre colocado junto a la ventana, desde donde podía comerse con los ojos a Hélène. Las dos mujeres se sentaron a la mesa. Raymonde había dejado sobre el hule dos vasos para vino que llenó de un café que no estaba mal. Se oía el reloj de péndulo desgranando los segundos.

Hélène buscó un tema de conversación para no tener que explicar su repentino cambio de parecer. ¿Debía justificarse? Lo que le vino a la cabeza fue su encuentro con la maestra.

—Hablé con Rosalie —dijo mientras Raymonde daba un trago al café—. Me contó que su hijo murió en la presa. Qué terrible.

Raymonde sonrió vagamente.

—No seré yo quien la compadezca... —Y, como Hélène la miraba extrañada ante la dureza de su respuesta, añadió—: Tuvo a Louis en clase un tiempo. Era evidente que no podría aprender gran cosa, sólo era para que estuviera con chicos de su edad... —Hélène se volvió hacia Petit Louis, que la miraba con el mismo arrobo con que había contemplado las vidrieras durante la misa del domingo—. A Rosalie le molestaba tener un niño como él en clase, lo encontraba... —Buscó la palabra.

—¿Humillante? —propuso Hélène.

—¡Eso es! El sueño de su vida es que alguno de sus alumnos llegue a presidente de la República, y lo que es Louis...

—Raymonde rumiaba en voz alta cosas que debía de haberse repetido mil veces—. Las pasó canutas con ella: le daba regletazos y azotes con el culo al aire, pobrecito mío... Cuando lo saqué de la escuela, ya ni siquiera quería salir de casa, del miedo que tenía...

Hélène imaginó la cara de la maestra. En aquel pueblo, como en cualquier otra parte, cada cual debía de tener su punto de vista de las cosas, y también sus propios motivos.

—Nunca le deseé que se le matara el hijo, pero puede que Dios la castigara por haber sido tan mala...

Hélène se estremeció. Hubo un silencio. Se oían las cucharillas en los vasos de café.

—Gracias —dijo al fin.

Raymonde no levantó la cabeza.

—Quiero decir...

—No te preocupes, guapa; tú haces lo que te parece mejor y ya está. En realidad, no es algo que yo haga con gusto.

¿Pensaba Raymonde que había decidido tener el niño o sospechaba que había optado por otra solución?

—¿Quieres otro café?

—No, gracias.

Raymonde comprendió que tenía ganas de irse. Se levantaron a la vez.

—¿Os iréis a Chevrigny-le-Haut? —preguntó Hélène.

La pregunta cogió desprevenida a Raymonde. Se volvió hacia su hijo un instante y luego le dijo mirándola a los ojos:

—¿Y qué quieres que hagamos?

En el sillón de mimbre, que crujía, Petit Louis, más sonriente que nunca, le dijo adiós con la mano como si ella se alejara en un tren y él se quedara en el andén, apenado.

Un poco más tarde, el doctor Marelle se quedó sorprendido al verla sentada en la sala de espera. La interrogó con la mirada y ella le sonrió: todo iba bien. Pese a ello, el médico cambió el orden de las visitas. Tras disculparse con un hombre en mono («Un minuto y estoy con usted»), la hizo pasar.

—Quería darle las gracias...

—¡Ah! ¿Era eso? Bueno, pues ya está: ya me las ha dado.

Parecía gustarle que hubiera tenido ese detalle.

—Y pagarle. Quiero decir... no sería normal que...

El doctor Marelle se pasó la mano por la calva.

—Me da apuro, la verdad... —dijo, pero enseguida notó que Hélène estaba decidida a no moverse de allí—. Bueno, de acuerdo —añadió a regañadientes—. Si es una cuestión de principios...

—Eso es —respondió Hélène—: una cuestión de principios. Dígame...

—En París no sé lo que se cobra. Aquí, tengo entendido que unos dieciocho o veinte mil, si le parece bien.

29

Debo hablar con usted

Jean tenía varias razones objetivas para temer el futuro, pero, curiosamente, lo que más le preocupaba era una mentira blanca: haberle dicho al juez que iría a Orleans en vez de a Charleville. No sabía por qué, pero estaba seguro de que, sin pensarlo, se había puesto en un serio peligro. Pronto sabría si tenía razón.

Es fácil imaginar su estado de ánimo en el momento de dirigirse al tren y, peor aún, al pasar junto a los kioscos: el caso de «la milagrosa superviviente» entusiasmaba a los periódicos locales. No había uno que no dedicara la portada al retrato robot que, a ojos de Geneviève, se parecía tan poco al verdadero asesino.

Jean no pudo resistir la tentación de comprobar cómo trataban el suceso y, además, temía que no leer nada sobre el tema que apasionaba a todo el mundo lo hiciera ver como sospechoso.

Los artículos deploraban la triste situación de la víctima: había pocas posibilidades de que recuperara el uso de las piernas. De ningún modo volvería a tener una vida normal. También hablaban del joven testigo (al que Jean seguía llamando «el seminarista»), que cada vez recordaba más detalles. Día tras día la prensa, como un batiscafo que subiera uno tras otro los restos de un naufragio, ofrecía nuevas minucias o precisiones sobre los rasgos y las acciones del «misterioso pasajero del coche número 9» cuya exactitud aterraba a Jean.

Según el diario, los investigadores estaban perplejos porque el retrato robot tenía muy poco que ver con la descripción proporcionada por la víctima.

Mientras que el seminarista hablaba de «un hombre de unos treinta años, un poco torpe y excesivamente nervioso» que parecía «un viajante de comercio o algo por el estilo», ella señalaba a un hombre «de ojos ardientes, de unos cincuenta años y físicamente muy fuerte». La policía suele preferir la opinión de la víctima antes que la de cualquier testigo, pero no les parecía razonable obviar el hecho de que aquel pasajero viajara en el mismo coche en el que se había producido el intento de asesinato. En cuanto a Jean, esa disparidad entre las declaraciones no bastaba ni mucho menos para tranquilizarlo; de hecho, sentía que una red invisible se cerraba a su alrededor. Renunció a coger un taxi por miedo a que el conductor lo reconociera, procuró caminar pegado a la pared, fingió sonarse o atarse los cordones de los zapatos para ocultar su rostro, evitó las tiendas... No llevaba una hora en la ciudad y ya estaba molido.

Desde luego, los investigadores no disponían de ningún elemento tangible, pero le angustiaba la posibilidad de que alguien más se presentara a declarar, incluso que pudiera ser víctima de un error judicial.

La cita con el proveedor estaba fijada para última hora de la mañana y Geneviève había sido tajante: «¡Puedes ir y venir el mismo día!»

Al llegar al lugar, para evitar a los taxistas, optó por ir andando.

La reunión fue bastante bien: regresaría con la misión cumplida, lo que no siempre era el caso, ni mucho menos.

Mientras llegaba la hora de coger el tren de vuelta entró, para el último servicio, en un local del centro, la cervecería Saint-Hilaire. Estaba llena hasta la bandera, lo que le parecía la mayor garantía de anonimato.

¡Demasiado tarde! Los camareros cambian de puesto como de chaqueta y, cuando ya estaba sentado y carta en mano, reconoció al individuo escuchimizado del bigote rubio que, un mes antes, les había servido a él mismo y a la pareja que tantas ganas tenía de meterse en la cama.

Mantuvo la cabeza baja al pedir.

El corazón le iba a mil: en esos momentos, si huía llamaría más la atención que si se quedaba. Comió con la cara pegada al plato. Seguramente fue esa extraña actitud lo que llamó la atención del camarero, que, al pedirle Jean el postre, ladeó la cabeza como un hombre intrigado que intenta hacer emerger un recuerdo.

A esas alturas había mucho menos clientes, así que pudo seguir observándolo mientras iba y venía. Le sirvió el café y luego le llevó la cuenta aún pensativo.

—Usted y yo nos hemos visto antes, ¿no? —le preguntó.

—¡No, jamás! —respondió él casi gritando.

Estaba muy rojo. Se levantó.

—No hace falta que se enfade, señor —dijo el camarero—. Solamente preguntaba...

Jean eligió la peor actitud posible porque, tras responder de forma tan brusca y lanzar a la mesa dos billetes arrugados, con las prisas de dirigirse al perchero chocó con la mesa e hizo caer el vaso y la damajuana, que se rompieron en mil pedazos contra el suelo. Todas las miradas se volvieron hacia él.

Presa del pánico, en vez de disculparse apartó al camarero de un empujón.

—¡Eh, oiga! Tenga más cui... —exclamó éste—. Pero, un momento, ¿no es usted...?

El ruido volvió a atraer la atención de los clientes y el personal. Jean corría ya hacia el perchero y la salida. Una pareja buscaba sus abrigos.

—¡Apártense!

—¡Claro! —dijo el camarero. Si al principio había dudado de su memoria, el comportamiento de Jean le había confirmado que acertaba: era el hombre al que había atendido y que, según el periódico, había atacado a la mujer a la que también había atendido—. ¡Es él! —gritó.

Jean se lanzó a la calle sin abrigo ni sombrero, sólo con el maletín.

Torció a la derecha y corrió tan deprisa como pudo. Como sabemos, era un hombre bastante entrado en carnes y llevaba una vida muy poco saludable: en el mejor de los casos lograría correr cincuenta metros; contando con el pánico, quizá llegaría a los cien, pero a partir de ese momento el peligro de que sufriera un infarto era bastante mayor que lo que podría pasarle si lo cogieran.

Dos hombres se habían lanzado en su persecución con la saña que insuflan a algunos las ganas repentinas de mostrarse heroicos. Nos encantaría decir que Jean tuvo el acierto, pero sólo tuvo la suerte de quedarse sin aliento justo ante la puerta rotatoria de unos grandes almacenes en los que se metió. Vio una escalera que descendía al primer sótano y alcanzó a bajarla, pero enseguida tuvo que pararse a respirar cerca de un mostrador mientras sus perseguidores revolucionaban las plantas superiores. Se enderezó trabajosamente con la mano en el pecho y entonces cayó en la cuenta de que había dejado el abrigo y el sombrero en la cervecería. Rebuscó febrilmente en sus bolsillos y encontró su cartera y el billete de tren. Frente a él, la salida de emergencia llevaba a una calle que discurría a lo largo de la fachada posterior. El agotamiento, más que la estrategia, lo impulsó a parar un taxi. Estaba dispuesto a renunciar: que fuera lo que Dios quisiera.

Si lo reconocían, se entregaría a la policía. Casi estaba deseando que le pusieran las esposas. Pero el taxista se limitó a dejarlo en la estación sin ni siquiera dirigirle la palabra y, veinte minutos después, se dejó caer en un asiento de un compartimento de segunda.

«¡Si me vuelven a decir que venga aquí, esta vez me niego!», decidió.

De vez en cuando tomaba decisiones muy viriles, que nunca mantenía durante mucho tiempo.

En cuanto abrió la puerta, oyó escaleras arriba el llanto y los gritos de su pequeña Colette.

Siempre pasaba algo cuando llegaba a casa.

—¿Qué pasa? —preguntó después de subir pesadamente.

Su mujer se volvió hacia él y se recogió deprisa un mechón rebelde. Tenía la cara empapada en sudor. Colette estaba en la cama, desnuda y en posición fetal, con las nalgas rojas.

—¡¿Qué haces aquí?! —gritó Geneviève.

Estaba furiosa.

Pero esta vez él no pensaba dejarse manipular.

La pequeña volvió la cara con los ojos implorantes y llenos de lágrimas. Dios mío, lo que Geneviève intentaba sin éxito esconder detrás de su espalda, ¿era un azote? No sabía que tuvieran uno en casa...

Jean dejó el maletín en el suelo.

—Me gustaría saber... —empezó a decir.

Y, sin saber cómo seguir, se precipitó hacia la niña, que, al abrirle los brazos, le partió el corazón.

—¡Sí, a mí también me gustaría saber! —replicó Geneviève. Jean se volvió hacia su mujer, que ya había recuperado su aplomo. El azote que le había parecido ver había desaparecido; ahora, Geneviève tenía las dos manos sobre la enorme barriga—. ¡Vaya, muy bonito! ¡El señor saca veinte mil francos de la caja y no dice ni pío! —Jean cerró los ojos, anonadado. ¿Cómo se había enterado? Sólo Georges Guénot, que revisaba los extractos bancarios, podía habérselo dicho. ¿Por qué había informado a Geneviève, en vez de preguntarle a él?—. ¡Claro, y ahora me dirás que fue para irte de putas! Pero no te creo, ¡tú tienes una querida, ésa es la verdad!

Colette intentaba recuperar la respiración. Jean la sostenía por el culito, que tenía ardiendo. ¿Cómo iba a acabar aquello? Hacía bien en preguntárselo porque su tímido reclamo había bastado para enardecer a su mujer.

—Le has hecho un bombo a tu querindonga, ¿eh?

Jean estaba estupefacto: por un camino distinto, su mujer había llegado a la misma conclusión que él. En realidad, no era tan sorprendente: aquellas historias de abortos estaban a la orden del día. Eran una de las primeras cosas en las que se pensaba cuando se sabía que alguien necesitaba dinero con urgencia.

Geneviève estaba cruzada de brazos en mitad de la habitación. Con ese instinto infalible que a menudo sirve de muleta a la malignidad, le había dado la vuelta a la tortilla: ahora, el acusado era él.

—No: eres demasiado flojo para hacerle un bombo a nadie, ¡si lo sabré yo! —Jean reconocía el rictus combativo, la mueca rabiosa, los ojos llameantes que anunciaban el descenso en picado de su mujer sobre una presa, ya fuera una dependienta, un policía, un proveedor, un ujier, un vecino, un tendero o incluso un juez—. ¡Pues no te vas a salir con la tuya, como que me llamo Geneviève! —Pero había algo más que no conseguía identificar—. ¡Si piensas que me vas a torear, estás listo! —Seguía cruzada de brazos, adelantaba la barbilla, buscaba...—. ¿Qué te has creído? —No estaba más agresiva que otras veces, no, no era eso. Lo comprendió de pronto cuando Geneviève añadió—: ¿Que voy a dejar pasar esto?

Desde que se habían casado, por no decir desde la primera vez que se habían visto, ella reinaba sin oposición como el jefe autoritario que sonríe ante las faltas, pero se pone firme en cuanto se cuestiona su autoridad, y ahora se encontraba ante una insubordinación grave.

Era un asunto de dinero; o sea, de poder.

Si cerraba los ojos aunque fuera una sola vez, le dejaba el camino abierto para desobedecer, para escapar de ella. Una sonrisa pérfida que él no le conocía iluminó su cara.

—A lo mejor crees... —Hasta su voz, casi tranquila de puro amenazadora, lo sorprendía— que me puedes timar porque no soy más que una mujer, ¿eh?

A los pies de Jean se abrió un precipicio.

De pronto comprendió por qué su mujer le hacía la vida imposible desde el primer día: pagaba el hecho de que Geneviève sufriera, sin saberlo, por no ser un hombre, y él no podía hacer nada para cambiar eso. Nadie podía. Para él, era el equivalente de una condena.

—En primer lugar —continuó Geneviève apretando los dientes—, quiero saber qué has hecho con ese dinero y, en segundo, exijo que lo devuelvas inmediatamente. Te doy tres días.

Él no sabía qué responder: no podía satisfacer ninguna de esas dos exigencias.

—Traeré el dinero.

Decirlo no costaba nada...

—¿Qué has hecho con él?

Geneviève se había movido y puesto delante de la puerta como si él hubiera hecho amago de huir. En ese momento Jean se dio cuenta de que seguía teniendo a Colette en los brazos. La pequeña se abrazaba a su cuello, se agarraba a él como a un árbol; eso le devolvió el coraje.

—Hablaremos de ese asunto mañana —dijo con una voz que quería ser firme—. Voy a solucionarlo, ya te lo explicaré...

Geneviève se debatía entre el deseo de continuar una conversación en la que había tomado la ventaja y el de prolongar aquella situación, que le auguraba placeres nuevos, una deliciosa excitación.

Avanzó hacia él y bajó la voz para hacerla más amenazadora.

—Soy muy buena dándote tres días para devolver el dinero. Podría exigírtelo ahora, aquí, inmediatamente. No abuses de mi paciencia, te lo aconsejo...

Jean miraba al suelo.

—Y, por cierto... —Geneviève había alzado la cabeza de pronto, como una gallina que acabara de oír un ruido—. ¿Dónde está tu abrigo? —Volvía el torso a derecha e izquierda buscando alrededor de ella, de él—. ¿Y tu sombrero?

—Me los he dejado... —Geneviève lo miraba fijamente, oliéndose ya la mentira, recelosa— en el tren.

No tenía que esforzarse mucho para mostrarse apesadumbrado, culpable. Esa actitud la entusiasmó.

—Muy bonito: al señor le compramos ropa de lo mejor para que se la deje en el tren. Perfecto. —Se había alejado un paso, pero volvió a abalanzarse hacia él—. ¡Pues no! ¡A mí con ésas, no! ¡Devolverás los veinte mil francos, pero además lo que costaron esas prendas!

Por un instante los dos se quedaron parados, desconcertados ante aquella sorprendente exigencia: era la primera vez que Geneviève le ponía una multa.

Como le quedaba algo de tiempo, Jean decidió ir a los almacenes de la République. Por el camino, pasó de una cólera a otra.

¿Por qué el gerente le había contado a Geneviève que él había cogido dinero prestado de la empresa? ¡Al fin y al cabo era su empresa!

Paró en seco. No, no era sólo su empresa, puesto que Geneviève siempre había poseído la mitad. ¿Estaría conchabada con el gerente? Era muy improbable. Después de denunciarlo a las autoridades, Geneviève lo había empujado a la quiebra (¡casi a la cárcel!) y había aprovechado su precaria situación para contratarlo por un módico sueldo. No, apenas se dirigían la palabra: un complot era impensable. Esa certeza lo reanimó.

Tras admirar desde la plaza el letrero (DIXIE), que siempre le provocaba unas sensaciones increíbles, y luego el largo escaparate, totalmente pintado de blanco tiza para ocultar el interior, nada entusiasmaba más a Jean que ver a sus trabajadoras empaquetando o preparando los stands como atareadas amas de casa la mañana de un banquete de boda.

Era viernes, y el señor Guénot había exigido que el stand de las fajas y los sujetadores estuviera listo para esa tarde. Se trataba de elegir cajas traídas por distintos proveedores, agrupar los artículos por calidad y por talla, seleccionar lo que se pondría a la venta y almacenar el resto de forma práctica para acelerar el proceso de reaprovisionamiento.

Para comprender la atmósfera eléctrica que reinaba, basta con recordar que la apertura estaba prevista para el 28 de marzo, y era el 14: la cuenta atrás había empezado. Cuando él iba a supervisar el trabajo, Guénot se mostraba sereno y tomaba notas en su libretita. La tarea relacionada con la ropa interior femenina parecía preocuparle más que el resto, porque pasaba más tiempo allí que en las otras secciones. Las empleadas sentían los ojos del gerente a sus espaldas y un extraño malestar acababa apoderándose de ellas.

—Señoras, por favor, continúen, no se preocupen por mí —les decía.

—Cómo me repele... —masculló Lucienne cuando se alejó al fin.

Sentía por él una aversión crónica: todo en él le repugnaba.

Gisèle no respondió. Tenía en las manos un par de medias de su talla. Nadie lo habría confesado, pero la vista de todos aquellos artículos extendidos ante ellas las atraía de un modo difícilmente superable, exacerbado por la exigüidad del salario y las horas extra impagadas. Algunas habían pasado al acto y birlado alguna prenda, pero discretamente, de modo que no se había producido ningún incidente. Gisèle enrolló el par de medias, pero al final renunció: el día anterior ya se había llevado algo, mejor no tentar a la suerte.

—Es un pervertido —añadió Lucienne, y Gisèle reaccionó dándole un codazo discreto mientras miraba hacia la entrada, donde acababa de aparecer el propietario, aquel hombre regordete con cara de pan y andares pesados—. Ése tiene que ser un completo gilipollas —le susurró su compañera.

Gisèle no opinaba igual: le parecía más bien... triste, pero se guardó mucho de decirlo: Lucienne odiaba a los jefes y, sobre todo, a los propietarios.

Jean pasó junto a la larga mesa situada en el centro de la sala mirando embelesado los letreros colocados desde su última visita. Eran preciosos; llevaban el logotipo de Dixie y señalaban las diversas secciones: vestidos, blusas, medias y fajas, bebés... Él había insistido en que los rótulos imitaran la escritura a mano y estaba satisfecho de su decisión porque eso les daba un aspecto familiar. También había dispuesto que los precios figuraran escritos con tiza en pizarras fijadas a los cajones en los que la clientela podría rebuscar.

Ahora que tenía todo aquello delante, se sentía reafirmado en sus decisiones.

—La semana que viene sabremos si tenía usted razón...

Jean dio un respingo. El señor Guénot se le había acercado silenciosamente: era una manía suya.

Al verlo, Jean sintió que la cólera renacía en su interior: lo había denunciado a su mujer por aquel préstamo de veinte mil francos.

Y fue ese verbo, «denunciar», el que lo inquietó.

¿Sería aquello la venganza de un hombre que había sido denunciado a su vez?

Balbuceó unas sílabas intentando recuperar la calma. Empezó una frase con: «Hay algo que...», pero era la historia de siempre: partía decidido en una dirección hasta que un obstáculo inesperado y repentino lo obligaba a cambiar de trayectoria.

—Debo hablar con usted —lo atajó Guénot.

Tenía la cara de los días malos: parecía un enterrador. Se pusieron en camino hacia su despacho. ¿Qué otra desgracia iba a caerle encima?, se preguntó Jean.

Guénot cerró la puerta y se volvió hacia él.

—Ha habido un robo —dijo.

Jean tuvo que sentarse.

La visión de un allanamiento pasó ante sus ojos: un camión aparcado detrás del edificio la noche anterior, hombres enmascarados vaciando el almacén...

Guénot rodeó el escritorio, abrió un cajón y sacó una camisita de bebé que dejó sobre el tablero.

—¿Es todo lo que queda? —preguntó Jean, que se dio cuenta al instante de lo absurdo de su pregunta: hacía unos minutos había visto una mesa atestada de artículos...

—Una empleada... —añadió el gerente, que no lo había oído.

Los dos hombres se inclinaron a la vez sobre el cuerpo del delito.

De pronto, una segunda posibilidad atravesó la calenturienta imaginación de Jean: las empleadas se marchaban todas las tardes con los bolsillos y los bolsos llenos de artículos, vaciando el almacén poco a poco, día tras día. A finales de marzo inaugurarían unos grandes almacenes sin un solo producto.

—Lo he encontrado escondido en la taquilla de una trabajadora, y eso no es todo...

Jean palideció y se preguntó por un instante si Guénot no disfrutaba con aquellas revelaciones. El gerente se instaló detrás de su escritorio, abrió una carpeta y le tendió un impreso de contratación.

—Su marido es sindicalista... y comunista; me lo informó su anterior jefe cuando le pedí referencias.

Para Jean, era la gota que colmaba el vaso: el comunismo siempre lo había aterrorizado pese a ser un concepto lejano, una amenaza que aparecía en los periódicos, pero que nunca lo había afectado personalmente.

Sin embargo, acababa de entrar en su empresa: era el principio del fin.

—¿Y hay más comunistas, en su opinión?

—No, ésta había eludido mi vigilancia, pero no tengo dudas de ninguna de las demás.

Jean se caló las gafas y miró la ficha de contratación: Lucienne Jouffroy...

—Esperaba su conformidad —añadió el gerente.

—¡La tiene!

—Muy bien. Este fin de semana aún hay mucho que hacer, no quiero privarme de personal. La despediremos a principios de la siguiente.

—Perfecto —dijo Jean—. Despidámosla la próxima semana.

—He pensado... —Guénot se dio unos toquecitos en los ojos con el pañuelo—. No es un despido ordinario...

Jean no tenía nada claro en qué se diferenciaba de los otros.

—Castigaremos un robo, pero también lanzaremos una advertencia a todo el personal. Así disuadimos a las que estén tentadas por el latrocinio.

—¡Es verdad!

La idea de que metieran mano a las existencias, de que entraran a robarle en su propia casa... Jean sentía crecer una furia vengativa en su interior.

—Así que propongo que el lunes lo comuniquemos formalmente ante todo el personal. Para no perder un tiempo precioso, lo haremos en la hora de la comida.

—¡Muy bien!

Si hubiera sido por él, aquella ladrona comunista habría ido derecha al paredón.

30

No sé qué pensará usted

—¿Ha encontrado algo sobre esa periodista, Cosson? —preguntó Palmari.

Su ayudante lo miró fijamente y él se acordó de un verso de Victor Hugo: «El hombre es un pozo que una y otra vez vuelve a quedarse vacío.»

Cosson le tendió un papel que contenía su informe:

```
Periodista Pelletier, Hélène,
domiciliada hotel Bellevue
(provisionalmente) (Châteauneuf).
Madrugadora (café, etc.). Salvo el 13 (jueves)
(¡ayer!) ¡No bajó hasta mediodía!
(mediodía: justo en mitad del día) mientras
que Ropiquet (Lambert) (también periodista)
bajó con la aurora (de rosados dedos).
La víspera (el 12) (miércoles), Pelletier,
Hélène, se acostó tarde. Al día siguiente
(13) ver supra (café, etc.). ¡Pero vista
en casa del doctor Marelle el 12!
¿Entonces?
```

Palmari hizo una mueca de admiración, ¡qué estilazo!

Así pues, parecía que Hélène Pelletier había permanecido en su habitación toda una mañana tras haber sido vista el día anterior saliendo muy temprano de la consulta del doctor Marelle. Nada sorprendente en sí mismo: la experiencia de Palmari confirmaba que es tan habitual estar enfermo cuando se sale del médico como cuando se va. No, lo extraño era, evidentemente, la absurda hora de la visita para alguien que no formaba parte del círculo cercano de Marelle y que lo había entrevistado unos días antes.

No era suficiente, pero todos los asuntos importantes empezaban así: por una ligera duda, una minúscula alteración en la vida diaria de una mujer, de su marido, de una vecina...

Cuando quería poner cerco a un médico, solía recurrir a los anales mejor documentados que existían: los archivos de Vichy, gruesos dosieres de delaciones cuya lectura era una fuente inagotable de información.

El aborto ilegal estaba situado bastante arriba en la jerarquía de la acusación vecinal; a la hora de informarse sobre un médico o una enfermera, era el recurso más obvio. A menudo se trataba de pura malevolencia, pero en el lote también se podía encontrar a un padre que se consideraba perjudicado por la tarifa exorbitante que le habían cobrado a su hija, a una abortadora deseosa de deshacerse de una competidora, a una mujer ansiosa de vengarse tras las complicaciones de una intervención problemática, etcétera.

Todos esos hechos, ciertos o falsos, ya habían prescrito, pero proporcionaban valiosas indicaciones: dibujaban un panorama.

Al final de un día de lecturas e indagaciones, el doctor Marelle apareció citado una decena de veces, un resultado apenas más elevado que el de sus colegas de la región, pero Palmari tenía un hilo del que tirar. Además, el prestigio de aquel matasanos lo sacaba de quicio: atrapar a culpables le resultaba gratificante de por sí, pero la recompensa aumentaba si éstos disfrutaban de una reputación intachable. Así que le había encargado a Cosson una relación exhaustiva de los pacientes del doctor Marelle en los registros hospitalarios y había tenido la previsión de visitar al juez Maudet para obtener de él los medios legales para trabajar. Llegado el momento, eso le permitiría ir a consultar, en todas las farmacias, las recetas extendidas por Marelle de productos que pudieran utilizarse en maniobras abortivas.

—¿Y por qué le interesa ese médico precisamente? —le había preguntado el juez.

—Estamos reuniendo una serie de indicios que le presentaremos muy pronto.

El juez no parecía muy convencido.

—El doctor Marelle es una persona muy respetada, señor inspector.

—¿Y eso lo pone por encima de la ley?

—¡Claro que no! Pero ¿cómo puede usted asegurar que ha cometido actos... contrarios a la ley?

—No puedo, señor juez, por eso le pido que me dé medios para verificarlo.

El juez había firmado.

Tras lo cual, Palmari se había presentado en la consulta del doctor Marelle a la hora en que acababan las visitas.

En la sala de espera sólo había una mujer mayor y Petit Louis. Cuando Marelle abrió la puerta para recibir a su última paciente y vio al inspector, se extrañó: ese desconocido de traje no parecía un paciente. Palmari le sonrió. Él se limitó a responder con un gesto de la cabeza y volvió a lo suyo.

—Tú no eres de Châteauneuf... —le dijo entonces Palmari a Petit Louis.

Éste dejó de hojear el ejemplar de *Elle*, miró al inspector con sus grandes ojos redondos y balbuceó algo con entusiasmo.

—¡Ah, de Chevrigny! Claro... —dijo Palmari, y se dedicó a observar al joven mientras éste volvía a hojear la revista.

En un momento dado, el médico apareció nuevamente en su puerta y lo llamó.

Ya sentado frente a Marelle, lo informó de su nombre y su cargo. Después se guardó la placa y mencionó a Petit Louis, iniciando la conversación como si estuviera allí por casualidad y hubiera entrado para saludar a un viejo amigo.

—Espero que el chaval sepa nadar porque, dentro de nada, Chevrigny va a ser un sitio bastante húmedo —bromeó el médico.

Él soltó una risita divertida.

—¿Qué puedo hacer por usted, inspector?

—Sólo proporcionarme algunos datos, doctor. Ésta es una visita de rutina, nada más.

—Lo escucho...

—Necesito una precisión relacionada con la señorita... Vaya por Dios, ¿dónde habré metido...? —Mientras rebuscaba en sus bolsillos hacía gestos para indicar que sentía la pérdida de tiempo—. ¡Ah, aquí está! Georgette Bellamy.

¿Cuántos interrogatorios como aquél había realizado? ¿Decenas, quizá un centenar? Se había enfrentado prácticamente a todas las situaciones posibles, como dejaban ver sus maneras tranquilas, el tono cordial que adoptaba, las preguntas que destilaba con eficacia, la forma en que inadvertidamente conducía la conversación hacia un derrotero inquietante y, poco a poco, ponía a su interlocutor en situación de desventaja.

Palmari tenía especial prevención contra los «tapones» como el doctor Marelle: siempre sospechaba que detrás de la jovialidad, del temperamento regalón, había un carácter desinhibido, con frecuencia amoral.

—Georgette Bellamy es conocida suya, ¿verdad?

—Es la persona que se encarga de la limpieza de la consulta.

—Pero la conoce bien, ¿no es cierto?

—Tanto como un médico puede conocer a la mujer que le limpia.

—Espere... aquí apunté... Ella dice que usted también es su médico.

Marelle estaba irritado, pero mantenía la calma.

—Cuando una mujer limpia la consulta de un médico y tiene algún problema de salud, es bastante normal que acuda a él, pero eso no la convierte en su paciente.

Palmari hizo un pequeño gesto con la cabeza y frunció apenas los labios: «Sí, comprendo.»

—Se lo pregunto porque es sospechosa de haber abortado. Diría que fue a principios de febrero...

Marelle cruzó las manos sobre el escritorio. Para Palmari, podía ser el gesto de alguien que intenta disimular un temblor.

—No acabo de entender el motivo de su visita.

Palmari puso cara de estupefacción.

—Pero... ¡es que el aborto es ilegal, doctor!

—Eso ya lo sé.

—Para el médico al que se encuentra culpable puede suponer cuatro meses de prisión firme y cinco años de prohibición de ejercer, por no hablar de la interdicción de residencia.

—¿Qué quiere usted exactamente, inspector?

—Comprender, nada más. Puesto que conoce bien a la señorita Bellamy, me pregunto si tuvo usted algo que ver con ese aborto. Es una pregunta simple.

Esta vez quien sonrió fue el médico.

—Quizá me cree usted un ingenuo...

—¿Por qué lo dice?

—La cuestión es muy sencilla, inspector: o bien tiene usted alguna prueba y me detiene, o bien no la tiene y abandona mi consulta de inmediato. —Palmari estaba contrariado, se le veía en la cara. El doctor Marelle se había levantado; ya no sonreía, pero estaba tranquilo—. Perdone que no lo acompañe, pero sin la orden de un juez...

—Aquí la tiene.

Le entregó el documento y el médico palideció. Volvió a sentarse, se puso las gafas y leyó. Se veía que se tomaba tiempo para reflexionar. Dejó la orden en el escritorio.

Como si fuera un asunto concluido, el inspector volvió a tomar la palabra.

—Verá, doctor... ¿sabe que tenemos los nombres de cuatro pacientes a las que, en los dos últimos años, ha derivado al hospital de Châteauneuf para que les hicieran raspados uterinos? —Volvía a exhibir su sonrisa alentadora, como si sólo buscara el bien de quien tenía delante—. Sí, ya sé que el año anterior no hubo ninguna. Supongo que el asunto es muy variable, lo comprendo, pero, aun así, cuatro en quince meses no es muy habitual. ¿Recuerda qué pasó exactamente?

El doctor Marelle había puesto la misma cara que cuando se enfrentaba a Delaveau, el director del laboratorio, en el ajedrez. Entrecerraba un poco los ojos, se tomaba su tiempo.

—Lo lamento, inspector, pero esa información está protegida por el secreto profesional.

—¡Naturalmente, doctor! Tiene usted toda la razón, sólo que... —De pronto había dejado de sonreír: lo sentía por él—. Si una paciente acusa a un médico, el secreto profesional desaparece, puesto que es ella misma quien ha dado explicaciones que la conciernen, ¿comprende? —Marelle asintió lentamente—. No quiero presionarlo, doctor, pero, respecto a esos raspados, si pudiera buscar en sus archivos y ayudarnos a entender... Cuanto antes archivemos este asunto, mejor.

Marelle permaneció en silencio bastante rato.

—Para serle sincero, inspector, ésta es una situación nueva para mí: esa petición se me antoja un intento de sortear el secreto médico. Creo que lo mejor será que consulte con un abogado. Cuando sepa su opinión, decidiré.

Palmari hizo un gesto: «Como quiera.» Practicaba el repliegue con la misma desenvoltura que el ataque.

—Muy bien, se lo explicaré al juez...

—Eso es, explíqueselo —respondió Marelle levantándose. Volvía a sonreír. Palmari seguía sentado.

—Y a Hélène Pelletier, la periodista, ¿la conoce bien?

El médico acusó el golpe: el inspector había adelantado una pieza que él no había tenido en cuenta.

—Pues... vino a entrevistarme con relación a la presa de Chevrigny.

Palmari volvió a coger la libreta con cara de preocupación.

—Lo sé, el 7 de marzo, el viernes 7 de marzo, ¿verdad?

—No lo...

—Y quizá se olvidó de hacerle a usted alguna pregunta...

—No lo creo, ¿por qué lo dice?

Marelle intentaba ser prudente y pensar con rapidez a un tiempo, pero Palmari le llevaba una ventaja que parecía imposible recuperar.

—Porque vino a verlo de nuevo... Espere. —Buscó en la libreta—. ¡Aquí está! El 12 de marzo: miércoles.

—Sí, es posible...

—No hay duda y, para serle claro, resulta algo extraño.

—¿Por qué?

—Porque si esa joven no había olvidado hacerle ninguna pregunta, como usted acaba de sugerir, ¿qué hacía aquí a las seis y media de la mañana? Me pregunto si no habrá venido a verlo como médico.

Marelle optó por no volver a sentarse para que no pareciera que retomaba la conversación.

—¡No creo que tenga que darle explicaciones sobre las visitas de mis pacientes!

—¡Ah! Pero ¿la señorita Pelletier es paciente suya? Lo había entendido mal...

—¡En cualquier caso, no es asunto suyo!

Palmari asintió: «De acuerdo.»

—¡Tiene usted razón! —dijo levantándose al fin—. Pero, si llegara el caso de que esa señorita fuera procesada por haberse practicado un aborto, que lo haya visitado dos veces sería... ¡Pero, bueno, aún no es el caso!

Sonriendo astutamente, se guardó la libreta en el bolsillo.

—¿Por qué la ha tomado conmigo? —le preguntó Marelle de repente.

Palmari adoptó una actitud seria, casi reflexiva.

—Verá, doctor: usted está en mejores condiciones que yo para meditar sobre la naturaleza humana, pero, a mi modesto nivel, yo a veces también me hago preguntas. Si se tomara la molestia de leer las innumerables cartas anónimas dirigidas a la policía durante la Ocupación, se quedaría asombrado al comprobar cuántas de ellas acusan a médicos de prácticas abortivas. Es tremendo, se lo aseguro.

—Todos los médicos padecieron...

—¡Desde luego, doctor! ¡Y eso es espantoso! Pero, para serle franco, algunos aparecen más nombrados que otros.

—Entonces, ¿a eso se dedica usted? ¿A remontarse a la Ocupación? ¿A Vichy? ¿A hechos prescritos hace mucho tiempo?

—Tiene razón —respondió Palmari mirando pensativamente el suelo—. Pero... en fin, no sé qué pensará usted... El caso es que, en mi opinión... —De pronto miró a Marelle a los ojos— quien hace algo una vez bien puede volver a hacerlo.

31

Usted ya me entiende

El señor Florentin había conseguido convencer a Nine de que fuera al ayuntamiento del decimocuarto distrito, donde había nacido, para pedir una partida de nacimiento.

Para consultarla, François tenía que volver a colarse clandestinamente en su casa. La ocasión anterior le había dado apuro, pero esta vez se sentía justificado porque había un misterio que desentrañar, una mentira que descubrir. Lo ideal era esperar a que la portera fuera al mercado a media mañana porque entonces dejaba la puerta de la portería abierta por si algún vecino quería recoger su correspondencia. Él llegó con antelación y se instaló en la cervecería, desde donde podría ver pasar a la portera. Entretanto, releyó su artículo.

Caso Mary Lampson
**La huella dactilar sin identificar
no pertenece a... nadie**

Pensó en el pobre juez Lenoir, que había instruido aquel sumario y acumulado tantos errores que, cuatro años después, aún seguían apareciendo.

Desde el momento en que se había redescubierto aquella prueba, él había estado seguro de que no conduciría a ninguna parte. El juez Mallard había empezado intentando descartar a todos los agentes y funcionarios que habían pasado por la escena del crimen, pero nadie podía asegurar que la lista que le habían entregado fuera exhaustiva y, para colmo, desde 1948 ya habían muerto seis testigos y desaparecido cuatro. Los esfuerzos del juez tenían mérito, pero el sumario que había heredado era simplemente desastroso.

El mejor enfoque, en su opinión, era el suyo: investigar al enigmático M., el autor de la nota hallada en el bolso de la víctima.

Una hora, seis cigarrillos y tres cafés más tarde, vio a la portera salir del edificio.

Al instante corrió a la portería a coger la llave del piso de Nine y subió la escalera como una exhalación.

Joseph, que solía saltarle a los hombros en cuanto entraba, se limitó a mirarlo fijamente, y esa mirada reprobatoria lo hizo dudar un instante, pero pudo más la necesidad de saber: buscó en el primer cajón de la cómoda y encontró la copia de la partida de nacimiento doblada por la mitad.

Tras leerla, tuvo que sentarse, estupefacto.

```
El 30 de agosto         de 1926,
a las 22 horas
nació Catherine Alberte
de sexo femenino    ,
hija de Henri Keller           , nacido en
París      ,
el 30 de febrero de 1895     ,
de ocupación médico      ,
y de Clémence Renée Villard           ,
nacida el 11 de marzo de 1901       ,
de ocupación sus labores   , casada
```

con el antedicho,
domiciliados en rue de la Reine-Claude, 45
en Neuilly-sur-Seine   .

Los padres de Nine no vivían en Courbevoie, sino en Neuilly-sur-Seine.

Su padre no era profesor y, menos aún, historiador, sino médico...

¿Qué era verdad?

¿Su padre había muerto de alcoholismo? ¿Su madre...?

¿Qué tenía que ocultar Nine?

Fiándose de su memoria de reportero, se apresuró a dejar de nuevo el documento en su sitio, bajó los peldaños de la escalera de tres en tres, volvió a colgar la llave en la portería rezando para no darse de bruces con la portera al salir y se largó.

Aquel descubrimiento lo había conmocionado; las preguntas se multiplicaban, las hipótesis se atropellaban en su cabeza... Estaba furioso porque Nine había mentido mucho, durante mucho tiempo y a todo el mundo. Era muy probable que quedaran por descubrir otras mentiras. Había perdido la confianza en ella: nunca más la creería.

Necesitaba tiempo para reflexionar. Tenía que dejar reposar todo aquello, nada de actuar en caliente. Apuntó en la libreta los datos que había memorizado. Pensaría en ellos en casa, sosegadamente... cuando estuviera más tranquilo.

Por suerte, el caso Lampson le ofrecía una excelente distracción: Line Marcia, a la que había conocido en el funeral de la infortunada Mary, le había concedido una entrevista.

Confiaba en que aquella amiga de la víctima lo ayudaría a responder a esta pregunta: si había otro hombre en su vida, ¿era Michel Bourdet, su agente, o aquel Maurice Baudoin que Oscar había desenterrado? Con el primero había discutido por teléfono; el segundo, un actor prácticamente desconocido, había abandonado la profesión y desde 1943 no había ni rastro de él. ¿O había alguien más a quien el sagaz Oscar había pasado por alto?

Se encontró con una Line Marcia bastante dispuesta que le sirvió un té («Lo traen de la India; ya verá qué maravilla») cuyo sabor recordaba el agua de fregar los platos.

—Mary me impuso en sus películas —dijo—. Después, todo se ha vuelto más difícil para mí: sólo me han ofrecido figuraciones y papeles de cuarta fila.

Tenía la edad de Mary, un físico bastante corriente, cara franca y una bonita sonrisa de amiga de la infancia. Él la había visto varias veces en papeles modestos; era una de esas actrices cuyo nombre nadie retiene y que pasan toda su carrera interpretando a vecinas, peluqueras, criadas, enfermeras y transeúntes.

François pretextó que pensaba escribir varios artículos con motivo del aniversario de la muerte de Mary para revisar con ella la lista que había preparado, desgranando el rosario de las personas relacionadas con ella a las que podía solicitar su testimonio. Cuando llegaron a Michel Bourdet, el agente, Line dijo con una amargura mal disimulada:

—Nunca ha querido llevarme, no le intereso.

François insistió como si sólo quisiera satisfacer su curiosidad sobre un tema insignificante:

—¿Usted cree que hubo algo entre Mary y él antes de que ella se casara?

Line se acabó el té.

—De Bourdet no tenía mucho que temer... es un marica irredento.

La expresión hirió a François: desde la muerte de su hermano Étienne se había vuelto muy susceptible respecto a ese tema. No dejó que se le notara. Lo importante era que su mejor hipótesis acababa de venirse abajo. Orientó la conversación hacia Maurice Baudoin.

—Mary y yo asistimos junto con él a las clases de Dechartre. Mary era muy buena, yo mediocre y él rematadamente malo. Era buen compañero, pero actuar con él era como hacer teatro de aficionados, y créame: no hay nada más deprimente. Con Maurice, el arte era verdaderamente dramático.

François no se sorprendió: sólo había encontrado su nombre en un cortometraje («¡Sí, un papel mudo: era lo que mejor se le daba!») y en los títulos de crédito de una película sin importancia rodada en 1944, pero como ayudante de cámara.

—No era mal técnico. Se dedicaba a eso mientras esperaba el «gran papel».

—¿Y hubo algo entre Mary y él?

—¡Usted quiere liarla con todo el mundo! ¡Cómo se nota que es periodista! Maurice estaba libre, sí: su mujer había desaparecido un buen día y él no había vuelto a tener noticias suyas... Mary y él se entendían bien, eran muy amigos... en fin, no digo que no pasara nada, usted ya me entiende... —François sonrió—. Pero en todo caso nadie, ni siquiera yo, que los conocía bien a los dos, habría podido decir con certeza que se entendían más allá de la amistad. A veces parecía evidente, y al otro día...

—¿Y qué fue de él?

—No tengo la menor idea. La última vez que lo vi fue hace tanto que ni me acuerdo. Imagino que elegiría otro camino: era lo mejor que podía hacer. Bueno, usted ya se habrá dado cuenta de que no estoy muy integrada en el mundillo. El gran público ignora mi existencia y en la profesión pasan tres cuartos de lo mismo. Puede ser que Baudoin haya seguido haciendo cosas y yo no me haya enterado.

Descartados Baudoin y Bourdet, sólo quedaba Servières, el marido, aunque la instrucción inicial no hubiera conseguido incriminarlo.

—Marido, marido... —repuso Line en tono evasivo y François, que algo sabía de su oficio, se limitó a mirar a su interlocutora con insistencia—. Verá, en 1946, cuando se estrenó *Una hora de gloria*, toda la prensa se entusiasmó con sus personajes y Bourdet comprendió enseguida las ventajas de casarlos.

—¿No eran...?

—Bueno, habrían tonteado un poco. Figúrese cómo será participar en un rodaje, asistir juntos al estreno de la película, descubrir el fervor del público... Debe de ser como estar en un sueño y no será difícil perder la cabeza... Pero me consta que a ninguno de los dos les entusiasmaba la idea de inventarse un matrimonio, y que Bourdet tuvo que insistir mucho. Lo que él imaginaba era una bonita historia de amor y una boda por todo lo alto para las revistas y periódicos, altibajos en la relación para mantener el interés del público, un divorcio ruidoso que los dejaría a ambos libres para reconstruir sus vidas y misión cumplida. No habrían sido más que cuatro o cinco años. Era perfectamente factible.

François estaba admirado: él también se había creído aquella historia.

—Para Servières, el plan funcionó bastante bien —continuó Line—: el asesinato de Mary, su viudez... Esas cosas son una bendición para un actor.

—Y, si no hacían vida de pareja, entonces ¿el bebé...?

—Espere, espere: ¡yo no he dicho eso! No era la historia que contaban los periódicos, cada uno hacía su vida, pero bueno... eso no quitaba que de vez en cuando... Bueno, usted ya me entiende...

Cuando François se levantó para irse, Line Marcia le dijo sonriendo:

—Si no tiene mucha prisa, puede quedarse un rato: yo estoy libre todo el día...

François le dio las gracias, incómodo, y puso un pretexto que ella desechó con el dorso de la mano: «No se apure.»

32

Soy un hombre práctico

La sala Sidon de Beirut estaba llena a reventar para aquella semifinal inesperada.

Alrededor de la mesa a la que estaba sentado Lucien, todos fingían indiferencia ante los gritos de la multitud, que llegaban en oleadas intermitentes, pero la electricidad que saturaba la lejana sala, tras cruzar puertas y recorrer pasillos, acababa flotando sobre sus cabezas como una amenaza de tormenta.

Jef Lombard estaba atándole los guantes a Lulu mientras Louis, extrañamente pensativo, le pasaba por la espalda una esponja para refrescarlo.

La semana no había estado exenta de emociones.

La primera la había provocado Angèle cuando Louis le había presentado al antiguo boxeador en el Café des Colonnes: evidentemente emocionada ante aquel gigante anciano y ciego, se había puesto a charlar con él un largo rato como si ya se conocieran.

—Tenemos habitaciones para los amigos, señor Lombard —le había dicho al irse—. Lo esperamos: solemos cenar hacia las ocho.

Y, sin esperar respuesta, había dejado a su marido a solas con el entrenador y regresado a casa.

—Es usted un hombre con suerte, señor Pelletier —había comentado el antiguo boxeador.

No había pedido mucho dinero para hacer de entrenador («No es más que una semana de trabajo, y será un cambio respecto a mis conejos»), y Louis se había mostrado dispuesto a pagarlo de su bolsillo.

—¡Ya haremos cuentas más tarde! —le había dicho Lulu muy apurado.

Para él, la cuestión del dinero era crucial: pensaba en la sonrisa de la pequeña Leela Chakir.

—La verdad —le había comentado Angèle a su marido— es que estás poniendo todo ese dinero porque te avergüenzas de haber arrastrado al pobre Lulu a esta aventura.

Él ni siquiera había respondido: su mujer lo conocía mejor que nadie. Y tenía toda la razón: todo aquello era una aventura, y estaba claro que, si Lulu se había metido en ella era porque el amor (o el deseo, que es otro nombre del amor) lo atormentaba, pero también porque él le había calentado la cabeza.

Y Jef Lombard no había hecho sino aumentar su sentimiento de culpa.

—En mi opinión —le había dicho—, lo más que podemos esperar es que consiga salir caminando del ring en la próxima pelea.

—¿No cree que tenga ninguna posibilidad?

—Pues no lo sé. Se lo diré al final de la pelea.

Lombard se había instalado en casa de los Pelletier, en la avenue des Français.

—He pedido que le preparen la habitación de nuestro hijo menor... —le había dicho Angèle.

Era la primera vez desde la muerte de Étienne que evocaba su recuerdo sin deshacerse en lágrimas.

Louis medía la satisfacción de su mujer por el mimo especial que ponía en la elaboración de las comidas.

—Es usted una cocinera magnífica, señora Pelletier —solía elogiarla Lombard.

Le costaba llamaba Angèle: estaban encantados el uno con el otro, pero se sentían cohibidos e impresionados.

—Me alegra ver tan enamorada a mi mujer —afirmaba Louis—. Preferiría que fuera de mí, pero soy un hombre de mente abierta.

Angèle reía de buena gana y Lombard sonreía mirando al techo. Cuando no estaba en su habitación, llevaba unas gafas negras que le daban un aspecto inquietante, desmentido por su voz suave y sus constantes atenciones hacia ella.

—Me alegra tener un entrenador tan solícito —decía Louis—. Preferiría que lo fuera con mi boxeador, pero soy un hombre práctico.

Lombard alzaba un puño falsamente amenazador hacia él y Angèle volvía a servirles tarta de pacanas.

Pero, durante esos días, el entrenador también utilizaba la cocina: echaba a todo el mundo y preparaba cocciones que olían a salvia y jengibre, pero también a otras hierbas que Angèle no conocía y que no olían precisamente a rosas.

—Lo siento mucho, señora Pelletier —se disculpaba él—, sé que no son aromas muy delicados...

Buscaba prevenir las espectaculares hemorragias que solía tener Lulu y que podían forzar al árbitro a parar el combate. Incluso le había pedido a Angèle que le consiguiera una piedra de alumbre.

Se pasaba largos ratos palpando la cabeza, el cráneo y las orejas de Lucien: se lo sabía de memoria.

—He alquilado una sala no muy lejos de aquí... —le había dicho Louis haciéndole una seña al camarero para que le llevara el tercer Cinzano.

Jef Lombard se había quedado en silencio, esperando a que continuara.

—No es tan cómoda como el Gimnasio del Centro, claro, pero he reunido todo el material, y si le falta a usted algo... —No iba al grano—. Es por... psicología, Jef.

El otro se quedó en silencio nuevamente.

—Me he dicho que estaría bien preocupar un poco a nuestros adversarios: cuanto menos vean, más cosas se imaginarán.

—Bien pensado —respondió Lombard por fin.

Louis se preguntó cuánto tardaría en descubrir el artículo que prácticamente le había dictado a Damien Debbas, de *Le Messager du Levant*, a cambio de toda una página de publicidad para la jabonería:

«*Lucien Rozier es un verdadero campeón*»,
declara el Legendario Jef,
que ahora entrena al joven prodigio del ring

—Su esposa me ha leído el artículo —dijo Lombard—. De primeras, no me ha sentado nada bien que pusiera palabras en mi boca... pero luego Angèle me ha convencido de que era una jugada bastante buena.

Era la primera vez que llamaba a Angèle por su nombre de pila, y Louis se preguntó si no debería mostrarse indignado.

—Puede contribuir a crear ambiente —siguió Lombard—, aunque dudo que un artículo en el periódico le ayude a ganar el próximo combate a su protegido.

Fue un duro comienzo de semana.

Jef entrenaba a Lulu seis horas al día. Su vida tenía que cambiar completamente: sus comidas, sus ejercicios y hasta su sueño. El chico era muy disciplinado, pero a cada momento descubría lo lejos que estaba de la excelencia y cuánta distancia lo separaba del nivel de su adversario. Lombard, desde luego, no se planteaba mejorar su técnica en una semana, así que se concentraba en la respiración («Si respiras mal te cansas, y es lo último que necesitas, créeme»), el equilibrio («Se avanza con el pie de atrás, se retrocede con el de delante») y las técnicas que permitían seguir golpeando mientras se retrocedía («Te va a hacer falta, ya verás»). Lulu seguía sus instrucciones sin rechistar.

—Si el combate dependiera del deseo de ganar —le decía Lombard a Louis cuando se encontraban por la tarde para tomar una copa— su chico no tendría rival.

Ese momento era muy importante para Louis, primero que nada porque en casa jamás habría podido tomarse tres copas de Cinzano seguidas, pero también porque aquella sesión diaria en el Café des Colonnes le permitía evaluar la efectividad de su estrategia. La declaración atribuida a Lombard por el periódico había sido muy leída y comentada. La serenidad del entrenador ciego impresionaba. La noticia se propagaba y reactivaba las apuestas y él confiaba en que el rumor se extendería y desmoralizaría al otro bando.

—Quien debería dar miedo es su boxeador, no yo —opinaba el antiguo campeón.

Pese a todo, a media semana Lulu no había mejorado lo suficiente y los ánimos del equipo habían decaído bastante.

Esa noche Angèle les sirvió a Jef y a Lucien sin esperar a Louis, que tenía que volver a pasar por la jabonería, pero que apareció de repente, rojo como un tomate y respirando con dificultad.

—¡Daddoul tiene cagalera!

—¡Por favor, Louis! —protestó Angèle.

Su marido fingió disculparse, pero la noticia, si era fidedigna, tenía importancia.

—¿Cómo se ha enterado? —preguntó Lombard.

Louis no quería ser indiscreto, pero acabó diciéndolo:

—Por el doctor Doueiri...

Al instante, la noticia perdió toda credibilidad: aquel imbécil incapaz de distinguir un catarro de un ataque de apoplejía seguía siendo el médico de muchas familias de Beirut por mera costumbre: quien caía realmente enfermo jamás habría recurrido a los servicios de aquel individuo al que, con una mezcla de ternura y lástima, casi todo el mundo llamaba «el idiota de Doueiri».

—No sé quién le ha dado vela en este entierro al tal Doueiri —opinó Jef Lombard—: no es ni el médico del Trofeo ni el del equipo de Hussein Daddoul.

No obstante, su tono dejaba ver que la información había despertado su interés.

—Justamente —respondió Louis—. Anoche, el médico de Daddoul estaba ausente y, como Daddoul tenía ca..., tenía problemas estomacales, acudieron a él...

—No ha acertado con un diagnóstico en treinta años, Louis —dijo Angèle.

—Es verdad, palomita, pero estamos hablando de una ca..., digo: de una descomposición, ¿no? Habrá visto unas cuantas en su carrera. No creo que...

—¿Y qué tiene, entonces? —preguntó Lucien, que no había abierto la boca hasta entonces.

—Amebiasis...

Se hizo un silencio que Lombard rompió con voz serena.

—Si eso se confirma, hijo —dijo volviéndose hacia Lulu—, el primer round va a ser como el primer círculo del infierno para ti: no podrá estar mucho tiempo en el ring, así que tendrá que intentar ganarte cuanto antes.

El rumor se confirmó esa misma tarde cuando Hamid Mokkadem, que se había unido al equipo del contrincante de Lulu, pidió oficialmente a la organización del Trofeo un aplazamiento de la pelea «por motivos de salud».

—¡Se refiere a la cagalera! —gritó Louis alzando los brazos al cielo como si él mismo hubiera vencido en el combate.

Pero todo estaba listo y ya se habían hecho las apuestas, de modo que los organizadores rechazaron cualquier aplazamiento: el reglamento decía que, en caso de enfermedad, correspondía el abandono y la derrota automática.

Por supuesto, la noticia de la amebiasis corrió como un reguero de pólvora. Ahorraremos al lector las delicadas bromas que se intercambiaron en el Sidon y el Café des Colonnes...

Lombard se llevó aparte a Lulu.

—Ya te lo dicho: Daddoul intentará dejarte KO en el primer asalto. Ya te he contado que en otros tiempos boxeé contra su padre y contra su tío, así que te puedo asegurar que, si la herencia existe, tiene los medios para hacerlo: puede pillarte en un plis plas, ni siquiera lo verás venir.

Lulu no podía sino creer a su entrenador.

—Ahora, si sobrevives a los primeros segundos, tú única estrategia tiene que ser golpear donde le duele. Voy a enseñarte cómo.

A partir de ese momento, concentró el entrenamiento en dos movimientos que consistían en un jab de derecha y un gancho de izquierda en la zona intestinal para cortar la respiración del adversario... que es una de las claves del control de los esfínteres.

Por desgracia, aunque Lucien lograba ejecutar la primera parte de aquella combinación, rara vez conseguía conectar el gancho de izquierda. Le faltaba técnica. No obstante, Lombard le hacía repetir los movimientos una y otra vez.

Entre los boxeadores que habían participado en el Trofeo, Daddoul era el más rápido y el que tenía mejor técnica.

A excepción de Gabriel Chader, que el día anterior se había clasificado para la final y que ya se frotaba las manos porque, en el próximo combate, un Lulu en forma o un Daddoul disminuido le iban igual de bien.

Pero, mientras Jef Lombard acababa de atarle los guantes a Lucien, la perspectiva de la final no le preocupaba a nadie: se veía lejísimos. Lulu procuraba concentrarse en aquella combinación que esperaba poder ejecutar esa noche por primera vez y Louis, por su parte, pensaba en un Hussein Daddoul, al que había observado con atención en la ceremonia del pesaje: un tipo moreno, velludo, conocido por su prodigiosa velocidad y su voluntad homicida. En cuanto al propio Lombard, nadie sabía en qué estado de ánimo se encontraba a unos instantes de estar frente a frente con Hamid Mokkadem, cuya victoria en un combate probablemente amañado había puesto fin a su carrera.

Uno de los oficiales del torneo pasó para comprobar que los guantes de Lucien cumplían con el reglamento y Lombard aprovechó para meter en su cubo las bolsas de hielo, las botellas de agua, los zumos de fruta y los frascos con sus cocimientos. Luego posó la mano en el hombro del chico y se dirigieron hacia la sala con Louis cerrando la marcha. El delirio y los gritos de la multitud habían llegado al clímax. A Louis, el ring nunca le había parecido más lejano: bajo la nube de humo horadada por la luz de los focos, parecía la barca de Caronte deslizándose hacia ellos por la Estigia.

La prensa no había dejado de recordar la sorda enemistad entre Mokkadem, cuyo paso al otro bando no había gustado, y el Legendario Jef (ese mote inventado por Louis había triunfado entre la prensa y el público): aquel reencuentro inesperado decuplicaba el atractivo de la pelea.

Si Daddoul realmente había estado enfermo, nadie lo habría dicho: echaba fuego por los ojos. No paraba de golpearse un guante con el otro dirigiendo a su alrededor miradas feroces mientras un ayudante le masajeaba la espalda (haciendo rodar bajo su piel unos músculos protuberantes) y su entrenador original le cuchicheaba los últimos consejos. Entretanto, Hamid Mokkadem hablaba con el árbitro a gritos porque la multitud, sobreexcitada, alborotaba. El ambiente era el de los grandes días.

Pero de pronto la atmósfera se apaciguó: parecía que los organizadores hubieran bajado el volumen del sonido. Todas las miradas se habían vuelto hacia el equipo de Lucien, formado por un joven boxeador imberbe que guiaba a su entrenador ciego, seguido de un hombre que avanzaba mirándose los pies.

El sorprendente contraste entre los dos equipos hacía pensar en un error de programación y, a medida que los tres hombres se acercaban al ring, la impresión de que el combate consistiría en una especie de sacrificio a los dioses iba en aumento. Pero esa tregua sólo duró un instante: todo el mundo estaba allí para ver una pelea y eso era lo que importaba.

Ya en el centro del cuadrilátero, Lombard tendió una ancha mano que Hamid cogió mirando a otra parte, pero él no soltó a su antiguo adversario hasta que éste volvió la cara. Los flashes crepitaron.

El árbitro recitó su letanía habitual bajo los gritos del público.

Los dos púgiles se saludaron golpeando los guantes y volvieron a sus esquinas para que les pusieran los protectores dentales. Finalmente, cuando sonó la campana avanzaron el uno hacia el otro.

El combate tendría cinco asaltos y, por la forma en que empezó Lulu, nadie creyó que llegaría hasta el quinto.

Fiel a su estilo, encajaba golpes, retrocedía hasta las cuerdas y tenía pequeños aciertos que enseguida se olvidaban. Daddoul, por su parte, golpeaba una y otra vez como si estuviera plantando una carpa de circo. Parecía estar más en forma que nunca: Lulu recibió treinta golpes por cada uno que dio. A la mitad del primer round, ni su propia madre lo habría reconocido. Louis se preguntaba si no habría llegado el momento de arrojar la toalla. Lucien, prácticamente ко de pie, lanzaba la izquierda como quien lanza un salvavidas y reactivaba el combate brevemente.

Lombard posó su mano sobre el brazo de Louis.

—Deje que sigan...

Oía el ruido de los guantes y con toda probabilidad era el único, aparte del propio Daddoul, que percibía cómo los golpes de éste iban disminuyendo en fuerza y velocidad. Sabía que seguía siendo el doble de rápido y eficaz que Lulu, pero, cuando sonó la campana y este último se dirigió, vivo de milagro, a su esquina y se sentó, le susurró al oído mientras le palpaba la cara y las costillas:

—Has ganado la mitad del combate, muchacho. —No estaba seguro de que se encontrara en condiciones de comprender lo que le decía—. Ahora, préstame atención. ¿Me oyes? —Exprimió la toalla con la que le limpiaba la ceja derecha. Nadie supo jamás con qué producto, o gracias a qué milagro, había conseguido impedir que su pupilo sangrara como de costumbre—. Si Daddoul empieza el segundo round igual que el primero, te advierto que arrojaré la toalla, te guste o no. Eso querría decir que se siente bien y confiado. Pero si ataca deprisa y con todas sus fuerzas es que tiene retortijones, y aflojará progresivamente. Será el momento de utilizar la combinación que te he enseñado. Si te va a salir algún día, más vale que sea hoy.

La campana había sonado y Daddoul, que se golpeaba los guantes con impaciencia en el centro del ring, se lanzó sobre su contrincante en cuanto lo vio levantarse.

Entonces Lucien inició una interminable serie de cabeceos y pasos hacia atrás: huía mientras la muchedumbre, puesta en pie, vociferaba y lo cubría de insultos. Pero él siguió caminando de espaldas alrededor del ring, procurando que Daddoul entregara todo lo que le quedaba, y en un momento dado vio coronados sus esfuerzos: la rapidez del otro empezó a menguar. De pronto su rostro reflejaba una angustia inaudita; avanzó lentamente, agachado y con los brazos pegados al cuerpo. En ese momento Lulu se detuvo y se ofreció a su adversario con la guardia baja. Al lanzarse sobre él, Daddoul se descubrió.

Y Lulu, por primera y última vez en su vida, consiguió encadenar la combinación definitiva.

Daddoul gritó, dobló las piernas y, con los brazos alrededor del cuerpo, hincó una rodilla en el suelo. El árbitro se acercó a verlo, pero, sin siquiera esperar a que empezara la cuenta hasta diez, Hamid Mokkadem arrojó la toalla y envolvió a su pupilo en un gran albornoz bajo el que nadie tenía ganas de saber qué ocurría. Lo sacaron del ring andando, pero vacilante, sin esperar la proclamación del resultado.

La multitud estaba enloquecida.

En el momento en que Hamid pasaba junto a él, Lombard masculló mirando al techo y sonriendo de oreja a oreja:

—No siempre gana el mejor...

Entonces oyó que un eufórico Lulu decía:

—Yo creo que podemos ganar la final, ¿no?

Louis se volvió para mirar a Jef Lombard y ambos negaron con la cabeza, desesperados.

Para Angèle, aquel resultado era otra mala noticia.

—¡Vaya! ¿Eso quiere decir que Lucien tendrá que pelear de nuevo? ¡Pues menuda victoria!

Jef Lombard no tuvo ánimos para contradecirla, prefirió ir a acostarse. En cuanto a Louis, el mal humor de su mujer lo inquietaba por desproporcionado.

—Voy a preguntártelo sin rodeos, Louis, y quiero la verdad.

«Ay, Dios.»

—¡Pues claro que sí, cariño!

—¿Lulu se juega la salud en esta competición?

Era difícil decirlo. Las muertes en el ring eran muy raras, rarísimas, pero él conocía muchos casos de boxeadores que habían abandonado el circuito padeciendo horribles migrañas, acúfenos y otras cosas por el estilo, y Lulu ya había recibido una cantidad de golpes que habría matado a más de uno. Pero conocía lo bastante a su mujer para saber que ésa no era la respuesta que convenía darle.

—¡Pero qué cosas se te ocurren! ¡Por supuesto que no!

En absoluto convencida, Angèle siguió desvistiéndose. La arruga de preocupación que le surcaba la frente se le marcó aún más.

—¿Por qué te preocupa tanto, cariño?

—Porque no sé qué va a pasar con el Gordito y Geneviève... —Louis, sintiendo llegar el golpe, agachó la cabeza—. Y si un día es necesario revelar la verdad... preferiría que nuestra pequeña Colette no hubiera perdido a su padre antes de conocerlo.

33

¡Sí, caballero, es mía!

El lunes 17 de marzo, mientras Hélène se disponía a entregarle veinte mil francos al doctor Marelle, François hablaba con una actriz en paro y Jean esperaba con impaciencia el despido de una ladrona comunista, la pequeña Colette, de tres años, aterrizaba al pie de la escalera del edificio tras rodar por todo un tramo, desde el rellano de arriba. Se había golpeado la cabeza con el canto de varios peldaños y yacía sangrando en el suelo con la cabeza y el brazo derecho en un ángulo extraño.

Era uno de esos días en que la señora Faure cruzaba medio París arrastrando sus gastadas zapatillas para ir a cocinar a casa de los Pelletier. Llevaba las compras que había hecho por el camino (hacía siglos que Geneviève había dejado de ocuparse de eso) y tenía que detenerse en cada rellano para respirar y recuperar las fuerzas.

Cuando descubrió a la niña, que parecía un trapo arrojado al pie de las escaleras, con una mancha de sangre bajo la cabeza, soltó un alarido.

La primera en reaccionar fue la portera, la señora Lucía, mujer enérgica, diligente, murmuradora, servicial y generosa (por la noche, tras sacar la basura, le daba al málaga; entonces era mejor no pedirle nada, pero durante el día era un cacho de pan).

—¡Jesús, María y José! —gritó al ver a Colette, y se lanzó sobre ella, pero la señora Faure la detuvo.

—¡Es mejor no tocarla! ¡Llame a los bomberos!

Bajó a toda velocidad a la portería mientras la señora Faure, sentada en un peldaño, ponía la mano en el pecho de la niña para comprobar si respiraba. Respiraba, pero estaba la mancha de sangre. Daba la sensación de que la vida se escapaba de aquel cuerpecillo y ella no sabía qué hacer para retenerla. Se echó a llorar.

De todas formas, lo sorprendente era que la madre de la criatura no estuviera allí, que no hubiera oído los gritos, mientras que los demás vecinos del edificio, uno tras otro, subían, bajaban, asomaban la cabeza detrás de su puerta...

—¡Ay, Dios mío, si es la pequeña de los Pelletier! ¡Se ha caído! ¿Dónde está su madre? —preguntaban extrañados.

Una vecina vio la puerta del piso entreabierta, se animó a empujarla y encontró a Geneviève durmiendo en su sillón con las dos manos sobre la enorme barriga.

—Se va a llevar un susto terrible... —le cuchicheó a otra vecina.

¿Debería despertarla? ¿Cómo debían contarle lo ocurrido? Una de ellas posó un dedo en el hombro de la durmiente con delicadeza.

—¿Eh? ¿Qué... qué pasa?

Geneviève se extrañó al ver a su lado a dos vecinas a las que había dejado de saludar hacía tiempo. Abrió la boca para soltar un exabrupto, pero no le dio tiempo.

—¡Es su hija, señora Pelletier!

—¿Qué ha hecho esta vez?

Negó con la cabeza y, de muy mal humor, se enderezó en el asiento y empujó a las vecinas, inclinadas sobre ella.

—Se ha caído...

Geneviève alzó una ceja, dubitativa; luego se levantó trabajosamente, se dirigió a la puerta del piso, que había quedado abierta, y salió al rellano. Al oír voces en la planta inferior, se acercó a la barandilla, se inclinó y vio a la señora Faure, sentada ante el cuerpo tendido de Colette.

—¿Qué le ha hecho usted?

Todo el mundo se quedó sorprendido.

—Señora Faure —repetía Geneviève subiendo el tono de voz—, ¿qué le ha hecho a mi hija?

Una vecina protestó.

—Se la ha encontrado así cuando subía la compra, señora Pelletier...

Pero Geneviève no atendía a razones.

—¡Está muerta! —gritó aferrando el pasamanos—. ¡Ay, Dios mío, mi hijita está muerta!

La señora Faure alzó los ojos hacia ella.

—¡Todavía respira!

Geneviève se tranquilizó al instante.

—¡Bueno, pues entonces no se quedé ahí como una pánfila, señora Faure! ¡Corra a avisar a la portera para llame a un médico, mujer! ¡Un médico! ¡Una ambulancia! ¡Ay, Dios mío, mi pequeña Colette! —Para el puñado de espectadores, lo desconcertante de la escena era ver que Geneviève seguía con sus lamentaciones, pero no bajaba el piso que la separaba de su hija—. ¡Usted me miente, señora Faure! —gritó blandiendo hacia la anciana un índice acusador, y hundió la cara en las manos—. ¡Mi pequeña Colette ha muerto, lo sé, lo siento! ¡Y usted no quiere decírmelo! ¡Ay, Dios mío!

Tras pedir ayuda, la portera volvió a aparecer, tan conmocionada por el cuerpo torcido de la niña como por las quejas y las lágrimas de su madre, quien, asomada al hueco de la escalera, berreaba que, si su hija estaba muerta, iba a arrojarse al vacío sin perder un segundo.

Por suerte, el parque de bomberos estaba a tres calles de allí, así que la ayuda no tardó en llegar.

La brigada subió, apartó a las dos mujeres y se inclinó sobre Colette.

—Hay que llevarse a esta niña cuanto antes —les susurró el capitán a sus hombres—, daos prisa.

Dos bomberos jóvenes corrieron a buscar una camilla. El capitán oyó que lo llamaban del piso de arriba.

—¿Va a socorrerla, o se va a quedar ahí plantado como una estaca?

—Es la madre —le explicó la señora Faure al desconcertado capitán.

Los dos bomberos estuvieron de vuelta enseguida y entre todos cogieron con cuidado a la pequeña y la depositaron en la camilla.

—¡Cuidado, panda de animales! ¡Me la vais a matar!

Los bomberos creían haberlo visto todo, pero aún no conocían a Geneviève Pelletier.

Por eso, se quedaron petrificados cuando, apenas habían cargado a la niña e iniciado un descenso acrobático por la estrecha escalera, oyeron:

—¡Socorro! ¡Voy a parir!

Era a la vez una advertencia, una petición de ayuda y una amenaza proferida con una voz tan potente que todo el mundo se quedó helado.

La señora Faure, que se había levantado, aún tenía cogida de la mano a la niña tendida en la camilla, la portera se santiguaba y los bomberos se miraban. Sólo eran tres y para un parturienta hacían falta dos.

Los gritos de Geneviève («¡Socorro, voy a romper aguas!») no los dejaban pensar.

Fue la experiencia la que hizo actuar al capitán.

—Meted a la pequeña en la ambulancia —dijo—, yo voy a ver...

Con tres grandes zancadas, subió al rellano donde estaba aquella mujer que ya había dejado de gritar, pero se sujetaba el vientre con las dos manos.

—Déjeme ver... —dijo el bombero arrodillándose ante la barriga de Geneviève. Extendió las manos para palparla.

—Pero ¿qué hace usted?

Geneviève tenía los ojos como platos.

—Déjeme ver —repitió el bombero.

—¡Sólo faltaría eso! ¡Socorro! ¡Me violan!

El capitán se mordió la lengua y se levantó.

—Esto parece ir bastante bien, señora. Mejor que llevemos a su hija al hospital cuanto antes. Porque es su hija, ¿no?

—¡Sí, caballero, es mía! —El trabajo de parto se había acabado de golpe y, cuando el bombero dio un paso hacia la escalera, Geneviève añadió—: ¡Se lo advierto, si me prohíben acompañar a mi hija, me tiro por el hueco de la escalera!

Y así fue como el camión de bomberos llevó con urgencia al hospital Lariboisière tanto a la pequeña Colette, pálida e inerte, como a su madre, que aullaba de dolor.

—Tranquilícese, señora —dijo un joven bombero.

Era inútil, los gritos de Geneviève no dejaban oír la sirena.

Mientras los demás ocupantes del edificio comentaban el dramático suceso, la señora Faure y la portera habían bajado a la portería y estaban sentadas a la mesa.

—Yo me tomaría un pequeño reconstituyente... —dijo la portera.

La señora Faure declinó con un gesto. Estaba reflexionando. ¿Cómo había podido ocurrir semejante accidente?

—La niña no iba vestida para salir, ¿verdad que no?

—No, no; de hecho, llevaba un vestidito demasiado corto para ir al hospital. Habría que llevarle algo...

—Entonces, ¿qué hacía en la escalera para terminar rodando todo un piso?

—Su madre estaba dormida... habrá abierto la puerta y ¡catapum! ¡Es lo que pasa cuando no eres lo bastante cuidadosa!

—Sin duda —dijo la señora Faure pensativa.

Había que avisar al padre.

Telefonearon a la tienda.

El señor Guénot tenía sus ideas, y consideraba que la función gerencial debía ejercerse con la máxima solemnidad.

—A las empleadas, en especial, las impresiona mucho —aseguraba secándose los ojos con el pañuelo.

El despido de Lucienne Jouffroy auguraba uno de esos momentos en los que su autoridad reluciría majestuosamente.

Cuando habían hablado de los detalles de organización de la reunión de las empleadas, Jean se había mostrado menos seguro de sí mismo: seguía convencido de la necesidad del despido, pero no tenía tan claro que su presencia fuera útil.

—¡Es indispensable! —había sentenciado el señor Guénot—. ¡No sólo se expresará la dirección de la empresa, sino también los dueños; o sea, las personas a las que los trabajadores deben su empleo!

Al instante, Geneviève había respondido «¡Presente!». La idea misma de aquella ceremonia empresarial la llenaba de entusiasmo. Si le hubieran pedido su opinión, habría sugerido instalar un cadalso o una pira en el patio. Por desgracia, no podría asistir por culpa de aquel embarazo que la agotaba.

—Yo estoy al borde de la muerte, no puedo más, pero tendrás que contármelo todo, ¿eh?

Jean, por su parte, habría cedido su puesto gustosamente: se sentía abrumado y oscilaba entre las esperanzas de éxito de su negocio y el miedo a ser arrestado y encarcelado. Había respirado al enterarse de que la huella hallada por el juez Mallard no pertenecía a nadie conocido (¡luego, tampoco a él!), pero enseguida había vuelto a angustiarse porque Geneviève volvió a poner sobre el tapete el asunto de los veinte mil francos. Su mujer no aflojaba nunca: estaba siempre en permanente ebullición.

—¿Ahora qué? —le preguntaba al verla plantada delante de él con los brazos cruzados.

—Sigo esperando que me expliques qué fue de esos veinte mil...

—Te lo diré, no lo dudes —farfullaba él.

—Por la cuenta que te trae. Te escucho.

Por desgracia, no tenía ni pizca de imaginación. Obligado a ocultar algo sobre lo que no sabía nada, decidía poner como excusa... nada: no se le ocurría ninguna excusa. Para disimular, se abalanzaba sobre Colette («¡Hay que cambiarla!») y Geneviève levantaba la mano: «Tú verás...» No paraba de recordarle que el tiempo que le había concedido corría como un gamo.

—¡Sigo esperando, Jean! ¡Uy, lo que nos vamos a reír!

Le amargaba la vida sugiriendo que, si no cumplía, lo denunciaría a la policía. Cuando no atacaba de frente, se valía de indirectas.

—¿Eh, tesoro mío? ¿A que te pondrá muy triste quedarte huérfana? Bu, bu, bu...

—Déjala —pedía Jean lanzando un suspiro.

—¡Tiene derecho a saber que su padre dilapida el dinero de...!

Enseguida busca a terceros como testigos.

—Señora Faure —decía con cara de estar exhausta—, probablemente me quede sola con las dos criaturas. Dentro de poco ya no podré pagarle...

La anciana se quedaba helada.

—No será hoy, señora Faure. Lo sabré en un par de días y ya le diré...

Y como Jean no se explicaba, de tanto en tanto metía la directa:

—Podría mandarte a la guillotina —murmuraba.

A Jean le parecía muy injusto: era cierto que de vez en cuando había perdido los papeles, pero aparte de aquel lamentable asunto de Charleville, que de todas formas no avanzaba... y de aquel otro de la actriz de cine (siempre tenía hacer un esfuerzo de memoria), y, bueno, también estaba la camarera de aquel restaurante, pero eso había sido hacía mucho, no contaba... y tampoco lo de la cartera de aquel pueblo del Norte, de la que ya nadie hablaba... salvo su mujer, que lo sabía todo o casi todo sobre su vida y los excesos a los que a veces lo había llevado la cólera.

Geneviève tenía mil maneras de cumplir su amenaza.

—Te aconsejo que reflexiones; si no, te prometo que iré a verte al cadalso con tus dos hijos.

Jean seguía dudando si asistir a la ceremonia del despido. Ciertamente, coincidía con su mujer en que un robo en Dixie merecía un pelotón de fusilamiento, pero no estaba seguro de que se sentiría cómodo con la ceremonia tal como la había organizado Guénot. Todavía recordaba cuando su padre, después de entregarle la dirección de la jabonería, se la había quitado. La herida todavía estaba abierta.

Además, en su opinión, no sólo la ladrona merecía castigo, sino también el infame Guénot.

No le perdonaba que lo hubiera delatado ante su mujer por coger prestados aquellos veinte mil francos. Por desgracia, no tenía idea de cómo hacerlo, y además comprendía que la situación de la empresa exigía una firmeza, un talento patronal del que carecía totalmente, así que estaba obligado a seguir soportando a su gerente y padeciendo a su mujer. A lo mejor le vendría bien pagarla con aquella ladrona comunista.

Al cabo, cuando acudió a la reunión del personal estaba poseído por una rabia salvaje.

Había dado un rodeo para comprar *L'Est Éclair* en la Gare de l'Est y, al leer el artículo que se ocupaba del caso que le interesaba (el suyo) descubrió que su desafortunado encuentro con el camarero del restaurante de Charleville había conseguido reactivar la memoria de aquel desgraciado, que ahora afirmaba haberlo visto perfectamente. Gracias a su testimonio, la descripción del «seminarista» se había retocado, completado, pulido y convertido en un retrato robot en toda regla. A Jean le revolvió el estómago comprobar que el hombre dibujado empezaba a parecérsele de verdad. Estaba en la página 6 de *Le Journal du Soir*, bajo el titular:

El asesino de Charleville-París
es probablemente parisino
Su abrigo y su sombrero conducen a los investigadores...
¡a los almacenes La Samaritaine!

Él no tenía idea de que aquel sombrero llevaba un número de lote. Se lo había comprado tres años atrás, tiempo suficiente para que una dependienta se olvidara por completo de cualquier cliente; sin embargo, aquel día... ¡había acudido a la tienda acompañado por Geneviève! Y, teniendo en cuenta lo que la pobre dependienta había sufrido con ella, era muy poco probable que lo hubiera olvidado. Su mujer tenía ideas muy definidas sobre los sombreros y, en su opinión, ninguno de los que les habían mostrado le quedaba bien, de lo que ponía por testigo una y otra vez a la pobre dependienta.

—¡En fin, señorita, reconozca que parece un completo idiota!

—Bueno, tenemos que pensárnoslo —decía Jean—, ya volveremos...

Pero Geneviève se mostraba en desacuerdo.

—¡De eso nada! ¡No quiero que mi marido vaya con la cabeza al aire, sólo faltaría eso!

Jean recordaba haberse probado al menos treinta modelos distintos, pero nada.

—¡No! —repetía su mujer—. Ahora va a resultar que no tiene cabeza para llevar sombrero, ¡es tremendo!

Él se acordaba perfectamente del infinito bochorno de la joven dependienta y, si él se acordaba de ella, con más razón se acordaría ella de él. Entre otras cosas porque, después de haber buscado su complicidad, Geneviève la había convertido en su chivo expiatorio.

—Pero por el amor de Dios, señorita, ¿no pretenderá que se pruebe... eso?

Había acudido el jefe de sección.

—¡Ya era hora! ¿Es usted el responsable? —La prueba de sombreros había acabado en pelotera—. ¡Es increíble! —exclamaba Geneviève intentando soliviantar a las clientas—. ¡Se ríen de nosotros! ¡Resulta que han decidido que ningún sombrero le venga bien a mi marido! ¿Qué pasa, que no les gusta su cabeza?

Era lo de siempre: un callejón sin salida.

No obstante, él se había marchado de allí con un sombrero de fieltro al que el establecimiento había aceptado aplicar un veinte por ciento de descuento porque Geneviève amenazaba con llamar «a sus abogados, a la cámara de comercio, al ministro de...».

Jean ya veía a los investigadores interrogando a la dependienta, al jefe de sección, a la cajera...

Si su mujer hubiera seguido por ese camino, lo que tendría delante no sería un retrato robot relativamente parecido a él, ¡sino una foto suya!

Agobiado, arrojó el periódico a una papelera de la estación de metro y se dirigió a la place de la République poseído por una rabia salvaje porque a esas alturas aquel desafortunado asunto de Charleville ya estaba totalmente fuera de su control: si la policía se presentaba para buscarlo, no podría hacer nada. Al menos en lo tocante al robo en la tienda quien tenía la sartén por el mango era él; bueno, él y Guénot...

El señor Guénot, experimentado organizador de ceremonias de despido, había dejado en el aire el motivo por el que el personal debía reunirse a la hora de la comida. Simplemente había hablado de «un anuncio importante», lo que había desatado enseguida toda clase de rumores, el más creíble de los cuales aseguraba que la dirección se disponía a comunicar los nombres de quienes conservarían su puesto de trabajo después de la inauguración del 28 de marzo. Eran muchas las que se sentían ya fuera. Las sigilosas visitas al vestuario del señor Georges se habían interrumpido el viernes anterior, lo que no auguraba nada bueno, pero ¿cuál sería la mala noticia?

Al llegar Jean, el ambiente era tan tenso y tormentoso como había esperado Guénot.

Los trabajadores y trabajadoras se reunieron en el vestíbulo y él subió algunos peldaños de la escalera para tomar la palabra (Jean había rechazado la propuesta de hablar primero... de hecho no pensaba hablar).

—Nos hemos reunido este mediodía por un motivo totalmente excepcional.

Jean buscaba a la ladrona, pero no estaba en condiciones de reconocerla.

Una de las empleadas jóvenes había atraído su atención: una chica delgada de bonitos ojos grises y una delantera asombrosa en alguien con esa figura.

—Ha habido un robo en la tienda, ¡un robo! —El señor Guénot dejó planear un largo silencio—. ¡Y la responsable ha sido la señora Jouffroy!

Parecía que anunciara a la ganadora de un sorteo. Un murmullo recurrió a los presentes.

Durante unos instantes Jean esperó que la tal Jouffroy no fuera la chica de los ojos grises y los pechos grandes, y ciertamente no era ella, sino la mujer que se encontraba a su derecha, que soltó un grito estridente.

—¡Sí, señora Jouffroy! —continuó Guénot—. ¡Y, de hecho, aquí está el cuerpo del delito! —añadió sacándose del ancho bolsillo de la bata una camisita de un tamaño tan ridículo que algunos se preguntaron si aquello no sería una broma—. ¡Estaba en su taquilla!

—¡Vamos, hombre! —rezongó Lucienne, aunque con voz titubeante.

Se desató una ola de comentarios.

Jean se preocupó al ver avanzar a los dos mozos de almacén: los forzudos de la empresa. Se detuvieron al pie de la escalera y empezaron a interpelar al señor Guénot, que respondía con una voz casi inaudible.

Se oyeron varios «¡chist!» y gritos de «¡callaos!», y el gerente, secándose los ojos con el pañuelo, explicó que no se iban a tolerar los robos y que, si esta vez no se llamaba a la policía, la próxima se haría sin falta.

—Pero... ¿hay testigos? —preguntó la chica en la que se había fijado Jean. Y, ante el silencio que se produjo, añadió—: Porque, vaya... ¡acusar es muy fácil!

—¡Por supuesto! —gritó el gerente, que parecía haber estado esperando aquel momento toda su vida—. ¡Este caballero fue testigo!

Y con un gesto romano, señaló con el dedo a Jean Pelletier, mientras, con la otra mano, sostenía la camisita de bebé como una prueba irrefutable.

Costaba conectar aquella modesta prenda con la radicalidad de un despido y la convocatoria de la totalidad del personal.

Jean, que no había visto nada ni sido testigo de nada, abrió la boca, de la que, naturalmente, no salió nada.

Todo el mundo estaba muy irritado.

Lucienne Jouffroy porque no sabía cómo defenderse; Gisèle porque, después de todo, la palabra del dueño de la empresa no era cualquier cosa. El dueño siempre le había caído bien, al contrario que el gerente. Le parecía buena persona; un poco perdido (daba más pena que envidia), pero no alguien que mentiría para despedir a una empleada.

—Y, para empezar, ¿por qué iba a robar yo una camisita? —preguntó Lucienne con voz destemplada—. ¡Ya no tengo hijos de esa edad!

—Eso... —respondió el señor Guénot pasándose de una mano a otra el pañuelo hecho un rebujo y alzando la palma hacia el cielo como si apelara a fuerzas superiores.

—¡No se despide a alguien por tan poco! —gritó Gisèle.

En ese momento ella misma no comprendía por qué salía en defensa de Lucienne, que nunca le había caído bien y era de las que birlaban una camisita para una cuñada... si bien ella misma lo había hecho hacía poco...

—¡Pues sí, señorita, y sin dudarlo! —Guénot estaba exultante: todo iba de maravilla—. ¡Los accionistas despedimos a esta señora para dar ejemplo y lanzar una advertencia a todos los que pudieran tener la tentación de considerar nuestras tiendas vacas lecheras!

Para Jean, allí había mucha información: primero porque llamaba «señorita» a aquella joven que tenía toda la pinta de ser una mujer casada y, en segundo lugar, porque Guénot acababa de contarse entre los dueños de la empresa. No sabía si había estado muy inspirado concediéndole una participación. Y, para acabar, aquel plural: «Nuestras tiendas.»

¿Proyectaba abrir otras, cuando él mismo ni siquiera se lo había planteado?

Tras el asunto de los veinte mil francos, ¿era una nueva prueba de su contubernio con Geneviève? De pronto, dudó: ¿sería que Guénot, deseoso (¡y con razón!) de extirpar el tumor comunista que amenazaba a la empresa, se había inventado aquel robo?

Las voces subieron de tono. Se oyeron los primeros insultos.

Jean no era el único que se hacía preguntas: aquel anuncio, destinado a figurar en los anales de Dixie como la consagración de la jerarquía, iba camino de provocar un motín: los mozos de almacén habían adoptado una actitud amenazadora, las empleadas gritaban. Lucienne Jouffroy alzó el puño en el aire (para Jean fue una revelación: ¡sólo una ladrona comunista podía hacer semejante gesto! ¡Eso probaba su culpabilidad!). Entonces, una secretaria apareció en lo alto de la escalera, bajó los peldaños a toda prisa y le tendió a Jean un mensaje que le arrancó un grito ronco, un lamento.

Tuvo que agarrarse al pasamanos. Todo el mundo se calló y clavó los ojos en él.

—Es... —El papel le temblaba en la mano—. Es mi hija... está en el hospital.

El señor Guénot le hizo una seña al vigilante para que abriera las puertas y, por suerte para él, el personal, desmovilizado, empezó a salir: tenían que apresurarse a comer, ya casi acababa la hora. Los trabajadores se golpeaban con el puño la palma de la otra mano, las empleadas intercambiaban comentarios; todo el mundo estaba nervioso.

Un grupo de compañeras rodeó a Lucienne y juró defenderla.

Gisèle vio salir al dueño de la empresa encorvado y vacilante. Pero ¿qué clase de jefe era aquél?

Jean paró un taxi y, retorciéndose las manos, se dirigió al hospital.

Llegó sobre la una y cuarto, empapado en sudor, y se topó en el pasillo con una Geneviève que echaba espuma por la boca.

—¡Aleluya! ¡El señor se digna a preocuparse por su familia! ¡Digo yo que ya era hora!

Vio a su marido lívido y con los labios entreabiertos y eso la sacó de sus casillas: ¡pero qué lelo, qué poca sangre: quedarse ahí como un poste en vez de...!

Pero Jean no la miraba a ella, sino algo detrás de ella. Se volvió rápidamente y casi se dio de bruces con un hombre en bata blanca al que no se esperaba encontrar.

—¡Pero bueno! —gritó sorprendida y enfadada—. ¡Menudo susto me ha dado!

Se iba a enterar aquel...

Pero el rostro del hombre, blanco e inexpresivo, la puso en guardia. ¿Qué les pasaba hoy a todos, que ponían aquella cara de entierro?

—¿Son ustedes los padres de la pequeña Colette?

Geneviève se habría revestido con gusto de dignidad maternal, pero no le dio tiempo: el interno le vio el vientre y optó por la prudencia.

—Debería sentarse, señora... —dijo llevándola con mano firme y protectora hacia el banco de madera. Jean los siguió con un nudo en la garganta—. Su hija tiene un brazo roto, pero también ha sufrido... un traumatismo craneal.

—¿Es grave? —preguntó Jean.

—Aún no lo sabemos...

—Lo que es grave —dijo Geneviève furibunda— es tratar con médicos que no saben nada.

—Nos tememos una fractura del peñasco, señora. Para decirlo claro, sería muy grave.

El interno vio palidecer a Jean y sintió haberse enfadado, pero ya no tenía remedio.

La primera reacción de Geneviève solía ser la cólera.

—Tranquilícese, señora —se atrevió a decirle una enfermera—, estamos en un hospital...

—¿Ah, sí? ¿Un hospital incapaz de cuidar a una niña de tres años? ¡Está buena la sanidad pública!

Jean la interrumpió con un gesto.

—Tienes razón, Jean —dijo Geneviève apretándole el brazo—: en mi estado no es aconsejable enfadarse.

Así que pasó a lamentarse.

Cuando a media tarde les permitieron al fin entrar en la habitación, la visión de su hija dejó anonadado a Jean. No era tanto el brazo, envuelto en un grueso vendaje (¿ya se lo habían escayolado?), como su extraordinaria palidez. En aquella gran cama, su hijita le pareció minúscula. Y aquella tez espectral... Le habría gustado acercarse para comprobar que respiraba, porque sus ojos miraban al vacío. Tuvo que agarrarse al pie de la cama metálica y hacer de tripas corazón.

—Mi corazoncito...

La niña volvió la cabeza hacia él, pero no pareció reconocerlo.

—Déjame a mí —dijo Geneviève apartando a su marido—, tú no sabes tratar a los niños.

En ese momento Colette cerró los ojos y su padre creyó haberla visto morir.

—Se ha dormido. —La voz provenía de la puerta: era el joven interno—. Le hemos hecho radiografías, pero... prefiero tener la opinión de un especialista, ¿comprenden?

—¡No, señor, no lo comprendo!

El interno procuró contenerse y respiró hondo.

—Señora, este tipo de fracturas no son fáciles de analizar en las radiografías. Mañana sabremos más. Por supuesto, las enfermeras de guardia estarán pendientes toda la noche, pero, si al despertar su hija tuviera mareos, náuseas o cefalea, no duden en llamarlas...

Y abandonó la habitación.

A Geneviève, las situaciones graves, por inciertas que fueran, la animaban mucho.

Se sentó en una silla junto a la cabecera de la cama y dijo con voz tranquila:

—Jean, déjame sola con ella.

Él, que habría preferido quedarse, dudó. Geneviève miraba al suelo, ¿estaba rezando?

—¿No piensas decirme qué ha pasado? —preguntó Jean. Aquel matrimonio estaba ya muy rodado. Hacía años que convivían y se enfrentaban, y tenían a sus espaldas toda una gama de conflictos, rencores y resentimientos. Siempre que Geneviève veía la ocasión de consolidar su ventaja sobre su marido, la aprovechaba de inmediato, y Jean, por su parte, aunque sus oportunidades eran mucho más escasas, hacía lo mismo. La pregunta, en todo caso, pareció azorarlos a ambos—. Porque, vaya —continuó él en voz muy baja—, cuando una niña de tres años sufre una caída así, lo normal es preguntarse...

Esa niña era la persona que más le importaba en el mundo, y verla en ese estado le producía tanta pena como cólera contra su mujer, que algo habría tenido que ver con lo ocurrido. Veía su oportunidad.

—¿Qué quieres decir?

—Es sólo una pregunta, y de momento sólo yo te la he planteado, pero si se elabora un informe, si hay una denuncia...

—¿Una denuncia de quién?

—No lo sé, Geneviève, sólo digo que podría pasar, y entonces...

—Entonces ¿qué?

Ya no tenía la actitud belicosa de los últimos días, su voz había bajado un tono.

—Podrían quitárnosla... —respondió Jean lúgubre.

Geneviève abrió la boca, pero no supo qué decir. No es que fuera a echar en falta a Colette, claro, pero no soportaría la vergüenza de que se la quitaran. De cara a la gente, la familia, los vecinos, la portera...

Jean, que algunas veces encontraba las palabras adecuadas, añadió prudente:

—Por supuesto, aún no estamos en ese punto, Geneviève, pero hay que prepararse, nunca se sabe...

Ella se volvió hacia Colette. Dejó que Jean la cogiera de la mano y los dos se quedaron mirando a su hija, que seguía dormida en la gran cama.

—A propósito —dijo Jean con suavidad—, sobre ese dinero...

—Ya lo hablaremos más tarde —respondió ella—. Tenemos algo más importante en que pensar, ¿no te parece?

—Sí, tienes razón.

Jean se quedó un buen rato en la habitación y, cuando Geneviève se durmió repantigada en el sillón y con los pies encima de la cama de Colette, salió al pasillo y se dirigió al despacho en el que se encontraba el interno.

—Perdone... —Le pareció aún más joven que hacía un rato en la habitación—. Le ruego que disculpe a mi mujer, está muy... conmocionada por lo ocurrido... —El joven interno estaba sorprendido: no era la sensación que le había dado la madre de la niña—. A mí puede decirme la verdad, ¿sabe? Soy fuerte.

La fortaleza no parecía la principal característica de aquel hombre rechoncho y desamparado al que cabía suponer sometido a la autoridad de una arpía, pero su mirada suplicante y el papel que tendría que desempeñar si las cosas se torcían animaron al médico a hablar.

—El sangrado por el oído y la zona misma del golpe —dijo midiendo sus palabras— nos hacen sospechar una fractura del peñasco. Puede que nos equivoquemos, y entonces sería más el susto que el daño, pero si nuestros temores se confirman...

—¿Sí?

—Se trataría de una fractura muy grave, con consecuencias neurológicas y sensoriales. Además, en este estado corre un grave riesgo de contraer una infección. —Respiró hondo—. Si es lo que pensamos, el pronóstico vital podría verse comprometido.

—¿Quiere decir que va a morirse?

El interno comprendió al instante que había sobreestimado en mucho las capacidades de aquel hombre.

—¡No! —respondió—. Esa hipótesis... —Ya no sabía cómo dar marcha atrás—. Esperemos a mañana.

Decididamente, aquella familia lo sacaba de quicio. Salió al pasillo y dejó al padre de la niña plantado allí con los brazos caídos.

Jean se dirigió de nuevo a la habitación arrastrando los pies y, de camino oyó a un grupo de enfermeras comentar: «Es admirable.» Aquella madre a punto de parir velando a su hija medio muerta provocaba hondas emociones al personal.

Entró en la habitación. ¿Debía despertar a Geneviève y contarle lo que el interno...? No le dio tiempo: su mujer acababa de abrir un ojo.

—Hay que avisar a la familia, Jean. A François, a Hélène... y a tus padres, claro.

¿Los necesitaban? ¿Para qué?

—¡Por Dios, Jean! —añadió Geneviève exasperada—. ¡Hay que empezar a organizarlo todo!

Jean estaba desconcertado, ¿qué había que organizar? No obstante, bajó al despacho postal del hospital y mandó telegramas.

Cuando volvió, Geneviève seguía junto a la cama de Colette.

Ninguna de las dos se había movido.

—¡Ay! ¡Lo que nos ha hecho sufrir esta niña! ¿Eh, Gordito mío?

34

¿Saldrá en el *Journal*?

François estuvo de guardia en la redacción todo el fin de semana, así que no pudo ir a Neuilly hasta el lunes a media tarde. Para entonces, llevaba dos días dándole vueltas a la cabeza y se sentía más colérico que al principio.

¡Con lo que había ayudado a Nine!

¿Quién había ido a buscarla a Ruan cuando la justicia se disponía a pedirle cuentas?

¿Quién habí...?

«Pero ¿qué sentido tiene ya acordarse de estas cosas?», se decía de pronto.

Lo que quería era gritarle la verdad a la cara antes de romper con ella para siempre y dejar de hacer el primo.

En cuanto a los veinte mil francos, que se los quedara, que los gastara, que los regalara, que los arrojara por la ventana... Él mismo se los devolvería a su hermano.

Y entonces volvía a empezar: ¡con lo que había ayudado a Nine!

En ese estado de excitación viajó a Neuilly. Su cólera no había hecho más que aumentar durante la noche, rumiaba en voz alta.

El taxista vigilaba en el retrovisor a aquel perturbado que lanzaba miradas furiosas a su alrededor y hablaba solo.

Lo dejó a la altura del número 45 de la rue de la Reine-Claude, en Neuilly.

Estaban en el extremo más alejado de la ciudad: un barrio burgués, adusto, silencioso. Los criados debían de vérselas negras para encontrar una carnicería o comprar el pan. ¿Allí era donde había vivido Nine? Siempre hablaba de su infancia en Courbevoie, que a François le hacía pensar en la fábrica VéloSolex y el cuartel de Charras, en una barriada obrera en la que un modesto profesor de historia podía, fuera de las horas lectivas, escribir libros. Pero estaba delante de una gran casa de piedra moleña con jardín, escalinata, pizarra, puertas, ventanas, sendero de gravilla, verja de forja, buhardillas y claraboyas: toda la parafernalia arquitectónica de aquella clase social que recibía en la planta baja, copulaba en el primer piso y alojaba a la servidumbre bajo el tejado.

En una placa de cobre todavía podía leerse: DOCTOR HENRI KELLER, MÉDICO RETIRADO, pero la casa estaba cerrada y con los postigos echados. Deshabitada.

Los últimos descubrimientos lo habían afectado mucho. Dudaba de sí mismo y de su lógica, pese a que el extracto de la partida de nacimiento no dejaba lugar a dudas. No estaba para iniciar una investigación, una consulta al notario no tenía ninguna posibilidad de éxito, temía haber llegado a un callejón sin salida. El taxista, estacionado frente a la casa, había abierto el periódico y fumaba plácidamente con el motor al ralentí y el contador en marcha.

¿Qué hacer?

A su alrededor, la acera, las casas con sus jardines y sus verjas... «Soy reportero», pensó: buscar información era su oficio. Empezó por la casa de la derecha, a la que llamó en vano, así que pasó a la de la izquierda, de la que lo echó un criado con malas pulgas. Decidió visitar una tras otra todas las viviendas de la misma acera. En la cuarta, apareció una criatura menuda y arrugada como una hoja seca que, desde la escalinata, manteniéndose cerrada hasta el cuello la bata a cuadros escoceses, le chilló que no necesitaba nada. François sacó el carnet de prensa, ilegible a esa distancia.

—No vendo nada, señora, sólo quiero hacerle algunas preguntas.

A veces, que lo confundieran con un policía funcionaba. El truco era mostrar el carnet mientras su interlocutor se aproximaba y hacerlo desaparecer con naturalidad antes de que estuviera lo bastante cerca para leerlo...

—¿Es usted de la policía? —le preguntó la anciana cuando llegó al pie de la escalinata. Nada, no había picado. No obstante, seguía avanzando; no estaba más que a dos o tres metros de él cuando añadió—: Yo no hablo con la policía, caballero. Jamás. Es una cuestión de principios.

Se había detenido y cruzado de brazos.

—No soy de la policía, señora —dijo él agarrándose a los barrotes de la verja de forja—. Soy periodista.

Podía tener entre noventa y ciento cinco años, y no pesaría más de treinta kilos. Unos cuantos mechones de pelo blanco dispersos por su cráneo contribuían a darle una imagen de loca o de fantasma, pero su rostro, arrugado como la tierra árida, estaba iluminado por unos ojos de un azul claro cuyas pupilas, negras e inmóviles, lo hacían a uno sentirse incómodo.

—¿De qué periódico?

Tenía una voz ronca y fuerte.

—De *Le Journal du Soir*.

—El folletín de este mes no es nada apasionante...

—Se lo comentaré a los responsables, señora.

—En cambio, esa gran página de fotos no está mal...

—El director estará encantado de saberlo: fue idea suya.

—¿Cómo se llama el director?

—Arthur Denissov, señora.

—¿Y él mismo lleva la crónica de sucesos?

—No, de eso me encargo yo.

—Se me ha olvidado su nombre.

—François Pelletier.

—Parece usted un buen chico.

Seguía a tres metros de él: no le abriría en la vida, tendrían que hablar así, a través de la verja.

—¿Hace mucho que vive aquí, señora?

—Soy dama de compañía, me contrataron en 1902. —Señaló con el pulgar la casa a su espalda y bajó la voz—. La señora no era fácil ya entonces, y con el tiempo ha ido a peor. —Ambos negaron con la cabeza, como si meditaran una situación existencial—. Bueno, escúpalo: ¿qué quiere usted saber?

—¿La casa del doctor Keller lleva mucho tiempo vacía?

—¿Qué ha hecho?

—Aún no se sabe...

Clavándole los ojos azules, la anciana hizo chasquear la lengua contra la dentadura postiza.

—Quiero una suscripción de un año.

François sonrió.

—Seis meses...

—Se jubiló el año pasado.

—¿Y sabe adónde se fue?

—Ni idea.

—¿Lo acompañaba su mujer?

—Murió en los años treinta. Viene por su hija, ¿eh?

François palideció.

—¿La conocía usted?

—En realidad, no. Ya sabe, en estos barrios es hola y adiós. Era aquella chica sorda, ¿verdad? —François asintió con la cabeza—. La veía pasar. Bueno, hasta que desapareció. Un buen día dejé de verla. ¿Qué ha hecho? ¿Saldrá en el *Journal*?

—¿Cuándo desapareció?

—¿De verdad me pregunta todo esto para el periódico?

—¡Por supuesto!

—En el cuarenta y cuatro, tras la Liberación.

Él hizo cuentas: Nine había abandonado el domicilio paterno a los dieciocho años, siendo menor.

—¿Y no tiene ni idea de adónde se fue el doctor Keller?

La anciana se volvió hacia las ventanas del primer piso y luego miró de nuevo a François.

—Puedo informarme —dijo con voz de conspiradora—. Si lo averiguo, ¿me dará una suscripción de un año?

—¡Hace años que me mientes! ¡Y con qué cinismo! ¿Que qué mentiras? ¡Tu padre no era ni profesor ni historiador, sino médico, y vivía en Neuilly! Y es curioso que me hayas dicho que murió de alcoholismo porque todo el mundo cree que se jubiló el año pasado. En cuanto a ti, desapareciste de la circulación tras la Liberación y nadie sabe qué has hecho desde entonces, ¡silencio en las ondas! Lo que no entiendo es por qué decidiste mentir, ¡así que te escucho! ¡Si tienes más patrañas que contarme, no lo dudes, me encantará oírlas!

François no iba en camino de tranquilizarse.

—¡Pare!

El taxi se detuvo y François corrió hasta una cabina y pidió el número del señor Florentin, que le pasó a Nine.

Hablar por teléfono con ella era complicado: para que te oyera, había que alzar mucho la voz, lo que solía hacerla enfadar («¡No hace falta que grites!»). Se atuvo a lo esencial.

—Necesito verte cuanto antes.

Ella dejó pasar unos segundos.

—Bueno, ven a casa esta tarde —dijo al fin.

Tras lo cual, colgó.

—¿Podemos irnos? —preguntó el taxista.

¿Cómo abordaría el asunto con ella?

No tenía ni idea.

En el *Journal* lo esperaba un angustiado telegrama del Gordito.

Pasó por casa de Nine y le dejó un mensaje con la portera:

No podré verte esta tarde: Colette ha tenido un accidente.
Salgo disparado hacia el hospital Lariboisière.

35

Será nuestro secreto

Como en Chevrigny no pasaría gran cosa hasta el lunes, Hélène tenía pensado volver a París y ver a Nine, tranquilizarla, explicarle, darle las gracias, pero el viernes por la noche le entró un cansancio terrible, se sintió... vacía por dentro. Esa idea la hizo sonrojarse. Volvió a ver su vestido manchado de sangre y al doctor Marelle allá abajo, entre sus muslos, serio y atareado, y a Lambert llevándola hasta el coche... El recuerdo de los dolores volvió a subirle a los riñones, la vergüenza de haberse puesto en manos de Lambert la hizo ovillarse entre las sábanas y esconder la cabeza bajo la almohada. Le habría gustado quedarse así hasta el día del juicio final. La tristeza la hizo llorar.

Sólo se consoló al recordar que Lambert había mencionado a su hermana menor implicando que... En fin, no había dicho mucho, pero ella se puso a hacer conjeturas, a inventarse imágenes caprichosas sobre aquella hermana y el papel que Lambert había desempeñado en aquella ocasión. Y después pensó en la sonrisa de él, en su cara juvenil y un poco blanda, en su mirada burlona y sus labios expresivos, en su cuerpo, que parecía prestado. Entonces recordó que él le había tomado la mano, y lo que sintió instantes antes de quedarse dormida, y en la ausencia de Lambert a la mañana siguiente: en su discreción. ¡Dios! Le había mostrado... no ya su cuerpo, sino su fisiología. No sabía qué pensar al respecto.

El domingo por la mañana sonó el teléfono: era él.

—No me has dicho nada sobre lo del Vaumont...

«¿El Vaumont?», pensó ella.

—¿Perdona?

—Sobre el partido de fútbol: el Châteauneuf contra el Vaumont. Será un encuentro histórico en el campo municipal de Courlerai y sólo yo estaré allí para cubrirlo, de toda la prensa internacional. Sabemos que en Chevrigny no pasará nada hasta el lunes, así que yo había pensado...

Hélène sonrió: «De acuerdo.» Se puso lo primero que encontró y, antes de salir de la habitación se miró en el espejo y se encontró fea.

—Estás guapísima —opinó Lambert en cuanto la vio aparecer en recepción—. Has hecho bien poniéndote de punta en blanco: para la gente de por aquí, ese partido es el equivalente del *derby* de Epsom. Estará la *crème de la crème.*

Hacía buen día y Hélène sentía como si el aire que entraba a través de la ventana del Simca le insuflara un poco de vida. Lambert, por su parte, conducía con fingida seriedad, como si fuera el chófer de una gran dama.

—Personalmente —dijo en un tono profesoral—, doy como ganador al Châteauneuf. Dos a cero. ¿Cuál es tu pronóstico?

—Yo apuesto por el Vaumont: la defensa del Châteauneuf siempre me ha parecido floja...

—¡No me hagas reír! ¡Le sirvió de modelo a Uruguay en la última Copa del Mundo!

En Courlerai había veintidós jugadores sobre el terreno y seis espectadores, los más ruidosos de los cuales eran, sin duda, Hélène y Lambert. Ella iba con el Vaumont; él, con el

Châteauneuf. Ni los otros cuatro aficionados ni los jugadores comprendían el desbordante entusiasmo de aquellos dos. El Vaumont ganó cuatro a dos.

—Estaba claramente amañado —sentenció Lambert al salir.

Hélène se cogió de su brazo.

Palmari se había dedicado pacientemente a reunir más indicios sobre el doctor Marelle. Su visita con la excusa de los cuatro raspados uterinos no había sido un éxito rotundo: el otro no se había dejado impresionar por sus preguntas sobre Georgette Bellamy y Hélène Pelletier, pero había conseguido crear una atmósfera: el tipo de inquietud irracional que suele sentirse ante un policía incluso cuando no se tiene nada que ocultar, y que, en caso contrario, hace dudar y lleva a cometer errores.

En ese entendido, se había embarcado en una delicada maniobra pensada para hacer aún más denso ese clima de nerviosismo. Era una maniobra que requería una serie de condiciones especiales, pero, por suerte, éstas se daban sin excepción.

Así pues, el domingo cogió la carretera con destino a Villeneuve, adonde llegó una hora después, y se dirigió al edificio en el que vivía su hija mayor, Guilaine. Su yerno, un joven muy capaz y con un futuro prometedor en Hacienda (justo el tipo de marido que esperaba encontrar para sus demás hijas), iba a irse a pescar muy temprano, lo que era una suerte porque el tema que él quería abordar no era de su incumbencia.

Para su hija fue una agradable sorpresa: adoraba a su padre, aunque ladeó la cabeza, intrigada, al verlo en la puerta.

—¿Pasa algo? —preguntó enseguida, inquieta, porque esa clase de visitas no eran algo habitual.

—Todo va bien, cariño. Tu madre te manda besos.

Era mentira: la señora Palmari no estaba al corriente. Además, no quería mucho a su hija mayor precisamente porque era la preferida de su marido.

—¿Tienes un café?

Guilaine había tenido su primer hijo hacía dieciocho meses: un niño, gran noticia para Palmari, harto de chicas.

El pequeño dormía en su moisés, sobre el que Palmari se inclinó. Luego se volvió hacia su hija, que estaba haciendo el café. El segundo bebé estaba en camino.

—¿Cuándo nacerá?

—A mediados de septiembre —respondió Guilaine un poco decepcionada porque su padre no lo recordara.

Palmari sonrió. Estaba satisfecho de que aún no se le notara. Sí, tenía los pechos hinchados pero, al contrario que la vez anterior, no había ganado mucho peso. Nadie habría dicho que estaba preñada.

Salvo que fuera un profesional avezado, naturalmente.

Preveía que su petición desconcertaría un poco a su hija. Por suerte, era la más creyente de la familia y la apelación a los principios religiosos siempre había funcionado con ella, así que había elaborado su argumentario en consecuencia.

Esperó a que le sirviera el café y se sentara frente a él.

—Cariño, esto tiene que quedar entre nosotros...

Guilaine lo miró sorprendida.

—He venido a pedirte un favor: una mentira piadosa. Me gustaría aprovechar tu... situación. —Hizo un gesto con la barbilla para señalar su vientre.

Ella dejó la taza en la mesa, intrigada.

—¿Podrías hacerle una visita a un médico de Châteauneuf, el doctor Marelle?

• • •

Pese a lo divertida que había sido su cita con Lambert, Hélène seguía haciéndose reproches por haberse abierto de capa ante él. Y la complicidad que había aflorado entre ellos el domingo la ponía aún más nerviosa, sobre todo teniendo en cuenta que un día después se dirigía a la consulta del doctor Marelle para abonarle el importe del aborto. Avanzaba por la calle apretándose contra el cuerpo el bolso con el dinero, y temía el momento en que se lo entregaría.

No podía creer que le hubiera propuesto esa suma: no conseguía comprender esa petición, interpretarla correctamente. Por otra parte, no quería parecer tacaña ni mucho menos ingrata, así que, pese a que el doctor había dicho «unos dieciocho o veinte mil», había decidido llevarle veinte.

Como resultado, las ideas relacionadas con la devolución de ese dinero habían empezado a acosarla. ¿Cuánto tardaría en conseguirlo? Nine le había asegurado que no lo necesitaba, pero ¿hasta cuándo seguiría siendo tan paciente?

Llamó a la puerta. El médico le abrió y la hizo pasar. ¿Se arrepentía de haberle pedido tanto dinero? Lo encontró muy agitado. Ella empezó por devolverle la sonda, que él fue a dejar en una cubeta; luego le tendió el dinero. ¿Hacía falta decir algo? ¿Como qué, por ejemplo? ¿Era una transacción normal? Sin abrir la boca, el médico cogió el sobre, lo metió en un cajón que volvió a cerrar y, volviéndose hacia ella, le dijo:

—Ha venido a verme un policía que investiga abortos.

Hélène tuvo que sentarse. ¿Ahora que se había liberado de aquel embarazo iban a hacerle la vida imposible de nuevo?

Era el inspector Palmari, de Protección de los Menores y la Natalidad, una brigada antiaborto.

Hélène no sabía que aquel departamento aún existía. Justo después de la guerra se había hablado mucho de él, pero desde entonces...

—Me ha preguntado por unos raspados que recomendé... —Caminó hacia ella y terminó sentándose en uno de los sillones para las visitas. Se lo veía encorvado y tenso, se retorcía las manos...—. ¡El estado de esas mujeres exigía esos raspados! —Lo había gritado, como si ella también lo acusara—. Pero está convencido de que los recomendé tras haber practicado otros tantos abortos.

Saber que la policía se interesaba por las prácticas del doctor Marelle y no por su caso la hizo sentir cobardemente aliviada.

—Ha sido por Georgette...

—¿Georgette?

—La chica de la limpieza: el inspector la acusa de un aborto cuyo autor sería yo. Al investigar su caso, ha dado conmigo.

—¿Ella lo ha acusado?

—¿Y yo qué sé? ¡Yo no tengo nada que ver con todo esto! El inspector se ha limitado a hacer insinuaciones para sembrar el terror, ¿comprende? He hablado con un boticario que me ha dicho que suele solicitar las recetas de productos que sirven para... ¿Se da cuenta?

Marelle se explicaba de forma confusa: era difícil hacerse una idea exacta de la situación. En todo caso, le sorprendía que una persona como él mostrara tan poca sangre fría.

—Voy a despedirla —agregó el médico en voz baja.

—No lo haga —recomendó ella—. Según me dice, aún no sabe nada con seguridad. Puede que ese inspector esté marcándose un farol: si tiene pruebas, ¿por qué no ha detenido a esa chica?

«O a usted», pensó, pero se contuvo antes de decirlo.

—¡Hablaré con ella! ¡Tiene que exculparme, ¿comprende?!

—Me pregunto si no sería mejor no hacer nada, mantener la calma. Insisto: si ese inspector tuviera pruebas tangibles, no se limitaría a hacer insinuaciones.

El médico se pasó la mano por la frente.

—Lo que me intriga es que también habló de usted...
—Hélène se quedó petrificada—. Tiene las fechas de sus visitas, incluida la del día que... la ayudé. Ignoro cómo lo ha averiguado, ¡pero lo tiene todo anotado en una libreta!

Hélène recordó entonces que se había cruzado con esa chica después de que Marelle le colocara la sonda cuando ni siquiera era la hora de abrir... ¿Habría ido la tal Georgette a hablar con la policía?

De pronto, oyeron un ruido.

—Es ella —murmuró el médico angustiado—. Es Georgette. —Seguían sentados uno al lado del otro, paralizados. La oyeron abrir el armario de los productos de limpieza—. ¡No debería haberla ayudado, Hélène! —Ahora cuchicheaba moviendo exageradamente la boca—. Siempre me había negado y voy y cedo con usted... ¿A quién se le ocurre? ¡Ya ve el desastre que se me ha venido encima!

Hélène ordenaba sus ideas con dificultad.

—Pero, después de todo, nadie puede probar que...

El médico tenía la mirada perdida, ya no la escuchaba.

—Le he devuelto la sonda —añadió ella—, y no hay ninguna otra prueba.

—Tiene que marcharse —le susurró Marelle.

Los dos miraron la puerta como si fuera a abrirse para dejar pasar a dos gendarmes.

Hélène temía que Georgette volviera a verla salir de la consulta antes de empezar las horas de visita. La inquietud la invadió. ¿A qué se arriesgaba si la detenían?

Se puso de pie. Había ido a saldar una deuda y a dar cerrojazo a un asunto del que ni ella ni el doctor Marelle querrían volver a saber jamás y ahora temía que aquello llevara a una detención, a un juicio, a la cárcel quizá...

El médico se levantó también. Parecía mucho más pequeño y más frágil, estaba pálido. A Hélène le habría gustado decirle cuánto lo sentía.

Le tendió la mano, pero él no quiso estrechársela: era un reproche mudo.

Se dirigió a la puerta, la abrió y, volviéndose hacia él, le dijo con voz clara y efusiva:

—¡Gracias por recibirme, doctor!

Georgette Bellamy, con la escoba en las manos, se apartó a toda prisa con los ojos bajos y la cara arrebolada.

Cuando Hélène estuvo en la calle, el doctor Marelle, repentinamente tranquilo, se acercó a la ventana y observó a la joven mientras se alejaba. Tenía la misma cara que cuando jugaba al ajedrez.

Hélène, por su parte, se sentía terriblemente inquieta. Había entregado el dinero y, a cambio, había salido temerosa de lo que pudiera pasar si el inspector seguía investigando. ¿Por qué tenía tanto miedo el doctor Marelle si no había pruebas en su contra? Esta última pregunta se repitió en su cabeza hasta que Lambert le abrió la puerta del Simca.

Se había prometido poner las cosas en su sitio: darle las gracias por lo que había hecho y explicarle que entre ellos existía un lamentable malentendido. En vez de eso, se hundió en el asiento.

Llegaron al pueblo.

En el ayuntamiento, el ingeniero estaba plantado delante de una pequeña muchedumbre, cerca del tablero de anuncios. Acababa de clavar un nuevo comunicado cuyo efecto era visible en todas las caras.

AVISO A LA POBLACIÓN

LA ENTRADA EN FUNCIONAMIENTO
DE LA PRESA SE PRODUCIRÁ
EL LUNES 24 DE MARZO DE 1952.

EN ESA FECHA, LA POBLACIÓN QUE AÚN
PERMANECE EN EL ANTIGUO PUEBLO
DE CHEVRIGNY DEBERÁ HABER
ABANDONADO LA ZONA.
POR EVIDENTES RAZONES DE SEGURIDAD,
NO SE ADMITIRÁ NINGUNA EXCEPCIÓN.

EL INGENIERO DESTOUCHES ESTÁ
A DISPOSICIÓN DE TODOS
PARA FACILITAR LA PARTIDA
AYUDANDO EN LA ORGANIZACIÓN
DEL TRANSPORTE Y LAS MUDANZAS.

DE SER NECESARIO SE RECURRIRÁ
A LAS FUERZAS DEL ORDEN.
EN CASO DE OBSTRUCCIÓN,
SE IMPONDRÁN MULTAS CUANTIOSAS.

Hélène y Lambert se acercaron también.

Tras la muerte administrativa del pueblo se aproximaba el momento de su destrucción física. Lo simbólico, por más chocante que pudiera haber resultado, daba paso a lo real: el valle se llenaría como una bañera, y las casas y los edificios públicos quedarían sumergidos por una ola de la altura de una iglesia que se llevaría todo a su paso...

Como si las caras de los vecinos reunidos en silencio no expresaran ya suficiente estupefacción, el ingeniero se quitó la pipa de los labios y, con voz fuerte y clara, anunció:

—La evacuación deberá haber acabado el 24 de marzo a las seis de la mañana porque los edificios de mayor tamaño serán dinamitados poco después.

A la destrucción se sumaba la humillación, el desprecio.

Así pues, no bastaba que el pueblo desapareciera de la vista: para que la victoria de la administración fuera completa, antes habría que derrumbarlo, de modo que todos pudieran verlo reducido a polvo.

Eso debían de estar pensando todos.

Gaston Buzier, del que se habría esperado más vehemencia, negaba con la cabeza con expresión apesadumbrada. Le temblaban los labios. Émile Blaise le dio una palmada en el hombro y se volvió a la panadería.

—Yo cierro —decía mientras se alejaba—. El que quiera pan que coja el coche y suba a Châteauneuf...

—Sabia decisión —aprobó Destouches, que había bajado la escalinata del ayuntamiento y se había mezclado con los chevriñienses como si fuera un vecino más afectado por la desgracia.

Hélène se le acercó y, para que no hubiera ninguna duda, sacó la libreta y la sostuvo bien a la vista. El mensaje estaba claro: «Esto es una entrevista, cualquier cosa que diga...»

Destouches siguió avanzando.

—Ahora que el pueblo ha muerto... —empezó a decir Hélène.

—¡Dejado de existir! —Se detuvo y se volvió hacia ella—. Los seres vivos mueren; un pueblo, señorita Pelletier...

—¿Quiere decir que un pueblo carece de vida?

—Es una entidad administrativa.

—Ahora que la inundación está programada, ¿cuáles son los siguientes pasos?

—El cierre de los principales lugares. El señor Cristin, que también hace de cartero, deberá cerrar la oficina de Correos; el padre Lacroix, hacer lo propio con la iglesia y trasladar los objetos de culto a la de Châteauneuf hasta que la de Chevrigny-le-Haut esté en condiciones de acogerlos; la señorita Duchêne se encargará de cerrar la escuela y, por último...

—Querrá decir la señora Bourdon.

—¿Cómo?

—Ha querido decir que la señora Bourdon deberá encargarse de cerrar la escuela, ¿no?

—Ah, sí, sí. Luego ya sólo quedará la delicada cuestión del traslado del cementerio.

Hélène notó, por la voz de Destouches, que aquél sería un problema importante. ¿Cómo se hacía para trasladar un cementerio?

Mientras intentaba imaginárselo, el ingeniero aprovechó para seguir su camino.

Ella se apresuró a apuntar lo que acababa de oír y luego vio a lo lejos a Raymonde, que regresaba a casa con paso lento. Petit Louis se adelantó corriendo.

—¡Célène!

Le sonreía enseñando todos los dientes y con su extraña gorra algo torcida sobre la redonda cabezota. Ella notó que le hacía una seña tan discretamente como podía y lo siguió, apartándose de la pequeña multitud que empezaba a dispersarse. Petit Louis rebuscó en sus bolsillos con una sonrisa de conspirador, extendió el brazo hacia ella y abrió la mano mostrándole una reineta diminuta de un verde precioso.

—Célène...

—¿Es para mí?

—¡Sí, Célène!

—¡Vaya! Eres... eres muy amable, Petit Louis. De verdad.

El chico esperaba que la cogiera, pero ella se le acercó y le habló al oído.

—Aún tengo que hacer unas cuantas fotos, ¿me la guardas? Será nuestro secreto...

La sonrisa de Petit Louis se agrandó mientras cerraba la mano y volvía a metérsela en el bolsillo.

En eso llegó Lambert, también sonriente.

—El ayuntamiento explotando, la iglesia volando por los aires... vas a poder hacer buenas fotos de guerra. —Remontaron la calle en dirección al café—. Debo admitir que el ingeniero me impresiona: dinamitar el pueblo es un acto bastante rotundo.

Los dos se detuvieron. A unos cincuenta metros de ellos, delante de la caseta del ingeniero, se alzaba un tablero de anuncios. Se acercaron y vieron un plano catastral del término municipal con las parcelas numeradas.

Una leyenda indicaba que las zonas sombreadas correspondían a las tierras «vendidas a Electricidad Francesa por sus propietarios».

Hélène imaginó de inmediato las ampollas que levantaría aquel mapa: todos los que habían vendido parcelas sin decir nada quedaban señalados para la venganza popular, mientras que los que se habían negado aparecían ahora como una modesta minoría. A un lado, los cobardes; al otro, los impotentes. «Divide y vencerás»: una jugada maestra de Destouches.

—¡Por las barbas del Profeta! —exclamó Lambert señalando la gran zona que representaba los bosques propiedad de Gaston Buzier.

Tres cuartas partes estaban sombreadas.

Al mismo tiempo que encabezaba ruidosamente la lucha para permanecer en el pueblo, había vendido gran parte de sus tierras al enemigo jurado. Nadie podía prever cuál sería la reacción de sus trabajadores.

Destouches acababa de poner sobre la mesa de los «resistentes» la manzana de la discordia.

La velada en el Café de la Place iba a ser muy animada.

Pero eso Hélène no lo sabría jamás, porque eran las cuatro de la tarde y, cuando estaba fotografiando la gran valla publicitaria, Antoine Cristin corrió hacia ella con un telegrama en la mano.

COLETTE ACCIDENTADA STOP SITUACIÓN PREOCUPAN-
TE STOP VEN SI PUEDES STOP JEAN

Sintiendo que se mareaba, se agarró al brazo de Lambert.

—¿A qué hora sale el primer tren a París? —preguntó con voz inexpresiva.

—Es el correo de las ocho: llega a París hacia medianoche. —Notó que Hélène se descomponía aún más—. ¿Quién es Colette?

Hélène había dejado caer el telegrama y él lo recogió del suelo.

—Mi sobrina. Tiene tres años.

Se echó a llorar.

Lambert arrojó el cigarrillo al suelo y lo apagó con el pie.

—Vamos —dijo—. Saliendo ahora en coche podemos estar en París sobre las nueve y media.

36

Nadie lo sabía

Como sabemos, Jean y François nunca se habían sentido cómodos juntos. ¿Qué los separaba? Su padre y el carácter de cada uno. Su padre, por su obsesión sucesoria; sus caracteres, porque Jean era tan parado, torpe y derrotista como François brillante y lanzado. Añádase a eso sus vidas, tan distintas. Para el uno, Nine, *Le Journal du Soir*, el constante frenesí de los cierres de edición, las ganas de vivir, la curiosidad por el mundo... Para el otro, los fracasos profesionales, Geneviève, las noches en pensiones de provincias, aquellos grandes almacenes que siempre estaban al borde del desastre...

Fue necesaria aquella situación dramática para que se lanzaran el uno a los brazos del otro.

—¿Cómo está?

Jean tenía la cara cubierta de lágrimas.

—Dormida. El médico ha dicho...

Volvió a llorar en silencio. François lo estrechó contra su pecho. Jean se separó de él y se sonó ruidosamente. François esperó sin saber qué decir.

—¿Y Geneviève? —preguntó al fin.

«Dios mío», pensaba, «Geneviève ya era un verso suelto y el accidente de su hija sólo iba a darle alas».

—Con la niña —repuso Jean señalando la habitación.

—¿Qué ha dicho el médico?

—Es un traumatismo craneal... No lo he visto muy optimista...

—Vamos, Jean... —dijo François cogiéndolo del brazo para tranquilizarlo—. ¿Qué te ha dicho exactamente?

Jean dejó de llorar y se sonó de nuevo.

—Cree que se ha roto el peñasco, una parte del cráneo. Es muy grave. Mañana vendrá un especialista. Hasta entonces, tenemos que estar atentos por si despierta con mareos o dolor de cabeza.

Aquello no estaba nada claro.

—¿Por qué dices que no es optimista?

—Ha dicho que su pronóstico vital puede estar comprometido.

François sabía por el telegrama que la niña habido sufrido un accidente, pero se quedó helado al comprender que su vida corría peligro.

—¿Puedo...?

Abrió la puerta con cuidado, entró y volvió a cerrar a su espalda.

Geneviève roncaba medio tumbada en una silla con la cabeza hacia atrás y los brazos colgando. Él se acercó a la cama, miró a su sobrina y se quedó conmocionado al ver su palidez y su inmovilidad de estatua yacente.

Sorprendentemente, la encontró también muy hermosa, hasta el punto de emocionarse. ¿Conocía de verdad a aquella niña? ¿La había visto de verdad hasta ese momento? Nine, que la adoraba, sin duda, Hélène, por supuesto, ¿pero él? ¿Le había prestado suficiente atención? Si moría, lamentaría toda su vida haberla descuidado. Era la primera niña de su generación. La criatura que Geneviève llevaba en su vientre sería el segundo bebé, luego vendrían los de Hélène y un día, quizá, los suyos... ¿Debía empezar aquella serie con la muerte de la primera en nacer? ¿Había que verlo como una maldición?

Tenía una mentalidad novelesca.

Volvió a salir y los dos hermanos fueron a sentarse a uno de los bancos del pasillo.

François notó una presencia y se volvió.

Nine había llegado sin que la oyeran. Los dos se levantaron. Nine se acercó primero a Jean y le dio un largo beso en la mejilla. Luego, se volvió hacia François. Los separaba un océano de preguntas, pero se abrazaron.

Era Nine, con *Joseph* en su cesta. Como no sabía cuándo volvería a casa, había optado por llevarlo. Sorprendentemente, no extrañó a nadie que dejara al gatito en el pasillo, ni a los miembros de la familia, que lo consideraban uno de ellos, ni al personal, que le acariciaba la cabeza al pasar.

Nine fue a ver a Colette y salió llorando a lágrima viva. No era propio de ella hacer preguntas: se limitó a escuchar las explicaciones de Jean y luego se sentó a su lado, deslizó el brazo bajo el suyo y se apoyó con afecto en su hombro.

Jean se sintió envuelto en aquel calor, en aquella presencia, en aquel olor.

Se reprochó experimentar sensaciones tan bajas y vulgares en un momento así, pero aquella chica irradiaba algo tan maravillosamente femenino, maravillosamente... pensó un momento... ¡maravillosamente maternal! Era extraño que de aquella mujer sin hijos emanaran vibraciones que nunca había percibido en su propia esposa.

Joseph había vuelto a hacerse un ovillo en su cesta. Las enfermeras seguían pasando a comprobar el estado de Colette y, cada vez que abrían la puerta, se oían los sonoros ronquidos de Geneviève. Nine, François y Jean se ponían tensos; luego, la enfermera volvía a salir y su gesto los hacía comprender que la situación no había cambiado. Nine, sentada entre los dos hermanos, volvía a apoyar la cabeza en el hombro de Jean y François volvía a sentir los dedos de ella entrelazándose con los suyos.

Jean no lograba conciliar el sueño. Se sentía ligeramente más tranquilo al pensar que la pobre Colette seguía dormida, que no había empeorado, pero el agotamiento nervioso hacía surgir otros temores. Por ejemplo, se acordaba de que la policía tenía en sus manos su sombrero y su abrigo, o del ambiente irrespirable de la tienda después del despido de la ladrona comunista. Le daba por pensar que la inminente inauguración peligraba y entonces sudaba frío y su mente volvía a la puerta de aquella habitación, tras la cual su pequeña Colette luchaba contra la muerte. Le habría gustado morir en su lugar.

En el otro extremo del banco, François sostenía la mano de Nine, que dormía apoyada en el hombro de Jean. Miraba aquella mano emocionado como cuando, en otros tiempos, contemplaba en la cama sus piececillos como de porcelana. No se atrevía a moverse para no soltar esa mano inerme. En su mente reinaba la confusión: hacía sólo unas horas se sentía rabioso y decidido a exigirle explicaciones sobre sus mentiras, quería desenmascararla y después dejarla, pero allí estaba. Incluso tenía ganas de pedirle perdón. Ya no comprendía nada, salvo que la amaba sin importar las mentiras y los engaños. Sólo esperaba que no hubiera otro hombre en su vida: lo demás siempre podría sobrellevarlo. No había sabido ayudarla porque no había sabido comprenderla.

Poco a poco, la habitación de Colette y sus alrededores habían ido sumiéndose en la larga noche hospitalaria, que es la más inquietante de todas.

En un momento dado, François no pudo más y se levantó para ir a fumar.

Al subir de nuevo, encontró a Nine despierta.

—¿No duermes? —le preguntó.

Ella se limitó a negar con la cabeza.

No encontraban la manera de hablar.

Sobre las diez llegó Hélène, con un mocetón que no le presentó a nadie.

Todos la esperaban, pero no acompañada. Aquel joven, con una elegancia un poco anticuada, miraba a su alrededor con una distancia casi divertida que molestó a Jean e intrigó a François.

—¿Dónde está Colette? —preguntó Hélène dándole un rápido abrazo a Nine, y sin esperar respuesta se volvió hacia su hermano—: ¿Qué ha pasado, Jean?

François, Nine y Jean se miraron: nadie lo sabía.

En ese preciso instante Geneviève emergió de la habitación sosteniéndose el vientre.

—Yo ya me he cansado de velar. Necesito una cama de verdad. En mi estado... En fin, si alguien quiere sustituirme...

Y, sin más, empezó a alejarse por el pasillo con aquellos andares de pato que siempre procuraba exagerar.

Jean corrió tras ella para pedirle un taxi.

Hélène ocupó su lugar junto a la cama de Colette y, una hora después, salió con los ojos enrojecidos.

—¿Puedes hacerle compañía a la pequeña? —le preguntó a Nine—. Tengo que escribir mi artículo de mañana sin falta. Volveré en cuanto lo haya terminado.

Nine le cogió la mano sonriendo y entró en la habitación.

Lambert, que se había marchado a saber adónde, reapareció justo en ese momento y encontró a Hélène agotada: no había dormido durante el viaje en coche y ya eran las tres de la madrugada.

—Tengo que encontrar un sitio para trabajar... —dijo ella apartándose un mechón de pelo de la cara.

Lambert le tendió unas cuartillas manuscritas.

Era el artículo que ella se proponía escribir ese día.

La muerte de un pueblo francés
Chevrigny desaparecerá
bajo las aguas el 24 de marzo
La inminente voladura de los edificios
arranca lágrimas a los últimos vecinos

Estupefacta, leyó el artículo. Le pareció excelente.
Iba firmado «Hélène Pelletier».

—Bueno —dijo Lambert—, la compañía es muy grata,
pero debería ir pensando en volver a casa...

37

Allí no es ninguna tontería...

Te vuelves hacia un lado y luego hacia el otro con ese dolor de espalda insoportable, ya no sabes cómo ponerte, has comido lo poco que has podido encontrar, las horas pasan y tienes la boca seca y ganas de cepillarte los dientes, pero allí no hay dentífrico, la noticia te ha pillado por sorpresa, no has preparado nada, llevado nada, hueles a sudor y cuando te levantas para ir al baño, a las dos o tres de la madrugada, ves a los otros contorsionándose en el banco como tú en las sillas y apenas los reconoces, de camino te cruzas con una enfermera que avanza apresuradamente, pero sin hacer ruido, y te dirige una sonrisa breve e impersonal, los baños huelen a lejía, el agua con la que te refrescas la cara, a cloro, y cuando vuelves a la habitación, cuya puerta sigue abierta, se te viene encima la carita pálida e impasible de aquella niña de tres años que sigue durmiendo; Dios mío, cómo te duele esa inmovilidad, darías lo que fuera por estar en esa cama en su lugar y que ella estuviera despierta y viva, te acomodas de nuevo, una silla para la espalda y otra para las piernas, los calambres te atormentan, ya no sabes cómo ponerte y aún no son ni las cuatro, la oscuridad que ves tras la ventana sigue siendo densa, inacabable, qué cansada estás, de vez en cuando entra el interno de guardia y le toma el pulso, y hace otros gestos técnicos que parecen un ritual, miras sus delgados labios con preocupación, es la misma sonrisa hospitalaria de la enfermera, nunca sabes qué piensa esa gente, sale, la noche sigue su curso.

Nine se había adormilado con los brazos cruzados, la cabeza caída sobre el hombro y los pies descalzos sobre una silla. No hacía falta que se quedaran todos, pero la única que había tenido el valor de irse era Geneviève.

Hélène había aprovechado un momento a solas para contarle que ya estaba hecho, que había encontrado a alguien que la había ayudado.

Pero apenas lo dijo, puso cara de sentirse terriblemente culpable.

—¿Fue todo bien? —le preguntó ella.

Y Hélène le habló de Raymonde y del doctor Marelle, pero sin dar detalles ni mencionar el papel de Lambert, que la había llevado hasta Châteauneuf.

—¿Te dolió?

Hélène no tuvo el valor de explicárselo en la habitación de Colette, le parecía indecente, pero Nine la había ayudado tanto... cómo negarse...

Aparte de que había sido ella quien había conseguido el dinero.

—En provincias es tan caro como en París —comentó Nine en absoluto sorprendida.

—Para devolvértelo...

Nine hizo un gesto: «Ya hablaremos de eso, no te preocupes.»

—La policía ha empezado a investigar al doctor Marelle.

Al oírlo, Nine la miró con aquella intensidad tan suya y Hélène le habló de la visita del inspector Palmari y el oscuro papel de la chica de la limpieza...

—Sería muy injusto para el doctor —añadió—. Siempre se había negado a hacer estas cosas, y el día que hace una excepción... —Se acordó de aquella tarde en que el doctor Marelle se detuvo al verla salir de casa de Raymonde—. Debe de haberme visto tan desesperada... Puede que conociera los métodos de Raymonde, y puede que me salvara la vida, así que verlo asediado por ese inspector me duele tanto...

Sobre las siete de la mañana, mientras Jean, Hélène, Nine y François dormitaban alrededor de la cama de Colette, *Joseph*, cuya cesta Nine había dejado en un rincón del pasillo, se despertó, levantó y estiró, salió lentamente de su cesta y fue a sentarse delante de la puerta cerrada de la habitación.

—¡Vaya! ¿Qué pasa, gatito? —le preguntó una enfermera—. ¿Quieres entrar?

La enfermera abrió la puerta, y el gato, de un salto tan ágil como silencioso, se subió a la cama, a los pies de Colette, se sentó y la miró con gesto serio. Pese a su sigilo, sus movimientos habían despertado a Nine.

—¿Qué haces ahí, *Joseph*? —dijo ella con voz suave.

El animal volvió la cabeza para mirarla y luego miró de nuevo a Colette, como si la señalara.

La niña había abierto los ojos y, enseguida, extendió los brazos hacia su padre, que corrió junto a ella conteniendo las lágrimas. Al ver a Hélène y a Nine junto a su cama, sonrió sorprendida y contempló la habitación intentando comprender dónde estaba.

La enfermera salió al pasillo y, mientras *Joseph* volvía tranquilamente a su cesta, fue a llamar al interno para que examinara a la niña.

—Esta misma mañana le haremos radiografías —dijo el joven médico.

Viéndola aún tan pálida, Jean no se atrevía a estrecharla en sus brazos. Ninguno de los presentes habría sabido decir si estaba mejor.

—¿Quieres comer algo?

«Ésa es una señal que no engaña», se decía Jean.

Colette no respondió, pero quiso ir al baño. Todos se apartaron y ella puso un pie en el suelo, pero perdió el equilibrio al instante. Su padre consiguió sujetarla por poco. En ese momento descubrieron que había mojado las sábanas.

A los breves instantes de alegría provocados por su despertar y la leve sonrisa que les había dirigido a Hélène y a Nine, les siguió una nueva angustia respecto a su estado real. Dos enfermeras se encerraron con ella para cambiarle la cama y, cuando terminaron, un celador fue a buscarla para bajarla a rayos X.

—No merece la pena que se queden: estará en observación toda la mañana... no volverán a subirla hasta primera hora de la tarde.

Ver la camilla alejándose por el pasillo les encogió el corazón.

—Vayamos a desayunar —propuso François.

Abandonaron el hospital y entraron en una cervecería. Parecía una situación irreal: dos mujeres con cara de cansancio y dos hombres con la barbilla, los mofletes y la quijada teñidos de azul. A ninguno le sorprendía que sólo faltara Geneviève. ¿Se interesaría por su hija?

Pidieron cafés y *croissants*.

—Ayer por la tarde telegrafié a nuestros padres. Si han cogido el primer vuelo estarán aquí sobre las dos de la tarde.

Nadie hizo comentario alguno. Después de haber visto al celador llevarse a Colette, el precipitado arribo de sus abuelos resultaba extraño. Se concentraron en el desayuno.

—Bueno —dijo al fin François mirando a su hermana—, ¿quién es el caballero andante?

—¡No es lo que crees! —respondió Hélène apurada—. Es el reportero local con el que trabajo. No había tren... —La sonrisa burlona de François la hizo reír a su vez—. ¡Piensa lo que quieras, me da igual!

—Yo le he encontrado un aire distinguido... —comentó Nine con su característica voz tenue.

—¡Aristocrático! —la corrigió Hélène sin dejar de sonreír—. Es un Ropiquet d'Orval, guapa; allí no es ninguna tontería...

Todos agradecían que Hélène se hubiera prestado a ser el tema de conversación, pero había que hablar de cosas prácticas.

—¿Cómo nos organizamos? —preguntó François.

—Yo voy a aprovechar que estoy aquí para darme una vuelta por el periódico, ¿te vienes conmigo? —le respondió Hélène.

François se volvió para mirar a Nine.

—¿Tú te irás al taller?

—Antes pasaré por casa: quiero adecentarme un poco...

—Entonces yo iré más tarde al periódico —le dijo François a su hermana—, ahora acompañaré a Nine.

Jean dudaba qué hacer.

Irse a casa para ver a Geneviève era lo más lógico... y lo menos apetecible.

—Estaré en la tienda...

—Por cierto, ¿cómo va eso? —le preguntó François—. La apertura es muy pronto, ¿no?

—Sí, el 28... en principio.

Acordaron volver a encontrarse en el hospital a las dos.

Para recibir a sus padres.

38

Mi colaboración con ella
ha dado sus frutos

Cada cual tenía sus razones y todas eran egoístas: eso constataba Gisèle a la vista de la delegación de seis personas (cinco mujeres y un hombre) encargada de negociar con la dirección un arreglo pacífico para el despido de Lucienne Jouffroy.

Los intereses eran tan variados que conformar aquel grupo había tomado casi tres horas. Algunos pensaban que había que pedir ayuda al sindicato inmediatamente y otros temían que la dirección viera esa iniciativa como una declaración de guerra; los había que opinaban que el asunto del robo «no olía bien» y preferían dejar que Lucienne se las apañara sola. Eran los menos, porque, al posponer el anuncio de las empleadas que se convertirían en dependientas a final de mes, Georges Guénot había creado un clima en el que todas se sentían amenazadas, y el despido de Lucienne adquiría tintes de advertencia. Si el día de mañana figuraban entre aquellas a las que no se les renovaría el contrato, les encantaría que las demás las defendieran, pero al mismo tiempo no querían crear un conflicto que las dejara fuera de la lista. ¿Qué hacer?

Gisèle se encontraba en una situación paradójica. Por una parte, necesitaba conservar aquel empleo a toda costa: hacía mucho tiempo que su ex marido no daba señales de vida ni aportaba dinero para el hijo de cuatro años que tenían en común. Empezar a trabajar en Dixie había sido una gran suerte porque vivía a unos cientos de metros y, en consecuencia, los gastos de guardería se reducían considerablemente. Si no la hacían dependienta sería... no quería ni imaginárselo. Había dudado mucho antes de apuntarse como candidata para la delegación. ¿No se arriesgaba a que la tomaran por cabecilla de una rebelión? Pero al final se había decidido: tenía fama de chica sensata y la dirección la vería deseosa de arreglar las cosas, de calmar los ánimos; es decir, como un «elemento positivo», que era la expresión que utilizaba el señor Georges para referirse a las o los que le convenían. Además, se sentía mal porque ella también se había llevado una camisetita interior para su hijo y porque Lucienne nunca le había caído bien. Que esa animadversión fuera el motivo por el que la abandonaba a su suerte no le parecía bien: tenía un mínimo sentido de la justicia.

Como aún no había recibido la carta certificada con la comunicación del despido, Lucienne había llegado con las demás a la hora de apertura. Se acordó que se quedara discretamente en el vestuario hasta el regreso de la delegación con la que el señor Georges había aceptado encontrarse a las diez en punto.

Si Jean Pelletier lo hubiera sabido, jamás se habría presentado en ese momento.

—¡Me voy! —dijo de inmediato.

—¡De ninguna manera! —Guénot se levantó indignado—. Los accionistas debemos hacer un frente común: tiene que quedarse.

• • •

Todos los miembros de la delegación conocían bien al gerente: llegar dos minutos antes de la hora era directamente peligroso. Dejaron pasar el tiempo en el rellano y al final llamaron a la puerta.

El encuentro no empezó en absoluto como Gisèle imaginaba. El señor Georges estaba de pie ante su escritorio, tieso y medio jorobado, con las manos a la espalda. Ni ella ni nadie se esperaban que el señor Pelletier estuviera también allí: todos recordaban que el día anterior se había marchado precipitadamente. Verlo allí, sin afeitar, despeinado y con la corbata torcida fue una sorpresa.

La secretaria se había apresurado a explicar que su hija se había accidentado.

—¿Qué asunto querían ustedes tratar? —preguntó el señor Guénot en un tono cortante.

—Hemos venido por el tema del despido previsto para la señora Jouffroy... —respondió una chica que había sido la primera en presentarse voluntaria; era una de las más vehementes, pero ahora cambiaba el peso de un pie a otro como una colegiala.

—No, señora —replicó Guénot—, no es un despido «previsto», sino «efectivo». —Todos se miraron sin comprender. Era una decepción para el señor Guénot, que se había pasado la primera parte de la mañana buscando la fórmula precisa—. El documento correspondiente se le ha enviado esta misma mañana por correo, así que ya es irreversible. ¿No es así, señor Pelletier?

Jean balbuceó un «sí» apenas audible.

«¿Qué más puede decirse?», pensó Gisèle, y soltó:

—Pero, si se ha tratado de un robo...

—¿Acaso lo duda, señorita?

Jean recordó que Guénot trataba de «señorita» a todas las mujeres solteras o divorciadas: según él, eso devolvía a la mujer al punto de partida, le proporcionaba en cierta forma una segunda virginidad. Sin embargo, en su voz aquella palabra adquiría una inflexión equívoca.

—Ésa no es la cuestión —respondió Gisèle.

—¿Entonces?

A Guénot no sólo lo irritaba tener que entenderse con una mujer, sino el hecho de que aquella chica se dirigiera a Jean Pelletier y no a él. Se arrepintió de haber insistido en que Jean se quedara.

—Si se ha tratado de un robo —respondió Gisèle—, ¿no sería mejor dejar la búsqueda del culpable en manos de la policía?

—¡Fue un delito flagrante! ¿Verdad, señor Pelletier?

—Esto... sí...

Gisèle había comprendido que tenía más posibilidades de llegar a un arreglo con el dueño que con el gerente, así que, cuando volvió a tomar la palabra, se dirigió de nuevo a Jean.

—Encontrar un artículo en un vestuario no es exactamente un delito flagrante...

—Entonces, ¿qué es?

Guénot intentaba retomar las riendas de la conversación.

—No sé... —dijo Gisèle pensativa—. ¿Una constatación?

—¡Lo que yo decía: la constatación de un robo!

Era el cuento de nunca acabar.

Jean tenía sentimientos encontrados: por un lado quería que aquella empleada comunista recibiera un castigo rápido y ejemplar para desanimar a otros posibles ladrones, pero cuando veía a Gisèle, con sus preciosos ojos grises y sus pechos redondos, le entraban ganas de darle la razón.

—No se puede despedir a alguien porque «se sospecha» que ha robado, señor Pelletier —insistió Gisèle ignorando al gerente—. Lo que pedimos es que haya una investigación policial. Pero, mientras no se descubra al culpable, no hay ninguna razón para despedir a Lucienne Jouffroy...

—¡Al contrario: hay razones de sobra!

Tras soltar aquel grito, había sacado el pañuelo para darse toquecitos en los ojos.

El resto de la delegación se mostraba de acuerdo con su compañera.

—Sí, eso es lo que pedimos —dijo alguien.

—Hemos pensado bien nuestra decisión y es irrevocable —declaró el señor Guénot—. ¿No es así, señor Pelletier?

—Pues... sí...

Para la delegación, era un fracaso: o se plegaban a la voluntad patronal, o el desacuerdo se convertía en conflicto.

En ambos casos, Gisèle estaba perdida: a esas alturas ya se había significado demasiado. ¡Pero lo que proponía era razonable!

—Todo el personal debe volver al trabajo ahora mismo —decretó el señor Guénot—. Si algún empleado no se ha reintegrado a su puesto dentro de media hora se entenderá que lo ha abandonado y será despedido también. —Las caras de los delegados reflejaban su estupefacción: se marchaban dejando una situación aún más dramática que a su llegada. Jean quiso decir algo, pero el gerente lo detuvo con un gesto seco y concluyó—: Retírense y vuelvan a sus puestos.

Cuando Jean se quedó solo con Guénot, le preguntó:

—¿Está segu...?

—¡Totalmente! ¡Les das esto, y se toman esto! —agregó simulando cortarse el índice con un dedo y luego el brazo a la altura del hombro—. Créame: siempre se puede contar con los egoísmos individuales para romper los movimientos colectivos. Nadie se sacrificará en vísperas de la renovación de los contratos.

Jean no lo veía tan claro.

Cuando bajó del despacho de Guénot para ir a inspeccionar los espacios de venta, se encontró casualmente con Gisèle.

—Señor Pelletier...

¡Eso sí que no! ¡No aceptaría que lo interceptaran de aquella manera en un pasillo! La respuesta de la dirección era firme y...

—Nos hemos enterado de que su hijita ha tenido un accidente... —añadió la chica.

Jean estaba a menos de un metro de ella. ¡Cómo lo ponían aquellos ojos grises!

—¿Está mejor?

Cuando volvió a subir al despacho, Guénot sonreía. Para él, el breve encuentro con la delegación del personal había cerrado el paso a todo posible conflicto. Todo iba viento en popa.

—¿Lo ha visto? —preguntó—. Todo está a punto, ¿verdad? Estos grandes almacenes van a tener un éxito inmenso.

Efectivamente, Jean acababa de comprobarlo: a una semana de la apertura, casi todo estaba ya en su sitio. Faltaba parte de la rotulación y algunos stands aún no estaban aprovisionados, pero había motivos para confiar, y Dios sabía que lo que él necesitaba era confianza. Cuando pensaba en las deudas que había contraído se decía que, con la apertura de aquellos grandes almacenes, más aún que con la investigación de Charleville, se jugaba el todo por el todo.

En una semana se decidiría si vivía o moría.

—Sí —dijo—, tengo la sensación de que...

No pudo acabar. La situación de su pequeña Colette, observada, analizada, examinada por los radiólogos en esos mismos momentos; el cansancio de la noche en blanco; el estrés que le había provocado aquella reunión... todo aquello era demasiado para él... por no hablar de Geneviève, con la que no tardaría en reunirse. Se derrumbó en el sillón de las visitas.

Ver a Jean Pelletier superado por los acontecimientos le dio alas a Georges Guénot.

Estaba a punto de obtener una victoria aplastante sobre aquel inepto.

Lo habían despreciado, comprado por una miseria, vigilado, pero ahora era imprescindible: el hombre sin el que nada funcionaría.

El hombre clave.

Aquel robo y su castigo habían confirmado el lugar eminente que ocupaba en aquel negocio.

—¡Pronto podremos brindar por nuestro éxito!

Aquel «nuestro» volvió a inquietar a Jean, pero estaba al límite de sus fuerzas. Habría dado la mitad de su negocio por dormir ocho horas.

Guénot, en cambio, estaba exultante.

Y la visible debilidad de quien hasta ese momento había sido su jefe y que ahora le debía la tranquilidad y el probable éxito de su negocio lo hacía sentir poderoso.

Jean nunca lo había visto así de relajado. Repantigado en su sillón de director con el pañuelo hecho un rebujo en la mano derecha y un cigarrillo en la izquierda, fumaba como quienes nunca fuman: aspiraba el humo con fuerza abriendo mucho los ojos para subrayar su placer, aguantaba el humo en la boca hinchada, lo soltaba de golpe y, aliviado, sonreía al techo como si emergiera de un orgasmo fuera de serie.

—Esos trabajadores se han ido muy descontentos... —se atrevió a decir Jean—, ¿no podemos temer que...?

—¡No hay nada que temer! ¡Hemos domado a las bestias, ja, ja, ja! ¡Qué camino hemos recorrido, ¿eh?! —continuó sin enderezarse—. Acuérdese: el pasado agosto, cuando su señora esposa vino a verme, todo estaba en el aire... —Se irguió por fin y posó en Jean una mirada un poco vaga que, en realidad, no iba dirigida a él, sino a sus recuerdos—. Estoy seguro de que Geneviève se felicita de haber recurrido a mí...

Hizo un brusco movimiento de cabeza y vio a Jean, quien se había puesto pálido: de repente, la señora Pelletier se había convertido en Geneviève... Pero, en esos momentos, Guénot se sentía demasiado fuerte para resistirse al deseo de aplastar a aquel hombrecillo—. Creo poder afirmar que mi colaboración con ella ha dado sus frutos... ¡ja, ja, ja! —Percatándose del alcance de sus palabras, se interrumpió: aquella revelación había descompuesto el rostro de Jean Pelletier. Él adelantó el torso para intentar detener el torrente de ideas que debía de estar atravesando la cabeza del otro—. ¡Discúlpeme! —farfulló. Pero disculparse era un error: era confesar, era confirmar—. Bueno, ya sabe lo que quiero decir.

Jean se levantó lentamente, pálido y tieso.

Le vino a la mente la gruesa figura de su mujer andando como un pato.

Por fin había visto claro el calendario de su embarazo.

Concepción en agosto, momento de la contratación de Guénot...

Era un descubrimiento tan impactante como doloroso.

¿Cuál era la naturaleza actual de las relaciones de Geneviève y el gerente? Si Guénot lo había denunciado por aquellos veinte mil francos era que hablaban, que aún se veían, ¿no?

Sin decir nada, abandonó el despacho al borde del desmayo, oyendo a su espalda la voz del gerente preocupado, casi asustado.

—¡Ha sido una torpeza, nada más: no me lo tenga en cuenta! La inauguración será un éxito, ¡estoy seguro!

De todas las humillaciones que había sufrido a manos de su mujer, enterarse de que había elegido a aquel hombre mediocre para embarazarse por segunda vez era, con diferencia, la más cruel.

—¿Qué, Hélène? —exclamó Barbanel, de la sección de deportes—. ¿De visita en la capital?

—Ya ves...

Caminaba a grandes zancadas por el pasillo de la redacción.

—¿Has venido a comprarte un traje de baño? —dijo Deligeard—. Porque en ese pueblo en el que estás...

—Yo no uso bañador.

—¡Uaaah!

Varios aplaudieron golpeando el tablero del escritorio a su paso.

No hacía tanto que había ido al *Journal*. ¿Cuánto? ¿Dos semanas? Pero todo parecía haber cambiado: había varias caras nuevas.

—¡Si quieres, puedo ir yo a hacer las fotos! —gritó Picard.

—Ya tengo quien me las haga, lo siento...

—Oooh...

El *Journal* seguía creciendo, iba en camino de convertirse en el primer periódico nacional. Contrataba a porrillo, aunque seguía oliendo a tina y a Beaujolais.

Llegó a la puerta de Denissov.

—¿Puedo verlo? —le preguntó a la secretaria, que respondió con un pestañeo. Era una mujer muy ahorrativa con sus expresiones.

—¡Ah, aquí estás! —Denissov se levantó—. ¡Y mira que era alto! —Fue a su encuentro y, después de darle un beso en la mejilla, preguntó—: ¿Cómo está la niña? Se llama Colette, ¿verdad?

Denissov no le hacía ascos a examinar los informes de los confidentes del *Journal* en comisarías y hospitales.

—Esperamos el resultado de las radiografías —dijo escuetamente ella.

—Se cayó, ¿no es cierto?

—Sí.

Ante aquella lacónica respuesta, Denissov comprendió que el tema estaba cerrado.

—Tus artículos sobre Chevrigny han sido muy buenos, y tus fotos también. La serie gusta mucho.

Se sentaron uno al lado del otro en los sillones reservados a las visitas. Hélène no podía evitar que aquel hombre la impresionara, y esa inferioridad, que antes la motivaba a acercarse a él, ahora la ponía fuera de sí.

—No te he dado las gracias por tu editorial, ¡me ha ayudado mucho! No encontraba el modo de hacerles ver a los vecinos del pueblo que lo que les pasaba era normal, incluso deseable. Me facilitaste mucho el trabajo.

Se permitía la mala fe porque el otro no podía desmentirla. Él lo comprendió y se limitó a sonreír.

—Es un reportaje que requiere mucha mano izquierda, es verdad —convino—. No creo que mi editorial haya sido el mayor obstáculo que has encontrado en tu camino.

—¡El más difícil no, pero sí el más desleal!

En situaciones así, dos o tres réplicas eran la medida de la paciencia de Denissov.

—El día en que estés a cargo de la línea editorial del periódico, escribirás lo que te parezca. Entretanto, quien decide soy yo.

—Me dejaste embarazada. He abortado.

Denissov se quedó de una pieza y ella se dio cuenta de que, cogiéndolo desprevenido de esa manera, ella, y no él, quedaba como el *summum* de la deslealtad.

Pero también entendió que, en el fondo, sólo había ido allí para decir eso.

Nunca había visto a Denissov tan desconcertado.

—Deberías habérmelo dicho.

—Deberías haber tenido cuidado.

Silencio.

Hélène se levantó y Denissov tuvo el detalle de no hacer lo mismo para no dominarla con su gran estatura. Se limitó a tenderle la mano abierta.

—Si puedo...

Hélène dudo un instante, pero la aceptó.

—Todo irá bien, gracias.

Caminó hasta la puerta y se volvió hacia él, que no se había movido.

—Cuento con tu elegancia. No quiero que me asciendas porque te sientes culpable ni que me degrades por incomodidad: no me conviertas ni en una santa ni en una fulana.

El otro esbozó una media sonrisa y levantó la mano: «Lo prometo.»

Una vez fuera, Hélène sintió una arcada.

—¿Te encuentras mal? —le preguntó la secretaria.

—He tenido días mejores...

Tardó unos minutos en recuperarse. Después de haberse acostado con el jefe de su hermano, haberse quedado embarazada, haber aceptado trabajar en el periódico y haber abortado en un pueblo perdido, su situación actual debería haber supuesto un alivio, pero se sentía maltrecha.

«Calma, calma», se repetía mientras subía las escaleras.

—Buenos días, Oscar. —Si había un hombre al que odiaba, era ése. Le dedicó una amplia sonrisa—. ¿Qué tal todo?

—Muy bien, señorita Pelletier. ¿Qué puedo hacer por usted?

—¿Tiene algo sobre Electricidad Francesa?

—Demasiado... Si pretende leerlo todo, cuando acabe podrá coger la jubilación, y créame: se la habrá ganado.

Se suponía que era gracioso, pero aquel fulano... —ella sabía perfectamente quién era— no tenía ni una posibilidad entre mil de hacerla reír.

Sin embargo, lo necesitaba.

—Comprendo —dijo sonriendo de oreja a oreja—. Entonces, concretaré mi petición.

—Perfecto.

39

Nunca entiendo nada de lo que dice

Ante las situaciones críticas, Angèle y Louis Pelletier reaccionaban de forma diametralmente opuesta: ella se quedaba callada y seria, mientras que a él le daba por hablar. Tanto es así que, en el avión, ella tuvo que posar la mano en la de su marido y decirle: «Louis, por favor...» El accidente de la pequeña Colette, sobre el que no tenían más información, los tenía muy preocupados.

Habían cogido el primer vuelo a París. Aterrizaron en Le Bourget sobre la una, hicieron trasladar su equipaje al Hôtel de l'Europe y fueron de inmediato al hospital.

En el pasillo los esperaban Hélène, Jean y François. Se abrazaron. Geneviève, que había reaparecido, indicó por señas que estaba demasiado cansada para levantarse.

—¿Es grave? —preguntó Angèle.

—El médico teme una fractura del peñasco —le susurró Hélène—. Eso sería grave, pero no es seguro. Le están haciendo radiografías.

Como Geneviève tenía la cara apoyada en las manos, Angèle interrogó a François con la mirada.

—Al despertar estaba un poco mareada y... —dijo él.

—Tenía náuseas y perdía el equilibrio —completó Hélène.

—¡Nunca ha tenido mucho equilibrio, la pobre! —exclamó Geneviève.

Negaba con la cabeza, abrumada por la fatalidad, por la injusticia de lo ocurrido.

Louis quiso conocer las circunstancias del accidente y todos se volvieron hacia ella.

—Pues... se cayó, eso es todo.

—¿Cómo que «eso es todo»? —insistió Louis Pelletier.

—¿Qué quiere que le diga, papá? ¡Son cosas que pasan! —De repente estaba muy emocionada y su voz se quebraba—. Ya saben lo movida que es esta niña, ¡no anda, corre! Saldría al rellano y...

Geneviève respetaba mucho a su suegro. Era el único hombre al que temía un poco, en todo caso mucho más que a su propio padre, al que consideraba un mediocre.

—Espera, Geneviève... —dijo Louis—. ¿Tú estabas con ella en el rellano?

—Sí. Quiero decir... No. Es decir...

Angèle se enfadó.

—¡Por Dios, Louis! ¿No ves lo angustiada que está? ¿Por qué la torturas así?

—¡No pretend...!

Estaba estupefacto.

Angèle, que se había acercado a Geneviève, le cogió las manos y le sonrió afectuosamente.

—Qué prueba, pobrecita mía...

Acercó una silla, se sentó al lado de su nuera y le preguntó por su embarazo, que, según Geneviève, «no acababa nunca». Se pusieron a hablar en voz baja.

François estaba huraño. No podía escuchar lo que decían, pero la solicitud de su madre y su intimidad con la nuera eran una novedad. Se volvió hacia su hermano Jean, que no prestaba atención a la escena, absorto como estaba en ideas sombrías.

El padre, por su parte, estaba evidentemente molesto con la actitud de su esposa.

—Bueno, en fin... —dijo palpándose los bolsillos—, visto lo visto, voy a bajar a echar un pitillo.

Sus tres hijos lo siguieron por el pasillo y luego escaleras abajo.

—¿Qué le ha dado a mamá? —preguntó François.

Louis reaccionó de inmediato.

—¡Hace lo que tiene que hacer! —respondió en un tono que no admitía réplica.

Aunque a veces estuviera de acuerdo con sus hijos, nunca les había permitido criticar a su madre.

Una vez en la explanada, hubo que buscar un tema de conversación.

—Bueno, Jean —dijo Louis—, ¿cómo va la tienda?

Su hijo mayor no les escribía nunca, y hacía tiempo que Geneviève había dejado de hacerlo, así que lo preguntaba con cautela. Pero Jean parecía incómodo.

—Bien —murmuró, aunque todo el mundo entendió lo contrario. Y, como su padre lo miraba con insistencia, añadió—: Ya sabes cómo son estas cosas... trabajas y trabajas, pero parece que nada va a estar listo nunca...

—Desde luego —repuso su padre—. Estoy seguro de que todo irá bien...

Por caridad, se volvió hacia François y Hélène.

—¿Y el *Journal*? ¿Bien?

Pero no escuchó la respuesta: el futuro de sus otros dos hijos no le preocupaba, sufría por Jean.

—Bueno, ¿y a mí no me preguntáis nada?

—¿Estás bien, papá? —preguntó Jean.

—¡No me refería a mí, hombre! ¿No queréis saber cómo le va a Lulu?

Ninguno de sus tres hijos había vuelto a pensar en Lucien Rozier desde el combate, bastante calamitoso, al que habían asistido en Beirut.

—A ver si lo adivináis... ¡Nuestro Lulu está en la final!

—Bravo —dijo escuetamente Hélène.

—La de leña que le habrán dado... —comentó François.

—Debo reconocer que ha recibido bastante castigo...

Acostumbrada a los eufemismos de su padre, Hélène se imaginó la cara del pobre Lulu y se le encogió el corazón. Louis no había esperado grandes demostraciones de júbilo por parte de sus hijos: el boxeo no les entusiasmaba, pero, vaya, que Lulu tuviera el Trofeo al alcance de la mano tampoco era una tontería.

—¿Y cómo se presenta esa final? —preguntó Jean fingiendo interés para darle gusto a su padre.

Si Louis se había mostrado visiblemente orgulloso de anunciar la reciente victoria de su protegido, no lo pareció tanto a la hora de evocar aquella final.

—Bueno, para ser sincero... va a ser difícil. Chader es un gran púgil, ha encadenado once victorias...

—¿En cuántas peleas? —volvió a preguntar François.

—En once.

—¿Y cuántas ganó por ko?

—Ocho... —Louis arrojó el cigarrillo al suelo y lo aplastó con el pie, pensativo—. No, para nuestro Lulu no va a ser fácil...

Volvieron a subir a la planta, en cuyo pasillo encontraron a las dos mujeres en la misma postura. Parecía que Geneviève fuera la hospitalizada y Angèle su dama de compañía.

En ese momento, en el otro extremo del pasillo apareció un celador empujando una camilla con ruedas ocupada por Colette.

—¡Cariño mío! —exclamó Angèle con los ojos llenos de lágrimas.

Al ver a su tía, tíos y abuelos, la chiquilla intentó aplaudir, pero se lo impidió la escayola que le inmovilizaba el brazo derecho. Angèle, impaciente por abrazar a su nieta, se había adelantado a los demás.

—Por favor, señores, déjenme llevarla a su habitación —pidió el celador.

Colette, aunque muy pálida, estaba sonriente.

Nadie quiso interponerse entre ella y su madre, pero Geneviève, agarrada a los brazos del sillón en el que estaba como caída, hizo esfuerzos por levantarse y luego renunció con un gesto de impotencia.

Cuando el celador colocó en su cama a Colette, Hélène se sentó a su lado y le cogió la mano.

Desde ahí oyó gritar a su cuñada:

—¡Bueno, ¿qué? ¿Se puede saber qué dicen las radiografías?!

—Hay que esperar los resultados, señora —respondió el celador—. El radiólogo no tardará en pasar.

¿Era buena o mala señal?

—¿Cómo es posible? ¡¿Aún no lo saben?! —empezó a decir Geneviève, pero su suegra la interrumpió.

—Lo sabremos enseguida, Geneviève. No te preocupes.

François y su padre se mantenían en segundo plano, pero cuando este último vio lo emocionado que estaba Jean al reencontrarse con su hija, le rodeó los hombros con el brazo.

—¡Habría que acercar a Geneviève a la cama! —sugirió Angèle en tono de reproche.

François y Jean reaccionaron de inmediato: cada uno cogió un brazo del sillón y con gran esfuerzo llevaron a Geneviève hasta la cabecera de la cama.

—¡Ah, esto está mucho mejor! ¿Eh, cariño mío? —exclamó Geneviève—. ¡Bu, bu, bu!

—¡*Ava!*

—¿Qué quiere? ¡Nunca entiendo nada de lo que dice!

—Creo que pide agua —aventuró Hélène.

—¡Ah, eso es!

—Deja, Geneviève, yo me ocupo...

—Gracias, mamá...

Angèle fue a buscar un vaso de agua que Hélène acercó a los labios de Colette. Louis se percató de que la niña no había vuelto en ningún momento la cara hacia su madre.

Angèle aprovechó la situación para acercarse a François y decirle:

—Me ha contado Geneviève que Nine ha estado aquí. ¿Se encuentra bien?

—Sí, sí.

Angèle se preocupó.

—¿Va todo bien, hijo?

—Sí, todo.

No tuvieron que esperar mucho tiempo al radiólogo. Entró y les dijo en tono severo:

—¡En esta habitación hay mucha gente! —Al ver que lo miraban con ansia, se aclaró un poco la garganta—. ¿Quién es la madre?

—¡Soy yo! —respondió Geneviève.

—Las placas han salido bien, señora: hemos descartado la fractura de peñasco. En resumen, ha sido más el susto que el daño.

—¡El miedo que nos ha hecho pasar esta bruta! —exclamó ella, pero al darse cuenta de que la expresión no era muy adecuada, se volvió hacia Colette y añadió—: ¿A que nos ha hecho pasar miedo esta brutita tan rica? ¡Bu, bu, bu!

—La tendremos dos días en observación...

—¿Por qué, si todo va bien?

—Acabo de decírselo, señora: para observarla. Eso significa que vamos a ver cómo evoluciona. Después podrán llevársela. Entretanto, pueden hacerle compañía, pero no todos a la vez.

Geneviève ya no se acordaba de las náuseas y la pérdida de equilibrio de su hija, pero los demás no pudieron evitar pensar en ellas.

40

Es usted un mentiroso

—Pareces muy cansada... ¿quieres que me quede yo con Colette?

Geneviève, con los ojos medio cerrados, inclinó la cabeza con gran patetismo.

—¿No le importa, mamá?

Así que Geneviève se fue y Angèle se sentó junto a la cama de su nieta con todos los lápices y pinturas de cera que pudo encontrar, e incluso con el pequeño Polichinela con el que le gustaba dormir a Colette. La idea era que Louis acudiera a media mañana para sustituir a su mujer, de modo que ésta pudiera ir a comer.

—A mediodía también puedo reemplazarla yo, mamá...

—Tú descansa, Geneviève. Yo sé lo que es un embarazo difícil...

El justo reconocimiento de sus sufrimientos le hizo un bien enorme a Geneviève, que se emocionó y, con lágrimas en los ojos, estrechó la mano de su suegra, contenta al sentirse comprendida por una mujer que también debía de haber sufrido lo suyo.

Esa alusión a embarazos problemáticos no pudo menos de intrigar a Louis. No recordaba que Angèle lo hubiera pasado tan mal... al contrario, ¿no solía decir que los partos de todos sus hijos habían sido «coser y cantar»? Así que, cuando llegó para sustituirla, le preguntó:

—¿A qué embarazo difícil te referías, cariño?

—A ninguno en concreto, Louis; era una manera de hablar, ya sabes...

Louis aprovechó la coyuntura para confesarle su sorpresa ante el acercamiento, tan novedoso como espectacular, entre suegra y nuera.

—Geneviève está de más de ocho meses, su hija ha estado a punto de morir... Es muy natural que le prestemos ayuda si podemos, ¿no crees?

Louis no lo tenía tan claro, pero su esposa le cogió la cabeza con las dos manos y le estampó un beso en los labios, tras lo cual se fue, dejando en sus manos la tarea de entretener a la nieta lo mejor que pudiera.

Cuando regresó para sustituirlo de nuevo, él seguía con sus dudas, pero tuvo que apresurarse porque quería que le diera tiempo a ir a ver la tienda del Gordito antes de reunirse con él para una comida tardía, tal como habían quedado. La vaga respuesta en relación con el avance de los preparativos lo había dejado preocupado, así que planeaba pasarse por el local de la place de la République para ver por sí mismo cómo iban las cosas.

—Ya me contarás, ¿de acuerdo? —había pedido Angèle.

—Pues claro.

La inauguración estaba prevista para unos días después y, ya que estaban en París, habían pensado asistir. Pero no estaban seguros de que su presencia le hiciera ilusión al Gordito (¿no preferiría enfrentarse solo a ese momento, siempre tenso, de la apertura, e invitarlos a una visita cuando el negocio estuviera funcionando, y funcionando bien?).

Además, el estado de Colette no había resultado tan grave, y Louis no quería faltar a aquella final del Trofeo en la que sentía que tenía una gran responsabilidad.

Quizá Angèle aceptaría visitar el negocio antes de la inauguración y luego marcharse.

El letrero de DIXIE, que se veía de lejos, fue un alivio. Era enorme y bonito. ¿Era posible que aquel chico estuviera a punto de tener éxito con aquel negocio cuando no lo había conseguido con la jabonería en Beirut?

En la fachada debía de haber al menos treinta metros de escaparate. Louis recordó que Jean había hablado de una superficie de mil doscientos metros cuadrados.

Ante la enorme puerta, todavía cubierta de pintura y carteles que anunciaban la próxima apertura el viernes 28 de marzo, había agitación. Louis disfrutó mezclándose con aquella pequeña muchedumbre (unas treinta personas, la mayoría mujeres con batas que exhibían el logotipo de la tienda) hasta que comprendió que, en realidad, se trataba de una protesta. Oyó voces que hablaban de «despido», de «sindicato», de «negociación»... Instintivamente, alzó los ojos hacia lo alto del edificio y vio unas grandes ventanas que eran precisamente las de la dirección, donde en esos momentos Jean, de pie junto al señor Guénot, veía ir hacia ellos a los representantes del sindicato.

Eran dos, y parecían obreros de traje y corbata: hombres maduros de espalda ancha, rasgos firmes y paso decidido, si no triunfal, al menos aplomado. Uno, el más alto, llevaba un bigote de morsa; el otro, un bisoñé casi pelirrojo y un poco torcido, de tal modo que parecía que le hubiera caído del cielo sobre el cráneo.

Georges Guénot se quedó impresionado ante el evidente aplomo de aquellos dos. Siempre había tratado con personal sobre todo femenino, y la entrada de aquellos negociadores inequívocamente experimentados lo desestabilizó, teniendo en cuenta que su última conversación con Jean había enfriado la relación entre ambos. Obligados a enfrentarse juntos a aquellos hombres, se habían saludado sin hablarse, Guénot pasándose el pañuelo húmedo de una mano a otra y abriendo la boca para articular una disculpa y Jean con una actitud hostil e incluso amenazadora.

Fue el del bigote el que se dirigió a quien parecía encarnar la autoridad en aquel despacho, y que resultó ser el señor Guénot.

—El señor Pelletier, supongo... —dijo.

Ni el uno ni el otro pudieron reunir la energía necesaria para corregir al bigotudo; dejaron que se produjera un malentendido que luego sería muy difícil de aclarar.

—Señor Pelletier —prosiguió el bigotón—, han despedido injustamente a una empleada.

—Permítame... —intentó interrumpir Guénot.

—La ley no autoriza al empresario a tomarse la justicia por su mano...

El del bisoñé pelirrojo tomó el relevo:

—¡... si es que puede hablarse de justicia!

—Lo instamos a dejar sin efecto ese despido injusto, que rechazamos. De lo contrario, llamaremos al conjunto del personal...

—... a una huelga indefinida —completó el otro—, y pediremos la intervención de la autoridad...

—... y la condena de su empresa, así como la reincorporación de la empleada injustamente despedida.

El señor Guénot había pronunciado una sola palabra, Jean ninguna. La amenaza de huelga estaba lanzada. El gerente, desorientado, buscó ayuda en Jean, sobrecogido. Los dos habían perdido el control de la situación.

—¡La respuesta es no! —gritó de pronto Guénot.

Lo oyó hasta la secretaria, que estaba en su escritorio, fuera de la oficina y detrás de una puerta cerrada. Sus negativas siempre habían prevalecido frente a sus empleados y empleadas: le bastaba con decir «no» para que lo obedecieran, pero acababa de iniciar una prueba de fuerza para la que no estaba preparado.

Los dos sindicalistas se limitaron a asentir con la cabeza para indicar que habían captado el mensaje, se despidieron y abandonaron el despacho.

Jean y el señor Guénot intercambiaron miradas de consternación.

—No pasa nada —dijo el gerente acercándose al ventanal y mirando abajo, a la acera, donde se hallaba el grupo de trabajadores al que Louis se había unido maquinalmente.

—La dirección se ha negado a readmitir a la señora Jouffroy. ¡Llamamos a la huelga!

El rugido unánime que respondió a la declaración sonó como un grito de guerra. La perspectiva del paro para todas las que, al cabo de unos días, se quedarían en la calle; los salarios de miseria; las interminables jornadas y las horas extra que no se pagaban... todo aquello soliviantaba a los empleados.

Louis prestó la máxima atención posible a los comentarios que se hicieron inmediatamente después del anuncio de huelga y luego se apresuró a irse de allí para no encontrarse con Jean.

Meditó sobre el asunto mientras se dirigía al restaurante en el que había quedado con él. En más de treinta años, nunca había habido un conflicto en la fábrica por culpa de algún despido. Cuando había sido necesario poner fin a una relación laboral, siempre se había encontrado una solución justa. ¿Se lo montaba mal Jean o los tiempos habían cambiado sin que él se percatara? La cosa era que su hijo estrenaba su negocio con un despido y un conflicto con el personal, y esas cosas nunca eran buenas.

Le dio tiempo de tomarse dos Cinzano mientras esperaba a Jean. Aprovechó su llegada para pedir el tercero.

—Perdona el retraso, papá...

—No tiene importancia, muchacho —dijo apartando el periódico que había tenido tiempo de leer a fondo—. He visto tu letrero. Bravo, es magnífico, aunque no entiendo por qué no dice PELLETIER.

Jean no podía confesarle a su padre que la similitud con el nombre de la jabonería lo habría deprimido.

—Dixie es... moderno. Se le ocurrió a Geneviève.

—Así que Pelletier suena a viejo carcamal...

Jean se puso rojo como un tomate.

—¡Oye, Gordito, que lo he dicho en broma!

Jean no dijo una palabra sobre el conflicto laboral que se le venía encima.

—Tu madre quiere que sepas que le gustaría visitar la tienda.

Al instante, Jean imaginó pancartas furiosas colgando sobre la gran escalera, hogueras humeando en el almacén, carteles con el nombre del sindicato en grandes letras...

—Sería mejor esperar hasta la apertura, ¿no te parece? Tendrá un aspecto totalmente distinto...

Louis hizo un gesto: «De acuerdo, de acuerdo.»

En ese momento Jean advirtió que el periódico que su padre había dejado a su lado en la mesa era de hacía dos días y estaba plegado sobre el retrato del asesino del Charleville-París, más fiel a su modelo que el anterior.

—Pero, a ver, dime cómo se produjo esa mala caída de nuestra pequeña Colette, no comprendí muy bien lo que nos dijo tu esposa.

—Yo no estaba allí, papá. Supongo que, aprovechando que su madre dormía, salió a curiosear al rellano.

«Vale», pensó Louis, «nunca lo sabremos».

Después de azuzarlo con el nombre de la tienda, se decía Jean, su padre sacaba otro tema que lo angustiaba.

—¿Ya no tienes hambre? —le preguntó Louis sorprendido de que no pudiera con el entrecot: no era propio de él.

—No mucha, no...

«Las preocupaciones...», pensó su padre.

．．．

Hélène sentía tener que irse, ¡veía tan poco a sus padres!, pero también estaba aliviada: después de esperar durante horas el veredicto sobre Colette (lo cual había sido agotador) había tenido que aguantar las preguntas impertinentes de Angèle y Louis.

Su madre cayó primero en la tentación.

—Tu hermano me ha dicho que viniste con un chico —le dijo cuchicheando—. Se llama Lambert, ¿verdad?

Ella no había respondido, ni siquiera le había preguntado a qué hermano se refería, pero un cuarto de hora después el cotilla había sido su padre.

—Parece que tu amigo es majo, ¿no? Te vas a reír, pero no sabía que Lambert fuera un nombre de pila.

Aquellas preguntas y aquellos comentarios reactivaban desagradablemente sus propias cavilaciones. Con Lambert, todo ocurría sin que ella quisiera: antes de que tuviera tiempo de pensar, la había llevado de urgencia a casa del doctor Marelle, había dormido en una silla de su habitación de hotel, la había llevado en coche a París...

De hecho, allí estaba, frente a la entrada de la estación, apoyado tranquilamente en su Simca, fumando. ¿Qué pretendía?

Lo saludó con un beso en la mejilla.

Ni siquiera le había dado las gracias por escribirle el artículo. Tras llevarla a París, había regresado al pueblo conduciendo de noche y ella no se había preocupado de enterarse de si había llegado sin contratiempos. No se estaba portando nada bien.

—¿Alguna novedad allá abajo? —le preguntó.

—Paja quemada y bronce derretido.

—Explícate, anda.

—Paja: unos terroristas colocaron delante del ayuntamiento un gran monigote que representaba al ingeniero Destouches. Para evitar confusiones, llevaba un cartelito con su nombre. Le faltaba la ese del final, pero no seamos quisquillosos; el caso es que le prendieron fuego.

—¿Reacción de Destouches?

—Salió de su caseta y se fumó una pipa tranquilamente mientras su efigie quedaba reducida a cenizas.

—¿Qué más?

—Bronce: la prefectura mandó a un experto para que examinara la campana.

—¿Con qué fin?

—Parece que es de un tamaño poco habitual y no puede instalarse en la iglesia de Chevrigny-le-Haut, cuyo campanario no es lo bastante ancho, así que van a fundirla para hacer una nueva.

—Realmente, no paran de hacer sandeces.

De camino se cruzaron con dos camiones de mudanzas y, al llegar al pueblo, con otros dos.

—Desde el lunes es un no parar —comentó Lambert.

—Para.

Hélène se apeó delante de la serrería, donde reinaba una actividad febril. Decenas de personas desmontaban las máquinas herramienta, dos de las cuales ya estaban colocadas en las plataformas de imponentes tráileres. Hizo varias fotos. Luego volvió al coche.

—¿Has visto a Buzier en estos días?

—No —repuso Lambert—. Desde la publicación de los datos del catastro se prodiga poco.

Miraban la gran casa cuadrada de la que los transportistas estaban sacando cajas. Hélène pensó que no sería bienvenida y prefirió continuar hasta el pueblo.

Petit Louis estaba en el sitio que hasta hacía poco había ocupado el letrero que daba la bienvenida a Chevrigny.

Lambert se detuvo para que subiera.

—¡Célène! —gritó.

—¡Buenos días a ti también, Petit Louis!

Aunque no tanto como la serrería, la panadería de Émile Blaise también hervía de actividad: se veían amasadoras, moldes, canastillas y sacos de harina amontonados en la acera a la espera de que se los llevaran.

—Mira... —dijo Lambert—. Está exultante a su manera.

Se refería a Destouches, quien, de pie en la puerta de la caseta, observaba tranquilamente la calle.

Hélène se acercó y se quedó plantada ante los datos del catastro, que seguían fijados a la pared.

—¿Ya de vuelta, señorita Pelletier?

En vez de responder, ella se limitó a dar unos golpecitos con el índice sobre las parcelas vendidas por Gaston Buzier a Electricidad Francesa.

—¿Cuál ha sido la reacción de los trabajadores de la serrería?

—Pregúnteselo a ellos.

Hélène seguía observando las zonas sombreadas. Posó el dedo sobre dos de ellas.

—Éstas también se han vendido, pero no figuran los vendedores...

—Es para resaltar la importancia de las demás. —Es decir, que Destouches había ido a por Gaston Buzier: la publicación del catastro tenía como único fin desacreditarlo—. Bueno, esto ya ha cumplido su objetivo —dijo acercándose y, con mano hábil, desprendió la gran hoja de los clavos que la sujetaban y la enrolló—. Que tenga un buen día, señorita Pelletier.

Ahora que la inauguración de la presa estaba anunciada y los camiones de mudanzas surcaban las calles, todo el pueblo parecía en pleno desmontaje, como una carpa de circo.

Sobre las once de la mañana, unos operarios fueron a llevarse la cabina telefónica que había frente a la escuela mientras otros se subían a los postes para retirar los cables, que, al caer, se enrollaban perezosamente en el suelo como serpientes muertas.

Unas furgonetas postales esperaban delante de la oficina de Correos, donde Antoine Cristin echaba una mano en el desalojo de mesas, armarios, guías de teléfono y libros de registro.

Hélène hizo fotos del interior de la oficina.

—¡Oiga, oiga!

Era el ingeniero intentando detenerla.

Hélène esbozó una sonrisa y Destouches comprendió que era demasiado tarde. Ya podía empujarla fuera, había hecho la foto perfecta, la que él temía ver publicada: unos trabajadores destrozando el mostrador de Correos a mazazo limpio.

—Toma —le dijo a Petit Louis. Había recogido el disco de un teléfono que había rodado hasta sus pies. El muchacho, maravillado, no podía creer que aquel regalo fuera para él—. Vamos, es para ti, podrás usarlo para llamarme.

Petit Louis lo cogió con la misma devoción con que trataba los objetos del culto. Luego echó a correr y, a unos quince metros de distancia, se detuvo, se volvió hacia ella, marcó un número imaginario y, mirando las nubes, empezó a hablar, sonriente. Cuando Hélène le indicó por señas que tenía que irse, él hizo lo mismo, continuando la conversación.

Aunque había movimiento, aunque la gente partía y todos los servicios se estuvieran desmantelando uno a uno, a cuatro días de la inundación, Chevrigny no estaba ni mucho menos vacío: muchas casas seguían ocupadas, los campesinos seguían pasando por las calles (parecía como si aquella agitación no les concerniera), y lo mismo ocurría con Raymonde, con la que Hélène se cruzó en la plaza; con Rosalie, a la que oyó reuniendo a los niños en el patio de la escuela; con Émile Blaise, que se daba tiempo para charlar con fulano y mengano... El café de Honoré Campois parecía más vivo que nunca.

Hélène, que lógicamente estaba preocupada por el doctor Marelle (y por sí misma, si venían mal dadas), decidió ir a su consulta. Le pidió a Lambert que la llevara y el Simca tomó la carretera a Châteauneuf. A medio camino se cruzaron con el taxi del español que la había llevado al poco de llegar.

—¡Para!

Lambert frenó en seco.

—¿Has visto?

—No, ¿qué?

—Da media vuelta.

Lambert sabía correr: en unos minutos estaban detrás del taxi. Torcieron hacia la ermita de San Teobaldo y vieron apearse al señor Besson d'Argoulet. Hélène se plantó junto a él cuando estaba pagando la carrera.

—¡Usted siempre aparece en el momento oportuno: cuando me detienen, cuando me sueltan...! —Lo decía sin acritud, sonriendo e inclinando hacia delante aquella cabeza excesiva que a ella la hacía querer dar dos pasos atrás—. No tuve ocasión de darle las gracias —añadió—. Si puedo hacer algo por usted...

—Concédame unas fotos y estaremos en paz.

Besson volvió a sonreír. Hélène estaba segura de que en su día había sido todo un donjuán.

Lo siguió mientras se dirigía al cobertizo donde tenía sus cosas.

—¿Qué cargos le imputan?

—De momento ninguno.

Abrió un arcón de marinero y se puso a meter cuidadosamente la ropa y los objetos que tenía en los estantes.

—¿Ninguno?

Interrumpió un momento su labor y se volvió hacia ella con cara de regocijo.

—¡Ese juez es un indeciso! Medita, se atusa el bigote...
Lo conozco de hace muchos años: en una época jugábamos
al bridge, y ya era igual: irresoluto. Probablemente por eso ha
permanecido soltero.

Hélène estaba sorprendida: el intento de hacer saltar por
los aires un transformador de quince mil voltios no debía de
ser muy difícil de traducir a derecho.

Él cerró con fuerza la tapa del arcón.

—¿Cree que su amigo podrá ayudarme?

Señalaba a Lambert, que paseaba por las ruinas de la
ermita con las manos a la espalda, como si se tratara de un
turista.

—No es mi amigo, sino sólo un compañero de trabajo,
pero creo que sí.

Lambert lo ayudó a llevar el arcón hasta su Renault Juvaquatre.

—Listo —dijo volviéndose hacia Hélène. Tenía los ojos
arrasados—. Bueno, creo que no me dejo nada...

Ella le hizo una foto muy deprisa, pero supo al instante
que era buena.

—Supongo que tendrá que permanecer a disposición del
juez...

—Sobre eso tampoco ha sido claro, pero de todas formas
no tengo intención de huir: esperaré en Châteauneuf por si
manda a los gendarmes.

No pudo evitar contemplar una vez más las ruinas de la
ermita.

Les estrechó la mano y se subió al Juvaquatre mientras
ellos regresaban al Simca.

—Espera —pidió Hélène cuando Lambert ya había encendido el motor.

Luego dudó: le daba apuro volver a acercarse a Besson
d'Argoulet y hacerle una última foto. Al final, renunció.

—Adelante, vámonos.

Ver a aquel hombre con la frente apoyada en el volante y la gruesa nuca sacudida por los sollozos la había impresionado.

Esa tarde había más gente que nunca en el Café de la Place.

A la hora de siempre, el ingeniero entró en la sala y se sentó ante su mesa, a la que Honoré Campois acudió para colocar un único servicio y cantarle el plato del día.

Hélène y Lambert acababan de empezar a comerse sus sándwiches cuando Gaston Buzier llegó también.

Aparte de sus trabajadores, nadie lo había visto desde la exhibición pública del mapa catastral con el detalle de los terrenos que había vendido a Electricidad Francesa. Cuando se acercó a la barra, se hizo el silencio en todo el café.

—¡Fíjate tú! —exclamó al fin una voz potente—. ¡Un resistente que se parece muchísimo a un colaboracionista!

Era Émile Blaise, más rojo que nunca. Buzier se volvió como un rayo.

—¿Qué pasa? ¿Es que tú no les vas a vender la panadería? —replicó.

—Yo cogeré lo que me den porque no tengo más remedio. —Blaise se había acercado, los demás parroquianos se apartaron—. Habría sacado más dinero si lo hubiera hecho en la época en que tú vendías tus bosques mientras te las dabas de héroe de la Resistencia.

—¡Era madera inservible! ¡Ni siquiera te has fijado en que las fechas de venta no figuraban en las hojas del catastro! ¡Son terrenos que vendí mucho antes del proyecto de la presa! ¡¿Qué querías, que lo hiciera anunciar por el pregonero?!

Los murmullos que provocaba cada réplica cesaron de golpe. Destouches golpeaba el vaso con el cuchillo como si quisiera hacer un brindis. Esperó pacientemente a que el silencio fuera total, se limpió los labios con la servilleta y se puso en pie.

—Es usted un mentiroso, señor Buzier: los bosques que vendió eran perfectamente explotables, y se los vendió a Electricidad Francesa, a nadie más.

Buzier iba a lanzarse sobre él, pero varios parroquianos consiguieron sujetarlo. Incluso Lambert se había levantado, dispuesto a intervenir. Destelló un flash, pero a nadie le dio tiempo de volverse hacia Hélène.

—¡Vuelve a decir que soy un mentiroso!

El ingeniero plegó tranquilamente la servilleta y se acercó a la barra, donde el dueño de la serrería se contorsionaba intentando arrojarse sobre él. En absoluto intimidado, Destouches pasó ante el agitado grupo que sujetaba a Buzier (era para preguntarse qué habría hecho si nadie hubiera intervenido) y le dijo a Honoré:

—Felicite a la jefa por su gratinado delfinés. Estaba delicioso.

Buzier, vencido, se había soltado con una gran sacudida del hombro.

Destouches abandonó el café. Las conversaciones continuaron.

—¡Sólo con los bosques que he conservado mis empleados podrían haber seguido trabajando años!

—Y luego, ¿qué? —preguntó Blaise.

—¡Por Dios, Émile, si estoy a diez de la jubilación!

Los dos hombres seguían intercambiando argumentos pero, evitada la trifulca, los parroquianos habían perdido interés en ellos y reiniciado poco a poco sus charlas. De lejos, los recientes adversarios parecían dos compañeros de fábrica tomando un trago después de una jornada de trabajo.

41

¡Con una buena foto tuya!

—¡No se apure! —decía el señor Guénot, pero Jean veía que, detrás de su aparente buen humor y su seguridad en sí mismo, estaba tan asombrado como él ante aquella huelga sorpresa.

¿Empezaba a dudar? ¿Habían hecho bien mostrándose tan intransigentes?

—¡Estupendamente! —había asegurado Geneviève cuando Jean la había puesto al tanto—. ¡Con esa gente hay que ser inflexible!

—¡Pero abrimos dentro de ocho días!

—El señor Georges sabe cómo hacer las cosas, créeme.

Aquella frase había resonado largo rato en la cabeza de Jean. Igual que Guénot, Geneviève se había servido de una expresión en la que él creía percibir una ironía cruel.

No estaba celoso (para eso habría tenido que considerar a Geneviève una auténtica esposa, y desde luego no era el caso) ni herido (había temas mucho más preocupantes), pero sí intranquilo por su propio futuro y el de su tienda. Le costaba imaginar que esos dos mantuvieran una relación, digamos, «amorosa», pero si Guénot deseaba experimentar aquel Calvario, allá él. En cambio, si el proyecto de la tienda fracasaba...

Y había algo en lo que no podía estar más de acuerdo con Guénot: si su tienda se convertía en un nido de comunistas, éstos tarde o temprano terminarían apoderándose del negocio, convertirían el almacén en un sóviet y acabarían estrangulándolo en su propia cama.

Apostados en la ventana, él y Guénot veían al personal reunido en la acera, en vez de estar en sus puestos, trabajando. Algunos habían llevado café.

—Les he concedido un pequeño aumento a los mozos de almacén —explicó Guénot—. Han entrado en razón y se han puesto a trabajar... Están menos cualificados que las trabajadoras, pero no era razonable que les pagáramos menos que a las mujeres.

Abajo, los sindicalistas colocaban una pancarta sobre la entrada: ¡NO A LOS DESPIDOS ABUSIVOS!

—¿Por qué en plural? —preguntó Jean indignado—. No hemos despedido más que a la ladrona, ¿no?

—Es material sindical que debe de pasar de una empresa a otra —dijo el señor Guénot—. Siempre piden lo mismo: que no apartemos las manzanas podridas y subamos los sueldos; ¿para qué van a cambiar los eslóganes? —Consultó su reloj—. Llegarán en unos minutos, voy a abrirles. —Había tenido una idea que le había parecido brillante a Geneviève. Consistía en acudir a la agencia de empleo y ofrecer, a quince trabajadoras cualificadas, el doble del sueldo del personal en huelga más una prima por resultados si la tarea estaba terminada a tiempo para la apertura. El director de la agencia, entusiasmado, se había ofrecido a seleccionar personalmente a las candidatas y acompañarlas a las oficinas de Dixie—. ¿Quiere bajar conmigo?

Jean prefería quedarse en el despacho: toda aquella agitación le daba miedo.

Si hubiera bajado, habría descubierto a su padre, quien, preocupado por el conflicto laboral, había vuelto de buena mañana y se había mezclado de nuevo con la pequeña multitud que se apelotonaba en la acera para seguir los acontecimientos e intentar comprenderlos, dado que Jean no había querido explicarle lo que sucedía. Por suerte para él, las huelguistas se dedicaban a explicarles su situación a los transeúntes y a los curiosos.

—¿Qué ha pasado, por qué estáis aquí? —le preguntó a una de ellas: una joven de unos treinta años con unos ojos grises bellísimos y un rostro conmovedoramente triste.

—Han acusado de robo a una compañera y la han despedido, ¡sin pruebas!

—Nadie acusa sin pruebas... —objetó Louis—. Tiene que haber algo que...

Vio a un par de fotógrafos de prensa dando vueltas alrededor del grupo. La situación del establecimiento, en plena place de la République, era ideal para atraer a la clientela, pero también a todo aquel a quien le interesaran los sucesos tumultuosos y caóticos. Para Louis, todo aquello resultaba alarmante.

—¿Una camisita de bebé encontrada en un vestuario basta para probar un robo? —continuó la joven—. Yo no lo creo, señor. Se lo digo con respeto.

Louis se sentía un poco desarmado ante aquella lógica («Si es eso lo que ha ocurrido...», pensaba) y también ante los atractivos pechos de aquella trabajadora, apenas disimulados por la bata con el logotipo de Dixie.

—De todas formas, no puede ser sólo eso... —dijo Louis.

—Le asegu...

Unos gritos interrumpieron a Gisèle. Ella y Louis se volvieron hacia la esquina mientras todo el mundo echaba a correr en dirección a ese lugar. Louis, instintivamente, sujetó a la chica: allí iba a liarse.

Efectivamente, en la parte trasera había barullo: unas mujeres intentaban entrar por la puerta de atrás mientras otras trataban de detenerlas.

—¡No tenéis derecho! ¡Soltadme! ¡Vengo a trabajar y vosotras no me lo impediréis!

Rápidamente quedó claro que las huelguistas no estaban dispuestas a permitir que las suplentes entraran en el establecimiento.

—¡Fuera las esquirolas! —se oyó gritar a alguien.

Las protagonistas no eran más de una treintena, pero la trifulca no tardó en atraer a una nube de curiosos que se preguntaban qué ocurría, ¿por qué esos dos mozos de almacén intentaban, a un tiempo, mantener la puerta del local abierta y arrancar a unas mujeres de las manos de otras? Pronto empezó a correr la voz y las dudas fueron disipándose, algunos espectadores se atrevieron a animar a unas o a otras y el rifirrafe, limitado hasta ese momento a las empleadas de Dixie y sus adversarias, se extendió al público.

Guénot, por su parte, en cuanto se había percatado de que el plan de introducir discretamente a las nuevas trabajadoras se había frustrado, había llamado a la policía.

—Vamos, señorita —insistió Louis.

Intentaba sacarla de allí para evitar que alguien fuera a darle un golpe. En ese momento sonaron los silbatos y los uniformados trataron de abrirse paso entre los dos bandos soltando algún que otro porrazo. Una mujer chilló con los labios ensangrentados. Los gritos aumentaron de intensidad... Sabe Dios cómo, las recién llegadas consiguieron entrar en el establecimiento, y entonces las huelguistas se volvieron contra los policías, muy incómodos por tener que enfrentarse a mujeres, y empezaron a empujarlos hacia la plaza. El público no dejaba de crecer y, como los uniformados no querían ceder terreno sin dar la pelea, iba calentándose: amenazaba con enfrentarse a la fuerza pública, que pidió refuerzos. Los reporteros estaban encantados; los fotógrafos, exultantes.

La llegada de los refuerzos sirvió para calmar la situación. La única herida fue llevada a la farmacia más cercana.

Entretanto, tras una puerta resguardada por policías, el señor Guénot les explicaba a las jadeantes recién llegadas lo que se esperaba de ellas... Notaba que miraban embobadas el enorme establecimiento, como si fueran clientas y no empleadas. Era muy buena señal.

Siempre que consiguieran abrir.

—¡Vamos, señoras, a trabajar!

Faltó poco para que las empujara con una palmadita en el trasero.

—Qué desgracia haber llegado a esto... —decía Gisèle, reunida delante de la entrada principal con las demás huelguistas. Reinaba un ambiente de derrota. Los sindicalistas iban de trabajadora en trabajadora, de grupo en grupo, explicando lo que había que hacer: hablaban de un recurso ante los tribunales y las animaban a continuar o incluso a intensificar la lucha, pero nada. Puede que todas perdieran el trabajo al final, ¿y para qué? Nadie se atrevía a responder esa pregunta.

Lucienne Jouffroy, cuyo despido había originado aquel caos, intentaba animar a sus compañeras, pero quién sabe qué pensara en el fondo.

Louis, por su parte, coincidía con ellas; es más, le parecía que la arriesgada estrategia consistente en sustituirlas no sólo había salido bien aquel día, sino que iba camino de triunfar... y le daba vergüenza.

La pregunta general entre las huelguistas ya no era cómo defender a una de las suyas, injustamente despedida, sino cómo recuperar su empleo ahora que otras las habían reemplazado.

—Entonces, ¿nosotras también estamos en la calle?

—¡Yo no estoy de acuerdo!

Nadie sabía qué pensar.

Mientras se alejaba, Louis intentaba recordar lo poco que sabía sobre los métodos de los sindicatos, a los que jamás se había enfrentado. Se volvió y observó que los sindicalistas por fin habían conseguido reunir a todas las huelguistas y les hablaban con vehemencia. Bajó al metro. Faltaban ocho días para la apertura... ¿se podría posponer? Por todo el barrio había carteles animando a la clientela a acudir a Dixie el 28 por la mañana...

Cuando subió al piso alrededor de mediodía, se fijó en que la mancha de sangre de la cabecita de la pequeña Colette no se había borrado del todo. «Seguramente la señora Lucía ha puesto todo su empeño para quitarla», pensó, «pero no hay caso: en estos momentos hay sangre en todas partes». Había habido no poca en el ring del Trofeo de Beirut; la había habido, aunque en mucha menor cantidad, ante la puerta de la empresa de su hijo; y la había allí, en el rellano...

Entró en el piso, que ya olía a estofado de cordero, realmente preocupado.

—Mamá se ha puesto a cocinar. Es un ángel... —dijo Geneviève sentada en una silla en mitad del salón con las piernas bien abiertas.

Colette iba a ser dada de alta y habían quedado en que Jean iría a buscarla. Louis se imaginaba el estado de ánimo de su pobre hijo cuando saliera de Dixie para ir al hospital Lariboisière...

Y efectivamente, Jean iba a tener que hacer de tripas corazón: si no hubiera sido porque debía rescatar a su pequeña Colette de aquel sitio en el que había creído perderla, se habría encerrado en el almacén para no enfrentarse a las huelguistas, que ocupaban la entrada principal del establecimiento.

A la luz de los acontecimientos que había desencadenado, aquel robo perdía toda importancia. No tendría que haberle hecho caso a Guénot; al fin y al cabo, ¿qué significaba una camisita de bebé en unos grandes almacenes donde había miles? Una vocecilla le susurraba que aquel robo lo había cometido «una comunista», pero cuanto más lo pensaba, menos claro lo tenía. ¿No había dicho Guénot que el comunista era más bien el marido? ¿Sería que, en general, los comunistas «convertían» a sus esposas? La verdad era que no sabía gran cosa del tema.

Y la trabajadora de los bonitos ojos grises tenía razón al menos en parte: hablar de «flagrancia» era una exageración. Se reprochaba su falta de sangre fría.

Pegado a la ventana, miraba a las huelguistas y se volvía de tanto en tanto hacia el reloj de pared. No podía llegar tarde a recoger a Colette: tenía que lanzarse.

Bajó, recorrió el pasillo hasta la entrada posterior y respiró hondo... «Ánimo», se dijo, como diez años antes en la jabonería de su padre. Al entreabrir la puerta, vio las espaldas de dos policías. Las huelguistas montaban guardia en la otra entrada. Se abrió paso entre los uniformados, que dieron un respingo, y echó a correr en dirección al metro.

—¡Eh, usted!

No había dado cuatro pasos.

—¡Es el dueño! ¡Eh, chicas!

La voz le pareció aún más amenazadora porque era la de la trabajadora despedida. Su tono rabioso y casi cruel lo convenció: seguro que era comunista.

Bajó la cabeza y avivó el paso, como al salir de la cervecería de Charleville, pero de pronto se detuvo.

La otra chica, la de los ojos grises, estaba allí, tan sorprendida como él. Abrió la boca para...

Pero él ya la había sorteado. Aceleró. Cuando las demás quisieron ponerse en marcha, él ya estaba en la estación del metro, bajaba la escalera, le tendía el billete al revisor, avanzaba por el andén, se volvía... Nadie. Tuvo la sensación de haberse librado de que lo lincharan, pero no por eso se sentía aliviado, porque sabía lo cobarde, lo torpe que era.

Colette debió de notar lo agobiado que estaba su padre: lo conocía a la perfección, pero se limitó a sonreírle y cogerle la mano.

Puede que, en el momento en que entraban en casa, el corazón de aquella niña también soportara un peso indecible.

Angèle se había empeñado en hacer ella misma la comida.

—¡No le vamos a pedir a la pobre Geneviève que se ponga a cocinar en ese estado, por Dios!

La frase había sorprendido a todo el mundo porque hacía siglos que nadie había visto a Geneviève hacer ni un huevo frito (y quienes lo recordaban habrían preferido olvidarlo). Angèle también se había negado a recurrir a la señora Faure: quería que sólo la familia asistiera a aquel gran momento. El médico había sido claro: no había lesiones, la niña no tenía más que un gran chichón que no tardaría en desaparecer.

—He ido a dar una vuelta —había dicho Louis al entrar.

Angèle dejó de amasar la masa para la tarta y se lo quedó mirando: su marido tenía aquella peculiar arruguilla en las sienes que solía indicar una preocupación o un problema. Se disponía a preguntarle qué pasaba, pero la llegada de François se lo impidió.

Angèle soltó un grito:

—¡Nine!

François se sintió un poco molesto: su presencia pasaba a segundo plano ante la de una mujer a la que estaba a punto de dejar.

Angèle y Louis se abrazaron a ella sinceramente emocionados de volver a verla, entre otras cosas porque tenían claro que aquella pareja no estaba bien. Para François, lo peor era que seguía siendo incapaz de decir por qué.

Cuando Jean entró a su vez, llevando de la mano a la pequeña Colette con el bracito en cabestrillo, hubo nuevos gritos, nueva alegría, Angèle lloraba de emoción, Jean estaba a punto. Colette se abrazó a las piernas de Nine...

—¡Los regalos! —dijo Louis.

Todos tenían algo para ella... menos su madre.

—Si hubiera podido desplazarme... —se excusó Geneviève—. Podrías haberle comprado algo en mi nombre, Jean. Tú siempre...

Las risas y las exclamaciones ahogaron el reproche mientras Colette chillaba de alegría al ir abriendo sus regalos.

Louis se echó a temblar: él no se habría atrevido...

—Entonces, Gordito, ¿tus grandes almacenes están en huelga cuando ni siquiera han abierto? —preguntó François.

—¿Qué...? —farfulló Jean—. Pero ¿cómo...?

—Un reportero del *Journal* estaba en la zona esta mañana. Me han avisado enseguida: saben que eres mi hermano... ¿Qué ha ocurrido?

—¡Es un complot comunista! —gritó Geneviève—. ¡Espero que tu periódico nos apoye!

—¿Cómo que un complot?

Louis seguía la conversación sin levantar la cabeza del plato, Angèle estaba apenada por su hijo.

—¿Una huelga? —preguntó en voz baja.

No daba crédito a sus oídos.

—Ha habido robos importantes —le explicó Geneviève—. ¡Los comunistas se han infiltrado en la empresa con el objetivo de arruinarnos!

Todos miraron a otro lado: no se creían semejante historia. Sólo Angèle le sonrió a su nuera.

—Es increíble...

Hasta Jean se sentía incómodo con aquellos plurales: «los robos», «los culpables»... Estaba acostumbrado a las exageraciones de su mujer, pero no olvidaba que su hermano era periodista y que quizá escribiera sobre el asunto. De hecho, la cuestión no tardó en surgir.

—¿No harías una declaración en exclusiva para el *Journal*?

—Pues...

La idea tentaba a Jean, pero...

—Podrías defender vuestra postura... —insistió François.

—¡Exacto! —dijo Geneviève—. ¡Eso es lo que hay que hacer! ¿Verdad, Jean?

Jean seguía dudando.

—Sacaríamos un artículo largo, y una entrevista. ¡Con una buena foto tuya!

—¡No, no! —exclamó Jean, que ya veía su imagen en la portada de *Le Journal du Soir*, al lado del retrato robot del «monstruo del Charleville-París».

—¡¿Cómo que no?! —exclamó Geneviève.

Louis dejó el tenedor en la mesa y pidió prudencia. Tras disculparse con François, le desaconsejó a Jean echar leña al fuego.

—Hay que negociar con el personal y...

—¿Con los ladrones? —exclamó Geneviève—. ¡Tiene usted unas cosas, papá!

Estaba colorada y se le veían gotitas de sudor en el labio superior.

—... tratar de encontrar una solución amistosa —continuó Louis.

—¿Las trabajadoras están bien pagadas? —preguntó de pronto Nine.

La pregunta produjo estupor.

—Pero... —Geneviève buscaba las palabras—. ¡Muy bien pagadas! ¡Demasiado bien, tratándose de unas ladronas!

—Geneviève —dijo Angèle levantándose—, no deberías excitarte así... —Y, acercándose, le secó la frente a su nuera, que, medio despatarrada en la silla, empezó a jadear con la boca muy abierta—. Es mejor que te vayas a descansar... Y vosotros —añadió volviéndose hacia sus hijos y su marido— ¡dejad de atormentarla con esas cosas! ¿Es que no tienes nada que hacer, Louis? ¡Siempre en medio, como el jueves!

Geneviève se levantó de la silla quejándose a viva voz y se dirigió lentamente al sofá acompañada por Angèle, que la sujetaba.

Louis optó por la huida.

—¡Bueno, pues en tal caso me marcho!

—¿Por qué parte irás? —le preguntó Angèle.

—Por aquí y por allí. Ya que estoy en París, iré a buscar cosas sobre boxeo: artículos, álbumes... ya veremos lo que puedo encontrar.

—Entonces, cuando vuelvas haz el favor de pasar por el hotel y coger mis cosas. Dormiré aquí para ocuparme de Colette y quitarle un poco de trabajo a la pobre Geneviève, que falta le hace...

—Gracias, mamá —dijo Geneviève con la sonrisa triste de las personas que no piden nada por no molestar.

42

Tengo algo de prisa
por llegar a casa

—Has sido muy amable acompañándome —dijo François—.
¡Colette se ha alegrado mucho al verte!

Nine llevaba un sombrero ladeado hacia la derecha que
le daba un aire misterioso.

—Con mi pregunta sobre el sueldo de las trabajadoras he
vuelto a meter la pata —dijo.

François sonrió: Nine hablaba poco, pero siempre decía
lo que pensaba.

—Tu cuñada me va a odiar.

—Odia a todo el mundo. Lo que me extraña es ver a mi
madre tan atenta con ella...

—Va a ser abuela por segunda vez: es un gran momento
para ella.

Hablaban como si nada los separara.

—¿Tienes tiempo para tomar algo?

—Si quieres...

A su derecha había una cervecería, y François se sintió tan
orgulloso como siempre que entraba con ella en un lugar público.

—¿En qué punto estamos, François? —le preguntó Nine
apenas se sentó frente a él.

A François le dio miedo decir la verdad. La encontraba más bonita y más atractiva que nunca, y la añoraba muchísimo, así que respondió lo que le vino a los labios.

—Te quiero, Nine.

Ella le sonrió con dulzura y posó la mano en la suya. Acababa de atraerlo a una trampa de la que él no quería escapar. Decidió arrojar sus dudas por la borda: fueran cuales fuesen los secretos de Nine, era la mujer a la que quería. Separados por la mesa, se cogieron las manos y se besaron con los ojos.

—Se me va a enfriar el té...

¿Qué decir? Nine se lanzó:

—He leído tus artículos sobre Mary Lampson... Al final, esa huella no era de nadie conocido, ¿verdad?

—Puede que pertenezca a don Misterioso.

Nine lo interrogó con la mirada.

—Me refiero al individuo que firmó con una «M.» la nota hallada en el bolso de Mary.

—¡Ah, sí! «No hagas nada sin preguntarme», ¿no?

—Por ahí iba. El caso es que Mary estaba embarazada, así que no es difícil adivinar que se refería a que estaba dudando si abortar o no.

François creyó ver pasar una sombra por la cara de Nine, pero no, debía de haberse equivocado, porque ella preguntó:

—¿De cuándo databa esa nota?

—Era reciente.

¿Por qué había dicho eso? Porque siempre lo había creído.

—No estás del todo seguro, ¿verdad?

—Tú me haces dudar.

—Te lo pregunto —dijo ella entre dos sorbos de té— porque a mí no me queda tan claro que esa nota se refiriera a su embarazo.

—Y entonces, ¿a qué?

—¡Ah, de eso no tengo ni idea!

Delante de François acababa de abrirse una nueva vía.

—¿De su boda? —Nine no sabía de qué le estaba hablando, así que él le contó de su entrevista con Line Marcia, de la boda arreglada por el agente Bourdet y de la posibilidad de que, en esa época, hubiera otro hombre en la vida de Mary—. «Cariño, no hagas nada sin hablarlo conmigo. Decidámoslo juntos, ¿quieres?» Si la nota es antigua, podría tratarse de la boda con Servières.

—Cuando un papel es de cuatro años atrás se nota, ¿no?

François lo recordaba perfectamente: un papel no demasiado desgastado, letra de hombre, una tinta azul que no había palidecido... Iba juntando las piezas y una verdad nueva empezaba a asomar.

—La antigüedad de una nota se ve sobre todo en los pliegues —explicó—, pero aquélla no estaba plegada. Si llevaba tiempo en el bolso de Mary y no había estado expuesta a la luz, no tenía por qué haberse estropeado con el tiempo. Parecería reciente.

—Entonces, quizá un amante despechado...

Decidió contarle a Nine lo poco que sabía sobre Baudoin, desaparecido de la circulación.

—Después de una película en la que figuraba en el equipo técnico, no he encontrado su nombre en ninguna parte.

—Puede que siga en la profesión —opinó Nine—. Muchos actores usan seudónimos. Ahí tienes a Servières, a esa Line Marcia a la que has mencionado, a la propia Mary Lampson...

—Puede que algunos actores usen seudónimos, pero dudo que haya muchos técnicos que lo hagan. —De pronto, François se dio cuenta de que no había pensado todas las posibilidades. Hizo una larga pausa mientras Nine agitaba distraídamente el té—. Si eligió Baudoin como seudónimo siendo actor, puede que más tarde... retomara su verdadero nombre para trabajar como técnico.

Nine dejó la cucharilla en la mesa y le sonrió.

—Habitualmente, éste es el momento en que te levantas y me explicas que... No, no me explicas nada; dices: «Es urgente, no tengo más remedio que...»

¿Era un reproche? ¿Los imperativos de su profesión figuraban entre los motivos de queja de ella sin que él se hubiera dado cuenta?

—No —respondió Nine a su pregunta muda—, eso nunca me ha molestado. Lo que me daba pena era esperarte en la cama y que tú no te atrevieras a despertarme.

—¿Puedo proponerte una variación?

Nine asintió con la cabeza.

—Yo te digo: «Es urgente, no tengo más remedio que...», pero en vez de marcharme hago una llamada, que son cinco minutos, y luego vuelvo; tú finges dormir, y yo te despierto.

Nine se sonrojó ligeramente.

—Eso estaría bien...

François pidió una ficha en la barra, corrió a la cabina, sacó su libreta de direcciones y llamó a Bourdet, el agente.

—No tengo nada que declarar, señor Pelletier.

—Sólo le pido una precisión: en las dos películas que rodó Mary Lampson trabajó el mismo ayudante de cámara, ¿verdad? ¿Berg? ¿Kern?

Se hizo un largo silencio y François comprendió que había dado en el clavo.

Bourdet, por su parte, se dio cuenta de que, ya que aquel periodista había encontrado ese hilo, sin duda tiraría de él, y que mentir sólo serviría para desacreditarse.

—No, no Berg: Stern.

—¡Eso es! ¿Un antiguo actor que había iniciado su carrera haciéndose llamar Baudoin?

Silencio.

—¿Qué intenta averiguar, señor Pelletier?

—¿Fue Mary quien lo impuso en esas dos películas?

—En la primera no tenía suficiente peso para imponer nada, pero le suplicó al productor y consiguió su objetivo. En la segunda le fue más fácil: ya era lo bastante famosa.

—¿Era amante de Mary?

—Sobre ese tema no tengo nada que declarar. Si me disculpa...

Colgó. François estaba eufórico.

Volvió a la mesa y Nine ya no estaba. El corazón le dio un vuelco.

Salió disparado. Estaba allí, en la acera, esperándolo.

—Creía que te habías ido...

—Digamos que tengo algo de prisa por llegar a casa...

Jean no se atrevía a volver a la place de la République: había tenido que huir de allí como un ladrón, ¡era el colmo! ¡Y no lo habían perseguido hasta el metro de milagro!

—Todo va como la seda —le aseguró Guénot al otro lado del hilo.

Era oír su voz y tener palpitaciones. Empezaba a odiarlo de verdad.

—¿Se han ido? —preguntó lleno de esperanza.

—¿Quiénes?

—¡Pues las huelguistas!

—No, siguen en la acera, pero en la tienda todo va de fábula: ¡el equipo suplente es tan bueno como el titular!

Aunque era poco dado a las metáforas deportivas, Jean concluyó que nada había cambiado desde el día anterior.

—Debería venir a verlo: estas trabajadoras son impresionantes. ¡Están muy motivadas!

Lo que preocupaba a Jean era conseguir entrar sin que lo lincharan. El señor Guénot se anticipó a su pregunta:

—No tema, estará protegido.

Cogió el metro, vio agitación delante de Dixie, apretó el paso e hizo una pausa al ver a cuatro agentes de policía montando guardia. No tardó en comprender que estaban allí para proteger a quien quisiera entrar y contener a las huelguistas.

Accedió a su empresa a través de un pasillo de policías que lo protegían de sus asalariadas, que lo abucheaban y le gritaban «¡cerdo!», «¡sinvergüenza!» e incluso un sorprendente «¡explotador!» que lo hirió más de lo hubiera imaginado.

El interior parecía una colmena: estaban acabando de preparar los stands, pasando la escoba y la fregona...

—¿Ha visto?

Jean se volvió. El señor Guénot se daba toquecitos en los ojos con el pañuelo con cara de satisfacción.

—¿Y usted ha visto lo de fuera? —replicó él.

Guénot barrió el argumento con un movimiento de la mano.

—Ellas aún no lo saben, pero ya no forman parte de la empresa.

—¿Ah, no?

Jean estaba desconcertado. ¿Se podía despedir a los empleados en huelga?

—¡Se lo debemos a los contratos! Las contratamos a todas en calidad de empleadas auxiliares, trabajando por jornada. Jurídicamente, su contrato se renueva todos los días, así que podemos considerar que ya no está en vigor puesto que esta mañana no se han presentado a trabajar, ¿me sigue?

Los intríngulis del derecho laboral siempre habían mareado a Jean, que no obstante recordaba que no se podía contratar a más auxiliares que titulares.

—Eso es así sólo en teoría —dijo el señor Guénot, que se expresaba con la pedantería de un catedrático de derecho; era patético.

Pero Jean lo escuchaba con atención porque no se explicaba cómo había conseguido sortear esa norma.

—Hay muchos casos en que las auxiliares son más numerosas que las titulares.

—Vale, pero es que aquí no hay ninguna titular, ¡ésa es una gran diferencia!

El señor Guénot se secó los ojos y glugluteó como un pavo.

—Claro que sí, mi querido amigo: hay cinco, lo que, frente a quince auxiliares, es una proporción muy razonable.

Por más que intentaba recordar, Jean no daba con aquellos cinco felices beneficiarios de un contrato fijo.

—¿Cinco, dice usted?

—Exactamente: los dos mozos de almacén; yo, en tanto que gerente...

—De acuerdo, pero eso son tres.

—Y con ustedes dos, hacen cinco: he redactado contratos para su señora y para usted.

—Se supone que Geneviève trabaja aquí, pero... está embarazada, a punto de salir de cuentas...

—Sí, es una mujer muy animosa.

Jean no podía creer que estuviera diciendo eso.

—Así que esta huelga no existe —concluyó Guénot—: para ser huelguista tienes que ser empleada, y ellas ya no lo son.

Abandonar la empresa no le pareció tan peligroso: el pasillo policial lo tranquilizaba pese a los insultos; incluso intentó salir con la cabeza alta, toda una novedad. Pero los agentes tenían la consigna de proteger las salidas, no de acompañar al dueño de la empresa hasta el metro, así que le tocó completar el trayecto a paso ligero. «¡Uf!», se dijo mientras el controlador le picaba el billete. Echó a andar por el andén.

Y entonces se topó con Gisèle. Estaba allí, a unos metros de él, mirándolo fijamente.

Jean se dio la vuelta: iba a batirse en retirada, pero comprendió que sería una conducta indigna. Alzó la barbilla y trató de pasar junto a ella como si no la viera.

—Señor Pelletier... —dijo ella.

La tristeza de aquella voz le encogió el corazón.

—No hay manera de hablar con usted, así que he pensado que quizá aquí... —Quería sonar tranquilizadora; paradójicamente, porque él era el jefe y ella una trabajadora, pero lo veía tan indeciso, tan perdido—. Si quisiera escucharme unos minutos, ¡no le robaré mucho tiempo!

Se imaginaba que, en la apretada agenda de un hombre tan importante como el señor Pelletier, cada segundo debía de ser precioso.

—Pues... sí. —¿Qué quería de él? Si era para defender a la ladrona estaba lista—. Dígame.

Caminaron hasta el final del andén y se sentaron en el banco de madera.

—Verá... —Se lo había estado preparando, pero ya no sabía por dónde empezar. Aquel hombre era mucho más corpulento de lo que le había parecido. Su estatura la impresionaba. Le daba un poco de miedo, aunque él había cruzado las manos sobre las rodillas y la miraba con una especie de simpatía—. La idea de venir a hablar con usted ha sido sólo mía, ¿sabe? Las demás no están al corriente.

Tenía una voz bonita. El problema era que no quería que pareciera que le miraba el pecho, así que tenía que mirarla a la cara, y eso tampoco conseguía hacerlo porque aquellos ojos grises lo derretían.

—Estoy segura de que, cuando sepa de verdad lo que pasa en la tienda...

Jean se acordó de que le había preguntado por su hija. Entonces le había parecido tan sincera como ahora.

—¿Cómo se llama usted?

—Gisèle Bonvoisin.

Maquinalmente, la chica le tendió la mano. Él la cogió, la estrechó y estuvo a punto de responder: «Jean Pelletier.»

Seguramente quería hablarle de los robos.

—Si supiera usted cómo se nos trata...

Jean miró sus hermosos ojos grises.

—¿Qué quiere decir?

43

A usted la escuchará

En cuestión de días, el doctor Marelle se había convertido en una sombra de sí mismo. Estaba pálido, despeinado... La había recibido nada más verla en la sala de espera.

—¡Por fin ha venido!

Lo había dicho en tono de reproche. Caminaba de aquí para allá por el despacho, de forma caótica. No la había invitado a sentarse. El inspector Palmari había vuelto esa misma mañana...

—A pedirme los justificantes sobre las mujeres a las que hospitalicé para que les practicaran un raspado. ¡Me he vuelto a negar! —Tenía los ojos desorbitados, como si estuviera asombrado de su propia actitud, asustado al comprender de pronto las posibles consecuencias—. Estoy entre la espada y la pared: si le doy lo que pide violo el secreto profesional, ¡y eso es muy grave! ¡Pero amenaza con inculparme si no lo hago! ¡Pueden impedirme volver a ejercer como médico!

Ante esa perspectiva, se derrumbó en el sillón.

—Pero ¿qué pruebas tiene?

—No quiere decírmelo... Me ha enseñado un documento del juez, ¡pero yo no entiendo nada de esas cosas! —Se retorcía las manos—. ¿Cómo iba a acosarme de este modo si no tiene ninguna prueba?

Hélène veía venir la acusación.

—¡Yo no hago esas cosas! Con usted fui débil, ¡débil!

Ella estuvo a punto de contestar que le había cobrado veinte mil francos. No lo hizo porque, en el fondo, pensaba que Marelle tenía razón: aquel inspector se mostraba muy incisivo.

—Podría comprobar la contabilidad de su material. ¿Tiene sondas aquí? ¿Cánulas con punta de hueso de más de dieciocho centímetros? ¿O de plástico? ¿Jeringas intrauterinas de Braun? ¿Tallos de Hegar? ¿Los alquila los fines de semana? ¿Los revende a aborteros clandestinos?

—¿Qué se puede responder a eso? —Marelle respiró hondo y continuó—: Anteayer vino a verme una mujer embarazada para pedirme ayuda. ¡Igual que usted! ¡Me negué, claro! Estoy seguro de que era una trampa: ¡esa mujer debe de trabajar para la policía!

Hélène se tranquilizó un poco; era obvio que el buen doctor Marelle empezaba a tener manía persecutoria.

De haber asistido a aquella conversación, el inspector Palmari estaría contento: efectivamente, su hija Guilaine se había presentado en la consulta y Marelle había detectado su embarazo al instante.

—¡Me he echado a llorar, papá! Ir a pedir... semejante cosa... me ha descompuesto, ¿comprendes?

Palmari la había estrechado contra su pecho: «Vamos, vamos, ya pasó.»

Aunque las lágrimas de la paciente habían dado credibilidad a su petición («¡No hasta el punto de hacerme dudar!», aseguró Marelle), había tenido dificultades para justificar su deseo de abortar («¡No me daba ninguna explicación, parecía que no quisiera hacerlo realmente, que recitara un parlamento aprendido de memoria!»).

La visita no había durado mucho.

—Me ha dicho: «Lo siento, señora, pero yo no hago esas cosas.» —Guilaine se secó los ojos—. Pero había algo en su voz... Yo no estaba bien, pero él tampoco...

Era justo lo que Palmari quería provocar: un miedo vago.

«Cuanto más angustiado está el sospechoso, más maleable es y más errores comete», acostumbraba a decirle a su ayudante.

—El tal Palmari —añadió el doctor Marelle— me ha dicho que está interesado en mis pacientes de los últimos meses y en los medicamentos que les he prescrito. Y también me ha preguntado por usted: «¿Aún no tiene nada que decirme sobre esa periodista parisina?» ¡Figúrese!

—¿Y qué piensa usted hacer? —le preguntó Hélène.

—Nada. Pero usted sí puede hacer algo: vaya a verlo, defiéndame. A usted la escuchará.

—¿Por qué iba a escucharme?

—Porque sin su testimonio no puede hacerme nada, y porque...

—¿Sí?

—Porque usted es alguien: es periodista, viene de París... —Parecía pensar a toda prisa, su mirada iba de aquí para allá—. Si lo amenaza con escribir un artículo sobre él, parará. ¡Porque acusa sin pruebas, intentando intimidar! ¡Porque pregunta por cosas que están bajo secreto médico! ¡Ese hombre es un loco! —Cada vez estaba más excitado—. ¡Calumnia! ¡Actúa de mala fe! Tenga en cuenta que también la acusa a usted, ¡eso puede hacerle daño, perjudicarla en su profesión! ¡Tiene derecho a amenazarlo con un artículo que podría arruinar su carrera!

Se relajó un poco: le parecía que acababa de encontrar la solución perfecta.

—Lo pensaré —respondió Hélène.

—¿Cómo que lo pensará? —preguntó el médico poniéndose de pie.

Ella se puso de pie igualmente.

—Le prometo que pensaré muy en serio en esa posibilidad —dijo, y como Marelle parecía tan angustiado, añadió—: Necesito encontrar los argumentos, las palabras adecuadas...

Él la miró fijamente intentando descubrir si mentía.

—De acuerdo —le dijo Hélène finalmente—: iré, se lo prometo.

—Bien, bien... —respondió el doctor Marelle, y la acompañó a la puerta—. En cuanto haya ido a verlo me lo dirá, ¿verdad?

Hélène salió de la consulta.

El médico se acercó a la ventana y la miró mientras se alejaba. Notó una presencia a sus espaldas, pero no se volvió. Era su mujer: vio su delgado rostro reflejado en el cristal.

—Creo que funcionará —se limitó a decir.

—Sí.

Cuando se apartó de la ventana para volver al escritorio, ella ya había vuelto a subir a la vivienda.

Hélène se arrepentía de su promesa: era meterse en la boca del lobo.

¿Cómo iba a salir de aquella situación? Se sentía cobarde, porque Marelle la había salvado de aquel embarazo. Y, en cuanto al dinero, era ella quien había insistido...

Bajó a Chevrigny en taxi.

Petit Louis estaba apostado en la entrada del pueblo. A ella se le encogió el corazón.

Faltaban tres días para la inundación y la ola de mudanzas había decrecido. Sólo se veía algún camión cargando muebles aquí o allí. Se lo confirmó el cartel fijado en el tablero de anuncios de la caseta.

ÚLTIMO AVISO

EL RETRASO EN LA PARTIDA DE LOS VECINOS
AMENAZA CON COMPROMETER GRAVEMENTE LA
EJECUCIÓN DEL PLAN DE EVACUACIÓN DEL PUEBLO,
CUYA INUNDACIÓN COMENZARÁ EL 24 DE MARZO.

CONFIRMAMOS QUE NO SE CONCEDERÁ NINGUNA
PRÓRROGA Y QUE SE ORDENARÁ A LA GENDARMERÍA
QUE EVACÚE A LOS RECALCITRANTES POR
LA FUERZA SI ES NECESARIO.

APELO A LA RESPONSABILIDAD DE TODOS.
INSTAMOS A LOS CABEZAS DE FAMILIA A PONER
RÁPIDAMENTE A CUBIERTO A LAS PERSONAS A
SU CARGO, Y A TODOS EN GENERAL A SALVAR SU
PATRIMONIO PROCEDIENDO A LA RETIRADA DE
SUS BIENES ANTES DE QUE SEA DEMASIADO TARDE.

LA ADMINISTRACIÓN SE COMPROMETE A FACILITAR
LOS MEDIOS QUE SEAN NECESARIOS.

Destouches era un individuo brutal, insensible, centrado exclusivamente en su misión.

El pueblo vería subir el agua inexorablemente, pero, por una vez, ella sintió que estaba de acuerdo.

Aquello tenía que acabar de una vez.

*Electricidad Francesa lanza un «ultimátum
a los últimos vecinos de Chevrigny»*
*La gendarmería se encargará de «evacuar a los
recalcitrantes por la fuerza si es necesario»*

44

He estado en la luna

—Yo me quedo —había dicho Angèle.

En el avión de vuelta a Beirut, Louis meditaba sobre la decisión de su mujer. «Pero, amor mío», le habían dado ganas de responder, «hay que retroceder para saltar más lejos». Si no lo había hecho era porque su nuera estaba allí, despatarrada como una foca en un sillón que ya no podía más y asintiendo con cara de agradecimiento.

La pequeña Colette estaba en peligro, ahora todos lo sabían; pero aquella amenaza, procedente de su propia madre, era tan monstruosa que resultaba imposible abordarla de frente (así se forjan los secretos de familia y se anudan las culpabilidades colectivas). La valerosa Angèle había decidido quedarse en París como solución a corto plazo, pero, por muchas vueltas que le daba, Louis no veía otra salida que provocar una separación que le permitiera a Jean tener la custodia en exclusiva de Colette...

Sin embargo, sabía que aquello era casi imposible, si no imposible del todo. Cerró los ojos y se imaginó a Geneviève exultante en medio de aquella tempestad, como la Escila serpentiforme de tres cuellos de la mitología... En tanto que madre insultada, pondría en pie de guerra a todo el planeta.

Aquella breve estancia en París había sacado a la luz un montón de problemas: la familia Pelletier no estaba en su mejor momento...

El hijo mayor, inmerso en el desbarajuste de su empresa.

La relación François y Nine en dificultades.

Hélène, todavía soltera.

Se pasó la mano por la frente. «He estado en la luna, la verdad.» El piloto estaba anunciando el aterrizaje en Beirut, así que esa triste constatación lo llevó a pensar en Lulu, el probable padre de Colette, al que ya veía partiendo camino de su final contra Gabriel Chader con una flor en el cañón del fusil.

¿Cómo iba a arreglárselas para evitarle la paliza del siglo y la ruina de todas sus esperanzas? No tenía la menor idea.

TERCERA PARTE

45

Eso lo cambia todo

El Louis al que Jef Lombard dio la bienvenida a Beirut era un hombre bastante sombrío y un poco irritado de que lo recibieran en su propia casa con la amabilidad que se dispensa a las visitas.

—¡Dígame cómo está su nieta! —exclamó Lombard mientras lo conducía a la cocina, donde vigilaba su *hrissé*.

Aquel imponente anciano hacía que la cocina donde la señora Pelletier solía atarearse pareciera un juguete. Tampoco llevaba las gafas negras que usaba en atención a Angèle.

—Está mejor —repuso Louis.

Había abierto su maleta sobre la mesa, cosa que Angèle le tenía prohibido («¡Por favor, Louis, no pongas en la mesa del comedor una maleta que ha estado en el suelo!»). ¿Qué iba a sacar? Ya no se acordaba: había sido un gesto mecánico de mal humor, pero allí estaba la lista que...

—Y Angèle, ¿qué tal?

¡Había bajado la guardia!

Había aceptado que Lombard (¡quien, después de todo, no era más que el entrenador de Lucien!) se alojara en su casa, se pusiera cómodo en su sillón, llamara a Angèle por su nombre de pila, utilizara su cocina... ¡la estrechara en sus brazos!

Volvió a ver la escena con todo detalle.

El señor Cholet, el padre de Geneviève, que todos los años prometía pedir la jubilación como director de la oficina de Correos, pero nunca lo hacía, les había llevado un telegrama de Jean.

Era tarde y cada cual estaba en su sillón: Angèle en el suyo, Lombard en el que había sido el de Louis y Louis en el que su mujer le había hecho subir del sótano («Si el señor Lombard está a gusto en ese sillón, ¿qué más te da dejárselo unos días?»). Ya había anochecido. El timbrazo, inesperado a esas horas, los había sobresaltado a los tres.

Angèle fue la más rápida, abrió el telegrama y se mordió los labios.

—¡Es sobre Colette!

A la mañana siguiente se levantaron antes de las cinco para ir al aeropuerto e intentar conseguir plazas en el primer vuelo. Lombard, al que ninguno de los dos había oído levantarse, les había preparado café. Luego, cuando se disponían a irse, se acercó y, con una precisión insólita para un ciego, estrechó a Angèle en sus brazos. Después le tendió la mano a él.

—Louis, tenemos que irnos —había dicho Angèle.

—¿Perdón?

—Le preguntaba cómo está Angèle...

—Perfectamente. ¡Si yo estoy bien, no sé por qué no iba a estarlo ella!

Era una reacción idiota, pero había que comprenderlo: Lombard le había hecho esa pregunta cuando él acababa de encontrar, nada más abrir la maleta, la lista de recomendaciones que su mujer le había hecho en relación a... Jef Lombard.

—Ese hombre está discapacitado, Louis: hay que cuidarlo...

La cosa era que él no veía la relación entre la ceguera de Lombard y el hecho de que Angèle aconsejara no ofrecerle coliflor («me da la sensación de que no la digiere bien») ni boniatos («no lo dice por educación, pero creo que no le gustan»), y ocuparse de que le pusieran las toallas verdes en el baño («son las más agradables»).

—¿Me haría el favor de llevar la comida a la mesa, Louis? Puedo cocinar, pero...

Lombard se sentó en su sitio («¡Dios mío!», pensó Louis, «¡"su sitio"!») y él llevó el *hrissé*. No acababa de entender por qué, para celebrar su regreso, Lombard había decidido preparar aquella especialidad de trigo y carne de cordero que normalmente se servía el día de la Asunción. ¿Esperaba un milagro para Lulu?

Transportar la comida era demasiado arriesgado para Lombard, pero tenía mucha habilidad para servir el vino.

—Entonces, lo de la pequeña Colette no es grave...

Louis, bastante molesto, respondía con monosílabos y se limitaba a comer sin felicitarlo por el plato. Lombard tenía una sonrisita en los labios: aquella expresión irónica que él le conocía y que, esta vez, lo irritaba a más no poder.

—¿Y cuándo volverá Angèle?

—No me lo ha dicho.

Acabaron de comer en silencio. Louis recogió la mesa y se instalaron en el salón. En ausencia de Angèle parecían dos solterones solitarios.

—¿Y cómo está Lulu? —pregunto Louis.

Lombard se aclaró la garganta.

—Tenemos que hablar de él, por supuesto, pero antes me gustaría decirle que lo que está haciendo conmigo es muy bonito.

—¿Y qué estoy haciendo?

—Tener celos.

—¿Cómo?

—Está celoso —dijo Lombard riendo. Se inclinó hacia él y le dio una palmadita en la rodilla—. Es bonito, en primer lugar, porque demuestra que sigue enamorado de Angèle, y es normal, porque su mujer es maravillosa; y, en segundo lugar, que me vea como un rival supone una gran cosa para mí: no creía que eso pudiera ocurrirme aún. Y ahora voy a decirle cómo veo yo las cosas. Si Angèle me mima no es porque se haya enamorado de mí. En su vida no hay sitio para otro hombre más que usted. Me mima porque ya no tiene niños en casa y yo soy lo más parecido a un niño que tiene a su alcance: soy dependiente, parece que haya que protegerme. Conmigo Angèle ha recuperado el instinto maternal. No se lo tome a mal, Louis, será pasajero...

El señor Pelletier estaba avergonzado.

Evidentemente, Lombard tenía razón: era una idiotez recelar de él. Sonrió y le devolvió a Lombard la palmadita en la rodilla.

—¡Enhorabuena por el *hrissé*!

—¡Bueno, menos mal! —respondió el otro riendo.

—En cuanto a Lulu... —dijo Louis mientras llenaba dos copitas de licor de pera—. ¿Ha seguido usted mis consejos?

—¿Sus instrucciones? ¡Sí! —respondió Lombard y se sacó de un bolsillo la nota que Louis le había deslizado en la mano antes de irse, con esta recomendación: «Haga que se lo lea alguien de confianza, por favor.»

Como en Beirut no conocía a nadie en quien confiara lo suficiente, Lombard había optado por una solución bastante original: había ido en taxi a la Escuela de Artes y Oficios, cerca de la cual había un circo instalado tres semanas antes que se disponía a levantar el campo. Allí, una joven trapecista le había leído la nota y él se lo agradecido con una buena propina.

No lo había sorprendido que la misiva de Louis estuviera casi en clave, por si caía en manos equivocadas o el lector elegido era más charlatán de lo previsto.

Estimado Lombard:

En mi ausencia, haga el favor de no permitir que nadie vaya a ver a quien ya sabe y no responda a ninguna pregunta sobre él, o sea vago. Si tuviera que quedarme en París más de lo previsto le escribiré. Entretanto, por favor no le diga a nadie el motivo de mi viaje. Estoy seguro de que puedo contar con usted.

Afectuosamente,

Louis

—No eran instrucciones —lo corrigió Louis—. Es sólo que... la cosa no pinta bien para nuestro Lulu, ¿verdad?

—No podría pintar peor, y no va a mejorar: el chico ha llegado a su límite. Incluso está un poco distraído. Dígame... hay alguna chica de por medio, ¿verdad?

Louis suspiró y le habló de la supuesta relación de Lucien con la pequeña Leela Chakir y del muy asegurado batacazo que se iba a dar si es que esperaba casarse con ella, ganara el Trofeo o no.

—No tiene ni una posibilidad en un millón —comentó Lombard.

—Aun así, hay que intentar ayudarlo, ¿no? ¿Qué otra cosa podemos hacer?

Los dos hombres suspiraron y le dieron otro sorbo al licor de pera.

—Lo que me impresiona es la increíble confianza que tiene en su buena suerte —confesó Lombard—: es inmune a la duda. Nunca había visto nada parecido.

—Bueno, Jef, pues con eso precisamente es con lo que cuento...

—¿De ahí su nota?

—Sí: si no podemos esperar que haga progresos, sus dos únicas bazas siguen siendo su confianza en sí mismo y la debilidad de su contrincante.

—¿La debilidad de Gabriel Chader? ¿Lo ha visto usted boxear?

—Sí, sé que es duro de pelar, pero al contrario que Lulu él sí es asequible a la duda...

—¿Y?

—Y yo lo veo así, Jef...

Se acercó al aparador, abrió el cajón y sacó un ejemplar de *Le Messager du Levant* publicado justo antes de su partida, que titulaba:

Continuando una larga tradición
de vencedores inesperados,
Lucien Rozier podría ser
la sorpresa del Trofeo

—Sí, he oído hablar de ese artículo —dijo Lombard.

—¿Se lo han leído?

—No entero.

Así pues, Louis se puso a leerle el texto, firmado por Damien Debbas, redactor jefe del periódico, que sostenía que, en el boxeo, muchas veces los ganadores más memorables habían sido desconocidos.

—En el boxeo, como en todo —comentó Louis—, la gente prefiere ver ganar a ver perder, pero ver ganar a un perdedor añade una dimensión mística a su placer.

Para apoyar su tesis, el artículo rescataba combates de los que nadie se acordaba, peleas que databan del siglo anterior entre boxeadores de los que nadie había oído hablar: Louis se había exprimido bastante el cerebro para surtir de ejemplos al periodista...

—No es del todo verdad —dijo Lombard—, pero tampoco falso del todo.

—¿Lo ve?

Louis no cabía en sí de gozo.

—Sí —dijo Lombard apurando la copita de licor—, y he oído que el efecto fue positivo.

Aquel artículo había hecho subir la cotización de Lucien: las apuestas sólo estaban diez a uno contra él.

Louis se cuidó mucho de no decirle que publicar ese artículo le había costado doce mil francos. En vez de eso comentó entusiasmado que la «espiral virtuosa» había empezado.

Tras la primera fase, que podría denominarse «cortina de humo», su estrategia se ampliaba con la segunda, llamada «el secreto».

—¡Como no permitimos que nadie lo vea entrenar, todo el mundo cree que queremos ocultar algo!

—Y es verdad: queremos ocultar que es un boxeador más bien mediocre.

—¡Sí, pero los demás no lo saben, Jef! ¡Lo han visto vencer en todos los combates, así que piensan que es un ganador!

—Pues van aviados...

—Añádase a eso un entrenador mudo... ¿Ha permanecido mudo?

—Como un muerto.

—Bueno, pues sumémoslo todo: primero, un artículo bien documentado sitúa a Lulu, un desconocido, como vencedor potencial; luego nadie consigue verlo entrenar; y, por último, su entrenador se convierte en una esfinge, como si pasara algo de lo que no puede hablar... ¿Qué opina?

Lombard se imaginó la gran sonrisa que iluminaba el rostro de Louis.

—Que debemos seguir adelante —dijo filosófico.

—La guinda del pastel, Jef, ha sido mi viaje relámpago a París... He alimentado el misterio sobre ese desplazamiento. Supongamos que me llamaron para negociar con urgencia el futuro de nuestro campeón...

—No entiendo...

—Pasado mañana, *Le Messager du Levant* debería llevar un titular de este estilo:

Considerado ya vencedor del Trofeo
por los augures de la profesión,
Lucien Rozier recibe una jugosa
oferta para profesionalizarse

Ante el redactor jefe del *Messager*, que deseaba verificar la información, Louis había aducido el secreto de las fuentes.

Lombard dejó la copa de licor en la mesa y aplaudió parsimoniosamente, *¡plas, plas, plas!*

—Bravo. Sólo quisiera preguntarle una cosa, ¿puedo?

—Lo escucho.

—¿Cree que eso cambiará en algo el hecho de que, en el ring, Lulu vaya a recibir una soberana paliza y a derrumbarse antes del tercer round?

—Eso lo cambia todo, Jef. —Volvió a llenar las copitas—. No le voy a contar precisamente a usted que el boxeo es un deporte tan psicológico como físico...

—¿Y?

—Pues que, con todo esto, creamos dos movimientos opuestos: sembramos la duda en el otro bando y galvanizamos a nuestro campeón.

—Mmm... ¿Va a hacer creer a Lucien que está en condiciones de convertirse en profesional con un «jugoso contrato»?

—No, eso sería cruel: hablaremos de un rumor, resultará más eficaz. Esa idea debería darle fuerzas, aunque sea falsa.

—Mmm... ¿y cree que eso bastará ante un Gabriel Chader deseoso de demostrar que puede aplastar a un inútil al que se rifan «los augures de la profesión»?

—Tiene razón, Jef, pero ahora soy yo quien le hace una pregunta: puede que mi estrategia haga agua por todas partes, pero ¿se le ocurre a usted otra?

Lombard se quedó pensando.

—Dos cosas, Louis. Primero, no se me ocurre nada mejor, y segundo, ¿puede servirme otro poquito de licor? Está realmente bueno.

46

El efecto fue espectacular

A veces Louis se preguntaba si merecía la pena esforzarse tanto para galvanizar a Lulu. En realidad, no era necesario: el muchacho estaba bastante machacado, pero exultante. Era difícil imaginarse a alguien con más confianza en su potencial, más optimista sobre su desempeño.

—Eso es porque, en su opinión, lucha por una causa justa —decía Lombard—: quiere merecerse a la chica a la que ama. No concibe un motivo superior: es un romántico.

A Louis le daba pena. Cuando veía la cara hinchada de su trabajador, consecuencia de las eliminatorias, y su sonrisa infantil, y pensaba en el desengaño que se iba a llevar, se le encogía el corazón.

Mientras esperaba el desastre, multiplicaba sus esfuerzos con un ojo puesto en las apuestas a los dos contendientes el día de la aparición del segundo artículo de *Le Messager du Levant*.

Naturalmente, los demás periódicos se habían mostrado escépticos a la hora de recoger la noticia de que Lulu se convertiría en profesional tras su anunciada victoria, pero, como la información no había sido ni confirmada ni desmentida, conservaba una ambigüedad que alimentaba las dudas.

Por primera vez, las apuestas estaban igualadas. Louis contaba con el momento en que darían como favorito a Lulu para animarlo al máximo.

—El hábito no hace al monje —decía Lombard—: que lo den por ganador no cambiará el resultado en el ring.

—Le falta a usted una información importante, Jef: ¡el estado de la moral de Chader!

—Me ha parecido entender que no era presa de la duda...

Cuanto más subía la cotización de Lucien, más alto gritaba Chader que no tenía ni para empezar con él.

—Eso es lo que muestra, Jef. Apariencias, nada más —aseguraba Louis.

—Lo malo es que la forma de Lucien también es pura apariencia...

—¡Absolutamente! ¡Y eso quiere decir que hemos equilibrado las fuerzas!

En situaciones así, Angèle suspiraba ante la tozudez de su marido, y Jef Lombard sonreía: aquella aventura era mucho más excitante de lo que había imaginado.

Lulu, literalmente enclaustrado, no tenía acceso a la información sobre el Trofeo.

—Es por tu bien —le decía Louis—. Cuanto menos te dejes influenciar, más posibilidades tendrás de ser tú mismo en la final.

Entre bastidores, Lombard no dejaba de recordarle a Louis que, si Lulu era él mismo, no pasaría del segundo asalto.

—¡Espere, Jef, espere! —respondía Louis—. No lo sabe todo, aún podría llevarse alguna sorpresa.

El embargo informativo al que estaba sometido Lulu no le impidió enterarse, quién sabe cómo, de que se hablaba de un contrato profesional en relación con él. Pese a que no hacía mucho había renunciado a hacer carrera en el boxeo, se quedó de piedra ante la perspectiva de un «jugoso contrato» que, de existir, aumentaba sus posibilidades de convencer al señor Chakir de que le concediera la mano de su hija.

—Son rumores, hijo. Nada más —le aseguró Louis—. Lo hacen para vender periódicos.

—Pero estará de acuerdo en que podrían haber escrito otra cosa...

—Desde luego.

—¡Pues entonces puede que sea verdad!

Lombard volvió a sonreír discretamente: oír a Louis Pelletier hacer piruetas delante de Lucien era la mar de divertido.

—Oye, Lulu, hablando en serio... —dijo Louis—. ¿Tú te ves como boxeador profesional?

—Pues no, señor Pelletier, en realidad no, pero si hubiera mucha pasta en juego debería pensármelo, ¿no cree?

—De acuerdo, pero ¿sabes qué vamos a hacer? De momento nos vamos a concentrar en la final.

—Voy a ganar.

—Sí, sé que puedes ganar.

—No: voy a ganar.

—De acuerdo.

—Señores —dijo Lombard levantándose—, si han terminado con sus especulaciones, propongo que volvamos al trabajo.

Durante las sesiones de entrenamiento, mientras Lombard repetía consignas y recomendaciones que a esas alturas ya consideraba inútiles, Louis reflexionaba o leía su correo, no el de la jabonería, que se apilaba en su despacho, sino las cartas que, desde su partida de París, Angèle le enviaba a diario.

Todas empezaban:

Cariño mío...

Que su mujer lo llamara así siempre lo emocionaba. Aquel día siguió leyendo:

> *Añoro Beirut y nuestra casa. Si no tuviera que cuidar de la pequeña Colette, mi vida aquí no tendría interés. Lo has adivinado: Geneviève es un horror. Menuda le ha caído a nuestro pobre Gordito. Tiemblo sin cesar viéndolo embarcado en ese negocio del que sigo pensando que deberías haberlo disuadido.*

«¡Perfecto: la culpa es mía!», pensó Louis, «eso es señal de que mi Angèle sigue siendo la misma, de que está bien».

> *Colette es una niña muy despierta. Me he dado cuenta de que se expresa mucho mejor de lo que parece. Se diría que habla dos lenguas: una con su madre, muy rudimentaria y apenas comprensible, y otra con el resto de la gente.*
> *Geneviève reina sobre nosotros como una emperatriz de la China. Yo le digo a todo que sí. Sé que estás molesto conmigo...*

«¡Para nada!»

> *...sí, lo sé.*

«Vale, de acuerdo.»

> *Sé que no te di suficientes explicaciones, pero soy supersticiosa: aun ahora tengo la sensación de que, si hablo del tema, aunque sea contigo, fracasaré... ¿Te has acordado de las toallas del señor Lombard?*

«Ya estamos...»

¡No olvides que tiene una discapacidad importante, Louis! En cuanto a la alimentación, debes...»

Al llegar ahí, se saltaba el resto y pasaba a la última línea:

Ya sabes cuánto te quiero,

Angèle

Dobló la carta, que enseguida iría a reunirse con el montón que le había escrito Angèle durante sus treinta y dos años de casados. Las había guardado todas, incluidas las postales. Las tenía en un sitio secreto y se había jurado que haría que lo enterraran con ellas.

Mientras tanto, por petición de Louis, Lombard iba a todos los sitios en los que se hablaba del Trofeo: los cafés, las salas de entrenamiento. En todas partes su mutismo impresionaba...

—Tiene usted que crear ambiente, Jef: ¡cuento con su silencio!

A las preguntas, que no faltaban, sobre el estado de forma de Lucien Rozier y sus «golpes secretos» (sobre los que la prensa ya empezaba a especular), se limitaba a responder:

—No puedo decirles nada... lo verán durante la final.

Hamid, el antiguo entrenador de Lulu, mejor situado que nadie para hablar de sus limitaciones técnicas, multiplicaba los comentarios irónicos o desagradables. Cuando llegaban a sus oídos, Jef Lombard respondía lacónicamente:

—Estoy seguro de que la opinión de Hamid Mokkadem es muy valorada por los boxeadores a los que ha entrenado durante el Trofeo y que han sido eliminados por Lucien Rozier.

Tras dos horas de musculación, cuatro de entrenamiento, sesiones de estiramiento, una sauna, masajes y una comida cuya supervisión dietética corría a cargo de Jef Lombard, Lulu, muerto de cansancio, se acostaba para dormir.

Era el momento de pasar revista a la jornada.

—Ningún progreso —decía Lombard.

—Me lo imaginaba —respondía Louis, en absoluto afectado por esa triste constatación.

El 27 de marzo, día previo a la final, Lulu se fue a dormir sin la menor inquietud.

—Bueno, puesto que el artículo saldrá mañana —dijo Louis—, ya va siendo hora de que le cuente a usted lo que sigue, Jef.

Lombard se cruzó de brazos: le encantaban esos momentos en que Louis daba a conocer sus secretos estratégicos.

—Pero es muy importante que Lulu no se entere de nada de esto antes del comienzo del combate. ¡Cuento con usted!

El entrenador soltó un largo suspiro fingiendo agotamiento.

—Lo escucho.

—Entonces, vamos allá. Realmente es una pena que sea usted ciego...

—A veces yo también lo pienso.

—... porque mañana el *Messager* publicará un artículo con una fotografía muy buena.

—¿De quién?

—De Lulu.

—¿Antes o después de una pelea? Porque no es el mismo.

—Antes: una foto de hace tiempo. Confieso que la imagen no es de mucha calidad, pero se ve claramente de qué se trata.

Lombard no dijo nada. Esperó a oír la información con la certeza de que no lo dejaría indiferente.

Louis, que tenía la foto a la vista, se la describió.

Debía de haberse hecho en una sala de entrenamiento, imposible saber cuál. En primer plano, aunque bastante lejos de la cámara, en medio de un gentío formado únicamente por hombres, se veía a un chico de pantalón corto y guantes de boxeo. Volvía la cara hacia el hombre que le sostenía el brazo derecho en alto como se hace con los campeones.

—El individuo que le levanta el brazo es Marcel Cerdan, nada menos. Y el chico, que en 1946, cuando se tomó la foto, debía de tener unos quince años... es Lucien.

—¿Perdón?

—¡Lo que oye! La foto saldrá mañana en el *Messager*.

—¿Lulu con Cerdan? ¿Me toma el pelo?

—En absoluto. Si pudiera ver la foto, estaría totalmente de acuerdo conmigo.

—De acuerdo, ¿en qué?

—En que ese chico al que Cerdan declara ganador es idéntico a Lulu.

Jef estaba alucinado.

—Y cuando «piensas» que es Lulu —añadió Louis—, entonces ya no hay duda: lo reconoces en la foto. —El parecido no era extraordinario, pero el chico estaba de perfil y Cerdan exhibía la magnífica sonrisa que había conquistado a las masas—. ¿Lo comprende? ¡Todo el mundo reconocerá a Cerdan y se sentirá impelido a reconocer también a Lulu!

—Pero ese chico ¿quién es?

—Ni idea. Encontré la foto en París, en una librería especializada. No se sabe dónde se hizo, ni con quién posa Cerdan, pero, en cuanto la vi, comprendí el enorme potencial que tenía para nosotros.

Lombard llevaba minutos aguantándose, pero no pudo más, y soltó una carcajada.

—Bueno, ¿qué dirá el titular del *Messager*? —preguntó.

Esto decía Marcel Cerdan de Lucien Rozier:
**«Este chico va a hacer una carrera formidable,
me veo reflejado en él a la misma edad.»**

468

• • •

El artículo levantó polvareda.

Respondía por adelantado a la pregunta lógica, ¿por qué esperar tanto para hablar de aquella sorprendente relación?

> *Lucien Rozier, conmocionado por la muerte del hombre al que consideraba su padrino, siempre se ha negado a gloriarse de esa declaración, y si la foto que acompaña este artículo, y que el propio Rozier ha tenido a bien confiarnos, se publica hoy, es porque quiere dedicar su victoria en el Trofeo a la memoria de quien, en su opinión, siempre será el mejor boxeador de todos los tiempos.*

El bando contrario clamó que se trataba de una falsificación, pero, aparte de que a unas horas del combate era materialmente imposible realizar las indagaciones que habrían sido necesarias para demostrarlo, el entusiasmo del público era irreversible.

La gran mayoría de los espectadores adoraba a Marcel Cerdan, y ver que el campeón del mundo tenía en tanta estima a un joven beirutí los hacía sentir un orgullo indescriptible.

El efecto fue espectacular.

Sin que el principal interesado supiera nada al respecto, a unas horas de la final las apuestas a favor de Lulu habían subido como la espuma.

Se lo daba ganador por ocho a uno.

—Esto va a hacer daño, seguro —dijo Louis con orgullo.

—Sin duda —respondió Lombard—, pero ¿a quién?

47

No estaba descontenta

Quienes en Chevrigny esperaban que la puesta en funcionamiento de la presa fuera un acontecimiento espectacular se llevaron un chasco: hacia las cinco de la madrugada, dos operarios accionaron los polipastos de cabrestante y cerraron las compuertas del Serre, cuya corriente, obstaculizada, empezó a refluir. Nadie fue testigo de un hecho que, por otra parte, les habría parecido tan anodino como una de tantas operaciones de cualquier esclusero.

Lo que sí resultó espectacular fue que, más o menos a la misma hora, ocho autocares azules entraron en el pueblo y más de trescientos antidisturbios de uniforme se desplegaron por las calles. Siguiendo un plan preciso, tomaron posiciones en lugares estratégicos, dejando en los extremos sendos pelotones encargados de filtrar las entradas: a partir de ese momento, habría que dar santo y seña para pasar por ahí.

A Hélène y Lambert les exigieron sus carnets de prensa; luego les abrieron el telón al curioso espectáculo de aquel pueblo agonizante cuyos últimos habitantes se estaban marchando.

Hélène no había dicho una palabra desde que Lambert había pasado a por ella. Estaba inquieta porque, al bajar de su habitación, le habían entregado en la recepción del hotel una nota escrita en un papel cualquiera con letra apresurada: «¿Ya ha ido a ver al inspector? ¡Ayer convocó a una de mis pacientes a comisaría! ¡La situación está adquiriendo unas proporciones disparatadas! ¡¿Va a defenderme de una vez por todas?!» La firma de Marelle era un simple garabato.

Hacía dos días que intentaba decidirse a pasar a la acción sin conseguirlo. «Iré esta tarde», «iré mañana por la mañana»: lo posponía una y otra vez.

Petit Louis, firme en su puesto, esperaba la aparición del Simca de Lambert para aplaudir y dirigirse al centro de la calzada con su curioso balanceo antes de rodear el coche y subir diciendo: «¡Célène!»

—Hola, Louis.

El Café de la Place estaba cerrado y, ahora que ya no tenía en la mano su sempiterna bayeta, Honoré Campois parecía un vecino más mientras, con la ayuda de los mozos puestos a disposición por la prefectura, cargaba mesas, sillas, muebles y cajas.

Ante la presencia policial y la imperiosa necesidad de partir, todo el mundo tenía el gesto grave que suele verse en los hospitales y los cementerios. Allí por donde pasaba, Hélène pedía permiso para hacer fotos: aquí, a una anciana sentada en una silla, última guardiana de unos enseres sin valor salvo para ella, esperando el camión que se la llevaría a Chevrigny-le-Haut con sus muebles; un poco más allá, a un hombre que subía sin ayuda un enorme baúl al remolque de un tractor; no muy lejos, a Raymonde, más sombría que nunca mientras amontonaba delante de su puerta lo que aún no se habían llevado.

Riendo, Petit Louis la arrastró hasta una caja en la que, con gran secretismo, abrió para ella la jardinera de plata que su madre había recibido como regalo de boda.

En la escuela, unos niños retiraban de las paredes los mapas, los frisos cronológicos, los libros de texto que nadie había querido... Uno de ellos debía de haber birlado un tintero sin darse cuenta de que estaba lleno: una mancha de tinta se extendía a la altura de su bolsillo. Allí estaba también Rosalie Bourdon, secándose los ojos con una esquina del delantal.

—¡Estaba esperándola! —dijo la maestra—. ¿Qué hora es? ¡Dios mío!

Lambert observaba toda aquella agitación con una sonrisa empática. En el patio, los escolares que aún seguían en el pueblo estaban reunidos para una última ceremonia vestidos con su ropa de domingo.

—¿Puedo pedirle que nos haga una foto? —preguntó Rosalie.

Los niños se habían colocado como hacían todos los años, sólo que esta vez los chicos y las chicas estaban juntos... y había cinco veces menos.

—¡Claro que sí! —repuso Hélène, pero en vez de preparar la cámara le cuchicheó algo a Lambert. Que asintió con la cabeza y salió apresuradamente.

—Denos un par de minutos —le dijo Hélène a Rosalie.

Los niños estaban listos y la maestra había tomado su lugar. Hélène temía que se impacientaran, pero se limitó a esperar sonriendo amablemente.

Momentos después Lambert reapareció en la verja del patio llevando a Petit Louis de la mano.

—¡Petit Louis! —exclamó Hélène—. ¡Ven aquí! —Se volvió hacia Rosalie—. No le importa, ¿verdad? Después de todo, también fue alumno de la escuela.

Probablemente Rosalie estaba agotada, o el cierre definitivo de su escuela la había sacudido hasta el punto de anular sus resistencias. Quizá incluso se arrepintiera de su actitud, aunque fuera tardíamente, o simplemente comprendió que sólo conseguiría su foto con esa condición; el caso es que respondió:

—¡Pues claro que sí!

Y, con la mejor intención, le dio una palmadita al asiento de al lado.

Ante ese gesto, Petit Louis, que avanzaba ya hacia el grupo, se asustó, y Lambert tuvo que agarrarlo de la muñeca para que no volviera a salir por la verja.

—Ve a ponerte detrás —le indicó Hélène—, allí.

Lambert comprendió la maniobra y llevó a Petit Louis junto a los chicos de la última fila. Una vez allí, el chico se quitó la gran gorra y sus grandes orejas quedaron al descubierto, pero su cara se iluminó y su resplandeciente sonrisa deslumbró a Hélène.

Hizo la foto.

Cuando todos se dispersaron, tras las despedidas entre maestra y alumnos, Hélène le estrechó la mano a Rosalie, que le dio las gracias.

—Le mandaré la foto en cuanto esté revelada —le dijo ella—. Le pediré al periódico que haga copias para todos los alumnos; ¿se las hará llegar usted de mi parte? —Luego, cuando la maestra se había ido, se volvió hacia Lambert—. Ha sido buena idea, ¿no? —le preguntó.

Ella no estaba descontenta.

Él la miró fijamente y le respondió sonriente:

—Ha sido perfecto. Te amo, Hélène. ¿Quieres casarte conmigo?

En ese instante un ruido de motores atrajo la atención de ambos. Tres niveladoras empezaban a ensanchar la calle; a lo lejos, una grúa alzaba su cuchara al aire.

Desconcertada por aquella declaración repentina, Hélène evitó mirar a Lambert y corrió hacia el cementerio.

Allí encontró a Destouches, que siempre estaba donde pasaba algo.

Una treintena de vecinos habían conseguido, a saber cómo, rodear o atravesar la línea de gendarmes que impedía el acceso al cementerio y permanecían inmóviles ante las máquinas, que rugían como animales a punto de atacar.

El grupo, a diferencia de lo que habría ocurrido hasta hacía poco, no estaba formado por refractarios enérgicos e impacientes por liarse a tortas con los trabajadores de la prefectura, sino por un puñado de hombres y, sobre todo, de mujeres (la mayoría ancianas y vestidas con ropa negra u oscura) que no se habían agarrado desesperadamente a los barrotes, sino que permanecían de pie, quietas y dignas, a la manera de un coro antiguo.

No muy lejos estaba Raymonde, con las manos en los bolsillos del delantal.

Para Hélène, que miraba desde detrás del objetivo, aquellas personas parecían, de algún modo, encarnar a los muertos a los que deseaban proteger, así que inmortalizó la escena para las generaciones venideras.

A un lado, discretos hasta la invisibilidad, tres empleados de pompas fúnebres vestidos de riguroso luto esperaban pacientemente mirándose los pies.

Pero el capitán de los gendarmes tenía órdenes, y no hay hombre más cerril que un uniformado que ha recibido órdenes. Se había plantado delante del grupo, hablaba fuerte, hacía aspavientos... El mensaje era claro: «O abren paso, o emplearemos la fuerza.» Saltaba a la vista que nada lo detendría.

El ingeniero Destouches, con las manos a la espalda, en su habitual postura de maestro de escuela, se balanceaba sobre los talones, impaciente también él por acabar de una vez: para algo había dado un ultimátum.

El capitán se dio la vuelta y gritó algo que nadie entendió, salvo los hombres bajo su mando, que avanzaron en medio de un estrépito de botas y se situaron en línea más o menos en la posición que habrían adoptado si hubieran recibido la orden de fusilar a los tocanarices.

—Se están pasando de castaño oscuro... —murmuró Lambert arrojando el cigarrillo al suelo y aplastándolo con el pie.

Hélène, que ya lo había visto participar en una riña a la entrada del pueblo, comprendió que estaba dispuesto a interponerse: un reportero local solo frente a un grupo de gendarmes era un poco temerario.

No hizo falta porque el ingeniero avanzó también, dirigiéndose muy irritado hacia el grupo de vecinos. Acto seguido se inició una extraña conversación que, de lejos, parecía un intercambio de secretos: Destouches se inclinaba para acercar el oído a los labios de las mujeres que le hablaban y a las que respondía inclinándose de nuevo. Se volvió hacia Raymonde y ella dio unos pasos hacia él. Durante el resto de la charla, dio la sensación de que Raymonde hacía de intérprete para un Destouches que no dominaba el dialecto de las mujeres de luto perpetuo. El ingeniero asintió con la cabeza y luego fue a explicarle la situación al capitán de la gendarmería, que se había alejado para mostrar que estaba molesto. No obstante, acabó por dar la orden de retirada a sus hombres.

Nadie comprendió lo que había pasado, ni lo que iba a pasar.

El grupo volvió con paso lento al pueblo y un gendarme cerró el acceso al cementerio con una gruesa cadena y un candado. Momentáneamente, el asunto había quedado ahí.

Camiones, tractores y furgones surcaron el pueblo durante todo el día.

Lambert, tan tranquilo como siempre, fumaba un cigarrillo tras otro y seguía a Hélène adondequiera que fuera. Ella, por su parte, actuaba como Raymonde aquel día en que le confesó que estaba embarazada y la otra había continuado la conversación como si no la hubiera oído: Lambert acababa de pedirle matrimonio y ella simplemente seguía trabajando en el reportaje.

Al atardecer, una vez que los vehículos abandonaron la zona y los antidisturbios iniciaron su larga guardia nocturna, ella y Lambert emprendieron el camino de regreso a Châteauneuf. Habían recorrido un buen trecho de la carretera que trepaba por la ladera cuando ella creyó distinguir entre el ramaje el inconfundible color verde del Renault Frégate del ingeniero.

—¿Puedes parar un momento?

Lambert, siempre servicial, estacionó en el arcén y sacó plácidamente el paquete de cigarrillos mientras ella, dejando la cámara porque ya no había bastante luz, hacía a pie el corto camino que llevaba a la ermita de San Teobaldo. Al meter la mano en el bolso, encontró la nota del doctor Marelle y apretó el paso: iría a ver al inspector al día siguiente.

Destouches estaba sentado en una gran piedra frente al valle y miraba pensativo el pueblo a sus pies.

—¡Ah, es usted!

—¿Puedo?

Él le indicó un sitio a su lado y prosiguió su contemplación.

—¿Esperando a que suba el agua? —le preguntó Hélène.

—Sí, más o menos...

No tenía el tono autoritario y cortante al que ella estaba acostumbrada, sino una voz tranquila.

—Entonces, se acabó...

—Ya era hora, para todos.

—¿Irá deprisa?

Los dos contemplaban el pueblo, sus miradas no se encontraban. La noche azulada caía insensiblemente sobre sus cabezas.

—No mucho. —Destouches sonrió un instante y después continuó—: Dentro de unos diez días, el agua llegará a las primeras casas. En un mes, empezarán a desaparecer. Quince días después, le tocaría al campanario, pero para entonces ya lo habrán dinamitado.

—¿Realmente es necesario?

Destouches se volvió hacia ella.

—El embalse debe vaciarse periódicamente para realizar controles, mantenimiento... ¿Se imagina la cara de los nostálgicos al ver su iglesia intacta con el campanario en pie? Sería una crueldad.

Hélène sonrió ante aquella paradoja: ahora resultaba que el ingeniero se preocupaba por la nostalgia de los habitantes.

—De todas formas, exagera usted un poco con los titulares, señorita Pelletier...

—¿Y ahora qué he hecho?

—¡Escribir que Electricidad Francesa lanzó un ultimátum a los vecinos! En realidad fue la prefectura, y lo sabe perfectamente.

—Sí —respondió Hélène—, pero estará de acuerdo conmigo en que, desde hace tiempo, la prefectura no es más que el brazo armado de Electricidad Francesa.

Destouches asintió: consideraba aquel comentario como un homenaje a su eficacia.

—¿Cuál va a ser su titular esta vez?

—Tengo dudas... —Era una conversación relajada: hablaban de unos acontecimientos que, poco a poco, iban quedando en el pasado—. ¿Cómo se resolverá el asunto del traslado del cementerio?

—Mañana lo verá, y podrá hacer una bonita foto...

Un ruido atrajo la atención de ambos. Se volvieron y distinguieron la silueta de Lambert quien, notando que caía la noche, iba a ver qué pasaba. Les hizo un gesto con la mano: «No hay prisa.»

Tras un instante de duda, Hélène se levantó.

—Buenas noches.

—Buenas noches, señorita. Dígame...

Hélène se detuvo y Destouches señaló con el pulgar a Lambert, que estaba volviendo al coche.

—¿Llevan mucho tiempo juntos?

La desaparición de Chevrigny
**Última foto de clase antes
de la inundación del valle.**
*La escuela, la oficina de Correos
y el ayuntamiento, cerrados definitivamente.*

48

¿Por qué iba a hacer algo así?

No se veía agua, pero en realidad la había por todas partes. No en forma de riachuelo, ni siquiera de regatos: rezumaba del suelo. Era como si la capa freática subiera a la superficie y reivindicara, debido a su antigüedad, su papel en la inundación del valle. Al cabo de unas horas recorriendo las calles, los zapatos pesaban. Aquí y allí se formaban charcos que los camiones y los autocares de la gendarmería cruzaban salpicando de agua turbia las aceras y las puertas de las casas.

En Chevrigny-le-Haut, donde la actividad se había reanudado, las grúas se habían puesto en movimiento de nuevo. Los volquetes iban y venían llevando bloques de hormigón, bordillos de acera, tejas ensamblables y armazones metálicas; las furgonetas transportaban canalones, bajantes pluviales, tapas de alcantarilla de hierro fundido... Las primeras casas entregadas iban librándose poco a poco de las cajas llenas de pedazos de vidas por reconstruir que los camiones cargados dos días antes en Chevrigny habían llevado hasta ahí.

La única construcción pública que ocupaba ya su sitio en el nuevo pueblo no era la oficina de Correos, ni el ayuntamiento ni la iglesia, sino el monumento a los caídos. Mientras lo transportaban, el soldado había perdido la corona de laurel que le ceñía el casco. La encontrarían más tarde en el vertedero, entre cajas de cartón vacías y embalajes del material de fontanería y electricidad.

Hélène, nada más llegar de nuevo a Chevrigny, se topó con el ingeniero en la calle principal. Creyó ver una sombra de sonrisa en su rostro. Le pareció impropia de él.

—¿Ha venido por la foto que le prometí?

—Exacto... —respondió Hélène sonriendo inequívocamente.

—Pues muy bien.

Mientras Lambert, carnet en mano, se encargaba de ir a recoger los últimos testimonios de quienes se marchaban, Hélène siguió a Destouches hasta la iglesia, donde el joven padre Lacroix iba y venía colocando en camionetas cuadros y sillas, reclinatorios y candeleros con ayuda de varios monaguillos y antiguos monaguillos. Unos trabajadores descolgaban los exvotos y desmontaban las vidrieras. Petit Louis, tan activo como siempre, sacaba en procesión vírgenes de escayola, cálices, custodias, copones y crucifijos y los depositaba devotamente en cajas llenas de paja.

De pronto llegó un vehículo de obra que se detuvo en un costado del edificio y desplegó una enorme grúa mientras ocho trabajadores subían al campanario. Lo que quedaba del pueblo se congregó y las miradas escrutaron la cima de la iglesia con una curiosidad teñida de preocupación. El extremo de la grúa avanzó lentamente hacia los vanos del campanario y unos brazos tiraron del enorme gancho de hierro que debía de pesar, por sí solo, lo mismo que un autocar.

Pasó un buen rato sin que ocurriera nada a la vista de los que estaban abajo. Muchos perdieron interés y empezaron a retirarse, pero entre los que se quedaban surgió una exclamación de asombro unánime, como cuando unos fuegos artificiales aparecen en el cielo y sorprenden a la multitud.

El brazo de la grúa retrocedió con cautelosa lentitud haciendo salir por uno de los vanos la gran campana que allí llamaban «de San Baltasar», en homenaje al patrón de los serradores.

Todos encogieron los hombros instintivamente: el balanceo de la campana hacía temer que se escapara del gancho o su peso hiciera ceder el brazo de la grúa y se estrellara contra el suelo. La gente se apartaba santiguándose.

El padre Lacroix, que se había puesto las vestiduras sacerdotales, esperaba con los brazos alzados en el sitio en que la campana podía caer, ofreciendo por adelantado su cuerpo a la voluntad divina; si Dios así lo quería, la campana le caería encima a guisa de mitra celestial.

—Está en plena *epectasis* —le susurró Lambert a Hélène.

El repentino bocinazo del gruista devolvió al cura a la realidad terrenal, y se le ordenó despejar la zona para dejar trabajar a los obreros.

El gigantesco brazo de la grúa fue retrayéndose por tramos y la campana no tardó en llegar al suelo. Así, lo que hasta ese momento parecía una especie de milagro se mostró en toda su banalidad: aquello no era más que una masa de bronce de unos ocho mil kilos que, de cerca, hacía pensar en un artilugio de feria. En cuanto el gancho se retiró, el padre Lacroix se aproximó e improvisó una ceremonia bastante caótica mientras monaguillos y ex monaguillos se miraban de reojo preguntándose cómo comportarse. Sólo Petit Louis parecía seguro de lo que hacía: se había arrodillado ante la campana y se había puesto a frotarla con brío utilizando su enorme gorra como paño.

Estaba previsto que al día siguiente llegara un remolque capaz de transportarla.

—La fundirán y harán otra del tamaño adecuado —confirmó Destouches. El desajuste entre la emoción de los vecinos y el prosaísmo del enviado de Electricidad Francesa descorazonó a los presentes. Todo el mundo se habría ido a su casa si Destouches no hubiera añadido—: Lo esperan en el cementerio, padre, deberíamos aligerar...

Que el padre Lacroix, en vez de reaccionar ante una orden formulada en esos términos, se aprestara solícitamente a seguirlo, se atribuyó al abatimiento.

Dejando atrás la campana, a la que Petit Louis sacaba brillo con determinación, el grupo de vecinos se dirigió al cementerio.

En la entrada estaban estacionadas tres furgonetas negras, al lado de las cuales podía verse a varios empleados de pompas fúnebres circunspectos y con las manos a la espalda.

El grupo de ancianas y los pocos hombres que habían obligado a los gendarmes a retirarse el día anterior se hallaban alineados esta vez en el interior del recinto, donde trabajaban dos excavadoras que alzaban del suelo destripado los ataúdes o lo que quedaba de ellos y los dejaban en un largo toldo. Antoine Cristin, libro de registro en mano, colocaba etiquetas redactadas según las normas administrativas con el nombre del o los difuntos, que tachaba de su lista.

Al llegar el sacerdote, los operarios apagaron los motores y el silencio se adueñó del lugar. Nadie sabía lo que sucedería.

Salvo Destouches, naturalmente. Convertido en maestro de ceremonias, fue directo hacia el grupo vestido de luto para explicar que las exhumaciones se harían en tres tandas y que, por tanto, habría tres servicios religiosos.

La información llegó hasta el padre Lacroix, quien, seguido de un monaguillo, avanzó hacia los ataúdes (que, en la mayoría de los casos, se habían transformado en una mezcolanza de tierra, barro, madera podrida y huesos sucios) y fue arrojándoles agua bendita y bendiciéndolos uno a uno.

Las ancianas no pudieron contener las lágrimas.

Hélène hizo unas cuantas fotos prometiéndose que nunca se publicarían. No pudo cumplir esa promesa.

• • •

La desaparición de Chevrigny
Los vecinos de Chevrigny asisten emocionados
a la exhumación de los restos
de sus allegados.
El padre Lacroix improvisa una ceremonia fúnebre
de gran dignidad

Cuando regresaron al centro del pueblo, Petit Louis seguía frotando la campana con la expresión absorta de quien vive para cumplir una misión. Había conseguido quitar todo el polvo hasta donde le daba el brazo, y lo que quedaba dibujaba una especie de follaje comido hasta donde habían alcanzado las vacas.

—¡Vaya, Louis, cuánto has trabajado! —le dijo Hélène—. Pero ahora deberías volver a casa...

—A ver si tú lo convences. —Era Raymonde—. Yo lo he llamado ya tres veces, pero nada. —Se recogió un mechón detrás de la oreja—. ¿Tú estás bien, hija?

A Hélène la sorprendió esa pregunta: desde que había ido a verla y se habían tomado un café juntas en su cocina, Raymonde no había vuelto a interesarse por ella.

—Muy bien. Aliviada. ¿Y usted qué tal?

—Aún no se han llevado nuestras camas. Me han dicho que lo harán mañana o pasado. Nos iremos cuando podamos dormir allí. Imagino que tú también te marcharás pronto.

Lambert se había unido a ellas y los tres miraban a Louis, que se había puesto de puntillas intentando llegar a lo alto de la campana. No se le había ocurrido pedir una escalera de mano.

—El agua tardará bastante en subir —dijo Hélène—. Tendré que volver...

—... para hacer la foto del embalse.

—Iré a verla al nuevo pueblo.

—Sí, claro, al nuevo pueblo —repuso Raymonde—. Que tengas buen viaje. Adiós.

Ya no insistió en llamar a Louis, que proseguía su tarea con el mismo celo y la misma concentración. La vieron alejarse lentamente y con la cabeza gacha, rumiando ideas sombrías.

—¿Aún tienes gente a la que entrevistar o puedes llevarme a Châteauneuf? —le preguntó Hélène a Lambert.

—Ya he visto a todo el mundo, ¿adónde quieres ir?

—A la unidad de Protección de los Menores y la Natalidad.

Lambert asintió con una media sonrisa.

Una mujer enamorada habría aceptado su proposición de inmediato, una indiferente la habría rechazado igual de rápidamente; ella no había hecho ninguna de las dos cosas, y no se sentía incómoda en absoluto. Prácticamente no habían hablado después de su propuesta; quizá pensaba que no lo había oído. Pero, si la visita a aquel departamento de la policía lo intrigaba, lo disimulaba muy bien.

—¿Te espero aquí? —preguntó cuando llegaron.

—No sé si la persona a la que tengo que ver está en su despacho...

—De acuerdo, tú dirás...

—¿Pasas por el hotel a recogerme para cenar?

Lambert respondió con una sonrisa y arrancó.

—¡Por amor de Dios, Cosson! ¡Pues claro que sí, hágala entrar!

La voz de Palmari salía por la puerta, que había quedado entreabierta. Fue el propio inspector, adelantándose a su ayudante con un empujón, quien la invitó a entrar.

No respondía a la idea que se había hecho de él. Sonreía, parecía simpático.

Le indicó un sillón y se sentó ante su escritorio.

—Soy Hélène Pelletier, periodista de *Le Journal du Soir*.

—Lo sé, leo sus artículos. ¡Son estupendos! ¿A qué debo el placer?

—Vengo a título personal, pero, si la conversación toma un derrotero inesperado o desagradable, podría escribir un artículo.

—Vaya... —Estaba desconcertado. Se obligó a sonreír—. Desde luego, si quería impresionarme, lo ha conseguido.

—Usted verá —respondió Hélène, que dudaba si sacar la libreta, pero finalmente renunció a hacerlo.

—Entonces, ¿cuál es el motivo de su visita?

—¿Tiene usted la autorización de un juez para vigilar mis movimientos?

—¿Vigilarla a usted? ¡Jesús! ¿Por qué iba a hacer algo así? Parecía escandalizado.

—El doctor Marelle me ha dicho que...

—¡Ah, eso es muy distinto! ¡Es a él a quien vigilo, no a usted!

—Viene a ser lo mismo.

—Si usted está en contacto con él, yo tomo nota, pero son sus movimientos los que me interesan, no los de usted. De hecho, ya que hablamos de ello... —Extendió la mano, cogió una carpeta y la abrió—. Repito: no se trata en absoluto de usted, sino únicamente del buen doctor Marelle. La recibió por primera vez el 7 de marzo muy temprano, y luego el 12 muy muy temprano. —Se había quitado las gafas y hablaba como si el asunto no les concerniera directamente—. Son unas horas de visita un poco raras, ¿no?

—Puesto que es a él quién vigila, pregúnteselo a él.

—Es muy poco cooperativo, ¿sabe?

—¿De qué lo acusa?

—¡Creo que practica abortos!

Lo había dicho con jovialidad, como si para él fuera una buena noticia que se alegraba de poder compartir.

—¿Y qué pruebas tiene contra él?

—Si las tuviera, estaría en la cárcel. Aún no las tengo: por eso investigo.

—Es decir, sospecha de él.

Palmari se echó a reír.

—¡Ah, ustedes los periodistas siempre dan con el término exacto! Sí, eso es: sospecho de él.

—¿Utiliza a su mujer de la limpieza como informante?

—¿A Georgette Bellamy? ¡Sí! Nos es muy útil. Gracias a ella, la semana pasada encerramos a un enfermero del hospital que alquilaba sondas los fines de semana. Figúrese... —Bajó la voz y adoptó un tono confidencial—. Creo que, a principios de año, el doctor Marelle le practicó un aborto a Georgette; si no, ¿por qué iba a ayudarme ella a cogerlo?

—Él tiene una reputación intachable entre...

—Como todos los abortadores.

—Los métodos que utiliza usted son muy discutibles, inspector: hostigamiento, acusaciones sin pruebas, intimidación, propuestas de violar el secreto médico... Creo que la prensa nacional tendría motivos para escandalizarse, ¿no le parece?

—No sabe usted lo difícil que nos resulta hacer nuestro trabajo correctamente, señorita Pelletier...

—¡Lo mismo nos pasa a los demás!

El inspector se inclinó hacia ella impulsado por un visible deseo de hacerse entender.

—En mi campo, los delitos flagrantes son sumamente raros: para detener a los abortadores tenemos que reunir indicios de todo tipo. ¿Sabe usted que, en los archivos de Vichy, Marelle es el médico más denunciado de la región? ¡Tengo los números! Entre 1941 y 1944, cualquier otro médico de esta zona era objeto de ocho denuncias anónimas de media; bueno, pues de Marelle se recibieron dieciséis, ¡todo un récord!

—¿Se basa usted en denuncias del tiempo de Vichy para...?

—¡Pues claro que no! Pero son indicios. Consideremos el nivel de vida del buen doctor Marelle. Sabemos que los abortadores siempre acababan viviendo por encima de sus medios: gracias a lo que gana con los abortos, una enfermera vive como un médico y un médico como un ministro, ¿sabe? Pero con Marelle sucede justo lo contrario: él se ha ganado muy bien la vida, y recientemente le compraron su consulta en Chevrigny por una buena cantidad. Y, sin embargo, ahí lo tiene usted, con un coche del año de la polca y vestido como un pordiosero; y su mujer, tres cuartos de lo mismo: parece una mendiga. Nunca llevan un céntimo en el bolsillo, ni él ni ella. Me han dicho que, en misa, cada vez que pasan la bandeja empiezan a tentarse la ropa buscando unas monedas, y que, si nadie les presta, no echan nada. Georgette tiene que insistir e insistir para que le pague, y al final recibe la mitad de lo que le corresponde. «Le daré el resto en unos días», le dice, pero ya ha acumulado tres meses de sueldo de retraso...

—Eso dista de probar nada —dijo ella. Tenía la garganta seca.

—¿Quiere un vaso de agua, señorita Pelletier?

Ella negó con la cabeza.

—¿Se ha fijado en su consulta? Compró la de un viejo colega que no había hecho un solo arreglo en cincuenta años y él no le ha dado ni una mano de pintura, no ha comprado ni siquiera una silla nueva. Dice que no se quiere meter en gastos, y como resultado los pomos de las puertas se salen, las paredes están desconchadas, en algunos sitios el techo se cae a trozos, a la mesa de las visitas le baila una pata, pero él no está dispuesto a gastarse un franco en hacerla reparar.

Ella había empezado a sentirse algo mareada.

—Todo eso apunta a que no tiene con qué, pero a la vez hay una serie de hechos. ¿Por qué ordena muchos más raspados uterinos que los demás médicos?

—Pues...

—Y tengo algo mejor, señorita Pelletier; mucho más prometedor. —Volvió a abrir la carpeta y se puso las gafas—. Antoinette Méjat, fallecida hace tres años. No tenía ni cuarenta años, la pobre. Estaba casada, tenía hijos... no me diga que no es triste. Y no tenía ninguna patología conocida: nunca estaba enferma. Era la imagen misma de la salud. Bueno, pues el doctor Marelle firmó su acta de defunción: era su médico de cabecera. —Se interrumpió, quizá esperando una réplica de Hélène que no se produjo. Entonces continuó—: Todo indica que estaba embarazada: sus vecinos lo aseguran, los tenderos lo confirman, pero sus allegados callan. ¿No será que tienen miedo de que se los considere cómplices? Mi deber es hacerme esa clase de preguntas y trasladárselas al juez, quien, en este caso por ejemplo ordenó una exhumación que ha suspendido la posible prescripción del delito. Haremos la autopsia y, si esa muerte no fue natural, ¡el buen doctor Marelle irá a parar a chirona!

Hélène estaba desconcertada. Ya no sabía qué decir. ¿Tanto se había equivocado? ¿Tan ingenua había sido? ¿O simplemente aquel policía estaba chiflado?

—No debería decírselo, pero confío en obtener una autorización de registro. Podría tenerla mañana o pasado.

—¿Y qué espera encontrar? ¿A una mujer abortando?

—¡Ja, ja, ja! ¡No: el libro de registro!

Ella fingió reír también.

—Si de verdad cree que un médico que practica abortos lleva un registro, es usted...

—... pragmático. Y ellos también: todos lo hacen. Anotan todos los detalles por si un día los detienen. En ese caso, exhiben una lista de hijas de diputados, mujeres de concejales, hermanas de empresarios... que forman una bonita colección de mujeres culpables, pero sobre todo un buen abanico de cómplices. A partir de ahí, como el escándalo podría acabar convirtiéndose en un cataclismo social y político, los jueces se lo piensan dos veces. Para los abortadores, el libro de registro es su seguro de vida.

—¿Te encuentras mal?

Lambert arrojó el cigarrillo al suelo, preocupado.

—No lo sé...

No habría podido ser más sincera: zarandeada por las sensaciones y los datos, después de una hora tendida en la cama de su habitación de hotel dándole vueltas a todo aquello, ya no sabía qué pensar ni de aquel inspector, ni del doctor Marelle, ni de Lambert ni de sí misma.

—Yo me bebería...

Hacía mucho que no iban a aquel restaurante que Lambert solía frecuentar, pero el café de Chevrigny había cerrado para siempre.

—Echaré de menos los sándwiches de Honoré... —confesó él.

Poco antes, al llegar al restaurante, le había dado dos besos a la dueña y un apretón de manos a varios parroquianos.

Se habían sentado a la mesa. Llegó la botella de vino y, cuando Lambert empezó a llenar las copas sin dejar de sonreír, ella se dio cuenta de que su presencia... la calmaba. Más aún: la tranquilizaba. Con Lambert, enseguida tenía la sensación de que no podía sucederle nada malo. Aquella vez, cuando se empezó a encontrar mal en pleno Café de la Place, él la llevó a su habitación, la acostó en la cama, le cogió la mano hasta que se quedó dormida y después se marchó discretamente...

Chocó su copa con la de él y aprovechó ese frágil instante para observar su rostro algo regordete. Aquellos ojos de miope tras las lentes redondas le hicieron pensar vagamente en su hermano Jean: eran igual de permeables al mundo, pero Lambert afrontaba la realidad...

Probó el vino. Todo el restaurante olía deliciosamente a carne en salsa, pero ella se sentía agotada y llena de preguntas que deseaba ahuyentar de su mente... Entonces sintió que se quedaba sin fuerzas y se echó a llorar.

Lambert dejó la copa en la mesa, pero no le cogió la mano: no era de los que se aprovechaban de las situaciones. Ella se lo agradeció.

—Discúlpame.

—Lo entiendo —dijo Lambert—: en estos momentos tu vida es muy intensa. Tienes derecho a llorar, igual que todo el mundo.

Hélène se secó las lágrimas: no quería dar un espectáculo en aquel restaurante.

—Tú nunca lloras...

—Es muy injusto para nosotros los hombres —repuso inclinándose hacia ella—: las mujeres tenéis derecho a llorar en público, incluso está bien visto; ya sabes: «el sexo débil» y todas esas gilipolleces. Pero nosotros... ¡nosotros tenemos nuestro orgullo! Lloramos en casa, en los brazos de la esposa.

Los platos empezaron a llegar y Lambert volvió a llenar las copas. Ella sonrió.

—Sí —dijo—: sí quiero...

Los dos sabían perfectamente a qué pregunta respondía.

A ella volvieron a escapársele las lágrimas. Reía avergonzada, negaba con la cabeza. Necesitaba que le cogiera la mano para tranquilizarla, y él lo hizo. Su mano era electrizante: pesada, cálida...

—No puedo parar de llorar —dijo secándose las lágrimas con la servilleta.

—Es una pena, se te va a enfriar...

Hélène rió y sacó el pañuelo de su bolso. No conseguía decir nada.

—Me pareció entender que hay un hombre en tu vida —dijo Lambert.

—Lo había.

Lambert le dio un mordisco al pan.

—Tómate tu tiempo para pensar en todo eso. Yo también tengo mis dudas...

—¿Cuáles? —preguntó ella alarmada.

—Si en los dieciseisavos de final el Vaumont pierde con el Chasseneuil, no sé cómo voy a sentirme: ya no seré el mismo hombre. Y el partido es la semana que viene.

Hélène pasaba de las lágrimas a la risa sin probar bocado. El plato de Lambert ya estaba vacío y ella no había hecho más que beber vino. Se sentía exhausta.

—Te acompaño al hotel —dijo él.

De algún modo, sin que ella se diera cuenta, él se las arregló para pagar. Luego la llevó hasta el coche y luego al hotel.

—Ya estamos —dijo.

Salió y rodeó el Simca. Hélène se caía del cansancio, de la emoción, del vino tinto, de la espera. Puso la mano detrás de la nuca de Lambert y lo besó, y lo que sintió fue pura felicidad: unos labios calientes, una lengua tranquila.

—Que descanses —le dijo él cogiéndole la cara entre las manos carnosas y calientes. La miró a los ojos y volvió a besarla en los labios—. Piensa en ti, simplemente.

Una vez acostada en aquella cama que tantas cosas había visto ya de ella, de nuevo sintió brotar las lágrimas. Tenía ganas de hablar con Lambert, de pedirle que no se fuera.

49

Conozco el percal

Durmió poco y mal. ¿De verdad le había dado el sí? Lo poco que sabía de Lambert, ¿bastaba para casarse con él? Y él, ¿qué había visto en ella? La había ayudado a abortar, así que ella era «una de esas mujeres». ¿Qué imagen había dado de sí misma? Se volvía hacia un lado y otro, exasperada consigo misma. ¡Pero yo no soy así! Luego pensaba que debía de interesarle bastante, puesto que le había pedido matrimonio y no aprovechaba para buscar que se acostaran. Ella sabía lo que era una pasión, lo que era el deseo, pero nunca se había parado a pensar en qué consistía el matrimonio.

Como telón de fondo de esa noche agotadora y llena de interrogantes, planeaba la extraña sombra del aquel inspector Palmari que le había dejado un mal sabor de boca.

Había ido a su despacho para defender al buen doctor Marelle con uñas y dientes y lo había abandonado conmocionada y presa de una duda que la noche había transformado en recelo. El retrato que el policía hacía de él tenía rasgos verosímiles, y lo que en otras circunstancias habrían sido simples anécdotas adquiría un valor descriptivo.

Lo sospechaba desde hacía tiempo: aquellos veinte mil francos que había tenido que pagarle se le habían quedado atravesados.

Que un médico que se había resistido a aceptar nada acabara proponiendo una suma astronómica...

Si todo aquello era cierto, la había utilizado. Al fin y al cabo le había hecho aquella visita a petición suya, por insistencia suya... ¿Qué podía esperar de él a esas alturas?

Quizá aún pudiera esperar algo de Marelle, pero no de Chevrigny. Denissov le había mandado un mensaje para encargarle un gran artículo recapitulativo y necesitaba media mañana para escribirlo. Después, a mediodía, iría hasta allí con Lambert y luego volvería a París: misión cumplida.

Para la foto final del embalse, unas semanas más tarde, pediría que enviaran a otro.

A mediodía, Lambert, todo sonrisas, se limitó a abrirle la puerta del Simca.

—Si no te importa, te dejaré allí y me iré —dijo al arrancar—: *Le Messager de l'Yonne* me ha pedido que cubra una reunión de antiguos combatientes en Courlerai. Después guardaré mi boina, mis medallas y mi bandera y volveré a por ti. ¿Te parece bien a última hora de la tarde?

—A última hora, de acuerdo.

En Chevrigny, el agua sucia y el barro no habían cambiado de aspecto, pero cada vez había menos gente y, en consecuencia, pasaban menos vehículos. El pueblo parecía más abandonado.

Hizo unas cuantas fotos de sitios desiertos eligiendo ángulos en los que salían también cajas de dinamita debidamente custodiadas por grupos de gendarmes.

Pasó por casa de Raymonde, llamó y entró sin esperar a que le contestaran. Ya estaba prácticamente vacía. Raymonde, con una bata polvorienta, subía de la bodega llevando tres botellas de vino en las manos.

—Mira lo que me he encontrado —comentó mostrándoselas—. ¿Quieres un café?

Dejó las tres botellas sobre la mesa de la cocina (todos los armarios estaban ya vacíos) y la invitó a sentarse.

—Son de cuando vivía mi marido —dijo—; ¿crees que el vino aún estará bueno? —Y, sin esperar respuesta, continuó mientras servía el café en dos vasos—: Sólo me he mudado una vez en mi vida: cuando me casé dejé la casa de mis padres, al lado de la serrería, para ir al centro del pueblo. Ya ves qué traslado. Y la mayoría de la gente de aquí tiene una historia parecida, así que estamos un poco perdidos...

—¿Y Petit Louis no está?

Raymonde se echó a reír.

—Mientras la campana continúe delante de la iglesia, seguirá montando guardia. Si lo hubiéramos dejado, habría pasado la noche allí. Pensábamos irnos hoy: según lo planeado, hoy se llevaban las camas, pero esperaremos un día más por la bendita campana.

—¿Él ha subido al pueblo a ver su nueva casa?

—¡Uy, ya lo creo! Le encanta: hay una habitación grande para él. No puso mucha atención a los alrededores, pero mejor así: gracias a Dios aún no es consciente de lo que pasa. Pero el párroco de la nueva iglesia será el padre Lacroix, y eso es muy importante para él. —Le dio un sorbo al café—. Bueno, ¿qué querías? Porque no creo que hayas venido por mi cara bonita...

Hélène sonrió.

—En su opinión, ¿el doctor Marelle hace...?

¿Cómo decirlo? Raymonde, que la miraba fijamente, se apiadó de ella y no la obligó a formular la pregunta.

—Es un buen médico. Siempre ha cuidado bien a Louis, y créeme, no es fácil. ¿Por qué me lo preguntas?

—Me lo han dicho por ahí, eso es todo...

494

—¡Por ahí se dicen tantas cosas!

Era todo lo que le sacaría, es decir: nada. Siguieron conversando, pero ambas sabían que el tema que había inducido aquella visita estaba agotado.

La plaza de la iglesia habría podido llamarse «de San Baltasar», y Petit Louis haber sido el vigilante. Seguía sacándole brillo a la campana con admirable aplicación. Había sacado de Dios sabe dónde una vieja silla de paja que le permitía acceder un metro más arriba y no paraba de subirse, bajarse, desplazarla un poco y volver a la carga utilizando su gran gorra como paño con movimientos circulares, bastante desordenados, sí, pero vigorosos y decididos. Probablemente la silla no resistiría mucho más y terminaría desfondándose, pero nadie había logrado convencerlo de parar de una vez.

—Se llevarán la campana hoy mismo. —Era Destouches, con la pipa en los labios y las manos en los bolsillos del abrigo; satisfecho, más terrateniente que nunca—. Pero no es una campana de Pascua, así que será digno de verse.

Hélène miraba a su alrededor. A esas alturas ya casi no se veían más que uniformes: era como estar en el patio de un cuartel.

—Esto ya está casi vacío...

—Ya lo tenemos hecho, sí. ¿Cuándo se marcha usted, señorita Pelletier?

—Mañana, pasado mañana... dependerá de los acontecimientos.

—Ya no habrá ninguno: se acabó —repuso el ingeniero, pero justo en ese momento se oyó un disparo.

—¡Maldita sea!

Al instante, Destouches se guardó la pipa en el bolsillo y, seguido por Hélène, se dirigió a grandes zancadas hacia la serrería, a la salida del pueblo.

Cuando llegaron, los gendarmes ya se habían desplegado para impedir el acceso a un ancho perímetro alrededor de la mansión del fondo del patio, que tenía una ventana abierta. Varios de ellos, con armas en las manos, se habían aventurado a acercarse a la vivienda, pero parapetados detrás de máquinas, camiones o troncos amontonados.

Sonó otro disparo de escopeta y todo el mundo se agachó.

—¡Es Gaston Buzier! —gritó el capitán de la gendarmería—. Se ha hecho fuerte allá arriba y jura que matará a quien se acerque y que se saltará la tapa de los sesos antes de que lo capturen. —Le llevaron un megáfono—. Voy a pedir refuerzos —anunció antes de usarlo.

—¡Quite, quite! —dijo Destouches—. Si llegan refuerzos lo único que conseguiremos será ponerlo más nervioso. ¡Pregúntele qué quiere!

El capitán cogió el megáfono.

—¡Señor Buzier!

Buzier respondió algo que apenas se oyó.

—¿Qué ha dicho?

—Que se vaya a la mierda, mi capitán —respondió Destouches.

Indignado, el oficial volvió a ponerse el megáfono delante de la boca y soltó una retahíla de advertencias y amenazas. Se oyó otro disparo y las postas cayeron como una pequeña granizada a unos pocos metros de donde estaban.

—No conseguirá nada —dijo lacónicamente el ingeniero.

—¡Buzier! —siguió el capitán—. ¡Nos veremos obligados a asaltar la casa! Arroje el arma por la ventana inmediatamente, si no...

Destouches suspiró ruidosamente y acabó de llenar la pipa sin dejar de mirar aquella ventana abierta.

—Deje... —le dijo al fin al capitán, y se puso en marcha.

—¡¿Adónde va?! —berreó el otro—. Le prohíbo que...

Destouches se volvió y lo miró fijamente.

—Está usted empezando a cargarme, la verdad...

Y siguió avanzando hacia la casa.

Sonó otro disparo, pero no se detuvo hasta que llegó a unos cincuenta metros de la ventana abierta.

—¡¿Se va a calmar?! —gritó, o algo parecido.

A continuación los dos hombres intercambiaron unas frases que fue imposible oír desde tan lejos. Tras varios minutos de diálogo, Destouches echó de nuevo a andar, subió la escalinata, abrió la puerta y desapareció en el interior de la mansión.

Hélène, demasiado alejada del centro de la acción, hacía fotos inútiles.

Empezó una larga espera.

El capitán iba de aquí para allá con el megáfono en la mano, pero los disparos de escopeta habían cesado: no pasaba nada. Hélène fingió marcharse e intentó rodear la línea de gendarmes para acercarse a la casa, pero una mano firme se lo impidió: «Lo siento, señorita; tiene que quedarse aquí.»

Media hora más tarde, la gran puerta volvió a abrirse y apareció Destouches, seguido del dueño de la serrería.

El ingeniero tenía en una mano la escopeta abierta y con la otra le rodeaba los hombros a Buzier, que avanzaba con los pesados pasos de un vencido.

Los gendarmes acudieron a toda prisa y lo sujetaron con fuerza, como si aún representara un peligro, pero Destouches los apartó con brusquedad, les tendió la escopeta y les exigió que guardaran las formas.

Cuatro gendarmes se llevaron a un Buzier cabizbajo hasta un autocar que arrancó de inmediato.

• • •

La enorme grúa, que ya había dejado profundas marcas a lo largo de la calzada, avanzó hasta situarse delante de la iglesia, hasta donde un tractor de grandes ruedas había remolcado una plataforma.

Petit Louis aplaudió a rabiar al ver el brazo girar y extenderse, pero se interrumpió, pasmado, al ver que la campana se alzaba en el aire y se posaba como un pájaro de bronce en la plataforma que el tractor se llevó de allí lentamente, precedido por los motoristas de la gendarmería.

Él los despidió agitando el brazo en el aire.

Momentos después unos artificieros entraron en la iglesia llevando cajas de explosivos y un gendarme se acercó a Raymonde.

—No pueden quedarse aquí —le dijo.

—Ahora ya podremos irnos —murmuró ella cogiendo del brazo a su hijo.

Él había vuelto a ponerse la enorme gorra, que había cambiado de forma y de color. Parecía que llevara una campana sobre la cabeza.

Chevrigny, totalmente evacuado.
Los vecinos dicen adiós a la campana
de San Baltasar mientras esperan
la voladura de su iglesia
Se llevará a cabo mañana. Entretanto,
el agua empieza a extenderse por el valle

El día tocaba a su fin cuando Lambert pasó a buscarla.

—Lo siento —dijo mientras le abría la portezuela—, *La Marsellesa* siempre se alarga un poco...

—¿Puedes parar en la ermita?

—Claro, claro, para la conversación vespertina con el Lobo Feroz...

Destouches estaba sentado en el mismo sitio que la vez anterior, mientras observaba caer la noche sobre el valle y el futuro embalse que, en unos días o semanas, sustituiría al pueblo.

—¡Ah, es usted, señorita Pelletier!

Hélène se sentó y se puso la cámara en el regazo. Su silencio no tardó en hacer reaccionar al ingeniero.

—Me parece que tiene algo que preguntarme...

—Sí. ¿Qué cuentas vino a saldar aquí?

Él la miro con una pregunta en los labios, pero no dijo nada.

—He hecho una pequeña investigación en los archivos del periódico y no me ha costado descubrir que usted nació aquí, en Chevrigny. Qué casualidad, ¿no?

Destouches soltó una risita.

—¿Cómo se le ocurrió indagar sobre eso?

—Fue cuando lo oí llamar «señorita Duchêne» a Rosalie Bourdon. Comprobé que Florence Duchêne había sido maestra de escuela aquí durante veinticuatro años y me pregunté por qué le habría venido a la cabeza ese nombre...

—¡Ah, sí, Duchêne! Lo que me hizo pasar esa...

—Lo que me sorprende es que nadie parece haberlo reconocido.

—No había vuelto en cuarenta y tres años, conque figúrese... Además, aquí nadie me conoce como Destouches: entonces me apellidaba Calame y todo el mundo me llamaba «el Calamar», cuando no «el Bastardo». Destouches es el apellido de mi padrastro, que me adoptó en 1910, cuando se casó con mi madre. Crecí en Besançon.

—Entonces ¿vino aquí a arreglar cuentas?

—Para serle sincero, no me importaría: este pueblo era muy duro con la gente como mi madre y como yo. Muy duro... Hasta la señorita Duchêne me llamaba «el Bastardo» a mis espaldas...

Hélène dudaba que la señorita Duchêne hubiera sido una sádica, pero sus propios hermanos habían padecido en Beirut los palmetazos con regla en las yemas de los dedos, los tirones de oreja y las humillaciones colectivas típicas de su generación, así que no veía por qué en ese pueblo no podía haber habido maestros inclinados a esa clase de castigos.

—El jefe de la pandilla era Buzier. A los diez años ya era el bocazas que sigue siendo, y era muy fuerte físicamente. A mí esto último no me importaba: sabía defenderme, pero solían atacarme en manada...

El ingeniero hizo una larga pausa durante la que Hélène comprendió que, seguramente, lo que le había gritado a Buzier no era «¡¿se va a calmar?!», como había entendido ella, sino «¡Calamar!».

¿Qué se habían dicho esos dos durante los largos minutos que habían estado solos?

¿Había relacionado Buzier su situación de asediado con la del Calame niño, acosado, atacado por la horda en otros tiempos?

También recordó la tremenda frase de Destouches en el café, unas tardes antes: «A usted se le darían bien los linchamientos, señor Buzier.»

—De modo que, sí —continuó Destouches—: cuando necesitaron a alguien para venir a bajar la persiana, me ofrecí voluntario enseguida, ¡figúrese! Pero luego... —Era la primera vez que Hélène lo veía cansado, roto: era una novedad. Los dos miraban el valle donde algunas charcas temblorosas brillaban aquí y allí bajo la luna—. Todos somos víctimas, ¿comprende? Ellos y yo.

—Se mostró usted inflexible...

—¡Era por ellos! —repuso Destouches volviéndose hacia ella bruscamente—. ¡Desde el principio, nadie tuvo la valentía de afrontar la situación con la decisión necesaria! Los cargos electos remolonearon; el ayuntamiento se emperró;

los recursos ante los tribunales, todos perdidos, agotaron las energías; el prefecto ganó tiempo; el ministerio retrasó las decisiones; Electricidad Francesa permitió, por interés, que la situación se pudriera... Yo vine a cortar por lo sano. Si me hubieran enviado hace cuatro o cinco años, esto habría acabado hace mucho tiempo. Despreciaron a la gente, la marearon durante meses, ¡durante años!, y luego me mandaron a mí para que los ahogara como a una camada de gatitos. Si no hubiera dado un golpe sobre la mesa, la situación se habría prolongado durante semanas y semanas, y ¿para qué? ¡Para alargar la agonía, nada más!

—Y aprovechó para arreglar algunas cuentas: publicó datos del catastro tan sólo para ridiculizar a Gaston Buzier...

—Buzier es un idiota: ¡cree que ha hecho un gran negocio con las parcelas de bosque! Esperó al final y sacó cuatro perras más que los otros, ¡qué gran jugada! Si rebusca usted en los archivos, encontrará sociedades inmobiliarias surgidas de la nada que, a todas luces, utilizaron a antiguos vecinos de Chevrigny como testaferros para comprar grandes extensiones años antes del anuncio de la construcción de la presa; ¡ellos sí que obtuvieron beneficios cuando la administración les recompró esos terrenos a precios de oro! Buzier es un gilipollas.

—Pero Electricidad Francesa se aprovechó de...

—¡No! Eso no es verdad. EF, en muchos casos, ha ido incluso más allá de lo que exige la ley con tal de preservar la paz social. En realidad, el conflicto es culpa de la administración: la idea era dar prioridad a las «negociaciones bilaterales», ¡menuda gilipollez! Una estrategia así es un coladero para los fraudes. —Sacó la pipa y se tomó su tiempo para llenarla y encenderla—. Es verdad que vine con malas intenciones, pero una vez que estuve aquí... La verdad es que todo esto es muy triste, ¡pobre gente! Primero los dejaron solos y luego me enviaron aquí con policía y militares para echarlos. He hecho lo que he podido.

Al tiempo que escuchaba a Destouches, Hélène intentaba reconciliar lo que le decía con lo que ella había visto y vivido, y poco a poco iba armando el puzle.

—¿Usted hizo que liberaran a Besson?

—Fui a ver al juez porque tenía claro que aquellos explosivos jamás iban a funcionar y que el plan no era propio de un terrorista, sino de un ingenuo. —Soltó una risita y continuó—: En fin, le hice ver al juez que, para cuando quisiera instruir el sumario, el embalse ya lo habría cubierto todo, incluida la ermita. —Se había vuelto y señalaba las ruinas del templo, envueltas por la oscuridad—. Y que, en el mejor de los casos, acabaría condenándolo a un año de cárcel por un asunto que, para entonces, traerá sin cuidado a todo el mundo. Estuvo de acuerdo conmigo. Al final, que Besson viva con un miedo permanente a que lo juzguen será castigo suficiente: su pena será su inquietud. Y pienso hacer lo mismo con Buzier. En su momento ya me había guardado mucho de revelarle al juez que el muy gilipollas había colaborado con Besson (¡cómo me habría gustado ver a esos dos juntos: tuvo que ser la monda!), y ahora he conseguido que no lo lleven a comisaría. Ya ha habido bastantes problemas, no tiene sentido añadir más.

—Y por eso mismo intervino también en el cementerio...

—¿Qué le parece el gilipollas de capitán de gendarmería que me endosaron? A un fulano así lo dejas a su aire y le acaba disparando a la multitud. Lo único que quería aquella gente era un poco de dignidad y, en ese orden de cosas, su referente es el cura. Les prometí que él bendeciría los restos y el cementerio se trasladó sin incidentes.

En ese momento Hélène se acordó de la sorprendente homilía del padre Lacroix, quien, contra todo pronóstico, había exhortado a los vecinos a aceptar su suerte.

—¿Qué sucedió?

Destouches aspiró varias bocanadas de la pipa sin dejar de reír bajito.

—Fui a catequizarlo. La obediencia es la regla de oro de todas las religiones y, lo mismo aquí que en todas partes, lo que acepta el cura lo acaba aceptando todo el mundo, así que me parecía vital conseguir su... colaboración.

—¿Y cómo la consiguió?

—Me limité a hablarle de los monaguillos, ¿comprende?

—¡Oh! ¿Él...?

—¡No tengo la menor idea! Simplemente probé suerte. Aunque yo estudié con los curas, así que conozco el percal...

Hélène estaba horrorizada.

—Su caballero andante se estará impacientando, señorita Pelletier...

—Tiene razón —dijo ella levantándose—. Y no se preocupe: no pienso escribir sobre nada de lo que me ha contado; creo que no es asunto de nadie más que de los involucrados.

Destouches respondió con un gesto de la mano.

Lambert conducía más despacio de lo habitual. Había encendido un cigarrillo y lo llevaba entre los dedos.

—Es triste, ¿no? —le preguntó ella.

Y era verdad que, con el fin de aquel pueblo, terminaba también una etapa de su vida.

Lambert detuvo el Simca delante del hotel. Ya era noche cerrada.

—¿No tienes hambre?

—¿Me das un cigarrillo?

Fumaron en silencio.

Lambert extendió el brazo y Hélène se acurrucó contra él. Tenía ganas de llorar. Pero de pronto se irguió.

—Nunca me habían pedido matrimonio... ¿Estás seguro?

Por el brillo de sus ojos, Hélène comprendió que, una vez más, tenía ganas de reírse de la situación, de burlarse de sí mismo. Le puso un dedo en los labios.

—Segurísimo —consiguió decir él en voz muy baja—. Como nunca.

50

Debo pensar en mí

La conversación con Bourdet, el agente de Mary Lampson, le había confirmado a François que por fin había dado con el misterioso «M.» al que la justicia apenas se había molestado en buscar.

Cuando llamó a Stern, estaba lleno de preguntas: si había sido amante de Mary, si la nota se refería a su boda o a su embarazo, si tenía motivos para matarla y había encontrado el modo de hacerlo...

—Ah, es usted —le había respondido al teléfono. Tenía una voz clara y un tono tranquilo y fatalista al mismo tiempo—. Sabía que acabaría encontrándome... Bueno, ya está. ¿Cómo ha llegado hasta mí?

—Hablando con Line Marcia, aunque tengo que confesarle que el hecho de que haya vuelto a usar su verdadero nombre me complicó bastante las cosas.

—Ah, Line. ¿Sigue en la profesión? Nunca oigo hablar de ella...

—Eso más o menos me dijo ella de usted.

—¿Qué quiere saber?

—Tengo tres preguntas. La primera: ¿escribió usted la nota hallada en el bolso de Mary Lampson y firmada «M.»? Decía...

—Sí, fui yo —lo atajó Stern con sequedad.

François acusó el golpe. Puede que Stern, una vez localizado, ya no pudiera escapar de la justicia, pero ¿y de él?

—¿Cuál es la segunda pregunta?

—¿Eran ustedes amantes?

—Sí.

François se puso nervioso: le daba miedo que, tras aquellas dos confesiones, le colgara.

—Bueno —añadió Stern igual de tranquilo—, ¿no va a hacerme la tercera pregunta?

—Para eso, preferiría encontrarme con usted... si es posible.

—Estoy rodando en Seine-et-Marne, venga a verme.

François sabía que aquel hombre que se había escondido durante cuatro años perfectamente podía ser el asesino de Mary Lampson, y Denissov, al que había avisado de inmediato, había confirmado sus temores.

—Después de tu llamada, ese tipo está entre la espada y la pared. Encontrarse con un periodista en vez de presentarse en el Palacio de Justicia no es la decisión más lógica: bien podría cambiar de opinión y volatilizarse...

En todo caso, él había cogido el tren para Bois-le-Roi, donde se rodaba el próximo largometraje de Arthur Godefroy, titulado *El año rebelde*.

La línea discurría paralela al Sena y al lindero del bosque de Fontainebleau.

Al bajar del tren se le ocurrió que podría estar en cualquier lugar de Francia. Tras atravesar la estación (un gran edificio cuadrado con una ancha marquesina de cristal esmerilado sobre el andén principal), salió a una placita arbolada y una avenida que llevaba al centro del pueblo pasando ante el Chalet de la Gare entre casitas de piedra molar y unas cuantas viviendas burguesas.

El rodaje tenía lugar en la escuela, un edificio anexo al ayuntamiento. Allí reinaba la expectación. Agrupados en el patio, donde los grandes plátanos empezaban a reverdecer, los niños en bata gris y pantalón corto saludaban con la mano a sus padres, apelotonados detrás de la verja y ansiosos como ellos de presenciar la actividad de iluminadores, cámaras, actores y guionistas: un mundo mítico que hasta entonces sólo habían visto en las revistas.

François dijo quién era y le indicaron un banco desde el que presenció varias tomas de una escena bastante breve. Stern lo había visto llegar y le había hecho un gesto discreto desde lejos. Era un hombre atractivo de unos treinta años, muy moreno, de nariz prominente y ojos vivos. Se movía con una gracia sorprendente, casi con indolencia. Se veía que era un hombre preciso, metódico, organizado, parco en sus gestos y sus movimientos.

Pese a la insistencia de Denissov, François había optado por no llevar fotógrafo.

—Veo que ha venido solo. Mejor —dijo Stern cuando se reunió con él; luego le estrechó la mano con firmeza—. Podemos andar un poco, si le parece... —Se dirigieron con paso tranquilo hacia un parquecito que había en la misma calle y acabaron sentándose en un banco a cubierto de las miradas—. Va a preguntármelo antes o después, así que liquidemos la cuestión: yo no maté a Mary.

Él se limitó a indicar con un gesto que tomaba nota.

—¿Por qué ha permanecido en la sombra?

—No me apetecía participar en ese circo. Ahora no tendré más remedio que hacerlo, pero entretanto las cosas se han calmado. Mary lleva cuatro años muerta, en realidad ya no es...

Hablaba con voz suave. De cerca, François lo encontraba interesante: era un hombre con un encanto discreto y refinado.

—Respecto a su historia con Mary...

—Nos conocimos en las clases de interpretación. Yo no tenía demasiadas dotes. Line Marcia debió de disfrutar mucho explicándoselo...

François se limitó a sonreír.

—Ella es bastante mala actriz —añadió Stern sonriendo a su vez—, pero tiene razón: yo jamás habría logrado hacer carrera. El caso es que Mary y yo nos enamoramos apasionadamente en 1943. Para entonces yo estaba separado de mi primera mujer, pero aún no me había divorciado. —Hacía breves pausas para buscar las palabras adecuadas—. No podía casarme con ella, pero deseábamos vivir juntos, tener hijos... sólo era cuestión de tiempo. De hecho, tres años después finalmente me divorcié, pero para entonces Mary ya no era libre, o más bien... —Se mordió la lengua, molesto consigo mismo—. En fin, entretanto su agente... Bourdet, ¿lo conoce? Pues Bourdet había urdido un matrimonio más conveniente para su imagen. Ella me pidió que esperara, pero la situación se complicó muchísimo: no dudo que se casara con Servières por conveniencia, para salir en las revistas, pero el tipo, aunque es un idiota, no carece de encanto. En resumen, Mary tuvo dos hombres en su vida al mismo tiempo: Servières y yo. Yo permanecí en la sombra porque la amaba con toda mi alma y no quería hacer nada que pudiera dañar su carrera. Nos veíamos a escondidas, pero Mary desconfiaba de todo y de todos: veía fotógrafos por todas partes... Debo confesar que fue una situación muy penosa para mí, al menos hasta las Navidades de 1947...

François había comprendido que Stern quería llevar las riendas de la conversación y procuró no interrumpirlo.

—Por esas fechas, rompió definitivamente con Servières. Siguieron casados para la prensa y la profesión, pero ya no dormían juntos.

—¿Está seguro?

—Sí: las cosas cambiaron muchísimo. Empezamos a vernos más a menudo y, cuando se quedó embarazada, decidió decírmelo sólo a mí.

—Y usted le escribió la nota que se halló en su bolso...

—No, esa nota es muy anterior: no estaba segura de si quería embarcarse en ese matrimonio fingido. Yo le pedí que reflexionase, pero no dio tiempo: Bourdet anunció el compromiso sin prevenir a nadie y a partir de ese momento fue como un hecho consumado.

—¿Ella deseaba ese hijo?

Stern miró fijamente a François.

—¡Los dos lo deseábamos! Mary sólo esperaba a que el embarazo estuviera más adelantado para contárselo a Servières...

—¿Y dónde se encontraba usted el día de su muerte?

—¡Ah, ya estamos! ¡Quiere saber si tengo una coartada!

François quiso decir algo, pero Stern lo detuvo con un gesto.

—Mire, mi situación no es fácil: el hecho de que no me haya presentado hasta ahora ante el juez va a convertirme en el sospechoso ideal, así que creo que es mejor que le reserve a él la primicia de mi coartada. Si se entera por la prensa, mi situación no sólo será difícil, sino francamente complicada.

Llevaban hablado casi una hora. Stern se levantó sin avisar. La entrevista había acabado. Se dieron la mano.

—¿Cuándo aparecerá su artículo?

—Mañana. Quería preguntarle si...

—Me lo imagino. No podrá ser, señor Pelletier.

Lo había dicho con una sonrisa apenada.

No le daría la primicia de su encuentro con el juez Mallard ni de su coartada. François estaba consternado.

Por primera vez, *Le Journal du Soir* perdería la ventaja que tenía desde el inicio de aquel caso.

Denissov iba a echar chispas.

—¿Puedo preguntarle por qué?

—No se me ocurre una mejor estrategia para que la prensa se ponga en tu contra que el favoritismo. Usted ha investigado y, con la entrevista de hoy, ha recogido los frutos de su trabajo. Creo haber actuado correctamente con usted, pero ahora debo pensar en mí y en mis intereses.

François volvió a París reprochándose por no haber insistido más, hasta asegurarse esa primicia que era suya, aunque en el fondo sabía que habría sido inútil.

En todo caso, no ser quien publicara esa información resultaría devastador para él no sólo dentro del *Journal*, sino en el mundillo periodístico.

Sería el hombre al que habían ganado por la mano.

Estaba furioso, y para colmo se vería obligado a anunciarle a Denissov que había encontrado al testigo clave del caso... y que había perdido la primicia.

No era la clase de error que el director del *Journal* perdonaba a un colaborador.

Sentía que estaba a punto de iniciar una larga travesía del desierto.

Al llegar al periódico, ya tenía en la cabeza el titular del día siguiente:

A tres días del aniversario del asesinato,
El misterioso amante de
Mary Lampson declara:
«*¡Soy el padre de la criatura que esperaba!*»

Debía subir a enfrentarse con Denissov, pero se lo impidió Jean, que estaba en la acera a las puertas del periódico.

—Necesito hablar contigo, ¿tienes unos minutos?

51

Estoy pidiéndote un favor

François tuvo que trabajar a destajo para redactar dos artículos que le había autorizado Denissov. Saldrían en la misma edición, y estaban destinados a levantar polvareda.

El primero estaba dedicado a Dixie, los grandes almacenes que estaban a punto de abrir en la place de la République... si las huelguistas no lo impedían. La policía había intervenido, el litigio entre las trabajadoras y la dirección se había envenenado... y su hermano Jean había ido, sin más, a pedirle un artículo que denunciara los métodos... ¡de su propia empresa!

—¡Me pides que te pegue un tiro en el pie, Gordito! —exclamó François atónito.

Jean se bebió el Dubonnet casi de un trago: estaba muy nervioso.

—Todo irá bien, no te preocupes...

François no se lo podía creer.

—Pero... —No sabía por dónde empezar—. ¿Y Geneviève?

—Simplemente no firmes el artículo: ¡haz que lo firme otra persona!

—Mira, Gordito. No acabo de entender. ¿Me pides...?

—... un favor, François: estoy pidiéndote un favor.

—Vale, pero...

—Cuando tú me pediste veinte mil francos yo no puse peros.

«Ya estamos», pensó François, interrumpido en pleno razonamiento. Ya sabía que, tarde o temprano, aquel préstamo inexplicado surgiría entre ellos. Había llegado el momento de pasar cuentas.

Jean comprendió que había puesto a su hermano en un brete.

Sabía que, de tener el dinero, su hermano le habría pagado ya, y además no había ido allí para eso.

—Esas chicas trabajan en unas condiciones terribles, ¡te lo aseguro! —dijo.

—Pero tú las haces trabajar en esas condiciones, Jean, ¡eres el dueño de la empresa!

—Pues mira, en realidad no. Es complicado de explicar.

Sobre todo, era complicado de entender.

—Antes que nada, dime por qué quieres hacer semejante cosa. ¿Sabes lo que te va a costar, so tonto?

—¿No deberías tomar notas?

François sacó la libreta, lo que era tanto como aceptar.

—Todo irá bien, créeme —insistió Jean.

Ése fue el inicio de una larga parrafada farfullada por un Gordito desconocido para él: un hombre... animado por una causa inesperada. Era sorprendente.

—¡A la salida se registra a las trabajadoras para ver si se llevan algo! ¡Y lo hace el mismo gerente!

Él recordaba que el origen del conflicto había sido un robo.

—¡Las pausas se deducen del salario! —continuó Jean—. ¡El tiempo para ir a orinar se descuenta del sueldo! ¡El ritmo es infernal, y si la mercancía sufre el menor deterioro también se resta del salario!

El cuadro que pintaba su hermano se correspondía bastante con la idea que se hacía de una empresa dirigida por su cuñada.

—La culpa es del gerente...—dijo Jean como si le hubiera leído el pensamiento—. Ha creado un ambiente muy tenso porque todas las trabajadoras esperan quedarse como dependientas tras la apertura, en vez de irse al paro, pero él nunca les ha dicho a cuántas se contratará ni con base en qué...

El mercado de trabajo era duro: él mismo lo leía todos los días en las columnas de su propio periódico, pero los sindicatos tenían fuerza, ¿no?

—Uno de los criterios de contratación fue que no pertenecieran a ningún sindicato, así que tienen dificultades para movilizarse, y para colmo nadie quiere quedarse en el paro, lo que no facilita la unidad.

Jean le reveló que Dixie había inscrito a todas las trabajadoras en calidad de «personal de limpieza», coeficiente 100, evitando así pagar a «ayudantes de dependienta», coeficiente 115.

—Pero hay más —siguió—: las manosea.

—¿Qué?

—Hace ir a su despacho a las más jóvenes y las manosea...

François lanzó su libreta a la mesa.

—¡Uy, no, Gordito! Lo siento mucho, pero no puedo publicar una acusación así de grave sin pruebas ni testigos.

—¡De acuerdo, de acuerdo! Pero ¿y lo demás? ¿Puedes?

—¡Los muy cerdos...!

Geneviève, que dormitaba en su sillón babeando y resoplando, entreabrió un ojo.

Angèle se apresuró a dejar a Colette en su parque y corrió hacia Jean, quien estaba de pie en el umbral de la puerta con un ejemplar de *Le Journal du Soir* en las manos.

Conflicto laboral
«¡Trabajar en Dixie
es volver a la Edad Media!»
Los grandes almacenes que deberían abrir
en tres días, paralizados por una huelga

Angèle estaba destrozada. Le vino a la cabeza el comentario de Louis justo antes de regresar a Beirut:

—No sé cómo lo va a hacer, pero creo que el Gordito conseguirá cargarse su negocio.

—¿Por qué eres tan malo con tu hijo? —había respondido ella.

Pero era una discusión interminable que había empezado muchos años antes y que sólo concluiría con la muerte de Louis.

Geneviève había pedido que le acercaran el periódico.

—¡Ha sido tu hermano, lo sé!

—¡Lo he llamado al instante! —protestó Jean—. Pero no sabía nada. Me ha dicho que él está en sucesos y, por tanto, no se entera de lo que saldrá en otras secciones hasta que consulta el diario como cualquier lector.

Geneviève, absorta en la lectura, no respondió.

Angèle volvió a coger en brazos a Colette, que casi no se separaba de ella.

—¡Será cerdo! —gritó Geneviève lanzando el periódico al suelo.

— Jean ya te ha dicho que François... —repuso Angèle.

—¡No me refiero a él, mamá! —repuso Geneviève—. ¡Hablo de Guénot!

—¿De Guénot? —preguntó Jean, del que Geneviève ya ni se acordaba.

—¡Que dirija nuestra empresa con mano firme, eso es lo que se pide, no que nos desprestigie y ponga en peligro la apertura de Dixie! ¡Esta vez se ha pasado de la raya!

Desde luego no condenaba los métodos del gerente, sino su torpeza por haber generado un conflicto que tenía paralizados los grandes almacenes a dos días de su apertura y que atraía la peor publicidad posible.

Los mensajes solían acumularse en el escritorio de François sin que él les prestara atención. Muchas veces directamente tenía que obligarse a echarles un vistazo. Entre otros, se topó de pronto con uno que decía: «Llamó Berthe Janiveau. Te pide que vayas a verla.» El nombre no le sonaba, pero reconoció la letra de un compañero de deportes.

—Sí, descolgué yo —le dijo éste—: pasaba en ese momento.

—¿Y cómo era la voz?

—Centenaria.

—¡Mierda! ¿No dejó un teléfono?

—No, y vaya genio el de la señora...

Veinticinco minutos después estaba ante la verja de la rue Reine-Claude y veía acercarse, de nuevo enfundada en su bata descolorida, a la dama de compañía de cabellos ralos y ojos azul claro.

—¿Me ha traído la suscripción?

François no sabía de qué hablaba.

—Está en camino, señora Janiveau.

—Porque usted me lo prometió, y no la he recibido...

Se había olvidado.

—Es el plazo normal, señora: el cartero le traerá el primer ejemplar en cuarenta y ocho horas.

—¿Y seguirá trayéndomelos todos los días durante un año?

—Dependerá de lo que me cuente...

Como en la primera ocasión, la anciana permanecía a tres metros de la verja y de vez en cuando echaba un vistazo a su espalda, seguramente temiendo que su señora la llamara o la regañara por haber salido.

—¿Y cómo sabré si me han suscrito por un año o no?

—Antes de que pasen doce meses no será fácil comprobarlo, la verdad.

—Mmm.

—¿Averiguó lo que necesito?

—Francine Latour, rue de la Cerisaie, 32.

—¿Quién es?

—La querindonga del doctor Keller. En cuanto se jubiló se fue a vivir con ella. ¿Se imagina jubilarse y quedarse en París? Me da a mí que ese médico era un poco gilí, ¿no le parece?

—No lo conozco mucho...

—Entonces, ¿recibiré el primer periódico en cuarenta y ocho horas?

Francine Latour desprendía algo intenso, trágico. ¿Eran sus ojos, sus labios? ¿O quizá su voz rota, aunque no a la manera de las mujeres que han fumado mucho?

Servía el té en tazas de porcelana fina y, de hecho, toda la decoración de su piso: las acuarelas de las paredes, la marquetería, las tulipas de las lámparas art déco... todo parecía porcelana fina, incluida ella.

—Cuando nos mudamos aquí, él ya estaba muy enfermo... —dijo.

Así fue como François se enteró de que el padre de Nine había muerto, y de que lo había hecho a menos de quinientos metros del taller de Léon Florentin, donde trabajaba Nine.

—Fue hace tres años, justo antes de Navidad. Pero ¿ha dicho que conoce a Nine? ¿Sabe dónde está?

—Sí.

—¿Por qué estaba tan enfadada con su padre?

La señora Latour habría podido exigirle reciprocidad: «Dígame usted lo que sabe y...» La vieja dama de compañía de la rue Reine-Claude, por ejemplo, no había dudado en hacerlo, sin embargo Francine Latour era un tipo de persona muy distinta.

—Nine tuvo una otitis por estreptococo, ¿se lo ha contado? —dijo.

—No con detalle —respondió él.

—Pues mire, el doctor Keller no quiso que la tratara ningún otro médico: desde la muerte de su mujer, estaba obsesionado con la responsabilidad. El caso es que decidió tratar la otitis de su hija con estreptomicina. Era algo muy nuevo entonces, ¿comprende? Aún no se sabía que podía dejar sordo.

—¿Qué edad tenía Nine?

—Quince años. Era una niña muy inteligente, muy despierta... Después cambió muy rápido. Nunca aceptó que estaba sorda, ni siquiera quiso aprender el lenguaje de signos, simplemente se comportaba como si oyera, pero empezó a odiar a su padre. ¿Y cómo reprochárselo?... ¿Quiere un poco más de té?

—Con mucho gusto —respondió François tendiéndole la taza.

Poco a poco, aquella información iba ocupando su sitio entre lo que él ya sabía de Nine.

—¿Y su madre?

—Murió de una leucemia fulminante cuando Nine tenía cinco años. —Francine hizo una larga pausa, ¿sería para reflexionar o para decidir si tenía derecho a decir lo que iba a explicar a continuación?—. Nine desarrolló un enorme rencor hacia sus padres. Primero hacia su madre, por haberla abandonado; luego contra su padre, que la había dejado sorda. Una mañana, su padre encontró abierta la puerta de su habitación y descubrió que se había ido sin más, sin dejar una nota, nada. Lo había preparado todo a la perfección: estábamos en 1944 y aprovechó el desbarajuste de la Liberación, cuando todo estaba patas arriba... ¡Pero qué mala anfitriona soy! —Fue a buscar unas pastas y después continuó—: Se marchó cuando tenía dieciocho años: no era mayor de edad, así que su padre podría haber acudido a la policía, pero simplemente no quiso hacerlo: era un hombre muy tozudo.

—De tal palo tal astilla.

La anciana rió de forma discreta.

—Pero, aunque no lo crea, cuando cayó enfermo y comprendió que no volvería a verla se convirtió en otro hombre: un hombre extraordinariamente cariñoso. Estoy segura de que a Nine le habría gustado ver cuánto había cambiado. Le insistí en que intentáramos encontrarla, pero no quiso: aseguraba que su hija tenía derecho a irse y vivir su propia vida.

—Comprendo.

—Henri nunca había sido un hombre fácil, pero quería pedirle perdón. Pensé en buscar a Nine y decirle que su padre no estaba bien, pero no me sentí con derecho: era asunto de ellos. Hoy me arrepiento de esos escrúpulos. Con la perspectiva del tiempo, veo que fue una estupidez. Yo también tengo mi parte de culpa...

François no se había dado cuenta hasta ese momento, pero Francine estaba llorando: incluso sus lágrimas parecían hechas de delicada porcelana.

—No se lo he dicho, pero Henri y yo nos conocimos un año después de que muriera su esposa, en 1932. Yo me habría ido a vivir con él enseguida, pero él no quiso, no mientras Nine vivió en su casa. De todas formas, ella sabía perfectamente lo que había entre nosotros: yo estaba allí muy a menudo. Las precauciones de su padre eran ridículas, pero la verdad es que era bastante anticuado.

Ella acercó las pastas y él cogió una, que conservó en la mano, cautivado por aquella mujer que desplegaba su vida ante él con una voz tranquila y a un tiempo desconsolada.

—Me entendía bien con Nine, la quería mucho y pasaba mucho tiempo con ella. Cuando se quedó sorda empezó a hablar en voz muy baja por miedo a gritar sin darse cuenta, así que aprendí a leerle los labios y ella leía los míos. —Ahogó una discreta risilla con el pañuelo—. Así que usted es... ¿qué relación tiene con Nine?

—Somos... novios.

La anciana sonrió.

—Muy bien.

—Trabaja en un taller de encuadernación en la rue du Petit-Musc, a dos pasos de aquí.

Francine debía de estar preparada para algo así. No mostró sorpresa, simplemente redobló su atención. Era como si la conversación empezara en ese momento, lo que, en cierto modo, era verdad.

—¿Cómo está? —le preguntó—. Seguro que sigue siendo muy guapa, ¿no?

Qué iba a decir él... ¿Y qué tenía derecho a decirle?

—Sí, mucho, y también sigue siendo muy reservada. De hecho, debo confesarle que...

—Me lo imagino: ella no sabe que usted ha venido a verme, ¿no es eso? ¿Cómo me ha encontrado?

François le explicó sus gestiones, sus mentiras, sus dudas, sus enfados...

—Me habla usted de sí mismo... Hábleme de ella...

François permaneció callado un momento y luego se lanzó:

—Nine es alcohólica y cleptómana.

—¡Ay!

Francine Latour lo miró fijamente. Acababa de descubrir nuevas dimensiones de un desastre en el que tenía parte de culpa, así que dijo con lágrimas en los ojos:

—Mi pequeña Nine... pero ¿tan desgraciada es?

52

Que nadie se mueva

François estaba horrorizado: al publicar el artículo que Jean le había suplicado que escribiera había creado una situación irreversible cuya abrumadora prueba era la agitación que reinaba ante los grandes almacenes. El efecto de aquella pieza había sido devastador. Incluso las huelguistas se habían asustado ante las dimensiones que había adquirido el conflicto. Les rogaron a los sindicalistas que se retiraran para alejar la posibilidad de un enfrentamiento violento: los llamarían en unos días; su ayuda les sería útil cuando se confirmaran los despidos. *In situ*, solo quedaron dos carteles con las siglas del sindicato.

La iniciativa fue un acierto: aquellas huelguistas desoladas, reducidas a la impotencia, gustaron mucho a los periodistas. Les hicieron fotos conmovedoras: los lectores, y sobre todo las lectoras, se emocionarían sin duda. Su consternación tocaba el corazón de los viandantes que pasaban por ahí.

—Pero ¿qué has hecho? —le preguntó François a su hermano como si él no hubiera tenido nada que ver.

Parecía abatido. Estaban en la barra de la cervecería y observaban el barullo de la acera. François no podía creer que se deslindara de ese modo, pero...

—¡Es que es muy injusto! —respondía Jean a cada una de sus preguntas—. A esas trabajadoras las maltratan...

«Puede que tu hermano se haya enamorado de una de ellas», había opinado Nine. «Sería muy romántico.»

—¿Te acuestas con la empleada despedida?

Jean, ofendido, escupió el café al suelo.

—¿Qué?

—¡Vale, vale, no he dicho nada!

—Tengo que irme —dijo Jean dejando unas monedas en la barra.

—Sí, yo también...

Los dos hermanos se abrazaron y se separaron sin decir palabra. Pese a la reacción de Jean, François seguía preguntándose si Nine no habría dado en el blanco. Y, en el fondo, ¿estaba mal? Geneviève era una burra, ¿podía reprochársele al pobre Gordito que hubiera buscado afecto en otra parte? Pero ¿merecía aquella aventura que arrojara por la borda dos años de esfuerzos, por no hablar de las futuras deudas?

La inauguración iba a ser un desastre.

La agitación era tanta que nadie vio a Jean deslizarse en el establecimiento.

Todo estaba listo: las góndolas llenas de productos, los letreros colgados, los mostradores encerados, las cajas registradoras relucientes. Iban con un día de adelanto, pero lo que debería haber sido una alegre vela de armas y una promesa de éxito hacía evocar, más bien, el pánico en las trincheras antes del ataque enemigo. Por hacer algo, las sustitutas pasaban el trapo a las mesas distraídamente, pero lo hacían con un pañuelo en la cara por aquel olor a huevos podridos que flotaba en el aire.

—¡Bombas fétidas! —gritó el señor Guénot, cuyos ojos, habitualmente legañosos, no paraban de lagrimear: no le habrían llorado más si hubieran arrojado gas lacrimógeno. Veía borroso, agachaba la cabeza constantemente y chocaba con las mesas. A cada paso estaba en riesgo de ir a dar al suelo—. ¡Malditas huelguistas!

Habían conseguido lanzar varias bombas malolientes al interior del establecimiento. ¿Cómo? Misterio. Probablemente habían podido abrir las ventanas del primer piso.

—¡Que nadie se mueva! —había gritado el señor Guénot.

El hedor no se iría en todo el día, el aire era irrespirable.

—¡Esto tiene que ser cosa de su hermano! ¿Tanto lo odia a usted?

El gerente blandía el ejemplar del *Journal* con el demoledor artículo que denunciaba los métodos de trabajo que él mismo había impuesto.

—No ha sido él, se lo aseguro... —repuso Jean.

—Para empezar, ¿quién ha hecho estas declaraciones? ¿Quién? ¿Eh?

Era la pregunta que todo el mundo se hacía también en la acera: alguien había ido a contarle todo aquello a la prensa. Debía de haber sido la propia Lucienne Jouffroy, principal acusada y primera despedida. Ella respondía con vaguedades a los reporteros, pero la idea de las bombas fétidas había sido suya y estaba bastante orgullosa.

Por su parte, Gisèle callaba. Confiando en contribuir a la resolución de un asunto que afectaba a una compañera, había desencadenado un conflicto que se agravaba por momentos. Seguía creyendo que acudir al señor Pelletier había sido un acierto, pero aquel artículo inesperado había levantado un muro entre la dirección y las trabajadoras. Estaba desesperada.

Distaba de imaginar que, una semana antes, en cuanto había empezado a explicarle a Jean Pelletier la situación del personal en Dixie, la idea de acabar con el señor Guénot había comenzado a formarse en la cabeza de aquél. Aparte de que se sentía halagado porque esa empleada de hermosos pechos recurriera a él, que habitualmente era un cero a la izquierda, la dejó hablar porque vislumbraba la posibilidad de aplastar a aquel Guénot que lo había humillado hasta en su condición de marido (hacía siglos que lo que tenía con Geneviève no podía llamarse un «matrimonio», pero todos sabemos a qué se refería).

—¡Dile a Guénot que vuelva a poner orden en ese berenjenal! ¿Eh, Gordito? —le había espetado Geneviève unas horas antes.

—Cálmate, Geneviève —había pedido Angèle—. En tu estado no es bueno excitarse.

—Gracias, mamá, tiene usted razón. Ven aquí, Gordito...

Él se había sentado a su lado y ella había agregado con aparente calma:

—No podría soportar una quiebra.

—Yo tampoco —había confesado él.

Se habían mirado a los ojos y, por primera vez en su vida en común, habían sentido auténticas ganas de dejar de lado sus diferencias. Ella, de posponer sus exigencias respecto a los veinte mil francos; él, de dejar en suspenso sus sospechas sobre el accidente de Colette. Sorprendentemente, se habían tomado de las manos.

—Voy... voy a intentar ocuparme de eso —había dicho él.

Geneviève lo había mirado fijamente y había visto algo en sus ojos.

—¿Tienes alguna idea? —le había dicho.

—Tal vez...

53

Usted no sólo es ingenua, sino estúpida

Las palabras del inspector Palmari continuaban resonando en su cabeza, y la evasiva respuesta de Raymonde no había ayudado. Seguía furiosa.

Indudablemente, el doctor Marelle le había hecho un gran favor, pero no podía dejar de pensar que, al mismo tiempo, la había manipulado.

En mitad de la noche, volvió a coger la nota que le había escrito: «¿Ya ha ido a ver al inspector?» Al cabo de un rato, volvió a encender la luz y releyó: «¡¿Va a defenderme de una vez por todas?!»

Cuando la apagó de nuevo eran las cuatro de la madrugada, y en su mente había tomado forma otra interpretación, fruto de sus preguntas y sus dudas. Al trazar el retrato del doctor Marelle, el inspector Palmari había hecho emerger a la superficie cosas que ella había notado, pero que hasta ese momento se había prohibido considerar.

Poco antes de las siete, llamó a la puerta del doctor Marelle. Le abrió Georgette.

—El doctor aún no ha bajado...

Hizo a un lado a la chica y entró.

—Pero...

Georgette no sabía qué decir.

Hélène se volvió hacia ella.

—Le practicó un aborto, ¿verdad? —Georgette se puso roja como un tomate—. ¿Cuánto le pidió? ¿Diez mil francos? ¿Veinte mil?

Hélène rodeó el escritorio, abrió los cajones, rebuscó. Luego pasó a la librería y barrió los libros, tiró al suelo las revistas de medicina. Georgette soltó un grito, pero Hélène no hizo caso. Se arrodilló, abrió los armarios de abajo y sacó el contenido con movimientos rabiosos.

—¡Cierre la puerta! —gritó.

Pero Georgette siguió inmóvil, aterrada, incapaz de impedir que continuara registrando el despacho.

Hélène miró a su alrededor y, sorteando los papeles esparcidos por el suelo, se precipitó sobre las estanterías de los medicamentos.

—El doctor bajará en cualquier momento —dijo Georgette con voz trémula.

Hélène se detuvo. Tenía en la mano un cuaderno con tapas de piel. Al instante supo que había encontrado lo que buscaba discretamente colocado detrás de los frascos de medicamentos. No podía ser más que eso.

De inmediato fue a la última página:

Hélène Pelletier — 12/3/52 — 20 MF

Había páginas y más páginas escritas con tintas diferentes, pero siempre con la misma letra: nada de garabatos de médico, más bien la esmerada caligrafía de un notario.

Nombres, nombres, fechas.

En la primera página:

Cécile Mornet — 14/2/1934

¿Era el único cuaderno?

Una idea. Hélène pasó las hojas rápidamente.

20/1/1952 — Georgette Bellamy — 6 MF

—¿Qué está usted haciendo?

El doctor Marelle estaba en la puerta de la consulta. El desorden no parecía preocuparlo: miraba el cuaderno que ella seguía hojeando, indiferente a su presencia.

—Deme eso.

Su voz había cambiado: tenía un tono autoritario, pero Hélène siguió sin alzar los ojos.

Marelle avanzo hacia ella.

Ella se escondió el cuaderno en la espalda, dispuesta al enfrentamiento físico.

—Esto es ridículo —dijo el médico.

—Es usted un cerdo.

—Con el que tuvo la suerte de dar.

Hélène se había imaginado aquella situación, pero no había pensado en lo que diría: se sentía sin argumentos. De pronto, se acordó:

—«… se trata de una intervención que les cuesta la carrera a los médicos que la practican. Por eso mismo no la he llevado a cabo jamás, y no pienso correr ese riesgo a estas alturas.» ¡Es usted un hipócrita!

—¡Deme eso! —repitió Marelle con la mano extendida hacia ella.

—¡Ni lo sueñe!

—Entrégueselo al inspector Palmari y se habrá denunciado a sí misma y a todas las otras mujeres que recurrieron a mí.

—Me ha utilizado como escudo: ¡esperaba que, si amenazaba al inspector con un artículo en un periódico de difusión nacional, se olvidaría de los cargos contra usted! Es un...

—Un cerdo, ya lo ha dicho, pero no me acuse de sus propias vilezas.

—Fingía usted un gran desinterés, pero cobra lo mismo que en todas partes.

—Quéjese. —Miró a su alrededor pensando en el tiempo que se tardaría en recoger todo aquello. ¿Y si se presentaba alguien?—. De acuerdo —dijo tomando una súbita decisión.

Entonces desapareció.

Hélène se quedó de una pieza. ¿Se había desinteresado de...?

Pero no tardó en volver con un sobre en la mano, un sobre que ella reconoció: era el que ella le había entregado unos días antes.

Se lo tendió, pero también extendió la otra mano.

Toma y daca.

Compraba su cuaderno por veinte mil francos.

—Me da usted asco —dijo ella.

—¡Y usted a mí también! Lo que la escandaliza no es que practique abortos a mujeres que los necesitan, sino que cobre por hacerlo. Supongo que si, tras quedarse embarazada por no tomar precauciones, le hubieran resuelto el problema gratis, no tendría tan mala conciencia... Usted no sólo es ingenua, sino estúpida.

Hélène, herida en lo más hondo, le arrojó el cuaderno a la cara, aunque sin conseguir golpearlo. Él se agachó y lo recogió. Seguía sosteniendo el sobre, pero Hélène ya había salido.

Había dado tres pasos fuera de la consulta.

Georgette Bellamy se tapaba las manos con la boca.

De pronto Hélène giró sobre los talones y volvió sobre sus pasos, decidida. El doctor Marelle había empezado a recoger las revistas y los libros. El sobre aún estaba en una esquina del escritorio. Lo cogió con un rápido movimiento.

Veinte minutos después, temblando de pies a cabeza, lo guardaba en su maleta.

La Hélène a la que Lambert encontró delante del Simca era una mujer aliviada, mucho más tranquila. Se inclinó hacia ella y le puso la mano en la nuca para atraerla hacia él. Hélène retrocedió para mirarlo.

—Es usted muy guapo, señor Ropiquet.

No le había dicho que lo amaba: no estaba segura.

—La señorita es muy generosa...

Hélène se lo había imaginado: esta vez Petit Louis no la esperaba a la entrada del pueblo. La casa de Raymonde debía de estar vacía, puede que ya se encontraran en Chevrigny-le-Haut.

—Si Raymonde no está, ¿me llevarás allá arriba?

—Claro.

La única actividad era la de los artificieros, que, escoltados por grupos de gendarmes, transportaban de un sitio a otro cajas de explosivos. El acceso al valle, hasta donde alcanzaba la vista, quedaría prohibido: Destouches no quería imágenes de la destrucción.

De lejos Hélène distinguió la casa de Raymonde. Había dejado la puerta abierta de par en par.

Fueron a la plaza, donde encontraron al ingeniero Destouches.

No tenía la pipa en la boca, no sonreía. Miró fijamente a Hélène.

Algo había cambiado en él, quizá los hombros, caídos.

Lambert detuvo el coche y apagó el motor.

Ni él ni Hélène se apearon

Hay momentos así, en que uno sabe sin saber.

El ingeniero se acercó y se agachó ante la ventanilla de Hélène, que había bajado el cristal.

—Lo siento mucho. Acaban de encontrar a Petit Louis: se ha ahorcado en el campanario vacío.

54

Tengo una buena noticia

Denissov se había puesto como un basilisco.

—¡No podemos permitir que eso ocurra, François! ¡Siempre hemos sido los primeros en este asunto: tienes que arreglártelas para que sigamos siéndolo! —Cuando se trataba de su periódico, era inflexible—. ¡Si Maurice Stern no te concede la exclusiva de su coartada...!

François no temía que lo despidiera: las cosas no funcionaban así. Seguramente le esperaba algo peor: la caída en desgracia.

Y a eso había que sumar su mala conciencia respecto a Nine.

Estaba obligado a comunicarle la muerte de su padre y confesarle que había hecho indagaciones sobre ella, y esa confesión podía arruinar para siempre la relación que habían conseguido reconstruir hacía poco.

Perdería la confianza de Nine, la mujer a la que amaba, de Denissov, el hombre al que admiraba... y, para colmo, también estaba en juego el cariño de su madre.

Había ido a ver cómo estaba Colette acompañado de Nine y, nada más verlo, su madre le había espetado:

—Quiero creer que no has tenido nada que ver con ese artículo, ¡pero de todas formas es muy injusto para el pobre Gordito!

—Pero, Angèle, ¿no te parece que la injusticia se ha cometido con sus empleadas? —le preguntó ingenuamente Nine.

Ella sonrió incómoda.

—Yo pienso en mi hijo...

—Pues gracias de su parte... —dijo François mirando al suelo.

Al salir, Nine no parecía alterada en absoluto.

—Tengo una buena noticia. Podríamos comer juntos... si tienes tiempo, claro.

¡Florentin! En ese momento François cayó en la cuenta de que estaban a finales de marzo, y era sobre esas fechas que el encuadernador pensaba proponerle a Nine que se quedara con el taller.

Nine debía de haber aceptado y, a juzgar por su sonrisa, estaba encantada.

Pero él no tenía más remedio que amargarle la fiesta.

No podía esperar más.

—Nine... —Tuvo miedo de que se desmayara, de que huyera. La cogió de los hombros—. Tu padre murió las pasadas Navidades.

Nine se lo quedó mirando y las lágrimas asomaron a sus ojos. Agachó la cabeza.

François había temido que se sintiera traicionada, pero la verdad es que se sentía aliviada.

Al día siguiente, en un taxi, él le explicó lo que había hecho y ella no movió ni un solo músculo: era imposible saber qué sentía.

Él consultó su reloj: iban con retraso.

—¿Estarás bien?

Ella asintió lentamente con la cabeza.

Se apearon ante las puertas del cementerio Père-Lachaise. Nine estaba pálida.

El mapa de la entrada indicaba que la tumba del doctor Keller estaba a la derecha, bastante lejos. Echaron a andar y, momentos después, François distinguió la silueta de Francine Latour. Llevaba un velito y un conjunto malva: parecía que acabara de salir de una novela de Gaston Leroux.

François se detuvo. Nine le apretó la mano, lo miró un instante y le dio un beso en la mejilla, luego se dio la vuelta y caminó hacia donde estaba Francine.

Cuando él las vio abrazarse se sintió mejor: al menos había hecho una buena acción. Se alejaron juntas por un sendero.

¿Debía temer una reacción tardía de Nine?

¿Comprendería que detrás de todo lo que había hecho, incluso en lo más discutible, había amor?

Salió del cementerio y, mientras esperaba a Nine, entró en una cervecería en la que encontró un ejemplar de la última edición del *Journal*.

A esas horas, Maurice Stern debía de estar de camino a París, y los periodistas y fotógrafos, esperándolo en la plaza del Palacio de Justicia.

—¡No me importan sus declaraciones antes de que vea al juez! Para eso mandaré a otro —le había dicho Denissov—. ¡Tú encuentra la manera de conseguir la exclusiva! ¡No quiero enterarme de su coartada y de lo que le diga al juez Mallard más que en nuestras páginas!

Pero él no había hecho nada. Se sentía vencido de antemano y, en vez de intentar algo, lo que fuera, simplemente dejaba que se le enfriara el café en la barra de una cervecería enfrente del Père-Lachaise. No sabía qué hacer, no tenía ninguna estrategia: estaba condenado a ver el tren lanzado hacia él sin poder hacer el menor movimiento.

Sólo se le ocurrió llamar a la redacción del periódico por si, de puro milagro, Stern había cambiado de opinión y le había dejado un mensaje. Le había contestado un compañero con voz de funeral.

—Stern ha adelantado que no haría ninguna declaración a la salida del Palacio y...

—¿Y qué? ¡Venga, desembucha!

—*Paris-Soir* anuncia que publicará mañana una entrevista con el juez donde éste revelará la coartada de Stern.

François se imaginó a Denissov lívido en su despacho.

No lo esperaba simplemente el desprecio, sino la excomunión.

A la salida del cementerio, Francine Latour no le dio las gracias explícitamente, pero el modo en que lo abrazó hablaba por sí mismo.

Vieron desaparecer el taxi de la anciana.

—¿Tienes hambre? —preguntó él.

Pero Nine no tenía hambre: estaba agotada.

—Necesito acostarme un rato... ¿me acompañarías a casa?

Durante el trayecto lo tomó de la mano. Los dos sabían bien que no era momento de hablar: había que dejar pasar un tiempo.

—Tenías una buena noticia... ¿se jubila Florentin?

—No —respondió Nine—, sigue sin decir nada.

—Vaya, creía...

Nine se irguió en el asiento. François estaba acostumbrado a aquellos repentes suyos y al tono febril y ansioso con el que dijo:

—Estoy embarazada, François, ¿quieres casarte conmigo?

• • •

Después de dejar a Nine en su casa, François sentía que por fin había vuelto a ser él mismo. Sentía el corazón latir a toda prisa y, con sólo pensar en la propuesta de Nine, le daban ganas de echarse a llorar de pura felicidad. «Ahora me da igual lo que pase», pensaba.

Subió al despacho de Denissov aliviado y sereno: que fuera lo que Dios quisiera; él se sentía fuerte.

Y seguiría sintiéndose así, allí o donde fuera.

Antes que soportar la ira de su jefe prefería dimitir: se iría a trabajar a otra parte, sitios no le faltarían. Amaba aquel periódico, pero si el *Journal* no quería saber nada más de él, ahora su vida le ofrecía razones de sobra para consolarse.

Llamó a la puerta y entró. Denissov fue a su encuentro con una sonrisa en los labios.

—Reconozco que me he puesto un poco nervioso, pero ya no hay de qué preocuparse —dijo tendiéndole un despacho de agencia.

Mientras viajaba en coche a París para comparecer ante el juez Mallard, Maurice Stern había sufrido un accidente mortal en la carretera de Fontainebleau.

55

No se podía hacer otra cosa

El día de la inauguración de los grandes almacenes Dixie, la situación era más incierta que nunca.

Aún olía un poco a huevos podridos, pero por lo demás todo estaba listo: la mercancía preparada, las empleadas suplentes en sus puestos y el señor Georges en lo alto de la escalera.

Pero en el aire seguían flotando muchas preguntas.

¿Aceptarían las clientas pasar entre dos hileras de policías para entrar?

Si las huelguistas las insultaban, ¿cómo reaccionarían?

En la acera había mucha gente apelotonada, era imposible saber si lo que le interesaba eran aquellos grandes almacenes, que se suponía eran muy innovadores, o las trifulcas que auguraba el conflicto laboral del que el *Journal* se había hecho eco.

Jean estaba tenso cuando salieron de casa en dirección a la place de la République, y Geneviève no lo estaba menos. Hasta entonces se había abstenido de preguntarle a su esposo en qué consistía su plan para salvar la empresa del naufragio anunciado; así, él sería el único responsable de lo que pasara y ella podría reprochárselo. Puede que hubieran firmado una especie de paz de los valientes, pero ella había seguido afilando sus cuchillos. Pero el caso es que no pudo aguantar más.

—Gordito, hazte a la idea de que, si esto sale mal, lo peor estará por venir... —le dijo amenazadora y enigmática, pero no quiso seguir por ese camino para no incomodar a Angèle, así que simplemente añadió—: Qué cansada estoy...

Su suegra empezó a masajearle las sienes.

—Es verdad que Colette es una niña difícil —dijo—, y embarazada como estás... En fin, ya sabes que después de que nazca el bebé tendré que volver a Beirut; no sé cómo te las vas a arreglar... Ocuparte de ella teniendo que cuidar al recién nacido... Te admiro, mi pobre Geneviève.

Mientras Angèle se compadecía de su nuera, en Dixie constataban que las huelguistas no se habían presentado.

El señor Guénot estaba muy inquieto: aquello no era normal, pensaba.

—Puede que sea porque hay más policías de uniforme que de costumbre —comentó Jean.

Era verdad: la prefectura había doblado los efectivos. No quería avalanchas ni problemas de ningún tipo.

A la hora de apertura, la acera estaba de bote en bote, pero las huelguistas seguían sin dar señales de vida, así que los policías de uniforme se hicieron a un lado prudentemente.

El señor Guénot y Jean intercambiaron una mirada de alivio.

Muchas de las clientas que esperaban habían leído el artículo en el *Journal* y se solidarizaban con las trabajadoras, pero por encima de todo estaban impacientes por descubrir esos nuevos almacenes de los que tanto se hablaba.

En cuanto entraron, quedaron impresionadas.

Adiós a las dependientas arrogantes a las que había que pedirles que se dignaran a enseñarte la mercancía: allí todo estaba expuesto y al alcance de la mano. Podías buscar libremente en los cajones llenos de vestidos, en las cestas rebosantes de fulares, sujetadores, bragas... Aquí estaban los corpiños, las medias, las faldas, las fajas; allí, la ropa de casa, las toallas, las sábanas; más allá, los pañales para bebé. No sabían por dónde empezar. Y al ver los precios se sorprendían aún más. ¿Habían leído bien? ¡Costaba la mitad que en cualquier otro sitio!

El establecimiento se había llenado a una velocidad alucinante y lo inundaba un alegre guirigay.

—Son precios de apertura, ¿verdad? —preguntaba alguna.

—En absoluto, señora: ésos serán nuestros precios —le respondían.

Todas se quedaban estupefactas. Algunas cestas se habían vaciado tan rápidamente que hubo que correr para ir a buscar más mercancía. Las cajas registradoras no dejaban de tintinear.

Jean estaba al borde de las lágrimas; el señor Guénot, exultante.

—¡Éste es un gran momento, señor Pelletier!

Jean se contuvo para no darle un bofetón. Lo interrumpió una dependienta que llegó corriendo.

—¿Qué hacemos con los tickets de descuento?

El señor Guénot se quedó estupefacto.

—¡¿Qué tickets?!

Debía de ser un error. Jean siguió a Guénot hasta la cajera que había pedido instrucciones. Tenía en la mano un ticket con el logotipo de Dixie: «30 % de descuento en todos los artículos, válido el día de la apertura.»

—¿Por qué ofrecemos un descuento hoy? —preguntó Jean aterrado—. ¿Se ha vuelto loco?

—Pero ¡yo no he ofrecido nada! Estos tickets... para empezar, ¿de dónde han salido?

—¡Nos los han repartido en la estación de metro! —repuso una clienta con los brazos llenos de artículos.

—¡¿Cómo?! ¿Qué significa esto?

Jean estaba tan atónito como el señor Guénot, y la estupefacción de ambos alarmó a las clientas, todas con su ticket de descuento en la mano.

—Pero no hemos sido nosotros quienes... —farfullaba Guénot—. Jamás...

Se alzaron algunas voces:

—¿Usted también tiene ticket?

—¡Por supuesto!

Rápidamente una multitud rodeó las cajas. La inquietud aumentaba: las clientas querían pagar sus compras de inmediato, antes de que se anunciara que aquellos tickets no eran válidos.

—¡Que alguien corra al metro a ver qué pasa, por Dios! —gritaba Guénot, pero nadie le hizo caso.

Jean se había refugiado en los primeros peldaños de la escalera. Hasta donde alcanzaba a ver, aquello era un bosque de brazos alzados que exhibían un ticket de descuento con el logotipo de Dixie. Las clientas chillaban. Dentro, una cesta se volcó, una góndola se derrumbó, y la policía, que no había tenido que intervenir para disolver a las huelguistas, entró en el establecimiento para intentar atajar la cólera de la clientela.

El señor Guénot, paralizado, rodeaba con los brazos una caja registradora.

—¡Pero, por Dios! —gritaba— ¿Cómo quieren que hagamos descuentos con estos precios?

Apareció un comisario de policía, qué intentó comprender lo que ocurría.

—¡Estos tickets no son válidos! —chillaba el señor Guénot—. ¡No son nuestros!

Se armó la marimorena. La noticia se extendió por la tienda y el comisario comprendió al instante que no tardaría en perder el control de la multitud.

—¿Es usted el responsable? —le preguntó a Guénot tratando de hacerse oír entre las voces de las clientas, que gritaban que aquello era un robo.

Presa del pánico, éste miró a su alrededor.

—¡No, él!

Señalaba a Jean Pelletier, que al instante giró sobre los talones para huir al primer piso, pero fue rápidamente rodeado por varias clientas. El comisario repitió la pregunta: se veía que estaba empezando a perder la paciencia.

—¿Es usted el responsable?

—Bueno, digamos que sí...

El comisario tenía en la mano uno de aquellos tickets que llevaban la cifra «30%» escrita a gran tamaño.

—¡Pero eso no es nuestro! —añadió Jean.

Entretanto, el descontento recordó a las clientas que se encontraban en un establecimiento cuyas trabajadoras estaban en huelga porque sus directivos (lo habían leído en el *Journal*) eran unos abusivos.

Después de los epítetos de «charlatán» y «ladrón», el repertorio de la revuelta se enriqueció con el de «explotador».

En cuestión de minutos, a la protesta por los tickets de descuento se sumó la reivindicación de los derechos de las obreras.

La situación amenazaba con hacer implosionar los grandes almacenes Dixie.

El alboroto había llegado al clímax. Muchas clientas seguían apremiando a las cajeras a grito pelado; decenas y decenas de brazos blandían artículos...

—¿La tienda es suya, señor...?

—Pelletier.

El comisario se acercó a Jean y dijo lentamente, para estar seguro de que lo entendía:

—En cualquier momento en este establecimiento reinará el caos: las clientas se caerán unas encima de otras, habrá heridas y puede que algo peor... ¿Qué quiere hacer?

Jean abrió la boca, pero no dijo nada.

—Ya investigaremos más tarde —continuó el comisario—. Ponga la denuncia y nosotros encontraremos a los culpables, pero ahora toca complacer a sus clientas antes de que se produzcan muertes de las que tendrá que responder.

—Esto... bien, sí, de acuerdo...

La voz corrió de una punta a otra del local y, poco a poco, el alivio se extendió por las filas de las clientas. Todo habría podido volver al orden si una mujer no hubiera gritado:

—¡Pero las huelguistas tienen razón!

El comisario no se lo esperaba, pero enfrentarse a huelguistas constituía la esencia de su trabajo. Tenía que restablecer el orden, se habían acabado las bromas.

Con la rapidez con que se prende fuego un terreno seco, la muchedumbre empezó a corear nuevos eslóganes: Dixie iba camino de convertirse en un desfogadero social donde también se podrían comprar sujetadores a mitad de precio.

El comisario volvió a inclinarse hacia Jean.

—La situación está evolucionando muy rápidamente, le aconsejo que se adapte.

—De acuerdo —murmuró Jean.

—No lo he oído —gruñó el comisario.

—De acuerdo —repitió Jean apenas más alto—. Readmitiremos a todas las trabajadoras sin excepción.

La declaración tuvo un éxito inmediato: las clientas habían obtenido una gran victoria, el incidente estaba cerrado.

Cuando, una hora después, algunos reporteros acudieron a cubrir la apertura de los grandes almacenes, la escaramuza estaba olvidada, pero la victoria de las trabajadoras en huelga seguía en boca de todos. Las clientas estaban encantadas con aquel nuevo comercio y no ahorraban elogios hacia aquel sistema de venta que, como afirmaba el eslogan colgado sobre la entrada, entendía bien a las mujeres.

Esa tarde, Jean, exhausto pero aliviado, llegó a casa y anunció el éxito de aquel «día histórico».

—Del dicho al hecho... —respondió Geneviève

Que a su marido le saliera algo bien le resultaba sorprendente, incluso sospechoso.

Mientras Angèle sostenía sobre sus rodillas a la pequeña Colette, que intentaba rascarse debajo de la escayola con una aguja de tejer, Jean les contó el asunto de los tickets de descuento. Geneviève por poco se atraganta.

—Al final —dijo él—, mi idea no era nada mala...

—¡¿Ah, no?! ¡¿Perder dinero es una buena idea según tú?!

—Ya nadie se acuerda de lo ocurrido: las clientas estarán pensando en los chollos que han comprado y el dinero que se han ahorrado en los grandes almacenes Dixie. En el fondo, no hemos perdido dinero: ha sido una inversión.

Geneviève estaba de acuerdo, pero buscar culpables formaba parte de su carácter.

—¡Ese gerente es un inútil! —declaró con la misma seguridad con que antaño había afirmado que era irreemplazable.

—Pues sí, porque encima ha habido que readmitir a la trabajadora despedida...

—¿A la ladrona comunista?

—Sí —tuvo que confesar Jean—. No se podía hacer otra cosa si no queríamos el caos.

—¡Ese Guénot tiene narices!

Estaba escandalizada.

—Cálmate, Geneviève —intervino Angèle—, piensa en el bebé.

—Lo he puesto en la calle —anunció Jean.

—¿A quién?

—A Guénot, lo he despedido.

Geneviève frunció el ceño: según ella, el mundo debía regirse por la ley del más fuerte, pero estaba aquel maldito derecho laboral y todo ese el rollo: si echar a una ladrona, incluso aunque fuera comunista, era poco menos que imposible, no entendía cómo se las había arreglado su marido para despedir... a un gerente.

—Con el asunto de los tejidos ha esquivado la ley.

Recordemos que, cuatro años antes, Georges Guénot había tenido problemas con el Comité de Confiscación de Beneficios Ilícitos por haber comprado a precios irrisorios, durante la Ocupación, los stocks de los comerciantes judíos del Sentier que se veían en la necesidad de huir.

—No lo entiendo —dijo Geneviève—. No lo condenaron: es libre de hacer lo que quiera, ¿no?

—No del todo...—Jean hablaba como disculpándose; la presencia de su madre lo incomodaba—. Los artículos que vendemos en Dixie están fabricados con los tejidos que le recompramos al Estado legalmente, pero el señor Guénot, en tanto que gerente y asociado, se embolsa beneficios sobre unos stocks que le habían confiscado: es como si hubiera recuperado sus tejidos a espaldas de la justicia... Puede acabar en la cárcel.

Jean se guardó mucho de decir que ése era el motivo por el que, en su día, había propuesto que Georges Guénot fuera su socio en la empresa...

—¿Y por qué no lo has despedido antes? —gruñó Geneviève.

Jean había dudado si despedirlo antes de la apertura de Dixie; ¿podía confesarle a su mujer que había querido verlo impotente y desesperado ante el tumulto creado por la clientela, aterrado por el escándalo de aquella inauguración a punto de naufragar, que había querido verlo hundido?

Para eso, habría tenido que explicarle que le había pedido a François un artículo destinado a hacer subir la presión entre las huelguistas, a electrizar el conflicto, a asegurar de ese modo la presencia de la policía el día de la inauguración.

Y que él mismo había hecho imprimir a toda prisa los tickets de descuento para entregárselos a las huelguistas, por intermedio de Gisèle, con la instrucción de repartirlos a la salida del metro.

—Sí —dijo—, tienes razón, debería haberlo hecho...

Geneviève hizo aquella mueca habitual, que significaba: qué zopenco...

En circunstancias normales, ocupaba ella sola tres cuartos de la cama. Embarazada, la necesitaba toda. Esa noche no hizo una excepción, pero esta vez a Jean no le importó: estaba muy contento de cómo se había resuelto aquel asunto.

No había vuelto a ver a la joven Gisèle, pero se la imaginaba perfectamente tendiendo los tickets a las viandantes. ¡Ah, cómo le habría gustado verlo! Y no sólo porque tuviera unos pechos tan bonitos...

29 de marzo de 1952

56

¡Qué gran hombre!

Ese día Lucien Rozier durmió hasta tarde.

La noche anterior había disputado una final memorable, la más meteórica de la historia del Trofeo.

Diecisiete segundos.

Lo que tardó en levantar la guardia, dar media vuelta alrededor del ring y avanzar hacia el adversario, que lo recibió con un gancho fulminante. Lulu se derrumbó en la lona cuan largo era.

Se había despertado cuatro horas después.

—¿He ganado? —preguntó.

Por la expresión de regocijo de Louis Pelletier, no era descartable.

—Todo va bien, muchacho —respondió su jefe—. No te has proclamado vencedor, pero ha sido un gran combate.

Le costaba recordar: todo había sido tan rápido que casi no le había dado tiempo a grabarlo en su memoria.

—¿He perdido?

—¡No todo! Sólo el combate.

Él se incorporó sobre un codo, aterrado por las consecuencias de aquella derrota.

—Pero has ganado algo mejor, créeme.

En el estado en que se encontraba, habría sido cruel por parte de Louis aclararle que, en realidad, nunca había creído en su victoria.

Y que esa misma certeza de una derrota le había inspirado una maniobra consistente en hacer subir artificialmente la cotización de su pupilo con ayuda de la prensa con el único objetivo... de apostar por su adversario.

—Me he permitido jugarme la suma que habrías cobrado si hubieras ganado el combate. Tu derrota la ha multiplicado por siete.

Lucien abrió la boca, incapaz de calcular de cuánto dinero estaban hablando.

A continuación sonrió de oreja a oreja: fuera cual fuese la suma exacta, ésta sería más que suficiente para apoyar su petición de mano.

Las apuestas, como quizá se recuerde, estaban en realidad ocho a uno.

El resto permitiría a Jef Lombard alejarse de las pistas del aeropuerto de Khaldé e instalarse en un sitio menos estresante para sus gallinas y sus conejos.

Ese mismo día, el inspector Palmari, de Châteauneuf, fue convocado por el juez.

—¡Está echando leña al fuego!

—¿Qué fuego?

El juez estaba muy enfadado.

—¡Una exhumación es un trauma social! Y, en el caso de su petición, a cambio de un beneficio muy incierto...

Palmari comprendió que no lograría su objetivo. Le dieron ganas de tirarse de los pelos. Aquel juez cobarde jamás autorizaría la exhumación de la paciente de Marelle, ¡eran todos unos pusilánimes!

Desde hacía años asistía al creciente desinterés de la prensa, los políticos y la opinión pública por las prácticas abortivas.

Su lucha (cada vez más solitaria) interesaba cada vez menos, y un abortador como Marelle podía dormir a pierna suelta indefinidamente.

—Ese médico tiene una reputación intachable, ¿sabe usted?

El juez había levantado la voz.

Palmari se levantó. El desánimo no estaba en su carácter: era un luchador.

Pero esa vez el Cruzado se sentía realmente cansado.

Prefirió marcharse a casa. Su hija Lucette seguía indispuesta.

—¿Cómo está Lucette? —le preguntó al ectoplasma que tenía por esposa.

«Más me valdría haberme ido al despacho, esto es aún más siniestro.»

—Tiene náuseas...

«Deben de haber sido las albóndigas», se dijo.

Augustine negaba con la cabeza.

Así fue como supo que Lucette, que acababa de cumplir diecisiete años, estaba embarazada de tres meses.

Palmari meditó largamente sobre esa cruel ironía del destino. Algunos días pensaba casi con envidia en el trágico coraje del inspector Javert, que se había suicidado arrojándose al Sena...

Por su parte, Hélène volvió a París en coche. Durmió un buen rato apoyando la cabeza en el hombro de Lambert, que conducía con una mano. Tras despedirse del ingeniero Destouches, había ido a casa de Raymonde y, después de pasar un largo rato con ella, le había dicho adiós.

Volvería dos días después para el funeral de Petit Louis.

—Lo enterraré en Chevrigny-le-Haut —le había dicho Raymonde—. Será el primero en el cementerio nuevo.

Se pasó a buscar a *Joseph* y le tendió el sobre con los veinte mil francos a Nine, que tenía cara de cansada.

Mientras bajaba, pensó que Nine había sido muy valiente y muy generosa al ayudarla sabiéndose ya embarazada...

Nine ya no pensaba en eso: había vivido tantas emociones durante las últimas horas... El anuncio de la muerte de su padre la había conmocionado, pero se negaba a sentirse culpable.

Antes de salir hacia el taller pasó por la redacción del *Journal*, donde, no hacía tanto, Stan Malevitz siempre la recibía pidiéndole que se fugara con él.

Encontró a François escribiendo un artículo, que no firmaría, sobre el final de la huelga en Dixie y el novedoso sistema de venta ideado por aquellos grandes almacenes a los que auguraba un futuro prometedor.

—¿A qué debo el placer?

Nine volvió a sentir ganas de llorar, pero esa vez por tener delante al hombre al que amaba.

—Lo que te debo... —dijo metiendo el sobre en el cajón de François.

Él dudó.

—Si no te va bien devolvérmelo, ya sabes que...

—No —se apresuró a responder—. Te lo devuelvo, así todo está en orden.

A última hora de la tarde, François salió disparado hacia Dixie, donde la venta estaba en su momento álgido. Dos administrativos dedicaban su tiempo a presionar a los proveedores para que realizaran nuevas entregas rápidamente.

—Creo que esto va a funcionar —opinó Jean con timidez.

Verlo triunfar al fin, y tan brillantemente, llenó a François de afecto por su hermano. Hacía mucho tiempo que no lo veía con tan buena cara ni tan sonriente. Jean guardó en un cajón, con el gesto más natural posible, el ejemplar de *L'Est Éclair* donde acababa de leer que, para desgracia de los investigadores, «la pista de La Samaritaine», que habría podido conducir al asesino del Charleville-París, acababa de descartarse: había pasado demasiado tiempo y nadie se acordaba de la venta de aquel sombrero y aquel abrigo.

Su alivio era doble. El día anterior se había percatado de que la prensa ya no hablaba del retrato robot elaborado tras su desenfrenada huida de Charleville. En las portadas de los periódicos unos sucesos daban paso a otros, unos clavos sacaban otros a un ritmo frenético, y el dibujo que lo inculpaba, por más fiel al original que fuese, se había hundido en el ininterrumpido torrente de atracos a bancos y crímenes pasionales.

Cuando los dos hermanos se despidieron con un abrazo, François deslizó el sobre en su bolsillo.

—Gracias por el préstamo. Confío en que la espera no se te haya hecho muy larga...

Jean iba a responderle cuando Gisèle entró a toda prisa en el despacho.

—Señor Pelletier, hay un mensaje para usted: su mujer se ha puesto de parto.

Jean se encontró a su madre en el pasillo del hospital.

—¡Es un niño! —dijo ella.

Geneviève se había librado de un parto homérico: el asunto se resolvió en menos de tres cuartos de hora.

Jean quiso correr a la habitación, pero su madre lo detuvo con un gesto.

—Gordito, no sé si estarás de acuerdo...

—¿En qué?

—No te alarmes, pero... Colette es una niña difícil... para su madre, quiero decir. —Angèle hizo una larga pausa—. Le he propuesto que Colette se venga conmigo a Beirut... pero sólo mientras se recupera del parto, ¿eh? Me ha respondido que le daba mucha pena separarse de ella, por supuesto, pero que cree que es una solución sensata. ¡Será sólo por un tiempo!

Él asintió.

—Sí, puede que sea mejor... aligerarla de esa carga.

Angèle sonrió.

—Colette estará bien con nosotros.

—Lo sé, mamá, lo sé. —Estaba al borde de las lágrimas. Comprendía que el único objetivo que había perseguido su madre poniéndose de parte de Geneviève había sido llevarla a aceptar aquel arreglo—. Sí, es una buena idea —añadió.

—Anda, ve. Debe de estar esperándote.

Geneviève no lo esperaba. Miraba con pasión el moisés en el que dormía el bebé y sobre el que Jean se inclinó.

—Estaba segura de que sería un niño...

Jean no acababa de ver en qué notaba que fuera un niño: todos los bebés se parecen, ¿no?

—Lo llamaremos Philippe —dijo Geneviève—. ¡En homenaje al mariscal Pétain! ¡Qué gran hombre!

Epílogo

La presa de Chevrigny se inauguró oficialmente el 1 de julio de 1952.

Con ese motivo, el presidente de la República pronunció un discurso voluntarista («Esta magnífica obra de ingeniería es el símbolo de un país que entra con decisión en la modernidad») y se mostró entusiasmado. Según él, «el sacrificio de los habitantes del valle», al que aludió de la forma más discreta que pudo, alcanzaba con aquella ceremonia su glorioso desenlace. Al cubrir el antiguo pueblo, las aguas acabarían borrando los momentos dolorosos.

Algo parecido podría decirse de nuestros personajes.

Tras superar trances difíciles, la mayoría confiaba en que el tiempo terminaría borrándolos de su memoria. Sólo Louis y Angèle, que habían comprobado que el pasado podía reemerger de forma inesperada, pensaban distinto.

Porque nuestros secretos, nuestras vilezas, nuestros silencios, nuestra violencia, nuestras mentiras, son como las ruinas de Chevrigny: permanecen ocultos a la vista, pero siguen existiendo. Petit Louis se había ahorcado, no había muerto ahogado.

En los años que siguieron, el pueblo de Chevrigny-le-Haut experimentó un crecimiento espectacular. Gracias a las actividades deportivas que permitía el embalse, los turistas no tardaron en acudir. En sus orillas se construyeron campings y colonias de vacaciones y, más tarde, hoteles, apartamentos, un parque de atracciones... No obstante, cada vez que la presa se vacía para realizar trabajos de mantenimiento, el recuerdo de lo que fue aquel valle reemerge a la superficie de la memoria. Los antiguos edificios del pueblo, aún dinamitados y en ruinas, continúan haciéndose presentes con notable tozudez.

Y los hermanos Pelletier, que creen que una página pasada es una página que no se vuelve a leer, harían bien en reflexionar sobre una curiosa leyenda.

Se cuenta que algunos días, del fondo del embalse llega un clamor sordo: el de las campanas del antiguo pueblo de Chevrigny, que vuelven a tañer.

Agradecimientos

Para este libro conté una vez más con la ayuda atenta e inteligente de la historiadora Camille Cléret, que me iluminó sobre numerosos aspectos del periodo en que tiene lugar la historia. No siempre seguí sus consejos y recomendaciones, así que asumo toda la responsabilidad por cualquier posible error.

En lo referente a la documentación, mis deudas son muchas.

Agradezco, en primer lugar, a la dirección y el personal de La Contemporaine, biblioteca que pone a disposición del público los archivos del periódico *France-Soir*, que me fueron de muchísima utilidad.

En lo que respecta a la sordera de Nine, Yann Cantin, historiador y profesor universitario, me guió con enorme generosidad, lo mismo que René Legal; se lo agradezco vivamente a ambos. También me fue de gran provecho la obra de Diane Bedoin *Sociologie du monde des sourds*, y en general la obra de Emmanuelle Laborit.

Para la historia de Hélène y la cuestión del aborto a principios de los años cincuenta, mi principal deuda es con Cyrille

553

Jean, imbatible en el tema, que me dio datos muy valiosos y respondió a mis preguntas con gran paciencia.

Por supuesto, tengo una deuda enorme con *El acontecimiento*, la estremecedora novela de Annie Ernaux, y también leí con provecho *Journal d'une femme en blanc* de André Soubiran, así como con el estudio de Jean-Yves Le Naour y Catherine Valenti *Histoire de l'avortement*.

Los avatares del doctor Marelle están parcialmente inspirados en una carta publicada en *Le Livre noir de l'avortement* de Marcelle Auclair y Anne Dodeman.

Las obras de Fabrice Cahen y Christophe Capuano también fueron muy iluminadoras, en especial *Gouverner les mœurs*, del primero, y el estudio conjunto «La poursuite de la répression anti-avortement après Vichy. Une guerre inachevée?», que apareció en *Vingtième Siècle. Revue d'histoire*.

La presa de Chevrigny está inspirada en la de Tignes, que en 1952 conmocionó a los franceses y apasionó a los lectores de *France-Soir* a través de los reportajes de Maurice Josco.

He tomado detalles de *La Modernité au village* de Virginie Bodon, *La France des villages engloutis* de Gérard Guérit y *Tignes, mon village englouti* de José Reymond.

La serie de artículos de Hélène sobre la higiene de las francesas está inspirada, muy evidentemente, en el «atrevido estudio», llevado a cabo en toda Francia por Françoise Giroud, que tanto polvo levantó en octubre de 1951. Lo reproducimos aquí en su totalidad con la amable autorización de la revista *Elle*.

Los especialistas y aficionados al boxeo habrán encontrado muchas inconsistencias en las hazañas deportivas de Lucien Rozier: en cuestión de boxeo soy un inculto, y la mayoría de las veces he apostado por el efecto novelesco en detrimento del rigor técnico. Espero, pues, que Daniel Rondeau me perdone por buscar inspiración en su precioso libro *Boxing-*

Club. También tomé detalles de *Del boxeo* de Joyce Carol Oates y *La Brûlure des cordes* de F. X. Toole.

No consigo recordar el origen de la broma que utilizo durante el funeral de Stan Malevitz, antiguo corredor ciclista. Creo que procede de André Pousse, pero no estoy del todo seguro.

El fragmento del Génesis del capítulo 22 es la traducción de la Bible Segond 21.

A Alexandre Najjar, autor del *Dictionnaire amoureux du Liban*, le debe Louis haber podido saborear el *hrissé* de Jef Lombard.

Jean-Christophe Rufin me ayudó a darle forma al accidente de la pequeña Colette, así como a algunas dolencias de Hélène. Si hay algún error técnico, el único responsable soy yo.

Georges Brassens dijo en una entrevista: «Me parece que, si se me quitara todo lo que me han dado los demás, si se pudieran borrar todas las influencias que he recibido desde la infancia [...] quedaría muy poca cosa, la verdad. [...] Nada es realmente de uno.»

Es una opinión que siempre he compartido. Así, durante la redacción de esta novela me vinieron a la cabeza palabras, expresiones, ideas e imágenes que provienen de otros autores. He podido localizar algunas de ellas en Fernando Aramburu, Michel Audiard, Russell Banks, Guy Bedos, Pierre Corneille, Robin Davis, Jean d'Ormesson, Gustave Flaubert, Louis Guilloux, John Grisham, Patrick Owelle, Victor Hugo, Steven Knight, Richard Levinson & William Link, André Malraux, James A. Michener, Lucien Pachot, Antonio Pennacchi, George Sand, Jean-Paul Sartre, Antonio Scurati, Florian Stilp, William Shakespeare, Georges Simenon, Albert Simonin, Lev Tolstói y Zézette épouse X.

Tengo una enorme deuda con Gérald Aubert, Catherine Bozorgan, Thierry Depambour, Camille Trumer y Perrine

Margaine, que aceptaron ayudarme con sus lecturas a la vez benévolas y críticas. Les doy mis más sinceras gracias.

Philippe Robinet y Caroline Lépée, mi editora, saben ya lo agradecido que estoy con ellos.

Debería mencionar a todo el equipo de Calmann-Lévy, pero les pido a Camille Lucet, Patricia Roussel, Anne Sitruk y Valérie Taillefer, que hagan extensivo mi agradecimiento a todos sus compañeros.

Pascaline, por supuesto, es un capítulo aparte.

Anexo

La Française est-ell[

PAR FRANÇOISE GIROUD

Les Françaises sont-elles sales ?
Cette question a surgi devant nous un jour que, réunies dans un bureau, nous avons vu entrer deux jeunes Suédoises sans beauté véritable, sans élégance, mais froides, nettes, dorées, appétissantes comme des petits pains frais.

— Qu'est-ce qu'elles ont, ces filles du Nord ?... a dit quelqu'un.

— Elles ont qu'elles sont propres, a répondu une voix.

— Vous ne prétendez pas que les Françaises sont sales ? s'est exclamé une troisième.

Et devant l'ardeur subite de la discussion, nous avons décidé d'entreprendre immédiatement une enquête sérieuse sur ce sujet grave : l'hygiène.

Les résultats sont assez affligeants pour que nous nous en alarmions.

Interrogé sur l'opportunité de vous en instruire, le Ministre de la Santé Publique nous a dit :

— Bravo, ayez le courage de parler et vous nous aiderez dans notre tâche. Si toutes vos lectrices, averties, font campagne pour une hygiène meilleure, vous aurez fait du bon travail.

Soupçonnez-vous que quinze femmes sur cent ne se servent jamais d'une brosse à dents ? Que cinquante femmes sur cent n'utilisent jamais de brosse à ongles ? Que vingt-neuf femmes sur cent gardent — excusez ce détail — la même culotte pendant une semaine ? et n'utilisent jamais ni savon ni dentifrice ?

Vous pensez bien que celles-là ne se

cassent pas la tête pour faire bouillir le biberon de leur bébé...

Or, un grand savant, Winslow, déclarait : « La découverte de l'éd[ucation] populaire ou tant qu'agent de la m[édecine] préventive, découverte faite par les [...] du assainissement antituberculeux, [...] aussi importante que le fut trente ans [...] avant, la découverte de la théorie microbienne des maladies. »

Les chiffres sont, dans leur sécheresse, impitoyables et éloquents : la Belgique, la Hollande, la Suède, la Norvège et la terre consomment un minimum de 8 kg. de savon de toilette par mois et par habitant. Certains atteignent près de 200 grammes que la France s'en est encore qu'à [...] par mois et par habitant.

Encore la guerre actuelle, contrairement à ce que l'on aurait pu penser, popularise l'usage du savon grâce au ticket spécial de rationnement. Ce ticket que l'on pe[ut]

ONZE QUESTIONS DÉSAGRÉABLES

Les femmes que nous avons interrogées se classent dans les catégories suivantes : dix pour cent disposent d'une salle de bains trois pour cent d'une douche, cinquante et une [...] d'eau courante chaude et froide, vingt-deux d'eau courante froide, quatorze n'ont pas d'eau courante.

Voici le questionnaire que nous leur avons soumis :

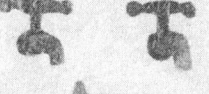

	OUI	NON
• Ferez-vous que vous vous démaquillez tous les jours ?	40	60
• Procédez-vous à une toilette complète tous les jours ?	58	
Deux fois par semaine ?	31	
Toutes les semaines ?	22	
Moins souvent ?	14	
• Vous lavez-vous les cheveux toutes les semaines ?	11	
Tous les 15 jours ?	13	
Tous les mois ?	59	
Moins souvent ?	25	
• Vous servez-vous d'une brosse à ongles ?		50
• D'un bidet ?	68	38
• De déodorisant ?	14	86
• Changez-vous de culotte tous les jours ?		
2 fois par semaine ?	35	

	OUI	NON
Toutes les semaines ?	29	
Moins ?	1	
• Lavez-vous aussi en porte-jarretelles tous les mois ?	54	
Tous les 2 mois ?	11	
Tous les 3 ou 6 mois ?	35	
Jamais ?	0	
• Vous lavez-vous les dents deux fois par jour ?	12	
1 fois par jour ?	60	
De temps en temps ?	13	
Jamais ?	15	
• Avez-vous une permanente ?	64	36
• La renouvelez-vous 3 fois par an ?	8	
2 fois par an ?	25	
1 fois par an ?	21	

Documentation réunie par Cécile Agay, Jacqueline Fellet, Colette Bymann, Denise Lamec, Yolande du Luart, Perrine Poirel.

opre ?

un peu
beaucoup
rigoureusement
pas du tout

...re, on l'a échangé contre cette petite pierre verte que l'on appelait ..., et ça y a à bien près goût que ... général de la France qui ... tonnes par mois avant la ... passé à 2.200 tonnes en jan...

... Suif qui a fougé, et le Creuse, ... de la Loire, l'ensemble de la ... a toujours été plus ...

... savonniers « attribuent aussi cette ... à la diffusion d'un film éducatif ... leurs soins et dont quinze mille ... sont régulièrement projetés dans ... primaires.

... deux aspects du problème de ... L'un concerne directement le ... de la Santé Publique qui lutte ... tuberculose, les maladies véné... ... démasqués aux vaccinations, les ... et qui avoue : « Les disciplines de ... de la médecine préventive ne ... être imposées contre la volonté. »

...ez-vous être propre ?

... d'abord « vouloir » être propre. ... aspect du problème aux conscience ... ique, malheureusement, l'hygiène ... e c'est notre santé et celle de nos ...

... pourquoi il appartient à chacune de ... faire, dans son cercle, un véritable ... propagande en faveur de la calotte ... est — éventuellement — son mira...

... y a-t-il tant de femmes sales ? ... part répondre : « Je n'ai pas le ... Je n'ai pas d'argent... »

... s'excuse. Il est évidemment plus ... se laver dans la salle de bains ... d'un appartement bien chauffé ... une cuisine glacée. Il est plus ... changer souvent de linge quand une ... chambre le lave que lorsqu'il faut ... essive en rentrant du bureau. C'est ... courant c'est faux...

... enquête s'est effectuée dans des ... rés divers. Et si une vendeuse de ... e habitant une chambre sans eau ... chaude use de désodorisant, et se ... cheveux matin et soir, on découvre ... ante en droit habitant avec ses ... s disposant de leur salle de bains ... sa gaine tous les cinq mois! Un ... d'histoire attend six mois et porte ... inaisons pendant quinze jours. À ... elle ne s'est jamais lavé les dents ... et elle dispose d'un cabinet de toi... ... eau courante chaude. Telle femme ... r qui doit puiser son eau sur le

palier en chaque semaine dans un établissement de bains. Mais l'usage de la brosse à ongles lui est inconnu. Une jeune fille de 25 ans, appartenant à la bourgeoisie parisienne assez nous a déclaré qu'une gaine « ça ne se lavait pas ! » Une employée de téléviseur « ce qu'il est ça ne se rase pas « parce que ça fait partie du charme. » Les cernes qui ornent sa blouse sous les bras, en font partie aussi, probablement.

Nous avons dans nos bureaux une jeune femme qui habite avec son enfant dans une chambre de bonne sans eau courante. Elle touche un salaire de secrétaire, c'est dire qu'elle n'a pas de quoi faire des débauches de blanchissage et d'eau de toilette. Pourtant elle est toujours parfaitement nette et soignée. L'autre jour une de ses jarretelles a craqué, elle a relevé sa jupe pour la recoudre. Son porte-jarretelles était idéalement propre, ses combinaison aussi. On peut lui embrasser son peigne, on peut regarder la plante de ses pieds et, bien qu'elle tape à la machine toute la journée, ses ongles vernis ne sont jamais écaillés.

Je n'en dirai pas autant d'une autre jeune femme qui n'a pas d'enfant, qui dispose d'une salle de bains et d'un budget beaucoup plus important, qui peut user largement de la blanchisseuse, de la teinturière, du coiffeur.

Elle a le cheveu gras, l'ongle triste, le coude rugueux. Les cols de ses chemisiers sont souvent douteux et je n'ai pas envie de regarder son cou de trop près.

La propreté est strictement une question de discipline. Et la discipline est une question d'éducation.

Tous ceux qui ont eu le fâcheux privilège de faire de la prison possèdent cette expérience. Placés dans des conditions matérielles rigoureusement semblables, les propres restent propres et les sales restent sales.

J'ai vu à Fresnes une femme qui souffrait de voir ses jambes envahies par des poils assez laids. Elle a retiré une petite bandelette de sa gaine et, se servant de cette habitude comme d'un levier, elle s'est épilée poil par poil.

L'habitude de l'hygiène doit se prendre dès l'enfance. Se laver doit devenir aussi naturel que se nourrir. Et le Ministère de la Santé Publique s'efforce de diffuser partout ce slogan : « L'éducation de l'enfant doit précéder l'éveil de son intelligence. »

Dans beaucoup de milieux très catholiques, on a confondu longtemps hygiène et coquetterie et on a négligé la première pour ne pas favoriser la seconde.

Oui, elles existent encore les pensions où les petites filles font leur toilette sans jamais enlever leur chemise, où les jeunes filles ne soupçonnent même pas qu'on dans ne se lave pas seulement dessus mais dessous.

Tournez la page →

15

¿SON LIMPIAS LAS FRANCESAS?

Un poco, mucho, decididamente, nada

Por Françoise Giroud

¿Somos sucias las francesas? La pregunta surgió entre nosotras un día en que estábamos reunidas en un despacho y vimos entrar a dos jóvenes suecas ni particularmente guapas ni especialmente elegantes, pero frescas, limpias, rubias y deliciosas como panecillos recién sacados del horno.

—¿Qué tienen estas chicas del Norte? —preguntó alguien.

—Que son limpias —respondió alguien más.

—¿Quieres decir que las francesas son sucias? —exclamó una tercera persona.

Y, en el calor de la discusión, decidimos iniciar de inmediato una seria investigación sobre la higiene, un tema serio donde los haya. Los resultados son bastante preocupantes. Preguntado por la conveniencia de compartirlos con ustedes, el ministro de Salud Pública nos dijo:

«¡Claro que sí! Tengan la valentía de hablar y nos ayudarán en nuestra tarea. Si todas sus lectoras, conscientes del problema, hacen campaña por una mejor higiene, habrán hecho ustedes una buena labor.»

¿Sabían que quince de cada cien francesas no utilizan nunca un cepillo de dientes? ¿Que cincuenta no emplean nunca un cepillo para las uñas? ¿Que veintinueve (y perdonen la escabrosidad) no se cambian de bragas en toda la semana... y nunca usan jabón ni dentífrico?

Como pueden imaginar, estas últimas tampoco se molestan en hervir la tetina del biberón o lavarse las manos antes de acercarse a su bebé.

Sin embargo, un gran sabio, Winslow, dijo lo siguiente: «El descubrimiento de la educación pública como agente de la medicina preventiva, que debemos a los iniciadores del movimiento antituberculoso, ha sido tan importante como lo fue, treinta años antes, el descubrimiento de la teoría microbiana de las enfermedades.»

Las cifras, pese a su aridez, son implacables y elocuentes: Bélgica, Holanda, Suecia, Noruega e Inglaterra consumen un mínimo de 100 gramos de jabón de tocador por habitante cada mes. Algunos de esos países alcanzan casi los 200 gramos, mientras que Francia no llega a los 50, y eso que la guerra, al contrario de lo que podría creerse, popularizó el uso del jabón gracias al bono especial de racionamiento. Aquel bono, que nadie quería perder, se cambiaba por una especie de piedrecita verde a la que entonces se llamaba «jabón», y la gente se aficionó tanto a ella (el cambio se notó sobre todo en el centro y el sur del país: al norte del Loira la gente siempre ha cuidado más la higiene) que el consumo general de Francia, que era de 1.304 toneladas por mes antes de la guerra, pasó a las 2.200 toneladas en enero de 1951.

Los fabricantes de jabón también atribuyen ese aumento a las quince mil copias de una película educativa realizada por encargo suyo que se repartieron en las escuelas primarias.

El problema de la higiene tiene dos aspectos. El primero atañe directamente al ministro de Salud Pública, que lucha contra la tuberculosis, las enfermedades venéreas, la resistencia a la vacunación y las epidemias, y que reconoce: «La higiene y la prevención no se pueden imponer por la fuerza.»

¿Quiere usted ser limpia?

Primero hay que «querer» ser limpia. El otro aspecto del problema nos atañe a todas porque, por desgracia, la higiene de los demás afecta a nuestra salud y la de nuestros hijos.

Por eso, a cada una de nosotras nos corresponde hacer en nuestro entorno un verdadero esfuerzo de propaganda en favor de cambiarse las bragas a diario y (eventualmente) entonar un *mea culpa*.

¿Por qué hay tantas mujeres sucias? La mayoría responden: «No tengo tiempo, no tengo dinero.» Excusas.

Evidentemente, es más fácil lavarse en el cómodo cuarto de baño de un piso bien caldeado que en una cocina helada, y más fácil cambiarse de ropa interior a menudo cuando la lava la criada que cuando hay que hacer la colada por una misma al llegar del trabajo.

Nuestro estudio incluyó a gente muy diversa. Y descubrimos que, mientras que una dependienta de panadería que vive en una habitación sin agua caliente usa desodorante y se cepilla el pelo por la mañana y por la noche, una estudiante de derecho que convive con sus padres y dispone de un cuarto de baño se lava la faja ¡cada cinco meses! Una profesora de historia lo hace seis, y suele llevar la misma combinación durante quince días; a los 37 años, nunca se ha lavado los dientes por la noche, y eso que dispone de un aseo con agua caliente. Una empleada doméstica que tiene que salir a por agua al rellano, visita una casa de baños semanalmente, aunque el uso del cepillo para las uñas le es del todo desconocido. Una joven de 25 años perteneciente a la alta burguesía parisina declaró: «¡Pero si las fajas no se lavan!» Una empleada de una tintorería de 28 años no se depila «porque eso forma parte del encanto», y probablemente también lo hacen los cercos que adornan su bata bajo las axilas.

En nuestra oficina hay una joven que vive con su hijo en una buhardilla sin agua corriente. Cobra un sueldo de secretaria, o sea que no puede hacer grandes gastos en lavandería o perfumes; sin embargo, va siempre muy limpia y arreglada. El otro día se le rompió una liga y, cuando se levantó la falda para cosérsela, vimos que su portaligas estaba impecable, lo mismo que su combinación. Puedes pedirle prestado el peine sin temor, siempre lleva los pies impecables y las uñas de las manos perfectamente limadas y pintadas aunque se pasa el día tecleando en la máquina de escribir.

No podría decir lo mismo de otra joven sin hijos que dispone de cuarto de baño y un presupuesto lo bastante más holgado para acudir a menudo a la lavandería, la tintorería y la peluquería: lleva el pelo grasiento, unas uñas que dan pena y los codos ásperos. Los cuellos de sus blusas tienen un aspecto sospechoso y no me gustaría tener que mirarle la nuca de cerca.

La limpieza es una estricta cuestión de disciplina, y la disciplina, una cuestión de educación.

Todos los que han tenido la lamentable experiencia de pasar por la cárcel pueden atestiguar que, colocados en condiciones materiales rigurosamente iguales, los limpios siguen siendo limpios y los sucios, sucios.

En Fresnes vi a una mujer que sufría al ver sus piernas cubiertas de un feo vello. Extrajo una de las pequeñas ballenas de su faja y, usándola a modo de palanca, se depiló pelo a pelo.

Los hábitos higiénicos deben adquirirse en la infancia: lavarse ha de convertirse en algo tan natural como alimentarse. Por eso, el Ministerio de Salud Pública se esfuerza en difundir por todas partes este eslogan: «La educación del niño debe preceder al despertar de su inteligencia.»

En ámbitos muy católicos, durante mucho tiempo se han equiparado higiene y coquetería, y se ha descuidado la primera para no fomentar la segunda.

Sí, aún hay internados en los que las niñas se lavan sin quitarse el camisón y las jóvenes no sospechan que los brazos se lavan por debajo, y no sólo por encima.

La coquetería (si acaso es censurable) no les viene a las niñas del uso del jabón, la chuchilla de afeitar, el desodorante y el guante de crin.

Una vez más, las cifras cantan:

De cada cien francesas de entre 18 y 35 años, ochenta y cinco utilizan lápiz de labios, pero sólo cincuenta se lavan los dientes al menos una vez el día y diecisiete, al menos dos veces.

De cada cien francesas de entre 18 y 50 años, setenta usan brillantina a diario, pero treinta y nueve sólo se lavan el pelo una vez al mes, mientras que veinticinco no se lo lavan nunca.

Nadie les ha enseñado a ser limpias, pero no han necesitado lecciones para descubrir el maquillaje. Desgraciadamente, esa palabra adquiere todo su significado porque el carmín, los polvos y la brillantina sirven, efectivamente, para «maquillar» lo que hay debajo.

Y más de la mitad de las mujeres a las que preguntamos confiesan que se acuestan sin lavarse la cara. Da que pensar, si te gustan los pensamientos tristes.

Doña «eso no se ve»

Si no todas las mujeres son limpias ni se cuidan por educación, dignidad o gusto, ¿por qué no lo hacen al menos por vanidad?

El grupo, tan numeroso, de las doña «eso no se ve» se equivoca de medio a medio. «Eso» sí se ve y, si me permiten, también se huele. Perdón por insistir, pero en este tema decir las cosas a medias no sirve de nada: un jersey en el que un cuerpo poco aseado ha transpirado durante tres meses huele mal, y, desde ese punto de vista, la moda del jersey negro no nos ha ayudado.

En el metro, o mientras hacían cola, ¿nunca se han echado ustedes hacia atrás cuando una cabeza con el pelo sucio y grasiento se ha aproximado a su nariz?

¿Nunca han descubierto, en una casa en la que se recibe suntuosamente, un cuarto de baño revelador con toallas de manos con las que ustedes no se limpiarían ni los zapatos y un peine más que dudoso?

«Eso» se ve, y eso se dice, y eso se repite.

Luego está doña «no le permito».

Ella se ve limpia y arreglada; está en su derecho, pero es nuestro deber decirle que se equivoca.

Las reglas elementales de higiene exigen los siguientes cuidados:

—Desmaquillarse todas las noches,

—Lavarse el pelo cada quince días y cepillárselo a diario,

—Lavarse los dientes por la mañana y por la noche,

—Bañarse dos veces por semana y lavarse todos los días el cuello, los pies y... lo demás.

Hay que cambiarse:

—De camisón todas las semanas

—De combinación dos veces por semana

—De bragas todos los días

—De sujetador dos veces por semana

—Las medias todas las noches

El encanto de las axilas peludas es, como mínimo, discutible, y hay al menos un sentido, la vista, que no lo disfruta en absoluto.

Un jersey que se lleva todos los días hay que lavarlo o limpiarlo todos los meses.

Cada cual es libre de hacer menos y sentirse bien; bien, pero no limpia de verdad.

Doña «no tengo tiempo»

A doña «no tengo tiempo ni dinero», recordémosle que:

—El nailon se lava en unos minutos en agua fría y no se plancha.

—Se puede suprimir la combinación poniéndoles forro a las faldas, lo que además alarga su vida útil.

—Debajo de un jersey negro, un sujetador blanco se vuelve gris en media hora, pero todas las buenas marcas los hacen también en negro.

—Para frotarse con un guante de crin, bastan treinta segundos y cinco gotas de agua de colonia.

—Si un hombre encuentra tiempo para afeitarse todas las mañanas, una mujer también puede encontrarlo para lavarse. ¡Ya, pero es que la barba se ve! Si cada vez que una mujer se acuesta sin desmaquillarse lo llevara escrito en la frente, no le pasaría nunca.

—No debería una decolorarse ni teñirse sin estar segura de que se tendrá tiempo y dinero para ir regularmente a la peluquería.

—Un pelo liso y limpio nunca es tan feo como un pelo ondulado mediante una permanente destinada a durar un año: una permanente bien hecha no puede durar más de seis meses.

—Las uñas cortas y bien limadas son mucho más bonitas que las uñas largas y melladas.

—Cuando no se tiene tiempo (o ánimo) para planchar, lavar o quitar las manchas, siempre se puede prescindir de las faldas plisadas, las blusas blancas o los vestidos claros.

Por último, nunca se insistirá bastante en lo culpables y responsables que son los hombres de que las mujeres no se cuiden.

Que exijan y obtendrán.

Cuando un hombre le haya dicho tres noches seguidas a su mujer en el momento en que se acuesta: «Lávate la cara», la cuarta noche lo hará.

La mayoría de los hombres son más limpios que las mujeres. ¿Conocen ustedes a muchos que acepten volver a ponerse una camisa con el cuello sucio o una corbata manchada?

La mayoría se preocupan más de la pulcritud que de la elegancia, y se fijan antes en unas uñas sucias que en un vestido nuevo.

Repito: la higiene es una cuestión de educación.

Todas las que no la hayan recibido pueden adquirirla. Es tan reveladora como la forma de comportarse a la mesa. Es la base de la salud pública y el signo mismo de la civilización.

F. G.

ONCE PREGUNTAS DESAGRADABLES

Las mujeres a las que encuestamos entraban en las siguientes categorías: un diez por ciento disponen de cuarto de baño; un tres por ciento, de ducha; un cincuenta y uno por ciento, de agua corriente caliente y fría; un veintidós por ciento, de agua corriente fría; y un catorce no tiene agua corriente.

Éste el cuestionario al que las sometimos:

	SÍ	NO
• ¿Se desmaquilla todas las noches?	40	60
• ¿Se lava a fondo todos los días?	52	
¿Dos veces a la semana?	11	
¿Una vez a la semana?	39	
¿Menos?	25	
• ¿Se lava el pelo todas las semanas?	11	
¿Cada quince días?	13	
¿Una vez al mes?	39	
¿Menos?	25	
• ¿Utiliza cepillo para las uñas?	48	52

- ¿Bidet? 62 | 38

- ¿Desodorante? 54 | 46

- ¿Se cambia de bragas todos los días? 17
  ¿Dos veces por semana? 53
  ¿Una? 29
  ¿Menos? 1

- ¿Lava la faja o el portaligas todos los meses? 56
  ¿Cada dos meses? 17
  ¿Cada cinco o seis? 21
  ¿Nunca? 6

- ¿Se lava los dientes dos veces al día? 17
  ¿Una vez? 50
  ¿De vez en cuando? 18
  ¿Nunca? 15

- ¿Lleva permanente? 64 | 36

- ¿La renueva tres veces al año? 6
  ¿Dos veces? 24
  ¿Una? 34

Datos recopilados por Cécile Agay, Jacqueline Follot, Colette Hymans, Denise Lannes, Yolande du Luart y Perrine Poiret.

Contenido

Febrero de 1952

PRIMERA PARTE

SEGUNDA PARTE

TERCERA PARTE

29 de marzo de 1952